VOLKER DÜTZER

Die Ungerächten

VOLKER DÜTZER

Die Ungerächten

Roman

GMEINER

Personen und Handlung sind frei erfunden.
Ähnlichkeiten mit lebenden oder toten Personen
sind rein zufällig und nicht beabsichtigt.

Immer informiert

NEWSLETTER

Spannung pur – mit unserem Newsletter informieren wir Sie regelmäßig über Wissenswertes aus unserer Bücherwelt.

Gefällt mir!

Facebook: @Gmeiner.Verlag
Instagram: @gmeinerverlag
Twitter: @GmeinerVerlag

FSC www.fsc.org
MIX
Papier aus verantwortungsvollen Quellen
FSC® C083411

Besuchen Sie uns im Internet:
www.gmeiner-verlag.de

Im Ehnried 5, 88605 Meßkirch
Telefon 07575/2095-0
info@gmeiner-verlag.de

1. Auflage 2021

Lektorat: Daniel Abt
Herstellung: Mirjam Hecht
Umschlaggestaltung: U.O.R.G. Lutz Eberle, Stuttgart
unter Verwendung eines Fotos von: © Tony Hisgett; https://commons.wikimedia.org/wiki/File:Lufthansa_Ju_52_3_(7576559812).jpg
Druck: CPI books GmbH, Leck
Printed in Germany
ISBN 978-3-8392-0019-3

Auge um Auge – und die ganze Welt wird blind sein

(Mahatma Gandhi)

CHARAKTERE IN DER REIHENFOLGE IHRES AUFTRITTS

Historische Personen sind mit einem * gekennzeichnet.

Hannah Bloch	Halbjüdin
Ruth Obermayer	Hannahs beste Freundin
Scott Young alias Walter Ritter	Lieutenant der US-Army
Rolf Heyrich alias Paul Schneller	SS-Oberscharführer
Pawel Kowna alias Jakob Demsky	ehemaliger KZ-Häftling
Gerhard Theissen	SS-Hauptscharführer
Gustav Bolkow	Kapo im KZ Sachsenhausen
Anton Kaindl*	Lagerkommandant des KZ Sachsenhausen
Milena Kowna	Pawels Schwester
Josef Kowna	Pawels Vater
Hannelore Kowalski	Oberschwester der Zwischenanstalt Herborn
Dr. Werner Heyde*	Obergutachter der Aktion T4
Joschi	Hannahs stummer Beschützer
Claudius Brendel	katholischer Pfarrer
Hartmut Mitschke	Schrotthändler
Fritz Brunner	ehemaliger Leiter des Anstaltswesens Hessen-Nassau und Landesrat
Max Pohl	Kurierflieger
Esther Olszewski	Pawels Geliebte

Ari und Jaron	Esthers Freunde
Harald Lenz	Staatsanwalt
Heinz Borsig	Brunners Adjutant
Georg Quabbe*	Generalstaatsanwalt in Hessen
Walter Schellenberg*	Chef des SD
Bernhard Krüger*	SS-Sturmbannführer
Friedrich Schwend*	SS-Sturmbannführer
Gisela Wollner	Lenz' Sekretärin
Rudolf Aschenauer*	Strafverteidiger
Gräfin Cornelia von Gessnitz	Gründerin der Stiftung »Heilende Hände«
Rudi Voss (der Köter)	Bandenchef
Kalle	Ruths rechte Hand
Robert Hornickel, genannt Bommi	Wirt des Klävbotz
Leni	ehemalige Köchin in Brunnes Haus
Heinrich Richter (Hein das Wiesel)	ein alter Feind Hannahs
Walter Menzel	korrupter Angestellter des Passamts
Vincent Kollweit	Domvikar
Major Foley	Scotts Vorgesetzter in Boston
Frederic de Stuyvens	Ruths Liebhaber
Captain Miller	Scotts Vorgesetzter in Frankfurt
Bischof Alois Hudal*	Rektor des deutschen Priesterkollegs Santa Maria dell'Anima in Rom
Pater Ansgar	Prior von St. Markus
Robert Krüger	ehemaliger Gestapo-Kommissar
Johannes Neuhäusler*	Weihbischof von München und Freising
Albrecht Herrmann	Generalvikar des Weihbischofs Neuhäusler
Karl Morgenschweis*	Gefängnispfarrer in Landsberg
Gottfried Mettmann	Händler, Schieber

Captain Lloyd A. Wilson*	Direktor des Kriegsverbrechergefängnisses Landsberg
Lucius D. Clay*	Militärgouverneur der amerikanischen Besatzungszone 1947–1949
Emil Mahl*	Krematoriumskapo in Dachau
Ernst Wilhelm Bohle*	Gauleiter
Werner Hess*	evangelischer Pfarrer
Hans Eisele*	KZ-Arzt
Elmar Bär	Rechtsanwalt
Otto Ohlendorf*	Amtschef im Reichssicherheitshauptamt
Anneliese Schudt	Brunners Hausmädchen
Franz Pobitzer*	Franziskanerpater
Jonas Schickl	Bauer Schleuser
Sepp Höllinger	Wirt
Bruno Rizoli	Pater, Fluchthelfer
Ambros Gruber	Bürgermeister von Graun

PROLOG

Hannah fürchtete die Dunkelheit. Sie sickerte wie schwarze Tinte aus ihren Augenwinkeln und brachte ihre Schwester mit, die Angst. Einen schrecklichen Augenblick lang schwebte Hannah verloren zwischen Traum und Wirklichkeit. Innere und äußere Welt, Vergangenes und Gegenwart vermischten sich und waren bald nicht mehr zu unterscheiden. Weggefährten tauchten auf, die vor vielen Jahren verstorben waren, und gesellten sich wie selbstverständlich zu denen, die lebten.

Die Traumgestalten beunruhigten Hannah nicht. Sie war über neunzig, da war es ganz normal, dass der Verstand ihr ab und zu Streiche spielte und sie am helllichten Tag einnickte. Doch die Todesangst längst vergangener Tage und die schreckliche Ahnung, dass der anbrechende Tag der letzte sein könnte, hatten sie seit sechzig Jahren nicht mehr heimgesucht.

Sie kämpfte sich durch die Begebenheiten eines langen Lebens an die Oberfläche ihres Bewusstseins zurück. Die Geister der Vergangenheit verblassten, die Erinnerungen jedoch, die so unerwartet aufgetaucht waren, wirkten nach. Ihr Herz pochte ängstlich und beruhigte sich nur langsam.

Hannahs Blick irrte umher und richtete sich auf den Fernsehbildschirm. Im klaren Licht der Wirklichkeit erkannte sie, dass der Mann, der mit von Hass verzerrtem Mund die Menge aufpeitschte, nicht Lubeck war. Die Ähnlichkeit allerdings war da und sie hatte die Angst in ihr wachgerufen. Er besaß die gleichen kalten Augen, die harten Lippen und das dunkelblonde, streng gescheitelte Haar.

Die Karikatur, die sie vor fast achtzig Jahren in ihr Schulheft gemalt hatte, kam ihr in den Sinn: ein Ziegenbock mit Klump fuß und dem Gesicht von Joseph Goebbels – Hitlers Einpeitscher. Mit der unbedachten Kritzelei hatte alles begonnen, ihr junges Leben hatte seine Unschuld verloren.

Der namenlose Schreihals im Fernsehen benutzte beinahe die gleichen Worte wie Goebbels, um die Menschen in seinen Bann zu ziehen. Sie waren wieder da, die Verführer und Wölfe im Schafspelz. Die braune Hydra war erwacht und streckte ihre geifernden Köpfe aus, um jeden zum Schweigen zu bringen, der sich ihr in den Weg stellte. Hannah hatte Jahre ihres Lebens damit zugebracht, sie zu jagen und ihrer gerechten Strafe zuzuführen. Mochten andere den Kampf nun weiterführen. Steinalt, wie sie war, fehlte ihr die Kraft dazu. Fahrig tastete sie nach der Fernbedienung, die leise klappernd zu Boden fiel.

»Warte, Omi Hanni. Ich heb sie auf.«

Judith bückte sich und legte das Gerät mit der spielerischen Geschmeidigkeit der Jugend an seinen Platz zurück. Wie sehr sie Malisha ähnelt, dachte Hannah. Alles wiederholt sich. Das Gute ... und das Böse. Das Alte muss sterben, um dem Neuen Platz zu machen. Ihr wurde kalt. Fröstelnd rieb sie sich die Unterarme und zog die Wolldecke höher.

»Alles okay?«, fragte Judith.

Hannah nickte. »Ich war eingeschlafen und hatte einen bösen Traum. Das ist alles.«

Ihre Urenkelin runzelte besorgt die Stirn. »Du bist ganz blass. Man könnte meinen, du hättest ein Gespenst gesehen.«

»Vielleicht habe ich das sogar«, antwortete Hannah.

Judith warf einen Blick auf den Fernseher.

»Er ist es gewesen, nicht wahr? Er hat dich erschreckt.«

»Wie kommst du denn darauf?«

»Weil er aussieht wie der Mann in deinem alten Fotoalbum.«

Einmal mehr war Hannah überrascht über das feine Gespür ihrer Urenkelin. Man kann ihr nichts vormachen, dachte sie zufrieden.

»Ja«, sagte sie, »er hat mich wohl ein bisschen erschreckt.«

»Du solltest dir das Geschrei dieser rechten Idioten nicht anschauen.« Judith schaltete erbost den Fernseher aus.

»Man darf nicht wegschauen«, sagte Hannah. Als müsse sie sich diese Erkenntnis selbst wieder ins Gedächtnis rufen, wiederholte sie den Satz. »Man darf nicht wegschauen.«

Judith zog das abgegriffene Album aus dem Regal im Wohnzimmerschrank und blätterte darin. Hannah wusste, dass die alten Schwarz-Weiß-Fotografien sie faszinierten und ihr ein Fenster in eine völlig andere Welt öffneten; in eine Zeit, in der Hannah so jung gewesen war wie ihre Urenkelin heute.

Das Mädchen betrachtete ein Gruppenbild, auf dem Lubeck zu sehen war. Das Personal der Tötungsanstalt Hadamar hatte sich während einer Weihnachtsfeier ablichten lassen. Hannah überlegte, ob es 1943 oder 1944 gewesen war. Sie wusste es nicht mehr.

»Wer war er?«, fragte Judith.

»Einer von ihnen«, antwortete Hannah leise. »Ein Arzt, der Kranke ermordet hat.«

Ihre Urenkelin zog die Nase kraus, ein sicheres Zeichen, dass sie angestrengt nachdachte. Nun würden die Fragen kommen. Judith war ein wissbegieriges Mädchen von vierzehn Jahren. Sie war nun in dem gleichen Alter, in dem Hannah gewesen war, als die Nazis ihre Kindheit jäh beendet hatten. Einen Moment lang versank sie erneut in der Vergangenheit und hörte die schrille Stimme von Pilz, dem kahlköpfigen Mathematiklehrer.

Nun, was denn, was denn? Was soll denn aus dir werden, Hannah Bloch?

»Wir haben in der Schule gelernt, dass die Nazis die Juden ermordet haben«, sagte Judith, »aber ich wusste nicht, dass sie auch Kranke getötet haben.« Das durchsichtige Schutzpapier knisterte, als sie eine Seite umblätterte. »Du hast mir nie gesagt, wer der blonde Soldat ist.«

Hannah stützte sich auf und schob ihre Brille über die Nase. »Das ist Hans Simonek.«

»Süß«, kommentierte Judith das Foto.

Hannah lächelte. »Ja, das war er.«

Judiths Augen leuchteten. »Du warst in ihn verliebt, ich seh's dir an. Erzählst du mir von ihm? Was ist aus ihm geworden?«

Hannahs Lächeln erstarb. »Sie haben ihn erschossen, weil er nicht mehr für Hitler kämpfen wollte.«

Das Funkeln in den Augen ihrer Urenkelin erlosch. Behutsam fuhr sie mit den Fingerspitzen über das sepiabraune Bild; eine Geste, die Hannah einen Stich ins Herz versetzte, denn sie erinnerte sich an eine verlorene Liebe und den Schmerz, der damit verbunden war.

»Tut mir leid, Oma. Ich hätte nicht fragen sollen.«

»Unsinn, es ist wichtig, dass nichts davon in Vergessenheit gerät.«

»Wer hat ihn getötet?«, fragte Judith vorsichtig.

»Ein Mann namens Heyrich.«

»Ist er dafür bestraft worden?«

»Ja, das ist er. Ich habe ihn gejagt, bis ich ihn gefunden hatte.«

Judiths Augen wurden groß. »Du? Das *musst* du mir erzählen. Von Anfang an.«

Hannah lächelte. Ihre Urenkelin war eine aufmerksame Zuhörerin, und vor allem interessierte sie sich für die alten Geschichten aus Kriegstagen.

»Angefangen hat es am 22. Dezember 1939«, sagte Hannah, »in einem Klassenzimmer in Frankfurt an einem kalten Wintertag. Erinnerst du dich an die schlimmen Träume, die du als Kind hattest?«

»Ja. Du sagtest dann, ich würde im Pudding stecken«, antwortete Judith.

»Im Sirup«, verbesserte Hannah. »Mir ging es genauso. An jenem letzten Schultag vor Weihnachten erlitt ich einen epileptischen Anfall vor all den Kindern in der Klasse und vor meinem Lehrer. Du musst wissen, er war ein fanatischer Nationalsozialist. Die Nazis planten, alles Leben zu beseitigen, das sie als lebensunwert erachteten. Sie waren davon überzeugt, dass Kranke und Menschen mit Behinderung das deutsche Volk schädigen und die arische Rasse verunreinigen würden. Darum sollten diese Menschen sterben. Darum sollte *ich* sterben. Mein Lehrer meldete mich daher den Behörden. Deine Ururgroßmutter Malisha und ich mussten aus Deutschland fliehen.«

»Wohin seid ihr gegangen?«

»Wir kamen nicht weit. Der Mann mit der Narbe verfolgte uns, bis er uns gefunden hatte.«

»Aber du warst doch nur ein Kind.«

»Es ging ihm um Malisha«, erklärte Hannah. »Er hatte sich in sie verliebt, aber meine Mutter wies ihn ab – ein großer Fehler, denn Lubeck besaß Macht und Einfluss.«

»Ich hätte genauso gehandelt«, sagte Judith.

»Ja, sicher hättest du das«, sagte Hannah lächelnd. Was wusste dieses Kind schon von den Kellern der Gestapozentrale in Frankfurt, die sie die Villa genannt hatten, oder von den Gaskammern der Mordanstalten, vom Gestank der Öfen, in denen sie die Leichen der Ermordeten verbrannt hatten. Asche war wie schwarzer Schnee aus dem eisgrauen Himmel gefallen und hatte sich auf ihr Haar und ihre Schultern gelegt.

»Wie hat Lubeck auf die Abfuhr reagiert?«, fragte Judith.

»Er nahm sich mit Gewalt, was er haben wollte.«

»Hat er Malisha gezwungen, ihn zu heiraten?«, fragte Judith schockiert.

»Sie zog es vor, für ihre Überzeugungen zu sterben. Malisha wurde verhaftet, weil sie den Nazis Widerstand leistete. Die Gestapo hat sie ermordet.«

»Das wusste ich nicht«, sagte Judith betroffen. »Ich weiß so wenig über diese schlimme Zeit. Was hast du ohne sie gemacht? Du warst doch noch so jung.«

»Sie steckten mich in eine der Anstalten, in der sie die kranken Menschen töteten, weil ich an einer leichten Form von Epilepsie litt. Ich hatte Freunde, die mir halfen, sonst hätte ich nicht überlebt – Ruth und Thea, Lissy und Scott.«

»Scott – das ist der amerikanische Soldat, von dem du mir erzählst hast, nicht wahr?«

»Ja. Lubeck hat übrigens für seine Verbrechen bezahlt, viele andere gingen straffrei aus.«

»Es gab doch die Nürnberger Prozesse«, sagte Judith.

Hannah nickte. »Die Anführer dieser Mörderbande mussten sich vor Gericht verantworten, aber viele kleine Nazis und Mitläufer sind nach Südamerika geflohen. Scott und ich haben sie gejagt, und ein paar von ihnen haben wir geschnappt.«

»Auch den Mörder von Hans?«

»Ja, auch den. Doch das ist eine andere Geschichte.«

»Erzählst du sie mir? Bitte.«

Hannah schloss die Augen und wanderte in Gedanken in der Zeit zurück.

»Alles begann am 22. April 1945 im Konzentrationslager Sachsenhausen …«

TEIL 1

DAS VERSPRECHEN

1

22. April 1945

Eine unnatürliche Stille lag über Block 13. Jede Abweichung vom gewohnten Tagesablauf ließ Pawel Kownas Herz schneller schlagen, denn sie bedeutete nichts Gutes. Er lauschte auf die Geräusche, die das morgendliche Erwachen des Lagerbetriebs ankündigten. Das Gebrüll der Kapos, wenn sie die Türen der Baracken aufrissen, das Gebell der Hunde, mit denen die Wachen patrouillierten, und das Trampeln und Scharren tausender Füße auf dem Appellplatz. Nichts davon war zu hören.

Bedeutete das Schweigen, dass der letzte Tag im Lager endlich angebrochen war? Die Anzeichen dafür waren im Lauf der Nacht deutlicher geworden, die hektische Betriebsamkeit der Lagerleitung erzeugte Unruhe unter den Häftlingen. Obwohl die Wachmannschaften alles unternahmen, um ihre aufkommende Panik vor dem Einmarsch der Russen zu verbergen, übertrug sich die wachsende Nervosität auf die Gefangenen in Block 13.

Heute war Pawels fünfhundertsiebenundvierzigster Tag im Lager. Für jeden einzelnen dieser Tage hatte er eine Kerbe in das Gestell aus rohen Brettern geritzt, in dem er mit Dutzenden anderen Häftlingen eng aneinandergepresst die Nächte verbracht hatte. Nicht viele schafften es, so lange in Sachsenhausen zu überleben. Das Glück durfte ihn jetzt nicht im Stich lassen, denn die Freiheit war nicht mehr fern.

Vielleicht erwischt es mich heute, dachte er. Sollte er der Nächste sein, den Theissen aus der Reihe zog, um seine sadistischen Spielchen mit ihm zu treiben? Auf welche Weise ihm der Tod wohl gegenübertreten würde, wenn es so weit war?

Pawel drehte sich auf den Rücken und versuchte, sich vorzustellen, wie es wohl sein mochte, wenn der Krieg zu Ende wäre. Er roch die Ausdünstungen seiner Leidensgenossen und hörte das hundertfache Atmen, das Stöhnen und ängstliche Wimmern der Schlafenden. Manche schrien des Nachts und schlugen um sich, weil die allgegenwärtige Todesangst sie in ihre Träume verfolgte. Die meisten jedoch schliefen wie Tote, weil sie zu erschöpft waren, um träumen zu können.

Über das leise Trommeln des Regens auf dem Dach der Baracke legte sich ein Geräusch, das er vor ein paar Tagen zum ersten Mal bemerkt hatte, leise und weit entfernt. Nun war es lauter, ein tiefes Donnern und Grollen, das an ein aufziehendes Gewitter erinnerte.

»Das ist Geschützfeuer«, flüsterte er.

Waren die Russen so nah? Niemand informierte die Gefangenen über den Verlauf des Krieges, doch Gerüchte über die Erfolge der Rotarmisten machten bereits länger die Runde. Die Anspannung der Deutschen bestätigte die Nachrichten, die sich wie ein Lauffeuer verbreiteten, obwohl die Lagerleitung sie zu unterdrücken versuchte. Der Terror der Nazis ging dem Ende zu. In die Hoffnung, dem Wahnsinn entfliehen zu können, mischte sich nun die Angst, noch zu den letzten sinnlosen Opfern zu gehören. Diese Furcht war nicht unbegründet, Pawel kannte die Nazis. Er wusste, was in ihren kranken Hirnen vorging. Wenn sie die Bühne der Geschichte verlassen mussten, würden sie nicht alleine abtreten, sondern alle mit in den Untergang reißen, derer sie habhaft werden konnten. Denn wenn die Welt von den ungeheuerlichen Verbrechen erfuhr, die in den Lagern verübt worden waren, würden die Sieger kein Pardon gewähren.

Chaim, der neben ihm lag, regte sich. »Hörst du das?«, fragte er leise.

»Ja. Die Russen sind da.«

»Ob sie rechtzeitig kommen werden, um uns zu befreien?«

»Ich weiß es nicht.«

Die Tür zur Baracke flog auf, der Wind fegte nasskalte Luft ins Innere. Wachmannschaften stürmten herein, allen voran der glatzköpfige Bolkow, der bereitwillig die Rolle des Kapos übernommen hatte. Er trug eine Armbinde über der schwarzen Jacke und schwang einen Axtstiel. Jeder, der im Lager Sachsenhausen ankam, begriff rasch, dass die SS Handlanger brauchte. Helfer, die die Häftlinge bei der Arbeit beaufsichtigten, Verfehlungen meldeten und sich bei der Bestrafung die Hände schmutzig machten. Deshalb sortierte der Lagerkommandant, SS-Standartenführer Anton Kaindl, Berufsverbrecher und ehemalige Angehörige der SA bei ihrer Ankunft aus. Die meisten waren sofort bereit, für besseres Essen und Privilegien wie Alkoholrationen mit äußerster Brutalität gegen die anderen Gefangenen ihres Blocks vorzugehen.

Bolkow klapperte mit dem Axtstiel an den Streben der Schlafpritschen entlang und drosch auf jeden ein, der nicht schnell genug auf den Füßen stand.

Ganz gegen seine Gewohnheit betrat nun SS-Hauptscharführer Gerhard Theissen die Baracke. Pawels Ahnung, dass etwas Besonderes bevorstand, wurde zur Gewissheit. Theissen wippte auf den Fußspitzen, verschränkte die Arme hinter dem Rücken und sah ungeduldig zu, wie die Wachen und Kapos die Häftlinge aufscheuchten.

»Raus! Alle raus! Beeilung, wird's bald? Ich werde euch Beine machen, faules Pack!«

So schnell sie konnten, stürmten die Gefangenen aus der Baracke. Am Ausgang entstand ein wildes Gedränge, das Bolkow dazu nutzte, um auf die Wehrlosen einzuprügeln. Er zerrte Pawel am Ärmel, der in Windeseile aus dem Bettgestell gesprungen und in die zerschlissenen Schnürschuhe geschlüpft war.

»Los, los! Antreten zum Appell!«

Pawel stolperte ins Freie und rannte auf den riesigen Platz zu. Aus allen Teilen des Lagers strömten Häftlinge herbei und stellten sich in Reihen auf. Pawel ordnete sich in seinen Block ein und hielt Ausschau nach seinem Vater. Wie auch seine Schwester Milena war Josef Kowna zeitgleich mit ihm ins Lager gekommen. Seitdem hatte er beide nur zweimal gesehen, das letzte Mal vor einem Monat. Er wusste nicht, ob sie überhaupt noch lebten. Milena war jung und kräftig, aber Josef ein kränklicher, alter Mann, der den unmenschlichen Bedingungen im Lager nicht gewachsen war. Pawel war darum in höchster Sorge um ihn.

Die Posten trieben die letzten Nachzügler auf dem Appellplatz zusammen. Pawel fröstelte in der kalten Luft, der Regen durchnässte seinen gestreiften Drillichanzug. In Gruppen von fünfhundert Häftlingen eingeteilt und vor Kälte und Furcht zitternd, warteten sie über eine Stunde auf Befehle. Wer seinen Platz verließ oder zusammenbrach, wurde umgehend erschossen, das war jedem klar. Pawel sah zu dem Turm neben dem Hauptgebäude hinüber. Auf der Plattform stand ein Maschinengewehr, mit dem die SS den gesamten Platz bestreichen konnte.

Die brodelnde Unruhe unter den Verzweifelten drohte in Panik umzuschlagen. Dies war kein normaler Morgenappell. Wachen und Offiziere liefen hektisch umher, unter ihnen der verhasste Theissen.

Sie räumen das Lager, schoss es Pawel durch den Kopf. Er hatte den Gedanken kaum zu Ende geführt, als die ersten Gefangenen seines Blocks sich unter den Befehlen der Wachposten in Bewegung setzen mussten. Schlamm spritzte von den Reifen eines offenen Wagens auf, der über den durchweichten Appellplatz raste. Walter Schmidtke, Kaindls wegen seiner Gewaltexzesse verhasster Adjutant, saß am Steuer, sein Chef auf dem Rücksitz. Kaindl hatte sich in seinen schwarzen Ledermantel gehüllt und die Schildmütze mit Reichsadler und Totenkopf in die Stirn gezogen. Dem Horch folgten drei Kübelwagen, besetzt mit den oberen SS-Rängen. Die Mörder setzten sich ab.

In der Ferne rollte der Donner des Geschützfeuers der Roten Armee über den Horizont. Pawel schickte ein Stoßgebet zum Himmel, dass die Soldaten rechtzeitig eintrafen, um ein Massaker zu verhindern.

Jemand verpasste ihm einen Stoß zwischen die Schulterblätter, der ihn beinahe zu Boden warf. Die Kapos schrien Befehle, die Menge kam in Bewegung. In Viererreihen marschierten sie auf das Tor zu. Ein Raunen griff um sich.

»Wohin bringen sie uns?«

»Werden sie uns freilassen?«

»Nein, sie werden uns töten. Uns alle. Niemand wird überleben, sie wollen keine Zeugen.«

Die Wachen begleiteten den Zug. Mit Pistolen und Gewehren bewaffnet, brüllten sie Befehle, knüppelten wahllos auf die Marschierenden ein und erstickten die zunehmende Unruhe unter den Gefangenen. Auch sie waren nervös. Außer Kaindl und Theissen schien niemand zu wissen, wohin es ging.

Sie marschierten etwa eine Stunde, da fielen die ersten Schüsse. Pawel sah mehr als einmal die Schwächsten stolpern und zu Boden stürzen. Wer liegen blieb, wurde erschossen. Er dachte an seinen Vater und stellte sich auf die Zehenspitzen, um die Kolonne besser überblicken zu können, aber er konnte weder ihn noch Milena entdecken.

Gegen Mittag erreichten sie eine Anhöhe. Pawel blickte zurück und sah einen endlosen Zug zerlumpter und ausgemergelter Gestalten in der gestreiften Häftlingskleidung, ein unendlich müder Wurm, der vor Erschöpfung kaum kriechen konnte. Er schätzte die Zahl der Elenden auf mehrere Tausend.

Wenigstens habe ich Schuhe an den Füßen, dachte er. Den Männern, die hart arbeiteten, hatte man häufig welche zugeteilt. Die Frauen dagegen mussten barfuß gehen.

Noch immer regnete es in Strömen. Obwohl der April bereits zu Ende ging, fegte ein bitterkalter Wind über die weite Ebene. Der Hunger wühlte in Pawels Eingeweiden, er atmete stoßweise und achtete darauf, nicht hinzufallen. Er war stets kräftig und zäh gewesen, deshalb hatten sie ihn zur Arbeit in der Klinkerfabrik des Außenlagers eingeteilt – eine unmenschliche Schufterei, die auch die Zähesten nur wenige Monate überlebten. Wenn selbst er am Ende seiner Kräfte war, bedeutete der Marsch ins Ungewisse für seinen Vater den sicheren Tod.

Er dachte an Milena. Ob Theissen seiner Mätresse das Privileg warmer Kleidung gewährte? Vielleicht war er ihrer längst überdrüssig geworden. Pawel hatte seiner Schwester mit Theissens Hilfe einen Posten in der Schreibstube verschafft, in der Hoffnung, damit wenigstens ihr Überleben zu sichern. Seither verdrängte er die Vorstellung, welchen Preis sie dafür zahlen musste. Trotzdem war dies der einzige Weg gewesen, Milena das Überleben zu sichern.

Er wich einer tiefen Pfütze aus und hob den Kopf, um in den Himmel zu blicken, der sich grau und milchig über ihm erstreckte. Die Sonne blieb hinter den Wolken verborgen, und so fand er keine Möglichkeit, einigermaßen die Richtung zu bestimmen, in die sie liefen. Das dumpfe Grollen der Geschütze lag hinter ihm, demzufolge marschierten sie nach Westen. Der Westen, das bedeutete Freiheit! Es hieß, die Amerikaner hätten bereits den Rhein überquert.

Wieder hallte das Echo von Schüssen über das flache Land. Leichen blieben auf dem Boden liegen, die Überlebenden trotteten abgestumpft weiter.

Pawel schätzte, dass es später Nachmittag war, als der Zug einen Bogen beschrieb. Der Regen ließ nach, die Sonne stand nun wie ein fahler, dunstiger Fleck am Himmel. Sie liefen weiter in nordwestliche Richtung, bis es zu dämmern begann.

Plötzlich schrie Bolkow: »Stopp! Stopp!«

Der Zug kam zum Stillstand. Jeder sank dort zu Boden, wo er gerade stand. Pawel sah Gerhard Theissen, der auf einem braunen Pferd saß und sich umschaute.

Ein schlammbespritzter Pritschenwagen rumpelte vorbei. Männer und Frauen, die Armbinden des Roten Kreuzes trugen, blickten mit versteinerten Mienen auf die Elenden herab und warfen Brote in die Menge, um die sich die Kräftigsten balgten. Pawel erwischte ein knochenhartes Stück Schwarzbrot, an dem er zu nagen begann. Der Durst machte ihn fast wahnsinnig.

Ein zweiter Wagen stoppte in einiger Entfernung, endlich teilten Soldaten Wasserrationen aus. Drei Dutzend Häftlinge drängten sich bereits um die Ladefläche. Bevor Pawel den Wagen erreichte, waren die Tanks leer, der Fahrer fuhr wieder los. Auch der Laster, von dem aus die Brote verteilt worden waren, entfernte sich. Die Rationen reichten nur für einen Bruchteil der Marschierenden, der Rest musste hungern oder sterben.

Einige der Durstenden wandten sich ab, legten sich bäuchlings auf den Boden und soffen wie Hunde aus Pfützen. Pawel stolperte in den Straßengraben. Er schöpfte mit der hohlen Hand schmutziges Regenwasser und trank. Dann kroch er frierend und hungrig auf die Straße zurück und rollte sich auf dem nassen Asphalt zusammen. Kurz darauf war er vor Erschöpfung eingeschlafen.

Beim ersten Schimmer des Tageslichts ging es weiter. Teile der Wachmannschaften hatten die Nacht zur Flucht genutzt. Die Angst vor den Russen war größer als die Angst, als Deserteur aufgegriffen zu werden. Theissen sammelte seinen geschrumpften Trupp um sich und trieb die Menge unbarmherzig an. Wer nicht schnell genug auf den Beinen war, den traf ein Knüppel oder gleich eine Kugel. Kaum hatte sich der Zug in Bewegung gesetzt, da erfüllte ein bedrohliches Summen die Luft und schwoll zu einem Dröhnen an. Zwei Jagdflieger rasten im Tiefflug über die weite Ebene. Sie wendeten und kehrten zurück, schossen jedoch nicht. An ihren Heckleitwerken leuchteten rote Sowjetsterne. Pawel sah, dass Theissen und Bolkow blitzschnell in den Graben sprangen. Ein paar Häftlinge winkten tatsächlich und riefen aus heiseren Kehlen: »Hurra!«

Wozu das alles?, dachte Pawel. Warum machen sich die Nazis nicht aus dem Staub? Warum quälen sie uns noch immer, wo es doch längst vorbei ist?

Sie marschierten einen weiteren Tag und einen dritten, immer Richtung Nordwesten. Träge rechnete er nach. Wenn sie am Tag etwa dreißig Kilometer zurücklegten, mussten sie inzwischen in der Nähe von Wittstock/Dosse sein.

Am frühen Abend erreichten sie den Belower Wald. Man errichtete ein provisorisches Lager, SS-Posten umstellten das Waldstück und überließen die Menschen sich selbst, ohne für Unterkunft oder Nahrung zu sorgen. Hier hatte Pawel unbeschwerte Kindheitstage verbracht, kannte jeden Baum und jeden Strauch.

Da die Zahl der Wachen ständig sank und es nicht mehr genug Stacheldraht gab, um das gesamte Gelände abzusichern, hätte er sich davonschleichen können, doch er wollte seinen Vater und Milena nicht im Stich lassen. Seine so gewonnene Freiheit wäre mit Schuld belastet gewesen. Also blieb er und hoffte, obwohl es längst nichts mehr zu hoffen gab.

Mit Einbruch der Dämmerung hörte der Regen schließlich ganz auf. Sie lagerten auf Wiesen und Lichtungen, eine Kontrolle der Massen durch die SS war kaum mehr möglich. Immer größere Gruppen von Häftlingen flohen im Schutz der Dunkelheit.

Wieder gab es kärgliche Rationen: verschimmeltes Brot, einen Becher Suppe, die fast nur aus Wasser bestand, aber wenigstens den Durst löschte. Pawel streifte zwei Stunden umher und suchte nach seiner Familie. Er fand sie nicht.

Am nächsten Morgen kamen drei Lastwagen an, aus denen Offiziere der Waffen-SS sprangen. Sie teilten die Menge in Gruppen von je dreihundert Gefangenen ein. Theissen fuhr mit einem Kübelwagen davon. Ein junger Soldat – ein halbes Kind noch – stieß Pawel vorwärts. Der Zug setzte sich abermals in Bewegung und gelangte nach einstündigem Marsch in eine geräumte Kaserne. Die Häftlinge wurden auf die Baracken verteilt, aber der Platz reichte nicht für alle. Hunderte schliefen im Freien auf dem Appellplatz.

Pawel war einer der Letzten, die es schafften, in eine der Bretterbuden zu gelangen. Bolkow baute sich vor dem Eingang auf und schrie nutzlose Befehle, die niemand mehr befolgte. Pawels Eingeweide zogen sich vor Hunger schmerzhaft zusammen. Er rollte sich in eine freie Ecke unter einem Fenster und blickte durch die schmutzige Glasscheibe auf ein kleines Stück des Himmels. Was würde nun geschehen?

Aus dem Augenwinkel sah er, dass drei ausgezehrte Gestalten auf Bolkow zutaumelten, ihn umringten und um Essen bettelten. Der Kapo schlug einen von ihnen nieder und rief nach Verstärkung. Theissen betrat die Baracke, zog seine Waffe aus dem Holster und erschoss die beiden anderen Gefangenen. Das Töten war für ihn zu einer beiläufigen, alltäglichen Sache geworden. Danach bat niemand mehr um Essen oder Wasser.

Pawel dämmerte dahin und verlor jegliches Zeitgefühl. Als ihn der Hunger weckte, war es dunkel geworden, Regen prasselte auf das Barackendach. Der undichte Fensterrahmen klapperte im Wind, kalte Luft strich durch die Ritzen und hüllte Pawel in eine eisige Decke. Die Stille wurde vom Seufzen und Jammern der Verhungernden unterbrochen. Durch den Spalt des Fensterrahmens kroch Zigarettenrauch, zwei Männer unterhielten sich leise. Es waren Bolkow und Theissen.

»Es ist also abgemacht?«, fragte der Kapo.

»Wenn du deine Arbeit gut machst, bekommst du Sachen aus der Kleiderkammer. Ich warte im Wald hinter der Scheune«, antwortete Theissen. »Und dann nichts wie weg.«

»Warum der Aufwand?«, fragte Bolkow.

»Glaubst du wirklich, die SS ist scharf darauf, dass die Russen herausfinden, was wir hier mit den KZ-Häftlingen machen? Das darf niemand jemals erfahren. Morgen Mittag, wenn die Scheune brennt, ist das Problem beseitigt. Wir müssen uns vorher passende Sachen raussuchen. Lade jetzt die Benzinkanister auf. Pass auf, wir …«

Ein Windstoß drückte den Fensterrahmen in die Zarge, nur abgehackte Wortfetzen drangen noch herein. Pawel blickte sich um. Keiner der Schlafenden ahnte etwas. Nicht wenige glaubten, dass die Terrorherrschaft der Nazis in ein paar Tagen oder Stunden vorbei sein würde.

Warum hatte ihn das Schicksal dazu ausersehen, als Einziger die Wahrheit zu erfahren? Was er zufällig mit angehört hatte, ließ keinen anderen Schluss zu: Die Nazis ließen niemanden am Leben, weil sie es sich gar nicht leisten konnten. Sie würden jeden Beweis ihrer abscheulichen Verbrechen beseitigen.

Schwankend richtete Pawel sich auf. Er war so schwach, dass er sich kaum auf den Beinen halten konnte, dabei war er zu Beginn der Lagerhaft einer der Kräftigsten gewesen. Nun schlotterte der Drillich um seinen ausgezehrten Körper. Auch wenn er die etwa achtzig Gefangenen warnen würde, die in der Baracke zusammengepfercht waren, was sollten sie unternehmen, unbewaffnet und all ihrer Energie beraubt? Nur ein Wunder konnte sie retten, und seinen Glauben an das Eingreifen Gottes hatte Pawel längst verloren.

Er rutschte kraftlos an der Bretterwand herab und verharrte in der Dunkelheit. Als der neue Morgen graute, kauerte er noch immer unter dem Fenster, gelähmt von der Hilflosigkeit und dem schrecklichen Konflikt, der in ihm tobte. Sollte er den anderen mitteilen, was er wusste? Oder war es besser, sie ahnten nichts, weil sie ohnehin sterben würden?

Motorenlärm riss ihn bald darauf aus seiner Starre. Bolkow

stieß die Tür auf und betrat in Begleitung mehrerer Männer in Wehrmachtsuniformen die Baracke.

»Alle Mann raus und antreten!«, brüllte er.

Etwa ein Drittel der Häftlinge war zu schwach, um aufzustehen. Die SS prügelte sie aus den improvisierten Schlafstellen und trieb sie nach draußen. Auf dem Appellplatz standen mehrere Laster und Fuhrwerke. Die Wachmannschaften aus Sachsenhausen hatten Verstärkung durch Wehrmacht und Volkssturm bekommen, überall patrouillierten SS-Männer mit Schäferhunden.

Wer nicht mehr laufen konnte, wurde von den Soldaten wie Vieh auf die Fahrzeuge verladen. Türen wurden zugeworfen, Motoren dröhnten auf. Pawel bewegte sich mechanisch wie eine Maschine.

Während des etwa einstündigen Marsches versuchten erneut mehrere Häftlinge zu fliehen. Zwei Männern gelang die Flucht in den nahen Wald. Die, die es nicht schafften und von den Kugeln der SS durchsiebt wurden, zählte er nicht. Bolkow wich nicht von seiner Seite, aber Pawel wäre ohnehin nicht geflohen. Lieber ging er mit seiner Schwester und seinem Vater in den Tod, als sie im Stich zu lassen.

Der Wald lichtete sich und machte einer weiten Ebene Platz. Inmitten brachliegender Felder erhob sich eine große Scheune aus roh behauenen Brettern mit einem Wellblechdach. Männer des Volkssturms klappten die Seitenteile der offenen Laster herunter und trieben die Menschen mit Knüppeln von den Ladeflächen.

Endlich entdeckte Pawel seine Schwester. »Milena!«, rief er, »Milena! Ich bin hier!«

Sie stand neben einem Pferdefuhrwerk und half einer alten Frau herunter, hörte ihn aber nicht. Theissen beobachtete die Szene und schnalzte ungeduldig mit der Zunge.

Pawel löste sich aus der Menge und hinkte auf Milena zu. Bolkow fluchte und riss ihn zurück. Pawel versetzte dem

Kapo einen kraftlosen Schlag, den dieser gar nicht zu bemerken schien.

»Milena!«

Ihre Blicke trafen sich in dem Augenblick, als Theissen seine Waffe zog und ihr in den Kopf schoss. Die zweite Kugel traf die am Boden liegende alte Frau. Pawel schrie schmerzerfüllt auf. Er wollte zu seiner Schwester, doch Bolkow hielt ihn fest, zerrte ihn herum und schlug ihm ins Gesicht. Theissen sah kurz auf und wandte sich gleichgültig ab.

Die Wachen trieben etwa zweihundert Menschen in die Scheune; Männer und Frauen, Junge und Alte. Pawel bewegte sich betäubt und willenlos inmitten der Menge. Ohne Unterlass sah er Theissen, der Milena die Pistole an den Kopf hielt und abdrückte.

»Pawel!«

Jemand rief seinen Namen.

»Pawel, du bist es!«

Ein dürrer alter Mann schob sich zwischen den dicht gedrängt stehenden Menschen hindurch und kam auf ihn zu. Entsetzt erkannte Pawel in der gealterten Gestalt seinen Vater. Die bartstoppeligen Wangen waren eingefallen, die einstmals wachen, regen Augen stumpf und trüb.

Er breitete die Arme aus und drückte den Alten an sich. Eine Weile standen sie eng aneinandergepresst stumm im Halbdunkel der Scheune.

»Milena ist tot!«, sagte Pawel mit erstickter Stimme.

Josef nickte. Er weinte.

Unvermittelt kam Bewegung in die Menge. Eine Frau kreischte entsetzt auf. Vor dem hellen Rechteck des Himmels zeichneten sich scharf wie Scherenschnitte die Silhouetten von vier mit Maschinenpistolen bewaffneten Gestalten ab. Männer des Volkssturms schleppten Kanister herbei und bespritzten die vorne Stehenden mit Benzin. Die Menge wich panisch zurück.

Pawel verlor durch seinen Vater, der sich an ihn klammerte, das Gleichgewicht und stolperte. Der Sturz rettete ihm das Leben, denn in diesem Moment eröffnete die SS das Feuer. Ein lebloser Körper begrub Pawel unter sich, dann noch einer. Das Knattern der automatischen Waffen hielt etwa dreißig Sekunden an, danach herrschte Totenstille. Sein Vater grub die Finger in Pawels Ärmel und drückte so fest zu, dass Pawel einen Schrei unterdrücken musste. Er konnte nicht sehen, was nun geschah, begriff aber, dass das Wunder, an das er nicht geglaubt hatte, eingetreten war. Sie lebten.

Jemand stöhnte, worauf ein kurzer Feuerstoß folgte, dann war es still. Pawel hörte ein leises Plätschern. Panik ergriff ihn. Ihm wurde klar, dass er nur überlebt hatte, um qualvoll bei lebendigem Leib zu verbrennen.

Ein machtvolles Fauchen fuhr über die Leichen hinweg, gefolgt von einer Hitzewelle, die Pawel den Atem raubte. Die SS-Mannschaften schlossen die Scheunentore und sperrten das Tageslicht aus, blutrote Höllenglut loderte auf.

Pawel tätschelte die Wangen seines Vaters. Der schlug die Augen auf und verzog vor Schmerz das Gesicht.

»Mein Bein«, krächzte er, »mein Bein.«

Pawel zwängte sich zwischen den Toten hindurch. Er selbst war unverletzt, aber das linke Hosenbein seines Vaters war vom Knie abwärts voller Blut.

Die Feuerwalze raste unerbittlich auf ihn zu, der dichte Qualm nahm ihm die Sicht. Es stank bestialisch nach verbranntem Fleisch. Er hustete und würgte und suchte die Umgebung nach einem Fluchtweg ab.

Die Scheune bestand aus einer hölzernen Fachwerkkonstruktion mit senkrechten Schalungsbrettern, Wellblechplatten bildeten das Dach. Das Gebäude würde binnen Minuten lichterloh brennen. Pawel tastete die Rückwand ab und schob mehrere Strohballen zur Seite, um zu sehen, was sich dahinter verbarg. Er bemerkte, dass auch andere das Massaker überlebt hatten. Verzweifelt versuchten sie, mit Kleidungsstücken das Feuer auszuschlagen.

In der Rückwand entdeckte er zwei Bretter, deren untere Enden abgefault waren. Tageslicht schimmerte durch die Ritzen. Pawel legte sich auf den Rücken und begann, mit den Füßen auf das morsche Holz einzutreten. Die Flammen leckten bereits an den Holzstützen empor, das Atmen fiel ihm mit jedem Zug schwerer. Er hoffte, dass die Mörder sich aus Angst vor dem Feuer von der Scheune fernhielten. Wenn sie die Rückseite bewachten, waren er und sein Vater verloren.

Allmählich gaben die Bretter nach, Stücke verfaulten Holzes flogen davon. Endlich war das Loch groß genug, um ins Freie kriechen zu können.

Der Waldrand lag etwa hundert Schritte entfernt, weder SS noch die Männer des Volkssturms waren zu sehen. Er fragte sich, warum sie bei der Mordaktion mitmachten. Entweder hatte man sie dazu gezwungen oder sie waren genauso fanatisch wie die Teufel in den schwarzen Uniformen.

Sein Vater war kaum bei Bewusstsein. Pawel schob seine Arme unter die Achseln des alten Mannes und zog ihn an die Scheunenwand. Er kroch ins Freie, drehte sich um und zerrte ihn nach draußen.

Die Scheune brannte inzwischen wie eine riesige Fackel, im Inneren konnte niemand mehr am Leben sein. Beißender schwarzer Qualm drang durch die Ritzen und Spalten, selbst in einiger Entfernung war die Hitze unerträglich. Pawel rüttelte seinen Vater an der Schulter. Der Alte hustete und schlug die Augen auf.

»Komm!«

Pawel half ihm auf und stützte ihn. Er machte sich Sorgen wegen der Schusswunde und des Blutverlusts. »Wenn wir den Wald erreichen, sind wir in Sicherheit«, keuchte er.

Der alte Mann schüttelte müde den Kopf. »Ich schaffe es nicht. Du musst allein gehen.«

»Ich lasse dich nicht zurück. Niemals.«

Ohne auf seinen Protest zu achten, betrat Pawel die Wiese und sah sich wachsam um. Die brennende Scheune gab ihnen Deckung, ein stürmischer Wind fachte die Flammen an, die turmhoch in den Himmel loderten. Ein Teil des Daches stürzte ein, Funken stoben auf.

Nach wenigen Schritten spürte Pawel, wie erschöpft er war. Das Gewicht des apathischen alten Mannes zog ihn unerbittlich zu Boden. Sein Vater stöhnte vor Schmerz, er stolperte und stützte sich unwillkürlich auf sein verwundetes Bein.

Der Waldrand, der ihm vorhin so nah vorgekommen war, schien jetzt mit jedem Schritt wie ein Trugbild weiter vor ihm zurückzuweichen. Jeden Augenblick rechnete er damit, dass sie entdeckt wurden. Ein überraschter Ausruf, ein Schuss, dann wäre es vorbei. Aber nichts geschah.

Sie schafften es bis zu einer Gruppe Kiefern mit tief herabhängenden Zweigen. Pawel brach in die Knie, sein Vater fiel zu Boden und blieb auf dem Rücken liegen. Pawel sah zur Scheune zurück. Die Lastwagen fuhren ab, ein Soldat auf einem der Fuhrwerke kämpfte mit den Zugpferden, die von den Flammen in Panik versetzt wurden. Niemand schien auf den Gedanken zu kommen, dass jemand der Feuerhölle entkommen sein könnte. Pawel konnte selbst kaum glauben, dass sie lebten.

Da er kein Messer hatte, versuchte er, mit den Zähnen vom zähen Drillichstoff seiner Hose einen Streifen abzureißen, um die Schusswunde zu verbinden. Der Ausdruck in den Augen seines Vaters erschreckte ihn – so still, so friedlich und demütig.

»Wir müssen weiter«, sagte er.

Unmerklich schüttelte der Alte den Kopf. »Ich würde dich nur aufhalten. Meine Reise endet hier.«

Wütend zerrte Pawel an dem Stoff. »Sag so etwas nicht. Du wirst sehen, wir schaffen es. Wir werden Hilfe finden, irgendwo. Die Nazis sind am Ende.«

»Es ist zu spät.«

Tränen schossen ihm in die Augen. »Nein, das ist es nicht. Glaubst du wirklich, das Schicksal hat uns das Lager, den Marsch und das Feuer überstehen lassen, damit wir hier sterben?«

Sein Vater tastete nach Pawels Hand. »Du musst leben, denn du hast eine Aufgabe.«

Pawel sah ihn verständnislos an. »Was meinst du?«

»Milena ... und all die anderen. Sie dürfen nicht umsonst gestorben sein. Jemand muss sie rächen. Versprich mir, dass du die Deutschen für ihre Verbrechen bestrafen wirst. Du wirst nicht allein sein. Der Schrei nach Vergeltung wird sich überall erheben. Und du ... musst dir Freunde suchen, Gleichgesinnte, musst ...« Sein Brustkorb hob sich stockend, das fahle Gesicht glänzte wächsern. »Versprich es mir.«

Pawel zögerte. Ein Versprechen, das er einem Sterbenden gab, würde er einhalten müssen, auch wenn es seinen weiteren Lebensweg bestimmen sollte.

»Versprich es mir.«

Pawel nickte. »Ich verspreche es.«

»Gut.«

Der Alte schloss die Augen. Nach einer Weile hörte er auf zu atmen. Pawel blieb neben dem Toten sitzen, hielt seine Hand und weinte die Tränen, die er sich all die Monate versagt hatte.

Er wusste nicht, wie lange er neben seinem toten Vater ausgeharrt hatte, als er Stimmen hörte, die ihn aus seiner Starre rissen. Er kroch ins Unterholz und verbarg sich in einer von Haselnusssträuchern überwucherten Senke. Durch die Zweige sah er zwei Männer, die so dicht vor ihm standen, dass er sie beinahe mit der ausgestreckten Hand hätte berühren können. Einer der beiden rollte ein Bündel zusammen und warf es ins Unterholz.

Es war eine SS-Uniform. Der zweite Mann trug einen dunklen Wollmantel und eine olivgrüne Feldmütze der Wehrmacht. Es war Bolkow. In dem anderen Mann erkannte Pawel SS-Hauptscharführer Gerhard Theissen.

»Machen wir, dass wir fortkommen«, sagte Theissen.

Bolkow nickte. »Meine Freunde warten bereits auf uns. Wir müssen uns beeilen.«

Sie entfernten sich rasch nach Westen, Pawel blieb allein zurück. Die Mörder würden nun in der Menge der Flüchtenden untertauchen, sich neue Papiere besorgen und niemals für ihre Untaten bestraft werden. Pawel ballte die Fäuste und grub die Fingernägel in die Handflächen, bis der Schmerz unerträglich wurde. In diesem Augenblick schwor er beim Tod seiner Schwester, das Versprechen, das er seinem Vater gegeben hatte, unter allen Umständen einzulösen. Er würde Theissen suchen und ihn eines Tages finden, auch wenn er der Jagd nach ihm sein Leben opfern musste. Und der Tod des verfluchten Mörders sollte erst der Beginn seiner schrecklichen Vergeltung sein.

2

Zwei Jahre später, 8. März 1947

Hannah Bloch schlug den Kragen ihrer pelzgefütterten Fliegerjacke hoch, um sich vor der beißenden Kälte zu schützen. Trotz der warmen Armeestiefel, der olivgrünen Hose und dem Wollschal fror sie. Ihr Atem kondensierte auf der Fensterscheibe der Straßenbahn, die sich ihren Weg durch die Trümmerwüste Frankfurts bahnte. Hannah wusste, dass sie großes Glück gehabt hatte, weil Scott Young, Lieutenant der US-Army und Agent des CIC, einen Narren an ihr gefressen hatte. Er versorgte sie mit allem, was nötig war, um in der zerstörten Stadt zu überleben. So war auch die schicke Jacke ein Geschenk von ihm.

Sie lehnte die Stirn gegen die kalte Glasscheibe und dachte an die vergangene Nacht. Scott besaß alles, was sich eine Frau wünschen konnte. Er war klug, aufmerksam und hatte Humor. Er sah blendend aus und war ein zärtlicher Liebhaber. Sie wusste, dass er sie aufrichtig liebte und bei jeder Gelegenheit auf Händen trug. Eigentlich sollte sie mit einem solchen Mann an ihrer Seite überglücklich sein, denn es erging ihr weit besser als der großen Mehrheit der Bevölkerung. Die meisten Menschen waren vollauf damit beschäftigt, ihr Überleben zu organisieren und schlugen sich nicht mit einem komplizierten Liebesleben herum. Die Stadt war voll mit Frauen, die darauf warteten, dass ihre Männer endlich heimkehrten oder dass sie wenigstens Gewissheit über deren Schicksal erlangten. Niemand wusste genau, wie viele Ehemänner, Väter und Söhne auf den Schlachtfeldern Russlands für den Wahn vom Großdeutschen Reich ihr Leben gelassen hatten. Wie so oft in ihrem Leben hatte Hannah Glück im Unglück gehabt, dennoch brachte sie es fertig, mit dem Schicksal zu hadern und sich über ihre Gefühle im Unklaren zu sein.

Seit Wochen grübelte sie darüber nach, was sie für Scott empfand. An ihm lag es nicht, dass sie regelmäßig Phasen des Trübsinns durchlebte. Er gab sich große Mühe, ihr zu helfen, die Vergangenheit hinter sich zu lassen. Doch die Bilder in ihrem Kopf verfolgten sie auch, wenn sie mit ihm zusammen war. Sie schlichen sich in ihre Träume und schoben sich am Tag immer dann vor ihre Augen, wenn sie glaubte, die schrecklichen Ereignisse loslassen zu können: die Nacht bei der Kapelle, die Grube, Lubeck, der sie zwang, zu graben, bis sie auf die Leichen der Deserteure stieß und damit auf die Erkennungsmarke – den furchtbaren Beweis, dass ihre erste große Liebe Hans Simonek tot war. Vielleicht hätte sie ihn vergessen können, wenn sie sich ehrlich darum bemühte, aber sie wollte es nicht. Solange sie die Erinnerung an ihn wachhielt, lebte er in ihrem Herzen weiter. Und das war ihr Problem.

Die Straßenbahn rumpelte über die notdürftig ausgebesserten Schienen zum Sperrbezirk, den die Amerikaner eingerichtet hatten. Hannah zog die Fliegerjacke enger um ihre Schultern und hörte das Papier in der Innentasche knistern. Trotz ihrer düsteren Stimmung musste sie unwillkürlich lächeln. Fast schämte sie sich wegen ihrer trübseligen Laune, denn die vergangenen Tage waren mit freudigen und aufregenden Ereignissen angefüllt gewesen. Sie zog die CPL aus der Tasche und strich sie glatt. Die internationale *Commercial Pilot Licence* war auf ihren Namen ausgestellt und trug das Datum vom 7. März 1947 – ihrem zweiundzwanzigsten Geburtstag. Irgendwie hatte Scott es geschafft, die Flugprüfung auf genau diesen Tag zu legen. All ihre Träume hatten sich erfüllt. Sie besaß nun die Erlaubnis, Flugzeuge bis zur Größe einer Junkers 52 zu fliegen. Und damit nicht genug, sie war die einzige Frau, der diese Ehre im Nachkriegsdeutschland bisher zuteilgeworden war. Deutlich erinnerte sie sich an die im Sonnenlicht blitzende Douglas DC-2, an die strengen Blicke des Prüfers und ihre schweißnassen Hände in den ledernen Fliegerhandschuhen, als sie die Maschine getrimmt und die Motoren gestartet hatte. Scott hatte sie als Navigator begleitet.

Eine Stunde später besaß sie eine Pilotenlizenz. Das Mädchen, das in den Wolken nach Bildern gesucht hatte, war erwachsen geworden und erlebte, wie sein Traum Wirklichkeit wurde. Der einzige Wermutstropfen war die Tatsache, dass bislang kein Deutscher die Erlaubnis erhielt, ein Flugzeug zu besitzen oder gar zu fliegen. Nur ausländische Fluggesellschaften wie die *Pan American World Airways* durften die Flughäfen in Frankfurt und Berlin ansteuern. Wenn sie als Pilotin arbeiten wollte, musste sie darauf hoffen, eine Anstellung bei einer dieser Gesellschaften zu ergattern. Scott hatte bereits versucht, ihr schonend beizubringen, dass die Aussichten dafür schlecht standen. Trotzdem hatte er ihr die Ausbildung bei der US-Army ermöglicht. Noch war ihr nicht ganz klar, warum er das getan hatte, aber er dachte eben praktisch. Vielleicht hatte er bereits einen Plan, mit dem er sie überraschen wollte.

Scott Young arbeitete für den CIC, einen amerikanischen Geheimdienst, dessen Hauptaufgabe in Europa darin bestand, Kriegsverbrecher aufzuspüren. Hannah dachte daran, wie sie Scott im Klingelpütz, dem Kölner Gefängnis, kennengelernt hatte. Wäre sie ihm nicht begegnet, würde sie noch immer eine Haftstrafe wegen Schieberei, Dokumentenfälschung und Schwarzmarkthandel absitzen. Scott hatte sie es auch zu verdanken, dass sie die Gelegenheit erhielt, den Gutachterärzten der Aktion T4 und dem untergetauchten Personal der Tötungsanstalten nachzujagen.

Sie hatte fast zwei Jahre in verschiedenen Anstalten verbringen müssen und mit knapper Not überlebt, und sie kannte die Namen und Gesichter vieler Täter. Deshalb hatte Scott ihre Freilassung aus der Haft erwirkt. Seitdem half sie ihm, nach Ärzten und Pflegern der Mordanstalten zu fahnden. Den einen oder anderen hatten sie erwischt, viele waren jedoch auf freiem Fuß und machten unter falschen Namen bereits wieder Karriere.

Als Zivilangestellte der US-Army kam sie in den Genuss, die als *Roundup* bezeichnete Straßenbahnlinie 13 benutzen zu dürfen, die vom Bahnhof durch das Sperrgebiet zum Hauptquartier der amerikanischen Streitkräfte im I.G.-Farben-Haus führte. So brauchte sie nicht jeden Morgen zu Fuß den Weg durch die zerstörte Innenstadt zurückzulegen.

Hannah schob die Pilotenlizenz in ihre Jacke und blickte in Gedanken versunken hinaus. Vor den Fenstern zogen Schuttberge und ausgebombte Häuser vorbei. Frankfurt glich einem gigantischen Trümmerhaufen, in dem in Lumpen gehüllte Gestalten nach allem suchten, was ihr Überleben sicherte. Es würden Jahre vergehen, bis die Stadt zur alten Blüte zurückfand. Ob es überhaupt jemals gelingen würde?

Die Bahn drosselte das Tempo und stoppte an der Haltestelle Palmengarten. Die Türen öffneten sich, kalte Luft strömte ins Innere. Drei neue Fahrgäste stiegen ein.

Eine Frau mit hagerem Gesicht und verkniffenen Lippen ging durch den Mittelgang und setzte sich auf einen freien Platz. Hannah betrachtete sie flüchtig, ihre Gedanken weilten weit weg auf einer Wiese an einem Vorfrühlingstag des Jahres 1945. Sie schloss die Augen und sah Hans vor sich, die Grübchen, die sich an seinem Kinn bildeten, wenn er lachte, und seine Augen, die mit dem Himmel um das schönste Blau wetteiferten.

Hannah schüttelte die Erinnerungen ab, denn sie waren zu schmerzhaft. Sie bemerkte, dass die Frau ihren Hut abgenommen hatte. Eine eisige Klaue krallte sich um Hannahs Herz, eine lange verdrängte, alles verzehrende Furcht stieg in ihr hoch. Sie starrte gebannt auf das knochige Profil mit der Geiernase und dem Hexenkinn und wartete, bis die Frau ihr das Gesicht zuwandte. Hannah kannte sie. Nur hatte sie nicht damit gerechnet, an diesem Morgen in der Straßenbahn einer Toten zu begegnen.

3

Die Frau sah durch Hannah hindurch und schien sie nicht wahrzunehmen. Sie trug einen beigefarbenen, elegant geschnittenen Wintermantel, dazu passende Stiefel aus braunem Leder. Sie hieß Hannelore Kowalski, geboren am 23. September 1895 in Gießen. Vom 1. Januar 1938 bis zum 31. Dezember 1944 hatte sie als leitende Oberschwester in der Zwischenanstalt Herborn gearbeitet. Ihr Vorgesetzter war Dr. Herbert Moor gewesen. Ruths Schwester Thea hatte ihn Dr. Schnipp-Schnapp genannt, weil er die Zwangssterilisationen durchführte. Er stand auf der Fahndungsliste des CIC, galt jedoch als unauffindbar.

Sie hatte die Oberschwester mit den knochigen Wangen und der Hakennase, die ihr den Spitznamen *der Geier* eingebracht hatten, sofort wiedererkannt. Daran änderten auch die modische Kleidung und die dezente Schminke nichts. Hannelore Kowalski mochte sich gehäutet haben, unter der neuen Haut steckte dieselbe alte Giftschlange.

Hannah war inzwischen zu einer selbstbewussten jungen Frau herangereift, die sich vor niemandem fürchtete. In Gegenwart der verhassten Oberschwester kehrte jedoch die Todesangst zurück, die während des Aufenthalts in den Tötungsanstalten in Herborn und Hadamar ihr ständiger Begleiter gewesen war. Jeder Tag hätte der letzte sein können, wenn Ärzte wie Moor und seine gefühlskalten Helfer es so beschlossen. Hannah hatte in ihrer Kindheit unter einer leichten Form von Epilepsie gelitten, im Lauf der Jahre jedoch waren die Anfälle seltener geworden und hatten schließlich ganz aufgehört. Beim Anblick der ehemaligen Oberschwester spürte sie zum ersten Mal seit langer Zeit die vertraute Dunkelheit kommen, die einem epileptischen Anfall voranging. Ihr Puls beschleunigte sich und ihr

Blickfeld verengte sich zu einem immer schneller kreisenden Tunnel. Erschrocken kämpfte sie gegen die heranrasende Finsternis an, in der winzige Blitze zuckten.

Lange verdrängte Bilder tauchten vor ihren Augen auf: das kleine Mädchen, dessen Beine zu kurz waren, um in den grauen Bus steigen zu können. Der kleine Ralfi, der sich ängstlich an Hannah geklammert und vier Wochen später tot im Keller der Anstalt gelegen hatte ... und die Puppe. Als die Kowalski das Mädchen hochgerissen und in den Bus gestoßen hatte, hatte es die Puppe verloren, eine einfache Puppe mit Armen und Beinen aus gedrehten Hanffasern und kreuzförmig aufgestickten Augen. Das Kind war längst tot, die Puppe besaß Hannah noch heute.

Wie hypnotisiert starrte sie auf das Profil der früheren Oberschwester, die die Transporte in die Tötungsanstalten zusammengestellt hatte. Hannahs Wangen brannten, als lägen die Schläge, mit denen die Frau sie gequält hatte, nicht Jahre, sondern nur Minuten zurück.

Die Kowalski hatte einen kleinen Spiegel aus ihrer Handtasche geholt, musterte kritisch ihre Reflexion und schraubte die Kappe von einem Lippenstift. Die Geste war so alltäglich und harmlos, dass sie auf eine plumpe Weise entwaffnend wirkte. Selbst Hannah vergaß beinahe, dass die Oberschwester Hunderte Unschuldige in den Tod geschickt hatte.

Sie rief sich die Einzelheiten der Akte ins Gedächtnis, die sie vor einer knappen Woche bearbeitet hatte. Laut Zeugenaussagen war Hannelore Kowalski im Frühjahr 1944 von Herborn in die Anstalt Grafeneck gewechselt und dort an den sogenannten »Abspritzungen« beteiligt gewesen. Sie hatte Dutzende Menschen mit geistiger Beeinträchtigung eigenhändig mit Scopolamin getötet.

Im Gegensatz zu Moor war Hannelore Kowalski von der Fahndungsliste gestrichen worden, weil ihr Mann sie vor einem Monat für tot hatte erklären lassen. Offiziell wurde sie seit einem

Bombenangriff auf Gießen im Frühjahr 1945 vermisst. Nun saß sie quicklebendig in der Straßenbahn und zog ihren Lippenstift nach. Offenbar fühlte sie sich völlig sicher. Da sie die Linie 13 benutzte, musste sie gute Verbindungen zu den Amerikanern besitzen. Ihrer Kleidung nach zu urteilen, schien es ihr finanziell gut zu gehen.

Während Hannah sich von ihrem Schock erholte und darüber nachdachte, wie sie vorgehen sollte, stoppte die Bahn an der nächsten Haltestelle. Die Kowalski verstaute Spiegel und Lippenstift in ihrer Handtasche und stand auf.

Hannah trug weder ihre Uniform noch hatte sie die Befugnis, jemanden festzunehmen. Ihre Aufgabe bestand darin, Listen mit dem Personal der Tötungsanstalten zu erstellen und belastendes Material zu sammeln, das in einem Prozess verwendet werden konnte. Trotzdem musste sie etwas unternehmen. Wenn sie den *Geier* aus den Augen verlor, würde sie die Frau vermutlich nicht wieder aufspüren können.

Die Türen glitten auseinander, Hannelore Kowalski stieg aus. Hannah folgte ihr in einigem Abstand, vorbei an ausgebombten Mietshäusern und Trümmergrundstücken. Gigantische Schuttberge versperrten ganze Straßenzüge. Hannah nutzte herabgestürzte Mauern und Stapel aufgetürmter Ziegel als Deckung.

Die ehemalige Oberschwester ging über Nebenstraßen nach Osten und überquerte den Börneplatz. Hannah wartete, bis sie die andere Seite erreicht hatte, und eilte an den Ruinen der Synagoge vorbei. Vor vielen Jahren war sie hier Opfer eines bösen Streichs geworden. An jenem Tag hatte ihr Leben eine unheilvolle Wendung genommen. Ob es heute noch mal geschehen würde?

Sie kam an einer Parole vorbei, die an eine Hauswand geschmiert worden war. Seit ein paar Wochen tauchten sie überall auf.

Wir wurden ermordet! Rächt uns! Gedenkt unser!

Auch an den Grundmauerresten der Synagoge leuchteten die Buchstaben blutrot als Erinnerung an die Toten und Mahnung an die Lebenden. Manche behaupteten, sie wären tatsächlich mit Blut geschrieben worden.

Hannelore Kowalski nahm von den stummen Anklagen offenbar keine Notiz, obwohl sie allen Grund dazu gehabt hätte. Nach dreihundert Metern bog sie in eine Nebenstraße ein, die zu dem Haus führte, in dem Hannah und ihre Mutter gewohnt hatten, bevor die Nazis ihr Leben zerstörten. Im Erdgeschoss hatte sich Malishas kleiner Schneiderladen befunden.

Neben einer Litfaßsäule blieb die Kowalski kurz stehen und blickte sich misstrauisch um. Hatte sie bemerkt, dass ihr jemand folgte? Hannah drückte sich in einen Hauseingang und wartete.

Als die Frau weiterging, wagte sich Hannah aus ihrem Versteck und lief los, alles um sich herum vergessend außer der hageren Gestalt. Sie stieß mit einem alten Mann zusammen, der bei der Kollision zu Boden stürzte.

»Kannste nicht aufpassen, Mädchen? Einen alten Mann einfach umzurennen! Wo gibt's denn so was?«

»Entschuldigung. Warten Sie, ich helfe Ihnen auf.«

Hannah beugte sich über den Alten und versuchte, die Kowalski nicht aus den Augen zu verlieren. Der *Geier* strebte eilig einem Torweg entgegen, der zu einem Hinterhof führte. An der Mauer hing ein weißes Schild mit der Aufschrift: *Dr. med. Moor, Allgemeinmediziner.*

Ihr Herz drohte zu zerspringen. Die Kowalski und Moor standen in Kontakt! Die Oberschwester hatte sie, ohne es zu ahnen, auf direktem Weg zu Dr. Schnipp-Schnapp geführt. Eilig zerrte sie am Arm des alten Mannes.

»Nich so hastig. Ein bisschen Geduld mit den morschen Knochen.«

Er stützte sich schwer auf ihre Schulter, fluchte lästerlich und kam unbeholfen auf die Beine. Sein Atem stank nach billigem Fusel.

»Da, sieh nur, was du angerichtet hast!«

Seine Drillichhose war an den Knien durchnässt und schmutzig, auf seiner fadenscheinigen Jacke breitete sich ein Fleck aus, es roch nach Schnaps. Er griff in die Tasche und zuckte zusammen. Von der Spitze seines Mittelfingers tropfte Blut. Offenbar war eine Flasche in seiner Jackentasche bei dem Sturz zerbrochen. Er begann zu jammern.

»Bis zum Schwarzmarkt aufm Römer bin ich gelaufen und jetzt isse kaputt!«

Hannah achtete kaum auf ihn und hielt Ausschau nach der ehemaligen Oberschwester. Sie war verschwunden. Der Mann packte indessen Hannahs Oberarm und schüttelte sie.

»Schau dir an, was se aus mir gemacht haben. Meine schöne Uniform ham se mir genommen.« Er presste verbittert die Lippen zusammen. »'ne feine Gegend war das … vorm Krieg.«

»Lassen Sie mich los!«

Er krallte seine knochigen Finger fester in das Leder ihrer Fliegerjacke.

»'ne feine Gegend. Und ich hab für Ordnung gesorgt. Da hat keiner 'nen armen Mann umgerannt. Siehste den Laden dahinten? Mit den Brettern vor dem Schaufenster?«

»Sie tun mir weh!«

Hannah befreite sich entschieden aus seinem Griff. Der Alte strauchelte und wäre beinahe erneut gestürzt. Er grinste und deutete auf die Durchfahrt zu einem Hinterhof.

»Da haben wir mit dem Pack richtig aufgeräumt … damals. Das waren noch Zeiten.«

Hannah erschrak. Der Alte sprach nicht von irgendeinem Laden, sondern vom Geschäft ihrer Mutter. Der Laden … Malisha, die sich verzweifelt wehrte, Lubeck und die scharfe Schneiderschere in Hannahs Hand. Plötzlich war alles voller Blut gewesen.

»Wie … wie meinen Sie das? Sie haben aufgeräumt?«, fragte sie.

Der Mann richtete sich kerzengerade auf und reckte das Kinn vor.

»November '38 war das. Da haben wir's dem Judenpack gezeigt. Mit eisernem Besen haben wir gekehrt, jawoll! Wir Polizisten hatten ja Anweisung, uns rauszuhalten. Aber ich hab trotzdem mitgemischt.« Er machte ein paar unsichere Schritte auf den Laden zu. »Und was hat es genutzt? Das deutsche Volk war es nicht wert. Ein Haufen Schwächlinge, der sich bei den Amerikanern anbiedert.«

Hannah starrte den Alten an. Nun glaubte sie tatsächlich, ihn zu kennen. Ja, er war es. Der Name wollte ihr nicht mehr einfallen, doch das Gesicht erschien ihr auf einmal vertraut. Er war älter geworden, war abgemagert und ungepflegt, darum hatte sie ihn nicht gleich erkannt. Sie sah ihn vor sich, wie er in seiner stramm sitzenden Polizeiuniform die Straße auf und ab patrouillierte und Malisha mit geilen Blicken begaffte. Wenn der Wachtmeister im Torweg zum Hinterhof aufgetaucht war und die Judenkinder verjagte, hatte sie sich zu Tode gefürchtet. Jahre später hatte sie ihn in der Reichskristallnacht vom Fenster der Wohnung im ersten Stock aus beobachtet. Mitgerissen von der Gewalt hatte er das Schaufenster des Schneiderladens zerschlagen und dabei triumphierend gegrölt, sein Gesicht vor Wut verzerrt. Hannah würde den 9. November 1938 niemals vergessen. Zum ersten Mal hatte sie geahnt, was die Zukunft für sie bereithielt. In jener Nacht hatte ihre Kindheit abrupt geendet, die Zeit des Spiels war für immer vorbei gewesen. Was folgte, waren Jahre des Grauens.

»Dreckiges Judenpack«, murmelte der Alte.

Erst die Kowalski und nun der Albtraumwachtmeister ihrer Kindheit. Sie waren überall. Mit dem Zusammenbruch des Dritten Reichs waren die Hakenkreuzflaggen und SS-Uniformen verschwunden, doch die Männer, die sie getragen hatten, waren noch da. Wie Wölfe im Schafspelz leben sie unter uns, dachte Hannah. Und in ihren Köpfen ist der braune Spuk gegenwärtig, als wäre er nie weg gewesen.

»Hätten wir sie nur alle totgeschlagen, sage ich. Dann könnten sie jetzt keine Lügen über uns anständige Deutsche verbreiten. Wir …«

»Halten Sie den Mund.«

»Hä?«, machte er.

»Ich weiß, wer Sie sind. Glauben Sie etwa, ich hätte Sie vergessen?«

Misstrauisch kniff er die Augen zusammen. »Biste etwa auch eine von denen?«

Hannah erinnerte sich an sein aufgesetztes Imponiergehabe, an den eitlen Stolz, mit dem er die Uniform getragen hatte, in die sie Dummköpfe wie ihn gesteckt hatten.

»Nehmen Sie gefälligst Haltung an, Mensch!«, ahmte sie sein Gebrüll von damals nach. »Zeigen Sie mal Ihren Entnazifizierungsbescheid! Sie haben keinen? Dann wird's Zeit, dass wir uns mal mit Ihnen beschäftigen.«

Er atmete schwer und glotzte sie böse aus blutunterlaufenen Augen an. Sie machte einen drohenden Schritt auf ihn zu, aufgebracht darüber, dass sie wegen ihm die Spur der Kowalski verloren hatte.

»Hauen Sie ab! Wird's bald?«

Er wischte sich über den Mund, spuckte auf das Pflaster und trollte sich. Hannah sehnte sich nach Scotts Umarmung, nach jemandem, der sie festhielt und ihr versicherte, dass alles gut werden würde. Ihr war schwindelig. Die gefürchtete Dunkelheit lauerte an den Rändern ihres Blickfelds wie ein Schatten der Vergangenheit, den das Sonnenlicht nicht vertreiben konnte. Wenigstens die Praxis von Dr. Moor würde sie wiederfinden, und damit vielleicht auch Hannelore Kowalski.

Als Hannah die weiße Fassade des I.G.-Farben-Hauses vor sich sah, konnte sie sich nicht erinnern, wie sie hierhergelangt war. Die Begegnung mit dem Betrunkenen und der Frau, die sie jahrelang gequält hatte, wühlte sie mehr auf, als sie zugeben wollte. Sie wies sich am Kontrollpunkt der Sperrzone aus und hastete die Flure des Hauptquartiers der amerikanischen Streitkräfte entlang. Ohne anzuklopfen, stieß sie die Tür zu Scotts Büro auf.

Besorgt blickte er sie an. »Darling, du siehst aus, als hättest du ein Gespenst gesehen.«

»Nicht eins, sondern gleich zwei.«

Er kam um den Schreibtisch herum, drückte sie sanft an sich und küsste sie auf die Wange. Seine warmen braunen Augen, das schmale Gesicht und die vertraute Nähe ließen Hannahs Anspannung abklingen. In seiner Gegenwart brauchte sie sich nicht zu verstellen und konnte sich fallen lassen, ganz sie selbst sein. Sanft fuhr sie durch sein dunkelblondes Haar.

»Ach Scott, manchmal glaube ich, es wird niemals enden. Sie sind überall.«

»Du bist blass wie der Mond. Was ist passiert? Erzähl!«

Sie streifte die Fliegerjacke ab, ließ sich in einen Sessel fallen und berichtete von ihren Begegnungen. Scott setzte sich auf die Kante des Schreibtischs und blickte gedankenverloren auf die zerstörte Stadt hinaus.

»Diese Verbrecher haben sich nicht in Luft aufgelöst, nur weil ihr den Krieg verloren habt. Es waren nicht nur die Görings und Himmlers, sondern vor allem die Meiers und Schmidts, die mitgemacht haben. Sorry, ich fürchte, es werden uns viele – wie sagt man in German? – durch die Lappen gehen.«

»Dann sollen wir die Mörder laufen lassen?«

»Nein, natürlich nicht. Think positive. Wir haben viel erreicht. Seit Dezember stehen die Organisatoren der Euthanasieverbrechen vor Gericht, unter ihnen Brandt und Victor Brack.«

»So viele von ihnen laufen frei herum.« Hannah sprang erregt auf. »Und was machen wir? Akten wälzen und sortieren! Es dauert alles viel zu lange. Inzwischen sind die meisten untergetaucht. Wir haben weder Heyde noch Eberl erwischt.«

»Aber Wahlmann und Gorgaß«, warf Scott ein. »Die anderen kriegen wir auch noch.«

Während er sie prüfend betrachtete, bildete sich über seiner Nasenwurzel eine senkrechte Falte. Ein sicheres Zeichen, dass ihm etwas missfiel oder Sorgen bereitete. So gut kenne ich ihn inzwischen, dachte Hannah.

»Du arbeitest zu viel«, fuhr er fort. »Es gibt mehr Dinge im Leben als die Jagd nach Kriegsverbrechern.«

»Was könnte wohl wichtiger sein, als den Opfern Gerechtigkeit zu verschaffen?«

»Wir beide. Wir sollten heute Abend ausgehen. Du brauchst ein bisschen Entertainment, etwas Ablenkung. Was meinst du?«

Hannah lief erregt auf und ab. Sie nahm Scotts Einladung kaum wahr, zu sehr war sie mit dem Erlebten beschäftigt.

»Paul Schiese ist noch immer Direktor in der Herborner Anstalt.« Das Werbeschild der Arztpraxis drängte sich vor ihr inneres Auge: *Dr. med. Moor, Allgemeinmediziner.*

»Moor war der Vorgesetzte der Kowalski. Sie arbeitet für ihn. Er betreibt ganz offiziell eine Praxis in Frankfurt! Das können wir nicht zulassen, wir müssen ihn sofort verhaften.«

»Darling.«

Sie schnappte sich ihre Jacke. »Komm. Wir werden ihm einen kleinen Besuch abstatten.«

»Warte, Hannah.«

Sie sah ihn irritiert an. »Was hast du?«

»Setz dich.«

Eine dunkle Vorahnung beschlich sie. »Du wusstest von Moor«, sagte sie.

»Ich wollte es dir die ganze Zeit schon sagen, aber du schienst mir nicht bereit dafür zu sein. Du bist so … fanatic. Hannah, du darfst nicht deine gesamte Zeit mit der Jagd nach Kriegsverbrechern verbringen. Es gibt so viel, was du nicht gesehen hast, so viel zu erleben. Vergiss die damned Nazis.«

»Rede nicht um den heißen Brei herum. Was willst du mir sagen, Scott?«

Er setzte sich hinter den Schreibtisch, zündete sich eine Chesterfield an und schaukelte auf dem Drehstuhl. »Die Administration beabsichtigt, die Verfolgung von Kriegsverbrechern in die Hände der deutschen Staatsanwaltschaften zu legen. Sehr bald schon.«

»Das könnt ihr nicht machen. In vielen Behörden sitzen dieselben Richter und Staatsanwälte, die im Dritten Reich ein Unrechtsurteil nach dem anderen gefällt haben.«

»Es gibt sie, that's right.«

»Die Täter sollen also nach ihresgleichen fahnden? Ist es das, was die Amerikaner wollen?«

»Hannah, das ist nicht so einfach. Wir sind im CIC völlig überlastet und haben viel zu wenig Personal. Wir brauchen die Hilfe der Deutschen. Irgendwann müsst ihr die Dinge sowieso alleine regeln.«

»Ich kann es nicht glauben. Ihr zieht den Schwanz ein.«

»Es ist bereits beschlossen. Unsere Abteilung wird aufgelöst.«

»Und Moor?«

Scott rieb sich das glatt rasierte Kinn. »Es ist ... complicated. Ja, ich weiß von Moor. Er steht auf der Fahndungsliste. Ich habe Anweisung, ihn in Ruhe zu lassen.«

»Warum?«

»Es gibt kaum Ärzte in Frankfurt, wir brauchen ihn. Die Deutschen brauchen ihn.«

Darum darf die Kowalski mit den Roundup-Linien fahren, dachte Hannah. »Die Amerikaner dulden also, dass ein T4-Gutachterarzt, der für Dutzende Krankenmorde verantwortlich ist, eine Praxis mitten in Frankfurt betreibt.«

Scott seufzte. »That's right.«

Sie drehte ihm den Rücken zu und sah aus dem Fenster. Über der Landschaft lag ein feiner Schleier aus Raureif. Sie konnte spüren, wie die Kälte durch die Scheibe kroch.

»Dann war unsere Arbeit der vergangenen anderthalb Jahre umsonst«, sagte sie.

»Oh no. Wir hatten viele Erfolge. In Nürnberg sind die Hauptverbrecher vor Gericht gestellt und verurteilt worden. Vergiss das nicht.«

»Und all die kleinen Nazis, die unbehelligt bleiben? Sollen die Opfer Tür an Tür mit den Tätern leben?«

»Wir haben die Spruchkammern eingerichtet«, antwortete Scott. »Jeder kann dort Verdächtige melden, Mitglieder der SS und …«

Hannah wandte sich abrupt um. »Es gibt kaum Anklagen und noch weniger Verurteilungen. Sie entlasten sich gegenseitig. Hilf du mir, dann helfe ich dir. Weißt du, wie man die Entnazifizierungsdokumente inzwischen nennt?«

»Nein.«

»Persilscheine«, sagte sie, »der eine wäscht den anderen rein und weiß. Eine saubere neue Gesellschaft haben wir da geschaffen.«

Scott drückte seine Zigarette aus, trat hinter Hannah und massierte ihre angespannten Nackenmuskeln.

»Komm mit mir in die Staaten. Wir könnten dort ein neues Leben beginnen. Ohne Nazis und abscheuliche Verbrechen.«

Sie wandte sich um. »Du gehst zurück in die USA?«

Noch vor einem Augenblick war sie zornig auf ihn gewesen, nun hatte sie Angst, ihn zu verlieren.

»Yes. Für mich ist der Krieg vorbei. Ich habe eine Stelle bei der Army an der Ostküste angenommen – ein guter, ruhiger Posten.« Er lächelte. »Boston ist meine Heimatstadt. Sie wird dir gefallen, das Klima ist so ähnlich wie in Deutschland. Du liebst doch die Natur so sehr. Das Meer liegt vor der Haustür und im Herbst verzaubert der Indian Summer die Wälder.«

Ihr Herz klopfte schneller. Es war verlockend, die Trümmerwüste hinter sich zu lassen. Sie hatte keine Familie, die sie vermissen würde, höchstens Ruth. Doch von ihr hatte sie seit Monaten nichts gehört; und Joschi, der alte Freund ihrer Mutter und ihr stummer Beschützer während all der Jahre, war tot. Sie dachte an Claudius Brendel, der es vorgezogen hatte, sich in ein Kloster in Bayern zurückzuziehen, weil er sich dafür bestrafen wollte, einen Menschen getötet zu haben. Dabei hatte er in Notwehr gehandelt. Hätte Claudius nicht zugeschlagen, wäre sie jetzt nicht mehr am Leben. Und der verfluchte Lubeck hatte tausendmal den Tod verdient.

»Komm mit mir, Hannah«, bat Scott. »Ich habe eine große Familie. Alle werden dich lieben und verwöhnen.«

»Ich … ich weiß nicht … Ich …«

Er legte seine Arme um ihre Hüften und zog sie an sich.

»Hannah Bloch, willst du meine Frau werden?«

Erschrocken und verwirrt starrte sie ihn an. Sie war gern mit Scott zusammen. Sie dachten und fühlten gleich, und manchmal war sie überzeugt davon, dass sie sich perfekt ergänzten. Dennoch hatte sie nie darüber nachgedacht, ihn zu heiraten. Vielleicht würde sie irgendwann dazu bereit sein, aber nicht jetzt. Das alles kam zu schnell.

»Ich liebe dich, Scott. Sehr sogar. Aber ich kann nicht. Noch nicht, es ist zu früh.«

Sie senkte den Blick, weil sie die Enttäuschung in seinen Augen nicht ertragen konnte. Seine Gefühle für sie waren aufrichtig, sie würde keinen besseren Mann finden, dessen war sie sich bewusst. Trotzdem stand ein dunkler Schatten zwischen ihnen. Er hatte nicht erlebt, was sie hatte durchmachen müssen. Auch wenn er Verständnis für ihr Verlangen nach Gerechtigkeit aufbrachte, konnte er kaum ermessen, wie tief die Wunden waren, die nicht heilen wollten. Die einzige Medizin, die half, waren die Verfolgung der Täter und die Befriedigung, sie vor Gericht zu bringen.

»Warum bist du so verbissen?«, fragte er, als hätte er ihre Gedanken gelesen.

»Hast du vergessen, was sie mir angetan haben? Sie haben meine Mutter ermordet, mir gesagt, dass ich es nicht wert sei zu leben, und mich in eine Anstalt gesteckt, in der ich jeden Tag mit dem Tod rechnen musste. Sie haben mir meine Freunde genommen und das Liebste, was ich auf der Welt hatte.«

Er löste sich von ihr. »Es ist wegen dieses Jungen, nicht wahr? Wie hieß er gleich? Hans, richtig. Nun, ich kann verstehen, wenn du um ihn trauerst. Aber das Leben geht weiter, Hannah.«

»Ich muss akzeptieren, dass Hans tot ist. Er wird immer einen Platz in meinem Herzen haben, trotzdem steht er nicht zwischen uns. Hans ist Vergangenheit.«

Scott runzelte die Stirn. »Dann … Ich verstehe nicht …«

»Ich habe hier eine Aufgabe zu erfüllen. Solange sein Mörder frei ist, kann ich nicht so tun, als wäre das alles nicht passiert.«

»Du kennst den Bericht der Briten. Rolf Heyrich ist kurz vor Kriegsende auf der Flucht erschossen worden. Er ist tot, Hannah. Du jagst ein Gespenst.«

»Es gibt Zeugen, die ihn vor drei Monaten in Köln gesehen haben.«

»Rumors, Gerüchte.«

»Die Aussagen sind glaubhaft. Ich muss Gewissheit haben oder ich werde keinen Frieden finden. Nicht hier und nicht in Boston.«

»Du willst deine Zeit damit verschwenden, einen Toten zu suchen?«

»Versuch doch, mich zu verstehen.«

»Dein Verlangen nach Rache wird dich auffressen.«

»Ich will Gerechtigkeit.«

»Die bekommt man nur selten. Glaub mir, es lohnt sich nicht, sein Leben damit zu verbringen, nach ihr zu suchen.«

»Dann sind Tausende GIs umsonst an den Stränden der Normandie gestorben?«, fragte sie zornig.

»Nein, sicher nicht.«

»Was wird aus meiner Arbeit hier?«

»Die Abteilung wird geschlossen, das sagte ich doch.«

»Wann?«

»Am 1. Juni ist Schluss. Damit endet auch deine Arbeit als Zivilangestellte der US-Army. Es tut mir leid, Darling.«

»So bald?«

Er zuckte mit den Schultern. »Es liegt nicht in meiner Macht, es zu verhindern. Komm mit mir ... oder vergeude deine Jugend für die Suche nach einem Phantom. Es wird dir deinen *Hans* nicht wiederbringen.«

Hannah spürte, dass ihre Weigerung, mit ihm zu gehen, ihn tief verletzt haben musste. Seine Stimme klang rau und fremd. Auch sie empfand Schmerz, aber noch mehr Zorn darüber, dass Scott einfach nicht verstehen wollte. Sie zog ihre Fliegerjacke an und ging zur Tür.

»Wovon willst du leben?«, fragte Scott. »Du brauchst einen Job. In Boston kann ich dir ...«

»Was? Soll ich das Hausmütterchen spielen?«

Er schwieg und zündete sich noch eine Chesterfield an. Nach einer Weile sagte er: »Die meisten Menschen in Deutschland sind damit beschäftigt, ihr Überleben zu organisieren. Niemand ist so verwöhnt, daran zu denken, seine Träume zu verwirklichen.«

Hannah spürte, dass ihr die Zornesröte ins Gesicht stieg.

»Bin ich das für dich? Eine verzogene Göre?«

»Das habe ich nicht gesagt, ich meinte ...«

»Ich werde als Pilotin arbeiten«, fiel sie ihm ins Wort. »Schließlich habe ich eine Fluglizenz, schon vergessen?«

Er lachte spöttisch. »Die Deutschen dürfen keine Flugzeuge besitzen oder sie fliegen. Nur ausländische Gesellschaften haben die Erlaubnis, Frankfurt, Köln und Berlin anzusteuern.«

»Du hast gesagt, das wird sich bald ändern«, gab sie zurück.

»Nun, vielleicht war ich ein bisschen voreilig. Hannah, ich habe dir einen Herzenswunsch erfüllt. Aber als Pilot zu arbeiten, ist etwas ganz anderes. Niemand stellt für diesen Job eine

Frau ein. In den Staaten sieht die Sache besser aus. Dort könntest du Arbeit finden.«

Das war es also. Er hatte sie mit der Fluglizenz locken wollen, mit ihm zu gehen.

»Lass uns heute Abend etwas trinken gehen. Dann reden wir noch mal über alles«, sagte er.

»Es gibt nichts zu reden. Ich bin nicht auf dich angewiesen, um ein eigenständiges Leben zu führen. Und Heyrich werde ich auch finden.«

Sie knallte die Tür zu und stürmte den Korridor entlang. Die Welt verschwamm hinter einem Vorhang aus Tränen. Hatte Scott recht und sie verrannte sich in die Suche nach Hans' Mörder? Nein, sie war es ihm schuldig, dass sie Heyrich fand – und wenn sie sich lediglich Gewissheit verschaffte, dass er tot war. Wenn sie Deutschland jetzt verließ, würde sie alles verraten, woran sie glaubte. Sie würde es ohne Scott schaffen, irgendwie.

4

2. April 1947

Pawel Kownas Hände steckten in löchrigen Wollhandschuhen, die kaum vor der beißenden Kälte schützten. Ein eisiger Wind fegte durch die Straßen von Wiesbaden. Pawel suchte in den

Manteltaschen nach dem Zettel, den er am Morgen von einer der großen Holztafeln abgerissen hatte. Überall in der Stadt hatte man sie aufgestellt. Sie dienten als Nachrichtenzentralen, Treffpunkte und zum Informationsaustausch. Frauen suchten nach ihren verschollenen Ehemännern, Ausgebombte nach Unterkünften. Man tauschte Dinge, für die man keine Verwendung hatte, gegen solche, die man dringend brauchte – Brot, Kaffee oder warme Stiefel. Zigaretten und Alkohol waren die heiß begehrte neue Währung, in der gehandelt wurde. Pawel hatte drei junge Kerle beobachtet, die sich um ein Stellenangebot balgten, und ihnen die Adresse vor der Nase weggeschnappt. In diesen Tagen war sich jeder selbst am nächsten.

Seit seiner Flucht hatte er sich mit Gelegenheitsarbeiten über Wasser gehalten und während der Sommermonate für einen Hungerlohn als Erntehelfer geschuftet. Im ungewöhnlich kalten, nicht enden wollenden Winter hatte er von seinen kargen Ersparnissen gelebt, auf dem schwarzen Markt mit allem gehandelt, was einen Gewinn versprach, und sogar gestohlen, um nicht zu verhungern.

Sein Plan, nach Warschau zurückzukehren, hatte er aufgegeben, weil er keine gültigen Ausweispapiere besaß. Die Behörden verweigerten ihm einen neuen Pass, weil er keine Zeugen benennen konnte, die seine Identität bestätigten. Zwar sprach er fließend Deutsch, doch sein Akzent verriet sofort seine Herkunft. Die Suche nach Überlebenden seiner Familie war zum Scheitern verurteilt, denn ohne gültigen polnischen Pass konnte er nicht in sein Heimatland einreisen. Er war ein namenloser Flüchtling, gestrandet im Niemandsland.

So war er gezwungen gewesen, in Deutschland zu bleiben, dem Land, das er hasste und das ihm alles genommen hatte. Ohne Papiere bekam er keine Arbeit und keine finanzielle Unterstützung. Er befand sich in einer Abwärtsspirale, die unweigerlich tiefer ins Elend führte.

Pawel teilte sein bitteres Los mit Abertausenden, die der Krieg entwurzelt hatte, doch das machte es nicht leichter. Sie waren auf der Flucht oder suchten ein neues Zuhause, weil sie nicht in ihre Heimatländer zurückkehren konnten. Polen, Ungarn und Tschechen zogen die ungewisse Zukunft in Westeuropa einem Leben unter Stalins Einflussbereich im Osten vor.

Nachdem die Ernte eingefahren worden war, hatte Pawel den Hof verlassen müssen. Der kümmerliche Lohn hatte gerade gereicht, um ihn bis in die Gegend um Frankfurt zu bringen. Der Bauer hatte ihm geraten, es in einer der großen Städte zu versuchen, es hieß, dort suche man dringend Arbeitskräfte. Der Tipp hatte sich als Fehlschlag erwiesen, denn viel zu viele Vertriebene drängten in die Metropolen. Unterkünfte und Lebensmittel wurden knapp, gegen Ende des Winters hungerte auch die einheimische Bevölkerung. Ganz gleich, wohin er sich wendete, man stieß ihn herum, schickte ihn weiter oder jagte ihn ganz einfach davon. Die Hoffnung, die mit dem Ende der Naziherrschaft aufgekeimt war, verwandelte sich nach und nach in verzweifelte Wut. Niemand und nichts schien für all die furchtbaren Verbrechen verantwortlich zu sein oder sich um die Opfer zu kümmern. Zwar hatte er erlebt, dass die Gemeinschaften kleinerer Dörfer zusammenhielten und sich die Leute gegenseitig unterstützten, aber nach außen schotteten sie sich ab. Als umherziehender Flüchtling überlebte man nur, wenn man ohne Rücksicht auf andere für sich selbst sorgte. Dies war die bittere Lektion, die Pawel hatte lernen müssen.

Nach einer Odyssee, die ihn quer durch das zerstörte Land geführt hatte, war er nun in der amerikanischen Besatzungszone angekommen. Gerüchten zufolge war es hier einfacher, an eine neue Identität zu gelangen, was sich bisher allerdings nicht bewahrheitet hatte. Der Schlüssel zu allem, was man brauchte oder begehrte, war Geld.

Das Versprechen, das er seinem Vater gegeben hatte, trieb ihn vorwärts. Ohne den Hass, der ihn wärmte, und den alles verzehrenden Wunsch nach Vergeltung hätte er bereits mehr als einmal aufgegeben und den Tod gesucht. Pawel war ein Schiffbrüchiger. Ausgesetzt auf einer Insel, sah er am Horizont ferne Gestade, auf denen Einsame und Vergessene wie er selbst lebten und doch unerreichbar für ihn blieben.

Die Adresse auf dem Zettel gehörte zu einem Eisenwarenhandel. Eine Zeit lang überlegte Pawel, ob er einen Bus oder die Straßenbahn nehmen sollte, aber er besaß nur noch zehn Reichsmark und ein paar Pfennig. Also stapfte er mit gesenktem Kopf weiter und erreichte eine Stunde später mit knurrendem Magen sein Ziel.

Auf einem asphaltierten Hof standen verbeulte Kübelwagen, ausrangierte Laster und Fuhrwerke. Berge von Altmetall säumten den Weg zu einer Werkshalle mit angeschlossenem Büro. Pawel nahm den Zettel aus der Manteltasche und strich ihn glatt. Der Inhaber des Schrottplatzes, ein Mann namens Hartmut Mitschke, suchte einen Lageristen. Pawel wusste nicht, was von ihm verlangt werden würde, doch die Arbeit war so gut wie jede andere. Seit Ende des Krieges hatte er sich in einem Dutzend Berufen versucht. Hauptsache, er hatte ein Dach über dem Kopf, einen Platz zum Schlafen und einen vollen Magen.

Ein struppiger Hund zerrte an seiner kurzen Kette und kläffte mehrere Männer an, die vor dem Gebäude warteten und rauchten. Pawel gesellte sich zu ihnen. Er war es gewohnt, sich mit einem Rudel ausgehungerter Bewerber um eine Stelle streiten zu müssen. Zwar gab es Arbeit genug, aber kaum jemanden, der bereit war, sie anständig zu entlohnen.

Er steckte sich eine der letzten drei Zigaretten an, die er besaß. Die Konkurrenten beäugten ihn misstrauisch, keiner sprach mit ihm.

Eine halbe Stunde nachdem er den Schrottplatz betreten hatte, öffnete sich eine Blechtür in dem Lagergebäude. Ein vierschrötiger Mann mit pockennarbigen Wangen trat an das Geländer. Sein Kopf ruhte auf einem feisten Stiernacken. Eine fleischige Nase und winzige Augen, deren Pupillen schnell und listig hin und her huschten, beherrschten sein Gesicht. Er paffte eine Zigarre und betrachtete prüfend die Schar der Arbeitswilligen. Mitschke – so nahm Pawel an – wedelte mit dem Arm.

»Stellt euch in einer Reihe auf. Hopphopp!«

In die Schar kam Bewegung. Pawel reihte sich ein, Angst und Zorn stiegen in ihm auf. Mitschkes Tonfall und die herrische Art, in der er sich vor den Bewerbern aufbaute, erinnerten ihn an Theissen, Kaindls Folterknecht in Sachsenhausen. Er hätte schwören können, dass der Schrotthändler vor nicht allzu langer Zeit eine Uniform getragen hatte und es gewohnt war, Befehle zu erteilen.

»Na, wird's bald?«, schnarrte er. »Hat wohl keiner gedient von euch, was?«

Volltreffer, dachte Pawel. Er kämpfte die lähmende Furcht nieder, die ihn jedes Mal überfiel, wenn er es mit Typen wie Mitschke zu tun bekam – ein Andenken an die Lagerhaft, das ihn wohl für den Rest seines Lebens begleiten würde. Zu der Angst gesellte sich sofort die Wut über das, was sie ihm angetan hatten. Und das erinnerte ihn an das Versprechen … das verdammte Versprechen, von dem er nicht wusste, wie er es jemals einlösen sollte.

Der Schrotthändler verschränkte die Arme hinter dem Rücken und begann mit seiner Musterung, denn nichts anderes war dieses Schauspiel. Nachdem er die Reihe einmal abgeschritten hatte, kehrte er zum Anfang zurück und blieb vor Pawel stehen. Im KZ hatte er gelernt, unterwürfig den Kopf zu senken, um keine Aufmerksamkeit zu erregen. Doch er war nun ein freier Mann und zwang sich, Mitschke geradewegs in die Augen zu blicken.

»Name?«, fragte der Schrotthändler.

»Pawel Kowna. Ich habe Berufserfahrung, weiß, wie man ein Lager führt.«

»Habe ich das gefragt?«, blaffte Mitschke.

Eine Weile verkniff sich Pawel die überflüssige Antwort, dann sagte er: »Nein.«

»Woher kommst du?«

Pawel zögerte. Er sollte sich umdrehen und gehen, die Anstellung bekam er sowieso nicht. Mitschke war Wehrmachtsoffizier gewesen, wahrscheinlich sogar bei der SS. Er verströmte die braune Pest aus jeder Pore.

»Aus Warschau«, antwortete er trotzig. Er fühlte sich herausgefordert und brauchte sich seiner Herkunft nicht zu schämen.

»Aha«, stellte Mitschke fest. »Mantel ausziehen!«

»Wie bitte?«

»Ausziehen! Ich will deine Muskeln sehen. Die Arbeit ist nichts für Schwächlinge. Ihr Slawen seid doch kräftige Burschen, oder nicht?«

Die anderen lachten, einer zog bereitwillig die Jacke aus und präsentierte seinen Bizeps. Drei weitere junge Männer folgten eifrig seinem Beispiel und wetteiferten miteinander.

Langsam zog Pawel den Mantel aus. Darunter trug er ein kariertes Baumwollhemd.

Mitschke blies ihm Zigarrenrauch ins Gesicht, packte blitzschnell seinen linken Unterarm und schob den zerschlissenen Hemdärmel zurück. Ohne aufzusehen, wusste Pawel, dass alle auf die eintätowierte Häftlingsnummer glotzten. So wie er Mitschke als ehemaligen SS-Mann erkannt hatte, spürte der Schrotthändler instinktiv, dass Pawel im KZ gewesen war.

Mitschkes Mundwinkel zuckte. »Wir beschäftigen kein Diebsgesindel.« Er ließ Pawels Arm los und wandte sich an den nächsten Bewerber, einen jungen Mann mit struppigem blondem Haar. »Name?«

»Gomulka, Klaus«, lärmte der Angesprochene.

Mitschke musterte ihn zufrieden. »Mitkommen. Sie sind eingestellt. Wir müssen schließlich zusammenhalten, was?«

Pawel streifte den Mantel über und ballte die Fäuste. Er hatte nie verstehen können, warum sich die Deutschen daran berauschten, andere Menschen zu quälen und wie Dreck zu behandeln. Für Mistkerle wie Mitschke empfand er nichts als Verachtung. Sie verstanden nur eine einzige Sprache, die der Gewalt.

Unschlüssig stand er auf der Stelle und sah die anderen Bewerber mit unterdrückter Wut an. Gomulka grinste ihm schadenfroh ins Gesicht und entblößte dabei eine Lücke zwischen den Schneidezähnen.

»Hau besser ab nach Polen«, sagte er. »Hier kriegst du sowieso keinen Fuß auf die Erde. Bald sind wir wieder obenauf.« Er deutete den Hitlergruß an. »Sieg Heil!«

Die anderen grölten vor Lachen.

Ich werd's euch schon noch zeigen, dachte Pawel. Ihr werdet eure Überheblichkeit bereuen. Und ich werde genauso wenig Pardon gewähren wie Theissen oder Kaindl.

Er verließ den Schrottplatz wie ein Hund, den man vom Hof gejagt hatte, und schwor sich, dass er wiederkommen würde. Noch in dieser Nacht.

5

Hannah blickte auf das Rollfeld des Frankfurter Flughafens hinab und wärmte ihre Hände an einer Tasse mit heißer Schokolade. Sie trank einen Schluck und genoss die klebrige Süße in ihrem Mund.

Es gab Zeiten in meinem Leben, da hätte ich für ein Stück Schokolade einen Mord begehen können, überlegte sie. Wie es dem Betreiber des Flughafencafés wohl gelungen war, seine Vorräte aufzufüllen? Es kam einem kleinen Wunder gleich, dass er in diesen Zeiten der Not eine solche Köstlichkeit anbieten konnte. Offenbar unterhielt er beste Kontakte zu den Amerikanern.

Der Winter schien in diesem Jahr ewig zu dauern und verlor nur zögernd seine eisige Kraft, selbst im milden Klima des Maintals war es jetzt, Anfang April, ungewöhnlich kalt. Ein stürmischer Wind trieb schiefergraue Wolken über den Himmel, aus denen vereinzelt winzige Schneeflocken rieselten.

Seit drei Wochen streifte Hannah auf der Suche nach Arbeit durch die Stadt. Sie war entschlossen gewesen, Scott zu beweisen, dass sie sich als Pilotin durchsetzen konnte. Inzwischen musste sie sich eingestehen, dass ihr Vorhaben zu scheitern drohte. Keine der ausländischen Fluggesellschaften und Frachtfluglinien stellte eine Frau ein. Dieser Beruf war eine Männerdomäne, in der sie keine Chance hatte. Die Verantwortlichen, zu denen sie sich hartnäckig durchfragte, warfen sie entweder kopfschüttelnd hinaus oder konnten sich ein Grinsen kaum verkneifen. Wahrscheinlich hielten die meisten sie für größenwahnsinnig. Hannahs Hinweis, dass in den angloamerikanischen Ländern Pilotinnen durchaus zum Alltag gehörten, quittierten die Dummköpfe mit einem spöttischen Lachen.

Ihr Streit mit Scott lag gut vier Wochen zurück. Seitdem hatte er sich nicht wieder bei ihr gemeldet. Er hätte sie mit Empfehlungsschreiben unterstützen können, aber sie war zu starrköpfig, um die Reumütige zu spielen und ihn um Hilfe zu bitten. Vielleicht war er aber auch schon in die USA zurückgekehrt, ohne sich zu verabschieden.

Selbst schuld, dachte sie, schließlich hast du ihm in aller Deutlichkeit einen Korb gegeben. Umso besser, wenn er unerreichbar für sie war, so würde sie ihn schneller vergessen. Jedenfalls steckte sie nicht den Kopf in den Sand und sah tatenlos zu, wie die Nazis überall wieder an Einfluss gewannen.

Gedankenverloren spielte sie mit der erkaltenden Tasse. Sie war nie zuvor völlig allein gewesen, selbst in ihren dunkelsten Stunden in den Anstalten in Herborn und Hadamar nicht. Sie hatte Leid und Verlust erfahren und Verbrechen erlebt, die sie niemals würde vergessen können. Doch stets waren Freunde an ihrer Seite gewesen: Ruth und Thea, der stumme Joschi, Lissy und natürlich Scott.

Hans Simonek kam ihr in den Sinn und die Nacht, in der sie ihn davor bewahrt hatte, in den Tod zu springen. Er blieb ihre erste und größte Liebe, aber eine gemeinsame Zukunft war ihnen nicht vergönnt gewesen.

»Wenn es keinen Ausweg gibt, werde ich mit dir gehen«, hatte sie gesagt. »Aber noch gebe ich nicht auf. Das Leben wartet auf uns dort draußen. Bald ist der Krieg vorbei und die Nazis sind am Ende. Etwas Neues wird beginnen, an dem ich teilhaben will.«

»Glaubst du das wirklich?«, hatte Hans gefragt.

»Ja. Ganz fest«, hatte sie geantwortet.

»Dann will ich noch warten. Wirst du mich wärmen? Es ist so kalt.«

Das hatte sie getan. Einander in den Armen haltend, in der ständigen Angst vor Entdeckung, hatten sie die Nacht zusammen verbracht. Nun war Hans tot, erschossen von SS-Oberscharführer Rolf Heyrich, der irgendwo in Deutschland unter falschem Namen lebte und seine Freiheit genoss. Sicher, es gab

Hinweise darauf, dass er tot war. Doch solange sie seine Leiche nicht gesehen hatte oder einen anderen Beweis für seinen Tod in den Händen hielt, ging sie davon aus, dass er lebte. Heyrich hatte schon einmal alle zum Narren gehalten.

Hannah hatte darüber nachgedacht, sich bei einer Fluggesellschaft in Hamburg oder Berlin zu bewerben, doch nach den Abfuhren, die sie in Frankfurt hatte einstecken müssen, verließ sie der Mut. Am Morgen hatte sie sich bei der neugegründeten VAG – der Verkehrsaktiengesellschaft Rhein-Main – vorgestellt. Immerhin war sie dort nicht rundweg abgelehnt worden. Man hatte sie allerdings auf das kommende Jahr vertröstet, in dem sich vieles ändern sollte.

In gedrückter Stimmung bezahlte sie die Schokolade und schlenderte an den Fenstern der Aussichtsplattform entlang. Auf den Landebahnen standen Passagierflugzeuge ausländischer Fluggesellschaften, Frachtflugzeuge und Militärmaschinen der Amerikaner. Hannah drückte sich die Nase an der Scheibe platt und wünschte sich nichts mehr, als eine dieser Maschinen steuern zu dürfen. Verhungern würde sie nicht, in der Stadt gab es Arbeit genug – als Kellnerin oder Küchenhilfe. Aber sie wollte nicht nur Geld verdienen, sie wollte mehr. War sie deshalb eine eigensinnige, verwöhnte Göre?

Seufzend wandte sie den Blick von den Rollfeldern ab. Nein, das war sie nicht. Sie musste ihren eigenen Weg gehen. Das hatte sie immer getan, auch wenn es ihren Mitmenschen nicht passte. In der Schule hatte man sie die *verrückte Hannah* genannt, und den Spitznamen verdankte sie nicht nur den epileptischen Anfällen, die sie in ihrer Kindheit und Jugend gequält hatten. Stets saß sie zwischen allen Stühlen und es machte ihr nichts aus.

»Wenn Sie auf die Ankunft eines Passagiers warten, sollten Sie in die Wartehalle gehen, sonst werden Sie ihn verpassen.«

Hannah drehte sich um. Im Café saßen nur wenige Gäste, ein Kellner lehnte am Tresen und blickte gelangweilt herüber.

»Danke für den Hinweis, ich warte auf niemanden.«

Er zuckte mit den Schultern. »Es sah so aus.«

»Ich suche Arbeit«, entgegnete sie.

»Haben Sie es mal im Gastgewerbe versucht?«

Hannah dachte an die riesige Küche in Fritz Brunners Haus, in dem sie mehrere Jahre verbracht hatte.

»Ich suche etwas anderes.«

Der Kellner wrang einen Lappen aus und polierte den Tresen. »Hier herrscht jeden Tag ein reges Kommen und Gehen, ich höre so allerlei. Vielleicht kann ich Ihnen einen Tipp geben. Was darf's denn sein?«

Hannah musterte ihn abschätzend. Wie eine Anmache klang sein Angebot nicht. Wahrscheinlich war ihm langweilig, und geschwätzig schien er obendrein zu sein. Was er sagte, war allerdings nicht von der Hand zu weisen. Nicht nur Fluggäste, sondern auch das Personal der Fluglinien besuchte das Café. Dabei schnappte er ganz sicher jeden Tag Neuigkeiten auf.

»Ich bin Pilotin«, sagte sie.

Er bedachte sie mit einem Blick, in dem eine Mischung aus ungläubigem Erstaunen und Belustigung lag. Sein Mundwinkel zuckte amüsiert.

»Im Ernst?«, fragte er.

»Ja, im Ernst«, antwortete Hannah. »Was ist daran so komisch?« Sie ballte die Fäuste und funkelte ihn wütend an.

Der Kellner legte den Lappen hin und stützte sich auf den Tresen. »Nichts. Ich frage mich, was ein so hübsches Mädchen dazu bringt, einen Beruf zu ergreifen, in dem es nicht die geringste Chance auf eine Anstellung hat.«

»Die Amerikaner sind nicht so engstirnig wie die Deutschen«, gab sie bissig zurück.

»Kann sein. Vor allem dürfen ausschließlich sie und sieben weitere ausländische Gesellschaften Inlandsflughäfen ansteuern.«

»Das wird sich ändern.«

Er betrachtete sie mit unverhohlener Neugier. »Sie sind von der hartnäckigen Sorte, was? Das gefällt mir, vielleicht hab ich was für Sie. Können Sie ein Flugzeug auch warten oder reparieren? Verstehen Sie etwas von Motoren?«

Hannah dachte an die vielen Stunden, die sie mit Scott auf dem Flugfeld oder im Hangar verbracht hatte. Sie konnte den Motor einer Tiger Moth mit geschlossenen Augen auseinandernehmen und wieder zusammensetzen.

»Ja, das kann ich. Jedenfalls besser als Teller waschen oder Getränke servieren.«

Er verzog die Lippen zu einem schiefen Lächeln. »Warum so feindselig? Ich will Ihnen doch nur helfen. Fragen Sie mal im Fracht-Terminal nach Max Pohl. Der kann einen Mechaniker gebrauchen.«

»Danke, ich werde mir den Namen merken.«

Hatte sie den Kellner falsch eingeschätzt? Sie befolgte seinen Rat, suchte sich den Weg durch das weitläufige Flughafenareal und gelangte schließlich in den Abfertigungsbereich der Frachtmaschinen. Dort fragte sie nach Pohl, was ihr Kopfschütteln oder ein anzügliches Grinsen einbrachte. Fast war sie bereit zu glauben, dass der Kellner sich einen Spaß mit ihr erlaubt hatte, doch dann beschrieb ein Zollbeamter ihr den Weg zu einem Hangar, der etwas abseits lag.

Die rostige Nissenhütte mit dem abgerundeten Dach stand in der Nähe der neuen Startbahn, die deutsche Kriegsgefangene 1945 für die Amerikaner gebaut hatten. Unweit des Hangars konnte Hannah die Reste des ehemaligen KZ-Außenlagers Walldorf erkennen, in dem sich ungarische Jüdinnen für die erste betonierte Startbahn zu Tode geschuftet hatten.

Das breite Rolltor war herabgelassen. Nachdem auf ihr Klopfen niemand geantwortet hatte, drückte sie probeweise die Klinke einer Nebentür. Sie war unverschlossen.

Hannah betrat den Hangar und wartete, bis sich ihre Augen an das Zwielicht gewöhnt hatten. Ein Fieseler Storch mit demontiertem Fahrwerk ruhte auf Holzböcken, daneben stand der Rumpf eines Lastenseglers, den man seiner Bespannung beraubt hatte. In einem Winkel der Halle brannte Licht, ein schwerer Schraubenschlüssel fiel klappernd auf den Betonboden, ein derber Fluch erschallte.

Hannah umrundete die Flugzeugwracks. Das Licht eines starken Scheinwerfers erhellte eine silbern glänzende Junkers 52. Vor dem rechten Tragflächenmotor balancierte ein untersetzter Mann von etwa fünfundfünfzig Jahren auf einer Stehleiter. Er trug derbe Schuhe, ein verwaschener blauer Overall spannte über dem fassförmigen Bauch. Auf seinem Kopf thronte eine zerknautschte Fliegermütze. Die Ohrenwärmer hatte er zum Schutz gegen die Kälte heruntergeklappt. Er lutschte an seinem Daumen, schüttelte die Hand und fluchte erneut.

Hannah hob den Schraubenschlüssel auf.

»Hier, den haben Sie verloren.«

Aufgeschreckt sah er nach unten, die Leiter wackelte bedrohlich. Im letzten Augenblick hielt er sich an dem freigelegten Motor fest. Hannah sah, dass sein linker Arm in einer Prothese endete. Ungelenk stieg er auf den Boden herab, stakste steifbeinig auf sie zu und entriss ihr den Schraubenschlüssel.

»Was zum Teufel hast du hier zu suchen, Mädchen?«, fragte er drohend.

»Ich will zu Max Pohl.«

Er blickte sie übellaunig an. Sein Gesicht ähnelte dem eines Seemanns, der jahrzehntelang Wind und Wetter ausgesetzt gewesen war. Pohl – wenn er es denn war – besaß die hellsten Augen, die Hannah je gesehen hatte. Sie schimmerten in einem wässrigen Blau, das beinahe durchsichtig war.

»Und was willst du von ihm?«, fragte er.

Sie presste die Lippen zusammen und schwieg trotzig. Sollte

sie diesem ungehobelten Kerl wirklich verraten, warum sie gekommen war? Sie würde nur einen weiteren Lachanfall provozieren. Das alles erschien ihr sinnlos. Andererseits hatte sie nichts zu verlieren. Pohl war ihre letzte Chance, schlimmer konnte es nicht mehr kommen.

»Sind Sie nun Max Pohl oder nicht?«

»Der bin ich.«

»Ich suche Arbeit. Sie wurden mir empfohlen.«

»Empfohlen?« Er kicherte und steckte sich umständlich mit der verbliebenen Hand eine Zigarette an. »Glaub ich nicht. Ich brauche keine Putzfrau und erst recht keine Köchin. Tut mir leid, Mädchen.«

»Ich bin Pilotin.«

Pohl starrte sie mit offenem Mund an. Die Zigarette klebte an seiner Unterlippe und versengte ihm beinahe das Kinn. Er warf den Kopf in den Nacken und lachte, dass es von den Blechwänden des Hangars widerhallte. Hannah verspürte Lust, ihm den Schraubenschlüssel über den Schädel zu ziehen. Stattdessen kletterte sie trotzig die Leiter empor und untersuchte den Tragflächenmotor.

»Was stimmt denn nicht mit ihm?«, fragte sie.

Pohl lachte blubbernd und wischte sich Tränen aus den Augen. »Sag bloß, du verstehst was von Mechanik?«

»Das ist ein BMW-Hornet-132-Sternmotor. Wie beim R-1690 besteht das Gehäuse aus fünf Teilen – dem geteilten Kurbelgehäuse, dessen Hälften durch neun Schrauben miteinander verbunden sind, dem Gemischladergehäuse und dem Geräteträger«, erklärte sie. »Im Gehäusevorderteil sieht man die Befestigungszapfen für den Nockentrommelantrieb, der die Nocken und das mit der Kurbelwelle verbundene Vorgelege enthält. Die Übersetzung beträgt eins zu acht. Die 801-Triebwerke drehen höher und kraftvoller, haben aber Probleme mit der Kühlung.« Hannah schnalzte kopfschüttelnd mit der Zunge.

»Sieht ziemlich trocken aus, das Goldstück.« Sie untersuchte den Sternmotor genauer. »Ah, hier leckt es raus. Ich tippe auf die Dichtungen der Ölförderpumpe. Die machen häufig Ärger.«

Sie wischte sich die Hände ab und stieg die Leiter hinunter. »Wie sieht's aus? Haben Sie nun Arbeit für mich?«

Pohls mächtiger Brustkorb begann zu zittern. Er gluckste und fiel in ein dröhnendes Lachen. Diesmal klang es nicht mehr spöttisch.

»Da hol mich doch der Teufel.« Er packte ihre Hand und schüttelte ihren Arm wie einen Pumpenschwengel. »Ich bin Max Pohl«, sagte er lachend. »Kannst Max zu mir sagen.«

»Hannah Bloch.«

Er rieb sich den Nacken. »Sag mal, wo hast du denn gelernt, wie ein Sternmotor funktioniert?«

»Bei den Amerikanern.« Sie berichtete von ihrer Ausbildung bei der US-Army und von Scott, verschwieg jedoch, in welcher Beziehung sie zueinander gestanden hatten.

Pohl ließ sich ihre Fluglizenz zeigen, wiegte verwundert den Kopf und seufzte.

»Vor dem Krieg liefen die Geschäfte gut. Ich hatte drei Ju 52 und ein paar kleinere Flugzeuge. Fünf Mann arbeiteten für mich. Wir flogen Frachtgut nach Frankreich, Belgien und England, bis der Krieg ausbrach. Die Maschinen wurden konfisziert, meine Leute zur Wehrmacht eingezogen.« Er hob steif den linken Arm und präsentierte die Handprothese. »Keinen von den Jungs habe ich je wiedergesehen, sind alle in Stalingrad geblieben. Hab selber ein Andenken an den verdammten Krieg behalten.«

Er deutete auf die Junkers. »Den fliegenden Koffer konnte ich retten, aber er nützt mir nichts. Außer den Alliierten darf ja keiner starten.« Er zuckte mit den Schultern. »Mit einer Hand kann man sowieso kein Flugzeug steuern. Trotzdem will ich die *Tante* wenigstens in Schuss halten.«

»Kommen Sie denn an Aufträge?«, fragte Hannah.

»Schlag dir das aus dem Kopf, Mädchen. Klar, ich habe gute Kontakte, weiß, was gerade läuft. Die Amerikaner sind völlig überlastet, aber sie lassen uns Deutsche nicht hinter den Steuerknüppel.«

Hannah strich sehnsuchtsvoll über den glänzenden Rumpf der Ju 52. »Ich könnte da vielleicht etwas arrangieren.«

»Du?«

»Ich kann nichts versprechen, aber ich werd's versuchen. Wie wär's damit? Wenn ich uns eine Lizenz besorge, machen wir halbe-halbe. Ich steige ins Geschäft ein und fliege die Kiste. Sie kümmern sich um den Rest. Wenn ich einen Co-Piloten brauche, können Sie einspringen. Das schaffen Sie auch mit einer Hand.«

Pohl atmete rasselnd und blickte sie nachdenklich an. »Bist nicht gerade bescheiden, was, Kleine?«

Hannah schüttelte lachend den Kopf. Sie hatte das Gefühl, dass sie mit dem alten Brummbär gut auskommen würde.

»Also gut. Ich bin einverstanden. Wenn du die Erlaubnis der Amerikaner bekommst, besorge ich uns Arbeit.«

»Abgemacht … Max.«

Sie schüttelten sich die Hände und grinsten um die Wette. Hannah hatte den Mund ziemlich vollgenommen, aber das war die Sache wert. Sie war ihrem Traum näher als je zuvor, obwohl sie keine Ahnung hatte, wie sie Scott dazu bewegen sollte, ihr zu helfen … und ob er es konnte. Alles hing davon ab, ob er überhaupt noch in Deutschland war.

6

Pawel rieb die kalten Hände aneinander und wärmte sie mit seinem Atem. Die Schlange elender Gestalten, in der er stand, kam nur langsam voran. Einsam, blind vor Zorn und von Rachefantasien getrieben, war er durch die Straßen Wiesbadens geirrt. Auf dem Weg zur Innenstadt war er schließlich auf eine Gruppe Flüchtlinge gestoßen und hatte sich ihnen angeschlossen. Ein amerikanischer Offizier hatte sie zu einer Notunterkunft am Stadtrand geschickt.

Wieder ging es zwei Schritte vorwärts. Sein Magen knurrte, er fühlte sich schwach und schwindelig. Wenn er sich wenigstens eine Nacht lang aufwärmen und ausruhen könnte, würde es ihm besser gehen. Morgen war ein neuer Tag, der neue Hoffnung bringen würde.

Eine Stunde später trug er einen Teller Suppe zu einem der Tische, dazu fünfhundert Gramm Brot – die Tagesration, mit der jeder auskommen musste. Er freute sich, dass in der dünnen Suppe sogar ein paar Fleischbrocken schwammen.

Das Notquartier war überfüllt, ständig trafen Neuankömmlinge ein. Pawel schlang ausgehungert das Essen herunter. Allmählich fühlte er sich besser und verfolgte aufmerksam, was um ihn herum geschah. Während sich ein Pole und zwei Deutsche um den letzten freien Schlafplatz stritten, schnappte sich Pawel eine stockfleckige Matratze und eine Pferdedecke. Kurz darauf rollte er sich auf dem Boden zusammen und schloss die Augen. Die Stimmen und Geräusche verschwammen zu einem plätschernden Gemurmel. Im Lager hatte er sich angewöhnt, überall und zu jeder Zeit einschlafen zu können. Man wusste nie, wann die nächste Gelegenheit kam, eine Stunde oder gar eine ganze Nacht Erholung zu finden. Kaum hatte sein Kopf die

Matratze berührt, war er auch schon eingeschlafen. Irgendwann in der Nacht weckten ihn leise Stimmen, denn ein Teil seines Unterbewusstseins befand sich in einem antrainierten Alarmzustand, um ihn jederzeit vor drohender Gefahr zu warnen.

»Ich sage dir, es ist der sicherste Weg, über die Grenze zu kommen.« Die raue Männerstimme war kaum mehr als ein Flüstern.

Jemand kicherte unterdrückt. »Wenn mir damals jemand prophezeit hätte, ich würde mich mal als Jude ausgeben, hätte ich ihn über den Haufen geschossen.«

»Die Zeiten haben sich eben geändert. Ich habe Freunde in Bolivien. Doch zuerst müssen wir aus Deutschland raus.«

»Und wie willst du das anstellen?«

»In Zeilsheim haben die Amerikaner ein großes Lager eingerichtet. Dort warten Tausende auf ihre Ausreise. Die Drecksjuden erhalten jede Unterstützung, weil alle ein schlechtes Gewissen haben. Alles, was du brauchst, ist jemand, der bestätigt, dass du der bist, der du vorgibst zu sein. Dann bekommst du neue Ausweispapiere, Ausreisegenehmigungen und ein Einreisevisum nach Palästina.«

»Was soll ich in Palästina?«

»Es geht um eine neue Identität, du Hohlkopf. Wie willst du denn sonst über die Grenze kommen? Die Hacken zusammenknallen und dich als SS-Obersturmführer Mahlke vorstellen? Als Jude reist es sich entschieden besser. Wenn wir erst mal in Italien sind, besorgen wir uns in Genua eine Passage nach Südamerika.«

Schlaftrunken lauschte Pawel dem Gespräch. Traumbilder vermischten sich mit der Wirklichkeit. Er sah Milena, die der alten Frau von dem Karren half, und Theissen, der seine Pistole zog. Er hörte die Schreie der Eingeschlossenen in der Scheune und roch ihr verkohltes Fleisch.

Versprich mir, dass du uns rächen wirst.

Mitschkes Kasernenhofstimme drängte sich in die Erinnerungen: *Wir beschäftigen kein Diebsgesindel.*

Die Raubfische, die sich im großen Sammelbecken des Dritten Reichs vollgefressen hatten, schwammen wieder oben. Die Führungsriege, die in Nürnberg vor Gericht gestanden hatte, war lediglich die Spitze des Eisbergs gewesen. Viel zu viele der kleinen Fische dagegen gingen den Siegern durch die Netze. Typen wie Bolkow waren längst in der Menge untergetaucht und würden nie für ihre Taten bestraft werden. Es sei denn, Pawel nahm die Rache in die eigenen Hände und löste sein Versprechen ein.

Er wälzte sich auf den Rücken und dachte lange nach. An die Theissens und Kaindls dieser Welt kam er nicht so einfach heran, denn sie saßen wieder in Positionen, wo er ihnen nichts anhaben konnte. Aber auf Mitschke traf das nicht zu. Er sollte stellvertretend für die anderen Mörder bezahlen. Pawel schloss die Augen und döste eine Weile. Er musste nur ein bisschen ausruhen, dann würde ihm schon ein Plan einfallen. Bald darauf schlief er ein und träumte von Vergeltung.

Am Morgen schlang er seine karge Ration hinunter, dazu einen Viertelliter Ersatzkaffee. Er aß und schmiedete düstere Pläne. Danach verließ er die Notunterkunft. Er hatte nicht vor, hierher zurückzukehren, denn heute Nacht würde er sich von Mitschke holen, was er für ein menschenwürdiges Leben brauchte.

Den Nachmittag verbrachte er in der Nähe des Bahnhofs. Die Anschlagtafeln waren ein beliebter Treffpunkt, sie ersetzten außerdem eine Tageszeitung. Man tauschte Neuigkeiten aus, handelte und knüpfte Verbindungen. Es kostete Pawel die letzten beiden Zigaretten, um mehr über das sogenannte DP-Camp in Zeilsheim zu erfahren. Die Amerikaner brachten dort *displaced persons* unter. Das waren hauptsächlich Juden, die das Land verlassen wollten, aber auch ehemalige KZ-Häftlinge und Flüchtlinge aus allen Teilen Europas. Über Mitschke erfuhr er ebenfalls mehr. Er traf einen Landsmann, den der Schrotthänd ler um seinen Lohn betrogen hatte. Pawel spendierte ihm einen Muckefuck, woraufhin der Pole ihm bereitwillig Auskunft gab. Mitschke hieß eigentlich Fischer. Es war ihm gelungen, unter Angabe eines falschen Namens aus einem Kriegsgefangenenlager entlassen zu werden. Nun besaß er neue Papiere und war rasch auf die Füße gefallen. Mitschke kaufte von den Amerikanern ausrangierte Jeeps, Panzerwagen und unbrauchbare Geschütze. Das Altmetall verhökerte er für Höchstpreise an deutsche Stahlkocher im Ruhrgebiet, die unter britischer Kontrolle standen. Binnen eines Jahres hatte er ein kleines Vermögen gemacht.

Gegen Abend opferte Pawel einen Teil seiner schwindenden Barschaft, um sich eine Busfahrkarte zu kaufen. Es dämmerte bereits, als er in der Nähe des Schrottplatzes aus dem Bus stieg. Er besaß ein gutes Gedächtnis und prägte sich die Lage des weitläufigen Grundstücks ein. Eine mannshohe Mauer, unterbrochen von einem stabilen Stahltor, durch das er gestern den Hof betreten hatte, schützte das Gelände zur Straße hin vor Schrottdieben. Der hintere Teil grenzte an eine Bahntrasse und war von einem Maschendrahtzaun umgeben. Der Anblick des Stacheldrahts auf der Zaunkrone ließ Pawel unwillkürlich an Sachsenhausen denken.

Geduldig schritt er Zaun und Mauer ab und fand schließlich ein Schlupfloch, durch das er ins Innere gelangte. Er wartete, bis es dunkel geworden war. Mit der Nacht kehrte die beißende Kälte zurück. Diesmal machte sie Pawel nichts aus, denn er hatte ein Ziel vor Augen. Die erregende Aussicht, Mitschke für seine Verbrechen bezahlen zu lassen, die er unweigerlich als SS-Offizier begangen hatte, ließ ihn alles andere vergessen. Er wusste nicht genau, wie er das Versprechen einlösen sollte, das er seinem Vater gegeben hatte, aber das spielte in seinem Denken keine Rolle. Endlich tat er etwas, und das genügte.

Pawel verharrte in der Finsternis, bis im ersten Stock des schmucklosen Bürogebäudes neben der Werkshalle das Licht ausging. Er löste sich aus dem Schatten eines ausgebrannten Sherman-Panzers und verschmolz mit der Nacht. Als er sich dem Haus näherte, dachte er an das Hundegebell, das er am Tag zuvor gehört hatte. Er lauschte eine Weile, diesmal blieb alles ruhig.

Der Hof wurde von vier Bogenlampen schwach erhellt. Am Rande ihrer Lichtkegel schlich Pawel auf die Tür zu, durch die der Schrotthändler gestern herausgekommen war. Überall lagen ausrangierte Maschinenteile, Eisenbahnschienen und rostige Überbleibsel der Wehrmacht herum. Pawel zog ein stabiles Rohr aus einem Stapel Schrott, das an einem Ende wie ein Brecheisen geformt war, und hebelte das einfache Schloss der Blechtür auf. Dann schlüpfte er ins Haus und wartete, bis sich sein rasender Herzschlag beruhigt hatte.

Vor ihm lag ein Flur, von dem mehrere Türen abgingen. Bereits das erste Zimmer entpuppte sich als Mitschkes Büro. Durch das Fenster fiel das fahle Licht der Bogenlampen und enthüllte Aktenschränke, einen wuchtigen Schreibtisch und zwei Stühle. Pawel begann, den Raum systematisch zu durchsuchen. Hinter einem hässlichen Ölgemälde stieß er auf einen Wandtresor, dem er jedoch mit dem improvisierten Brecheisen nicht zu Leibe rücken konnte.

In einer der Schreibtischschubladen fand er eine Geldkassette. Er stellte sie auf den Tisch und hebelte sie nach mehreren missglückten Versuchen auf. Darin befanden sich zweihundert Reichsmark und ein Bündel Dollarnoten.

Bevor er das Geld in die Manteltasche stopfen konnte, flammte das Deckenlicht auf. Erschrocken fuhr er herum. Mitschke stand in der Tür. Er trug einen gestreiften Schlafanzug und zielte mit einem Trommelrevolver auf ihn.

»Schau an, das Diebsgesindel ist zurück«, sagte er.

Pawel wich vor ihm zurück und stieß gegen die Schreibtischkante.

»Hast wohl vergessen, was wir im Lager mit dem Pack gemacht haben, was?« Mitschke spannte den Hahn des Revolvers. »Wir hätten euch alle erledigen sollen. Aber das kann ich ja zumindest bei dir nachholen. Weg mit dem Stemmeisen!«

Pawel wurde sich bewusst, dass er noch immer das Rohr umklammerte. Es war seine einzige Waffe, aber gegen Mitschkes Revolver konnte er damit nichts ausrichten. Vor wenigen Minuten hatte er sich großartig gefühlt, innerhalb eines Augenblicks verkehrte sich alles ins Gegenteil. Das Verlangen nach Vergeltung hatte seinen Verstand vernebelt. Er war völlig unüberlegt und ohne Plan vorgegangen und das rächte sich nun.

Mitschke grinste. »Na, behalt das Ding mal lieber. Vielleicht ist es besser, ich knall dich ab, solange du mich *bedrohst.*«

Pawel suchte panisch nach einem Ausweg. Mehr aus Angst und Verzweiflung als durch überlegtes Handeln schwang er das Eisenrohr und traf den Lampenschirm über seinem Kopf. Die Glühbirne zerplatzte, ein heißer Regen aus Glassplittern ergoss sich über ihn. Mitschke brüllte wütend auf und schoss. Pawel sah das Mündungsfeuer aufblitzen und spürte einen Luftzug. Klirrend zerbarst das Fenster zum Hof.

Der Schrotthändler gab einen weiteren Schuss ab, aber Pawel hatte sich bereits auf den Boden geworfen. Im Fallen holte er mit dem Stemmeisen aus und traf Mitschkes Schienbein. Der schrie auf und taumelte. Pawel erhob sich auf die Knie und schlug zu. Diesmal traf er den Unterarm seines Gegners. Er hörte das Knacken, mit dem der Knochen brach. Mitschke ließ den Revolver fallen und sank in die Knie. Das kalte Licht der Bogenlampen fiel auf sein Gesicht, in seinen überraschten Blick mischten sich plötzlich Unsicherheit und Angst.

Pawel kam taumelnd auf die Füße. Ein heißes Gefühl des Triumphes durchflutete ihn, gepaart mit einer Wut, die er nicht mehr kontrollieren konnte. Er sah sich selbst im Schlamm des Appellplatzes liegen, wie er verzweifelt versuchte, sich vor den

Tritten der Wachmannschaften zu schützen. Wieder erniedrigte er sich vor Theissen, pries die Vorzüge seiner Schwester an und flehte ihn an, Milena zu seiner Hure zu machen, damit sie leben durfte.

»Du hast jetzt eine Aufgabe, Pawel«, sagte sein Vater, bevor er für immer die Augen schloss.

Die Menschen, die er liebte, waren tot. Verhungert, an Entkräftung gestorben, ermordet oder elendig verreckt. Pawel hatte überlebt. In diesem Augenblick, in dem Mitschke winselnd vor ihm auf dem Boden lag, wusste er, dass der Schmerz und die Wut, die in ihm wühlten, nicht nur das Ergebnis seines Verlustes waren. Oh ja, er vermisste Milena, seinen Vater und seine Mutter, von der er nicht einmal wusste, wo und wann sie gestorben war. Doch da war noch etwas anderes. Es fraß an ihm wie ein Geier, der seinen Schnabel in ein Stück Aas hackt. Pawel fühlte sich schuldig. Warum hatte er als Einziger die Verfolgung und Deportation, das Grauen der Lager und den Todesmarsch überlebt? Was hatte er getan, dass der Gott, an den er nicht mehr glaubte, ihn so furchtbar bestrafte, indem er ihn weiterleben ließ?

Rasend vor Zorn begann er, auf den am Boden liegenden Schrotthändler einzuprügeln, der sich von einem atmenden Menschen in ein seelenloses Objekt verwandelte. Es tat so gut und gleichzeitig so weh. Hier war endlich jemand, der nicht mehr vor ihm davonlaufen konnte und der bezahlen musste für alles, was man ihm angetan hatte. Mit jedem Schlag, mit jedem Tritt spürte Pawel, wie das Schuldgefühl wich und einer tief empfundenen Erlösung Platz machte. Die Rache schmeckte bitter, aber sie war der einzige Weg, damit fertigzuwerden, dass er lebte, denn sie gab seinem armseligen Dasein einen Sinn.

Mitschke rollte sich wie ein Igel zusammen, barg den Kopf in den Händen und wimmerte. Pawel schlug auf ihn ein, immer wieder, bis ihn die Kraft verließ und er das Eisenrohr von sich warf.

Der Schrotthändler rührte sich nicht mehr. Pawel kniete neben ihm auf dem blutbesudelten Boden und lachte hysterisch, weil ihn der gestreifte Schlafanzug an die Häftlingskleidung in Sachsenhausen erinnerte. Noch immer war seine Wut nicht ganz verraucht und er riss den linken Ärmel des Schlafanzugs ab. An Mitschkes Oberarm, dicht unterhalb der Achsel, fand er, wonach er gesucht hatte: eine etwa acht Millimeter große Narbe. Mitschke hatte die Blutgruppentätowierung entfernen lassen, die ihn als Mitglied der SS verraten hätte.

Hundegebell zerriss die nächtliche Stille, Pawel erwachte schlagartig aus seinem Blutrausch. Zitternd vor Anstrengung starrte er auf den leblosen Körper. Mitschkes Blut glänzte im Lichtschein wie Öl.

Das Zimmer drehte sich um Pawel, die Schreie der Häftlinge in Sachsenhausen vermischten sich in seinem Kopf mit dem Kläffen der Hunde vor dem Fenster. Albtraum und Realität ließen sich nicht mehr voneinander trennen. Was, um Gottes willen, hatte er getan? Die Henker hatten ihn selbst zum Mörder gemacht.

Die Angst kehrte zurück und lähmte ihn. Pawel begann, unkontrolliert zu beben, und schluchzte wie ein Kind, das in einem Wutanfall sein Spielzeug zerbrochen hatte. Er hatte einen Menschen getötet und würde die Konsequenzen tragen müssen, wenn man ihn erwischte. Hastig stopfte er die Geldscheine in seine Manteltaschen und lief um den Schreibtisch herum zum Fenster. Zwischen den Schrottbergen tanzte das Licht einer Taschenlampe. Offenbar beschäftigte Mitschke einen Nachtwächter, der den Schrottplatz bewachte. Das erklärte, warum die Hunde vorhin nicht angeschlagen hatten. Wahrscheinlich hatte der Wächter seine Runde gedreht.

Pawel flüchtete aus dem Büro und lief durch den Flur zu der Tür zurück, durch die er gekommen war. Vorsichtig schob er sie auf und spähte durch den Spalt.

»Ist da wer?«, rief eine Männerstimme. Die Hunde antworteten mit aufgeregtem Gebell.

Der Lichtstrahl huschte über Autowracks und Altmetallstapel. Pawel hetzte über den dunklen Hof und nutzte die turmhohen Schrottberge als Deckung. Irgendwie musste es ihm gelingen, einen Weg durch dieses Labyrinth nach draußen zu finden.

Bevor er die Hälfte der Strecke zum Bahndamm hinter sich gebracht hatte, erfasste ihn das Licht der Taschenlampe. Unter einer Bogenlampe stand der Blonde mit der Zahnlücke, der sich Mitschke als Gomulka vorgestellt hatte.

»He! Stehen bleiben!«

Pawel rannte weiter und sah sich gehetzt um. Gomulka ließ die schwarz-braunen Rottweiler von der Leine. Pawel schlug Haken und lief in einem Bogen zum Haus zurück, er würde niemals rechtzeitig den Zaun erreichen, bevor die Hunde ihn stellten. Es kam zu einem Wettlauf, den er knapp verlor. Die Rottweiler schnitten ihm den Weg ab und kreisten ihn ein. Mit dem Rücken zur Wand der Werkshalle war er ihnen schutzlos ausgeliefert.

Die Hunde waren noch etwa zehn Meter von ihm entfernt, als sich neben ihm eine Tür öffnete. Jemand packte ihn an der Schulter und zog ihn grob in die Halle. Pawel spürte ein Messer an seiner Kehle.

»Keinen Mucks oder ich stech dich ab!«, zischte jemand.

Pawel nickte stumm und rührte sich nicht. Die Hunde kläfften und sprangen enttäuscht außen an der Tür empor. Schritte näherten sich.

»Lass uns abhauen«, flüsterte eine Frau. »Wir nehmen ihn mit.«

»Warum? Er hat uns die Tour vermasselt. Wegen diesem Dummkopf hab ich mir die Nacht umsonst um die Ohren geschlagen.«

»Gomulka hetzt die Hunde auf ihn, wenn er ihn findet.«

»Na und? Wer so blöd ist und sich erwischen lässt, ist selber schuld.«

»Er gehört nicht zu Mitschke, also ist er einer von uns, kapiert?«, beharrte die Frau.

Die Messerspitze entfernte sich von Pawels Kehle.

»Da... danke«, stotterte er.

»Freu dich nicht zu früh«, entgegnete der Mann.

Sie verließen die Lagerhalle durch ein Fenster auf der Rückseite und gelangten auf Umwegen zum Bahndamm. Jemand hatte ein Loch in den Maschendrahtzaun geschnitten, durch das sie ins Freie krochen. Auf dem Fahrweg neben den Gleisen wartete mit laufendem Motor ein Lastwagen. Im Licht der Scheinwerfer sah Pawel zum ersten Mal die Gesichter seiner Retter. Sie waren zu dritt, zwei Männer und eine Frau. Alle waren in seinem Alter und trugen schwarze Hosen und Jacken. Die Frau kletterte als Erste auf die Ladefläche. Nachdem alle Platz gefunden hatten, setzte sich der Laster schaukelnd in Bewegung. Die Männer bedachten Pawel mit finsteren Blicken. Die Frau nahm ihre schwarze Wollmütze ab und schüttelte das lange rotblonde Haar.

»Was hattest du dort zu suchen?«, fragte sie.

Pawel suchte nach einer Erklärung, die die drei zufriedenstellen würde. Wie würden sie reagieren, wenn er gestand, Mitschke erschlagen zu haben? Er entschloss sich, die Wahrheit zu sagen.

»Ich wollte eine alte Rechnung begleichen.«

»Du kennst Mitschke von früher?«, fragte einer der Männer.

Pawel nickte stumm. Wer waren diese Leute? Sie hatten ihn vor Gomulka beschützt, also standen sie auf seiner Seite, oder doch nicht?

»Du bist nicht von hier«, sagte die Frau. »Woher kommst du?«

»Geboren bin ich in Warschau, aber 1928 zog meine Familie nach Deutschland, da war ich fünf Jahre alt. Aufgewachsen bin ich in Waren an der Müritz. Mein Onkel führte dort einen

Kurzwarenhandel, in den mein Vater einstieg«, erklärte Pawel. »Vor dem Krieg konnte man hier noch gut leben. Besser als in Polen jedenfalls.«

»Bist du Jude?«, fragte einer der Männer.

Pawel dachte an die Unterhaltung, die er in der Notunterkunft belauscht hatte. Vielleicht brachte es auch für ihn Vorteile mit sich, wenn er sich als Jude ausgab. Der Mann würde nicht danach fragen, wenn er nicht selbst einer wäre.

»Ja«, antwortete er schnell.

»Was machen wir mit ihm?«, fragte der andere Mann.

»Wir verpassen ihm eine Abreibung und schmeißen ihn raus«, sagte der Erste.

»Ich habe euch nichts getan!«

»Nichts getan? Wegen dir sind wir fast aufgeflogen und die Sore können wir auch in den Wind schießen.«

»Durchsucht ihn!«, befahl die Frau.

Die beiden Männer gehorchten. Sie durchwühlten seine Taschen und fanden das Geld.

Die Frau pfiff durch die Zähne. »Woher hast du das?«

»Von Mitschke.«

»Das hat er dir wohl kaum freiwillig gegeben, oder?«

»Nein.«

»Du bist ein komischer Vogel. Wie heißt du?«, fragte die Rothaarige.

»Pawel.«

Der Laster rumpelte durch ein Schlagloch. Die Frau fluchte und schlug mit der flachen Hand gegen die Rückwand des Fahrerhauses.

»Soso, Pawel aus Warschau«, sagte sie dann. »Ein polnischer Jude, der eine Rechnung mit einem SS-Schwein offen hat.«

Die beiden Männer schienen sich zu entspannen. Hatten sie ihn als einen der Ihren akzeptiert?

»Ihr glaubt mir nicht.«

Sie sahen ihn schweigend an.

»Vielleicht überzeugt euch das hier.«

Er schob den Hemdärmel zurück und zeigte ihnen die eintätowierte Häftlingsnummer.

»In welchem Lager warst du?«, fragte der erste Mann.

»Sachsenhausen.«

»Was hast du mit Mitschke gemacht?«, fragte die Rothaarige.

Pawel schwieg und presste die Lippen aufeinander.

Einer der Männer stöhnte auf. »Sag bloß nicht, du hast ihn umgebracht.« An die Frau gewandt sagte er: »Ich hab doch geahnt, dass er Scherereien macht, aber du musstest ihn ja unbedingt mitschleppen.«

Pawel dachte an Gomulka. »Der Kerl mit den Hunden«, sagte er.

»Was ist mit dem?«, fragte die Frau.

»Er hat mich gesehen und er kennt meinen Namen.«

»Wir müssen ihn loswerden«, sagte einer der Männer.

Die Frau zählte das Geld und gab ihm die Hälfte. »Den Rest behalten wir als Entschädigung.« Sie klopfte gegen das kleine Fenster. »Halt an!«

Der Laster wurde langsamer und kam zum Stehen. Pawel steckte die Scheine ein und kletterte auf die Straße hinab.

Bevor der Wagen anrollte, erschien der rotblonde Haarschopf der Frau. »Komm morgen Abend nach Frankfurt in den Baumweg Nummer 5. Frag nach Esther.«

Sie zog die Plane zu, der Laster fuhr an. Pawel blieb allein zurück. Inzwischen musste Gomulka seinen toten Chef gefunden haben. Nun würde die Polizei nach Pawel suchen, nach Pawel Kowna, dem Mörder.

7

Hannah zog zum letzten Mal die Uniform an, die sie als Zivilangestellte der »War Crimes Group« auswies: Eine weiße Bluse und darüber eine olivgrüne, kurz geschnittene Jacke, dazu beigefarbene Hosen. Aufnäher mit der Aufschrift *WCG* und dem Weißkopfseeadler – dem Wappentier der Vereinigten Staaten von Amerika – zierten die Ärmel.

Nach Kriegsende hatte Scott seine Vorgesetzten beim CIC davon überzeugt, wie wertvoll eine enge Zusammenarbeit mit den Deutschen auf der Suche nach Kriegsverbrechern sein würde. Es hatte Hannah großen Spaß bereitet, mit ihm gemeinsam die neue Uniform zu entwerfen. Scott hatte ihr das Gefühl gegeben, gebraucht zu werden und eine wichtige Aufgabe zu erfüllen.

Wenn ihre verrückte Idee einer eigenen Frachtfluggesellschaft Erfolg haben sollte, brauchte sie seine Unterstützung. Nach ihrem Streit hegte sie allerdings wenig Hoffnung, dass er ihr helfen würde. Schließlich hatte er deutlich zum Ausdruck gebracht, was er davon hielt, wenn sie als Pilotin arbeiten würde. Andererseits ging es jetzt nicht mehr darum, eine Anstellung zu finden, sondern ein eigenes kleines Unternehmen zu gründen. Daher fuhr sie mit der Roundup-Linie 13 zum I.G.-Farben-Haus. Die vor den Fenstern vorbeiziehende Trümmerwüste drohte ihr jedes Mal das Herz zu zerreißen, denn Frankfurt war und blieb ihre Heimatstadt. Heute jedoch nahm sie den Anblick kaum wahr, ihre Gedanken weilten bei dem bevorstehenden Treffen. Ihre Zukunft hing davon ab, ob sie Scott würde überzeugen können.

Mit klopfendem Herzen passierte sie die Kontrollen der Sperrzone und ging zu seinem Büro im Hauptquartier der amerikanischen Streitkräfte. Scott war nicht da. Ein Sergeant teilte ihr mit, dass sich Scott auf einer Dienstreise befand und nicht vor Ablauf einer Woche zurückkehren würde. Hannah machte sich auf den Rückweg zum Hangar, wo sie Pohl dabei half, die Ju 52 flugtüchtig zu machen. Sie verbrachte Tage quälender Ungewissheit, ob ihr verrückter Plan sich in die Tat umsetzen ließ. Bei einer gründlichen Inspektion entdeckten sie Korrosion an Teilen der tragenden Rumpfkonstruktion – ein Schaden, der häufig bei den alten Junkersmaschinen auftrat. Daraufhin mussten Hannah und Max schwitzend und schimpfend die Verkleidungen der Front abnehmen, um den Rost zu beseitigen.

Während der komplizierten Arbeiten lernte sie den alten Flieger kennen und schätzen. Unter seiner rauen Schale besaß Max einen gutmütigen Kern, aber sein Wesen hatte auch Schattenseiten offenbart. Er soff wie ein Loch, wenn sie nicht auf ihn aufpasste.

Eine Woche später fuhr sie noch einmal zum I.G.-Farben-Haus.

Überall standen Kartons mit Akten und Ordnern herum, Mitarbeiter waren damit beschäftigt, die Räume für eine anderweitige Nutzung herzurichten. Die meisten Möbel waren bereits abtransportiert worden. Scott telefonierte. Als er Hannah sah, gab er ihr einen Wink, auf dem einzigen Stuhl Platz zu nehmen, der noch verfügbar war. Sie zog es vor zu stehen und versuchte heimlich, in seiner Miene nach Anzeichen zu lesen, wie er auf ihr Vorhaben reagieren würde. Endlich legte er auf und kam zögernd auf sie zu. Etwas unsicher umfasste er ihre Schultern und küsste sie behutsam auf die Wange.

»Ich hatte nicht damit gerechnet, dich vor meiner Abreise noch einmal zu sehen«, sagte er. »Ich freue mich umso mehr, dass du gekommen bist.« Er rieb sich den Nacken und blickte sich hilflos um. »Ich fürchte, in diesem Chaos kann ich dir nichts zu trinken anbieten.«

»Ich wollte nicht, dass wir im Streit auseinandergehen.«

Auf der Fahrt durch die Stadt hatte sie nur darüber nachgedacht, wie sie ihn überreden könnte, ihr zu helfen. Nun, da der endgültige Abschied bevorstand, wurde ihr bewusst, dass sie sehr viel mehr für ihn empfand, als sie sich eingestanden hatte. Hannah kämpfte mit den Tränen.

Scott setzte sich auf die Kante seines Schreibtischs, wie er es so oft getan hatte, wenn sie über Strategien diskutierten, Naziverbrecher aufzuspüren.

»Das bedeutet wohl, dass du deine Meinung nicht geändert hast«, sagte er.

»Scott, es tut mir leid, ich kann nicht anders. Versteh doch, ich würde nicht glücklich werden in Amerika. Nicht, bevor ich meine Aufgabe hier erfüllt habe.«

»I know. Nun, vielleicht hilft dir das hier, schnell zu einem Ergebnis zu kommen.« Er ging um den Tisch herum und zog eine dünne Akte aus einer Schublade. »Ich habe meine Leute angewiesen, alles zusammenzutragen, was wir über Rolf Heyrich wissen. Die Gerüchte, dass er in der Gegend von Köln gesehen wurde, haben sich bestätigt. Er hat als Knecht auf einem Bauernhof gearbeitet. Als ihm der Boden unter den Füßen zu heiß wurde, ist er untergetaucht. Möglicherweise befindet er sich auf dem Weg nach Südtirol.«

»Danke. Das ist … sehr nett von dir.«

»Ich habe veranlasst, dass du dein Büro weiterhin benutzen darfst, bis sie unseren Laden endgültig dichtmachen. Ich lege das Dossier in deinen Schreibtisch.«

Er lächelte und blickte sie zugleich traurig an. Hannah wandte sich ab, damit er ihre Tränen nicht sah.

»Wer weiß, wohin das Leben uns führt? Vielleicht sehen wir uns ja bald wieder«, sagte sie.

»Ich werde auf dich warten.«

»Das solltest du nicht.«

»Ich werde es trotzdem tun.« Er riss einen Zettel von einem

Block ab und schrieb etwas auf. »Hier. Das ist meine Adresse in Boston, Massachusetts, und eine Telefonnummer, unter der du mich erreichen kannst.«

Sie nahm das Papier entgegen und drehte es nervös in den Fingern. Schweigend standen sie sich eine Weile gegenüber.

»Scott, es tut mir leid, dass …«

»Vergiss den dummen Streit. Ich liebe dich, Hannah. Und ich *werde* auf dich warten. Das verspreche ich dir. Tu, was du tun musst, und dann lass all dies hinter dir.«

Sie antwortete nicht und schluckte heftig.

»Kann ich sonst noch etwas für dich tun?«, fragte Scott.

Sie nickte langsam. »Ja. Das könntest du tatsächlich.«

Sie berichtete von ihrer Begegnung mit Max Pohl und ihrem Plan, eine eigene Fluglinie zu gründen.

»Glaubst du, dass die Deutschen bald wieder fliegen dürfen?«, fragte sie hoffnungsvoll.

»Nicht in absehbarer Zeit. Die Briten sind nicht begeistert von dieser Vorstellung.«

»Das bedeutet …«

»Das bedeutet, dass du als Zivilangestellte der US-Army mein Vertrauen besitzt.« Er zog ein weiteres Dokument aus der Schreibtischschublade und reichte es ihr. »Ich gestehe, ich habe mich ein bisschen nach dir umgehört. Wie es dir geht, was du so machst. Ein Sergeant der Air Force hat mir von dem crazy girl erzählt, das unbedingt fliegen will. Dies ist … nun … gewissermaßen mein Abschiedsgeschenk. Ich hätte es dir vor meiner Abreise zukommen lassen, aber da du schon mal hier bist, kann ich es dir selbst geben.«

Hannah las das auf Englisch verfasste Schreiben. Es war die offizielle Erlaubnis der amerikanischen Militärführung, im Auftrag der US-Army Kurier- und Frachtflüge im europäischen Raum auszuführen. Ihr Herz machte einen Sprung.

»Oh, Scott. Wie soll ich dir nur danken?«

»Indem du Heyrich findest und der deutschen Staatsanwaltschaft übergibst. Und dann kommst du zu mir nach Boston. Wenn es sein muss, mit diesem fliegenden Koffer, von dem du erzählt hast. In der Akte über Heyrich findest du übrigens die Visitenkarte von Harald Lenz, einem jungen, engagierten Staatsanwalt. Er hat in Braunschweig mit Fritz Bauer zusammengearbeitet. Ich habe bereits mit ihm gesprochen, Lenz wird dein Ansprechpartner sein, falls du Akteneinsicht oder juristische Unterstützung brauchst.«

Sie fiel ihm um den Hals.

»Ich werde dich vermissen, Scott.«

»Ich dich auch. Wir werden uns wiedersehen, ganz gewiss; und wenn ich mit einem Ruderboot den Atlantik überqueren muss, um dich zu holen.«

»Wann wirst du abfliegen?«, fragte Hannah.

»Gleich morgen früh. Und nun geh. Ein Lieutenant der US-Army sollte in der Öffentlichkeit keine Tränen vergießen.«

Die Verkehrsverbindungen waren unzuverlässig und so konnte Hannah am selben Tag nicht mehr zum Flughafen fahren, um Max die gute Nachricht mitzuteilen. In der folgenden Nacht tat sie vor lauter Aufregung kein Auge zu. Sie fieberte dem Morgen entgegen und nahm gegen halb elf die erste Straßenbahn. Zum ersten Mal seit vielen Wochen zeigte sich die Sonne, Hannah nahm es als gutes Omen. Lächelnd versuchte sie, sich das verblüffte Gesicht des griesgrämigen alten Fliegers vorzustellen, wenn sie ihm die Fluglizenz präsentierte, und machte sich auf den Weg zum Hangar.

»Max? Ich habe gute Neuigkeiten!«, rief Hannah. »He, Max, wo steckst du?«

Der Hangar war leer. Sie machte kehrt und lief zum Hauptgebäude des Flughafens. Sie fand Max dort, wo sie ihn vermutet hatte. Er saß am Tresen in der Fliegerklause und starrte gedankenverloren in eine Tasse mit Ersatzkaffee. Seine Augen waren blutunterlaufen, sein bartstoppeliges Gesicht sah grau und schlaff aus. Wahrscheinlich hatte er gestern Abend zu tief ins Glas geschaut. Verärgert setzte sie sich auf den Barhocker neben ihm.

»Ich laufe mir die Hacken ab, um eine Fluglizenz zu besorgen, und du hast nichts Besseres zu tun, als dich zu besaufen. Hast du die Ersatzteile besorgt, die wir brauchen?«

Er stierte sie aus glasigen Augen an. »Wozu? Die *Tante* wird nie abheben.«

Hannah verdrehte die Augen. Max konnte trotz seiner Versehrung schuften wie ein Ackergaul, aber wenn Schwierigkeiten auftauchten, steckte er zu schnell den Kopf in den Sand. Sie holte die Akte aus ihrer Umhängetasche und präsentierte ihm die Lizenz.

»Was sagst du jetzt?«

Er warf einen kurzen Blick auf das Dokument und zuckte mit den Schultern. »Es ändert nichts.«

Verdrossen zog sie die Augenbrauen zusammen. »Was soll das heißen?«

»*Bloch & Pohl* bleibt ein Hirngespinst. Das soll es heißen.« Er winkte dem Kellner und bestellte einen Schnaps.

»Was ist passiert?«

»Jemand hat Wind von unserem Plan bekommen. Es gibt Leute, denen es nicht passt, dass wir fliegen. Ich war beim Notar wegen der Gründung der Gesellschaft.«

»Und weiter?«

»Ich darf keine Fluggesellschaft gründen. Ich darf überhaupt kein Unternehmen gründen.«

»Warum nicht?«

Er kratzte sich die Boxernase. »Naja, ich bin da im Krieg in 'ne dumme Sache reingeraten.«

Er griff nach dem Schnapsglas, Hannah zog es ihm fort. So dicht vor dem Ziel durfte die Verwirklichung ihres Traums nicht scheitern.

»Sag endlich, was passiert ist.«

»Nachdem die Nazis meine Maschinen konfisziert hatten, musste ich meinen Laden dichtmachen. Also hab ich mich freiwillig zur Wehrmacht gemeldet. Sie hätten mich sowieso zum Kriegsdienst eingezogen.« Er schüttelte bedauernd den Kopf. »Ich hab immer vorbeigeschossen, glaub mir, Mädchen. Ich wollte mich nicht zum Mörder machen lassen. Hab ich dir schon erzählt, wie ich …«

»Weiter«, unterbrach ihn Hannah. Sie kannte seine ausschweifende Art inzwischen. Wenn er einen in der Krone hatte, begann er, stundenlang Fliegergarn zu stricken und die tollsten Geschichten aus dem Krieg zu erzählen.

»Im Winter '44 war ich mit meiner Einheit in Belgien stationiert, Unternehmen ›Wacht am Rhein‹. Wir waren zu fünft und sollten ein Dutzend gefangene GIs bewachen, als wir unter Feuer genommen wurden. Mir hat's an dem Tag die Hand zerfetzt. Sie haben mich abtransportiert und in einem Gehöft untergebracht, das als Lazarett diente. Später hab ich erfahren, dass meine Kameraden die Gefangenen erschossen haben. Alle haben sie auf den Meissner gehört, dem hatten die Nazis völlig den Kopf verdreht. Jemand hat die alte Geschichte ausgegraben, um uns ein Bein zu stellen. Bevor ich nicht offiziell entnazifiziert bin, habe ich Berufsverbot. Und das ist noch das kleinste Übel. Wenn die Amis glauben, dass ich an der Erschießung beteiligt gewesen bin, geht's mir an den Kragen.«

Hannah gefror innerlich. »Aber das warst du doch nicht, oder?«, fragte sie mit erstickter Stimme.

Pohl schüttelte entschieden den Kopf. »Nee, Mädchen. Ich hab versucht, mich aus allem Ärger rauszuhalten. Das hätt ich nie und nimmer gemacht.«

»Dann brauchst du doch nur zu beweisen, dass du verwundet wurdest. Deine Kameraden müssen aussagen.«

Pohl winkte dem Kellner. »Die gibt's nicht mehr. Alle tot.«

»Es muss Unterlagen aus dem Lazarett geben.«

»Da ging es damals drunter und drüber. Ich kann mich nicht mal an den Namen des Arztes erinnern, der mich behandelt hat. Ich sitze in der Tinte.«

Hannah sank auf dem Barhocker zusammen. Es durfte nicht so enden.

»Weißt du denn wenigstens, wer uns reinlegen will? Wie kann überhaupt jemand von unserem Plan wissen?«

Max spielte verlegen mit der Kaffeetasse. »Ich hab's eben rumerzählt, weil ich mich so gefreut hab, dass es wieder bergauf geht. Es gibt leider 'ne Menge Leute, die mir den Erfolg nicht gönnen.«

»Musstest du die Sache denn unbedingt ausposaunen, bevor wir die Genehmigung in der Tasche hatten?«

Er seufzte. »Du hast doch gemerkt, dass ich die Klappe nicht halten kann, wenn ich trinke.«

»Wir müssen dich also entnazifizieren«, überlegte Hannah.

Scott saß in einem Flugzeug hoch über dem Atlantik, er würde ihr diesmal nicht aus der Patsche helfen können. Aber vielleicht konnte sie ihr eigenes Engagement der vergangenen beiden Jahre in die Waagschale werfen. Sie zog die Visitenkarte aus der Akte, die Scott ihr gegeben hatte.

»Ich bringe das in Ordnung«, sagte sie. »Dazu brauche ich deinen Personalausweis.«

»Hä?«, machte Pohl.

»Gib schon her.«

Pohl nestelte an seiner Fliegerjacke und reichte ihr einen abgegriffenen Pass. »Was willste denn damit?«

Hannah sparte sich eine Antwort. Stattdessen machte sie sich auf den Weg zum Hauptquartier der US-Streitkräfte.

Mit ihrem Ausweis des CIC erhielt Hannah Zutritt zum I.G.-Farben-Haus. Sie setzte sich an ihren Schreibtisch und versank, ohne es zu wollen, in der Vergangenheit. Zu viele Erinnerungen waren mit diesem Ort verbunden. Vor ihrem inneren Auge sah sie den T4-Gutachterarzt Joachim Lubeck, wie er den Meldebogen ausfüllte, der sie in die Tötungsanstalt in Hadamar gebracht hatte. Es war ein zynischer Zug des Schicksals, dass sie selbst seit fast zwei Jahren Dokumente ausstellte, die über das weitere Leben von Menschen entschieden.

Eine ihrer Aufgaben war es gewesen, sogenannte *Clearance Certificates* auszustellen, Entlastungszeugnisse, die den Betreffenden von einer Mitschuld am Terror des NS-Regimes freisprachen. Hannah hatte jeden einzelnen Fall geprüft und Dutzende kleine und große Mitläufer enttarnt, aber nie einen Persilschein ausgestellt und damit Täter geschützt. Nun übernahmen die neu gegründeten Spruchkammern die Entnazifizierung. Sagte Max die Wahrheit? Wenn er log und sie ihn entlastete, war sie nicht besser als die Verbrecher, die sie jagte. Unternahm sie jedoch nichts und er musste vor einer Spruchkammer aussagen, ohne Zeugen benennen zu können, die seine Unschuld bewiesen, gefährdete sie ihre eigene Zukunft.

Langsam zog sie die Schublade auf, nahm ein Blankoformular heraus und spannte es in die Schreibmaschine. Sie begann, Pohls Namen und Adresse in das Namensfeld zu tippen, und sprach ihn nach der Verordnung Nummer neunundsiebzig der Militärregierung von jeglicher Mittäterschaft des Naziterrors frei.

Dann zog sie den Bogen aus der Maschine und stempelte ihn ab. Sie war nicht befugt, das Dokument selbst zu unterzeichnen, und ihr Gewissen weigerte sich, ihr zu erlauben, Scotts Unterschrift zu fälschen. Deshalb musste der Staatsanwalt, den Scott ihr empfohlen hatte, diesen letzten Schritt übernehmen. Noch hatte sie keine Ahnung, wie sie Lenz dazu überreden sollte, sie kannte ihn ja noch nicht einmal. Sie faltete das Schreiben mit dem Stempel der Militärregierung und steckte es in ein Kuvert. Dann nahm sie das Dossier über Heyrich und verließ das I.G.-Farben-Haus, das sie vermutlich nie wieder betreten würde.

Zwar war sie auch nach Scotts überstürztem Abflug noch Zivilangestellte der Army, aber es gab für sie nichts mehr zu tun, die Abteilung existierte praktisch nicht mehr. Ohne Scott erschien ihr die Arbeit ohnehin sinnlos.

Nach einem letzten sehnsuchtsvollen Blick zurück machte sie sich auf den Weg zu Staatsanwalt Harald Lenz. All die schönen Stunden an Scotts Seite, ihre gemeinsame Arbeit, die aufregende Jagd und die Befriedigung, für Gerechtigkeit zu sorgen, endeten hier.

Das Gebäude, in dem das neue Oberlandesgericht und damit auch die Staatsanwaltschaft untergebracht war, lag etwa drei Kilometer vom Hauptquartier der US-Streitkräfte entfernt. Hannah hatte Scott ein paarmal dorthin begleitet, daher kannte sie den Weg und wusste, wo sie sich melden musste, um zu Lenz vorgelassen zu werden. Nun wartete sie in seinem Vorzimmer und hoffte, dass ihre Uniform Eindruck schindete. Wenn Lenz sie nicht unterstützte, wusste sie nicht, wie sie Pohl helfen sollte. Ihr Traum von der eigenen Fluggesellschaft würde zerplatzen wie eine Seifenblase. Zerfahren legte sie sich eine Strategie zurecht, wie sie Lenz um den Finger wickeln könnte. Die Sekretärin des Staatsanwalts riss sie aus ihren Grübeleien.

»Herr Lenz hat jetzt Zeit für Sie.«

Die Vorzimmerdame ging voran, klopfte an eine Tür und bat Hannah einzutreten.

Lenz erhob sich von seinem Platz hinter dem Schreibtisch, knöpfte sein Sakko zu und begrüßte sie. Er deutete auf eine Sitzgruppe aus schwarzem Leder und bat Hannah, Platz zu nehmen.

»Harald Lenz. Was kann ich für Sie tun, Fräulein Bloch?«

Ihr Plan, ihm zuerst eine Zusammenarbeit bei der Suche nach NS-Kriegsverbrechern anzubieten und dann allmählich auf Pohls Entnazifizierung zu kommen, löste sich vor ihren Augen auf wie Nebel in der Frühlingssonne. Ihr Herz trommelte einen aufgeregten Wirbel gegen ihre Rippen. Sie spürte, dass sie Lenz anstarrte.

Der Staatsanwalt runzelte die Stirn. »Stimmt etwas nicht? Fühlen Sie sich nicht wohl?«

Hannah fasste sich. »Entschuldigung. Sie erinnern mich an jemanden. Die Ähnlichkeit … ist verblüffend.«

Was sie sagte, war mehr als untertrieben. Staatsanwalt Harald Lenz war eine ältere Ausgabe von Hans Simonek. Das blonde, gescheitelte Haar und die klaren blauen Augen, seine Haltung und die Art, wie er sich bewegte – alles erinnerte sie an ihre erste Liebe.

»Ich hoffe, ich darf Ihre Reaktion als Kompliment verstehen«, sagte Lenz und lächelte.

Hannah wusste nicht, was sie darauf antworten sollte. Alles drehte sich um sie, sie konnte keinen klaren Gedanken fassen. Lenz stand auf, öffnete eine Klappe in der Schrankwand und kehrte mit zwei gefüllten Likörgläsern zurück.

»Wenn Ihr Bekannter einen solchen Eindruck bei Ihnen hinterlassen hat, sollten wir auf sein Wohl trinken, meinen Sie nicht auch?«, sagte er. »Erklären Sie mir, warum eine so hübsche junge Frau eine Uniform trägt?«

Der Alkohol breitete sich warm in ihrem Bauch aus und half ihr, die Selbstbeherrschung wiederzuerlangen. Sie berichtete stockend von ihrer Arbeit beim CIC und der Suche nach Rolf Heyrich.

Lenz blätterte in dem Dossier. »Leider kann ich Ihnen nicht allzu viel Hoffnung machen«, sagte er. »Dass die Amerikaner und Briten sich langsam aus der Aufarbeitung der NS-Verbrechen zurückziehen, ist nicht gerade hilfreich für uns. Außerdem suchen wir natürlich vor allem nach den großen Fischen – Adolf Eichmann, Martin Bormann und anderen. Darf ich fragen, warum Sie sich ausgerechnet für Rolf Heyrich interessieren? Er war kein Entscheidungsträger im Staatsapparat der Nazis, eher ein Opportunist, der sich die Hände schmutzig gemacht hat, um leichter Karriere machen zu können.«

»Heyrich war kurz vor Kriegsende Rädelsführer bei einem vierfachen Mord. In dem kleinen Ort Hagenstein nördlich von

Frankfurt ließ er junge Soldaten erschießen, die desertiert waren. Mindestens einen von ihnen hat er eigenhändig umgebracht.«

Lenz rieb sich das Kinn. »Wenn das stimmt, wird es schwierig werden, ihn dafür zur Verantwortung zu ziehen. Vorausgesetzt er lebt überhaupt noch und wir finden ihn.«

»Warum?«

Lenz blickte sie aus seinen blauen Augen an. Hannah schüttelte mühsam ein Déjà-vu ab.

»Würden Sie mir zuerst eine Frage beantworten?«, sagte Lenz.

»Wenn ich kann, gerne.«

»Ich vermute, Sie kannten die Opfer?«

Sie nickte widerstrebend. »Ja, einen von ihnen kannte ich gut.«

Lenz lehnte sich zurück. »Ich verstehe. Daher rührte Ihr Erschrecken, als Sie mich sahen. Wenn die Ähnlichkeit so groß ist, wie Sie behaupten, müssen Sie geglaubt haben, einem Toten zu begegnen.«

Hannah begann, sich zu ärgern. War sie so leicht zu durchschauen?

»Ich will, dass Heyrich für das, was er getan hat, verurteilt wird«, sagte sie.

»Das glaube ich Ihnen gerne. Es könnte jedoch schwierig werden, denn nach der damaligen Militärgerichtsbarkeit hatte er das Recht, ein Standgericht einzuberufen, musste es sogar. Er würde seine Verteidigung darauf aufbauen und vermutlich damit durchkommen.«

»Er besaß keine Befähigung zum Richteramt. Nur ein Feldrichter hätte ein Sondergericht einberufen können. Das ist jedoch nicht geschehen. Heyrich und seine Kumpane haben vier junge Männer ermordet, um das geraubte Gold aus der Tötungsanstalt Hadamar in Sicherheit zu bringen.«

»Das müssen wir zuerst beweisen. Und dafür müssten wir ihn erst mal haben.«

»Ich kriege ihn.«

Lenz betrachtete sie prüfend. »Ich werde Ihnen helfen, soweit es in meiner Macht steht. Gibt es sonst noch etwas, was ich für Sie tun kann, Fräulein Bloch?«

Hannah zog den Umschlag mit dem Entlastungszeugnis aus ihrer Tasche. »Ja, da wäre eine Formalität. Lieutenant Young ist in die USA aufgebrochen, ohne diesen letzten Fall abzuschließen, an dem wir gemeinsam arbeiteten. Dafür dürften Sie wohl nun zuständig sein.«

Lenz nahm den Umschlag entgegen und überflog den Entnazifizierungsbescheid.

»Auch ein Freund von Ihnen?«, fragte er beiläufig.

Hannah spürte, dass sie rot wurde. Sie stellte sich vor, Lenz im Gerichtsaal gegenüberzustehen. Es musste äußerst schwierig sein, ihn anzulügen oder ihm Dinge vorzuenthalten.

»Max Pohl ist mein Geschäftspartner.«

Er faltete den Bogen zusammen. »Ich verstehe. Nun, ich muss die Angelegenheit natürlich zuerst prüfen.« Er lächelte und zog eine altmodische Taschenuhr hervor.

Hannah spürte einen Stich im Herzen. Hans hatte eine ähnliche Uhr besessen.

»Wie wäre es, wenn ich Ihnen die Urkunde … sagen wir … heute Abend zurückgebe? Wäre das früh genug?«

»Heute … Abend schon?«, stotterte sie.

Lenz nickte. »Wenn Sie mir die Ehre erweisen, mit mir essen zu gehen. Ich kann das Restaurant am Römer empfehlen.«

Hannah starrte Lenz an, ohne zu begreifen.

»Ich sehe, mein Vorschlag macht keinen großen Eindruck. Ein schwerer Schlag für meine Eitelkeit, und äußerst schade noch dazu.«

»Nein, nein. Ich … äh … nehme gerne an.«

Was zum Teufel soll ich bloß anziehen?, dachte sie.

8

Auf der Suche nach einem Schlafplatz wanderte Pawel durch menschenleere Straßen. In einem ausgebombten Haus, das wegen Einsturzgefahr geräumt worden war, fand er Schutz vor der beißenden Kälte. Er ignorierte die Warnschilder, kletterte über verkohlte Balken und Trümmer und stieg in den unversehrten Keller hinab, den die Bewohner als Luftschutzraum genutzt hatten. Was wohl aus ihnen geworden war? Die Decke war mit kräftigen Holzstützen verstärkt worden, Wasser tropfte in hastig herbeigeschaffte Wannen, in denen man Löschwasser bereitgestellt hatte. Möbel und alltägliche Dinge standen herum, als würden ihre Besitzer jeden Moment wiederkommen. Pawel fand eine Wolldecke und schlang sie um seine Schultern, dann kauerte er sich auf ein rostiges Bettgestell und starrte in die Dunkelheit.

Als er aus dem Blutrausch erwacht war, hatte die Angst vor Entdeckung sein Denken bestimmt. Erst jetzt, in der Stille seines Verstecks, fing sein Verstand an, den Mord zu verarbeiten. Schwarz wie Ölfarbe schienen die Kellerwände Blut auszuschwitzen, Ströme von Blut. Er hörte Mitschkes Wimmern, den dumpfen Aufprall der Eisenstange und das Knacken zerbrechender Knochen. Pawel begann, unkontrolliert zu zittern. Er redete sich ein, dass es die nächtliche Kälte war, aber er wusste, dass das nicht stimmte.

Er barg den Kopf zwischen den Knien und weinte. Sie hatten ihn geschlagen, gequält und fast verhungern lassen, und nun hatten sie ihn zum Mörder gemacht. Mitschkes bis zur Unkenntlichkeit zerschundene Glieder beschworen die entsetzlichen Bilder der misshandelten Opfer von Sachsenhausen herauf. Zu Pawels Aufgaben im Lager hatte es gehört, Asche und Knochenreste der Ermordeten zu vergraben. Um nicht den Verstand zu verlieren, hatte er sich in Tagträumereien geflüchtet. Bald war er in der Lage gewesen, eine innere Welt entstehen zu lassen, die die Wirklichkeit zu überlagern begann. Manchmal hatte er nicht mehr zwischen Realität und Traum unterscheiden können. Heute wusste er, dass ihm das Verschwimmen beider Welten das Leben gerettet hatte. Wie damals im Lager zwang er sein Bewusstsein, auf eine Reise zu gehen, die ihn in eine Zukunft führte, in der Milena und Josef lebten und glücklich waren, in eine Welt ohne Nazis, Konzentrationslager, Rache und Mord.

Bald forderte die Erschöpfung ihren Tribut, Pawel fiel in einen unruhigen Schlummer. Als er erwachte, sickerte graues Morgenlicht durch ein Kellerfenster. Was in der Nacht geschehen war, kam ihm nun unwirklich vor, als hätte ein Fremder Mitschke ermordet – ein dunkles Wesen, von dem er nichts gewusst hatte und das dennoch die ganze Zeit in ihm gewesen und nun erwacht war.

Er saß still auf der Kante des schimmeligen Sofas, auf dem er die Nacht verbracht hatte, und lauschte den Geräuschen der erwachenden Stadt. Es kam ihm so vor, als ob etwas fehlte, das gestern noch da gewesen war. Etwas, das ihn mehr gequält hatte als die furchtbaren Erinnerungen an die Lagerhaft und die ungezählten Toten. Es dauerte eine Weile, bis ihm die Erkenntnis dämmerte. Das Gefühl lähmender Schuld, das er mit sich herumschleppte wie eine eiserne Kette, die ihn an die Vergangenheit fesselte, war nicht verschwunden, aber verblasst. Die flüsternden Stimmen, die unentwegt eine Erklärung von ihm forderten, warum ausgerechnet er überlebt hatte, während seine Familie hatte sterben müssen, waren deutlich leiser geworden.

Pawel straffte sich und stand auf. Er hatte getan, was er tun musste. Mitschke war ein Sühneopfer gewesen, das war ihm nun klar. Sein Vater hatte ihm den Weg aufgezeigt, den er gehen musste. Ein Weg, der viele Opfer verlangte und noch lange nicht zu Ende war. Doch am Ziel würde sich das Versprechen, das er gegeben hatte, auf eine Weise erfüllen, die der alte Mann in seiner Weisheit vorausgesehen hatte: Die Seele seines Sohnes würde Frieden finden. Es war eine bittere Medizin, aber die einzige, die Heilung versprach. Ja, er hatte versprochen, Rache zu nehmen, und Versprechen durfte man nicht brechen.

Schweigend sah er zu, wie die Nacht dem Morgen wich. Je heller es wurde, desto mehr verblassten die Bilder von Blut und Gewalt. Die Schatten wurden kürzer und Pawel gelang es, seine Tat zunehmend in einem anderen Licht zu bewerten. Er war kein Mörder. Nein, das Versprechen hatte ihn zum Richter und Henker in einer Person gemacht. Das Schicksal hatte ihm eine große Verantwortung aufgebürdet und er würde diese schwere Aufgabe erfüllen. Mitschke war erst der Anfang. Sein Vater konnte stolz auf ihn sein.

Als einer der Ersten reihte Pawel sich am frühen Morgen in die Schlange vor der Notunterkunft ein und versorgte sich mit der kargen Essensration. Bis zum Nachmittag drückte er sich vor dem Bahnhof herum, schlug die Zeit tot und kaufte eine Fahrkarte nach Frankfurt. Dort angekommen, fragte er sich zu der Adresse durch, die Esther ihm genannt hatte. Von den Passanten, die er nach dem Weg fragte, erfuhr er, dass sich im Baumweg Nummer 5 die Mitglieder der zu neuem Leben erwachten jüdischen Gemeinde in Frankfurt trafen.

Gegen 18 Uhr kam er im Baumweg an, verbarg sich in einer Ruine auf der anderen Straßenseite und beobachtete das Haus mit dem abgerundeten Dach und dem hellen Putz. In Sachsenhausen hatte er lernen müssen, sein Temperament zu zügeln und sich in Geduld zu üben. Er war sicher, dass er die Lagerhaft überlebt hatte, weil er die Menschen, mit denen er zu tun bekam, richtig einschätzen konnte.

Esther hatte ihn zwar aufgefordert hierherzukommen, aber noch wusste er nicht, was sie damit beabsichtigte. Wegen ihrer natürlichen Autorität hielt Pawel sie für eine Art Wortführerin. Bevor er die Hierarchie dieser Gruppe jedoch nicht durchschaut hatte, galt es, vorsichtig zu sein.

Leute kamen und gingen, von Esther entdeckte er keine Spur. Als die Dämmerung einsetzte und er sich entschloss, sein Glück zu versuchen, trat ein kräftig gebauter Mann in blaugrauer Arbeitskleidung aus einem Schuppen neben dem Haus. Er rückte seine Schiebermütze zurecht, zündete sich eine Zigarette an und schlenderte pfeifend die Straße entlang, bis Pawel ihn aus den Augen verlor. Sein Magen krampfte sich vor Wut und Empörung zusammen. Der Mann war Bolkow! Gehörte er zu Esthers Freunden? Wenn es so war, dann wussten sie sicher nicht, dass sie einen ehemaligen KZ-Kapo unter ihrem Dach duldeten. Immerhin hatten sie ihn, Pawel, sofort als einen der ihren akzeptiert, nachdem er ihnen die eintätowierte Häftlingsnummer auf seinem Unterarm gezeigt hatte. Bolkow hatte es schon in Sachsenhausen verstanden, sich stets auf die Seite der Gewinner zu schlagen. Ob er die jüdische Gemeinde als Tarnung benutzte, um seine unrühmliche Rolle im Konzentrationslager zu vertuschen?

Rasch überquerte Pawel die Straße und betrat das Grundstück durch eine niedrige Pforte. Die Eingangstür stand offen. Über einen Korridor gelangte er in einen geräumigen Saal. Gerüste, aufgestapelte Ziegelsteine und Zementsäcke zeugten von reger Bautätigkeit. Ein schmächtiger alter Mann, der sich auf einen Gehstock stützte, studierte einen Bauplan. Er sah auf, als er Pawels Schritte hörte.

»Kann ich Ihnen helfen?«, fragte er mit leiser Stimme.

»Ich bin ein Freund von Esther. Sie sagte, ich könne sie hier treffen.«

Der Alte nickte freundlich. »Kommen Sie bitte mit.«

Er führte Pawel in den ersten Stock des Hauses. Arbeiter waren damit beschäftigt, Wände zu verputzen und Decken zu streichen.

»Esther? Hier ist Besuch für dich!«, rief der Alte.

Pawel erkannte sie sofort wieder. Im hellen Licht einer nackten Glühbirne, die von der Decke baumelte, sah sie sehr viel jünger aus, als er sie in Erinnerung hatte. Sie hatte das rotblonde Haar im Nacken zu einem Pferdeschwanz gebunden und trug Arbeitskleidung.

»Danke, Isaak.«

Der alte Mann lächelte Pawel freundlich zu und ließ sie allein. Esther stellte den Besen an die Wand, mit dem sie den Boden gefegt hatte.

»Du bist also gekommen.«

Pawel nickte. »Ich habe lange gezögert. Deine Freunde sehen mich hier sicher nicht gern. Aber ich war neugierig und wollte dich wiedersehen.«

»Sie waren sauer, weil du uns die Tour vermasselt hast. So konnten sie dir wenigstens die Schuld am Scheitern unserer Aktion in die Schuhe schieben. Ari und Jaron haben das Herz am rechten Fleck, doch besonders mutig sind sie nicht gerade. Es fehlt ihnen an Entschlossenheit. Sie brauchen jemanden, der ihnen sagt, wo es langgeht.«

Pawel verarbeitete des Gehörte sofort, er hatte sich also in seiner schnellen Einschätzung nicht getäuscht.

»Aktion?«, fragte er neugierig.

»Eins nach dem anderen. Hast du heute schon etwas gegessen?«

»Nicht viel.«

»Dann komm mal mit.«

Sie führte ihn in einen Teil des Hauses, der bereits fertiggestellt war, einen Aufenthaltsraum mit Sofas, Sesseln und Tischen. Auf einer Kochplatte stand ein Topf, aus dem es herrlich duftete. Pawels Magen knurrte vernehmlich, seit der Notration am Morgen hatte er nichts mehr zu sich genommen. Esther füllte einen Teller, brach ein Stück Brot von einem Laib und reichte ihm beides. Er spürte, wie ausgehungert er war, und bemühte sich, nicht allzu gierig zu essen. Esther zündete sich eine Zigarette an und sah ihm zu.

»Du bist also Pawel Kowna aus Warschau«, sagte sie.

Er nickte mit vollem Mund. »Du hast mich gestern schon nach meinem Namen gefragt.«

»Wie ist es denn so in Warschau?«

Sie fragte ihn nach der Stadt aus, offenbar wollte sie herausfinden, ob er wirklich von dort stammte, oder ob er sie belog. Pawel bemühte sich, die wenigen Erinnerungen heraufzubeschwören, die er aus frühen Kindertagen bewahrt hatte. »Stimmt etwas nicht mit mir?«, fragte er.

Sie lachte. »Schon in Ordnung. Du musst wissen, dass wir sehr vorsichtig sind. Der Krieg ist vorbei, aber die Nazis sind noch da, auch wenn sie ihre Uniformen ausgezogen haben. Typen wie Mitschke sind wieder obenauf.«

»Was wolltet ihr denn vergangene Nacht dort?«, fragte er.

Esther bot ihm eine Zigarette an, die er dankbar annahm.

»Das Gleiche wie du, schätze ich. Ihm einen Denkzettel verpassen. Doch du bist uns zuvorgekommen und hast Gomulka aufgescheucht. Du hast großes Glück gehabt, dass wir dich in Sicherheit gebracht haben. Er hätte die Hunde auf dich gehetzt und sich daran erfreut, wie sie dich in Stücke reißen.«

»Ich glaube, der war bei der SS, genau wie Mitschke«, überlegte Pawel. »Seine Augen sind so kalt und glatt wie Flusskiesel.«

»Davon kannst du ausgehen. Sie sind unter uns, überall.«

»Man sagt, die Amerikaner wollen die Verfolgung von Kriegsverbrechern fortan den Deutschen überlassen«, sagte er.

Esther zog hastig an ihrer Zigarette. »Habe ich auch gehört. Dann wird überhaupt nichts mehr passieren. Das bedeutet, dass die Täter sich selbst bestrafen sollen. Ich hasse die Deutschen.« Sie zerdrückte die Kippe im Aschenbecher, als wolle sie sie stellvertretend für die Nazis zerquetschen. »Ich hatte recht, die ganze Zeit über.«

»Womit?«

Esther wich einer direkten Antwort aus und funkelte ihn aus ihren grau-grünen Augen an. Pawel erschrak, als ihn der unverhohlene Hass darin traf.

»Du hast Mitschke umgebracht«, sagte sie. »Es stand heute Morgen in der Zeitung. Sie schreiben, er habe keinen heilen Knochen mehr im Leib gehabt.«

Pawels Hände begannen zu zittern wie in der vergangenen Nacht. Die Bilder kehrten zurück, Mitschkes Wimmern, das Blut. Er forschte nach dem erlösenden Gefühl, mit dem er aufgewacht war, und spürte, dass er ruhiger wurde. Pawel, der Rächer – das war er nun. Diese Rolle hatte das Schicksal für ihn vorgesehen.

»Ich hatte nicht vor, ihn totzuschlagen«, antwortete er. »Es geschah einfach.«

Er erzählte ihr, was sich am Vortag seines Einbruchs bei Mitschke zugetragen hatte.

»Ja, ich wollte ihm einen Denkzettel verpassen, weil er mich gedemütigt hatte. Ich durchsuchte sein Büro und fand das Geld. Plötzlich stand er vor mir mit einer Pistole in der Hand. Da war ein Rohr, das ich als Brecheisen benutzt hatte, und … dann konnte ich nicht mehr aufhören.«

Sie schob seinen Ärmel hoch und betrachtete die Häftlingsnummer.

»In welchem Lager bist du gewesen?«

»In Sachsenhausen.«

Stockend berichtete er vom Massaker in der Scheune, dem Versprechen und der ohnmächtigen Wut, die er empfand. Esther unterbrach ihn kein einziges Mal und hörte mit versteinerter Miene zu.

»Es geht vielen von uns wie dir«, sagte sie, nachdem er seinen Bericht beendet hatte.

Esther erzählte vom Tod ihrer Familie, vom Warschauer

Ghetto und ihrer Flucht nach Frankreich, wo sie sich zwei Jahre lang auf dem Dachboden eines Hauses versteckt hatte.

»Ich bin die Einzige meiner Familie, die überlebt hat«, sagte sie. »Kurz vor Kriegsende wurden wir verraten. Verwandte retteten mich in letzter Minute, aber meine Eltern brachten sie ins KZ Natzweiler-Struthof. Das ist bei Straßburg.«

»Ich weiß«, sagte Pawel. Er spürte, dass er eine Seelenverwandte getroffen hatte. »Fühlst du dich manchmal schuldig deswegen?«

»Ja«, antwortete Esther leise. »Warum gerade ich? Ich finde keine Antwort darauf.«

»Es gibt ein Heilmittel, Esther.«

»Wie sollen diese Wunden jemals heilen?«

»Mein Vater wusste, wovon er sprach«, sagte Pawel. »Gott hat uns überleben lassen, damit wir Vergeltung üben.«

Sie sprang auf und lief erregt im Aufenthaltsraum umher. »Genau das habe ich zu Jaron und Ari gesagt. Die Amerikaner und Briten konzentrieren sich auf die großen Namen, aber es gibt Tausende kleine Nazis, die zu Mördern wurden und vor Kriegsende untergetaucht sind. Wenn wir das Recht nicht in die eigenen Hände nehmen, kommen sie ungestraft davon.«

Sie blieb stehen und ballte die Fäuste. Pawel spürte die unterdrückte, unbändige Energie, die von ihr ausging, die gleiche unerträgliche Spannung, die auch er empfand.

»Du musst wissen, wir haben eine Art Bund geschlossen und eine Widerstandsgruppe nach dem Vorbild der Jüdischen Brigade gegründet«, sagte sie. »Es haben sich uns weitere Opfer des Nazi-Terrors angeschlossen, wir sind die Anführer hier in Frankfurt. Wir haben beschlossen, nicht länger abzuwarten, wir wollen endlich etwas unternehmen.«

»Die Jüdische Brigade?«, fragte Pawel neugierig.

Esther nickte heftig. »Hast du nie davon gehört? Die Briten stellten auf Drängen von Exiljuden während des Krieges eine

Brigade auf, die fast nur aus Juden bestand. Sie wurde in Italien eingesetzt. Nach dem Krieg und der offiziellen Auflösung haben einige von ihnen im Untergrund SS-Offiziere gejagt. Sie stellten diese Schweine vor ein eigenes Gericht und vollstreckten die Urteile, die sie gefällt hatten, selbst und unmittelbar.«

»Ihr wolltet also vergangene Nacht Mitschke zur Rechenschaft ziehen?«, fragte Pawel erregt. Konnte es sein, dass er auf eine ganze Gruppe Gleichgesinnter gestoßen war?

Esther schnaufte enttäuscht. »Jaron und Ari haben zu lange gezögert. Ihre Wut auf dich war nur gespielt. Ich glaube, sie waren froh, dass du unsere Aktion vereitelt hast, weil sie die Hosen voll hatten.« Sie sah ihm in die Augen. »Ich war mir nicht sicher, ob ich dir trauen kann, darum wollte ich dich kennenlernen. Ich habe das Gefühl, dass du anders bist als Ari und Jaron ... härter, stärker und mutiger.«

»Und nun bist du es?«

Sie holte eine Tonflasche aus einem Schrank und goss Schnaps in zwei Gläser. »Du hast die Tatkraft und Entschlossenheit, die ihnen fehlt. Ich sage, lass uns Mitschke und seine Nazibrut zur Hölle schicken. Lass uns mit dem Pack aufräumen.«

Pawel spürte, wie der Alkohol heiß seine Kehle hinabrann. Endlich war er nicht mehr allein in seinem Zorn. Esther erinnerte ihn an Milena. Auch seine Schwester hatte vor Energie und Lebenslust gesprüht und war stets voller hochfliegender Pläne gewesen. Esther schickte ihm der Himmel. Mit ihrer Hilfe würde er sein Versprechen einlösen können.

»Als ich heute ankam, habe ich einen Mann aus dem Haus gehen sehen«, sagte er. »Er trug Drillichkleidung und eine Schiebermütze. Er hat eine Glatze, eine Boxernase, buschige Brauen und dicht beieinanderstehende Augen.«

»Du meinst Günther Lüdge, unseren Hausmeister?«

»Ach, so nennt er sich jetzt?«

»Was meinst du damit?«

»Er heißt nicht Lüdge«, erklärte Pawel, »sondern Gustav Bolkow, und er war Kapo von Block 13 in Sachsenhausen.«

9

17. April 1947

Pawel lag auf Esthers Bett, rauchte und verlor sich in Tagträumen. Aus dem Bad drang das Plätschern der Dusche. Als er in den Baumweg gekommen war, hatte er keinen Gedanken daran verschwendet, sich zu verlieben. Viel zu sehr war er damit beschäftigt gewesen, seinen leeren Magen zu füllen und den Rachedurst seines Herzens zu stillen. Esther las nicht nur in seiner geschundenen Seele wie in einem offenen Buch, sie zeigte ihm auch bereitwillig, dass das Leben mehr zu bieten hatte als den Wunsch nach Vergeltung. Pawel hatte völlig vergessen, wie es war, mit einer Frau zusammen zu sein.

Seit zwei Wochen teilte er Tisch und Bett mit ihr. Esther liebte das Leben und genoss jeden Tag, als wäre es der letzte. Sie weckte in ihm Gefühle, von denen er angenommen hatte, sie wären in den Krematorien der Lager längst zu Asche verbrannt. Bald stellte er verwundert fest, dass er Esthers Zuneigung aufrichtig erwiderte und sich ein Leben ohne sie nicht mehr vorstellen konnte.

Dass er sich endlich satt essen konnte und ein Dach über dem Kopf hatte, war hingegen auch nicht zu verachten. Er rekelte sich wohlig unter der warmen Decke, blies genießerisch den Tabakrauch durch die Nasenlöcher und dachte an die rothaarige Wildkatze, die nebenan duschte. Wer hätte gedacht, dass sich sein Leben so plötzlich ändern würde? Esther war nicht nur die perfekte Partnerin, die er brauchte, um sein Versprechen einzulösen. Sie war zugleich die Frau, die alle seine Sehnsüchte erfüllte, ihn verstand, redete und zuhörte, mit ihm litt und liebte; und sie entfachte auch in ihm wieder das Feuer, lieben zu können.

In den ersten drei Nächten nach dem Mord hatte er von Mitschke geträumt, tagsüber hatte ihn die Angst geplagt. Die Polizei suchte intensiv nach dem Mörder. In einem Nachruf war der Schrotthändler als freigiebiger Gönner und angesehener Bürger von Wiesbaden beschrieben worden. Kein Wort verlor der Verfasser über Mitschkes SS-Vergangenheit und die Verbrechen, die er mit Sicherheit begangen hatte.

Das quälende Gefühl, einen Menschen getötet zu haben, wich allmählich der Befriedigung, die Welt von einem Scheusal befreit zu haben. Nicht zuletzt die langen Gespräche mit Esther trugen dazu bei, Pawels Gewissen zu beruhigen. Den Wachmannschaften in Sachsenhausen war das Töten leichtgefallen, als würden sie ein lästiges Insekt zertreten. Pawel fragte sich, ob es ihm irgendwann genauso gehen würde. Vielleicht war es nur eine Frage der Zeit, bis man sich daran gewöhnte. Zögernd gestand er sich ein, dass er sich nach dem rauschartigen Zustand zu sehnen begann. Wie ein Opiumsüchtiger, der einmal die Wirkung der Droge gekostet hatte, wollte er mehr. Und schließlich führte er nur aus, was Esther ihm aus der Thora zitierte. Die unschuldigen Opfer des Massenmords schrien nach Rache und Pawel fühlte sich als Gottes Werkzeug; als ein Heilsbringer, der durch seine Vergeltung die Schuld des Überlebens von den Schultern der Opfer und seinen eigenen nahm.

Er sprach indessen mit niemandem darüber. Weder Esther noch Jaron oder Ari wussten, was in ihm vorging. Seine Geliebte bewunderte ihn dafür, dass er Mitschke kaltblütig erschlagen hatte, und er beließ sie in dem Glauben, dass ihm das Töten nichts ausmachte. Dass ihn sein Gewissen durchaus quälte, behielt er für sich.

Jaron und Ari waren nach wie vor nicht begeistert von ihm, taten jedoch, was Esther anordnete, und sie ließ sich von Pawel leiten.

Er drückte die Kippe im Aschenbecher aus und schaute blinzelnd in die Abendsonne, die rotgolden durch die Ritzen des Rollos schien. Welch seltsame Kapriolen das Schicksal manchmal schlug. Vor knapp zwei Wochen hatte er das Leben eines hungernden Streuners geführt. Nun hatte er eine starke Frau an seiner Seite und Einfluss auf eine gewaltbereite Truppe, dessen Kämpfer das Gleiche wollten wie er: Rache.

Esther kehrte mit einem Schwall feuchtwarmer Luft im Schlepptau ins Zimmer zurück und kroch nackt unter die Bettdecke. Sie kuschelte sich an ihn und seufzte zufrieden.

»Haben die beiden Hasenfüße alles organisiert?«, fragte er.

Esther boxte ihn gegen den Arm.

»Du sollst nicht so abfällig über sie reden. Sie sind nicht so wie du oder ich, trotzdem verfolgen sie dasselbe Ziel.«

Pawel brummte eine Antwort und fuhr spielerisch durch ihr herrliches, gelocktes Haar.

»Dann schlagen wir heute Nacht zu«, sagte er.

»Endlich«, bestätigte Esther. »Wenn du mich fragst, bist du übervorsichtig.«

»Besser, vorsichtig zu sein, als in einer Gefängniszelle zu landen«, antwortete er. »Wenn noch ein Mord bekannt wird, zählt die Polizei eins und eins zusammen.«

»Na und? Niemand kann dich mit Mitschkes Tod in Verbindung bringen.«

»Du vergisst, dass Gomulka mich erkannt hat. Sie suchen alle Männer, die sich auf die Stelle bei Mitschke beworben hatten.«

Sie küsste ihn auf die Brust. »Und wenn schon. Die Stadt ist groß.«

»Lass uns aufstehen. Wir müssen los«, drängte er.

Sie fuhr mit ihren schlanken Fingern an seinem Bauch entlang. »Eine halbe Stunde haben wir noch.«

Das sah Pawel ein.

Die Dämmerung war einer mondlosen Nacht gewichen, als sie sich mit vier anderen Mitgliedern der Gruppe trafen, die sich auf Esthers Vorschlag hin *Sikarier* nannten. Die *Messermänner* hatten während der römischen Besetzung Palästinas zum Terroristenkader der gewaltbereiten Zeloten gehört, die sich mit allen Mitteln gegen die verhassten Eroberer gewehrt hatten. Wie die zum Widerstand gegen die Römer bereiten Juden einten die Mitglieder der Gruppe zwei starke Gefühle: der Hass auf die Deutschen und das Verlangen nach Vergeltung.

Anfangs hatte sich Pawel unwohl unter all den Juden gefühlt. Er gab sich zwar als solcher aus, besaß aber überhaupt keine Kenntnisse über die jüdische Kultur. Als Esther ihm auf den Zahn gefühlt hatte und misstrauisch geworden war, gestand er kleinlaut, dass seine Eltern zwar polnische Juden gewesen seien, ihren Glauben jedoch nicht praktiziert hätten. Aus diesem Grund sei er auch nicht beschnitten. Er verstand es geschickt, in ihr Mitleid zu wecken über seine Unkenntnis, der er sich vorgab zu schämen. Noch am selben Abend begann sie, ihn zu unterrichten. Und zwar nicht nur in den religiösen Gepflogenheiten ihres Volkes, sondern auch in der Praxis der jüdischen Liebeskunst.

Nun saß er auf einem der Sofas im Gemeinschaftsraum, studierte die Gesichter der anderen und lauschte Esthers mitreißenden Worten. Ari war bleich wie ein Toter. Er hat Angst, dachte

Pawel. Am liebsten würde er sich in ein Loch verkriechen, doch der Druck der Gruppe ist zu stark.

Dabei war der neue Plan geradezu narrensicher. Drei Tage lang hatte er Bolkow beschattet. Da Esther ein Zimmer unter dem Dach bewohnte und der frühere Kapo als Hausmeister im Gemeindezentrum ein und aus ging, musste Pawel höllisch aufpassen, ihm nicht über den Weg zu laufen. Eine Begegnung mit ihm hätte ihr Vorhaben zunichtegemacht.

»Hast du ihm aufgetragen, was ich gesagt habe?«, fragte er.

»Isaak wird Bolkow gleich bitten, wegen des anstehenden Gottesdienstes für heute Schluss zu machen«, antwortete Esther. »Wenn er sich auf den Weg gemacht hat, warten wir zehn Minuten, dann fahren wir ihm nach.«

Pawel nickte zufrieden.

»Wer verkündet das Urteil?«, fragte ein hagerer Mann mit abstehenden Ohren, dessen Namen Pawel vergessen hatte.

»Ich bin das Opfer und darum klage ich auch an«, antwortete Pawel. »Wen habt ihr zum Vollstrecker gewählt?«

»Das Los ist auf Ari gefallen«, sagte Jaron.

Darum ist er so blass, wurde Pawel klar.

»Weiß jeder, was er zu tun hat?«, rief Esther in die Runde.

Alle nickten, einige unmerklich, andere mit grimmiger Entschlossenheit.

»Gut. Ich sage Isaak Bescheid.«

Esther verließ den Raum. Niemand sprach ein Wort. Ari starrte auf einen Fleck auf dem Fußboden.

Der Feigling wird kneifen, dachte Pawel, und uns irgendwann alle auffliegen lassen.

Esther kam zurück und blickte die Männer der Reihe nach an. »Was macht ihr denn für Gesichter? Ihr seid ein Haufen Zauderer und Feiglinge.«

Jaron wollte widersprechen, doch Pawel schnitt ihm das Wort ab.

»Was wir vorhaben, fällt keinem von uns leicht. Aber wir tun, was wir tun müssen, weil uns sonst keine Gerechtigkeit widerfährt. Denkt an eure Familien, an eure Väter, Mütter und Kinder, die die Nazis ermordet haben. Ihre Seelen schreien nach Rache.«

Zunächst noch verhalten, stimmten sie ihm nach und nach lautstark zu.

»Es geht los«, sagte Esther.

Jaron fuhr den Laster, den sie bei dem Überfall auf Mitschke benutzt hatten. Pawel nahm auf dem Beifahrersitz Platz und drückte seine schwarze Mütze tief in die Stirn. Esther und die anderen hockten unter der Plane auf der Ladefläche.

Sie fuhren langsam durch die leeren Straßen, Regen fiel lautlos auf das nasse Kopfsteinpflaster. Die Scheinwerfer erfassten eine Gestalt, die über den Gehweg eilte und Schuttbergen auswich, die in die Fahrbahn ragten. Jaron fuhr langsam weiter, bis er Bolkow eingeholt hatte. Pawel kurbelte das Seitenfenster herunter und steckte sich eine Zigarette zwischen die Lippen.

»He, Kumpel. Haste mal Feuer?«

Bolkow blieb stehen, klopfte die Taschen seiner Jacke ab und zog ein Zündholzbriefchen hervor.

»Klar«, sagte er, »wart mal 'ne Sekunde.«

Er riss ein Streichholz an und schützte es mit den hohlen Händen. Pawel beugte sich aus dem Fenster, die winzige Flamme beleuchtete flackernd seine Züge.

»Kowna!«

Bolkow riss erschrocken die Augen auf und ließ das Streichholz fallen. Bevor er Fersengeld geben konnte, waren Esther und die anderen von der Ladefläche gesprungen, stülpten ihm einen Sack über den Kopf und fesselten ihn. Eine Minute später jagte der Lastwagen aus der Stadt hinaus.

»Glaubst du, dass es richtig ist, was wir tun?«, fragte Jaron.

Pawel warf die Kippe aus dem Fenster. »Du etwa nicht? Wie viele Mitglieder deiner Familie sind im KZ umgekommen?«

»Alle. Die Schweine müssen bestraft werden, trotzdem will ich kein Mörder sein.«

»Das sind wir nicht. Wir nehmen unser Recht in die eigenen Hände und setzen es durch, das ist kein Verbrechen.«

»Viele Wege führen nach Rom.«

»Den Nazis war jedes Mittel recht, um uns auszulöschen. Mir ist jedes Mittel recht, um Gerechtigkeit zu erlangen«, antwortete Pawel.

Jaron schwieg und steuerte den Lastwagen durch die Nacht.

Auf ihn muss ich aufpassen, ermahnte sich Pawel, er ist genauso weich wie Ari.

Nachdem sie die Randbezirke der Stadt hinter sich gelassen hatten, bogen sie in einem Waldstück auf einen Feldweg ab, der zu einem kleinen See führte. Pawel hatte sich die Gegend vor ein paar Tagen genau angesehen, sie war perfekt geeignet für ihr Vorhaben.

Der Wagen hielt auf einer Lichtung, Jaron stellte den Motor ab. Pawel hörte, wie Esther und die anderen von der Ladefläche kletterten. Das Licht einer Taschenlampe huschte über Baumstämme und dichtes Buschwerk. Das schwarze Wasser des Sees glitzerte wie flüssiges Pech.

Pawel nahm eine Lampe aus dem Handschuhfach und stieg aus. Ari und der Kerl mit den abstehenden Ohren hatten ihre Pistolen gezogen, Esther zog Bolkow den Sack vom Kopf und verpasste ihm einen Tritt. Er stolperte und landete in einer Schlammpfütze. Hastig drehte er sich auf den Rücken und unternahm einen hilflosen Versuch davonzukriechen. Sie hatten seine Beine zusammengebunden, darum konnte er nur unbeholfen strampeln.

Pawel schaltete die Lampe ein und richtete sie auf das kreideweiße Gesicht des ehemaligen Kapos. »Ich habe nicht vergessen, was du mir angetan hast, Bolkow.«

»Das waren andere Zeiten, Kowna. Jeder hat ums Überleben gekämpft.«

»Um dir Vorteile zu verschaffen, hast du gemeinsame Sache mit den Nazis gemacht. Ich habe gesehen, wie du Wozniak, Michalsky und den alten Dudek totgeschlagen hast. Gestehst du deine Verbrechen?«

»Hätte ich nicht gehorcht, hätten sie mich umgebracht. Du weißt doch, wie es in Sachsenhausen zuging, Kowna.« Gehetzt blickte er von einem zum anderen. »Was habt ihr mit mir vor?«

Esther drängte sich nach vorn. »Schluss mit dem Gequatsche. Die *Sikarier* verurteilen dich zum Tod. Hast du noch etwas zu sagen?«

»Das dürft ihr nicht! Das ist Mord!«

Bolkow kreischte und bemühte sich ungeschickt, auf die Füße zu kommen, aber es gelang ihm nicht. Er rutschte aus und fiel in den Matsch. Jaron zerrte ihn hoch und zwang ihn, sich hinzuknien.

»Ari, komm her!«, rief Esther.

»Einen Augenblick«, sagte Pawel. Er ging vor Bolkow in die Hocke. »Wir können es schnell machen ... oder es in die Länge ziehen. Das liegt ganz bei dir.«

»Scher dich zur Hölle, Kowna!«

»Du hast geglaubt, ich wäre in der Scheune verbrannt, so wie die anderen Zeugen, die ihr beseitigt habt, damit niemand gegen euch aussagen kann. Aber ich lebe, Bolkow. Und ich habe jeden Tag und jede Nacht an dich und Theissen gedacht. Ich habe gesehen, wie du mit ihm abgehauen bist. Ich will wissen, wo er ist.« Er drehte sich zu den anderen um, die stumm im Kreis um Bolkow herumstanden. »Vielleicht kann ich dann noch etwas für dich tun.«

»Ich weiß nicht, wo er ist. Wir haben uns gleich am nächsten Tag getrennt.«

»Du brauchst ihn nicht mehr zu schützen«, sagte Pawel.

»Ich weiß es *wirklich* nicht.«

»Pech für dich.«

Esther gab Ari einen Wink, doch der näherte sich Bolkow nur zögernd. Er war genauso bleich wie der Mann, den er erschießen sollte.

»Mach schon, Ari!«, rief Esther.

»Knall ihn ab!«, forderte ein anderer. »Wir haben uns geschworen, Rache zu üben.«

Ari hob die Pistole, sein Finger krümmte sich um den Abzug. Er zitterte so stark, dass er die Waffe mit beiden Händen fassen musste.

Bolkow spuckte aus. »Es war richtig, euch ins KZ zu stecken, ihr Feiglinge seid nicht mal in der Lage, einen Wehrlosen zu töten.« Er hob den Kopf. »Was ist los? Wer von euch traut sich? Erbärmliches Judenpack!«

Esther drehte sich im Kreis. »Lasst ihr euch das gefallen? Immer noch?«

Niemand rührte sich. Pawel stieß Ari zur Seite und nahm ihm die Pistole ab. Er presste Bolkow die Mündung auf die Stirn und drückte ab. Der Kapo kippte ohne einen Laut zur Seite. Er war tot bevor sein Gesicht auf dem Boden aufschlug.

Pawel sah Esther an. Ihre Augen waren weit aufgerissen, sie atmete stoßweise, als wäre sie um ihr Leben gerannt.

Ich habe es getan, schoss es Pawel durch den Kopf. Ich habe es wieder getan. Es macht mir nichts mehr aus, ich empfinde nur Befriedigung. Ojciec, ich löse mein Versprechen ein, sprach er stumm zu seinem Vater.

»Holt das Seil!«, befahl er.

Keiner reagierte, alle starrten paralysiert auf den Toten.

»Na los!«, schrie Esther. »Oder wollt ihr, dass die Polizei ihn findet?«

Endlich kam Bewegung in die Männer. Sie schleiften die Leiche zum See hinunter. Pawel hatte bereits überprüft, ob er an dieser Stelle tief genug war. Ari und Jaron schleppten einen Mauerbrocken herbei, den sie aus einem zerbombten Haus gestohlen hatten, banden ihn mit einem Strick an Bolkows Füße und warfen den Toten ins Wasser. Das Gewicht zog ihn augenblicklich nach unten. Ein paar Luftblasen waren alles, was von dem früheren Kapo übrig blieb.

Sie verwischten schweigend die Spuren und stiegen in den Laster. Während der Fahrt in die Stadt zurück sprach niemand ein Wort.

Drei Stunden später kroch Pawel zu Esther ins Bett und tastete unter der Decke nach ihrem warmen Körper, aber sie rückte von ihm ab.

»Lass das.«

»Stimmt etwas nicht?«

Er sah in der Dunkelheit ihre Augen leuchten.

»Was hast du gefühlt, als du ihn erschossen hast?«, fragte sie.

»Nichts. Es musste eben erledigt werden, so wie man den Müll runterträgt.«

Er wusste, dass es nicht so war, denn sein Körper bebte und fühlte sich an, als müsse er zerreißen von der ungeheuren Anstrengung. Esther dagegen sollte glauben, dass er stark war und dass es ihm nichts ausmachte, einen Menschen zu töten, der es tausendmal verdient hatte. Er barg sein Gesicht an ihrer Schulter und knabberte an ihrem Ohrläppchen. Esther fauchte wütend und brachte ihm zwei tiefe Kratzer auf dem Handrücken bei. Dann rollte sie sich herum und drehte ihm den Rücken zu.

Pawel lauschte auf ihren Atem und lächelte. Es ging ihr genauso, wie es ihm nach dem Mord an Mitschke gegangen war. Für diese Erkenntnis liebte er sie umso mehr. Sie brauchte nur ein bisschen Zeit, das war alles.

Seine Gedanken kehrten zu Bolkow zurück. Er sann darüber nach, was er wirklich gefühlt hatte, als er abdrückte, und forschte nach einer Spur von Bedauern oder gar Schuld. Unter all den Stimmen der Toten, die ihm zuzujubeln schienen, erhob sich eine, die ihn tadelte. Es war seine Schwester Milena.

»Was ist aus dir geworden, Pawel? Ich erkenne dich nicht wieder.«

Verärgert wälzte er sich herum und versuchte krampfhaft, die störende Stimme zum Schweigen zu bringen. Ganz gelang es ihm nicht, obwohl er sich unentwegt einredete, die Welt von einem Scheusal befreit zu haben. Mit einem Gefühl trügerischer Zufriedenheit schlief er ein. Er träumte von Blut, Gewalt und sinnlosem Tod in dieser Nacht.

10

10. Juni 1947

Hannah lag auf der Wiese hinter dem Hangar, genoss die warme Sonne und blinzelte in den tiefblauen Junihimmel. Ein kräftiger Südwind spielte mit den blütenweißen Wolken, zerzupfte sie wie Wattebausche und formte ihre Konturen stetig aufs Neue. Sie wünschte sich, Malisha könnte jetzt neben ihr liegen. Gemeinsam würden sie am Himmel nach Bildern suchen und sich Geschichten dazu ausdenken. Als sie ein Kind gewesen war, hatten sie dieses Spiel oft gespielt. Dann waren die Nazis gekommen, hatten ihre Mutter verhaftet und Hannah in eine der Tötungsanstalten für Kranke und Menschen mit Behinderung gesteckt. Und alles nur, weil sie eine Karikatur von Joseph

Goebbels gemalt und zum falschen Zeitpunkt einen epileptischen Anfall erlitten hatte.

So viel hatte sich seitdem verändert. Goebbels war längst tot, die Nazis besiegt und Hannah kein Kind mehr, sondern eine erwachsene Frau. Seit dem Augenblick, in dem sie das Büro von Harald Lenz betreten hatte, schien sich das Glück auf ihre Seite geschlagen zu haben. Das Leben war schön. Jeder Tag brachte neue Herausforderungen und aufregende Abenteuer.

Im Hangar klirrte ein schwerer Schraubenschlüssel. Max Pohl fluchte lästerlich. Hannah grinste. Sie kannte niemanden, der so fantasievolle Verwünschungen ausstoßen konnte wie der alte Flieger.

Lenz hatte Wort gehalten. Noch am selben Abend, als er sie in eines der wenigen Restaurants in Frankfurt ausgeführt hatte, die wieder geöffnet hatten, übergab er ihr das *Clearance Certificate*. Max galt damit offiziell als entnazifiziert. Dabei hatte sie die Verabredung beinahe platzen lassen, weil ihr Kleiderschrank für einen solchen Anlass nicht gerüstet gewesen war. Hannah scherte sich nicht um modische Hüte oder Schuhe mit Pfennigabsätzen, in denen höchstens ein Flamingo umherstolzieren konnte. Sie fühlte sich wohl in einem ölverschmierten Overall. Max hatte ihr schließlich Geld für ein schickes Kleid vorgestreckt, das sie im Laden dreimal an- und wieder ausgezogen hatte, weil sie sich darin vorkam, als würde sie sich kostümieren. Auf Harry Lenz hatte das Kleid enormen Eindruck gemacht. Der Staatsanwalt hatte für einen Moment die Fassung verloren, als Hannah in ihrem verbeulten Militärjeep vorfuhr und in einem luftigen Traum aus hellblauem Stoff ausstieg.

Es war nicht bei dieser ersten Verabredung geblieben. Seit jenem Abend waren sie so oft zusammen, wie Harrys vollgestopfter Terminkalender es erlaubte. Hannah arbeitete ebenfalls die meiste Zeit von früh bis spät in die Nacht, um die kleine Charterfluggesellschaft anzukurbeln, die sie mit Max Pohl gegründet hatte. Inzwischen flog sie regelmäßig die Strecke Frankfurt–London. Max begleitete sie als Co-Pilot und kümmerte sich um neue Aufträge, während sie die *Tante* in Schuss hielt.

Zuerst war sie von den amerikanischen Piloten, die die Flughafenlounge besuchten, belächelt und verspottet worden. Die deutschen Flieger, die nach wie vor nicht starten durften, hatten wiederholt versucht, die Firma *Bloch & Pohl* zu torpedieren. Die Intrigen schlugen fehl, weil Lenz nun seine schützende Hand über Hannah hielt.

Sie streckte sich und entdeckte am Himmel eine Wolke, die aussah wie ein sich umarmendes Liebespaar. Hannah dachte darüber nach, wann sie sich in Harry verliebt hatte. Dass sie bis über beide Ohren verknallt war, sah ein Blinder. Anfangs war sie überzeugt gewesen, dass ihr Herzklopfen auf seiner Ähnlichkeit mit Hans beruhte. Aber je öfter sie mit ihm zusammen war, desto mehr wurde ihr bewusst, dass sie das Leben an seiner Seite zu lieben begann. Harry führte sie in Kreise ein, zu denen sie ohne ihn niemals Zutritt gefunden hätte. Zum ersten Mal in ihrem Leben war sie in der Oper gewesen. Er nahm sie mit auf Empfänge und rauschende Feste, die die oberen Zehntausend der Stadt feierten, als könnten sie damit die düsteren Kriegstage ungeschehen machen. Harry besaß Humor, gute Manieren und Geld und außerdem war er ein geschickter Liebhaber.

Hannah drehte sich auf den Bauch und lauschte auf das Hämmern aus dem Hangar. Die *Tante* verlangte ständig ihre Aufmerksamkeit. Genau wie Harry, dachte sie stirnrunzelnd.

Die einzige dunkle Wolke in ihrer Beziehung war ihr gelegentliches Gefühl, für ihn nur ein kostbares Schmuckstück zu sein. Er zeigte es gerne herum, um Eindruck zu schinden, achtete jedoch sorgsam darauf, es sicher zu verwahren, damit es niemand stahl. Harry neigte zu extremer Eifersucht.

Natürlich genoss sie die bewundernden Blicke, aber es gab Momente, in denen sie ihre Freiheit vermisste. Harry würde sie auf der Stelle heiraten, wenn sie ja sagte. Gefragt hatte er sie bisher noch nicht, immerhin kannten sie sich erst seit ein paar Wochen. Sie wusste ohnehin nicht, was sie geantwortet hätte. Zwar wollte sie ihn nicht vergraulen, so wie sie Scott abgewiesen hatte, aber ein Leben als seine Ehefrau konnte sie sich nicht vorstellen. Sie fragte sich, was mit ihr nicht stimmte. Jede andere Frau hätte den jungen, aufstrebenden Staatsanwalt mit Kusshand genommen. Warum sah sie Wolken am Horizont, wo keine waren?

»Hannah!« Max' Bassstimme dröhnte aus dem Hangar. »Besuch für dich!«

Sie stand auf und ging zur Halle hinüber. Vielleicht warteten neue Kunden auf sie, in letzter Zeit lief das Geschäft ziemlich gut. Sie flogen nicht nur Fracht, sondern auch Passagiere nach England und Belgien – britische Geschäftsleute, Angehörige der US-Army und Franzosen.

Nach dem gleißenden Sonnenlicht mussten sich ihre Augen einen Moment an das Halbdunkel des Hangars gewöhnen. Max stand vor dem Bug der *Tante* und sprach mit einem schlanken Mann in einem hellen Sommeranzug. Er machte sein übliches missmutiges Gesicht und paffte einen Zigarillo. Als Hannah näher kam, erkannte sie in dem Besucher zu ihrem Erstaunen Harald Lenz. Es war das erste Mal, dass er sich im Hangar sehen ließ.

»Ich konnte heute früher Schluss machen und dachte, ich nutze die Zeit für einen kleinen Überraschungsbesuch«, begrüßte er sie.

Überrumpelt wischte Hannah ihre ölverschmierten Hände am Overall ab. Sie hatte ihr dunkles Haar, das sie neuerdings lang wachsen ließ, zu einem unordentlichen Pferdeschwanz zusammengebunden und wurde sich ihrer schmutzstarrenden Kleidung bewusst. Neben Harry sah sie aus wie Aschenputtel. Sie spürte, dass ihr das Blut ins Gesicht schoss.

»Hallo«, würgte sie hervor. »Das ist wirklich … eine Überraschung.«

Harry blickte sich um. »Ich wollte mir die aufstrebende Firma *Bloch & Pohl*, von der man so viel hört, mal anschauen.«

»Was … hört man denn?«, fragte sie.

»Dies und das. Mit eurem Privileg, für die Amerikaner fliegen zu dürfen, habt ihr euch nicht nur Freunde gemacht.«

»Konkurrenz belebt das Geschäft.« Hannah spürte einen leichten Anflug von Ärger. Sie warf Max einen raschen Blick zu, dessen Miene sich verfinsterte.

Harry ging umher und betrachtete die alte Ju 52.

»Und du fliegst tatsächlich in diesem … Ding … über den Ärmelkanal? Ich konnte es nicht so recht glauben.«

»Das Flugzeug ist tadellos in Schuss«, knurrte Max. »Die alten Junkersmaschinen sind absolut zuverlässig, echte deutsche Wertarbeit.«

Harry schielte auf Max' Handprothese. »Das habe ich auch gehört – falls sie gut gewartet werden.«

»Max ist ein hervorragender Mechaniker«, beeilte sich Hannah zu erklären, »und ich verstehe mindestens genauso viel von Motoren wie er.«

Ihre Laune sank weiter, weil ihre Worte wie eine Entschuldigung klangen. Auf einmal sah sie die Hangarhalle mit Harrys Augen. Die Scheiben des würfelförmigen Büros waren staubig und blind wie Milchglas. Ersatzteile und Transportkisten stapelten sich in einem wilden Durcheinander, auf dem runden Tisch in der Essecke, wo sie ihre Pausen verbrachten, stand ein Dutzend leere Bierflaschen. Über dem Geländer der Empore hing schmutzige Wäsche. Dort oben unter dem Hallendach lagen mehrere Zimmer, in einem davon schlief Hannah. Sie hatte die Mansardenwohnung aufgegeben, in der sie als Untermieterin einer Kriegerwitwe gewohnt hatte, weil sie nicht jeden Morgen zum Flughafen fahren wollte. Das winzige Badezimmer teilten sie sich. Weder sie noch Max störten sich daran. Ihn kümmerte die Unordnung nicht. Er behauptete, in einer aufgeräumten Werkstatt könne er nicht arbeiten.

Da ihre Tage mit harter Arbeit angefüllt waren, hatte Hannah keine Zeit gehabt, darüber nachzudenken, wie sie lebte. Entweder half sie Max bei der Wartung der *Tante* oder sie war unterwegs. Jetzt schämte sie sich für den Dreck und das Durcheinander.

»Gefällt dir unser kleines Unternehmen?«, fragte sie.

Was für eine blödsinnige Frage! Sie kannte Harry inzwischen gut genug, um zu ahnen, was in ihm vorging.

»Ich hatte es mir ... ehrlich gesagt, etwas anders vorgestellt.«

»Wir stehen natürlich ganz am Anfang«, erklärte sie schnell. »Manchmal geht es drunter und drüber.«

»Wirft denn das Geschäft so viel ab, dass es zwei Teilhaber ernähren kann?«, wollte Harry wissen.

»Wir können nicht klagen«, antwortete Hannah. Das war eine glatte Lüge, sie kamen gerade so über die Runden, aber das brauchte Harry nicht zu wissen.

»Ach, tatsächlich?« Harry lächelte entwaffnend. »Eine gute Idee, denn dann hättest du ja mehr Zeit für mich, nicht wahr?«

Hannah nickte, etwas in ihrem Bauch begann, Alarm zu schlagen. Harry tat nichts ohne Grund. Was wollte er hier?

»Wie wär's mit einer kleinen Spritztour?«, fragte er. »Es ist ein herrlicher Tag. Anschließend gehen wir essen. Die Cafés entlang des Mains haben geöffnet, wir könnten bei dem warmen Wetter sogar draußen sitzen.«

Max sah Hannah an, sagte aber kein Wort.

Sie versuchte zu lächeln, was ihr gründlich misslang.

»Wir haben eine Menge Wartungsarbeiten zu erledigen. Außerdem muss ich den Flugplan für morgen früh ausarbeiten.«

»Aber fliegst du nicht stets die gleiche Strecke?«, wollte Harry wissen.

»Fliegen besteht zur Hälfte aus Planung und Vorbereitung.

Man muss den Wetterbericht einkalkulieren und tausend weitere Dinge. Tut mir leid, aber ich kann heute nicht.«

»Wie schade.«

Harry ließ sich seine Enttäuschung nicht anmerken, doch Hannah spürte deutlich die plötzliche Spannung zwischen ihnen. War er gekommen, um ihr vor Augen zu führen, was für ein Vagabundenleben sie führte? Max schien die dicke Luft zu spüren, murmelte etwas von Kaffee und verdrückte sich ins Büro.

Hannah hauchte Harry einen Kuss auf die Wange. »Es tut mir wirklich leid. Es ist hart, ein Unternehmen aufzubauen.«

»Gewiss keine leichte Aufgabe. Schon gar nicht für ein so zartes Geschöpf, wie du es bist.«

Sie zog missgelaunt die Brauen zusammen. »Was willst du damit sagen?«

Er schüttelte den Kopf. »Ich wollte mit eigenen Augen sehen, was du unter deinem *Traum* verstehst. Ehrlich gesagt, ich kann nicht begreifen, dass du so leben kannst.«

Sie lehnte sich mit vor dem Leib verschränkten Armen an das Fahrwerk der Junkers.

»Ich kann nun mal nicht pünktlich um fünf Uhr das Werkzeug fallen lassen. Meine Kunden wollen bedient werden. Wenn ich ihrer überdrüssig bin, kann ich sie nicht einfach zurück in ihre Zelle schicken, wie du es mit deinen tust.«

Sie biss sich auf die Lippe und bereute die giftige Bemerkung sofort, aber Harry ging nicht auf ihren Spott ein.

»Tja, da kann man nichts machen. Die *Arbeit* geht natürlich vor.«

Er wandte sich zum Gehen.

»Ich rufe dich an«, rief sie ihm nach.

Er winkte zum Abschied. Eine Sekunde fiel helles Sonnenlicht in die Halle, dann schlug die Blechtür hinter ihm zu.

Max kam aus dem Büro. Er hebelte eine Bierflasche auf und trank glucksend.

»Du musst mir mit dem Backbordmotor helfen.« Er wischte sich mit dem Ärmel über den Mund. »Verfluchte Plastikhand.«

Wütend drehte Hannah sich um. »Wann räumst du eigentlich mal deinen Saustall auf? Hier sieht's aus, als wären die Russen durchmarschiert.«

Sie sah sich nach geeignetem Werkzeug um und fing an, lärmend in einer Kiste zu wühlen. Max hatte recht, sie mussten sich beeilen, sonst würden sie heute nicht mehr fertig werden.

»Ich hab eben keine Zeit, um im Gras zu liegen und in der Sonne zu dösen«, knurrte der Alte zurück.

»Um Ausreden bist du nie verlegen, was?«

Mit dem passenden Schlüssel in der Hand kletterte Hannah die Stehleiter empor. Max kam neugierig näher.

»Hast Angst, dass er sich 'ne andere anlacht, was?«

Sie kämpfte mit einer festsitzenden Schraube, rutschte ab und schürfte sich den Handrücken auf. »Verdammt! Das geht dich nichts an.«

»Da haste sicher recht. Aber wenn du den Rat eines alten Mannes hören willst, der viel erlebt hat, dann lass den Kerl besser sausen.«

Sie hielt inne und blickte auf ihn hinab. »Da bin ich aber neugierig. Fragen Sie Max Pohl, den Frauenversteher!«

Er ertrug geduldig ihre bissige Bemerkung. »Du hast recht, meine Frauen sind mir alle davongelaufen, aber am Ende war ich froh drüber. Sieh dich mal um.«

»Stell dir vor, ich hab den Dreck auch bemerkt.«

Er nickte. »Aber es ist *dein* Dreck, er gehört dir genauso wie mir. Du musst ihn nur mit dem alten Pohl teilen. Und der lässt dich machen, was du für richtig hältst.«

»Wie meinst du das?«

»Du hast davon geträumt, frei zu sein und zu fliegen. Und das bist du, Hannah, frei wie ein Vogel. Ich mach dir keine Vorschriften – mecker nicht an dir herum, wenn du mit Trauerrändern unter den Fingernägeln dein Frühstück in dich reinstopfst oder im Gras liegst und träumst. Glaub mir, wenn du das Bürschchen heiratest, isses mit der Fliegerei vorbei.«

Hannah knirschte mit den Zähnen. Sie wusste, dass Max die Wahrheit sagte. Aber sie wollte beides, Harry *und* die *Tante*.

»Ich hab gesehen, wie er dich anschaut«, fuhr er fort. »Der will dich mit Haut und Haaren. Und wenn er dich hat, steckt er dich in einen goldenen Käfig. Oh, du wirst es gut bei ihm haben, keine Frage. Aber das hier«, er beschrieb mit der Bierflasche in der Hand einen Kreis, »das kannste dann vergessen.«

»Bist du jetzt fertig?«

Er schüttelte den Kopf. »Nee, noch nicht. Nachdem du bei ihm warst, hat er dir am selben Abend das Entlastungszeugnis für mich in die Hand gedrückt, damit wir unsere Firma aufziehen konnten. Wie hat er es in der kurzen Zeit geschafft, meine Geschichte zu überprüfen? Warum, glaubst du, ging das so schnell?«

»Ich weiß es nicht.«

»Ich werd's dir sagen. Er hat dich damit geangelt wie ein Fischer die kleine Meerjungfrau und du hast angebissen.«

»Verschon mich mit deinen Lebensweisheiten. Und sauf nicht so viel!«

Hannah kletterte die Leiter hinab, stapfte wütend aus dem Hangar und knallte die Tür hinter sich zu. Erregt lief sie auf und ab und zündete sich eine Zigarette an. Sie ärgerte sich, weil Max ihre eigenen Gedanken laut ausgesprochen hatte; Überlegungen, die sie am liebsten verdrängte.

Sie hatte sich an den mürrischen Einzelgänger gewöhnt. Wenn er nicht gerade betrunken war, konnte er ein guter Zuhörer sein. Für Hannah, die ohne Vater aufgewachsen war, war er eine Art väterlicher Freund geworden. Ihre Begegnung mit Harry hatte ihr allerdings deutlich vor Augen geführt, dass sie Gefahr lief, Max' liederliche Lebensweise selbst anzunehmen.

»Ist das hier richtig bei *Bloch & Pohl*?«

Hannah sah auf. Vor ihr standen zwei Männer. Sie war so vertieft in ihre Gedanken gewesen, dass sie ihr Kommen nicht bemerkt hatte. Der eine trug einen dunklen, gestreiften Anzug mit Weste, dazu eine Sonnenbrille mit Nickelgestell und einen Homburg. Bis auf einen dünnen Oberlippenbart war er glatt rasiert. Sein Haar war hellblond, seine Haut so weiß wie die eines Albinos. Der andere war Mitte vierzig und damit ein paar Jahre älter als sein Begleiter. Er war hager, trug schwarze Kleidung und einen Kollar. Die Haut spannte sich wie Pergament über seine pockennarbigen Wangen, vielleicht hatte er kürzlich eine schwere Krankheit überstanden. Die krumme Nase und das fliehende Kinn verliehen ihm Ähnlichkeit mit einem Frettchen. Die beiden wirkten wie zwei ausgehungerte Straßenköter, die darauf warteten, sich um einen Knochen zu balgen.

Wenn du ein Priester bist, war ich im Bund Deutscher Mädel, dachte Hannah.

Der Blonde trat ungeduldig von einem Fuß auf den anderen und wiederholte seine Frage. »*Bloch & Pohl*, ist das hier?«

»Ist es.«

Sie hatten noch keine Zeit gefunden, ein Firmenschild zu bestellen und anzubringen. Die allermeisten Aufträge erhielten sie sowieso von den Amerikanern. Kunden, die eine Charter buchen wollten, verirrten sich nur selten in diesen Teil des Flughafens.

Sie trat die Kippe mit der Schuhspitze aus und reichte dem Mann die Hand. »Hannah Bloch. Was kann ich für Sie tun?«

»Ihre Gesellschaft wurde uns für spezielle Aufträge empfohlen«, sagte er. »Wir hörten, Sie seien eine erstklassige Fliegerin.«

Es gab Interessenten, die einen Rückzieher machten, wenn ihnen klar wurde, dass sie es mit einer Frau als Pilotin zu tun hatten. Offenbar störten sich die Männer nicht daran.

»Wie können wir Ihnen helfen?«, fragte sie. »Fracht oder Passagiere?«

»Nur wir beide. Dazu ein dritter Passagier.«

»Wohin soll die Reise gehen?«

»Nach London«, sagte der Pockennarbige. »Wann können Sie starten?«

»Nicht vor übermorgen.«

»Wir wurden darüber informiert, dass Sie morgen früh für die Briten Fracht nach England fliegen. Wir würden gerne mitfliegen.«

»Der Platz ist begrenzt.«

Der Mann mit dem Homburg zog seine Brieftasche aus dem Jackett und begann, eine größere Summe abzuzählen.

»Was immer Ihre Auftraggeber Ihnen bezahlen, wir bieten das Doppelte.«

Hannah kniff misstrauisch die Augen zusammen. »Ich will keinen Ärger.«

»Den bekommen Sie nicht.« Er wedelte mit einem beachtlichen Bündel Dollarscheine. »Damit dürften Ihre Kosten gedeckt sein. Wir stellen lediglich eine einzige Bedingung. Sie reden mit niemandem. Diesen Auftrag haben Sie niemals übernommen. Wenn jemand fragt, sagen Sie, dass Sie ihren regulären Stückgutflug absolviert haben. Der dritte Passagier bleibt inkognito und Sie fliegen alleine. Haben Sie das verstanden?«

»Das sind nicht eine, sondern vier Bedingungen.«

»Nehmen Sie an?«, fragte der vermeintliche Priester.

»Ohne Co-Pilot oder Navigator den Kanal zu überqueren, ist riskant.«

Zwar kannte sie die Strecke inzwischen so gut wie den Hangar, aber ihr fehlte die Erfahrung, die Max im Überfluss besaß. Wenn unerwartet Probleme auftauchten, könnte sie niemanden um Rat fragen.

»Pater Jonas wird Sie unterstützen«, sagte der Albino.

»Sie? Was wollen Sie denn machen, wenn wir in schlechtes Wetter geraten? Beten etwa?«

»Ich bin vor dem Krieg geflogen«, antwortete der Mann im Kollar.

»Ist nicht wahr!« Hannah grinste. »Können Sie mit einem Funkgerät umgehen?«

»Er könnte das Flugzeug im Notfall sogar selbst fliegen«, mischte sich der Blonde ein.

»Ich muss mit meinem Partner reden.«

»Tun Sie das. Wir warten so lange.«

Hannah ging Max suchen. Er saß am Frühstückstisch und trank Bier. Rasch erklärte sie ihm, um was die beiden Männer sie gebeten hatten.

»Die sind nicht koscher«, brummte Max. »Warum buchen sie keinen Flug bei AOA oder Pan American?«

»Du weißt doch, welches Risiko du eingehst, wenn du als Deutscher ein Flugticket kaufst. Die Amerikaner und Briten werden vorrangig abgefertigt. Wenn du Pech hast, schnappt dir ein Ausländer das Ticket vor der Nase weg.«

»Mmh. Vielleicht.« Er schlurfte zu einem staubverkrusteten Fenster, von dem aus er unauffällig den Platz vor der Halle überblicken konnte, und spähte hinaus.

»Die Vögel gefallen mir nicht.«

»Glaubst du, die versuchen, einen Kriegsverbrecher außer Landes zu bringen?«

»Du etwa nicht? Warum sonst die Geheimniskrämerei?«

»Und wie wollen sie die Einreiseformalitäten auf englischem Boden meistern?«

Er zuckte mit den Schultern. »Du bist die Expertin, was die Rattenlinie angeht.«

»Okay, ich lehne ab.«

Hannah ging auf das Hangartor zu.

»Andererseits könnten wir das Geld gut gebrauchen«, sagte Max.

»Du kennst meine Vergangenheit«, antwortete Hannah. »Ich

würde diesen Typen niemals helfen unterzutauchen. Ich jage sie höchstens.«

»Das hab ich in den letzten Wochen gar nicht bemerkt«, ätzte er.

Hannah biss sich auf die Unterlippe. Max sprach einen wunden Punkt an, der sie schlaflose Nächte kostete. Mit jedem Tag, den sie untätig blieb, vergrößerte sich Heyrichs Vorsprung. Wahrscheinlich war er längst auf dem Weg nach Südamerika. Beim CIC hatte sie auf ein weit verzweigtes Netzwerk zurückgreifen können. Scott war in der Lage gewesen, auch fest verschlossene Türen zu öffnen. Harry verfolgte zwar ebenfalls jede Spur, die auf seinen Schreibtisch gelangte, aber er band Hannah nicht in seine Arbeit ein, wie Scott es getan hatte. Er war der Meinung, eine Frau gehöre an den Herd, was sein Auftritt vorhin unterstrichen hatte. Als Privatperson waren ihr weitestgehend die Hände gebunden. Ihr fehlte jede Möglichkeit, Heyrich aufzuspüren. Ein paarmal hatte sie Harry gedrängt, endlich etwas zu unternehmen, aber er war ein ums andere Mal ausgewichen und hatte sie mit Ausreden vertröstet.

»Immerhin bekommen wir den Flug nach London doppelt bezahlt«, überlegte Max.

Hannah warf einen Blick durch das Fenster. Die Typen rochen zehn Meter gegen den Wind nach SS. Warum hatte sie das nicht sofort bemerkt? Ihr fiel der Streit mit Harry und Max ein. Sie war viel zu aufgeregt gewesen.

Als sie sich abwenden und nach draußen gehen wollte, fiel ihr Blick auf einen schwarzen Mercedes 260, der in einiger Entfernung auf dem Rollfeld stand. Ein bulliger Mann lehnte an der Motorhaube und rauchte. Der leere linke Ärmel seines Hemds steckte im Hosenbund. Sein rotes Stoppelhaar leuchtete grell in der Junisonne.

»Verdammt, das ist Borsig.«

»Was sagst du?« Max kam näher. »Kennst du den etwa?«

Hannah nickte. In ihrer Kehle steckte ein klebriger Pfropfen. Sie spürte wieder, wie Heinz Borsig sie grob aus der Gestapozentrale in der Lindenstraße 27 zerrte und in eine schwarze Limousine stieß. Borsig, der damals Brunners Adjutant gewesen war, brachte sie auf dessen Befehl zum Bahnhof. Dort hatte Hannah den Zug zur Hölle der Tötungsanstalten besteigen müssen. Malisha hatte sie nie wieder gesehen, ihre Mutter hatte die Folterungen der Gestapo nicht überlebt.

Wo Borsig war, da konnte sein Chef nicht weit sein. Die Erinnerung überflutete sie wie eine eiskalte, dunkle Woge. Wieder stürmte sie in Elisabeths Schlafzimmer, vorbei an Brunner, der darauf wartete, dass sein Handlanger den Mordauftrag ausführte. Sie sah Lubeck am Bett stehen, die tödliche Spritze noch in der Hand. Nach der Schießerei vor dem Versteck im Weinbergstollen, bei der Joschi ums Leben gekommen war, hatte sie Brunner aus den Augen verloren. Sie wusste, dass er lebte, hatte seine Spur jedoch nie aufnehmen können. Offenbar hatte er sich eine Zeit lang versteckt wie so viele Naziverbrecher und hoffte nun, unentdeckt das Land verlassen zu können. Er musste sich doch an sie erinnern und würde niemals das Risiko eingehen, in ein Flugzeug zu steigen, das sie steuerte. Die einzige Erklärung war, dass er seine Leute vorgeschickt hatte und nicht wusste, wer sein Pilot sein würde.

»Gut, ich mach's.«

»Woher der plötzliche Sinneswandel?«, wollte Max wissen.

»Du hast recht, es ist leicht verdientes Geld.«

Sie lief aus dem Hangar und trat in das helle Sonnenlicht.

»Mein Partner ist einverstanden, fünfhundert Dollar und Sie haben Ihre Tickets. Wir treffen uns hier morgen früh um 6 Uhr. Bringen Sie das Geld mit. Gezahlt wird vor Abflug.«

»6 Uhr.« Der Mann mit den Pockennarben deutete eine Verbeugung an. »Wir werden da sein.«

Hannah blickte ihnen nach und verfolgte, wie sie in den Wagen stiegen. Borsig fuhr los. Wie würde der frühere Leiter des Anstaltswesens von Hessen-Nassau reagieren, wenn er das Mädchen erkannte, das er ins Gas geschickt hatte? Erinnerte er sich überhaupt an sie? Sie musste davon ausgehen, denn sie hatte Brunner damals eine Menge Ärger eingebrockt. Waren ihm die Amerikaner so dicht auf den Fersen, dass er das Risiko einging? Wahrscheinlich wusste keiner der drei Männer, mit wem sie sich einließen, und das verschaffte ihr einen Vorteil, den sie nutzen musste.

Sie streifte ihre Arbeitshandschuhe ab und lief in den Hangar zurück.

»Ich muss noch mal weg!«, rief sie Max zu.

»Was, jetzt?«, grollte er. »Wie zum Teufel sollen wir die Tante rechtzeitig startklar machen?«

»Ich brauche nicht lange. In einer Stunde bin ich wieder da. Ich nehme den Jeep.«

Nun bekam Harry seine Chance zu beweisen, wie viel sie ihm wert war.

11

Da es im Hangar keinen Telefonanschluss gab, fuhr Hannah mit dem Jeep, den sie als Zivilangestellte der »War Crimes Group« benutzt hatte, in die Innenstadt. Die US-Army musterte regelmäßig ältere Fahrzeuge aus und verkaufte sie an Händler in der

Umgebung. Hannah hatte den Wagen dank ihrer Kontakte kurz nach Kriegsende billig erstanden.

Harald Lenz wohnte in der Nähe des Palmengartens im Dachgeschoss eines der wenigen unzerstörten Häuser. Sie hoffte, dass sie ihn dort antraf. Erreichte sie ihn nicht vor morgen früh, würde es zu spät sein, um rechtzeitig einen Haftbefehl gegen Brunner beantragen zu können.

Sie stellte den Jeep auf dem Gehweg vor dem Haus ab und hetzte die Treppen zu Harrys Wohnung hinauf, in der sie in den vergangenen Wochen viele Nächte verbracht hatte. Atemlos klingelte sie Sturm, doch er öffnete nicht. Sie zwang sich zum Nachdenken. Wenn er einen Entschluss gefasst hatte, konnte ihn niemand davon abbringen. Wahrscheinlich war er aus verletzter Eitelkeit ohne sie ausgegangen. Sie beschloss, ihn zuerst an den Plätzen zu suchen, an denen sie regelmäßig gemeinsam gegessen hatten, und traf ihn schließlich in einem Café am Römer. Er blickte überrascht auf und faltete die Zeitung zusammen, in der er gelesen hatte, als sie sich heftig atmend auf einen Stuhl neben ihm fallen ließ.

»Nun, ich hatte gehofft, du würdest deine Entscheidung bereuen. Dass du mich so verzweifelt suchst, amüsiert mich. Hannah, du bist ja ganz außer dir«, sagte er lächelnd.

»Mir ist nicht nach Scherzen zumute.«

Sie mochte seine selbstbewusste Art, aber in Momenten wie diesen, in denen er einen kleinen Triumph verbuchen konnte, neigte er zur Überheblichkeit.

Er runzelte besorgt die Stirn. »Was ist passiert?«

»Es tut mir leid, dass ich heute keine Zeit für dich habe. Ich gehe mit dir aus, so oft und so lange du willst, aber jetzt brauche ich deine Hilfe, und zwar schnell«, keuchte sie.

Harry winkte einem Kellner. »Noch einen Kaffee bitte und einen Manhattan für die Dame.« Er wandte sich an Hannah. »Den magst du doch, nicht wahr?«

Sie nickte abwesend. »Ich habe Brunner gefunden.«

Er bot ihr eine Zigarette an, die sie ablehnte.

Sein Feuerzeug klickte. »Mmh … Hilfst du mir rasch auf die Sprünge?«

»Fritz Brunner, ehemals Landesrat und Leiter des Anstaltswesens in Hessen-Nassau und einer der führenden Schreibtischtäter der Aktion T4. Er war in seinem Gebiet verantwortlich für den reibungslosen Ablauf der Meldebogenaktion. Mit Unterstützung der ihm zugeteilten Gutachterärzte ließ er Tausende in die Tötungsanstalten einweisen. Außerdem gab er den Mord an seiner Frau Elisabeth in Auftrag. Ich war dabei, als Lubeck sie totgespritzt hat.«

Lenz zog an seiner Zigarette und nickte. »Ich erinnere mich. Wir gingen davon aus, dass er 1944 bei einer Schießerei ums Leben kam, bis ich von dir erfuhr, dass er kurz nach Kriegsende untertauchte. Seitdem war er von der Bildfläche verschwunden.«

»Ich weiß wo er ist und was er vorhat.«

»Hast du ihn gesehen?«

»Ihn nicht, aber Borsig, seinen Adjutanten. Wo Borsig ist, ist Brunner nicht weit. Zwei Männer haben vor einer Stunde bei mir einen Flug nach London gebucht. Sie sprachen von einem dritten Passagier. Das kann nur bedeuten, dass Brunner sich ins Ausland absetzen will. Du musst einen Haftbefehl ausstellen. Ich starte morgen früh um sechs. Wenn er im Hangar auftaucht, haben wir ihn.«

»Das wird eine Menge Staub aufwirbeln.«

»Wenn du nicht reagierst, wende ich mich an deinen Vorgesetzten«, platzte sie hitzig hervor.

Er streifte die Zigarettenasche am Rand des Aschenbechers ab. »Hannah, ich liebe dich, weil du so erfrischend impulsiv bist. Allerdings frage ich mich, warum du mir so wenig vertraust.«

»Vielleicht, weil ich in meinem Leben so oft belogen worden bin.«

»Wieso sollte ich dir nicht helfen wollen, wenn du mich darum bittest? Glaubst du wirklich, ich wollte Leute wie Brunner schützen? Ich kann sie genauso wenig ausstehen wie du. Dennoch müssen wir überlegt vorgehen.«

»Dazu haben wir keine Zeit.«

Er rauchte eine Weile schweigend. Hannah stemmte sich auf die Lehnen des Korbsessels und spannte die Muskeln an, als wolle sie Harry anspringen.

»Wie entscheidest du dich?«, fragte sie.

»Lass mich eine Minute nachdenken, wir wollen doch nicht, dass er uns durch die Lappen geht. Du musst wissen, dass sich die Stimmung gedreht hat, seit die Amerikaner sich aus der Verfolgung von Kriegsverbrechern zurückziehen. Es werden Stimmen laut, die fordern, einen Schlussstrich unter die Entnazifizierungen zu ziehen.« Sein Arm beschrieb einen Bogen. »Schau dich um. Die Leute wollen sich amüsieren. Alles soll bunt und leicht sein, sie haben die Nase gestrichen voll von Krieg, Verbrechen, Schuld und Sühne. Vor allem wollen sie nicht an ihre eigene Vergangenheit erinnert werden. Die meisten haben in irgendeiner Form mitgemacht oder weggesehen.«

»Wir können nicht alles unter den Teppich kehren, was passiert ist. Je länger wir zögern, desto mehr Positionen werden von denselben alten Seilschaften besetzt.«

Er nickte zustimmend. »Das sind die Tatsachen und sie gefallen mir ebenso wenig wie dir. Aber mit überstürzten Aktionen könnten wir mehr Schaden anrichten als Nutzen daraus ziehen.«

Hannah sank in den Sessel zurück. Der Ober brachte die Getränke. Sie kippte den Manhattan in einem Zug hinunter.

»Sie sind überall«, sagte sie. »Ärzte, die Unschuldige totgespritzt und vergast haben, praktizieren wieder, Krankenschwestern, die Kinder gequält haben, arbeiten ungehindert in ihrem Beruf, und die Organisatoren dieses Wahnsinns sitzen auf ihren alten Posten, als wäre nichts geschehen.«

»So wie du versuchst, deine Leidenschaft für das Fliegen mit unserer Beziehung in Einklang zu bringen, bemühe ich mich, für Gerechtigkeit zu sorgen, ohne meine Karriere zu gefährden«, sagte Harry. »Ich bin wegen meines Interesses an Oberscharführer Rolf Heyrich an höherer Stelle bereits unangenehm aufgefallen. Ein wenig Nachdenken, bevor wir handeln, kann also nicht schaden.«

»Das wusste ich nicht.« Entmutigt schüttelte sie den Kopf. »Es muss einen Weg geben …«

Er betrachtete sie mitfühlend. »Oh, Hannah, warum bist du so verbissen? Warum das alles aufwühlen? Du verschwendest dein Leben an Menschen, die es nicht wert sind.«

Zum ersten Mal seit vielen Wochen spürte sie leichte Anzeichen eines epileptischen Anfalls, einen Anflug von Dunkelheit, die sich vor ihre Augen schob. Ärgerlich fuhr sie sich über das Gesicht, als wolle sie Spinnweben fortwischen.

»Wenn du erlebt hättest, was ich durchgemacht habe, würdest du mich verstehen. Es ist unsere Pflicht, für Gerechtigkeit zu sorgen. Ich bin es den Opfern schuldig. Wir können Brunner nicht laufen lassen. Was sollen wir tun?«

»Vielleicht hast du recht. Du hast nicht so viel Glück gehabt wie ich. Aus meiner Familie wurde niemand vergast oder in den Kellern der Gestapo totgeprügelt.« Er seufzte. »Aber das ändert nichts daran, dass ich dem Generalstaatsanwalt hinreichende Anhaltspunkte vorlegen muss.« Er sah auf seine Armbanduhr. »Bis morgen früh ist das kaum zu schaffen.«

»Gehört er auch zu ihnen?«

»Nein. Quabbe hat eine Zusammenarbeit mit den Nazis immer abgelehnt. Er ist weder käuflich noch beeinflussbar, dafür lege ich meine Hand ins Feuer. Und gerade darum wird er nur handeln, wenn ich ihm handfeste Beweise liefere.«

Hannah blickte ihn eindringlich an. »Harry?«

»Ja, mein Schatz?«

»Wie viel bedeute ich dir?«

Er lächelte. »Das weißt du doch, mein Engel. Du bist das Wichtigste überhaupt in meinem Leben.«

»Beweise es mir. Sorge dafür, dass Brunner morgen früh verhaftet wird. Du kennst meine Vergangenheit und weißt, dass Elisabeth mir sehr nahestand. Lubeck ist tot, aber der Mann, der ihn zu dem Mord an ihr angestiftet hat, lebt. Er darf sich nicht davonschleichen.«

Harry drückte die Kippe im Aschenbecher aus und sah sich um. »Wo bleibt denn nur der Ober?«

»Harry!«

Er lächelte. »Lass mir wenigstens Zeit, die Rechnung zu bezahlen. Wie sieht das denn aus? Ein Staatsanwalt, der die Zeche prellt! Ich habe versprochen, dir zu helfen, und ich halte meine Versprechen. Ich werde alles tun, damit wir Brunner dingfest machen können. Trotzdem bin ich gezwungen, bestimmte Spielregeln einzuhalten.«

Hannah sprang auf und legte einen Geldschein auf den Tisch. »Worauf warten wir noch?«

Am frühen Abend lief sie nervös im Vorzimmer von Generalstaatsanwalt Georg Quabbe auf und ab. Harry war seit über einer Stunde in dessen Büro. Max würde sie mit einem Schraubenschlüssel durch den Hangar jagen, wenn sie ihn noch länger allein ließ. Mit nur einer Hand war er bei manchen Arbeiten nahezu hilflos.

Endlich öffnete sich die ledergepolsterte Tür in der Eichentäfelung, Harry erschien mit besorgter Miene.

»Und?«, fragte Hannah gespannt.

»Die Angelegenheit zieht größere Kreise, als mir lieb ist.«

Die Stimme von Georg Quabbe drang heraus. »Bitten Sie die junge Dame doch herein, Herr Lenz.«

Harry schob zögernd die Tür weiter auf. Hannah betrat das Büro. Quabbe bat sie, Platz zu nehmen. Harry zog es vor zu stehen, er war sichtlich beunruhigt.

»Wir mussten die Briten einschalten«, erklärte er. »Es geht nicht mehr nur um Brunner.«

»Wenn es stimmt, was Sie behaupten, haben wir einen dicken Fisch an der Angel, Fräulein Bloch«, sagte Quabbe. »Herr Lenz berichtete mir, dass Sie mit Lieutenant Young vom CIC zusammengearbeitet haben.«

»Das stimmt«, entgegnete sie. »Wir waren sehr erfolgreich.«

»Allerdings. Nun, ich kam nicht umhin, soeben einiges über Ihre persönlichen Beweggründe zu erfahren. Ich kann mir vorstellen, dass es Ihnen nicht leichtfällt, darüber zu sprechen. Würden sie mir dennoch mit eigenen Worten berichten, was Ihnen widerfahren ist?«

Hannah atmete tief durch. Nie zuvor hatte sie so detailreich von all den schrecklichen Ereignissen erzählt, weder Scott noch Harry wussten davon. Stockend beschrieb sie, wie Brunner im Weinkeller seines Hauses Dr. Joachim Lubeck dazu drängte, Elisabeth mit Psychopharmaka ruhigzustellen und sie schließlich mit einer Dosis Scopolamin zu töten. Lissy wollte sich scheiden lassen und damit wäre Brunner ruiniert gewesen. Der Generalstaatsanwalt zeigte sich erschüttert.

Harry lief erregt vor dem Fenster auf und ab und blieb abrupt stehen. »Nein, nein, nein. Es ist zu gefährlich.«

»Auch mir scheint Fräulein Bloch emotional sehr involviert zu sein«, stimmte ihm Quabbe zu.

Hannah blickte verständnislos zwischen den beiden Männern hin und her.

»Was soll daran gefährlich sein? Wenn Brunner morgen früh zum Hangar kommt, läuft er in eine Falle. Sie verhaften ihn und klagen ihn an. Das ist alles.«

»Ich wünschte, es wäre so einfach«, sagte Harry.

Der Generalstaatsanwalt lehnte sich zurück. »Haben Sie je von einer Fluchthilfeorganisation für ehemalige SS-Offiziere gehört, die man *die Spinne* nennt?«

»Es gibt Gerüchte, dass die Rattenlinie über Tirol nach Rom und Genua zu gefährlich wird«, antwortete Hannah. »Eine zweite, nördliche Fluchtlinie soll über Flensburg ins Ausland führen.«

»Korrekt. Wir glauben, dass die *Spinne* irgendwo im Süden Englands sitzt. Von dort aus werden die Flüchtenden zu den englischen Überseehäfen gebracht.«

»Und was hat Brunner damit zu tun?«

Harry zündete sich eine Zigarette an. »Du sagtest, einer der Männer habe die Kleidung eines Priesters getragen. Wir wissen, dass gewisse Kreise der katholischen Kirche ihre Finger im Spiel haben. Möglicherweise plant Brunner, mithilfe der *Spinne* das Land zu verlassen.«

»Er könnte uns direkt zum Kopf der Organisation führen«, sagte Quabbe.

Hannah begriff. »Ich soll Brunner nach England fliegen und verfolgen.«

»Ich bin nicht sicher, ob wir Ihnen diese Sache übertragen sollten«, sagte Quabbe. »Es ist eine heikle Mission, die …«

Harry widersprach hastig. »Verstehen Sie jetzt, was ich meine? Sie wird ihn auf eigene Faust verfolgen und sich in Schwierigkeiten bringen. Ich bleibe dabei, es ist zu gefährlich. Ich würde mir nie verzeihen, wenn ihr etwas zustoßen sollte.«

»Ich kann auf mich aufpassen. Das habe ich beim CIC mehr als einmal bewiesen«, brauste sie auf.

Quabbe schmunzelte. »Ich sehe, dass Fräulein Bloch eine temperamentvolle junge Frau ist. Sie kann für uns von großem Wert sein.« An Hannah gewandt, fuhr er fort: »Ungeachtet dessen hat Herr Lenz natürlich recht. Sie dürfen nichts riskieren. Wir bitten Sie lediglich, Brunner nach London zu bringen. Wenn er englischen Boden betritt, wird sich der MI6 an seine Fersen heften.«

»Der Schwachpunkt in der Aktion sind aber gerade die Briten«, überlegte Harry. »In der Verfolgung von Nazi-Verbrechern haben sie sich als weniger zuverlässig erwiesen als die Amerikaner.«

Quabbe stimmte ihm zu. »Wir müssten einen hochrangigen Diplomaten finden, der uns unterstützt. Jemanden, der gute Beziehungen zu den Briten hat und den Willen, sich durchzusetzen.«

»Wie wäre es mit Karl zu Hohensolms?«, fragte Hannah.

Der Generalstaatsanwalt nickte. »Ein guter Vorschlag. Er hat vor dem Krieg als Diplomat gearbeitet, trat 1935 in die NSDAP ein, fiel jedoch im Zusammenhang mit dem Attentat auf Hitler am 20. Juli 1944 in Ungnade. Seit Kriegsende bemüht er sich um die Normalisierung der deutsch-britischen Beziehungen. Er pflegt zudem beste Kontakte zum englischen Adel. Wie kommen Sie ausgerechnet auf Hohensolms?«

»Er ist Elisabeths Vater. Wenn wir Brunner dingfest machen können, haben wir auf alle Fälle seine Unterstützung.«

»Und wenn Brunner dich erkennt?«, fragte Harry.

»Das wird er nicht«, antwortete Hannah. »Sie haben zur Bedingung gemacht, dass er inkognito reist. Ich nehme an, dass sie alles tun werden, damit ich ihn nicht zu Gesicht bekomme. Schließlich wollen Sie keine Zeugen haben. Aus diesem Grund haben sie sich ja an *Bloch & Pohl* gewandt. Ich glaube nicht, dass einer von ihnen weiß, mit wem sie sich einlassen.«

»Gut. Wir sorgen dafür, dass der britische Geheimdienst mit Ihnen am Flughafen Heathrow Kontakt aufnimmt.« Der Generalstaatsanwalt erhob sich und reichte ihr die Hand. »Viel Glück.«

Harry begleitete sie ins Vorzimmer.

»Mir gefällt das nicht.«

»Es wird alles gut gehen.« Sie küsste ihn innig. »Du bist ein Schatz, Harry. Wenn Brunner im Gefängnis sitzt, darfst du dir etwas wünschen.«

»Alles, was ich will?«

»Geht es nicht eine Nummer kleiner?«, fragte sie lachend. »Ich verspreche dir zumindest, dass wir mehr Zeit miteinander verbringen werden.«

Harry seufzte. »Mehr bekomme ich wohl im Augenblick nicht. Oder?«

Sie küsste ihn noch einmal. »Max wartet auf mich. Bis bald.«

Den Rest des Abends verbrachte Hannah damit, die Maschine zu warten und einen Flugplan zu erstellen. Max gesellte sich zu ihr.

»Hab ich dir schon von meinem Flug über den Kanal anno '32 erzählt? Damals …«

»Schon hundertmal. Max, ich fliege diese Strecke zum ersten Mal ohne dich. Erklär mir, wohin ich ausweichen muss, falls ich in schlechtes Wetter geraten sollte.«

Max warf einen Blick auf den Wetterbericht. »In dieser Jahreszeit sind Inversionswetterlagen und damit der berüchtigte englische Nebel sehr selten.« Er fuhr mit dem Finger über die Karte und tippte auf einen Punkt westlich von Ramsgate. »Rochester Airport. Die Royal Air Force betreibt dort eine Flugschule.«

»Ein Militärflughafen?«

»Keine Angst, du wirst die *Tante* sicher in Heathrow runterbringen.«

Ja, dachte Hannah. Das werde ich. Aber wenn ich nicht in Heathrow landen kann, habe ich keine Möglichkeit, den britischen Geheimdienst darüber zu informieren, ohne dass Brunner davon erfährt. Dann geht er mir durch die Lappen. Es sei denn, ich kann es verhindern, indem ich ihn nicht aus den Augen lasse.

12

Hannah beendete die letzten Kontrollen, sog prüfend die kühle Morgenluft ein und kehrte zum Hangar zurück. Schon als Kind hatte sie ein Gespür für feine Veränderungen in der Natur besessen und die Fliegerei hatte diese Gabe noch verstärkt. Der Himmel würde nicht mehr lange so klar bleiben, obwohl der Wetterbericht optimale Flugbedingungen versprach. Max Pohl wartete vor dem Hangar. Sein zerfurchtes Gesicht drückte Sorge aus.

»Mir gefällt es nicht, dass du alleine fliegst«, grummelte er.

»Sie wollen es so. Der seltsame Pater behauptet, er wäre vor dem Krieg geflogen. Im Notfall kann er das Funkgerät bedienen und mir bei der Navigation helfen.«

Max steckte sich den unvermeidlichen Zigarillo zwischen die Lippen und suchte nervös nach seinen Streichhölzern. Seine Besorgnis erfüllte sie mit einem Anflug von Nestwärme. Ihren eigenen Vater hatte sie nie kennengelernt. Malisha hatte ihr lediglich verraten, dass er ein englischer Pilot war. Sie warf einen Blick auf ihre Armbanduhr. Es war kurz vor sechs. Die Ladung hatten sie bereits am Abend zuvor verstaut. Die *Tante* war startklar.

»Ich liefere Ladung und Passagiere in Heathrow ab und bin gegen Abend zurück«, sagte sie.

»Versprich mir, dass du nach Rochester ausweichst, wenn das Wetter nicht mitspielt.«

Hannah seufzte. »Mach dir keine Sorgen. Es wird alles glatt laufen.«

Max machte ein so besorgtes Gesicht, dass sie lachen musste.

»Man kann nie vorsichtig genug sein«, sagte er.

»Musst du gleich alles so schwarz sehen?« Sie lächelte. »Ich hatte einen guten Lehrer in dir, vergiss das nicht. Außerdem ist es ohnehin zu spät, um zu kneifen.«

Sie blinzelte in die aufgehende Sonne. Falls es zu einer unmittelbaren Begegnung mit Brunner kam, konnte sie nur hoffen, dass er sie nicht erkannte. Ihr Haar hatte sie hochgesteckt und unter der Fliegermütze verborgen, die Max ihr geschenkt hatte. Dazu setzte sie eine getönte Brille mit übergroßen Gläsern auf. Seit der Schießerei im Weinberg waren vier Jahre vergangen. Aus einem Mädchen war eine junge Frau geworden, die ihre Unsicherheit abgelegt hatte und sich ihrer Wirkung auf Männer durchaus bewusst war. Aber reichte das aus, um Brunners Gedächtnis zu täuschen?

Die schwarze Limousine, die Borsig am Vortag gesteuert hatte, kam über das Rollfeld auf sie zu und stoppte hinter der Ju 52. Die nächsten Minuten würden alles entscheiden.

»Holm- und Rippenbruch«, sagte Max, »ich wünsche dir einen guten Flug.«

»Danke.«

Es war üblich, dass die Besatzung vor den Passagieren an Bord war, daher stieg Hannah in die Maschine und ging nach vorn ins Cockpit. Sie nahm auf dem Pilotensitz Platz, schob das Seitenfenster auf und beobachtete, wie Max die Fluggäste begrüßte und mit einer einladenden Geste aufforderte, an Bord zu gehen. Sie hörte Schritte und Stimmen im Frachtraum. Der Blonde mit der hellen Haut streckte den Kopf ins Cockpit.

»Einen wunderschönen guten Morgen«, sagte sie, ohne sich umzudrehen. »Haben Sie das Geld?«

Er reichte ihr einen Umschlag. Sie zählte die Scheine, es waren wie vereinbart zweihundertfünfzig Dollar.

»Die andere Hälfte bekommen Sie, wenn wir landen«, sagte er.

»In Ordnung. Sorgen Sie dafür, dass sich alle anschnallen. Wir starten sofort.«

Sie wartete einen Augenblick, dann kletterte sie aus dem Pilotensitz und schlüpfte durch die Öffnung zum vollgestopften Frachtraum. Es war ein heikler Moment. Als Flugzeugführerin musste sie den hinteren Einstieg schließen und dazu an Brunner vorbeigehen.

Der Mann, der sich Pater Jonas nannte, setzte sich gerade neben den Albino. Auf dem Sitz hinter ihm saß Brunner. Wie seine Begleiter trug er Hut und Sonnenbrille. Hemd und Hose waren schwarz, am Kragen leuchtete ein weißer Kollar. Offenbar war die Priesterkleidung Teil ihres Fluchtplans. Dass ausgerechnet Brunner das Habit eines Geistlichen trug, empfand sie als pure Blasphemie. Der Schreibtischtäter, der für den Tod Tausender Kranker mitverantwortlich war, kauerte in seinem Sitz wie ein Fuchs, den die Meute in die Enge getrieben hatte. Nichts war von seinem selbstherrlichen Gehabe geblieben. Er hatte abgenommen, tiefe Falten zogen sich an seinen Mundwinkeln entlang zum Kinn. Er vermied jeden Blickkontakt und verbarg sich hinter einer Zeitung. In Hannah kochte das Verlangen auf, ihm ins Gesicht zu schlagen.

Sie ballte die Fäuste, ging an ihm vorbei und verschloss die hintere Tür. Als sie ins Cockpit zurückkehrte, saß Brunner unverändert auf seinem Sitz und schenkte nichts und niemandem Beachtung. Seine Begleiter schienen keinen Verdacht zu schöpfen. Offenbar hatte es Brunner ihnen überlassen, für die Passage nach England zu sorgen, und sie wussten nicht, wer Hannah war und was sie mit ihrem Auftraggeber verband.

Sie ging rasch durch den ansteigenden Mittelgang nach vorne. Da die Junkers ein Spornradflugzeug war, mussten Crew und Passagiere ihre Plätze im wahrsten Sinne des Wortes erklimmen, denn der Bug lag höher als das Heck. Hannah betrat das Cockpit durch den engen Durchgang, glitt in den Pilotensitz und streifte Fliegerhandschuhe und Kopfhörer über.

Sie konzentrierte sich auf die Startvorbereitungen und brachte Gashebel, Kraftstoffventil und Zündmagneteten in die korrekten Positionen. Gehorsam sprang zuerst der Mittelmotor an, dann die beiden Flügelmotoren, blauer Rauch quoll aus den Auspuffrohren. Da Hannah ohne Bordingenieur flog, musste sie die Feineinstellung der Motoren selbst vornehmen. Nach kurzer Zeit liefen alle drei Triebwerke rund. Die Maschine bebte, Hannah spürte die gewaltige Kraft, die sie in den Himmel katapultieren würde. Sie schob das Seitenfenster zu, um das Dröhnen der Motoren in der Kabine zu reduzieren. Dennoch war es so laut, dass man kaum sein eigenes Wort verstand. Sie erhöhte die Motordrehzahl und ließ die *Tante* mit der Nase im Wind auf die Startbahn rollen. Wie bei jedem Start erfasste sie die Erregung und das Glücksgefühl, diese wunderbare Maschine fliegen zu dürfen.

Ihr Flug war bereits angekündigt. Sie holte sich die Startfreigabe vom Tower und überprüfte Öldruck sowie Öl- und Zylinderkopftemperatur, dann kurbelte sie mit dem Handrad neben dem Sitz die Landeklappen in Startposition. Ihre Finger schlossen sich um die Gashebel auf der Mittelkonsole und drückten sie langsam nach vorn. Die Junkers gewann allmählich an Geschwindigkeit und legte sich in die Waagerechte, das Heckrad löste sich vom Boden. Hannah gab vollen Schub und zog das Steuer zu sich heran. Ein Gefühl von Freiheit durchströmte sie und die *Tante* hob bereitwillig ab.

Während Hannah die Triebwerksparameter im Auge behielt, trimmte sie im Steilflug die Maschine und erreichte kurz darauf die Reiseflughöhe von fünftausend Fuß. Der Flug nach London würde – je nach Windrichtung und Geschwindigkeit – etwa viereinhalb Stunden dauern. Die Sicht war gut. Sie orientierte sich an Landmarken und Flussläufen, die in ihrem Flugplan markiert waren, überflog Aachen und Brügge und ließ bei Ostende das Festland hinter sich.

Über dem Kanal änderte sich das Wetter. Die Sicht wurde schlechter, die Junkers passierte Dunstschleier und Wolkenfetzen, die sich mehr und mehr zu einer geschlossenen Decke verdichteten. Hannah zog den Steuerknüppel zu sich heran, um an Höhe zu gewinnen und wich einige Grad nach Westen aus.

Nach ihrem Flugplan sollten spätestens in zwanzig Minuten die Kreidefelsen von Dover in Sichtweite kommen. Sie behielt Kompass und Höhenmesser im Auge und hoffte darauf, dass die Wolken aufrissen.

Bald war nicht mehr zu leugnen, dass sie in Schwierigkeiten steckte. Sie flog in einer dichten Nebelbank, die jede Sichtorientierung unmöglich machte. Hannah drosselte den Schub, regelte das Benzin-Luftgemisch für den Sinkflug und verlor an Höhe.

Im Durchgang zum Frachtraum tauchte Pater Jonas auf.

»Landen wir schon?«, fragte er.

Sie schüttelte den Kopf und fluchte leise.

Der Pater kletterte ins Cockpit, rutschte auf den Sitz des Co-Piloten und erfasste mit einem Blick die brenzlige Lage.

»Gehen Sie besser tiefer«, sagte er.

»Ich bin schon dabei«, antwortete sie gereizt.

Sie war nervös, weil sie keine Ahnung hatte, wo sie sich befand. Der Windmesser zeigte ansteigenden Wind aus Ost an, das machte es schwieriger, ihre Position abzuschätzen. Da sie in der Hoffnung, dem schlechten Wetter zu entgehen, zu weit nach Westen abgedreht war, bestand die Gefahr, dass sie die Küste verfehlte und auf den offenen Atlantik hinausflog.

Die Junkers sank auf eine Höhe von tausend Fuß, doch die Sicht war noch immer gleich null. Sie befanden sich in einer Inversionswetterlage. Die oberen Luftschichten waren wärmer als die unteren, dazwischen hatte sich eine mehr als zweihundert Meter dicke Nebelbank gebildet.

»Wenn wir Pech haben, reicht der Nebel bis zum Boden«, sagte Pater Jonas.

»Rufen Sie Heathrow«, sagte Hannah. »Peilen Sie das Funkfeuer des Flughafens an und versuchen Sie, unsere Position zu bestimmen.«

Der Pater quetschte sich auf den engen Sitz des Bordingenieurs und setzte einen Kopfhörer auf. Er sprach passables Englisch und wartete dann auf eine Antwort. Kurz darauf glitt er auf den Sitz des Hilfsflugzeugführers.

»Wir befinden uns über Land. London liegt nordwestlich von uns. Sie haben die Nadel im Heuhaufen getroffen«, sagte er anerkennend.

»Die verdammten Wolken sind zu dicht, ich kann nicht das Geringste erkennen.«

»Heathrow meldet denselben Nebel. Östlich von London sieht es besser aus.«

Hannah erinnerte sich an Max' Rat. »Wir drehen ab und landen auf der Basis Rochester.«

»Ihr Auftrag lautet, uns nach London zu bringen.«

Ein Schweißtropfen rann kitzelnd an ihrem Rückgrat hinab. Zum ersten Mal, seit sie flog, war sie in ernsthafter Gefahr.

»Wollen *Sie* die Kiste landen? Der Nebel ist so dicht, dass wir Gefahr laufen, auf dem Boden aufzuknallen, bevor wir es überhaupt bemerken.«

»Wozu haben Sie einen Höhenmesser?«

»Was nützt mir ein Höhenmesser, wenn ich nicht sehen kann, wohin ich fliege? Ich bin die Pilotin und ich sage: Das Risiko ist zu groß.« Sie warf ihm das Tablett mit dem Flugplan in den Schoß. »Los, geben Sie mir den Kurs anhand des VOR von Rochester Airport durch und sagen Sie denen Bescheid, dass wir kommen. Sie sollen die Landebahn frei halten und alle Lampen anwerfen, die sie haben.«

»Wir können nicht in Rochester landen.«

»Warum nicht?«

»Das ist ein Militärstützpunkt.«

Hannah zog die Maschine nach Steuerbord. Natürlich! Man würde jeden einzelnen Passagier an Bord genau prüfen, zumal die Junkers aus Deutschland kam. Vielleicht waren die Papiere von Brunner und seinen Leuten nicht so gut gefälscht, wie Harry angenommen hatte.

Aber es würde alles noch viel schlimmer kommen. Man erwartete sie in London. Würden sie in Rochester landen, bestand die Gefahr, dass Brunner untertauchte. Wie sollte sie den MI6 informieren? Sie kannte nicht einmal den Namen des Kontaktmannes, der sie in Heathrow erwartete.

»Uns bleibt keine Wahl«, sagte sie.

Pater Jonas verließ wortlos das Cockpit und ging nach hinten in den Frachtraum. Vermutlich würde er Brunner erklären, was sie erwartete.

Je weiter sie nach Norden flog, desto mehr Lücken rissen in der Wolkendecke auf. Hannah atmete erleichtert durch.

»He, Pater!«, rief sie. »Kommen Sie her und peilen Sie Rochester an.«

Der Hagere tauchte im Durchgang auf. Er bediente das Funkgerät und bestätigte kurz darauf die Landeerlaubnis der Royal-Air-Force-Basis. Offenbar sah er ein, dass es keine Alternative gab.

Vierzig Minuten später befanden sie sich im Anflug auf Rochester. Hannah arbeitete konzentriert. Sie musste die Motoren justieren, das Treibstoffgemisch anpassen und die Landeklappen mit dem Handrad neben dem Pilotensitz anstellen. Sie kontrollierte die Trimmung und beobachtete die Anzeigen, während sie die *Tante* auf Kurs hielt.

Je näher sie dem Flugfeld kamen und an Höhe verloren, desto dichter wurde auch hier der Nebel. Plötzlich tauchten blinkende Lichter im Dunst auf: die Landebahn von Rochester. Die Junkers flog noch immer mit achtzig Meilen pro Stunde und war damit viel zu schnell. Hannah fing die Maschine ab, leitete das Landemanöver ein und verringerte weiter die Geschwindigkeit.

Mit einem sanften Ruck setzte die *Tante* auf. Hannah ließ das Flugzeug ausrollen und reduzierte das Benzin-Luftgemisch in den Vergasern so weit, dass es nicht mehr zur Zündung kam. Dann schloss sie die Ventile und schaltete die Zündmagneten aus. Sie hatte es geschafft und den Vogel heil auf die Erde gebracht.

Aus dem Frachtraum drangen Geräusche, jemand öffnete die hintere Tür und ließ die Gangway herab. Hannah blickte aus dem Seitenfenster. Ein olivgrüner Jeep kam über das Rollfeld auf sie zu. Der Fahrer stoppte, drei Männer in Uniformen der Royal Air Force stiegen aus und näherten sich dem Flugzeug.

Hannah verließ das Cockpit und begab sich zum hinteren Ausstieg. Zwei Offiziere hielten Brunner und seine Begleiter an. Hannah stieg aus der Maschine und streifte die Fliegerhandschuhe ab.

Ein dritter Soldat stellte sich ihr als Sergeant Smith vor. Er sah aus, wie man sich einen britischen Unteroffizier vorstellte: Die Uniform saß tadellos, die Bügelfalten seiner Armeehose waren messerscharf. Ein gezwirbelter Schnurrbart und buschige Koteletten dominierten sein Gesicht. Er musterte sie von oben bis unten, räusperte sich umständlich und fragte auf Englisch: »Haben *Sie* dieses Flugzeug gelandet?«

Sie antwortete in seiner Landessprache, die sie inzwischen gut beherrschte. »Mein Name ist Hannah Bloch, ich bin die Pilotin. Ich nehme an, Sie wollen sämtliche Papiere sehen.«

»Certainly.«

Aus dem Augenwinkel beobachtete sie, dass die beiden Soldaten Brunner und die anderen zu dem kleinen Terminal begleiteten.

»Ich musste wegen des Nebels nach Rochester ausweichen«, sagte Hannah. »Unser Ziel war London, aber ich konnte Heathrow nicht anfliegen.«

»Your papers, please«, sagte Smith.

Sie deutete auf Brunner. »Wohin bringen Sie meine Passagiere?«

»Wie es scheint, werden sie bereits erwartet.«

»Von wem?«

»Sorry, das weiß ich nicht. Wenn Ihre Papiere in Ordnung sind, dürfen Sie natürlich weiterreisen.«

Hannah biss sich auf die Unterlippe. Wie hatte die *Spinne* so schnell reagieren können? Ihr fiel nur eine Erklärung ein. Da der Flug in London erwartet wurde, mussten die Fluchthelfer nervös geworden sein, als die Maschine nicht eintraf. Sie hatten sich nach dem Flug erkundigt und erfahren, dass Hannah nach Rochester ausgewichen war.

»Sergeant Smith, ich muss Sie bitten, sich dringend mit dem MI6 in Verbindung zu setzen. Diese Männer dort sind mutmaßliche Kriegsverbrecher.«

»Die Sie außer Landes geschmuggelt haben?« Sein Mundwinkel zuckte belustigt.

»Ich mache keine Witze. Tun Sie, was ich Ihnen sage, und zwar schnell. Rufen Sie meinetwegen die deutsche Staatsanwaltschaft in Frankfurt an, aber unternehmen Sie etwas.«

Smith blickte sie skeptisch an, dann drehte er sich um und pfiff gellend. Die beiden Soldaten blieben stehen, der Sergeant ging zu ihnen und kehrte kurz darauf zurück.

»Die Papiere sind in Ordnung, Miss Bloch. Pater Jonas Hinz und Monsignore Hollenbeck sind auf Einladung des Bistums Leeds hier und befinden sich auf der Weiterreise nach Argentinien.«

»Begreifen Sie nicht, dass das eine Tarnung ist?«

Smith blieb stur. »Ich würde jetzt gerne Ihre Frachtpapiere sehen.«

Um ihn nicht noch mehr zu verärgern, holte sie schnell sämtliche Unterlagen. Er bat sie in sein Büro und begann, die Papiere akribisch zu prüfen. Es verging eine Viertelstunde, ehe er zufrieden war.

»Ich muss Sie auffordern, unverzüglich wieder zu starten«, sagte er.

»Das ist zu riskant, ich warte, bis sich der Nebel legt.«

»My goodness, das kann Tage dauern.«

»Wollen Sie, dass ich wegen schlechter Sicht das Dach Ihres Büros abrasiere? Werden Sie sich nun endlich mit London in Verbindung setzen?«

»Miss Bloch, ich versichere Ihnen …«

»Und ich versichere Ihnen, dass Sie sich gewaltigen Ärger einhandeln, wenn der international gesuchte Nazi-Verbrecher Fritz Brunner ausgerechnet in Großbritannien untertaucht.«

Sie starrten sich eine Weile wortlos an. Hannah hatte eine Idee.

»Darf ich telefonieren?«

»Mit wem?«

»Mit der Staatsanwaltschaft in Frankfurt.«

Smith seufzte. »Sie sind eine sehr hartnäckige junge Frau.« Er nahm den Hörer ab und stellte eine Verbindung her. Es vergingen kostbare Minuten, bis er den Hörer an Hannah weitergab.

»Du steckst in Schwierigkeiten?«

Nie war sie so erleichtert gewesen, Harrys Stimme zu hören. Sie berichtete, was geschehen war. Er versprach, so schnell wie möglich Karl zu Hohensolms einzuschalten. Hannah reichte Smith den Hörer.

»Zufrieden?«, fragte er.

Sie lehnte sich zurück und verschränkte die Arme vor dem Körper. »Wir warten.«

Die Wanduhr tickte nervtötend. Hannah zählte die Minuten. Mit jedem Augenblick schwanden die Chancen, Brunner einzuholen.

»Darf ich Ihnen etwas zu trinken anbieten?«, fragte Smith. »Einen Tee vielleicht?«

»Danke.«

Er füllte Wasser in einen Teekessel und stellte ihn auf einen altmodischen Kanonenofen mit eiserner Platte. Irgendwo schlug eine Tür zu, Stimmen wurden laut, mehrere Männer redeten erregt durcheinander. Die Tür zu Smiths Büro flog auf und ein hochgewachsener Mann stürmte herein. Er überschüttete den Sergeant mit einem Redeschwall, dem Hannah kaum folgen konnte. Binnen einer Minute flitzte Smith nach draußen und brüllte seinen Untergebenen Befehle zu.

Der Besucher drehte sich zu ihr um und reichte ihr die Hand. »Ich bin Karl zu Hohensolms. Sehr erfreut, endlich Ihre Bekanntschaft zu machen, Fräulein Bloch.«

Der Teekessel begann zu pfeifen.

»Sie wissen, wer ich bin?«

»Lissy hat mir viel von Ihnen erzählt. Sie war so glücklich, eine Freundin gefunden zu haben, und lobte sie stets in den höchsten Tönen.« Er senkte den Blick. »Leider habe ich ihre Anklagen gegen Fritz damals nicht ernst genommen. Sie wissen, dass Elisabeth zuweilen zur Hysterie neigte. Als Fritz um sie warb, dachte ich, eine feste Hand würde ihr guttun. Hätte ich eingegriffen, würde sie noch leben.«

»Machen Sie sich keine Vorwürfe. Wahrscheinlich hätte niemand verhindern können, was geschehen ist. Brunner war zu mächtig.«

Der weißhaarige alte Mann richtete sich kerzengerade auf. »Nun, jetzt haben wir die Chance, ihn zur Verantwortung zu ziehen, nicht wahr? Staatsanwalt Lenz hat mich über Ihre Aktion in Kenntnis gesetzt. Sie haben großes Glück, dass ich wegen des Nebels gezwungen war, ganz in der Nähe bei einem Freund zu übernachten.«

Hannah schüttelte resigniert den Kopf. »Das Glück ist auf Brunners Seite, zuerst der unvorhergesehene Wetterwechsel und dazu diese fantasielosen Paragrafenreiter. Er ist längst über alle Berge.«

Hohensolms drückte sanft ihren Arm. »Noch ist nicht alles verloren. Der Nebel könnte sich als unser Verbündeter erweisen. Brunner wird nicht allzu schnell vorankommen. Ich habe dafür gesorgt, dass vor der Brücke über den Medway eine Polizeisperre errichtet wurde.«

Hannah schöpfte Hoffnung. »Können Sie mir einen Wagen besorgen?«

Hohensolms zog die buschigen weißen Brauen zusammen. »Sie wollen sich doch nicht etwa allein auf die Verfolgung dieser Verbrecher machen?«

»Wenn ich sie einholen kann, werden sie mich direkt zur *Spinne* führen. Ich verspreche Ihnen, sofort die Behörden zu informieren, wenn ich weiß, wohin Brunner fährt.«

Er blickte sie prüfend an. »Lissy hatte recht, Sie sind eine außergewöhnliche Frau. Also gut, ich werde sehen, was ich ausrichten kann.« Er riss einen Zettel von einem Schreibblock auf Smiths Tisch und schrieb etwas. »Hier. Rufen Sie diese Nummer an, verlangen Sie Colonel Davies und erklären Sie ihm alles. Berufen Sie sich auf mich.«

Keine fünf Minuten später jagte Hannah in einem Militärjeep nach Norden dem Medway entgegen, sich hastig daran erinnernd, dass sie auf der linken Straßenseite fahren musste. Sie folgte den Schildern Richtung Dartford und London. Der dichte Nebel zwang sie, das Tempo zu verringern. Als sie die Brücke über den Fluss erreichte, sah sie im Dunst schemenhafte Konturen. Mehrere Fahrzeuge stauten sich vor der Absperrung. Der dritte Wagen in der Schlange, ein dunkelblauer Ford, scherte aus der Reihe aus, wendete und raste in die Richtung, aus der Hannah gekommen war. Der Mann am Steuer war der Albino, der Pater Jonas und Brunner begleitet hatte.

Sie mühte sich mit der ungewohnten Schaltung ab, wendete und jagte den Jeep nach Süden. Es dauerte nicht lange, da leuchteten die Bremslichter des Fords verschwommen im Nebel auf. Sie fuhr so dicht auf, wie sie es wagen konnte, ohne den Fahrer misstrauisch zu machen, und folgte ihm.

Nach vier Kilometern überquerten sie die Peter's Bridge. Von hier ging es Richtung Norden am Medway entlang. Die Straße beschrieb einen Knick nach Westen und führte zu der kleinen Ortschaft Gravesend. Je näher sie der Themse kamen, desto dichter wurde der Nebel. Bald betrug die Sicht nur noch dreißig Meter.

Der blaue Ford fuhr bis zu einem schmucklosen Reihenhaus aus gebrannten Ziegeln in der Nähe der Docks. Hannah stellte den Jeep in einer Seitenstraße ab und lief durch verwinkelte Gassen bis zur Rückseite des Hauses. Der Ford stand in einer Einfahrt, hinter einem Fenster im Erdgeschoss brannte Licht.

Nun wusste sie zwar, wo Brunner sich aufhielt, aber wie sollte sie Colonel Davies erreichen? Sollte sie bleiben und das Haus beobachten oder eine Polizeiwache suchen? Wenn Brunner am Flussufer auf ein Boot umstieg, würde sie seine Spur endgültig verlieren. Bevor sie eine Entscheidung treffen konnte, traf sie ein heftiger Schlag im Nacken, dann wurde es schlagartig dunkel.

13

Pawel lehnte an einer Litfaßsäule unweit des DP-Camps in Zeilsheim und schaute sehnsuchtsvoll den Gästen eines Cafés zu, die sich an kaltem Bier erfrischten oder genussvoll Eis und Kuchen in sich hineinstopften. Zumindest die Eliten schwammen wieder obenauf und waren wohlhabend genug, um sich diesen Luxus leisten zu können. Ganz im Gegensatz zu Pawel und Tausenden anderen Frankfurtern.

Das einzige Hemd, das er besaß, klebte ihm schweißnass am Körper, seine Kehle war staubtrocken. Der Juni des Jahres 1947 war brütend heiß. Pawel klimperte mit dem letzten Kleingeld in seiner Hosentasche und entschied sich, zum Lager zurückzukehren, denn seine Mittagspause endete in wenigen Minuten.

Sein Herz machte einen Sprung, als er einen roten Haarschopf erblickte. Einen Moment später erkannte er enttäuscht, dass er sich geirrt hatte, die Frau in dem luftigen Sommerkleid war nicht Esther. Seine Stimmung sank, als er an die Ereignisse der vergangenen Tage dachte und an die neue, betrübliche Kehrtwende in seinem Leben.

Nach Bolkows Liquidierung hatte sich Esther tagelang in ihr Schneckenhaus zurückgezogen und sich übellaunig und wechselhaft wie das Wetter im April benommen. Geduldig hatte er ihr den Grund für die Stimmungsschwankungen entlockt: Sie war hin- und hergerissen. Einerseits stimmte sie ihm zu, dass das, was sie taten, richtig und notwendig war, schließlich hatte sie die *Sikarier* ja zu diesem Zweck ins Leben gerufen. Doch ihr Gewissen tadelte sie für die Art der Rache, die sie nahmen, als brutale Mörderin. In den Nächten, in denen sie sich ekstatisch liebten, diskutierten, rauchten und amerikanischen Whisky tranken, versuchte Pawel indessen, sie zu überzeugen weiterzumachen.

Vor einer Woche hatte Esther ihn in einem der für sie typischen Wutanfälle vor die Tür gesetzt. Zu lange hatte er sich auf seine Rachepläne konzentriert und darüber vernachlässigt, dass er sich auf irgendeine Weise seinen Lebensunterhalt verdienen musste. Die süßen Tage des Nichtstuns und Pläneschmiedens waren vorerst zu Ende. Pawel sollte sich erst wieder blicken lassen, wenn er Arbeit gefunden hätte.

In einer ersten überstürzten Reaktion hatte er wütend das Haus im Baumweg verlassen und sich geschworen, Esther zappeln zu lassen. Er wusste, dass sie ihn liebte und ohne ihn nicht leben konnte. Sein Trotz kehrte sich schnell ins Gegenteil um, denn er vermisste Esther genauso schmerzlich wie sie ihn, und er gestand sich bald ein, dass *er* es war, der es ohne sie nicht aushielt.

Missmutig kickte er einen Stein über das Pflaster. Widerwillig musste er zugeben, dass ihr Vorwurf, er benehme sich wie ein Schmarotzer, zum Teil berechtigt war. All sein Trachten strebte danach, Theissen aufzuspüren und sich zu rächen. Das Hochgefühl, das ihn nach Bolkows Liquidierung erfasst hatte, machte ihn süchtig nach mehr. Er hatte die Stadt nach einer annehmbaren Anstellung abgeklappert und war dabei auf das DP-Camp in Zeilsheim gestoßen. Pawel hatte den amerikanischen Oberst, der das Camp leitete, überreden können, ihn in der Schreibstube zu beschäftigen. Seine Tätigkeit erinnerte ihn schmerzlich an Milena, was seine Gedanken unweigerlich wieder auf Theissen lenkte.

Das UNRRA-Team der Vereinten Nationen hatte kurz nach Kriegsende eine erste Nothilfe für die umherirrenden Flüchtlingstrecks eingerichtet und die Verwaltung später den Amerikanern übergeben. Inzwischen stand das Camp, in dem vor allem heimatlos gewordene Juden aus ganz Europa eine Zuflucht fanden, unter jüdischer Selbstverwaltung, die Amerikaner waren vor Ort präsent. Viele Juden wollten nach Palästina und brauchten dafür Einreisegenehmigungen, die sie bei den Briten beantragen mussten, denn Palästina war britisches Mandatsgebiet. Die Amerikaner stellten den Kontakt her und halfen, wo sie konnten. Die Lage in Palästina war unübersichtlich und steckte durch die politischen Winkelzüge aller Seiten in einer Sackgasse. Die Flüchtlingslager in Europa waren überfüllt.

Aber was hatten die Juden in kurzer Zeit aus der beschlagnahmten Werkssiedlung gemacht! Die Häuser machten einen freundlichen Eindruck, in den Ziegelbaracken fanden sechs bis sieben Menschen Platz, saubere Straßen und Wege führten durch die Siedlung. Pawel bestaunte ein ums andere Mal das Organisationstalent der jüdischen Gemeinde in Frankfurt. Inzwischen gab es Schulen, eine Bibliothek, Sportvereine und ein Kino. Sogar ein Jazzorchester spielte regelmäßig.

Er wischte sich den Schweiß von der Stirn und ging missmutig zu der Holzbaracke zurück, wo lauwarmes Leitungswasser die einzige Erfrischung bot. Der streitsüchtige amerikanische Oberst, der in der Schreibstube seinen Dienst versah, litt unter der Hitze und nahm jede Gelegenheit wahr, sich vor der Arbeit zu drücken. Pawels Aufgabe bestand darin, die tägliche Flut von Anfragen abzuarbeiten, damit Oberst Angus *Wally* Watson seine Ruhe hatte. Erledigte er den Job zu dessen Zufriedenheit, konnte er tun und lassen, was er wollte.

Schnell hatte er die Vorteile seiner neuen Position erkannt. Er verdiente sein eigenes Geld und sammelte im Camp nebenbei jede Menge Informationen. Und die waren wertvoller als Gold. In den vergangenen zwei Wochen hatte er drei ehemalige SS-Offiziere enttarnt, die sich in dem Lager versteckten und beabsichtigten, es mit falschen Papieren zu verlassen.

Da er wegen des Mordes an Mitschke von der Polizei gesucht wurde, hatte er sich in der bestens ausgerüsteten Schreibstube eine beglaubigte Bescheinigung ausgestellt, mit der er sich einen offiziellen Pass auf den Namen Jakob Demsky besorgte. Die dazu nötigen Vordrucke und Stempel lagen in einem Tresor, den Watson nur nachlässig im Auge behielt.

Vor drei Tagen hatte ein etwa vierzigjähriger Mann mit schütterem Haar und Brille die Stube betreten, sich als Ricardo Levi vorgestellt und um Unterkunft gebeten. Außerdem brauche er einen Pass. Watson knurrte dösend, Pawel solle ihm die entsprechenden Papiere ausstellen, mit denen er bei den deutschen Behörden einen neuen Ausweis beantragen konnte.

Pawel blätterte die offizielle Suchliste der Amerikaner durch, in der alle flüchtigen Kriegsverbrecher – soweit sie bekannt waren – verzeichnet waren, und stieß rasch auf den unauffälligen Besucher, der sich Ricardo Levi nannte. In Wirklichkeit hieß er Paul Steinacher und war SS-Hauptsturmführer und Arbeitseinsatzführer im KZ Buchenwald gewesen. Viele Nazis schienen den Trick zu beherrschen, sich dreist unmittelbar vor der Nase der Alliierten zu verstecken.

Steinacher war nicht allein gekommen, sondern hatte einen Zeugen mitgebracht, der seine Identität bestätigte. Vermutlich hatte er den Mann für die Gefälligkeit gut bezahlt. Pawel füllte den Antrag für einen Pass aus und ließ sich die notwendigen Dokumente von Watson unterzeichnen, der dazu kurz aus seinem Halbschlaf aufschreckte. Wahrscheinlich wusste er überhaupt nicht, was er gerade genehmigt hatte. Steinacher bedankte sich und verließ zusammen mit seinem Begleiter die Schreibstube.

An den folgenden drei Tagen blieb Pawel beinahe ununterbrochen auf seinem Platz und beobachtete, wie Steinacher das Eingangstor im Hahnbergweg durchschritt. Wie so oft, zahlte sich seine Geduld aus. Steinacher verließ regelmäßig gegen 18 Uhr das Camp und kehrte ein bis zwei Stunden später zurück.

Pawel überlegte, Esther und ihre *Sikarier* mit ins Boot zu holen. Es wäre ein leichtes, Steinacher aufzulauern und ihn zu töten wie Bolkow, aber er entschied sich, abzuwarten. Sein Instinkt sagte ihm, dass der SS-Hauptsturmführer mit jemandem in Kontakt stand und etwas vorbereitete – vermutlich seine Flucht aus Deutschland. Dazu brauchte er ein Netzwerk aus Helfern und für dieses interessierte sich Pawel brennend.

Esther besaß eine Liste mit Namen von Würdenträgern der Amtskirchen, die Leuten wie Steinacher den Weg nach Rom und von dort nach Südamerika ebneten. Eine solche Zelle zu zerschlagen, wäre ein größerer Erfolg, als nur einen dieser Mörder zu liquidieren.

Als er gegen 17 Uhr seinen Dienst beendete, sah er, dass Steinacher das Camp verließ. Pawel folgte ihm in einigem Abstand. Der ehemalige Hauptsturmführer ging zu einer Haltestelle und bestieg einen Bus in die Innenstadt von Frankfurt. Pawel schlüpfte in letzter Sekunde in den Wagen und ließ Steinacher nicht aus den Augen. Vor der Hauptwache stieg er aus. Pawel folgte ihm bis zu einer Arztpraxis in der Nähe des Hauptbahnhofs. War er krank?

Pawel setzte sich auf eine Treppe, die im Schatten einer Toreinfahrt lag, rauchte und wartete. Die Mauserpistole, die er Jaron gestohlen hatte, beulte verräterisch seine Jackentasche aus.

Nach einer Stunde kam Steinacher aus dem Haus auf der anderen Straßenseite und ging in Richtung Bushaltestelle. Pawel trat die Kippe aus und lief über die Straße. Neben der Eingangstür hing ein weißes Schild: *Dr. med. Moor, Allgemeinmediziner.*

Ob die Praxis eine geheime Anlaufstelle für ehemalige Mitglieder der SS war? Er würde es nur herausfinden, wenn er diesen Dr. Moor aufsuchte und ihm ein paar unangenehme Fragen stellte. Also betrat er das dämmrige Treppenhaus, stieg in den dritten Stock hinauf und klingelte an der Etagentür. Der Arzt öffnete persönlich.

»Die Praxis ist geschlossen«, sagte Moor kurzangebunden.

Pawel hielt sich krumm und presste eine Hand auf den Leib. »Es ist dringend, ich habe starke Schmerzen.«

Der Doktor zögerte, dann öffnete er die Tür ganz und ließ ihn in die Praxis.

Eine Stunde später wusste Pawel alles über Moors Netzwerk. In Hochstimmung trat er auf die Straße und blinzelte in die tief stehende Abendsonne. Dr. Moor würde niemanden mehr seiner Spezialbehandlung unterziehen.

Pawel faltete die Liste zusammen, die er dem Arzt abgepresst hatte, und betrachtete lächelnd den letzten Namen. Endlich hatte er eine heiße Spur von Gerhard Theissen, dem Mann, der seine Schwester ermordet hatte. Es war ein herrlicher Tag, denn bald würde er sein Versprechen erfüllen können. Er freute sich auf ein Wiedersehen mit Esther und stellte sich vor, wie sie ihn mit offenen Armen empfing. Schließlich konnte er eine bezahlte Arbeit vorweisen und brachte die Gelegenheit mit, einen weiteren Täter seiner gerechten Strafe zuzuführen. Sie würden sich lieben und danach gemeinsam Gericht halten. Gleich morgen würde er zu ihr gehen.

14

Mühsam hob Hannah die bleischweren Lider. Das rhythmische Schwappen und Gurgeln von Wasser drang an ihre Ohren, es roch nach Fisch und modrigem Holz. Als sie den Kopf dem Geräusch zudrehte, schoss ein scharfer Schmerz ihren Nacken entlang und erzeugte feurige Blitze vor ihren Augen. Jemand machte sich an ihren Beinen zu schaffen. Vergeblich versuchte sie, die Arme zu bewegen, und begriff, dass sie hinter ihrem Rücken an den Handgelenken zusammengebunden waren. Mit der Erkenntnis kehrte die Erinnerung zurück: der blaue Ford, das Haus bei den Docks und schlagartig die Dunkelheit.

Sie kam vollends zu Bewusstsein, war jetzt hellwach und angespannt. Über ihr erstreckte sich ein schräg abfallendes Holzdach, an dem Reflexionen von unruhigem Wasser tanzten. Eine verdreckte Glühbirne baumelte an einem Kabel von der Decke. Ringsum standen Körbe, Reusen und Fischfanggeräte.

Der Mann, der sich Pater Jonas nannte, schnürte ihre Beine mit einem Strick zusammen. Der Albino tauchte in ihrem Blickfeld auf und sah ihm teilnahmslos zu.

»Beeil dich«, sagte er zu dem Pater.

»Ich bin so weit. Wo ist Brunner?«

Eine dritte Gestalt löste sich aus der Finsternis jenseits der Lampe. Es war der einst so mächtige Landesrat Fritz Brunner. Der Mann, der mit einem Federstrich Tausende Unschuldige hatte töten lassen, würde nicht zögern, auch sie zu ermorden.

»Kaum zu glauben, sie ist es tatsächlich«, sagte er zu seinen Begleitern.

Er zog an seiner Zigarette, warf die Kippe ins Wasser und hockte sich vor Hannah auf den Bretterboden.

»Wer hätte gedacht, dass wir uns wiedersehen, Judengöre? Ist dir überhaupt klar, wie viel Ärger du mir gemacht hast?«

Sie versuchte zu sprechen, doch ihr Mund war staubtrocken. Sie hustete und rang nach Luft.

Brunner drehte sich zu dem Albino um. »Dein teuflischer kleiner Plan wäre vielleicht sogar erfolgreich gewesen, wenn Gunther nicht so ein feines Gespür hätte und dir gefolgt wäre. Nun, das war das letzte Mal, dass du meine Pläne durchkreuzt hast.« Er richtete sich auf. »Los, schmeißt sie ins Wasser.«

Pater Jonas bückte sich und rollte Hannah herum, bis sie am Rand des Bretterbodens lag. Unter ihr schwappte die ölige, schwarze Themse gegen die Stützen des Bootsschuppens. Der Blonde ächzte und setzte krachend einen eisernen Anker ab, den er mit einem Strick an Hannahs Füßen befestigt hatte. In Todesangst begann sie, an ihren Fesseln zu zerren.

Brunner lachte. »Kaum zu glauben, dass du die Hölle von Hadamar überlebt hast. Aber diesmal kommst du nicht davon. Worauf wartet ihr noch? Hinein mit ihr!«

Sie mühten sich zu zweit mit dem schweren Anker ab und zerrten ihn auf die Kante des Stegs zu. Hannah hoffte, dass es schnell ging.

»Einen Augenblick!«

Brunner drehte sich hastig zu dem Neuankömmling um.

»Was gibt's?«

»Er will sie sehen.«

»Wozu soll das gut sein?«

»Hast du vergessen, wie man Befehle befolgt?«, fragte der andere.

»Macht sie los«, sagte Brunner widerwillig.

Pater Jonas klappte ein Messer auf und schnitt die Fußfesseln durch. Der Albino zerrte Hannah auf die Füße und stieß sie vorwärts.

Sie verzichteten darauf, ihr die Augen zu verbinden, und schoben sie auf den Rücksitz der Ford-Limousine. Der falsche Pater nahm neben ihr Platz, während sich der Hinzugekommene hinter das Steuer setzte und losfuhr. Brunner und der Albino blieben zurück.

Nach einer Fahrt von etwa zehn Minuten hielten sie in einem geräumigen Schuppen. Der Mann, der sie vor dem Tod bewahrt hatte, hielt den anderen zurück. »Du wartest hier.«

Sie verließen den Schuppen. In der Dunkelheit konnte Hannah kaum die Hand vor Augen sehen. Irgendwo vor ihr schwamm ein verwaschener heller Fleck im Nebel, dessen Entfernung sie unmöglich abschätzen konnte, dann tauchten die Umrisse eines großen Hauses auf.

Es ging ein paar Stufen hinauf und durch eine doppelflügelige Tür in eine Eingangshalle von enormen Ausmaßen. An den Wänden hingen Ahnenporträts und ausgestopfte Tierköpfe, der Besitzer schien eine Vorliebe für die Jagd zu haben. Pater Jonas führte sie in ein Zimmer und drückte sie auf einen Stuhl.

»Sie ist da«, sagte er.

Hannah sah sich um. Vor dem Fenster stand eine Sitzgruppe aus grünem Leder, an den Wänden zogen sich hohe Bücherregale entlang, die kostbaren alten Folianten und Hunderten Büchern Platz boten. In einem gemauerten Kamin knisterte leise ein Feuer. Davor stand ein schlanker, hochgewachsener Mann. Er wandte ihr den Rücken zu und trug einen dunkelroten Hausrock aus Samt sowie schwarze Hosen. Als müsse er sich erst sammeln, wartete er eine Weile, bevor er sich langsam umdrehte.

»Nimm ihr die Fesseln ab. Und lass uns allein.«

Ihr Bewacher schnitt den Strick durch, der an ihren Handgelenken scheuerte, und verließ den Raum.

Neugierig betrachtete Hannah den Unbekannten. Sie spürte eine seltsame Vertrautheit mit ihm, obwohl sie ihm nie zuvor begegnet war. Sein dunkles Haar war von silbernen Strähnen durchzogen und rahmte ein fein geschnittenes, aristokratisches Gesicht mit einer geraden Nase und markanten Wangenknochen ein. Die braunen Augen standen weit auseinander und wurden von leicht schräg stehenden Brauen betont. Er betrachtete sie forschend.

»Dein Name ist Hannah Bloch?«

»So heiße ich. Könnte ich etwas zu trinken haben?«, krächzte sie heiser.

»Wo habe ich nur meine Manieren? Natürlich, du musst durstig sein.«

Er klappte einen großen Globus auf, der sich als gut sortierte Bar entpuppte, goss eine goldfarbene Flüssigkeit in ein Glas und reichte es Hannah. Sie trank einen Schluck und spürte das Brennen von Whisky in ihrer Kehle.

»Sind Sie die *Spinne*?«, fragte sie.

Er lachte. »Nein. Ich krabbele lediglich im Netz herum.« Erneut musterte er sie eindringlich und schüttelte den Kopf. »Kaum zu glauben«, sagte er, »es stimmt tatsächlich. Ich brauche dich nur anzuschauen, um die Wahrheit zu erkennen.«

»Vielleicht weihen Sie mich in Ihr Geheimnis ein, bevor Sie mich in die Themse werfen«, sagte Hannah.

Er goss Scotch in ein Glas.

»Dir wird kein Leid geschehen, dafür garantiere ich – nun, da ich sicher bin, was deine Identität betrifft.« Er nippte an seinem Drink und nickte. »Ja, du hast die Augen deiner Mutter. Ich würde sogar so weit gehen zu behaupten, du bist ihr Ebenbild.«

»Sie … kannten meine Mutter?«

»Aber natürlich.«

»Wenn Sie nicht die *Spinne* sind … wer dann?«

»Ich fürchte, ich bin dein Vater, Hannah.«

Die Antwort versetzte ihr einen Schock. Das Gefühl eines Déjà-vus, die unerklärliche Vertrautheit ergaben auf einmal einen Sinn. In dem Augenblick, in dem er es aussprach, wusste sie, dass er die Wahrheit sagte. Sie erkannte sich selbst in diesem Mann. Dennoch wehrte sich jede Faser ihrer Existenz, es zu akzeptieren.

»Das ist eine Lüge. Mein Vater war … ist …«

»Was? Ein englischer Pilot?«

Sie schwieg betroffen.

»Ich hörte von deiner Landung im Nebel«, fuhr er fort, »und ich sollte stolz auf die Leistung meiner Tochter sein … wäre sie nicht der Bastard einer Jüdin.«

Seine Worte trafen sie wie ein Schlag ins Gesicht. Dass die Nazis sie als minderwertig, als lebensunwertes Leben angesehen hatten, machte ihr nichts mehr aus. Doch dass ihr eigener Vater in der gleichen Weise über sie urteilte, zerbrach etwas in ihr. Darum hatte Malisha also nie über ihn reden wollen: weil er ein Faschist war, keine Spur besser als Brunner oder Lubeck.

»Warum …?« Weiter kam sie nicht. In ihrem Kopf blitzten Funken auf, die Dunkelheit schlich an den Rändern ihres Blickfelds heran und drohte, sie zu verschlucken.

Er ließ den Scotch im Glas kreisen.

»Zufall, Unwissen, ein bösartiger Zug des Schicksals, such dir etwas aus. Natürlich wusste ich nicht, dass deine Mutter Jüdin war, als ich mich mit ihr einließ. Ihre Schönheit verzauberte mich, ließ mich unvorsichtig werden. Wäre ich zu einer früheren Zeit geboren worden, hätte ich wohl geglaubt, sie wäre eine Hexe. Ja, ich glaube, das trifft es sogar sehr gut. Deine Mutter verhexte mich. Sie war eine wunderbare Frau, doch sie besaß einen Makel, über den ich nicht hinwegsehen konnte, als ich davon erfuhr. Sie hatte schlechtes Blut, sie war Jüdin.«

»Sie war ein guter Mensch«, entgegnete Hannah. »Sie hat mich stets beschützt und schließlich mit ihrem Leben dafür bezahlt.«

»Das alles ist Vergangenheit und spielt keine Rolle mehr.« Er runzelte nachdenklich die Stirn. »Was mich zu der Frage bringt, was ich mit dir anstellen soll.«

»Seit wann haben Faschisten denn Skrupel? Sie trampeln mit ihren Stiefeln alles nieder und räumen jeden aus dem Weg, der sich ihnen nicht unterwirft. Brunner schreckte nicht einmal davor zurück, seine eigene Frau töten zu lassen.«

»Ja, Brunner … Er stellt ein Problem dar. Natürlich war ich informiert, dass einer der Unsrigen auf dem Weg hierher ist, aber ich kannte nur seinen Decknamen, wusste nicht, wer er war. Es wäre für uns alle besser, er hätte den Mut besessen, sich eine Kugel in den Kopf zu jagen.«

Hannah rieb sich die Schläfen und konzentrierte sich auf die Flammen im Kamin. Langsam zog sich die Dunkelheit zurück.

»Mein eigener Vater gehört also zu der Gruppe von Menschen, die ich am meisten verachte«, sagte sie. »Ich hätte mir wohl besser nicht wünschen sollen, ihn kennenzulernen.«

»Deine Beharrlichkeit hat dich hierhergeführt. Nun müssen wir uns überlegen, wie wir mit der unerwarteten Situation umgehen.«

»Wenn Sie nicht selbst den Mut aufbringen, mich zu beseitigen, dann lassen Sie doch Brunner die Drecksarbeit erledigen. Er wird nicht zögern.« Absichtlich blieb Hannah bei der förmlichen Anrede.

Er stellte das leere Glas ab.

»Oh, du missverstehst mich. *Er* ist das Problem, nicht du.«

Sie sah ihn verständnislos an.

»Fritz Brunner hat den unverzeihlichen Fehler begangen, seine arische Frau ermorden zu lassen. Damit hat er gegen ein ungeschriebenes Gesetz verstoßen. Die Familie ist heilig.«

Hannahs Gedanken überschlugen sich. Steckte Hohensolms etwa mit diesen Verbrechern unter einer Decke? Aber wie konnte er? Er war nach dem Attentat auf Hitler in Ungnade gefallen und hatte untertauchen müssen. Hatte man ihn zu Unrecht der Verschwörung verdächtigt und er war Hitler stets treu geblieben?

»Ich sehe, du fängst an zu verstehen. Glaub mir, es ist besser, du weißt so wenig wie möglich über diese Dinge.« Er lächelte. »Deine Arbeit für den CIC war sehr erfolgreich, du hast uns ziemliches Kopfzerbrechen bereitet. Natürlich wusste ich da noch nicht, mit wem ich es zu tun hatte. Als ich vor einer Stunde deine Beschreibung erhielt, war ich neugierig. Der Name Bloch weckte eine Erinnerung in mir.«

War dies die Wahrheit? War etwa Karl zu Hohensolms die *Spinne*? Hatte er absichtlich zugelassen, dass sie Brunner nachjagte? Hatte er dessen Begleiter beauftragt, sie zu verfolgen und verschwinden zu lassen? Auf diese Fragen würde sie wohl nie eine Antwort bekommen.

»Der Anruf von Staatsanwalt Lenz bei Hohensolms hat eine verzwickte Situation heraufbeschworen. Es wäre besser gewesen, der alte Narr hätte niemals von Brunners Mordauftrag erfahren. Nun bin ich gezwungen zu handeln. Ja, er steht auf unserer Seite, trotzdem fordert er die Bestrafung des Mörders seiner Tochter.«

»Was haben Sie vor?«

»Brunner ist auf dem Weg nach Bristol. Er glaubt, dass ihn dort ein Schiff nach Südamerika erwartet. Ich habe die Behörden darüber informiert, dass ein gesuchter Nazi-Verbrecher im Begriff ist, das Land zu verlassen. Er läuft in eine Falle. Dieses Zugeständnis musste ich Hohensolms machen.«

»So funktioniert also die nördliche Rattenlinie«, sagte Hannah. »Wie vielen Verbrechern haben Sie geholfen zu entkommen?«

»Es sind aufrechte Kameraden, die man verfolgt, weil sie ihre Pflicht erfüllt haben. Ich fürchte, die Bedeutung von Ehre und Treue wird dein minderwertiger jüdischer Verstand niemals erfassen können.«

Hannah ignorierte die Beleidigung. Wenn sie es geschickt anstellte, würde ihre Reise nicht umsonst gewesen sein.

»Gehörte zu diesen Kameraden auch ein Mann namens Rolf Heyrich?«

Er trat dicht vor sie und betrachtete ihr Gesicht. »Die Ähnlichkeit ist wirklich verblüffend. Natürlich ... Heyrich. Ich hörte, du suchst ihn. Vergeude deine Zeit nicht mit Rachegedanken, Hannah. Er ist längst auf dem Weg nach Genua. Er dürfte sich im Augenblick in irgendeinem Kloster in Süddeutschland aufhalten – unerreichbar für dich.« Er stellte sein Glas ab. »Was dich betrifft ... du wirst nun nach Deutschland zurückkehren. Ich gebe dir einen guten Rat, Hannah. Dieses eine Mal kommst du mit dem Leben davon. Doch lass dir gesagt sein, dass du den Kampf gegen unsere Organisation niemals gewinnen wirst. Niemand wird uns aufhalten. Wenn du das nicht begreifst, kannst du nur den Tod erringen. Bei unserer nächsten Begegnung werde ich keine Gnade gewähren. Geh jetzt, du bist frei.«

Langsam stand sie auf. Die Tür wurde geöffnet, der Mann, der sie hergebracht hatte, bedeutete Hannah, ihm zu folgen.

Sie wandte sich noch einmal an ihren Vater. »Malisha sagte, Sie wären ein englischer Pilot. Warum hat sie gelogen?«

»Das hat sie nicht. Sie wusste es nicht besser. Ich war im Krieg gewissermaßen für beide Seiten tätig, wenn du verstehst, was ich meine. Lebewohl.«

»Warum helfen Sie diesen Verbrechern?«

»Verbrecher? Wir hatten etwas Großes und Neues aufgebaut, und wir wollten die arische Rasse vor der Durchsetzung mit dem Weltjudentum bewahren! Der jüdische Bolschewismus hat dem deutschen Volk zum zweiten Mal den Dolch in den Rücken gestoßen. Er muss ausgemerzt, gemeinsam mit den Juden vom Erdboden getilgt werden! Sie sind das Übel der Welt!«

Hannah verließ mit Tränen in den Augen das Zimmer, während ihr Vater sich ereiferte. Hätte sie ihn nur niemals gefunden.

Man führte sie in den Schuppen zurück und befahl ihr, in den Wagen zu steigen. Bald darauf leuchteten in der Dunkelheit die Lichter des Flughafens von Rochester auf. Auf dem Rollfeld wartete die *Tante*. Das Abenteuer in England war zu Ende.

15

»Du verfluchter Hund! Wie konntest du mir das antun?«

Pawel duckte sich und wich einem Teekessel aus, der scheppernd hinter ihm von der Wand abprallte.

»Kein Auge habe ich zugetan, seit du weg bist, elender Schuft!«

Diesmal war es ein Hagel aus Kleiderbügeln, die Esther nach ihm warf.

»Du warst es, die mich rausgeworfen hat. Du sagtest, ich solle mich erst wieder blicken lassen, wenn ich Arbeit gefunden habe.«

Sie ging auf ihn los und trommelte mit den Fäusten gegen seine Brust. »Mach das nicht noch mal mit mir!«

Pawel bemühte sich, ihre wütenden Schläge sanft abzuwehren, und umfasste ihre Unterarme. Sie waren mit blutigen Kratzern und Striemen übersät.

»Was ist das? Was hast du getan, Esther?«

»Ich wollte mir die Pulsadern aufschneiden. Wegen dir, du Mistkerl. Wenn Isaak mich nicht abgehalten hätte, ich schwör's, ich hätt's getan.«

»Oh, Esther. Wie konntest du nur?«

In Pawels Brust tobte ein Sturm sich widerstreitender Gefühle. Esther liebte ihn, daran konnte kein Zweifel bestehen. So sehr, dass sie ohne ihn nicht leben wollte. Im Lager war er nichts wert gewesen, ein Stück Dreck, mit dem jeder ungestraft verfahren durfte, wie er wollte. Sie hatten ihn so weit erniedrigt, bis er selbst beinahe glaubte, unwertes Leben zu sein. Esthers überschäumende Leidenschaft wärmte seine geschundene Seele und baute sein Selbstbewusstsein wieder auf, aber er erschrak auch vor der Heftigkeit ihrer Gefühle. Er hatte Angst, sie zu verlieren, weil sie eines Tages zu weit gehen würde. Pawel schloss sie in die Arme. Sie begann, hemmungslos zu schluchzen. »Schuft, Schuft, Schuft«, heulte sie.

»Weißt du denn nicht, dass ich dich liebe, Esther? Alles wird gut.«

Sie befreite sich aus seiner Umarmung und stieß ihn von sich.

»Nichts ist gut. Die Polizei war hier. Sie suchen dich.«

»Was hast du ihnen gesagt?«, fragte Pawel gespannt.

»Dass du dich zum Teufel scheren sollst.«

»Ich verstehe nicht ganz, ich …«

»Unser Streit war ja nicht zu überhören.«

Ja, dachte Pawel, wahrscheinlich hat die halbe jüdische Gemeinde in Frankfurt das Geschrei gehört.

»Ich habe behauptet, du hättest dich hier eingenistet«, fuhr

Esther fort. »Aber weil wir keine Faulenzer dulden, habe ich dich hinausgeworfen und den Kontakt zu dir abgebrochen.« Sie barg den Kopf an seiner Brust. »Ich habe ja solche Angst um dich gehabt. Ich befürchtete, wir könnten alle auffliegen.«

»Mach dir keine Sorgen. Die Polizei tappt völlig im Dunkeln.«

»Du und deine verdammte Gelassenheit«, brauste sie wieder auf. Sie schnappte sich eine Tageszeitung und hielt ihm die Titelseite vor die Nase. »Und das hier?«

Pawel überflog die Schlagzeile. Man hatte Moors Leiche entdeckt. Die Polizei ging offenbar von einem Raubmord aus, allerdings wurden in dem Artikel Mutmaßungen laut, dass mehr hinter der Sache stecken könnte. Der Verfasser zog Verbindungen zu Moors Vergangenheit. In den Jahren 1939 bis 1944 hatte er in der Zwischenanstalt Herborn als Anstaltsarzt gearbeitet. Es hieß, er habe menschenverachtende Versuche an Patienten vorgenommen. Verurteilt worden war er deswegen nie.

»Sag mir die Wahrheit, Pawel. Hast du Moor umgebracht?«

Er legte die Zeitung auf den Beistelltisch. »Er hat den Tod verdient.«

Sie stöhnte auf, ballte die Fäuste und ging erneut auf ihn los. Mühsam gelang es ihm, sie zu beruhigen.

»Es war doch deine Idee, die Schweine zu bestrafen«, sagte er. »Seit wir Bolkow liquidiert haben, habe ich das Gefühl, dass du glaubst, wir tun das Falsche.«

»Ich weiß es nicht. Nein, ja, vielleicht.«

Er deutete auf die Schlagzeile. »Niemand hat Moor angeklagt. Er lebte unbehelligt unter uns, wie so viele. Wenn wir nichts gegen die Mörder unternehmen, werden sie niemals bestraft.«

Sie ließ sich mit verheulten Augen auf das Bett fallen. »Ich … ich habe solche Angst um dich. Wenn dir etwas geschehen würde, oder wenn sie dich verhaften … Ich könnte es nicht ertragen.«

»Und darum hast du mich fortgeschickt?«

»Ich war so furchtbar wütend.«

Er setzte sich zu ihr auf die Bettkante und streichelte ihr dichtes, rotblondes Haar.

»Versprich mir, dass du nie wieder versuchen wirst, dich umzubringen. Ich könnte nicht ohne dich leben.«

Sie nickte krampfhaft. »Es tut mir leid.«

Er zeigte ihr seine neuen Papiere. »Mir wird nichts geschehen. Schau.«

»Jakob Demsky heißt du nun?« Sie zog misstrauisch die Augenbrauen zusammen. »Woher hast du denn den Pass?«

Pawel berichtete von seiner neuen Arbeitsstelle in der Schreibstube des DP-Camps.

»Sie suchen nach Pawel Kowna, nicht nach Jakob Demsky. Der Pass ist keine Fälschung, sondern ein offiziell ausgestelltes Dokument. Sie werden mich niemals finden. Und das ist noch nicht alles.« Er zog die Namensliste aus der Jackentasche, die er dem Anstaltsarzt gestohlen hatte. »Moors Praxis war eine Anlaufstelle für Nazis auf der Flucht. Er hatte Kontakt zu einer Organisation, die sich *die Spinne* nennt. Sie versorgen SS-Offiziere mit neuen Papieren und schleusen sie mithilfe der Kirche aus dem Land.« Er fuhr mit dem Finger die Zeilen entlang. »Nicht alle seiner Kameraden haben Deutschland verlassen. Moor hat akribisch Buch geführt und die Adressen und falschen Identitäten sowie die Klarnamen dahinter notiert. Endlich habe ich ihn gefunden.«

Esther strich sich eine Locke aus dem Gesicht und betrachtete neugierig die Liste. »Wen?«, fragte sie.

»Den Mann, der meine Schwester ermordet hat: SS-Hauptscharführer Gerhard Theissen.«

Esther sprang auf und begann, im Zimmer auf und ab zu laufen.

»Was hast du?«, fragte er stirnrunzelnd. »Freust du dich denn gar nicht? Endlich kann ich mein Versprechen einlösen.«

Sie lehnte sich gegen die Fensterbank und schlang die Arme um den Körper, als friere sie. »Du willst also weitermachen?«

»Du etwa nicht?«

»Ich weiß es nicht.«

»Theissen lebt unerkannt in einem Dorf ganz in der Nähe. Er ist in sein altes Leben zurückgekehrt und macht da weiter, wo er vor dem Krieg aufgehört hat. Stell dir vor, er arbeitet als Lehrer. Esther, dieser Mörder unterrichtet Kinder!«

Sie schwieg und kaute nervös auf den Nägeln.

»Was ist los?«, fragte er argwöhnisch.

Sie wandte sich ab. »Nichts. Gar nichts.«

»Es ist wegen Jaron und Ari, nicht wahr? Sie haben die Hosen voll.«

»Und wenn sie recht haben? Pawel, ich habe Angst, dass sie uns erwischen.«

»Denk an deine Kindheit im Ghetto, denk an deine Familie, die sie ermordet haben. Willst du, dass ihr Tod ungesühnt bleibt?«

»Nein. Aber vielleicht gibt es andere Wege, um Vergeltung zu üben.«

Er stand auf und fasste sie bei den Schultern. »Sieh mich an, Esther.«

Zögernd hob sie den Kopf. In ihren klaren grau-grünen Augen flackerte Furcht.

»Dir hat niemand geholfen, als sie deine Eltern abgeholt haben. Keiner hat verhindert, dass sie ermordet wurden. Und nun kümmert sich keiner darum, die Mörder zu bestrafen. Die Deutschen sind ein Volk von Tätern. Sie werden sich niemals ändern.«

»Ein ganzes Volk kann nicht schuldig sein.«

Er schüttelte sie sanft. »Wach auf, Esther. Wenn wir nicht handeln, wird es niemand tun! Sie kommen davon und leben weiter, als wäre nie etwas geschehen.«

Sie löste sich von ihm. »Mag sein, aber jetzt ist nicht der richtige Zeitpunkt für neue Aktionen. Ich glaube, die Polizei beobachtet das Gemeindezentrum. Was du mit Moor gemacht hast, war unüberlegt und gefährlich.«

Pawel lachte, aber es klang aufgesetzt. »Sie werden es nicht wagen, einen Juden vor Gericht zu stellen, der das Recht in die eigenen Hände genommen hat. Die ganze Welt schaut auf Deutschland.«

Er zog seine Jacke an und ging zur Tür. Esthers Zaudern steckte wie ein Messer in seinem Herz. Gerade hatte er sie zurückgewonnen, da entglitt sie ihm wieder. Schlimmer als ihre Wankelmütigkeit und ihre Eifersucht war die bittere Erkenntnis, dass er sich in ihr getäuscht hatte. Sie war nicht die Seelengefährtin, die er in ihr gesehen hatte.

Esther sprang erschrocken auf. »Wohin willst du?«

»Ich ... muss nachdenken. Ich weiß nicht, ob ich dir vertrauen kann.«

Sie lief auf ihn zu und klammerte sich an ihn. »Ich kratz dir die Augen aus, wenn du gehst. Bleib hier! Pawel, du darfst nicht gehen.«

»Dann musst du dich entscheiden. Für mich oder gegen mich.«

Sie fuhr mit den Fingern durch sein Haar. Pawel roch ihr Parfum und spürte die warme Haut unter ihrer Bluse. Ja, er liebte sie. Sie vor die Wahl zu stellen, fiel ihm unendlich schwer, aber er konnte nicht anders handeln. Er hatte ein Versprechen gegeben und musste es halten. Und er wollte, dass sie an seiner Seite kämpfte.

«Ich liebe dich, Pawel. Ich gehe mit dir, ganz gleich, wohin. Wenn ich nur bei dir sein kann.«

Ein leises Triumphgefühl stieg in ihm auf. Er hätte jubeln können.

»Ich muss mich auf dich verlassen können«, sagte er.

»Das kannst du. Was hast du vor?«, fragte sie.

»Ich will Theissen. Morgen Nacht.«

»Ich … ich weiß nicht, ob ich Ari und Jaron überreden kann.«

»Dann machen wir es allein. Nur du und ich.«

Sie schmiegte sich an ihn. »Ich fürchte mich, Pawel.«

»Sie können uns keine Angst mehr einjagen. Wir sind keine Gejagten mehr, sondern selbst die Jäger.« Er hielt sie auf Armeslänge von sich. »Ich will Theissen vor mir im Staub kriechen sehen. Ich will, dass er mich um Gnade anwinselt, eine Gnade, die ich ihm nicht gewähren werde. Auge um Auge, Zahn um Zahn.«

»Ich fürchte mich nicht vor Theissen und seinesgleichen«, entgegnete Esther. »Manchmal … habe ich Angst vor dir. Was willst du eigentlich erreichen?«

»Du weißt, ich habe meinem sterbenden Vater gelobt, ihn zu rächen. Ihn und Milena, meine Mutter und all die anderen, die sie ermordet haben. Denk an deine Familie. Mein Ziel ist auch das deine. Wenn wir uns nicht zum Richter aufschwingen, gibt es keine Gerechtigkeit. Wir müssen selbst dafür sorgen. Die Deutschen wollen nur vergessen und ihre Schuld verdrängen; und die Amerikaner und Briten lassen uns im Stich. Eines Tages wird die Welt das begreifen und uns als Helden feiern. Mit jedem dieser Verbrecher, der von meiner Hand gerichtet wird, heilt eine Wunde auf meiner Seele. Glaub mir, Esther, es ist möglich. Ich weiß, was du empfindest, wenn du im Schlaf weinst. Man kann diese Krankheit heilen. Ich möchte dir zeigen, wie.«

Sie zitterte in seinen Armen, von seiner Rede sichtlich beeindruckt. »Verzeih mir. Ich habe geglaubt, ich wäre stark.«

»Das bist du. Hol jetzt Jaron und Ari. Wir wollen überlegen, wie wir vorgehen.«

Pawel trat ans Fenster und blickte prüfend in den Himmel. Die Luft war drückend und schwül, aber ein reinigendes Gewitter lag in der Luft.

Ihr Plan war einfach und barg kaum ein Risiko. Pawel hatte den Tag genutzt, um mehr über Theissen herauszufinden. Dazu war er in den kleinen Ort außerhalb von Frankfurt gefahren, in dem der ehemalige Hauptscharführer lebte, und hatte eine Zeit lang dessen Haus beobachtet. Bei einer Nachbarin erkundigte er sich, ob Theissen ein guter Lehrer sei. Pawel behauptete, neu im Ort zu sein, er wolle seinen Sohn auf die örtliche Schule schicken. Die beleibte Frau gab bereitwillig Auskunft. Er fragte sie geschickt aus und wusste bald darauf, dass Theissens Ehefrau vor einem Jahr gestorben war und er nun allein in dem Haus am Waldrand lebte. Er hielt keine Haustiere und pflegte keinen Besuch zu empfangen, überhaupt sei er ein sehr verschlossener Mensch, der jeden Kontakt scheute. Zufrieden kehrte Pawel nach Frankfurt zurück. Eine Stunde später wusste er, dass er seine Rache bekommen würde.

Gegen 22 Uhr rumpelte der Hanomag des jüdischen Gemeindezentrums über unwegsame Waldwege zur Rückseite des Theiss'schen Anwesens und stoppte in sicherer Entfernung. Esther hatte Ari und Jaron in der ihr eigenen Art überzeugt, mitzumachen. Sie nannte sie Schlappschwänze und Feiglinge und forderte sie auf, zu beweisen, dass sie es würdig waren, *Sikarier* genannt zu werden. Nun stiegen sie aus dem Laster, kletterten über den Gartenzaun und schlichen auf das Haus zu. Pawel und Esther umrundeten das Grundstück und beobachteten die Dorfstraße, die vor dem Haus endete. Als sie sichergestellt hatten, dass sie allein waren, gingen sie zur Haustür. Pawel drückte auf den Klingelknopf, zog die Mauserpistole aus dem Gürtel und entsicherte sie. Die Nacht war tiefschwarz, wie geschaffen für seine Rache. Der heftige Gewitterregen, der am Abend niedergegangen war, hatte die stickige Luft vertrieben. Es roch schwach nach Ozon und dem würzigen Duft nasser Erde.

Esthers Augen leuchteten in der Dunkelheit. Sie atmete schnell und stoßweise. Pawel fühlte sich lebendig und voller Energie. Der Kitzel des Verbotenen und die Aussicht auf Vergeltung erregten auch ihn.

Im Hausflur flammte Licht auf. In wenigen Augenblicken würde er dem Mann gegenüberstehen, der ihn gequält und gedemütigt und mit seinen Stiefeln in den Schmutz getreten hatte. Diesmal würden sie sich in vertauschten Rollen gegenüberstehen.

Ein Schatten tauchte hinter der Milchglasscheibe auf, die Tür wurde geöffnet. Pawel und Theissen starrten sich eine Sekunde lang an, dann begriff der Hauptscharführer, dass der Tod auf seiner Schwelle stand. Ehe er reagieren konnte, drückte Pawel ihm die Mündung der Mauser gegen die Stirn. Er trieb Theissen ins Haus, stieß ihn von sich und schlug ihm ins Gesicht. Esther zog die Tür hinter sich zu. Der Überfall hatte keine zehn Sekunden gedauert.

Theissen versuchte zu entkommen, aber Pawel kam ihm zuvor und schmetterte ihm den Pistolengriff gegen die Schläfe. Esther lief durch den Flur, der das Haus in zwei Hälften teilte, und entriegelte die hintere Tür, die zum Garten führte. Jaron und Ari flossen wie Schatten herein, jeder Fluchtweg war nun versperrt. Binnen einer Minute lag Theissen gefesselt und geknebelt auf dem Boden. Esther zog ihm einen Sack über den Kopf. Sie zerrten ihn hoch, schleppten ihn durch den Garten zum Laster und warfen ihn auf die Ladefläche.

»Warum erledigen wir das Schwein nicht gleich hier?«, fragte Ari.

»Die Gefahr, dass man die Leiche entdeckt, ist zu groß«, antwortete Pawel.

»Ich *will*, dass man ihn findet. Ich *will*, dass die Welt weiß, was wir tun.«

»Du bist ein Dummkopf!«, brauste Esther auf. »Die Polizei wird eins und eins zusammenzählen und das Gemeindezentrum nicht mehr aus den Augen lassen.«

»Warum sollten sie sich ausgerechnet auf den Baumweg konzentrieren?«

»Wer hat wohl am meisten Grund, Leute wie Theissen aus dem Verkehr zu ziehen, na?«

»Hört auf zu streiten«, sagte Pawel. »Jaron, fahr durch das Waldstück, bis du die Landstraße auf der anderen Seite erreichst. Dort biegst du rechts ab. Nach fünf Kilometern zweigt ein Feldweg ab, der zu einem alten Steinbruch führt. Dort halten wir Gericht.«

Sie kletterten in den Laderaum. Jaron ließ den Motor an, der Hanomag setzte sich rumpelnd in Bewegung. Esther und Pawel hockten schweigend neben Theissen, der fest verschnürt auf dem Boden lag. Zehn Minuten später begann der Lastwagen zu schaukeln, ein schwerer Gegenstand stieß krachend gegen den Wagenboden, dann verstummte der Motor. Sie hörten Jaron fluchen.

Pawel sprang von der Ladefläche und landete in einer Pfütze. Jaron trat das Gaspedal durch, die Antriebsräder drehten nutzlos durch und gruben den Wagen tief in die aufgeweichte Erde ein.

»Hör auf!«, schrie Pawel.

Jaron stieß die Fahrertür auf. »Wir stecken fest.«

Pawel sah sich um. Der Hanomag war von der Landstraße aus gut zu sehen. Zwar herrschte kaum Verkehr, dennoch konnte jeden Augenblick ein Wagen die Stelle passieren.

»Sie dürfen Theissen nicht bei uns finden!«, rief er. »Los! Runter mit ihm vom Laster.«

Sie klappten die hintere Wange hinunter und zerrten Theissen von der Ladefläche. Pawel zog die Pistole aus dem Hosenbund.

»Macht den Wagen flott. Esther, gib mir deine Taschenlampe«, befahl er.

»Was hast du vor?«

»Das Urteil wird sofort vollstreckt.«

»Du willst es ohne uns tun?«

»Kümmert euch um den Laster. Wir müssen so schnell wie möglich hier verschwinden.«

Er schnitt die Wäscheleine durch, mit der sie Theissens Beine gefesselt hatten, nahm ihm den Sack vom Kopf und trieb den Hauptscharführer in den Wald hinein. Pawels Herz schlug so schnell, dass ihm schwindelig wurde. Er war am Ziel, niemand konnte ihm seine Rache jetzt noch nehmen. Eine Rache, die er mit Esther hatte teilen wollen. Dass er sie nun zurückließ, war eine spontane Entscheidung, die er aus einem starken Gefühl heraus traf: Er hatte Angst um sie. Die Wunden, die sie sich zugefügt hatte, um sich zu bestrafen, weil sie ihn hinausgeworfen hatte, schmerzten ihn, als hätte sie ihn verletzt und nicht sich selbst. Er liebte Esther und verspürte das Bedürfnis, sie zu beschützen.

Theissen war ein sadistischer Folterknecht, ein Verbrecher, der den Tod verdient hatte, doch ihn zu erschießen, blieb vor den Augen des Gesetzes ein Mord, ganz gleich, was er getan hatte. Wenn man sie erwischte, würden sie alle für Jahre ins Gefängnis gehen. Die Vorstellung, Esthers Leben zu zerstören, war ihm unerträglich. Ja, er wollte, dass sie die heilende Kraft der Vergeltung spürte, aber nicht um diesen Preis. Der Wunsch, sie an seiner Seite zu wissen, stritt mit der Angst, sie zu verlieren, wie er Milena verloren hatte, und zerriss ihn innerlich. Er redete sich ein, dass es andere Gelegenheiten geben würde, die weniger gefahrvoll waren.

Theissen stolperte, Pawel schreckte aus seinen Gedanken hoch.

»Da lang! Los, mach schon!«, rief er.

Der Wald lichtete sich, die letzten Regenwolken hatten sich verzogen. Der Mond hing am wolkenlosen Himmel wie eine Silbermünze und ergoss sein fahles Licht über eine tief eingeschnittene Senke. Pawel hatte die Gegend bereits ausgekundschaftet und nach einem Versteck für die Leiche gesucht. Dabei war er auf den verlassenen Steinbruch gestoßen. Er stieß Theissen den Pistolenlauf zwischen die Schulterblätter und trieb ihn an den Rand des Steilabhangs.

»Bleib stehen. Dreh dich um.«

Theissen gehorchte.

»Weißt du, wer ich bin?«, fragte Pawel.

»Ja.«

»Hast du etwas zu deiner Verteidigung vorzubringen?«

»Unser einziger Fehler war, dass wir es versäumt haben, dich und das ganze Pack beizeiten zu vergasen. Na los, schieß. Bring es hinter dich. Oder bist du zu feige, um abzudrücken?«

Pawel zögerte. Bolkow und Moor hatte er eiskalt erschossen, aber jetzt wollte er mehr. Er hatte sich ausgemalt, dass Milenas Mörder feige auf die Knie fallen und um sein Leben betteln würde. Aber das tat er nicht. Pawel wusste, dass Theissen selbst in SS-Kreisen als brutal, intrigant und gewissenlos verschrien gewesen war. Bei all seiner Charakterlosigkeit besaß er eine eiserne Härte.

Theissen warf den Kopf in den Nacken und lachte. »Du hast ja nicht mal den Mut dazu, einen Wehrlosen abzuknallen.«

Wutentbrannt schlug Pawel ihm ins Gesicht. Theissen taumelte und wäre beinahe über die Kante des Steinbruchs gestürzt. Er leckte sich das Blut von den Lippen und spuckte es Pawel vor die Füße.

»Dein Vater war ein Krämer, Kowna. Er hat mit mir um dein Leben gefeilscht, und du selbst bist ein Zuhälter, der seine Schwester zu meiner Hure gemacht hat. Jetzt bist du an der Reihe. Nenn mir deinen Preis.«

»Du hast nichts, was du mir bieten könntest. Nichts, was wertvoll genug wäre, die Leben meiner Schwester und meines Vaters aufzuwiegen.«

»Wenn du dich da nicht irrst. Hast du schon mal von der Aktion Bernhard gehört?«

Pawel schüttelte den Kopf.

»Der Chef des SD, Walter Schellenberg, benannte sie nach Bernhard Krüger – SS-Hauptsturmführer und Initiator des genialen Plans, der im Reichssicherheitshauptamt Amt VI ausgeheckt wurde.«

»Was geht mich das an?«

»Du warst doch in Sachsenhausen«, fuhr Theissen fort, »in Block 13, richtig? In den Baracken 18 und 19 waren über hundert Häftlinge damit beschäftigt, ausländische Währungen zu fälschen – vor allem Pfundnoten. Ganze hundertzweiunddreißig Millionen, das waren fünfzehn Prozent des britischen Bargeldumlaufs. Wir wollten so die Volkswirtschaften der Alliierten destabilisieren. Die Fälschungen waren so perfekt, dass sie von echten Banknoten nicht zu unterscheiden waren. Doch der Plan, das Geld in Umlauf zu bringen, wurde aufgegeben. Stattdessen kaufte man Devisen damit. Das Reichssicherheitshauptamt hat nicht alle Scheine einkassiert, ein Teil blieb in Sachsenhausen. Ich habe damals mitgeholfen, die Kisten auf einen Laster zu verladen. Und ich weiß, wohin sie das Zeug gebracht haben.«

»Du versuchst doch nur, dein armseliges Leben zu retten. Jeder kennt die Schatzgeschichten über den Toplitzsee. Wenn die Banknoten im See liegen, sind sie längst vermodert.«

»Alle reden vom Toplitzsee, aber keiner weiß, was damals wirklich passiert ist – außer mir. Darum schlage ich dir ein Geschäft vor, Kowna.«

»Also gut. Erzähl mir deine Geschichte und ich überlege mir, ob ich dich leben lasse.«

Theissen zögerte. Er begriff wohl, dass ihm keine andere Wahl blieb, als zu hoffen, dass sein Wissen Pawel so viel wert war, dass er ihn verschonte.

»Ich stand hinter dem Laster und hörte, wohin die Fahrt gehen sollte«, begann er. »Es stimmt, das Ziel war der Toplitzsee, die SS hatte jedoch einen weiteren geheimen Auftrag. Hast du mal von Friedrich Schwend gehört?«

»Wer soll das sein?«

»SS-Sturmbannführer Schwend war der Leiter der Aktion Bernhard im Reichssicherheitshauptamt, Sonderstab Generalkommando III. Er hat ein Drittel der gefälschten Devisen für sich beansprucht. Die Soldaten, die in Sachsenhausen losgefahren sind, waren von Schwend gekauft. Nachdem sie die meisten Kisten im Toplitzsee versenkt hatten, sind sie weiter nach Südtirol gefahren, dort besaß Schwend ein Chalet. Angeblich hat er eine ganze Reihe Verstecke angelegt, in denen er Gold, Raubkunst und Devisen gehortet hat.«

»Weiter.«

»Am nächsten Morgen haben wir das Lager aufgelöst, weil die Russen anrückten. In dem Durcheinander habe ich heimlich die Sachen der SS-Offiziere durchsucht und bin auf eine Karte gestoßen, in der ein Versteck eingezeichnet war: ein alter Stollen in der Nähe des Reschensees. Dort liegt Schwends Anteil aus der Falschgeldaktion, Tausende englische Pfundnoten, dazu die Druckplatten. Ich habe die Markierungen auf eine zweite Karte übertragen und eingesteckt.«

»Du lügst, um deinen Hals zu retten«, sagte Pawel.

»Es ist die Wahrheit. Schwend hat sich nach dem Krieg den Amerikanern gestellt und einen Teil seiner Verstecke preisgegeben. Dann ist er nach Südamerika geflohen. Ich weiß, dass er keine Zeit mehr hatte, alle Schätze zu bergen, die er an sich gerafft hatte.«

Pawel wurde unsicher. Nun dämmerte ihm, warum die Insassen der Baracken 18 und 19 vom Rest des Lagers strikt abgeschirmt gewesen waren. Wenn Theissen die Wahrheit sagte, bedeutete dies unvorstellbaren Reichtum. Er machte sich nichts aus Geld, erkannte jedoch sofort die Möglichkeit, dass er die Vergeltung, die er gelobt hatte, auf viel drastischere Weise würde verüben können.

Die Deutschen sind ein Volk von Tätern. Sie werden sich niemals ändern, hatte er zu Esther gesagt. Mit Schwends Gold würden ihm unbegrenzte Mittel zur Verfügung stehen. Er könnte furchtbare Rache nehmen, sich Sprengstoff besorgen oder Gift. Die Vorstellung erregte ihn. Warum es nicht den Deutschen mit gleicher Münze heimzahlen und die Bevölkerung einer ganzen Stadt auslöschen? Gemessen an den Verbrechen der Nazis war dies eine fast lächerlich geringe Strafe.

»Wo ist diese Karte?«, fragte er.

»Zusammengerollt in einer leeren Patronenhülse, die ich seitdem ständig bei mir trage. Komm und hol sie dir!«

Pawel starrte den Mann an, der seine Schwester ermordet hatte. Er könnte ihm die Karte abnehmen und ihn anschließend erschießen. Glaubte Theissen wirklich, er würde ihn am Leben lassen?

»Was ist, Kowna? Du wirst dich doch trauen, einen Wehrlosen zu berauben, oder nicht?«

Pawel spürte eine seltsame, unterwürfige Scheu in Theissens Gegenwart, einen Nachhall der Todesangst, die ihn nie wieder ganz verlassen würde. Im Lager hatte ein Zucken seiner Augenbraue den Tod eines Häftlings bedeuten können.

Obwohl Pawel eine Pistole hielt, hatte er alle Mühe, die aufsteigende Panik niederzukämpfen. Mit der Rechten zielte er auf Theissens Kopf, während er mit der freien Linken zitternd dessen Hemd aufknöpfte. Er hatte nicht gelogen, an einem Lederriemen baumelte eine Patronenhülse vor seiner Brust.

Die mannigfaltigen Möglichkeiten, die ihm das Geld bot, rasten durch seinen Kopf und machten ihn unvorsichtig. Als Pawel blind vor Gier die Hand nach der Hülse ausstreckte, griff Theissen blitzschnell an. Er senkte den Kopf und grub seine Zähne in Pawels Handrücken. Der schrie vor Schmerz auf und zog instinktiv den Arm zurück. Theissen ließ los und rammte seinen Schädel in Pawels Magengrube. Einen schrecklichen Augenblick konnte er nicht mehr atmen, rang nach Luft und stolperte. Theissen trat ihm die Pistole aus der Hand. Bevor Pawel reagieren konnte, kniete der Hauptscharführer über ihm und presste die Oberschenkel gegen seine Kehle.

Pawel erfasste die altbekannte Todesangst nun vollends. Er versuchte, sich zu befreien, aber Theissen nutzte sein Gewicht aus, um ihn binnen Augenblicken zu erwürgen. Das Leben strömte aus Pawel heraus wie Wasser aus einem löchrigen Eimer, seine Gegenwehr erlahmte rasch.

»Du dreckiger kleiner Dieb«, keuchte Theissen wutentbrannt. »Hab doch gewusst, dass die Gier dich blind macht.«

Plötzlich hallte ein Schuss durch die Nacht, der Druck auf Pawels Kehle ließ augenblicklich nach. Theissen glotzte ihn verständnislos an und kippte zur Seite. Ein dünner Faden Blut floss aus einem Loch in seiner Stirn. Noch immer in Panik, rollte Pawel sich herum und begriff allmählich, was geschehen war. Esther stand neben der Leiche, die Mauserpistole in der Hand. Ihr Gesicht leuchtete kreidebleich im Licht einer Taschenlampe.

»Wir … wir … kriegen den … den Laster nicht flott«, stotterte sie.

Pawel kroch zu Theissens Leiche und riss ihm das Lederband mit der Patrone vom Hals. »Da… danke. Du hast mir das Leben gerettet«, ächzte er.

»Was ist das?«, fragte Esther.

»Etwas, das meiner Schwester gehört hat.«

Esther durfte nichts von dem Schatz wissen. Zuvor musste er sie auf ihre Aufgabe vorbereiten. In ihrer impulsiven Unbedachtheit würde sie das Geld vielleicht für Dinge verschwenden wollen, die völlig unwichtig waren.

Sie ließ die Pistole fallen, fiel auf die Knie und umarmte ihn. »Wir wussten nicht, was wir tun sollten … Du warst so lange fort … Ich musste einfach nachsehen. Was … ist passiert? Was hat er getan?«

»Ich hab einen Moment lang nicht aufgepasst. Du hattest recht, ich hätte das nicht alleine machen sollen. Ich war so voller Hass, dass ich unvorsichtig wurde. Hilf mir. Wir müssen die Leiche loswerden. Gib mir die Pistole.« Pawel steckte die Waffe ein. »Hilf mir.«

Sie packten Theissen an Armen und Beinen und warfen ihn über den Rand des Steilabhangs in den See am Grund des Steinbruchs. Esther zitterte am ganzen Körper. Pawel fühlte mit ihr. Er wusste, was sie durchmachte. Er hatte ebenso empfunden, nachdem er Mitschke umgebracht hatte.

»Du hast den ersten Schritt in eine neue Welt getan.«

Sie antwortete nicht und starrte in die Tiefe. Dort unten in der Dunkelheit versank ein Mann, der vor wenigen Minuten noch gelebt hatte. Sie hatte diesen Zustand beendet.

»Theissen hat den Tod verdient«, fügte Pawel hinzu.

Esther wandte sich ab und erbrach sich ins Gebüsch.

»Du hast das Richtige getan«, beruhigte er sie. »Es wird vergehen, glaub mir. Und dann bist du stärker als zuvor. Denk daran, was ich dir versprochen habe. Die Wunden auf deiner Seele werden heilen.«

Schweigend kehrten sie zum Laster zurück.

»Habt ihr …?«, fragte Ari.

»Ja«, sagte Pawel schnell.

Er wollte nicht darüber reden. Nicht nur, dass er Theissen unterschätzt und sie alle in Gefahr gebracht hatte. Er befürchtete, dass Esther vor den anderen zusammenbrechen könnte, wenn sie zugab, einen Menschen erschossen zu haben. Später, wenn sie alleine waren, sollte sie sich ruhig in seinen Armen ausweinen. Aber außer ihm sollte sie niemand so sehen, schon gar nicht Jaron und Ari. Sie war der unbestrittene Kopf der *Sikarier* und Pawel wollte, dass sie Esther respektierten und zu ihr aufschauten.

Seine Sorge war indessen unbegründet, denn Jaron hatte gar nicht zugehört. Er bemühte sich fluchend, den Laster aus dem Schlammloch zu befreien.

»Wir schaffen es nicht«, keuchte er.

»Da kommt ein Wagen«, sagte Ari.

Ein dunkelgrüner Volkswagen näherte sich und bremste ab, das Blaulicht auf dem Dach begann zu blinken. Esther wich unwillkürlich zurück, als wolle sie die Flucht ergreifen. Pawel taxierte rasch die verstörten Gesichter. Ein Blinder konnte sehen, dass hier etwas nicht stimmte, die Beamten würden sofort Verdacht schöpfen. Einem Verhör würden weder Esther noch ihre Freunde standhalten. Er war nicht einmal sicher, ob es ihm selbst gelingen würde.

Der Volkswagen stoppte am Straßenrand, zwei Polizisten stiegen aus. Der Ältere war gedrungen und etwa vierzig Jahre alt, der Kleinere hatte die zwanzig kaum überschritten. Er leuchtete mit einer starken Taschenlampe in die Gesichter der Umstehenden.

»Polizeiwachtmeister Schenk. Stecken Sie in Schwierigkeiten?«, fragte der Ältere.

Ari schüttelte stumm den Kopf. Pawel sah aus dem Augenwinkel, dass Esther angestrengt versuchte, ihr Zittern zu verbergen.

»Wir kommen schon klar«, sagte Pawel, »sind nur in dem Schlammloch stecken geblieben.«

Der junge Polizist schwenkte die Lampe.

»Da geht's doch zum alten Steinbruch«, stellte er fest. »Was wollen Sie denn dort?«

»Nichts. Wir haben uns … verfahren«, antwortete Pawel schnell. »Wir sind nicht von hier.«

Der Wachtmeister musterte sie abschätzend. Er hatte genug Dienstjahre auf dem Buckel, um sich nicht hinters Licht führen zu lassen.

»Die Ausweise bitte«, sagte Schenk.

Wenn die Deutschen für Gerechtigkeit sorgen und Sadisten wie Theissen vor Gericht stellen würden, bräuchte er sich nicht die

Finger schmutzig zu machen. Er und Esther wären nie zu Mördern geworden. Stattdessen versteckte sich dieser Wachtmeister hinter seiner Uniform und behandelte *sie* wie Verbrecher. Eine rasende Wut brandete in ihm auf. Niemand durfte jemals erfahren, dass es Esther war, die geschossen hatte, und es gab nur eine Möglichkeit, dies zu verhindern.

Pawel griff hinter seinen Rücken, zog die Mauser aus dem Hosenbund und schoss. Schenk stürzte zu Boden wie ein gefällter Baum. Die zweite Kugel war schlecht gezielt und traf den jungen Polizisten an der Hüfte. Er ging in die Knie und schrie vor Schmerz. Pawel zielte auf seinen Kopf und drückte noch einmal ab.

Die Stille danach war schrecklich. Sie schien ewig zu dauern, bis Esther schrie: »Was hast du getan?«

»Ich habe uns gerettet, was sonst?«, antwortete Pawel scheinbar gelassen, dabei konnte er kaum einen klaren Gedanken fassen.

Sie sind selbst schuld, hämmerte er sich ein. Warum haben sie uns nicht in Ruhe gelassen? Es gab keinen anderen Weg, ich musste es tun ... musste es tun.

Esther wankte und stierte entsetzt auf die toten Polizisten. Die Augen quollen ihr aus den Höhlen. »Er war noch ein halbes Kind. Er hat niemandem etwas getan.«

»Wir hätten ihre Fragen beantwortet und sie wären weitergefahren«, sagte Jaron. »Es war nicht nötig, sie zu erschießen.«

»Da hinten im Steinbruch liegt eine Leiche mit einer Kugel im Kopf!«, schrie Pawel. »Was, glaubt ihr wohl, wird passieren, wenn man sie findet? Theissen wurde mit dieser Waffe erschossen. Und wisst ihr, von wem? Von Esther! Schaut euch an. Die Schuld steht euch ins Gesicht geschrieben. Keiner von euch hält ein Verhör länger aus als eine halbe Stunde. Ich werde niemals zulassen, dass Esther den Rest ihres Lebens im Gefängnis verbringt. Niemals!« Er deutete auf die Toten. »Lieber sie als ich. Helft mir, die Leichen zu verstecken.«

Keiner der drei rührte sich.

»Was ist mit dir?«, fragte er Esther.

Sie wich mit weit aufgerissenen Augen vor ihm zurück. »Bolkow und Theissen waren schuldig, aber diese da nicht. Das war Mord.«

»Es ging nicht anders.«

Er versuchte, sie zu umarmen, aber sie wehrte ihn ab.

»Ich muss dich doch beschützen«, sagte er hilflos.

»Hau ab! Ich will dich nicht mehr sehen. Wenn du noch mal im Baumweg auftauchst, bringe ich dich eigenhändig um. Du weißt jetzt, dass ich das kann.«

Sie rannte in die Nacht hinein, ohne sich umzusehen. Ari lief ihr nach.

»Ja, lauft davon, ihr Feiglinge!«, rief Pawel ihnen nach. »Ich brauche euch nicht, um mein Versprechen zu erfüllen! Ihr werdet noch von mir hören!«

»Du bleibst hier!« Er richtete die Mauserpistole auf Jaron. »Wir müssen den Laster flottmachen, und wenn es die ganze Nacht dauert. Die Polizei darf ihn hier nicht finden, sonst sind wir alle geliefert.«

Während Jaron fluchend die Schaufel in das nasse Erdreich stieß, holte Pawel die Patronenhülse aus der Hosentasche und öffnete das Verschlussstück. Wie Theissen gesagt hatte, befand sich in der Hülse eine eng zusammengerollte Karte des Reschensees in Tirol. Auf die Rückseite hatte Theissen in winziger, sauberer Handschrift Wegbeschreibungen und Markierungspunkte vermerkt. Pawel presste die Finger um die Hülse. Er hatte Esther verloren, aber er würde sie zurückgewinnen. Wenn sie erst sehen würde, was er nun bewirken konnte, würde sie verstehen. Sonst war sie es nicht wert, an seiner Seite zu kämpfen. Wie sie sich auch entscheiden mochte, er besaß nun etwas, das ungeheuer wertvoll war: den Schlüssel zu einer größeren Vergeltung, als er sich hatte vorstellen können.

16

Das Trommeln des Regens auf dem Blechdach des Hangars weckte Hannah. Durch das Fenster fiel trübes Zwielicht. Drei volle Tage hatte sie auf dem Rochester-Airport festgesessen und ihre Zeit damit vertrödelt, mit den dort stationierten Soldaten Karten zu spielen. In der Nacht zum Sonntag hatte sich endlich das Wetter gebessert und sie hatte den Rückflug antreten können.

Als sie sich aufrichtete, stieg die Übelkeit in ihr hoch. Sie kroch aus dem Bett und wankte ins Badezimmer, wo sie sich in die Toilettenschüssel erbrach.

Es klopfte an der Tür.

»Alles in Ordnung?«, fragte Max.

Hannah würgte ein »Ja« hervor und übergab sich erneut. Sie erinnerte sich an die eine oder andere Party in der Fliegerklause, bei der sie ihren männlichen Kollegen in nichts nachgestanden hatte. Max hatte sie kopfschüttelnd dafür bewundert, dass sie am nächsten Morgen stets so frisch und munter war, als hätte sie einen Waldspaziergang gemacht, während die anderen Piloten ihre Brummschädel mit Aspirin und sauren Heringen kurierten. Diesmal allerdings war ihr zum Sterben elend, und das, obwohl sie nur ein Bier getrunken hatte. Der Flug über den Kanal musste sie wohl mehr erschöpft haben, als sie gedacht hatte.

Sie zog die Toilettenspülung, drehte den Wasserhahn auf und schaufelte sich kaltes Wasser ins Gesicht. Ihr tropfnasses Spiegelbild bestätigte, was sie bereits ahnte: Sie war so bleich wie eine Wasserleiche, blauschwarze Ringe umrandeten ihre blutunterlaufenen Augen.

»Du hast Besuch«, rief Max, »Lenz wartet unten auf dich.«

Hannah stöhnte auf. Harry würde ihr eine Standpauke halten, weil sie Brunner nachgejagt war und sich in Lebensgefahr gebracht hatte. Einer Auseinandersetzung fühlte sie sich im Augenblick nicht gewachsen.

»Ich komme gleich«, krächzte sie.

Sie zog die verschwitzten Sachen aus und schlüpfte unter die tröpfelnde Dusche. Anschließend versuchte sie, ihre Frisur zu richten und unterdrückte einen erneuten Brechreiz. Dann streifte sie einen sauberen Arbeitsoverall über. Es war bereits nach zehn, Max brauchte ihre Hilfe, denn die *Tante* musste nach dem Flug dringend durchgecheckt werden.

Harry wartete im Hangar, Max schenkte ihm gerade eine Tasse Kaffee ein. Er sah zerknittert und übermüdet aus, der unvermeidliche Zigarillo steckte zwischen seinen Lippen. Harry dagegen wirkte wie aus dem Ei gepellt. Er trug einen hellen Sommeranzug, ein weißes Hemd und einen modischen Strohhut mit dunkelbraunem Lederband.

»Guten Morgen, meine Liebe.«

Hannah küsste ihn flüchtig auf die Wange.

»Ich geh mal an die Arbeit«, murmelte Max.

Harry wartete, bis der alte Flieger außer Hörweite war, und musterte Hannah missbilligend.

»Geht es dir gut?«, fragte er. »Du siehst blass aus.«

»Alles bestens. Ich bin ein bisschen müde vom Flug.«

Sie goss Kaffee in eine Tasse und trank ihn mit vier Stück Würfelzucker.

»Hast du dich mit dem MI6 in Verbindung gesetzt?«, fragte sie. »Hat man Brunner verhaften können?«

»Ich erhielt heute Morgen einen Anruf aus London. Er wurde in Bristol festgenommen. Die Briten werden ihn an Deutschland ausliefern, wo ihm der Prozess gemacht wird. Da du die Hauptbelastungszeugin im Mordfall Elisabeth Brunner bist, möchte ich dich zu einer offiziellen Anhörung ins Landesgericht mitnehmen. Ich nehme an, du kannst es kaum erwarten, gegen ihn auszusagen …«

Der Kaffee weckte zwar Hannahs Lebensgeister, zu einer anstrengenden Befragung fühlte sie sich jedoch nicht in der Lage.

»Muss das ausgerechnet jetzt sein? Das hat doch Zeit, oder nicht?«

»Nun ... ja, schon.« Er musterte sie in einer Mischung aus Tadel und Belustigung. »Eigentlich bin ich noch aus einem anderen Grund gekommen. Ich habe nämlich eine Überraschung für dich.«

Sie schenkte sich Kaffee nach. »Und die wäre?«

»Hast du schon gefrühstückt?«

Sie verneinte.

»Zieh dir etwas Hübsches an, wir essen in unserem Lieblingscafé am Römer.«

Hannah sah sich nach Max um. Ihre Blicke trafen sich, der Alte machte ein finsteres Gesicht. Wahrscheinlich hatte er Harrys letzte Worte gehört.

»Ich kann nicht lange fortbleiben. Wir müssen die *Tante* für den nächsten Auftrag durchsehen.«

Harry versteifte sich. »Nun, wenn du meinst, dass das wichtiger ist.«

Kaum sahen sie sich, da lag Streit in der Luft. Sie mochte Harry und war gern mit ihm zusammen, auf keinen Fall wollte sie ihn verlieren. Aber auch Max, die *Tante* und der Hangar waren wichtige Teile ihres Lebens. Irgendwie musste es ihr gelingen, beides miteinander in Einklang zu bringen.

»Warte hier. Ich rede kurz mit Max und ziehe mich um.« Sie ging zum Flugzeug hinüber.

»Ich bin in spätestens zwei Stunden wieder da.«

»Du musst morgen früh los«, antwortete Max, »wir haben drei Tage durch den Nebel verloren.«

»Ich weiß. Nur dieses eine Mal noch, ich bitte dich.«

»Hau schon ab«, knurrte er, »und bring mir was zu futtern mit.«

Sie eilte die Treppe zu ihrem Zimmer hinauf. Seltsam, dass Harry kein Wort über ihr eigensinniges Abenteuer in England verlor. Sie wunderte sich, dass er es nicht zum Anlass genommen hatte, ihr erneut die Fliegerei auszureden.

Sie durchforstete den dürftigen Inhalt ihres Kleiderschranks und zog ein mintgrünes Sommerkleid an, das Harry ihr geschenkt hatte. Vielleicht würde es ihn ein wenig besänftigen, wenn er sah, dass sie es trug.

Harry machte keine Bemerkung wegen des Kleids, lächelte aber vielsagend und öffnete galant die Beifahrertür seines Cabriolets. Er stieg ein und fuhr los Richtung Innenstadt. Hannah schloss die Augen, genoss die Junisonne und den Fahrtwind, der die trüben Gedanken aus ihrem Kopf wirbelte.

»So gefällst du mir besser«, sagte Harry lächelnd, nachdem Hannah zwei Croissants vertilgt und ebenso viele Tassen Kaffee getrunken hatte. »Endlich hast du Farbe im Gesicht.«

Er bot ihr eine Zigarette an. Sie berichtete von der Begegnung mit ihrem Vater, verschwieg jedoch die Umstände ihrer halsstarrigen Verfolgungsjagd, die sie um ein Haar das Leben gekostet hatte. Sie lachte bitter.

»Jahrelang habe ich mich gefragt, wer er wohl ist. Dann finde ich ihn und muss akzeptieren, dass er als britischer Doppelagent im Krieg mit den Deutschen kooperiert hat. Er hat sich vor mir geekelt, als könnte ich ihn mit einer bösen Krankheit anstecken. Für ihn bin ich nichts weiter als ein jüdischer Bastard.«

»Und du bist überzeugt davon, dass Karl zu Hohensolms die *Spinne* ist?«

»Dass er der Kopf der Bande ist, kann ich nicht beweisen, aber ich glaube, dass er zumindest in die Fluchthilfeorganisation verstrickt ist. Und ich weiß jetzt sicher, dass Heyrich lebt. Er versucht, über die Rattenlinie nach Genua zu gelangen, um von dort aus nach Südamerika zu fliehen. Mein Vater behauptet, er verstecke sich in einem Kloster. Wenn wir nur wüssten, in welchem.«

»Es dürfte sehr schwierig werden, das herauszufinden«, antwortete Harry. »Immerhin hat dein Instinkt dich nicht getrogen. Auch ich habe Neuigkeiten. Ein Mann, auf den Heyrichs Beschreibung passt, ist vor einigen Wochen in Köln gesehen worden. Die Aussagen sind glaubhaft.«

Sie sprang auf und warf beinahe den Stuhl um.

»Wohin so eilig?«, fragte Harry.

»Nach Köln, wohin sonst?«

Er lächelte. »Geduld, Hannah. Wir dürfen nichts überstürzen. Im Moment fühlt sich Heyrich sicher. Wenn wir zu viel Staub aufwirbeln, wird er untertauchen. Überlass mir die Angelegenheit. Eigentlich wollte ich mit dir über den Prozess gegen Brunner sprechen. Aber zuvor möchte ich dir etwas zeigen.«

Ein Kellner erschien, räumte das Geschirr ab und schenkte ihr ein strahlendes Lächeln. Er balancierte die Tabletts und ließ ein Besteck fallen. Hannah hob es auf und lächelte kokett zurück. Harrys Miene verdüsterte sich.

»Sind Sie immer so ungeschickt?« Er warf einen Geldschein auf den Tisch, gab aber kein Trinkgeld. Der Kellner wechselte und beeilte sich zu verschwinden.

»Warum bist du so unfreundlich zu ihm?«, fragte Hannah.

»Weil er ein unverschämter Kerl ist.« Harry stand auf und griff nach ihrer Hand. »Komm, ich habe dir eine Überraschung versprochen.«

Sie fuhren aus der Stadt hinaus in Richtung Bockenheim. Harry lenkte den Alfa Romeo durch Straßen, die von alten Villen aus der Gründerzeit gesäumt waren. Die meisten waren unbeschädigt, anders als in der Innenstadt schien die Welt hier auf wundersame Weise in Ordnung zu sein.

Er stoppte vor einem Haus mit Spitzgiebeln und einem verträumten Erker und zeigte Hannah das parkähnliche Grundstück.

»Gefällt es dir?«, fragte er.

»Ja, sehr schön. Aber warum zeigst du mir das Haus?«

»Weil ich es gekauft habe.«

Hannah riss die Augen auf. Sie hatte nie viel Geld besessen und musste hart arbeiten, um sich über Wasser zu halten. Die Frachtfluglinie warf gerade genug ab, dass Max und sie einigermaßen davon leben konnten. Dass jemand genug Geld besaß, um ein so wunderschönes Anwesen erwerben zu können, erschien ihr unvorstellbar.

»Gekauft«, sagte sie, »aber wozu?«

»Für uns«, antwortete er.

»Für uns«, wiederholte sie betäubt.

»Brunners Verhaftung bringt mir eine Beförderung ein«, sagte er lächelnd, »einschließlich einer höheren Besoldungsgruppe. Ich schätze, ich kann es mir leisten.« Er griff nach ihrer Hand. »Es war sozusagen ein Schnäppchen. Komm, sieh's dir an!«

Mit einer theatralischen Geste zog er einen Schlüssel aus der Hosentasche und schloss die Haustür auf.

»Es ist ein Traum, sage ich dir, ein Traum.«

Hannah folgte ihm überrumpelt. Sie hörte kaum, wie er die Vorzüge des Hauses pries und erklärte, welche hochfliegenden Umbaupläne ihm vorschwebten.

»Harry ...«

Er hörte sie nicht, öffnete ein Fenster zum Garten und stieß die Läden auf. Helles Sonnenlicht flutete das Zimmer. Hannah dachte beschämt an ihre bescheidene Unterkunft im Hangar. Ja, es war traumhaft, doch es war nicht *ihr* Traum. Harry redete unentwegt weiter.

»Du hättest vorher mit mir sprechen sollen«, unterbrach sie ihn.

Er drehte sich zu ihr um – leicht überrascht, aber noch immer von seinem eigenen Elan euphorisiert. »Gefällt es dir nicht? Wir können alles ändern, die Räume umgestalten. Komm, ich zeige dir das Obergeschoss. Dort ist Platz für mindestens drei Kinderzimmer.«

»Harry!«

Er hielt inne. »Oh, du hast natürlich recht. Entschuldige, ich bin so begeistert von meinem Kauf, dass ich das Wichtigste vergaß.«

Er griff in die Tasche seines Jacketts, nahm den Hut ab und warf ihn schwungvoll auf einen verstaubten Sessel. Dann beugte er vor ihr das Knie.

»Hannah Bloch, willst du meine Frau werden?«

Sie öffnete den Mund und klappte ihn wieder zu. Es kam oft vor, dass Harry von seinen Vorhaben so mitgerissen wurde, dass er die Menschen um sich herum vergaß. Das war keine böse Absicht, in solchen Momenten entwickelte er einen Tunnelblick, ohne es zu bemerken. Eigentlich bewunderte sie seine Energie und Tatkraft, allerdings überrollte er sie ab und zu mit seiner Begeisterungsfähigkeit. Wie sollte sie ihm klarmachen, dass sie noch Zeit brauchte, ohne ihn zu verletzen? Seine Stimmung konnte schnell umschlagen, wenn seinen Plänen etwas im Weg stand … oder jemand.

»Ich … weiß nicht … Es kommt ein bisschen überraschend … Ich meine, das Haus ist wunderschön, aber es liegt ziemlich weit draußen, findest du nicht? Bis zum Flughafen braucht man selbst mit einem Wagen eine halbe Stunde … und außerdem …«

»Du brauchst nicht mehr zu arbeiten, Hannah. Ich verdiene mehr als genug für uns beide.«

Sie wandte sich ab und wanderte umher, weil sie die Verwirrung und den einsetzenden Schmerz in seinen Augen nicht ertragen konnte.

»Es geht nicht ums Geld«, sagte sie.

»Ach so.« Er erhob sich und lächelte unsicher. »Wenn es nur das ist – nördlich von hier liegt ein kleiner Flugplatz. In ein paar Jahren werde ich genug verdienen, um ein Sportflugzeug kaufen zu können. Die sind gar nicht so teuer, ich habe mich erkundigt.«

Das hatte er also auch schon geregelt.

»Harry, ich besitze bereits ein Flugzeug. Ich bin Miteigentümerin einer Firma und verdiene mein eigenes Geld.«

»Du meinst doch nicht etwa diesen verdreckten Schuppen?« Er zog ärgerlich die Brauen zusammen. »Ich werde nicht zulassen, dass meine zukünftige Frau mit ölverschmierten Händen und schwarzen Rändern unter den Fingernägeln herumläuft.«

Sie schielte auf ihre Hände und dachte an den Hangar. Sie liebte das Fliegen und Herumschrauben an der *Tante* und diesen *Schuppen*, schmutzige Hände waren eben der Preis, den sie dafür zahlen musste. Lag es tatsächlich in seiner Absicht, ihr das alles zu nehmen? Sie dachte an Max' Worte. *Er wird dich in einen goldenen Käfig stecken.*

Auch wenn es Harry schwer treffen würde, sie musste Klarheit schaffen – jetzt, hier und sofort. Sie seufzte tief.

»Mein ganzes Leben lang hat man mich herumgestoßen und mir gesagt, was ich tun oder lassen soll. Man hat mich in Anstalten gesteckt, mir eingetrichtert, dass ich nichts wert bin, und mich Böden schrubben und Kartoffeln schälen lassen, bis meine Finger bluteten. Und wenn ich nicht gehorchte, haben sie mich misshandelt und mir gedroht, mich ins Gas zu schicken. Ich will, dass du ein Teil meines Lebens bist, Harry, aber ich werde selbst bestimmen, wie dieses Leben aussehen soll.«

Er zuckte zurück, als hätte sie ihm ins Gesicht geschlagen.

»Ich lasse nicht zu, dass du dich noch einmal in Lebensgefahr begibst. Du wirst diese lächerliche Fliegerei aufgeben.«

»Lächerlich?«

»Ja, lächerlich. Ich biete dir ein Leben ohne Geldsorgen in der gehobenen Frankfurter Gesellschaft, ein Heim, von dem die meisten in diesem Land nur träumen können, und … meine Liebe. Und was setzt du dagegen? Ein Vagabundenleben hoch über den Wolken? Wie lange, glaubst du, wirst du dich mit deiner *Firma* über Wasser halten können? Hannah, komm zur Vernunft.«

»Ich bin gerade dabei.«

Sie durchquerte das Zimmer und steuerte auf den Durchgang zum Korridor zu. Harry fuhr herum und packte sie am Arm.

»Was hätte dir nur alles zustoßen können in England? Ich hätte das niemals erlauben dürfen, tausend Tode habe ich ausgestanden. Ich verbiete dir, noch einmal ein solches Risiko einzugehen. Und aus diesem kindischen Unternehmen wirst du dich auch zurückziehen.«

Hannah schüttelte seine Hand ab. »Lass mich los! Fass mich nie wieder an!«

Sie stürmte aus dem Haus, betäubt von der Erkenntnis, dass sie ihn falsch eingeschätzt hatte. Sie hegte keinen Zweifel daran, dass Harry sie aufrichtig liebte, aber er stammte aus einer konservativen Familie und war tief verwurzelt in seiner Erziehung und dem Weltbild, das man ihm eingetrichtert hatte. Er würde ihr die Freiheit gestatten, das gemeinsame Heim einzurichten, wie sie es für richtig hielt, sie mit Geschenken überhäufen und ihr ein großzügiges Taschengeld gewähren. Aber er würde sie niemals als gleichberechtigte Partnerin akzeptieren. Mochten die allermeisten Frauen bei Harrys Anblick dahinschmelzen und sich mit ihrer Rolle als hübsches Anhängsel eines erfolgreichen Staatsanwalts zufriedengeben, Hannah konnte und wollte es nicht. Sie brauchte ihre Freiheit wie den offenen Himmel über ihr. Harry würde das niemals verstehen. Er war sicher kein Tyrann, aber gefangen in den Maßstäben, die er – und nur er allein – setzte. Am Ende der Straße entdeckte sie eine Bushaltestelle und lief darauf zu.

»Hannah!«

Sie hörte seine Stimme aus weiter Ferne.

»Hannah, warte doch!«

Ohne sich umzudrehen, rannte sie, so schnell sie konnte, auf den Omnibus zu, der in diesem Augenblick am Straßenrand hielt.

17

26. Juni 1947

Hannah konzentrierte sich darauf, die Öse des Bowdenzugs an der dafür vorgesehenen Halterung zu befestigen. Der Draht rutschte ihr aus den Fingern und riss ihr die Zange aus der Hand. Sie stieß einen saftigen Fluch aus und kletterte die Stehleiter hinab, um das Werkzeug aufzuheben und es noch einmal zu versuchen.

Max Pohl paffte einen Zigarillo und beobachtete sie stirnrunzelnd. Er bückte sich nach der Zange, die vor seinen Schuhen gelandet war, und reichte sie Hannah.

»Mädchen, seit Tagen hast du eine Laune wie eine Bulldogge mit Zahnschmerzen. Was ist eigentlich los mit dir?«

»Gar nichts. Was soll denn los sein?«

Sie stieg die Leiter hinauf und zwängte den Oberkörper in die Wartungsluke. Verbissen hebelte sie den widerspenstigen Bowdenzug über den Haken, wischte sich den Schweiß von der Stirn und schob sich rückwärts aus dem Flugzeugrumpf. Im Innern war es noch heißer als unter dem Blechdach des Hangars.

»Na, nun schütte mir schon dein Herz aus«, sagte Max.

»Wozu?«, fragte sie bissig. »Es macht keinen großen Spaß, bei dieser Hitze in der *Tante* herumzukriechen, das ist alles.«

Max schüttelte den Kopf. »Du vergräbst dich in der Arbeit, redest kaum und isst nichts. Außerdem zischst du jeden, der dir zu nahe kommt, an wie eine Kobra. Wenn du mich fragst, das sieht mir ganz nach Liebeskummer aus.«

»Ich frag dich aber nicht.«

Schlecht gelaunt pfefferte sie die Zange in die Werkzeugkiste. Ihr Streit mit Harry lag jetzt zehn Tage zurück, seitdem hatte er sich nicht blicken lassen. Hannah hatte ebenfalls keinen Versuch unternommen, Kontakt mit ihm aufzunehmen. Wenn er glaubte, sie würde für ihn das Heimchen am Herd spielen, täuschte er sich. Es war nicht ihre Schuld, dass er dieses blöde Haus gekauft hatte. Sollte er damit anstellen, was er wollte, niemand plante ihre Zukunft über ihren Kopf hinweg.

Max lehnte am Fahrwerk der Junkers. »Na, jetzt erzähl mal.«

»Danke, aber ich brauche keinen Rat von einem Kerl, dem alle Frauen davongelaufen sind.«

»Vielleicht kann ich dich ja davor bewahren, meine Fehler zu wiederholen.«

Sie nahm ein Päckchen Overstolz aus der Brusttasche ihres Overalls und zündete sich eine Zigarette an.

»Du hast mich ja schon vor ihm gewarnt«, sagte sie.

»Harald Lenz?« Er nickte. »Hab mir schon gedacht, dass es aus ist.«

Hannah setzte sich auf einen Ersatzreifen und berichtete stockend von ihrer letzten Begegnung mit Harry.

Max klopfte ihr auf die Schulter. »Hast du gut gemacht. Lass dich nicht verbiegen. Du bist richtig, so wie du bist.«

»Ich vermisse ihn trotzdem.«

»Klar, aber das vergeht.«

Hannah zog an der Overstolz und trat die Kippe auf dem Betonboden aus. Sie verspürte einen Anflug von Ekel, in letzter Zeit vertrug sie die Dinger nicht mehr. Vor allem morgens war ihr regelmäßig speiübel. Was war bloß los mit ihr?

»Vielleicht sollte ich ihm noch eine Chance geben«, überlegte sie. »Er meint es nicht böse. So ist Harry eben. Er schmiedet Pläne und setzt sie voller Tatendrang um. Ich mag das, weil ich genauso bin. Aber er vergisst dabei, dass ich ein Wörtchen mitzureden habe, wenn es um unsere gemeinsame Zukunft geht. Er versteht einfach nicht, was mir wichtig ist.«

»Dann besuch ihn, rede mit ihm. Wenn er ins Grübeln gekommen ist, nachdem du ihm die Stirn geboten hast, sieht er seinen Fehler vielleicht ein. Wenn nicht, weißt du wenigstens, woran du bist. Nimm dir ein paar Stunden frei, im Augenblick ist sowieso nicht viel los.«

Sein Ratschlag war nicht von der Hand zu weisen. Vielleicht war sie wirklich zu überstürzt davongelaufen. Wenn sie sich im Hangar verkroch, würde sie nie herausfinden, ob Harry bereit war, Kompromisse zu schließen. Und falls er es nicht war, konnte sie ihm endgültig den Laufpass geben. Außerdem würde sie so erfahren, was es Neues über Heyrich gab. Am meisten ärgerte sie, dass sie eine Spur von Hans' Mörder gefunden hatte, die sie nicht weiterverfolgen konnte. Es war früher Nachmittag, wenn sie sich beeilte, würde sie Harry abpassen können, bevor er das Büro verließ.

Sie ging nach oben, duschte und legte ein dezentes Make-up auf. Dann zog sie das Kleid an, das er so sehr an ihr mochte, und fuhr mit dem Jeep in die Innenstadt.

Als sie vor dem Oberlandesgericht aus dem Wagen stieg, verspürte sie eine Mischung aus Heißhunger und Übelkeit. Wahrscheinlich war die Hitze schuld, die seit Tagen wie eine Glocke über der Stadt hing.

Auf dem Weg zu Harrys Büro grübelte sie darüber nach, wie sie am besten auf ihn zugehen sollte. Sie kam zu dem Schluss, dass alles davon abhing, wie er sie empfangen würde – und ob er das überhaupt tun würde.

Ihr war noch immer flau im Magen, als sie an die Tür seines Vorzimmers klopfte. Gisela Wollner, Harrys Sekretärin, empfing sie mit einem Lächeln. Auch sie schien unter der Hitze zu leiden, ihr Gesicht war fleckig und gerötet.

»Ist Harry da?«, fragte Hannah.

»Ja. Gehen Sie ruhig durch.«

Die Sekretärin schien ihr Zögern zu bemerken. »Ich glaube, er wird sich freuen, Sie zu sehen«, sagte sie, »nur Mut.«

Gisela entpuppte sich erneut als wandelnder Terminkalender. Sie wusste über alles und jeden Bescheid, der dieses Büro betrat und wieder verließ. Hannahs Zerwürfnis mit Harry war ihr offenbar nicht verborgen geblieben. Hannah atmete tief ein und klopfte an.

»Herein.«

Harry saß hinter seinem Schreibtisch und las in einer Gerichtsakte. Er hatte die Ärmel seines Hemds hochgekrempelt, die beiden Fenster waren weit geöffnet. Das Rattern der Straßenbahnen und der Verkehrslärm drangen herauf. Hannahs Kehle war staubtrocken.

»Hallo. Ich ... habe lange nichts von dir gehört ... Ich war in der Gegend und ... ich dachte, ich schau mal vorbei.«

Eine lahme Ausrede, dachte sie, kaum dass sie die Worte ausgesprochen hatte.

Harry blickte überrascht auf. »Hannah!«

Er stand auf, blieb jedoch auf Abstand. Bei seinem Anblick wurde ihr klar, dass sie noch immer etwas für ihn empfand. Sie fasste sich ein Herz und brach das Eis.

»Es tut mir leid. Ich hätte ...«

»Nein«, wehrte er ab, »es ist allein meine Schuld. Ich habe dich überrumpelt, war davon ausgegangen, dass meine Vorstellungen auch die deinigen sind.« Nun kam er zögerlich hinter dem Schreibtisch hervor. »Du weißt, wie impulsiv ich sein kann. Ich entschuldige mich für mein Benehmen, es war völlig unangebracht.«

Hannah nickte, sie wusste nicht, was sie antworten sollte. Sie hatte mit einer eiskalten Abfuhr gerechnet. Dass er den Reumütigen spielte, brachte sie aus dem Konzept.

»Wir hatten wohl beide nicht unseren besten Tag«, gab sie zu.

Das folgende Schweigen wurde mit jeder Sekunde peinlicher.

»In diesem Büro haben wir uns zum ersten Mal gesehen«, sagte Harry.

Hannah lächelte bei der Erinnerung an jenen Nachmittag. »Ja, ich trug damals meine Uniform der US-Army.«

»Sie stand dir gut.«

»Mmm-mm.«

»Hannah?«

»Ja?«

»Könntest du dir vorstellen, dass wir noch einmal ganz von vorn anfangen?«

»Ich weiß es nicht. Was wird denn nun aus dem Haus?«

»Ach, das«, sagte er leichthin, »ich weiß nicht, vielleicht werde ich es vermieten oder verkaufen. Du bist mir wichtiger als eine schicke Villa in Bockenheim.«

»Oh. Dann wirst du sicher viel Geld verlieren.«

Er schlenderte zum Fenster und sah auf die Stadt hinab, die sich nach den Schrecken des Krieges langsam wieder mit Leben füllte.

»Wahrscheinlich nicht. Der Immobilienmarkt ist in Bewegung«, erklärte er. »Da geht immer etwas. Zerbrich dir darüber nicht den Kopf.«

Hannah trat neben ihn und spürte die vertraute Nähe.

»Ich habe dich vermisst«, sagte sie so leise, dass sie fast glaubte, er hätte es nicht gehört. »Ein bisschen wenigstens.«

»Ich dich auch. Nicht nur ein bisschen. Ich konnte kaum arbeiten, habe nicht geschlafen. Der Gedanke, dich durch meine Dummheit verloren zu haben, hat mich halb verrückt gemacht.«

Hannah roch sein Rasierwasser und verspürte das Prickeln, das sie in seiner Gegenwart stets überkam.

»Wir könnten heute Abend essen gehen«, sagte er, »und danach ins Kino.«

»Ja, das wäre schön.«

»Dann gibst du uns noch eine Chance?«, fragte er.

»Ich weiß es nicht. Wir könnten es versuchen. Du wirst damit leben müssen, dass ich ein Flugzeug fliege und mit schmutzigen

Händen nach Hause komme.« Sie senkte den Kopf. »Ich kann das alles nicht aufgeben, es gehört zu mir.«

Er nickte mit ernster Miene. »Ich habe darüber nachgedacht und bin zu dem gleichen Schluss gekommen.«

Sie blickte ihn überrascht an. »Ist das dein Ernst?«

Er zuckte mit den Schultern. »Ohne deinen fliegenden Koffer bekomme ich dich nicht, oder? Also nehme ich den eben auch.«

»Das … das wäre sehr schön.«

»Ich bitte dich nur darum, bring dich nie wieder in so tödliche Gefahr. Die Angst um dich hat mich um den Verstand gebracht. Wahrscheinlich habe ich deshalb etwas überreagiert. Überlass die Jagd nach gefährlichen Leuten wie Brunner in Zukunft mir.«

»Ich verspreche es.«

»Fein. Ich hole dich gegen sieben ab, ist das in Ordnung?«

»Ja, ich denke schon«, sagte Hannah.

»Bis heute Abend.«

»Bis heute Abend.«

Hannah verließ ihn mit einer Mischung aus Erleichterung, Vorfreude und einer Art verliebtem Hochgefühl. Dass sich alles so einfach würde lösen lassen, hatte sie nicht erwartet. Nun würde alles gut werden. Als sie das Vorzimmer durchquerte, warf die Sekretärin ihr einen seltsamen Blick zu. Hannah wusste nicht zu deuten, ob darin Eifersucht, Mitleid oder einfach Gleichgültigkeit lag.

Der Juni ging mit Gewittern zu Ende und der Juli begann kühl und regnerisch. Hannah und Max flogen weiterhin Fracht und Passagiere für die Amerikaner und die Briten. Sie bemühten sich nach Kräften, die *Tante* flugfähig zu halten.

Hannah ging wieder regelmäßig mit Harry aus. Der Streit, der sie entzweit hatte, wiederholte sich nicht, das Haus in Bockenheim erwähnte er nicht mehr. Harry gab sich große Mühe, charmant, zuvorkommend und rücksichtsvoll zu sein. Wenn Hannah nach einer der vielen Kanalüberquerungen zu müde war, um auszugehen, und auf seinem Sofa einschlief, beschwerte er sich nicht. Einen neuen Versuch, um ihre Hand anzuhalten, unternahm er indessen nicht.

Nur in einem Punkt ließ er sich nicht umstimmen: Er verweigerte ihr die Zusammenarbeit bei der Verfolgung von Rolf Heyrich und erinnerte sie an ihr Versprechen. Mitarbeiter der Staatsanwaltschaft waren bedroht worden, falls sie die Jagd nach ehemaligen SS-Offizieren nicht einstellten. Harry wollte nicht, dass sie sich irgendeiner Gefahr aussetzte. Im Gegenzug versprach er, alles zu tun, um Heyrich dingfest zu machen.

Am Morgen des 9. Juli, einem Mittwoch, betrat Hannah müde und zerschlagen den Hangar. Sie fühlte sich scheußlich und hatte sich nach dem Aufstehen übergeben. Allmählich machte sie sich Sorgen. Ihre eiserne Konstitution schien sie verlassen zu haben.

»Du siehst aus, als hättest du einen Liter Getriebeöl gesoffen«, begrüßte Max sie und blies eine Qualmwolke in die Luft.

Hannah würgte bei dem Geruch des Zigarrenrauchs. »Hab was Falsches gegessen«, murmelte sie.

»Mädchen, das geht seit Wochen so. Such mal lieber einen Doktor auf, bevor du die *Tante* in den Ärmelkanal setzt.«

Sie nickte abwesend und goss sich Kaffee in eine Tasse. Er schmeckte wie flüssige Teerpappe.

»Übermorgen musst du auf dem Damm sein«, sagte Max.

Hannah sah auf den Abreißkalender. »Was ist übermorgen?«

»Am Freitag feiert der alte Pohl seinen Sechzigsten, drüben in der Fliegerklause. Ich hab alle eingeladen, da darfst du nicht fehlen.«

»Klar. Übermorgen wird's mir besser gehen, wirst schon sehen.«

Sie kippte den Kaffee in den Ausguss, versuchte es mit einer Overstolz und merkte sofort, dass dies ein Fehler war. Nach drei Zügen drückte sie die halbgerauchte Kippe im Aschenbecher aus und begann mit der routinemäßigen Wartung der Junkers.

Max beobachtete sie stirnrunzelnd, sparte sich aber eine weitere Bemerkung. Er hatte seine Meinung gesagt, den Rest überließ er ihr, wie immer.

Hannahs Prognose bewahrheitete sich. Nachdem sie am Freitag die Werkzeugkiste verstaut und den Hangar gefegt hatte, duschte sie und bereitete sich auf die Geburtstagsparty vor. Seit dem Morgen fühlte sie sich bedeutend besser. Gestern hatte sie ein Geburtstagsgeschenk für Max besorgt und sich von der Verkäuferin eines Bekleidungsgeschäfts zu einem Cocktailkleid nach der neuesten amerikanischen Mode überreden lassen. Ein Friseurbesuch hatte ihren Einkaufsbummel abgeschlossen. Sie konnte es sich leisten, denn ihre Auftragsbücher waren voll.

Nun stand sie vor dem angelaufenen Spiegel in ihrem Zimmer und bemerkte verblüfft die atemberaubende Veränderung. Das taillierte, rubinrote Kleid bildete einen wunderbaren Kontrast zu ihrem Haar, das mit jedem Jahr eine Spur dunkler zu werden schien und inzwischen im satten Schwarz eines Rabenflügels schimmerte. Verwundert stellte Hannah fest, dass ihr Vater sich nicht geirrt hatte, sie sah ihrer Mutter zum Verwechseln ähnlich. Wehmütig dachte sie an den Tag zurück, als sie mit Elisabeth Brunner zusammen Kleider für das Picknick mit Claudius anprobiert hatte. Sie wünschte sich, Lissy und Malisha könnten sie jetzt sehen.

Gut gelaunt machte sie sich auf den Weg zur Fliegerklause im Flughafengebäude. Durch Zähigkeit und harte Arbeit hatte sie sich den Respekt ihrer Kollegen erkämpft. Die einzige Enttäuschung an diesem Abend war Harrys Absage. Max hatte ihn ihr zuliebe eingeladen, obwohl er ihn nicht leiden konnte. Harry hatte sich entschuldigt, weil er den Prozess gegen Fritz Brunner vorbereiten musste.

Als sie die Fliegerklause betrat, schien die Party gerade richtig in Schwung zu kommen. Max hatte eine Swingcombo engagiert, die sich auf einem eigens errichteten Podium warm spielte. Die Tische hatte man an den Rand geschoben und so in der Mitte eine Tanzfläche geschaffen. Hannah durchquerte den Raum und genoss die Wirkung, die ihr Auftreten erzeugte. Vereinzelt wurden Pfiffe laut, der Barkeeper gaffte sie an, als wäre ihm Vivien Leigh persönlich begegnet.

Max stülpte sich begeistert Hannahs Geschenk auf den Bulldoggenkopf: eine weiße Flugkapitänsmütze mit goldenem Band, auf der *Captain Max* stand. Er wollte sie den ganzen Abend nicht mehr absetzen.

Nach den Bombennächten des Krieges und dem alltäglichen Kampf ums Überleben in einer zerstörten Stadt einte die Menschen das Verlangen nach Zerstreuung und hemmungsloser Ausgelassenheit. Und so dauerte es nicht lange, bis sich die Party zu einer jener Veranstaltungen entwickelte, für die die Fliegerklause berühmt und berüchtigt war. Es waren die seltenen Abende, an denen Hannah die Schatten ihrer Vergangenheit abstreifte und sich amüsierte, als ob es kein Morgen gäbe. Sie genoss es, die Blicke der Männer auf sich zu ziehen, ließ sich zu Drinks einladen und tanzte zur Swingmusik, so wie Malisha es ihr damals beim kratzigen Klang eines alten Grammofons beigebracht hatte. Sie tanzte ausgelassen mit einem britischen Flugsteward und entdeckte ein bekanntes Gesicht.

»Kennen Sie den?« Der Steward wirbelte sie herum und trat ihr auf die Zehen. »Der stiert Sie seit einer Viertelstunde an.«

Harry saß auf einem Hocker an der Bar und machte ein finsteres Gesicht. Sie drehten eine letzte Runde, dann war der Song zu Ende. Hannah drängte sich zwischen den Umstehenden hindurch und ging zur Bar.

»Harry! Wie lange bist du schon hier?«

»Eine Weile«, sagte er mit versteinerter Miene.

Sie drückte ihm einen Kuss auf die Wange, er roch nach Alkohol.

»Ich freue mich, dass du es doch noch geschafft hast. Es ist ziemlich voll hier, ich habe dich gar nicht bemerkt.« Sie lachte. »Du hättest rufen oder in die Luft springen sollen, dann hätte ich dich gesehen.«

»Nun, du warst so *beschäftigt*, dass ich dich nicht stören wollte.«

Der Bandleader kündigte das nächste Lied an.

«Komm, lass uns tanzen.« Sie zog an Harrys Arm, spürte aber seinen Widerstand.

»Ich will mich nicht vordrängeln«, sagte er. »Es ist wohl besser, ich reihe mich in die Warteschlange ein.«

Sie zog verärgert die Brauen zusammen. »Was soll ich denn deiner Meinung nach tun, wenn mich jemand auffordert? Mich wie ein Mauerblümchen in eine Ecke verkriechen und den anderen zusehen, wie sie sich amüsieren? Komm schon, heute ist Max' Geburtstag, lass uns feiern.«

Jemand berührte sie leicht an der Schulter.

»Darf ich bitten?«

Vor ihr stand Jim Slater, den alle Jimbo nannten. Der junge Mann mit der Nickelbrille arbeitete für American Overseas und wurde jedes Mal rot wie eine Tomate, wenn er Hannah begegnete. Offenbar hatte er sich Mut angetrunken.

»Nein«, sagte Harry. »Sie sehen doch, dass die Dame in Begleitung ist.«

»Irrtum, ich bin frei.«

Sie schnappte sich Jimbo und zog ihn auf die Tanzfläche. Das Schlagzeug setzte zu *Swing Swing Swing* von Benny Goodman ein. Hannah war stocksauer, Harrys grundlose Eifersucht verdarb ihr den Abend.

Jimbo erwies sich überraschend als der bisher beste Tänzer des Abends. Hannah hatte große Lust, Harry zu provozieren, ließ sich gehen und reagierte ihren Ärger ab, indem sie sich ganz der Musik und ihrem Tanzpartner hingab. Die Hitze schoss ihr ins Gesicht, sie fühlte sich großartig, lebendig und begehrt. Zwei Dutzend

Gäste bildeten einen Kreis um Jimbo und sie und klatschten im Takt des aufpeitschenden Rhythmus. Als der Song endete, brandete Applaus auf. Jimbo verbeugte sich verlegen, Hannah kehrte aufgeheizt an die Bar zurück. Harry war kalkweiß.

»Spendierst du mir einen Drink?«, rief sie.

»Ich denke, du hast genug getrunken«, presste er hervor. »Es wird Zeit, dass wir gehen.«

Hannah lachte und bestellte einen Cuba libre. »Ich denke gar nicht daran. Gerade wird's richtig lustig. Warum bist du überhaupt gekommen, wenn du so miese Laune hast? Um griesgrämig an der Bar zu stehen?«

»Ich wollte sehen, in welcher Gesellschaft du dich bewegst.«

Sie trank einen Schluck und spürte, dass sie ihren Zorn kaum noch unterdrücken konnte. »Und nun bist du schockiert, was?«

»Ehrlich gesagt, ja. Das ist kein Umgang für dich. Komm jetzt, wir gehen.« Er packte sie am Oberarm und zog sie von der Bar weg.

»Harry, du verdirbst mir die Stimmung.«

Er riss die Augen auf und machte ein übertrieben unschuldiges Gesicht. »*Ich* verderbe alles? *Du* bist gerade dabei, uns *beide* lächerlich zu machen.«

Sie versuchte, sich aus seinem Griff zu befreien, aber er hielt sie fest.

»Lass mich los. Du tust mir weh!«

»Gibt's ein Problem, Lady?«

Ein Sergeant der Army, den sie flüchtig kannte, baute sich drohend vor Harry auf.

»Nein, alles okay«, sagte Hannah.

Der Sergeant warf einen misstrauischen Blick auf Harry und tauchte dann wieder in der Menge unter.

Harry ließ sie los, stieß sie beinahe von sich. »Wie du willst«, sagte er. »Du musst wissen, wohin du gehörst.« Er wandte sich um und eilte auf den Ausgang zu.

»Harry, warte doch!«

Hannah lief ihm nach. Im leeren Foyer holte sie ihn ein.

»Harry, bleib stehen.«

Er verlangsamte seine Schritte, drehte ihr aber weiter den Rücken zu.

»Ich hatte nie eine Familie«, sagte Hannah, »Max und all die anderen, sie sind meine Freunde. Ich habe darum kämpfen müssen, von ihnen akzeptiert zu werden, und ich bin stolz darauf, dass ich Teil einer Gemeinschaft bin. Warum kannst du dich nicht mit mir freuen?«

Er drehte sich um. »Deine Freunde, ja? Mit wie vielen von denen bist du denn ins Bett gestiegen, um *akzeptiert* zu werden?«

Sie prallte zurück, als hätte er sie geschlagen. In diesem Moment begriff sie, dass Harry sich niemals ändern würde. All seine Versprechungen, sie so zu nehmen, wie sie war, waren nichts wert. Seine Eifersucht zerstörte alles.

»Wie kannst du so etwas sagen? Das ist ... so niederträchtig.«

»Dr. Lubeck hat wohl gewusst, warum er dich in eine Anstalt einwies«, sagte er. »Du bist krank, Hannah.«

Hannah schossen Tränen in die Augen. »Wie ... kannst du so etwas Gemeines sagen?«

»Weil es die Wahrheit ist.«

Entsetzt wandte sie sich um und rannte blind vor Tränen davon. Sie irrte umher, ohne zu wissen, wohin sie ging, und stand plötzlich auf der Aussichtsplattform. Nie zuvor hatte ein Mann sie so gedemütigt. Vielleicht hätte sie ihm seine Eifersucht verzeihen können, aber niemals die Worte, die in ihrem Kopf nachhallten.

Du bist krank, Hannah. Du gehörst in eine Anstalt.

Unter ihr erstreckte sich das Rollfeld, erleuchtet von den Positionslichtern der Landebahnen. Tief verletzt wischte sie die Tränen fort, putzte sich die Nase und schniefte in der klaren Nachtluft. Ein brandiger, bitterer Geruch verbreitete sich langsam, aber unaufhörlich. Er beschwor eine schreckliche Erinnerung herauf: die Ankunft in der Anstalt Hadamar, der Schuppen, die Ascheflocken, die aus dem eisgrauen Himmel herabschwebten, und der Gestank verkohlter Leichen.

Hannah ließ ihre Blicke über das Rollfeld schweifen. Am hinteren Ende, in der Nähe des Hangars, in dem die *Tante* stand, brannte es. Flammen schlugen aus dem Blechdach.

»Feuer!«, flüsterte sie heiser. Dann rief sie aus Leibeskräften um Hilfe.

18

Max Pohl atmete rasselnd ein. »Wir müssen die *Tante* herausholen«, keuchte er.

»Zu spät.«

Hannah blickte verzweifelt auf die Flammen, die aus dem Dach des Hangars schlugen. Die Flughafenfeuerwehr war alarmiert, hatte aber noch nicht reagiert.

»In der Blechhütte ist alles, was ich besitze«, sagte Max grimmig, »mein ganzes Leben. Das lasse ich mir nicht nehmen.«

Er zog sein Jackett aus, tauchte es in ein Regenwasserfass und wickelte es um sein Handgelenk.

»Max, nein!« Hannah versuchte, ihn zurückzuhalten. »Du darfst dein Leben nicht für ein altes Flugzeug aufs Spiel setzen.«

Seine Augen wirkten riesengroß im Schein des Feuers. »Wir sind nicht versichert. Wenn wir die Junkers nicht retten, sind wir erledigt.«

»Was? Aber wieso?«

»Ich wollte uns die Prämien sparen.«

Er schüttelte ihre Hand ab, schützte den Kopf mit dem triefnassen Jackett und schlüpfte durch eine Nebentür in den Hangar. In der Ferne erklang das Martinshorn der Feuerwehr.

Hannah lief ihm nach und verbrannte sich die Finger an der heißen Blechtür. Erschrocken wich sie zurück. Der Versuch, das Flugzeug zu retten, war Selbstmord. Am Morgen hatten sie die Maschine startklar gemacht und die Tanks gefüllt. Wenn die Hitze einen kritischen Punkt überschritt und die *Tante* in die Luft flog, würde die Explosion gewaltig sein.

»Weg hier!« Sie drängte die Umstehenden zurück.

Ein Einsatzwagen der Feuerwehr hielt in sicherer Entfernung, die Mannschaft sprang aus dem Wagen und suchte nach einem Hydranten. Hannah fühlte sich hilflos, dem Schicksal ausgeliefert. Ein weiteres Mal musste sie tatenlos zusehen, wie ihr Leben in Scherben zerbrach.

Das Rolltor des Hangars zitterte und bewegte sich langsam nach oben. Hannah begriff, dass Max einen tödlichen Fehler beging, denn er sorgte damit für frischen Sauerstoff, der das Feuer mit neuer Nahrung versorgte. Sie sah einen Schatten durch den Qualm wabern, doch bevor Max das Flugzeug erreichte, explodierte die Junkers in einem Feuerball. Der Druck der Detonation war so gewaltig, dass das Blechdach des Hangars abhob, durch die Luft flog und im angrenzenden Wald niederging. Mehrere Bäume fingen Feuer. Hannah stürzte auf den Asphalt des Rollfelds und schürfte sich Hände und Knie auf.

»Max!«

Sie richtete sich auf und taumelte auf den brennenden Hangar zu. Ein Feuerwehrmann stellte sich ihr in den Weg und drängte sie zurück.

»Max! Er ist da drin!«

Der Mann schüttelte den Kopf und führte sie von den brennenden Überresten des Hangars fort. Jemand legte ihr eine Decke um die Schultern. Seltsamerweise fror sie und zitterte, obwohl die Feuersbrunst ihr die Haut versengt hatte. Die Stimmen und das Prasseln der alles verschlingenden Flammen vermischten sich zu einem höllischen Crescendo. Die Dunkelheit raste heran, so schnell, dass sich Hannah nicht dagegen wehren konnte.

Die Sonne stand hoch am Himmel und zwängte ihr gleißend helles Licht durch einen Spalt in den Vorhängen. Hannah hustete und rang nach Atem. Mund und Kehle fühlten sich wund an, in ihrer Nase brannte der aschebittere Geruch von Rauch und Feuer. Ihre Hände waren dick bandagiert, die Stirn so heiß, als hätte ein glühendes Eisen die Haut verbrannt.

Verschwommene Erinnerungen an die vergangenen Stunden tauchten auf, Dunkelheit und Licht wechselten sich ab. Da waren Ärzte in weißen Kitteln und Krankenschwestern, die beruhigend auf sie einredeten, und Hände, die sie versorgten.

Wahrscheinlich hatten sie ihr ein Schlafmittel verabreicht, denn sonst hätte sie wohl kein Auge zugetan. Jemand musste ihr im Lauf der Nacht ein Krankenhausnachthemd angezogen haben. Das teure Cocktailkleid hing in verkohlten Fetzen über einer Stuhllehne.

Auf dem Nachttisch neben dem Krankenhausbett standen ein Krug und ein Glas. Hannah tastete nach der Karaffe und biss die Zähne zusammen, als sie die schmerzenden Finger um den Henkel bog. Sie goss Wasser in das Glas und trank es in einem Zug aus.

Es klopfte an der Zimmertür.

»Herein«, krächzte sie. Ihre Stimme klang fremd und uralt wie raschelndes Pergament.

»Hallo.«

Hannah blickte zur Tür. Überrascht erkannte sie Gisela Wollner, Harrys Sekretärin. Sie lächelte, kam näher und stellte eine Tasche auf den Tisch vor dem Fenster.

»Ich habe Ihnen Kleidung mitgebracht«, sagte sie, »ein paar abgelegte Sachen, die Sie jetzt sicher gut gebrauchen können.«

Hannah setzte sich mühsam auf. Ihre Lungen brannten, ein trockener Husten quälte sie.

»Warten Sie, ich helfe Ihnen.«

Die Sekretärin suchte nach dem Hebel, um das Oberteil des Bettes anzuheben, und schob ihr ein zweites Kissen in den Rücken.

»Hat Harry Sie geschickt?«, fragte Hannah.

»Nein. Schlechte Nachrichten verbreiten sich schnell. Ich habe gehört, was gestern Nacht passiert ist.«

»Wissen Sie etwas über Max Pohl, Frau Wollner?«

Sie zog sich einen Stuhl heran und setzte sich. »Nennen Sie mich Gisela.« Sie legte ihre Hand auf Hannahs Unterarm. »Es tut mir leid, er kam bei der Explosion ums Leben.«

Hannah ließ den Kopf auf das Kissen sinken und schloss die Augen. Sie hatte nichts anderes erwartet, aber die Wahrheit ausgesprochen zu hören, machte Max' Tod offiziell. Nun konnte sie die schreckliche Gewissheit nicht länger verdrängen.

»Waren Sie mit ihm über das Geschäftliche hinaus befreundet?«, fragte Gisela.

»Ja.«

Mehr als das. Max war ihr in der kurzen Zeit, die sie sich kannten, Ersatzvater, Lehrer und Freund, Mentor und Kummerkasten gewesen. Ob ein Fluch auf ihr lag? Kaum hatte sie Freundschaften geschlossen, sich verliebt oder mit Menschen umgeben, denen sie vertraute, schlug das Schicksal zu … Malisha, Joschi, Lissy, Hans … und nun Max.

Sie öffnete die Augen und kämpfte gegen die Tränen an. »Wenn Harry Sie nicht geschickt hat, warum sind Sie dann gekommen?«, fragte sie.

»Ein Bekannter, der auf Pohls Geburtstagsparty war, hat mir von Ihrem Streit mit Harry erzählt. Er sah, wie sie ihm nachgelaufen sind. Ich bin hier, weil ich Sie vor ihm warnen muss.«

»Nach seinem Auftritt gestern Abend besteht wohl kaum die Gefahr, dass ich ihn wiedersehen will.«

»Sie sollten ihn nicht unterschätzen. Er versteht es, Frauen den Kopf zu verdrehen.«

»Nicht mehr den meinen.«

»Sind Sie da so sicher? Nach Ihrer ersten Auseinandersetzung hat er Sie auch wieder für sich gewinnen können. Er hat Ihnen viel versprochen und nichts gehalten, stimmt's? Er macht das ständig.«

»Was meinen Sie damit?«

»Solange Harry es schafft, seine krankhafte Eifersucht im Zaum zu halten, kann er ein wundervoller Mann sein. Doch er hält das nie lange durch. Meist reicht eine Kleinigkeit, um seinen wahren Charakter durchbrechen zu lassen. Wenn er Sie einmal an sich gebunden hat, wird er Sie niemals wieder loslassen. Sich ihm dann zu entziehen, kann gefährlich werden. Harry wird eine Zeit lang den Beleidigten spielen, dann den Reumütigen und schließlich, wenn er sich Ihrer Zuneigung sicher ist, den Beherrscher«, fuhr Gisela fort. »Sie sollen wissen, mit wem Sie sich einlassen.«

»Sie scheinen ihn gut zu kennen.«

»Ich war ein paar Monate lang mit ihm zusammen. Danach habe ich es kaum geschafft, mich von ihm zu lösen.«

»Und doch arbeiten Sie für ihn.«

»Würde ich kündigen, müsste ich mein Geld als Putzfrau oder Bedienung in einem Café verdienen. Harry würde dafür sorgen, dass mich in Frankfurt niemand mehr als Anwaltsgehilfin einstellt.«

»Warum ... ist er so geworden? Es gab überhaupt keinen Grund für seine Eifersucht.«

»Er leidet unter Verlustangst. Harry verlor seine Mutter, als er zehn Jahre alt war. Ein halbes Jahr nach ihrem Tod erkrankte er an Diphtherie. Sie müssen wissen, dass die Schwestern seines Vaters ihn danach aufzogen. Eines Abends während seiner Erkrankung ließen sie ihn allein, Harry wäre fast erstickt. Das muss etwas in ihm ausgelöst haben, eine Urangst vor Trennung und Verlust, die er nie mehr überwunden hat. Jede Frau, die sich mit ihm einlässt, umklammert er, bis sie zu ersticken droht.«

Gisela lachte kopfschüttelnd.

»Was ist daran so komisch?«

»Entschuldigen Sie. Ich versuche, mir sein Gesicht vorzustellen, als er zusehen musste, wie Sie mit diesem jungen Soldaten getanzt haben.«

»Er war kreidebleich«, sagte Hannah. »Ich ... ich habe das nur getan, weil er mir mit seiner Eifersucht den Abend verdarb.«

Gisela wurde ernst. »Sie haben Glück, dass ihm der Jähzorn seines Vaters fehlt. Dennoch ... Irgendwann wird Harry aus Eifersucht einen Mord begehen.«

»Warum erzählen Sie mir das alles?«

»Damit Ihnen nicht das Gleiche passiert wie mir. Befolgen Sie bitte meinen Rat: Halten Sie sich fern von Harald Lenz.«

Sie stand auf und packte die Sachen aus, die sie mitgebracht hatte. »Ich will Sie nicht beeinflussen. Es ist Ihre Entscheidung. Aber Sie sollten wissen, dass er eine dunkle Seite hat. Ich bin überzeugt davon, dass er Sie auf seine Weise über alles liebt. Solange Sie diese Liebe erwidern, wird er ein wundervoller Ehemann sein. Sollte er jemals das Gefühl haben, dass Sie ihn im Stich lassen, ist er zu allem fähig.«

»Danke, dass Sie es mir erzählt haben«, sagte Hannah. »Ich habe es erlebt, als er mir das Haus zeigte, das er für uns gekauft hat. Ich wollte ihm noch eine Chance geben, aber nun weiß ich, dass wir keine Zukunft haben. Seien Sie unbesorgt.«

Gisela sortierte die Wäschestücke.

»Der Hangar ist völlig ausgebrannt?«, fragte Hannah.

»Ja, leider.«

Ihr kam ein beunruhigender Gedanke. Ganz würde sie Harry nicht aus ihrem Leben verbannen können. Spätestens beim Prozess gegen Brunner würde sie eine Begegnung nicht vermeiden können.

»Darf ich Sie um etwas bitten?«, fragte Hannah.

»Aber ja.«

»Können Sie mich über die Prozessplanung im Fall Fritz Brunner auf dem Laufenden halten? Von meiner Aussage hängt ab, ob er wegen Mordes an seiner Frau verurteilt wird.«

»Dann wissen Sie es noch nicht?«

Hannah beschlich eine böse Ahnung. »Was denn?«

»Ist Ihnen der Name Rudolf Aschenauer ein Begriff?«

»Nein.«

»Aschenauer ist Strafverteidiger. Er hat Dutzende NS-Verbrecher vertreten und nun ist er Brunners Anwalt. Er hat erreicht, dass sein Mandant für verhandlungsunfähig erklärt wurde. Angeblich hat Brunner einen Herzinfarkt erlitten. Aschenauer hat ein Attest vorgelegt, demzufolge Brunner nicht den Strapazen eines langen Prozesses ausgesetzt werden darf, weil die Gefahr eines zweiten Infarkts besteht. Fritz Brunner ist ein freier Mann.«

»Aber er ist ein Massenmörder. Er darf nicht straffrei ausgehen.«

Gisela zuckte mit den Schultern. »Haben Sie noch nie von den *Heilenden Händen* gehört? Die Gräfin Cornelia von Gessnitz ist die treibende Kraft hinter dieser Organisation. Sie ist die Witwe eines Richters, der über hundert Todesurteile am Volksgerichtshof gefällt hat und kurz vor Kriegsende ums Leben kam.

Von Gessnitz hat das Vermögen ihres Mannes in eine Stiftung gesteckt. Offiziell kümmert sie sich um Opfer der NS-Justiz, in Wahrheit sind diese Opfer allesamt Täter wie Brunner. Ihr stehen Anwälte und einflussreiche Gutachter zur Verfügung. Sie hat Aschenauer engagiert, weil er mit seiner speziellen Strategie schon den einen oder anderen NS-Verbrecher vor einem Prozess bewahrt hat. Von Gessnitz hat ein gut geschmiertes Netzwerk aus alten Nazi-Seilschaften aufgebaut, selbst die katholische Kirche stärkt ihr den Rücken. Schauen Sie sich nur die Anfangsbuchstaben der *Heilenden Hände* an: H-H, das bedeutet Heil Hitler.«

Hannah sank auf das Kissen zurück. »Ja, ich kenne die Gerüchte. Und die Spur von Rolf Heyrich, die nach Köln führt? Führt die auch ins Leere?«

»Es gibt keine Spur. Harry hat sich nie mit dem Verbleib von Heyrich beschäftigt. Das war nichts weiter als ein Trick, um Sie an ihn zu ketten.« Gisela drückte sanft Hannahs Arm. »Was werden Sie nun anfangen?«

»Ich weiß es nicht. Vielleicht werde ich fortgehen und eine alte Freundin besuchen. Jetzt, da Max tot ist, hält mich nichts mehr in Frankfurt.«

»Ich wünsche Ihnen viel Glück.«

»Auf Wiedersehen.«

Kaum war Gisela gegangen, da betrat ein Arzt das Zimmer. Er trug ein kleines Paket.

»Nun, wie fühlen wir uns?«, fragte er fröhlich.

Hannah lächelte gequält. »Ein bisschen angesengt.«

»Keine Angst, Sie werden keine bleibenden Schäden davontragen. Die Schürfwunden heilen schnell. Trotzdem möchte ich Sie ein paar Tage hierbehalten – nur um sicherzugehen. Sie haben eine leichte Rauchvergiftung erlitten, und wir wollen doch nicht, dass Sie Spätfolgen davontragen. Vor allem nicht in Ihrem Zustand, nicht wahr?« Er zwinkerte ihr zu.

»Was meinen Sie damit – in meinem Zustand?«

»Herzlichen Glückwunsch, Fräulein Bloch. Sie sind schwanger. Ich komme nachher noch einmal vorbei und sehe nach Ihnen.« An der Tür blieb er stehen. »Ach, fast hätte ich es vergessen. Dieses Päckchen wurde auf der Station für Sie abgegeben.«

Hannah nahm betäubt das in braunes Packpapier eingewickelte Präsent entgegen. Endlich ergab auch ihre morgendliche Übelkeit einen Sinn. Dass sie nicht selbst darauf gekommen war!

Vor einer halben Stunde hatte sie geglaubt, es könne nicht mehr schlimmer kommen. Nun war sie nicht nur allein und heimatlos, sie erwartete auch noch ein Kind von einem Mann, den sie niemals heiraten würde.

Sie erinnerte sich an den Tag, an dem Malisha sie in die Universitätsklinik gebracht hatte. Lubeck hatte sie sofort für eine Zwangssterilisation vorgemerkt, weil sie an einer leichten Form von Epilepsie litt. Damals hatte sie sich vorgestellt, wie es wohl wäre, eigene Kinder zu haben. Sie hatte dafür gekämpft, dass sie in einer Welt ohne Rassenwahn und Terror aufwachsen würden. Und nun würde das ungeborene Kind in ihrem Leib nicht einmal seinen Vater kennenlernen. Sie dachte an Malisha. Auf tragische Weise schien sich ihr Schicksal zu wiederholen. Hannah barg das Gesicht im Kissen und weinte.

Von düsteren Gedanken und Sorgen gequält, glitt sie irgendwann in einen unruhigen Schlaf. Als sie erwachte, zog vor dem Fenster die Dämmerung herauf. Das Päckchen stand auf dem Nachttisch. Wagte Harry einen ersten Annäherungsversuch? Wusste er, dass sie schwanger war? Falls er noch keine Kenntnis davon hatte, musste sie unbedingt verhindern, dass er es erfuhr. Harry war imstande, ihr das Kind wegzunehmen, um es als Druckmittel einzusetzen, damit sie ihn heiratete. Sie griff nach dem Paket, riss das Papier ab und öffnete es. Das vermeintliche Versöhnungsgeschenk enthielt eine Hakenkreuzbinde und eine Gewehrkugel.

TEIL 2

DER HUNGERWINTER

19

15. Juli 1947

Pawel Kowna lehnte am Tresen eines Imbissstands vor der Hauptwache, trank ein kaltes Bier und studierte die Frankfurter Rundschau, eine der ersten Tageszeitungen, die seit Kriegsende wieder regelmäßig erschienen. Eine bleierne Hitze lag über der Stadt. Er wischte sich mit dem Hemdärmel über die Stirn, denn bei der geringsten Anstrengung brach ihm der Schweiß aus.

Vier Wochen waren seit der Nacht vergangen, in der Esther Theissen erschossen hatte. Pawel hatte sich seitdem oft in der Nähe des Gemeindezentrums im Baumweg herumgedrückt. Gestern hatte er aus der Ferne ihre rotblonden Locken gesehen, aber keinen Versuch unternommen, sich ihr zu nähern. Er kannte sie gut genug, um ihren Schwur nicht ernst zu nehmen, ihn niemals wiedersehen zu wollen. Er vermisste sie, oh und wie er sie vermisste. Esther war die aufregendste Frau, die er jemals kennengelernt hatte, bildhübsch, voller Energie und temperamentvoll. Er wusste, dass es eine Frau wie sie kein zweites Mal gab. Ihm fehlte nicht nur die körperliche Liebe mit ihr, er sehnte sich auch nach den nächtelangen Gesprächen, die sie geführt hatten. Wie oft hatte Esther im selben Moment ausgesprochen, was ihm durch den Kopf ging. Dass sie ihm verübelte, die beiden Polizisten erschossen zu haben, überstieg seinen Horizont. Er hatte geglaubt, sie wären ein eingeschworenes Paar, eine einzige Seele mit zwei Namen. Pawel war sicher gewesen, dass sie einander blind vertrauen konnten und die Welt erobern würden. Konnte er sich denn so in ihr getäuscht haben?

Er trank einen Schluck Bier. Der Alkohol stieg ihm in der Hitze rasch zu Kopf und die Schlagzeilen verschwammen ein wenig vor seinen Augen. Der Mord an den Polizisten beherrschte die täglichen Meldungen. Es hieß, die Kriminalpolizei verfolge eine heiße Spur, aber Pawel vermutete, dass die Aussage nur die Bevölkerung beruhigen sollte. Er wusste von Oberst *Wally*, dass die Mordermittler mit der schlechten Organisation ihrer Behörden kämpften, dazu kamen Kompetenzstreitigkeiten zwischen den Besatzungsmächten und den deutschen Staatsanwaltschaften. Oft wusste die linke Hand nicht, was die rechte tat. Vor allem fehlte es an der Koordination der unterschiedlichen Stellen. Anfragen und Ermittlungsergebnisse wurden nicht weitergeleitet oder versauerten in Ablagekörben, Informationen zu bündeln, war schlichtweg unmöglich.

Zum Glück war es ihm und Jaron in jener Nacht doch noch gelungen, den Hanomag aus dem Schlammloch zu manövrieren und so die einzige Spur zu verwischen, die die Polizei zum Baumweg geführt hätte.

Misstrauisch beobachtete er den belebten Platz vor der Hauptwache. Sein Herz schlug schneller, als er zwei Uniformierte entdeckte, die Streife gingen. Er befürchtete nicht, erkannt zu werden, der Grund für seine Erregung war ein anderer. Jeder Polizist, dem er begegnete, besaß für Sekundenbruchteile das Gesicht des jungen Beamten, den er erschossen hatte. Pawel hatte geglaubt, dass es keinen Unterschied machte, ob er einen deutschen Kriegsverbrecher oder einen Polizisten tötete. Er hatte sich geirrt und das versetzte ihn in Wut. Jede Nacht wurde er von den Ereignissen auf der Landstraße verfolgt. Obwohl er in seinen Albträumen das ganze Magazin auf die Uniformierten leerschoss, konnten die Kugeln ihnen nichts anhaben. Sie kamen trotzdem immer näher. Dann floh er vor ihnen mit quälend langsamen Bewegungen und sie folgten ihm in dem gleichen Tempo, ohne ihn jemals einholen zu können. Wenn er sich umdrehte, starrten sie ihn an. Niemals sprachen sie ein Wort, doch immerzu spürte er ihre anklagenden Blicke auf sich ruhen.

Ein paar Tage nach dem Mord hatte er eine einträgliche Einnahmequelle aufgetan: Im DP-Camp blühte der Schwarzmarkthandel. Viele Mitglieder seiner Familie waren Händler gewesen. Auch Pawel hatte seine kaufmännische Ader entdeckt und verstand rasch, wie das Spiel funktionierte. Es herrschte ein unstillbarer Bedarf an Lebensmitteln und Dingen des täglichen Bedarfs. Die Leute verkauften Erbstücke und Schmuck zu Schleuderpreisen, um an Kaffee und Butter zu gelangen.

Pawel hatte herausgefunden, dass Oberst Watson beschlagnahmte Zigaretten und Spirituosen hortete. In unauffälligen kleinen Portionen erleichterte er den trägen Amerikaner um Cognac und Whisky, um damit einen schwungvollen Handel zu beginnen. In wenigen Tagen hatte Pawel mehr verdient als in den Wochen, die er in der Schreibstube zugebracht hatte. Außerdem lernte er jede Menge interessante Leute kennen. Was ihm fehlte, war eine verschwiegene Bande wie Esthers *Sikarier*, eine Mannschaft, die ihm helfen würde, die falschen Pfundnoten aus ihrem Versteck beim Reschensee zu holen.

Er leerte die Bierflasche und biss sich auf die Unterlippe. Genau hier lag sein Problem. Ihm war schnell klar geworden, dass er die Kisten niemals allein würde bergen können, dazu brauchte er Hilfe.

Seit Tagen zermarterte er sich den Kopf, wie er Esther zurückgewinnen könnte. Sie hatte ihn schon einmal hinausgeworfen und wieder in die Arme geschlossen, warum sollte es ihm nicht ein drittes Mal gelingen, sie zu erobern? Vielleicht musste er ihr nur deutlich machen, dass der Tod der Polizisten unausweichlich gewesen war und dass er sie nur erschossen hatte, um Esther zu schützen – was auch weitestgehend der Wahrheit entsprach.

Zumindest war die Sache einen Versuch wert, er wollte und konnte Esther noch nicht aufgeben. Er hatte nichts zu verlieren, aber viel zu gewinnen.

Pawel war jung und besaß wenig Erfahrung, wie man einer Frau erfolgreich den Hof machte. Esther hatte er nicht zu erobern brauchen, alles war wie von selbst geschehen. Es konnte auf jeden Fall nicht schaden, mit einem Geschenk zurückzukommen. Welche Frau könnte wohl in diesen schweren Zeiten verlockendem Schmuck widerstehen?

Er faltete die Zeitung zusammen, überquerte den Platz vor der Hauptwache und suchte einen Juwelier auf. Mit dem Geld, das er auf dem Schwarzmarkt verdient hatte, erstand er eine filigran gearbeitete Halskette und dazu passende Ohrringe mit funkelnden Smaragden, die wunderbar zu Esthers rotblonden Locken passten. Er ließ die Kette durch die Finger gleiten und stellte sich vor, wie sie ihre Schönheit zur Geltung bringen würde. Allmählich besserte sich seine Laune.

Als er das Haus im Baumweg erreichte, war er in Hochstimmung. Er traf Esther in dem großen Raum im Erdgeschoss, den die Gemeinde als Synagoge nutzte. Sie war damit beschäftigt, den Gemeinschaftssaal für einen Gottesdienst vorzubereiten.

»Hallo, Esther.«

Er näherte sich ihr vorsichtig, jederzeit bereit, sich zu ducken, falls sie wieder mit Gegenständen nach ihm werfen würde. Sie drehte sich um und sah ihn an, Pawel erschrak. Diesmal lag kein Schmerz in ihren Augen, keine Wut und keine Furcht. Ihr Blick war so kalt wie ein zugefrorener See.

»Was willst du hier?«, fragte sie mit tonloser Stimme.

Er suchte nach einer Erklärung, doch die Worte blieben ihm angesichts ihrer Eiseskälte im Hals stecken. Unbeholfen präsentierte er ihr die Schmuckschachtel.

»Ich habe dir etwas mitgebracht … eine Überraschung.«

»Was ist das?«

Pawel probierte es mit einem schiefen Lächeln.

»Schau's dir an.«

Er reichte ihr die Schachtel. Esther nahm sie wortlos entgegen. Sie löste die Schleife und hob den Deckel ab. Nicht nur die Kette und die Ohrringe lagen darin, sondern auch die Patronenhülse mit der Karte vom Reschensee. Esther zog sie an dem Lederband aus der Schachtel, ihr Blick war noch immer kalt und ausdruckslos.

»Was soll ich damit?«

Hastig sprudelte das Geheimnis aus Pawel heraus, das ihm Theissen anvertraut hatte. »Wir sind reich, Esther. Wir können tun und lassen, was wir wollen. Stell dir nur vor, was wir mit dem Geld anfangen werden. Wir ...«

Sie warf die Hülse in die Schatulle und klappte den Deckel zu. »Ich will es nicht. Daran klebt das Blut Tausender Unschuldiger. Spar dir deine billigen Geschenke für eine Frau, die du damit kaufen kannst.«

Sie warf ihm die Schachtel zu, Pawel fing sie ungeschickt auf. Die Patronenhülse fiel heraus und rollte klappernd über den Boden. Hastig bückte er sich und hob sie auf.

»Geh jetzt!«

»Esther, ich ...«

»Welchen Teil von ›Ich will dich nicht mehr sehen‹ hast du nicht verstanden, Pawel Kowna oder Jakob Demsky oder wie du dich nennst?«

»Ich hatte keine Wahl, ich musste die Polizisten erschießen. Du weißt es, denn du warst dabei.«

Sie schüttelte den Kopf. »Das ist nicht wahr. Wahrscheinlich wären sie sogar dazu bereit gewesen, uns zu helfen, den Laster aus dem Dreck zu ziehen.«

»Sie waren Deutsche«, antwortete er. »Sie hassen die Juden. Sie hätten uns durchsucht und die Waffen gefunden. Dann wären sie auf Theissens Leiche gestoßen. Ich hab's für dich getan, Esther. Weißt du nicht, was passiert wäre, wenn einer von euch die Nerven verloren hätte? Sie hätten dich ins Gefängnis gesteckt und das könnte ich nicht ertragen.«

»Du hast nicht einmal versucht, ihren Tod zu vermeiden. Manchmal glaube ich, es hat dir Spaß gemacht, sie umzubringen. Du hast schon zu viele Menschen getötet, Pawel Kowna. Pass auf, dass du nicht so wirst wie die, die du hasst.«

»Wenn wir Vergeltung wollen, müssen wir Opfer bringen. Es geht nicht anders.«

»Es ist in Ordnung, Leute wie Theissen zu liquidieren«, sagte Esther ruhig, »aber diese beiden Männer hatten nichts verbrochen.«

Allmählich wurde er wütend. Warum konnte sie nicht sehen, was er sah? »Bist du dir da so sicher? Alle Deutschen sind Verbrecher.«

Esther schüttelte den Kopf. »Auch ich hasse die Nazis. Aber dein Hass ist anders als meiner, Pawel. Pass auf, dass er dich nicht zerstört.«

Er drehte die Patronenhülse in den Fingern. »Wir könnten ganz von vorne anfangen, nur du und ich«, sagte er. »Lass uns nach Palästina gehen oder ...«

»Du machst dir etwas vor. Du bist ein Träumer ... Ein Träumer, der mir Angst macht, weil deine Fantasien voller Blut, Mord und Tod sind. Glaubst du wirklich, ich könnte so weiterleben wie bisher? Ich hätte auf Ari und Jaron hören sollen. In der Nacht, als wir dich vor Gomulka gerettet haben, haben sie mich gewarnt. Sie sagten, du würdest nichts als Ärger machen. Ich habe mich von deinem Gerede und deinem Hass anstecken lassen. Du hast uns den Kopf verdreht mit deiner Hetze und uns alle zu Mördern gemacht.«

»Wir wollen das Gleiche«, verteidigte er sich.

»Nein. Zwischen Hass und der Suche nach Gerechtigkeit besteht ein Unterschied. Du hast Unschuldige getötet. Das verzeihe ich dir nicht.«

Er ballte die Fäuste. »Wir könnten Großes erreichen. Eine Vergeltung, von der wir nicht zu träumen gewagt haben. Die Welt wird uns mit Schwends Gold zu Füßen liegen.«

»Sie wird uns hassen, so wie wir die Nazis hassen. Und dieser Hass wird uns zugrunde richten. Geh jetzt, du musst deinen eigenen Weg gehen. Es ist nicht der meine.«

Pawel sah ein, dass er sie verloren hatte. Er verließ den Versammlungsraum. An der Tür hielt ihn Esthers Stimme zurück.

»Ich weiß, du hast Schreckliches erlebt, Pawel. Wie wir alle. Aber durch dein Handeln hast du uns in Gefahr gebracht. Die Polizei war hier und hat uns Fragen gestellt. Verlass so schnell wie möglich die Stadt und komm nie zurück.«

»Danke, dass du mich gewarnt hast.«

Er wandte sich um und prallte mit Jaron zusammen, der kreidebleich hereinstürmte.

»Wir müssen verschwinden, Esther. Lauf!«, schrie er.

Die Eingangstür knarrte, Stimmen und Schritte wurden laut.

»Polizei! Niemand rührt sich vom Fleck!«

Pawel hörte, dass der alte Isaak lautstark protestierte.

»Wir müssen hinten raus!«, rief er.

Jaron verriegelte den Eingang des Gemeindesaals. Esther rannte durch eine Nebentür in den Garten, Pawel folgte ihr.

«Stehen bleiben! Polizei!«

Fünf bewaffnete Polizisten hatten den Hinterausgang abgeriegelt. Pawel machte auf der Stelle kehrt, kam jedoch nicht weit. Zwei Männer in langen Mänteln packten ihn, drehten ihm die Arme auf den Rücken und fesselten ihn mit Handschellen. Esther wehrte sich verbissen, während Jaron keinen Widerstand leistete.

In getrennten Fahrzeugen schaffte man sie in das Polizeipräsidium im Gallusviertel. Pawel verbrachte einen Tag und eine Nacht in einer Arrestzelle. Er schlief nicht, starrte an die Decke und dachte an Esther. Zum ersten Mal gelang es ihm nicht, sich in seine innere Welt zurückzuziehen, die ihn seine Lage vergessen ließ. All seine hochfliegenden Pläne endeten hier.

Die Gewissheit, Esther verloren zu haben, wühlte in seinen Eingeweiden wie ein Fieber, das ihn zu verzehren schien. Er bedauerte nicht, die Polizisten erschossen zu haben, aber ihr Tod war am Ende tatsächlich sinnlos gewesen. Am meisten quälte ihn der Gedanke, dass er Esther hatte schützen wollen und sie nun seinetwegen in einer Gefängniszelle saß. Statt die Krankheit ihrer Überlebensschuld zu heilen, hatte er alles nur noch schlimmer gemacht.

Als sie ihn zum Verhör abholten, wusste Pawel, dass er sie retten musste, ganz gleich, was aus ihm wurde. In seinem Kopf begann sich ein Plan zu formen.

Der Justizbeamte befahl ihm, sich auf einen Stuhl zu setzen, und wartete neben der Tür. Zwei Männer betraten den Raum, der eine bullig, mit einem Bauch wie ein Fass, der andere klein und sehnig, mit einer Habichtsnase und einem Gesicht, das an einen Iltis erinnerte.

»Name?«, fragte der Dicke.

»Jakob Demsky.«

»Sie sollten sich besser schnell angewöhnen, hier mit der Wahrheit herauszurücken«, sagte der Iltis. »Meine Frage ist eine reine Formalität. Wir wissen, dass Sie Pawel Kowna heißen, geboren am 8. April 1922 in Warschau.«

»Keine Ahnung, wovon Sie reden, ich bin Jakob Demsky«, erwiderte Pawel.

Nach zehn Minuten gab er seinen Widerstand auf. Die eintätowierte Häftlingsnummer auf seinem Unterarm verriet ihnen, wer er tatsächlich war. Eine irrsinnige Wut brodelte in seinem Bauch. Er hasste sich selbst und das verräterische Stück Haut.

Pawel musste ihnen seine Lebensgeschichte erzählen – warum die Nazis ihn eingesperrt hatten und er drei Jahre im KZ Sachsenhausen eingesessen hatte. Er beschrieb seine Beziehung zu Theissen, Bolkow und Mitschke.

Nach einer Stunde stellten sie ihn mit fünf anderen Männern vor eine Wand und drückten ihm ein Schild mit der Aufschrift *Nr. 3* in die Hand. Gomulka kam. Er sah ihm ins Gesicht, zeigte auf ihn und nickte. »Der da!«, sagte er.

Danach ging es in den Verhörraum zurück.

Der Iltis zündete sich eine Zigarette an und hielt Pawel das Päckchen hin. Er wollte ablehnen, dann nahm er doch eine und sog den Rauch tief in die Lungen.

»Da kommt ganz schön was zusammen«, sagte der Dicke.

»Ich will eine Aussage machen«, antwortete Pawel.

»Nur zu. Wir hören.«

Pawel gestand die Morde an Mitschke, Theissen und den beiden Polizisten. Es war sinnlos, die Verbrechen zu leugnen, zu erdrückend waren die Beweise. Sie hatten geglaubt, alle Spuren verwischt zu haben, doch sie waren beobachtet worden, als sie ins Theissens Haus stürmten. Dem Zeugen war der Hanomag aufgefallen, der in dem kleinen Ort unbekannt war. Esther hatte sich nicht geirrt, die Polizei hatte daraufhin das Gemeindezentrum beobachtet und alle befragt, die ein und aus gingen. So waren sie auf Bolkow gestoßen, hatten seine wahre Identität aufgedeckt und eine Verbindung zu Pawel hergestellt. Irgendwann hatte ein Mitglied der *Sikarier* unter dem Druck des Verhörs verraten, was er wusste.

Pawel beschrieb die Nacht, in der er Mitschke umgebracht hatte, und wie Esther und ihre Gruppe ihn vor Gomulkas Hunden gerettet hatten.

»Sie haben niemanden getötet«, schloss er seinen Bericht. »Hätten sie mich nicht auf dem Schrottplatz aufgelesen, wären sie niemals auf den Gedanken gekommen, etwas Schlimmeres zu tun, als ihren Zorn mit sich herumzutragen. Ich habe sie so lange aufgehetzt, bis sie mich als ihren Anführer akzeptiert haben. Sie gewährten mir Unterschlupf und besorgten mir den Laster. Das ist alles, was sie getan haben. Ich alleine habe Mitschke, Theissen und Bolkow getötet. Die Polizisten mussten sterben, weil sie zur falschen Zeit am falschen Ort waren. Mir war klar, dass wir keine Zeugen gebrauchen konnten. Nachdem ich sie erschossen hatte, trennten wir uns. Esther will nichts mehr mit mir zu tun haben. Sie trifft keine Schuld.«

»Immerhin hat sie Beihilfe zu den Morden geleistet«, sagte der Kriminalbeamte.

Pawel zog an seiner Zigarette.

»Sie haben einen geständigen Täter. Was wollen Sie mehr?«

»Die Wahrheit.«

»Die Wahrheit ist, dass diese SS-Schweine den Tod verdient hatten. Lassen Sie Esther und ihre Freunde gehen.«

»Warum sollten wir das tun?«, fragte der Iltis.

Pawel beugte sich vor und antwortete: »Weil Sie sonst einen Skandal produzieren, an dem niemand Interesse hat. Wollen Sie wirklich drei Juden den Prozess machen, weil sie nach der Gerechtigkeit gesucht haben, die man ihnen verwehrt, indem man die Täter nicht verfolgt?«

Er erhielt keine Antwort auf seine Frage. Sie brachten ihn in die Zelle zurück, wo er einen Tag und eine Nacht wartete.

Am Morgen darauf wurde die Zellentür geöffnet, zwei amerikanische Militärpolizisten holten ihn ab. Sie legten ihm Handschellen an und befahlen ihm, auf dem Rücksitz eines Jeeps Platz zu nehmen. Sie fuhren los, ohne ihm ein Ziel zu nennen.

Pawel versuchte, eine Unterhaltung in Gang zu bringen, zunächst auf Deutsch, dann auf Englisch. Immerhin erfuhr er, dass Esther, Jaron und Ari frei waren. Offenbar hatten sich die Amerikaner in den Fall eingemischt. Sie wollten unter allen Umständen verhindern, dass die Welt von der gesetzeswidrigen Vergeltung deutscher Juden erfuhr. Erleichtert lehnte Pawel sich zurück, sein Plan war aufgegangen.

Der Jeep kroch durch das Labyrinth zerstörter Straßen nach Norden, vermutlich brachten sie ihn in das amerikanische Hauptquartier im I.G.-Farben-Haus. Vor einer Kreuzung östlich des Palmengartens, unweit der Sperrzone, kam der Jeep zum Stehen. Offenbar war die Ruine eines ausgebombten Hauses eingestürzt, die Trümmer versperrten die Straße. Menschen mit staubbedeckten Gesichtern hasteten um Hilfe rufend umher, es hatte wohl Tote und Verletzte gegeben.

Pawel hörte das Brummen eines starken Dieselmotors. Er drehte sich um und sah, dass sich dem Jeep von hinten ein Lastwagen näherte. Sein Herz schlug schneller, als er den Hanomag erkannte. Es war der Laster, den Esthers *Sikarier* benutzten.

Der Militärpolizist hinter dem Steuer des Jeeps fluchte und legte den Rückwärtsgang ein, um zu wenden, doch der Hanomag ließ ihm dazu keinen Platz. Gestikulierend und schimpfend stieg der Amerikaner aus. Die Fahrertür des Lasters wurde aufgestoßen und traf den Soldaten am Kopf.

»Damn!«

Der zweite Amerikaner öffnete die Beifahrertür.

Pawel sah, dass zwei vermummte Gestalten von der Ladefläche des Lasters sprangen. Sie bedrohten die Soldaten mit vorgehaltenen Waffen, eine von ihnen winkte ihm und bedeutete ihm auszusteigen. Er kletterte aus dem Jeep und lief auf den Lastwagen zu. Jemand öffnete die Beifahrertür und zog ihn ins Innere. Die beiden Bewaffneten hielten die Amerikaner in Schach, während der Fahrer wendete. Dann nahm er seine beiden Kumpane auf und fuhr los. Auch er trug eine schwarze Wollmütze über dem Gesicht, in die er Löcher für Augen und Mund geschnitten hatte. Die Befreiungsaktion hatte keine drei Minuten gedauert.

Nach einer kurzen Fahrt erreichten sie die nördliche Stadtgrenze. Der Fahrer hielt an und nahm die Maske ab. Es war Esther.

Pawel grinste. »Das war großartig. Das war wie … Bonnie und Clyde.«

Er beugte sich vor, um sie zu küssen. Esther wich vor ihm zurück und stieß ihn vor die Brust.

»Bilde dir bloß nichts darauf ein. Ich habe meine Meinung nicht geändert. Ari und Jaron haben mich so lange bekniet, bis ich mitgemacht habe. Sie meinen, wir wären es dir schuldig, dich aus dem Knast zu holen.« Sie funkelte ihn böse an. »Ich weiß nicht, was du der Polizei erzählt hast, damit sie uns laufen ließ, aber ich kann mir denken, dass es weitere Lügen waren.«

Sie nahm einen Umschlag aus der Innentasche ihrer Jacke und reichte ihn Pawel.

»Damit kommst du ein paar Wochen über die Runden. Verlass Frankfurt und lass dich nie wieder hier blicken.«

Er nahm den Umschlag und stieg aus dem Fahrerhaus.

»Danke, Esther«, sagte er.

»Hau ab, du verfluchter Hund.« In ihren Augen schimmerten Tränen. »Viel Glück.«

Sie trat das Gaspedal durch, der Laster fuhr an und die Beifahrertür klappte zu.

Pawel blieb allein zurück. Er wusste, dass er Esther verloren hatte, aber sie lebte und war frei.

20

Hannah stellte ihren Koffer auf dem Bahnsteig des Frankfurter Hauptbahnhofs ab. Über ihr wölbte sich die Stahlkonstruktion des Glasdachs, das den Krieg wie durch ein Wunder nahezu unbeschädigt überstanden hatte. Die Halle war überfüllt mit Reisenden, Flüchtlingen und Vertriebenen, die ein neues Zuhause suchten. Ausgebombte waren darunter, die auch zwei

Jahre nach Kriegsende obdachlos waren und ihre Habe auf Karren hinter sich herzogen. Millionen Fremdarbeiter passierten Frankfurt auf dem Weg in ihre Heimatländer. Und dann waren da noch die Schwarzmarkthändler und Hamsterer, die Uhren, Schmuck und einfach alles, was ihnen von Wert erschien, bei Bauern gegen Lebensmittel eintauschen wollten. Für eine gute Fotokamera erhielt man zwanzig Pfund Kartoffeln. Nach dem schrecklichen Hungerwinter 1946/47 herrschte große Not und die Menschen bereiteten sich auf den nächsten vor.

Züge trafen ein oder fuhren unter dem Stampfen und Pfeifen der Dampflokomotiven ab, die eine Vielzahl scheinbar wahllos zusammengekoppelter Waggons zogen: überfüllte Personenreisewagen, Muldenkipper mit Kohle oder Holz, Kesselwagen mit Benzin und flache Rungenwaggons, auf denen Reisende kauerten, die keinen anderen Platz mehr gefunden hatten. Selbst die Dächer und Puffer waren besetzt.

Inmitten des Kommens und Gehens hielt Hannah Ausschau nach dem Zug, der sie ins oberbergische Land bringen würde. Nicht zum ersten Mal hatte sie alles verloren und besaß nur noch das, was sie auf dem Leib trug, einen Rucksack und einen kleinen Koffer mit wenigen Wäschestücken zum Wechseln.

Eigentlich sollte ich daran gewöhnt sein, dachte sie bitter. Dennoch hatte sie sich nie zuvor so einsam und verlassen gefühlt. Ob es daran lag, dass sie nun nicht mehr nur für sich selbst verantwortlich war, sondern auch für das Kind, das in ihr heranwuchs?

In einem Hinterzimmer der Fliegerklause hatte sie notdürftig zwei Wochen Quartier bezogen, um ihre Angelegenheiten zu regeln. Der Hangar und die *Tante* waren ein Raub der Flammen geworden, Max Pohl hatte seinen unbedachten Rettungsversuch mit dem Leben bezahlt. Da er keine Angehörigen hatte, kümmerte sich Hannah um die Beerdigung. Die Frachtfluggesellschaft *Bloch & Pohl* gab es nicht mehr. Hannah hatte ihre Konten aufgelöst und die Firma abgewickelt. Nach Abzug aller

Schulden blieben ihr rund tausend Reichsmark, eingenäht im Futter des Rucksacks. Zwanzig Mark befanden sich in einem Brustbeutel, der an einem Lederriemen um ihren Hals hing. In diesen Tagen konnte man nicht vorsichtig genug sein.

Zehn Tage und Nächte hatte sie mit sich gerungen, ob sie Harry verraten sollte, dass sie schwanger war. Alles hätte so einfach sein können. Wenn sie ja sagte, würde er sie auf der Stelle heiraten. Sie könnte in einem wundervollen Haus leben, mit einem Mann, der für sie und das Kind sorgte und sie abgöttisch liebte.

Er wird dich in einen goldenen Käfig stecken.

Sie spürte instinktiv, dass sich Max' Prophezeiung bewahrheiten würde. Nein, sie konnte Harry nicht heiraten, denn er hatte sich als jähzorniger, eifersüchtiger Egomane erwiesen. Er würde alle Hebel in Bewegung setzen, um ihr das Kind wegzunehmen, dessen war sie sich sicher. Sie strich sanft über ihren Bauch. Es fühlte sich beängstigend und zugleich beglückend an, zu wissen, dass in ihr neues Leben entstand. Keine Sekunde hatte sie daran gedacht, das Kind abzutreiben. Sie hatte in den Tötungsanstalten in Herborn und Hadamar gelernt, was es bedeutete, als unwertes Leben verachtet zu werden. Wenn sie dem Ungeborenen verweigerte, auf die Welt zu kommen, war sie in ihren Augen nicht besser als die Ärzte, die Kranke und Menschen mit Beeinträchtigungen ermordet hatten. Nein, sie wollte, dass dieses Kind lebte, und sie würde alles dafür tun, damit es ihm gut ging.

Hannah reckte den Kopf, um nach dem verspäteten Zug Ausschau zu halten. Sie hoffte, dass Hans' Großeltern sie vorübergehend aufnehmen würden. Immerhin hatte sie auf deren Hof während des letzten Kriegsjahres mehrere Monate verbracht und vergeblich auf die Heimkehr ihres Geliebten gewartet. So hätte sie genug Zeit, das Kind zur Welt zu bringen und um nach Ruth zu suchen, der einzigen Freundin, die noch lebte.

Ruths Schwester Thea war in Hadamar ermordet worden. Elisabeth Brunner war ebenso tot wie Hannahs Mutter. Pfarrer Claudius, ihr väterlicher Freund aus Kriegstagen, versteckte sich mit seinen Schuldgefühlen in einem Kloster.

Ein Lächeln huschte über ihre Lippen bei der Erinnerung an Ruth – die große Klappe der Obermayer-Zwillinge. In den ersten Nachkriegsmonaten hatten sie Köln mit einer Reihe von Schwarzmarktgeschäften und Diebeszügen in Atem gehalten, über die wahrscheinlich heute noch abenteuerliche Geschichten kursierten. Sie hatten einen florierenden Handel mit gefälschten Pässen, Passierscheinen und Lebensmittelkarten ins Leben gerufen. Hannah hatte alles nachgemacht, was Geld einbrachte, bis zu jener unseligen Nacht, in der sie Lubeck in eine Falle gelockt hatten. Der Köter, die rechte Hand des Chefs einer rivalisierenden Schwarzmarktbande, hatte sie an die britische Militärpolizei verraten. Ruth und Hannah waren im Gefängnis gelandet. Dort hatte sie Scott kennengelernt.

Ihre Gedanken kehrten zu dem Kleinganoven Arthur Leppin zurück, der ihr beigebracht hatte, wie man Pässe fälscht. Ausgerechnet in einem Kloster habe ich das gelernt, dachte sie amüsiert. Auch Leppin lebte längst nicht mehr, die Gestapo hatte ihn ermordet.

Ob Ruth ihre Gefängnisstrafe inzwischen abgesessen hatte? Sie selbst war damals mit Scotts Hilfe freigekommen. Ob er ab und zu an sie dachte? Oder hatte er sie längst vergessen? In diesem Moment wünschte sich Hannah, sie hätte sein Angebot angenommen, mit ihm in die USA zu gehen. Sie dachte an die Kugel und die Hakenkreuzbinde, die man ihr als Warnung geschickt hatte. Ob Brunner hinter dem Brandanschlag auf den Hangar steckte? Inzwischen galt es als erwiesen, dass das Feuer nicht aus Nachlässigkeit ausgebrochen, sondern absichtlich gelegt worden war.

Die Jagd auf Kriegsverbrecher und ehemalige Ärzte der

Tötungsanstalten war für sie so oder so vorbei. Sie wollte ihr Kind auf keinen Fall in Gefahr bringen.

Die Wartenden drängten zur Kante des Bahnsteigs und rissen sie aus ihren Grübeleien. Der Zug nach Köln lief ein und er war völlig überfüllt. Die Lokomotive stoppte schnaufend, an den Türen der Personenwagen entstand ein heilloses Gedränge. Reisende, die aussteigen wollten, behinderten diejenigen, die einen Platz in einem der Abteile zu ergattern hofften. Hannah sah, dass Menschen auf die offenen Güterwaggons am Ende des Zuges kletterten und sich an allem festklammerten, was Halt bieten konnte.

Jemand stieß sie vorwärts. Selbst wenn sie sich dazu entschlossen hätte umzukehren, es wäre unmöglich gewesen. Ein dicker Mann, der einen braunen Koffer an seinen Bauch presste, machte rücksichtslos von seinen Ellenbogen Gebrauch, quetschte sich aus dem Waggon und taumelte auf den Bahnsteig. Dabei riss er mehrere Leute um, die im Begriff waren einzusteigen. Ein Schaffner versuchte, das Durcheinander zu ordnen, gab aber entnervt auf.

»Nehmen Sie meine Hand, schnell!«

Hannah blickte auf. Ein junger Mann streckte ihr seinen Arm entgegen. Er grinste von einem Ohr zum anderen und nickte ihr aufmunternd zu. Wangen und Nase waren über und über mit Sommersprossen bedeckt, unter seiner Mütze quollen knallrote Locken hervor, die sie an Ruth erinnerten.

Dankbar ergriff sie seine Hand und ließ sich in den Waggon ziehen.

»Ganz schön voll hier, was?«, sagte er lachend.

»Ja. Wenigstens muss ich nicht auf einem der offenen Güterwaggons mitfahren.«

»Bei dem schönen Wetter ist das vielleicht gar keine so schlechte Idee«, sagte er. »Hier drin ist es mächtig heiß und stickig. Ich heiße übrigens Werner.«

»Hannah Bloch.«

»Wollen wir mal schauen, ob wir einen freien Sitzplatz finden können?«, schlug er vor.

Hannah hielt sich dicht hinter ihm. Geschickt bahnte er sich einen Weg durch das Gedränge. Die Menschen standen dicht an dicht wie Ölsardinen auf dem Gang, es war kaum ein Durchkommen. Sie presste den Koffer an die Brust, um sich gegen die Knüffe und Stöße zu schützen, die sie von allen Seiten trafen. Die Luft war zum Schneiden dick, Tabakqualm vermischte sich mit den Ausdünstungen Hunderter Reisender.

Werner schob die Tür zu einem Abteil auf, ließ einen Mann und eine beleibte Frau heraustreten und zwängte sich hinein.

»Schnell, schnell!«

Hannah schlüpfte in das Abteil und ließ sich ihm gegenüber auf einen freien Sitz fallen.

»Haben Sie immer so viel Glück?«, fragte sie.

»Diesmal schon. Vielleicht liegt es ja an meiner hübschen Reisebegleitung.«

Hannah überhörte das Kompliment und schob den Koffer in ein Gepäcknetz. Sie streifte den Rucksack ab, klemmte ihn zwischen die Füße und machte es sich bequem. Werner schob das Fenster nach unten, frische Luft strömte in das Abteil. Türen schlugen zu, ein Pfiff gellte über den Bahnsteig, der Zug fuhr an.

Ihre neue Bekanntschaft erwies sich als kurzweiliger Schilderer seiner Kriegsabenteuer, mit denen er die Reisenden unterhielt. Hannah dachte an ihre eigenen Erlebnisse, die weit weniger lustig gewesen waren. Sie hatten etwa die Hälfte des Wegs zurückgelegt, als aufgeregte Schreie Werners Erzählungen unterbrachen. Der Lokführer bremste auf freier Strecke und brachte den Zug schließlich zum Stehen. Alle redeten durcheinander und mutmaßten nach dem Grund des Stopps.

»Ich schau mal nach«, sagte Werner. »Halten Sie mir meinen Platz frei?«

Er trat auf den Gang hinaus, Hannah sah, wie er sich durch die Menschenmenge wand. Kurz darauf kehrte er zurück.

»Ein junger Bursche ist von einem der offenen Güterwaggons gestürzt. Er hatte sich an einer der Rungen festgehalten und ist abgerutscht. Weit und breit scheint kein Arzt im Zug zu sein.«

»Ich kann vielleicht helfen«, sagte Hannah. »Ich habe im Krieg Verwundete gepflegt.«

Sie schulterte den Rucksack, bahnte sich einen Weg zur nächsten Tür und kletterte auf das Gleisbett hinab. Werner folgte ihr.

Etwa dreihundert Meter hinter dem Ende des Zugs sah sie mehrere Gestalten, die um einen am Boden liegenden Körper herumstanden.

»Den hat's ganz schön erwischt«, sagte einer der Umstehenden.

»Ja, sieht böse aus.«

Sie standen ratlos um den Verletzten herum, offenbar wusste niemand so recht, wie er helfen sollte.

»Lassen Sie mich mal sehen.«

Hannah streifte den Rucksack ab und beugte sich über den Gestürzten. Er war jung, kaum zwanzig. Sein hellblondes Haar und die blauen Augen erinnerten sie an Hans. Er war bei Bewusstsein und stöhnte vor Schmerzen. Seine linke Wade stand in unnatürlich verdrehtem Winkel vom Körper ab.

»Er hat sich beim Sturz das Bein gebrochen«, erklärte sie. »Besorgen Sie eine Trage! Eine Plane oder eine Decke wird es zur Not auch tun. Ich brauche etwas, um sein Bein zu schienen. Beeilen Sie sich!«

Niemand stellte ihre Anweisungen infrage. Zwei Männer liefen los, offenbar erleichtert, dass ihnen jemand sagte, was sie tun sollten. Ein Junge mit zerrissener kurzer Hose zog zwei Latten aus der Ladung eines Güterwaggons und reichte sie Hannah. Sie löste die Schuhriemen des Verletzten und fixierte damit die Latten entlang des Schienbeins. Der junge Kerl schrie vor Schmerz auf.

Nach ein paar Minuten kehrten die Männer mit einer grauen Pferdedecke zurück. Vorsichtig hoben sie den Verletzten auf und trugen ihn zu einem der vorderen Personenwagen.

Werner hielt sich dicht bei Hannah.

»Das haben Sie toll gemacht. Wo haben Sie gelernt, wie man solche Verletzungen behandelt?«

»In einem Lazarett«, antwortete sie.

»Vorsichtig!«, rief Werner.

Er half fleißig mit und machte eine Menge Aufhebens darum. Sein Hemdsärmel rutschte an den nach oben gereckten Armen herab. Hannah starrte auf die gebräunte Haut und gefror innerlich trotz des heißen Augusttages. Dicht unter seiner Achsel, an der Innenseite des Oberarms, befand sich eine SS-Blutgruppentätowierung. Angewidert wandte sie sich ab und ging zu ihrem Wagen zurück. Hinter jedem noch so freundlichen Gesicht konnte sich ein Monster verbergen. Die Schatten der Vergangenheit lagen über dem Land wie ein braunes Leichentuch. Man bemühte sich nach Kräften, es weiß zu waschen, aber so oft man es auch versuchte, der Gestank blieb. Die Stempel unter den Entnazifizierungsbescheiden bedeuteten gar nichts. Niemand konnte in die Herzen der Menschen sehen oder das Gift aus ihren Köpfen holen, das die Nazis ihnen eingeimpft hatten.

In diesem Moment wurde ihr bewusst, dass sie ihren Rucksack vergessen hatte. Sie lief zur Unglücksstelle zurück, aber er war verschwunden. Ob Werner ihn mitgenommen hatte? Von einer bösen Vorahnung erfasst, suchte sie ihr Abteil auf. Die anderen Passagiere saßen auf ihren Plätzen, Hannahs Sitz war belegt. Von Werner fehlte jede Spur, aber wenigstens war ihr Koffer da. Der Zug setzte sich in Bewegung, als wäre nichts geschehen. Unfälle waren an der Tagesordnung.

»Wissen Sie, wo der Mann mit dem roten Haar geblieben ist, der hier gesessen hat?«, fragte sie.

Jeder erinnerte sich an den schwatzhaften Werner, doch niemand hatte ihn gesehen.

Hannah durchsuchte alle Waggons, die sie erreichen konnte, Werner blieb verschwunden und mit ihm der Rucksack, in dem fast ihre gesamte Barschaft steckte.

Sie kämpfte mit den Tränen. Wie hatte sie so dumm sein können? Die Zeiten waren hart, jeder nahm sich, was er kriegen konnte. Selbst unbescholtene Bürger wurden zu Dieben und Hehlern, weil es um das nackte Überleben ihrer Familien ging. Ein unbewachter Rucksack war da eine leichte Beute. Doch sie wusste, warum sie unachtsam gewesen war. Der Verletzte hatte sie an Hans erinnert und sie hatte nur Augen für sein schmerzverzerrtes, junges Gesicht gehabt. Dafür zahlte sie nun einen hohen Preis.

Ohne das im Futter des Rucksacks eingenähte Geld war sie so gut wie mittellos. Die Scheine in ihrem Brustbeutel reichten gerade für eine warme Mahlzeit, kaum für eine Übernachtung und eine Fahrkarte für die Weiterreise ins Oberbergische. Wenn sie den Dieb nicht stellte, würde sie in der Domstadt stranden wie all die anderen Flüchtlinge.

Am späten Nachmittag lief der Zug im Kölner Hauptbahnhof ein. Hannah hielt sich in unmittelbarer Nähe der Waggontür auf und wartete, bis die Lokomotive zum Stillstand kam. Kaum stand der Zug, begann das Schieben und Drängeln von Neuem. Menschen wollten in den Waggon steigen, andere hinaus. Hannah setzte ihre Ellenbogen ein und boxte sich den Weg zum Bahnsteig frei. Sie blickte sich suchend nach dem feuerroten Haarschopf um, entdeckte jedoch keine Spur von dem netten Werner. Hektisch lief sie ans Ende des Zugs, aber auch hier fand sie keine Spur des Diebes. Wahrscheinlich war er längst über alle Berge. Vielleicht war er sogar abgesprungen, als der Zug bei der Einfahrt das Tempo gedrosselt hatte.

Beschämt über ihren Leichtsinn trottete sie auf den Ausgang zu und betrat den Platz vor dem Hauptbahnhof. Der Dom ragte wie eh und je in den Himmel, der sich allmählich mit dunklen Wolken zuzog. Es war schwül und heiß, die vor Hitze flimmernde Luft kündigte ein Gewitter an.

Die Stadt hatte sich kaum verändert, seit Hannah das letzte Mal hier gewesen war. Nach wie vor beherrschten Trümmergrundstücke die Innenstadt. Dort, wo man den Schutt fortgeräumt hatte, klafften Lücken. An Bretterzäunen in der Nähe des Doms klebten die gleichen Zettel mit Suchmeldungen und Hilferufen, die verbogenen Stahlskelette der zerstörten Rheinbrücken ragten aus dem Fluss. Aus schwimmenden Pontons hatte man Behelfsbrücken errichtet.

Hannah passierte eine Ruine in der Nähe des Bahnhofs. Die oberen Stockwerke waren verschwunden, die Stufen hinter dem Eingang führten hinab ins Nirgendwo. Im Keller dieses Hauses hatte sie den schlimmsten Bombenangriff erlebt, der Köln während des Krieges heimgesucht hatte. Nur knapp hatte sie überlebt. Der Wahn der Nazis hatte Millionen Menschen das Leben gekostet und Deutschland in eine Wüste aus Schutt und Asche verwandelt. Die Aufmärsche waren beendet, das Kriegsgeschrei verklungen, die Konzentrationslager dem Erdboden gleichgemacht, aber all die, die begeistert »Heil!« geschrien hatten, waren noch da. Sie hießen Fritz und Hans und Werner, bewahrten schweigend ihre Gesinnung und warteten darauf, ihre Parolen wieder offen hinausschreien zu können. Hannah strich sanft über ihren Bauch. In welcher Welt würde das ungeborene Kind in ihrem Leib aufwachsen? Würde die unselige braune Saat bald wieder aufgehen? Der Samen jedenfalls war noch fruchtbar.

Sie verscheuchte die düsteren Gedanken und konzentrierte sich auf die Gegenwart. Wie sollte sie ihre Freundin in dieser riesigen Stadt finden? Ihr Magen knurrte, sie hatte seit dem

Morgen nichts gegessen. Der Reiseproviant, den sie eingepackt hatte, war mit dem Rucksack verloren.

An einem Imbissstand kaufte sie eine Bockwurst und beschloss, Köln so schnell wie möglich wieder zu verlassen. Sie erkundigte sich nach einem Fernbus, der nach Osten über Gummersbach zur Aggertalsperre fahren würde, aber der nächste fuhr erst morgen. Sie brauchte eine billige Übernachtungsmöglichkeit oder sie musste Ruth finden.

Hannah begann ihre Suche im Klingelpütz, dem Kölner Gefängnis, das nicht weit vom Hauptbahnhof entfernt stand. Hier erfuhr sie, dass Ruth Obermayer mittlerweile entlassen worden war. Über ihren Verbleib wusste niemand etwas. Bis zum Abend durchstreifte Hannah die Altstadt und damit ein Gebiet, das vor einem Jahr von Ruths Bande kontrolliert worden war, immer auf der Hut vor dem Köter und seinen Männern. Rudi Voss trug seinen Spitznamen aufgrund eines Lungenleidens, das ihn bei Anstrengung hecheln ließ wie einen Hund. Ob er noch immer die rechte Hand vom Boss der brutalsten Schieberbande war, die Köln bisher gesehen hatte, oder hatte er sich inzwischen hochgearbeitet und führte seine eigene Bande? Wenn er oder einer seiner Leute sie erkannte, war das ihr Todesurteil.

Die im Krieg zerstörte Metallgießerei, die vor einem Jahr Ruths Hauptquartier gewesen war, hatte ihren Betrieb inzwischen wieder aufgenommen. Der neue Besitzer beäugte Hannah misstrauisch und schickte sie mit barschen Worten fort, er wusste nichts von einer Ruth.

In einer der zahlreichen Altstadtkneipen, die als Treffpunkt und zum Austausch von Neuigkeiten dienten, stieß Hannah zu ihrer großen Freude auf Kalle, der in Ruths Bande eine führende Rolle gespielt hatte. Er drückte sie ungestüm an sich und rubbelte mit seinen schaufelgroßen Händen ihr Haar.

»Mensch, Hannah, dass ich dich mal wiedersehe! Wie geht's

dir? Warte, ich geb dir einen aus.« Er klopfte auf den Tresen. »He, Joost, mach mal zwei Kölsch und zwei Kurze.«

»Für mich bitte eine Limonade.«

»Limo?« Kalle hob überrascht die Augenbrauen. »So kenn ich meine Hannah ja gar nicht. Sag bloß, du bist …«

Sie lachte. »Ja, bin ich.«

Kalle grinste von einem Blumenkohlohr zum anderen. »Na, so was. Und der Erzeuger lässt dich allein im fremden Köln herumlaufen? Bei dieser Hitze?«

»Na, so fremd bin ich hier nicht. Und der Erzeuger kann mir gestohlen bleiben.« Sie berichtete in knappen Worten, was ihr widerfahren war.

Kalle wiegte den Kopf und trank sein Kölsch aus. »Das ist eine üble Geschichte, Hannah. Tut mir ehrlich leid für dich. Die Zeiten sind hart.«

»Weißt du, wo Ruth steckt?«, fragte sie.

»Ich hab kaum noch Kontakt zu den anderen. Die Bande hat sich in alle Winde zerstreut. Kein Wunder, nach dem, was ein paar von uns abgezogen haben.«

Sie nippte an der kalten Limonade. »Was denn? Los, erzähl.«

»Du kennst doch unsere Ruth – sie hat's faustdick hinter den Ohren, gerissen wie eine Füchsin und immer ein paar Rücklagen in ihrem Bau versteckt, das war so ihre Art. Natürlich hat sie einen Teil der Sore, die wir zusammengeklaut haben, an einem sicheren Ort versteckt. Sie nannte es ihre Lebensversicherung.«

Hannah dachte an die wilde Zeit zurück, an Ruths Wohnung über der Gießerei, ihre ständig wechselnden Liebschaften und die heißen Dinger, die sie gedreht hatten.

»Davon wusste ich gar nichts«, sagte sie, »aber es passt zu ihr. Ruth hatte stets ihre Geheimnisse.«

»Auch ich hab erst im Nachhinein davon erfahren. Lubbi, der Professor und die Klappe haben ihr Versteck geplündert und sich mit dem Geld davongemacht. Als Ruth aus dem Knast kam und neu durchstarten wollte, musste sie feststellen, dass sie arm ist wie eine Kirchenmaus. Du kennst Ruth, sie hat getobt wie eine Furie und Rache geschworen.«

»Wo könnte sie denn sein?«

Kalle zuckte mit den Schultern. »Ich hör mich mal um. Sie wird sich ganz sicher freuen, dich zu sehen. Wo kann ich dich treffen?«

»Nirgendwo. Ich hab keinen Platz zum Schlafen. Am besten komme ich wieder hierher.«

»Ich hinterlasse bei Joost eine Nachricht«, sagte Kalle.

Er zog ein Bündel Geldscheine aus der Brusttasche seines Hemds und zählte ein paar davon ab. »Hier. Damit du heute Nacht nicht auf der Straße schlafen musst.«

»Kalle, das kann ich nicht annehmen.«

»Oh doch, das kannst du. Du hast mir mehr als einmal die Haut gerettet.«

Zögernd nahm sie das Geld.

»Danke. Wer weiß, jetzt wo Ruth frei ist und ich wieder in der Stadt bin, vielleicht ziehen wir ja noch mal was auf?«

Kalle grinste. »Das ist 'ne prima Idee. Vergesst nicht, bei mir anzuklopfen.«

»Auf keinen Fall. Ich weiß ja, wo ich dich finden kann.«

»Frag im *Klävbotz* beim Dom nach einem Zimmer. Sag dem Wirt, ich hätte dich geschickt. Er heißt Bommi.«

Sie drückte ihm einen Kuss auf die stoppelige Wange und verabschiedete sich.

»Und nimm dich vor dem Köter in Acht!«, rief Kalle ihr zum Abschied nach. »Der ist inzwischen die unangefochtene Nummer eins in der Stadt.«

»Mach ich, keine Sorge.«

Sie trat ins Freie. Vereinzelt klatschten dicke Regentropfen auf das Pflaster, am Horizont rumpelte ferner Donner über den Himmel. Ein böiger Wind trieb das aufziehende Unwetter rasch näher. Sie hatte die Hälfte des Wegs zum Dom zurückgelegt, als das Gewitter losbrach. Hannah suchte Schutz in einem Torweg und wartete die Gewalt des niederprasselnden Regens ab.

Das *Klävbotz* entpuppte sich als hübsches kleines Lokal und war bis auf den letzten Platz besetzt. Offenbar waren viele Passanten vor dem Unwetter in die Kneipe geflüchtet. Hannah bahnte sich einen Weg zur Theke und fragte nach Bommi.

»Kalle schickt mich. Er sagt, ich könnte hier ein Zimmer für die Nacht bekommen.«

Der Wirt zapfte in Rekordgeschwindigkeit Kölsch und schüttelte den Kopf. »Alles belegt.«

»Mir reicht eine Kammer und …«

»Hörst du schlecht, Mädchen?« Er drehte sich zur Durchreiche um, hinter der Hannah die Küche vermutete. »Wo bleibt die Suppe, Leni?«, brüllte er.

»Kommt sofort.«

Eine stämmige Frau um die fünfzig stieß mit der Hüfte die Klapptür zum Schankraum auf und balancierte geschickt mehrere Teller.

»Heilige Jungfrau, Maria und Josef!«, keuchte sie.

Hannah starrte die Frau an, als hätte sie ein Gespenst gesehen. Leni fing sich zuerst und stellte die Teller ab. Eine Sekunde später fielen sie sich um den Hals.

Leni weinte und lachte zugleich, schließlich löste sich die beleibte Köchin von Hannah und hielt sie auf Armeslänge von sich.

»Gut siehst du aus, Kind.«

»Sollen die Gäste ihr Essen selbst abholen?«, knurrte der Wirt. »Da fehlen noch dreimal Bratkartoffeln.

»Geh in die Küche, Hannah. Ich komme sofort.«

»Das ist meine Küche und ich sage nein«, sagte der Wirt.

Leni stemmte die Hände in die Hüften und baute sich dicht vor ihm auf. »Dreimal Kartoffeln, was? Mach schon mal die

Pfanne heiß, Bommi.« Sie deutete mit dem Daumen auf die Küchentür. »Immer rein in die gute Stube.«

Der Wirt brummte eine Antwort und wandte sich seinem Zapfhahn zu. Hannah lächelte, Leni hatte sich nicht verändert, seit sie die Küche in Brunners Haushalt geführt hatte. Wer die Regentschaft in ihrem Reich bedrohte, der bekam ihren Kochlöffel zu spüren.

Sie schlüpfte durch die Klapptür, bevor der Wirt es sich anders überlegte, und wartete. Kurz darauf kehrte Leni zurück.

»Du weißt eben, wie man sich Respekt verschafft«, sagte Hannah lachend.

Leni winkte ab. »Ach, Bommi ... Ohne mich ist er aufgeschmissen und das weiß er. Ich brauche dringend eine Küchenhilfe, aber der Geizkragen weigert sich, eine einzustellen.« Sie strahlte. »Nun erzähl erst mal, was dich nach Köln verschlagen hat.«

Hannah erzählte von Frankfurt, ihrem Abenteuer in England, von Max und dem Brand im Hangar. Ihre Affäre mit Harry verschwieg sie, ebenso ihre Schwangerschaft. Vor Jahren war Leni eine Art Ersatzmutter für sie gewesen. Nun schämte sie sich, ihr zu gestehen, dass sie von einem Mann, den sie nicht heiraten wollte, ein Kind erwartete.

Leni begann, Kartoffeln in eine Pfanne zu schneiden. »Tss, Brunner ... Der fällt immer wieder auf die Füße. Was hast du nun vor?«

»Ich will eine Freundin suchen, aber ich bin pleite. Jemand hat mich im Zug bestohlen. Eigentlich besitze ich nur noch diesen Koffer.«

»Und natürlich die Puppe«, vermutete Leni.

Hannah schüttelte den Kopf. Leni wusste von der struppigen, alten Puppe, die einem unbekannten kleinen Mädchen gehört hatte, das in Hadamar ermordet worden war.

»Nein, auch die hab ich nicht mehr. Das Feuer hat alles vernichtet. Ich weiß nicht mal, wo ich schlafen soll.«

Leni nickte. »Aber ich weiß es. Du kommst mit zu mir, das ist mal klar. Ich wohne hier im Haus, hab zwei Zimmer unter dem Dach und eine Abstellkammer, und über deine Gesellschaft freue ich mich riesig. Das Klo ist eine halbe Etage tiefer im Treppenhaus, aber du wirst dich dran gewöhnen.«

Hannah lachte. »Hört sich nach der alten Zeit bei Brunner an.«

»Ich werde Bommi ein bisschen bearbeiten. Du kannst mir in der Küche zur Hand gehen und dein eigenes Geld verdienen.«

Weit nach Mitternacht stieg Hannah hinter der Köchin in das Dachgeschoss hinauf. Leni bezog ein altes Bett, das in der Kammer unter dem Dachstuhl stand. Hannah stellte ihren Koffer ab, ließ sich auf die Matratze fallen und blickte aus dem winzigen Dachfenster auf den Nachthimmel, an dem ein einsamer Stern funkelte. Hatte sie wirklich all die Jahre gekämpft, nur um dort zu landen, wo sie schon einmal gewesen war? Die Erinnerungen an ihr Pflichtjahr in Brunners Haus waren so frisch und klar, als wäre sie in der Zeit zurückgereist. Auch dort hatte sie in einer winzigen Dachkammer gewohnt.

Sie dachte an Max Pohl und die glücklichen Stunden, die sie im Cockpit der *Tante* verbracht hatte. Es konnte kein Zufall sein, dass das Feuer im Hangar kurz nach ihrem Streit mit Harry ausgebrochen war. Steckte er hinter dem Anschlag? Hoffte er, sie von ihm abhängig zu machen, indem er zerstörte, was sie von ihm trennte? Sie schüttelte stumm den Kopf. Nein, Harry konnte das Feuer nicht gelegt haben, dafür war die Zeit zwischen ihrem Streit und dem Brand zu kurz gewesen. Es sei denn … er hatte Hilfe gehabt. Eigentlich wusste sie fast nichts über ihn. Er hatte so gut wie nie über früher oder seine Familie gesprochen. Sie hatte auch keine Ahnung, was er während des Krieges getan hatte.

Trotz der schwülen Nacht fror Hannah. Verfiel sie allmählich in einen Verfolgungswahn? Wohin sie blickte, entpuppten sich Menschen als braune Schatten der Vergangenheit. Sie sind mitten unter uns, dachte sie. Die Alten pflanzen den furchtbaren Wahn der Nazis in die Köpfe der Jungen, die irgendwann ihre Enkel damit infizieren.

Uns, die wir anders sind, die wir anders denken und fühlen, anders aussehen oder beten, uns werden sie niemals in Frieden leben lassen.

Hannah dachte an den Tag im Klassenzimmer, an dem ihr Leben aus den Fugen geraten war. Damals war sie vierzehn Jahre alt gewesen – ein Kind, in dessen Kopf die Blitze der Epilepsie zu zucken begannen, wenn sie unter Stress geriet. Dann sprach sie Dinge aus, die so entlarvend einfach und wahr waren, dass sie ihre Zuhörer in Wut versetzten. Denn sie hielt ihnen damit einen Spiegel vor, in dem sie ihre eigenen vom Hass verzerrten Fratzen erblickten. Sie dachte an die Karikatur, die sie gedankenlos in ihr Schulheft gekritzelt hatte. Mit ihr hatte alles begonnen. Sie hatte den Reichsminister Goebbels gemalt, wie er geifernd eine Herde Schafe aufhetzte. Die Herde schrie begeistert: »Führer befiehl, wir folgen dir!« und rannte blindlings auf den Abgrund zu.

Hannah strich sanft über ihren Bauch.

»Ich will nicht, dass du in der gleichen Welt aufwächst, in der ich aufgewachsen bin«, sagte sie leise. »Das werde ich nicht zulassen; und wenn ich jeden einzelnen dieser hasserfüllten Köpfe abschlagen muss.«

21

Harald Lenz stand vor den verkohlten Stahlträgern des Hangars am Rand des Flugfelds in Frankfurt und rauchte eine Zigarette. Wie schnell sich die Dinge ändern konnten. Er hatte die Szene, die er Hannah gemacht hatte, bitter bereut, wenngleich er nicht anders hatte handeln können. Als Staatsanwalt wusste er, dass die meisten Verbrechen aus Rache, Gier und Eifersucht begangen wurden. Letztere war stark genug, um aus dem vernünftigsten Mann einen Narren zu machen. Und ein Narr war er gewesen. Kaum hatte er es ausgesprochen gehabt, war ihm klar geworden, dass er die Anstalt Hadamar und Dr. Lubeck niemals hätte erwähnen dürfen, das würde ihm Hannah nie verzeihen.

Doch was war seitdem nicht alles geschehen! Völlig unerwartet stand sie vor den Trümmern ihrer Existenz. Das Schicksal spielte ihm Hannah in die Hand, denn nun war sie, mittellos und ohne ein Dach über dem Kopf, mehr denn je von ihm abhängig.

Er wünschte sich, er könnte die verhängnisvolle Brandnacht ungeschehen machen, aber das war nun einmal unmöglich. Die Eifersucht wurde aus der Angst geboren, und die war das mächtigste aller dunklen Gefühle. Angst und Eifersucht waren wilde Tiere, die sich nicht zähmen oder dressieren ließen. Wer glaubte, sie kontrollieren zu können, irrte sich. Er hatte es versucht, weiß Gott, das hatte er. Ebenso gut könnte man einem Alkoholiker einen Schnaps unter die Nase halten und ihm verbieten, ihn zu trinken.

Nachdenklich betrachtete er das ausgebrannte Wrack der Junkers. Was für ein tragischer Zufall, dass Pohl bei seinem waghalsigen Rettungsversuch ums Leben gekommen war und nichts als Schulden hinterlassen hatte. Lenz hatte sich bereits erkundigt, der alte Mann hatte sich aus purem Geiz die Versicherungsprämien gespart.

Was des einen Leid, ist des anderen Freud, dachte er. Ein bisschen tat ihm der alte Narr leid, aber er musste schließlich nach vorne schauen. Da ergaben sich ganz neue Möglichkeiten, die er nutzen musste, eine Chance, mit der er nicht mehr gerechnet hatte.

Natürlich hatte er gespürt, dass Pohl ihn nicht hatte leiden können. Nun, wo dessen Einflüsterungen ihm Hannah nicht länger entfremden konnten, würde sich vielleicht doch noch alles zum Guten wenden. Vielleicht verzieh sie ihm, wenn er den Reumütigen spielte, der sein überschäumendes Temperament beklagte, und der dumme Streit würde bald vergessen sein. Manchmal hasste er sich für das Theater, das er aufführen musste, aber war es denn seine Schuld, wenn Hannah einfach nicht einsehen wollte, dass sie an seine Seite gehörte? Nur ihr kindlich-störrisches Verhalten hatte den Teufel in ihm geweckt, der sie krank genannt hatte – und krank war Hannah auf eine gewisse Weise. Das Leiden hieß Eigensinn. Er wusste nun einmal, was gut für sie war. Alle Männer wussten, was am besten für ihre Ehefrauen war. Manche von ihnen musste man eben zu ihrem Glück zwingen.

Er schnippte die Kippe in die Asche und wandte sich zum Gehen, doch dann stutzte er. Etwas hatte seine Aufmerksamkeit erregt, ein flüchtiges Bild, das ihm entgangen war, sein Unterbewusstsein jedoch hatte es wiedererkannt. Lenz drehte sich um und ließ seine Blicke über die verkohlten Reste des Hangars schweifen. Dann sah er, was ihn irritiert hatte: Ein Bein ragte aus dem Schutt. Nicht das eines Menschen, sondern das einer Stoffpuppe mit Gliedern aus geflochtener Wolle und kreuzförmig aufgestickten Augen. Er bückte sich, hob sie auf und klopfte den Staub ab. Sie hatte das Feuer beinahe unbeschädigt überstanden. Lenz runzelte die Stirn und betrachtete die aus Lumpen und Wollresten genähte Kinderpuppe. Er wusste, dass sie Hannah gehörte, ein- oder zweimal hatte er sie bei ihr gesehen. Es glich einem Wunder, dass selbst das Feuer dem schmuddeligen Ding nichts hatte anhaben können. Die Puppe schien alles zu überleben … genau wie Hannah. Lenz nahm sie mit und ging zu seinem Alfa Romeo zurück. Er war in keiner Weise sentimental, aber er hatte das Gefühl, dass die Puppe ihm irgendwann vielleicht nützlich sein könnte.

Er stieg in den Wagen und fuhr in die Stadt. Hannah hatte sechs Tage lang um Pohl getrauert, mehr als genug. Es wurde Zeit, sie ins Leben zurückzuholen. In *sein* Leben. Er hielt es ohne sie nicht länger aus. Vielen Frauen hatte er den Laufpass gegeben, nachdem er ihrer überdrüssig geworden war, doch mit Hannah war das anders. Ihm war erschreckend klar geworden, dass er sie liebte und begehrte wie keine andere je zuvor. Bei dem Gedanken, sie endgültig verloren zu haben, brach ihm der Schweiß aus. Sein Herz raste wie verrückt, er vernachlässigte seine Arbeit und versank in Schwermut. Sogar Quabbe war seine gedrückte Stimmung schon aufgefallen.

In einem Blumenladen gegenüber der Universitätsklinik kaufte er einen Strauß rote Rosen und überprüfte, ob er die Schachtel mit den Verlobungsringen nicht vergessen hatte. Um sicherzugehen, dass Hannah ihm verzeihen würde, hatte er sich erkundigt, wie und wo er ein Sportflugzeug kaufen konnte. Nach intensiver Suche hatte er eine Fieseler F2 Tiger von 1932 erstanden. Der Kauf hatte ihn an den Rand des Ruins getrieben, weil er auch noch die Raten für die Villa in Bockenheim abstottern musste, doch für Hannah war ihm nichts zu teuer. Man hatte ihm versichert, dass die Tiger zum Kunstflug geeignet war und sogar rückwärts fliegen konnte. Dieses Geschenk musste ihr einfach die Augen öffnen, wie sehr er sie liebte.

Trotzdem war er nervös, als er den Wagen vor der Klinik abstellte und die Station aufsuchte, in der Hannah untergebracht war. Er kannte den Weg, denn er war am Tag nach dem Brand schon einmal hier gewesen und hatte nach ihr gefragt. Sein Instinkt hatte ihm dann aber geraten, mit einem Besuch noch zu warten.

Mit der albernen Puppe in der Hand klopfte er an die Tür des Stationszimmers. Der Arzt, der Hannah behandelt hatte, war anwesend. Lenz fragte nach ihrem Befinden.

»Tut mir leid«, sagte er, »Fräulein Bloch hat unser Haus bereits verlassen – übrigens gegen meinen ausdrücklichen Rat.«

»Hat sie gesagt, wohin sie will?«

»Nein, ich kann mich nicht erinnern. Sind Sie der Vater?«

»Vater?«, fragte er verwirrt. »Nun, ich bin ihr Verlobter.«

Der Doktor grinste und winkte mit dem Zeigefinger. »Dann hat sie Ihnen die freudige Nachricht noch gar nicht mitgeteilt? Sie ist schwanger, Herr …?«

»Lenz, Staatsanwalt Harald Lenz.«

Er verabschiedete sich hastig und verließ das Krankenhaus. Seine Gedanken drehten sich in einem Wirbel aus Verblüffung, Argwohn und Wut. Warum hatte sie verheimlicht, dass sie schwanger war? Das konnte nur bedeuten, dass sie nicht im Traum daran dachte, zu ihm zurückzukehren, nicht einmal des Kindes wegen. Verdammt, das war auch *sein* Kind! Seine Finger schlossen sich mit aller Kraft um die schmutzige Stoffpuppe, als müsse er sie stellvertretend für Hannah bestrafen.

Lenz zündete sich eine Zigarette an, lehnte am Kotflügel seines Cabriolets und rauchte. Die Vorstellung, Vater zu werden, verdrängte allmählich seinen Zorn über Hannahs Unverfrorenheit und erfüllte ihn mit Freude und Stolz. Lenz atmete tief durch, Kinder waren sensibel, er musste lernen, sich zu beherrschen. Es gelang ihm jedoch nur für wenige Minuten, schon kehrten seine Gedanken zu Hannah zurück. Wie konnte sie so verantwortungslos sein? War dieses starrsinnige Mädchen – beinahe selbst noch ein Kind – überhaupt reif genug, um eine gute Mutter zu sein? Das Kind brauchte einen Vater. Es brauchte ihn!

Er fasste einen Entschluss. Wo immer Hannah sich versteckt hielt, er würde sie finden. Ihm standen alle Mittel zur Verfügung, und wenn er es geschickt anstellte, sogar der ganze Polizeiapparat. Er war darin geübt, Menschen aufzuspüren, die nicht gefunden werden wollten. Es galt, Hannahs gesamtes Umfeld zu durchleuchten, Familie, Freunde, Bekannte, Weggefährten. Für ihre Vergangenheit hatte er sich nie besonders interessiert, was er nun bedauerte. Er wusste, dass ihre Mutter von der Gestapo verhaftet und ermordet worden war. Es musste Akten geben, in denen Namen vermerkt waren; Kontakte, Orte, an denen Hannah gewesen war und an die sie vielleicht zurückkehrte. Er warf die Kippe in einen Gully, stieg in seinen Alfa und fuhr zum Oberlandesgericht.

Dort stürmte er ins Vorzimmer seines Büros, warf seinen Hut auf den Kleiderständer und rief im Vorbeigehen Gisela zu: »Such mir alles heraus, was wir über Hannah Bloch haben. Ihre Mutter wurde 1940 verhaftet und in der Gestapozentrale Frankfurt interniert. Ich brauche die Ermittlungsakten.« Nachdenklich knetete er seine Unterlippe. »Sie war Zivilangestellte bei der US-Army. Es muss also eine Personalakte geben. Die will ich ebenfalls.«

»Welchen Grund soll ich für meine Anfrage nennen?«, fragte Gisela.

»Lass dir was einfallen. Du kannst doch so gut an verschlossenen Türen lauschen, vielleicht hilft das.«

Gisela lief rot an, senkte den Kopf und notierte etwas auf ihrem Schreibblock, widersprach jedoch nicht. Lenz warf die Tür zu seinem Büro hinter sich zu und lief erregt auf und ab. Hannah hatte erzählt, dass sie in der Tötungsanstalt Hadamar gewesen war. Damit ließ sich etwas anfangen. Er blieb stehen, schnippte mit den Fingern und riss die Tür zum Vorzimmer auf. Ihm war eine Idee gekommen.

»Wo lagern eigentlich die Akten der Aktion T4?«, fragte er. »Du weißt schon, das Euthanasieprogramm der Nazis. Da gab's doch eine zentrale Stelle in Berlin ... ja, in der Tiergartenstraße 4, daher der Name.« Er kam jetzt richtig in Fahrt. Lenz liebte es, Verborgenes auszugraben und ans Licht zu zerren, den roten Faden in einem Fall voller Lügen und Ausreden zu finden. »Außerdem brauche ich Informationen über diesen SS-Oberscharführer Rolf Heyrich«, fuhr er fort. »Schreib das auf, damit du nichts vergisst.«

Hannah suchte diesen Mann, weil sie ihn für den Mörder eines jungen Deserteurs hielt, in den sie verliebt gewesen war. Das hatte sie ihm bei ihrer ersten Begegnung erzählt. Vielleicht ließ sich auf diesem Umweg etwas über Orte herausfinden, an denen sie sich gegen Ende des Krieges aufgehalten hatte. Hatte sie nicht berichtet, ihr Vater hätte behauptet, Heyrich sei in einem Kloster im Süddeutschen untergetaucht? Wenn er nur besser zugehört hätte! Vielleicht hatte sich Hannah, angetrieben von ihrer fixen Idee, auf die Suche nach Heyrich gemacht.

Gisela notierte Namen und Aufgaben mit versteinertem Gesicht. »Bis wann brauchst du diese Informationen?«, fragte sie tonlos.

»So schnell wie möglich. Stell dich auf eine lange Nacht ein.«

Er kehrte in sein Büro zurück und schlug die Tür hinter sich zu. Um die Krankenakten der Anstalt Hadamar würde er sich selbst kümmern. Und er wusste auch schon, wer ihm dabei helfen könnte.

»Ich finde dich«, murmelte er, »und wenn ich jede Aktennotiz über dich ausgraben muss, die seit 1939 abgeheftet wurde.«

Gisela brauchte zwei Tage, um das Material zusammenzutragen, das er angefordert hatte. Lenz vergrub sich in die Fülle von Informationen und stieß auf eine interessante Spur. Vor wenigen Wochen war ein Dr. Moor ermordet worden, der in Frankfurt praktiziert hatte. Die Ermittler der Sonderkommission vermuteten einen Racheakt. Moor stand im Verdacht, in der Zwischenanstalt Herborn grausame Versuche an Patienten durchgeführt zu haben, es war jedoch nie zu einer Anklage gekommen. Hannah war zur gleichen Zeit wie Moor in Herborn gewesen.

An den nächsten beiden Tagen besuchte Lenz die Anstalt in Herborn und die psychiatrische Klinik in Hadamar. Er hatte befürchtet, dass das Personal nach der Befreiung durch die Amerikaner ausgetauscht worden war, aber das war nicht geschehen. Pflegekräfte, die bei den Krankenmorden assistiert hatten, betreuten nach wie vor dieselben Patienten, die seit Jahren in der Anstalt untergebracht waren. Ärzte wie Hans-Bodo Gorgaß und Adolf Wahlmann waren zwar im Wiesbadener Prozess verurteilt worden, doch längst nicht alle Beteiligten hatte man zur Rechenschaft gezogen.

In der Verwaltung gewährte man ihm bereitwillig Akteneinsicht. Er wälzte Krankenakten und Arztberichte und stieß auf den Meldebogen, den der Psychiater Joachim Lubeck ausgestellt hatte. Darin wurde Hannah als *aufsässig*, *querulant* und *nicht abrichtbar* bezeichnet. Der Gutachterarzt hatte eine leichte Form der Schläfenlappenepilepsie diagnostiziert, Hannah für die Zwangssterilisation vorgemerkt und sie damit als *lebensunwertes Leben* abgestempelt.

Lenz stutzte. Wie war es dann möglich, dass Hannah ein Kind erwartete? Die Antwort fand er in Unterlagen des Frankfurter Jugendamts. Offenbar hatte sie sich der Sterilisation durch Flucht entzogen. Man war ihrer dann wieder habhaft geworden, denn sie war am 11. Mai 1940 in die Zwischenanstalt Herborn eingewiesen worden.

»Dr. Moor«, murmelte Lenz interessiert.

Der ermordete Arzt war dafür verantwortlich gewesen, dass Hannah in die Tötungsanstalt Hadamar verbracht worden war, allerdings war sie dort nicht angekommen. Lubeck selbst hatte interveniert, und zwar auf Geheiß von Fritz Brunner.

Lenz klemmte sich die Akten unter den Arm und kehrte nach Frankfurt zurück. Auf seinem Schreibtisch türmten sich weitere Papiere – Ermittlungsakten der Gestapo und ein Beschluss des Amtsgerichts, das Hannahs Mutter 1939 das Sorgerecht entzogen hatte. Als Grund wurde *drohende Verwahrlosung* angegeben.

Lenz arbeitete sich durch die Gestapoakten. Malisha Bloch war 1940 wegen Vorbereitung zum Hochverrat verhaftet worden. Ein Kriminalhauptkommissar Krüger hatte monatelang versucht, ihr die Namen der Mitverschwörer zu entlocken, aber es war ihm selbst unter Anwendung der Folter nicht gelungen, sie zum Reden zu bringen. Malisha Bloch war 1942 an den Folgen der *Sonderbehandlung* gestorben.

Ungeduldig warf Lenz die Akte auf den Tisch und zündete sich eine Zigarette an. Das alles war sehr interessant, denn es erklärte Hannahs rebellisches Wesen. Weiter brachte es ihn jedoch nicht. Er zwang sich zu kühlem Nachdenken. Irgendwo in diesem Haufen verbarg sich der Hinweis, den er suchte. Oftmals war es nur ein Wort oder ein Name, der zum Ziel führte.

Lenz drückte die Kippe im Aschenbecher aus, ließ sich von Gisela eine Kanne Kaffee bringen und begann von vorn. Am späten Abend stieß er endlich auf den Fingerzeig, nach dem er gesucht hatte. Es war ein Schreiben von Landesrat Fritz Brunner persönlich. Darin wurde der Gutachterarzt Joachim Lubeck legitimiert, die Halbjüdin Hannah Bloch, geboren am 7. März 1925, in seine Obhut zu nehmen und in Brunners Haus zu bringen, wo das Mädchen ihr Pflichtjahr absolvieren sollte.

Es war nur ein unbedeutendes Schriftstück, lenkte seine Aufmerksamkeit jedoch auf die Ereignisse, die sich 1942 in Brunners Haus abgespielt hatten. Der Landesrat hatte auf großem Fuß gelebt und eine Menge Personal beschäftigt. Sicher hatte Hannah während ihres Pflichtjahres Freundschaften geschlossen. Vielleicht war sie jetzt sogar bei einem von Brunners Bediensteten untergetaucht. Es konnte nicht schaden, sich in Schierbach ein bisschen umzusehen.

Am nächsten Morgen, dem 23. Juli 1947, fuhr Lenz in seinem Alfa Romeo nach Schierbach. Auf einem steil ansteigenden

Hügel thronte ein feudales Haus wie die Burg eines Raubritters. Bis zu seiner Flucht im Jahr 1945 hatte hier Fritz Brunner residiert, der Leiter des Anstaltswesens von Hessen-Nassau und Vertrauter Heinrich Himmlers. Zwar war er ein freier Mann und hatte einflussreiche Freunde, den Gutshof allerdings hatte er verloren. Brunner mochte ein intriganter Strippenzieher sein, ein guter Geschäftsmann jedoch war er nie gewesen. Bereits während des Krieges hatten ihn hohe Schulden belastet. Ein krummes Ding mit Reichskreditkassenscheinen hätte ihm das Genick gebrochen, wenn nicht der Zusammenbruch des Dritten Reichs dazwischengekommen wäre.

Lenz parkte den Alfa auf der Zufahrt vor dem Haupthaus. Bei seinen Recherchen war er schnell auf den neuen Besitzer gestoßen. Er hieß Karl zu Hohensolms, was wenig überraschend war. Brunners Schwiegervater hatte dessen Schulden getilgt und im Gegenzug das Anwesen zu einem Spottpreis erhalten. Dass Brunner seine manisch-depressive Gattin hatte ermorden lassen, hatte er erst später erfahren, nämlich durch die Frau, die Lenz so dringend suchte: Hannah Bloch.

Er stieg aus dem Wagen und fragte einen dürren Kerl in verwaschenem Arbeitsdrillich nach dem Verwalter. Eine Angestellte führte ihn kurz darauf durch einen getäfelten Salon zu einer wuchtigen Doppeltür.

»Warten Sie bitte hier. Herr Eicke wird Sie gleich empfangen.«

Lenz geduldete sich. Wenn er Glück hatte, arbeiteten dieselben Angestellten auf dem Hof, die schon 1941 hier gewesen waren.

Ein Flügel der enormen Tür öffnete sich. Der Gutsverwalter, ein kräftig gebauter Mann mit derben Gesichtszügen, schüttelte Lenz die Hand.

»Staatsanwaltschaft Frankfurt?«, fragte er stirnrunzelnd. »Ich hoffe, Sie sind nicht dienstlich hier.«

»Zum Teil«, antwortete Lenz lächelnd. »Ich hoffe, einige Auskünfte über eine Person zu erlangen, die während des Krieges hier ihr Pflichtjahr absolviert hat. Darüber müsste es doch Unterlagen geben, oder nicht?«

»Da muss ich im Archiv nachschauen, das kann eine Weile dauern. Ich hatte noch keine Zeit, mich mit der Historie zu beschäftigen. Die gegenwärtige Situation bereitet mir genug Kopfzerbrechen. Wie war doch gleich der Name?«

»Bloch, Hannah.«

»Bitte nehmen Sie Platz. Darf ich Ihnen unterdessen etwas anbieten?«

»Einen Kaffee nehme ich gerne.«

Der Verwalter verließ den Salon, kurz darauf brachte ein Dienstmädchen ein Tablett mit einem Kännchen, Milch und einer kunstvoll verzierten Zuckerdose und schenkte ihm Kaffee ein. Lenz wartete voller Ungeduld. Nach einer Viertelstunde kehrte der Verwalter zurück.

»Das Mädchen war tatsächlich hier. Hannah Bloch kam am 10. April an und leistete ihre Zeit ab. Sie blieb länger, als sie eigentlich gemusst hätte«, erklärte Eicke. »Auf Wunsch von Elisabeth Brunner wurde sie als Haushaltshilfe eingestellt und arbeitete hier bis Februar 1943. Warum sie ausschied, geht aus den Unterlagen nicht hervor. Die Gehaltsabrechnungen enden zu diesem Zeitpunkt.«

»Mich interessiert ihr Umgang«, sagte Lenz, »vor allem, ob heute noch Angestellte beschäftigt sind, die Hannah Bloch kannten, vielleicht sogar mit ihr befreundet waren.«

Der Verwalter schüttelte den Kopf. »Das Personal zerstreute sich nach Kriegsende in alle Winde. Der heutige Besitzer des Anwesens hat neue Leute eingestellt. Aber es gibt da jemanden, der Ihnen vielleicht helfen kann: Heinz Borsig, Brunners früherer Adjutant und Chauffeur.«

»Wo finde ich diesen Mann?«

»Er wohnt unten im Dorf, lebt von einer Versehrtenrente. Wenn jemand etwas über diese Zeit weiß, dann ist es Borsig. Ich schreibe Ihnen die Adresse auf.«

Lenz sprang ungeduldig auf und riss ihm den Zettel aus der Hand.

»Ich danke Ihnen. Sie haben mir sehr geholfen.«

Er zwang sich, das Haus angemessen langsam zu verlassen, am liebsten wäre er gerannt. Zehn Minuten später schlug er einen altmodischen Klopfer gegen die Tür eines windschiefen Hauses am Fuß des Hügels.

Ein vierschrötiger Mann mit rotem Stoppelhaar, das sich an den Schläfen und über den Ohren grau zu färben begann, öffnete die Tür. Misstrauisch kniff er die Augen zusammen. Lenz bemerkte, dass der linke Hemdärmel des Mannes leer im Hosenbund steckte.

»Was wollen Sie?«, fragte Borsig mürrisch.

»Mit Ihnen über Hannah Bloch reden.«

»Wozu soll das gut sein?«

Lenz zog seine Brieftasche hervor und nahm mit zwei Fingern einen Geldschein heraus.

»Es könnte Ihre Rente ein bisschen aufbessern.«

Borsigs Miene entspannte sich. »Kommen Sie herein.«

Eine halbe Stunde später wusste Lenz, dass er einen Volltreffer gelandet hatte. Die Angel, mit der er Hannah einfangen konnte, hieß Heinrich Richter, von allen Hein das Wiesel genannt. Besagtes Wiesel saß im sprichwörtlichen Bau, nämlich im Gefängnis.

Lenz fuhr zurück nach Frankfurt, besorgte sich die Akte von Richter und studierte sie aufmerksam. Er saß eine Strafe wegen Hehlerei ab. Zuvor hatte er sich als Polizeispitzel verdingt und Schwarzmarkthändler auffliegen lassen, dann aber die Seiten gewechselt. Richter war das Werkzeug, das er gesucht hatte.

Lenz vereinbarte einen Besuchstermin und fuhr am frühen

Abend in die Justizvollzugsanstalt in der Kreuzäckerstraße. Er wies sich aus und wurde in den Besucherraum geführt. Die einzigen Möbelstücke in dem knapp acht Quadratmeter großen Zimmer waren ein zerschrammter, wackeliger Holztisch und drei Stühle, einer davon stand neben der Tür und war für den Justizbeamten bestimmt, der bei Besuchen stets zugegen war.

Lenz setzte sich und legte die Akte auf den Tisch. Fünf Minuten später wurde die Tür geöffnet und Heinrich Richter hereingeführt. Er zog den Kopf zwischen die Schultern und blickte sich lauernd um. Das strohblonde Haar stand ihm in wirren Stacheln vom Kopf ab und sein spitz zulaufendes Gesicht verlieh ihm tatsächlich Ähnlichkeit mit einem Wiesel.

»Setzen Sie sich!«, befahl Lenz.

»Und wenn ich nicht mit Ihnen reden will? Ich kenn Sie nicht, ich …«

»Halten Sie den Mund.« Zu dem Beamten sagte Lenz: »Lassen Sie uns allein.«

»Das ist gegen die Vorschrift.«

Lenz stand auf, bot dem Mann eine Zigarette an und steckte ihm einen Geldschein zu. »Gehen Sie mal kurz eine rauchen. Anordnung der Staatsanwaltschaft.«

Der Mann nickte und verschwand, Lenz kehrte zum Tisch zurück.

»Dann wollen wir uns mal unterhalten.«

»He! Was soll das? Ich hab Ärger genug«, sagte Hein.

»Darum sollen Sie mir ja zuhören.«

Er schlug die Akte auf und betete Richters Vorstrafen und Vergehen herunter. »Sie werden noch fünf Monate im Gefängnis verbringen müssen«, schloss er.

»Und wenn schon.«

»Ich könnte dafür sorgen, dass Sie wegen guter Führung in ein paar Tagen entlassen werden.«

»Hä?« Hein kratzte sich am Kopf.

Lenz lächelte. »Ob Sie es glauben oder nicht, wir haben gemeinsame Freunde.«

»Weiß nich, wovon Sie reden.«

»Ich rede von Hannah Bloch.«

Hein setzte sich kerzengerade auf. »Was wollen Sie denn von der?«

»Ich will, dass Sie Hannah finden.«

»Und wenn ich Sie gefunden habe?«

»Das überlassen Sie mir. Wenn Sie ihr auch nur ein Haar krümmen, sorge ich dafür, dass Sie den Rest Ihres verpfuschten Lebens in einer Zelle verbringen. Sie tun genau, was ich Ihnen sage, dann kommen wir ins Geschäft. Haben Sie Interesse?«

Richter grinste von einem Ohr zum anderen und rieb sich die Hände. »Und wie ich das habe«, sagte er, »und wie!«

22

Köln, 13. Oktober 1947

Pawel Kowna lehnte an einem der zahlreichen Brunnen der Stadt und stocherte in den Zähnen. Sein Magen rumorte so laut, dass er befürchtete, die abgemagerten Gestalten, die sich auf dem Heumarkt herumtrieben, könnten es hören. Aber wahrscheinlich knurrten ihre eigenen Mägen genauso laut wie seiner.

Seine dünne Jacke bot wenig Schutz gegen den ungewöhnlich kalten Wind, der Mitte Oktober 1947 durch die zerstörten Straßen der Domstadt pfiff. Der Winter 1946/47 war einer der strengsten gewesen, die Deutschland je erlebt hatte. Eine erneute Kältewelle würde Hunderte, wenn nicht Tausende Kölner das Leben kosten.

Auf dem Markt vollzog sich ein stilles, surreal anmutendes Ritual. Dutzende Passanten schlenderten scheinbar ziellos umher und drehten ihre Runden auf dem regennassen Pflaster. Von Pawels erhöhtem Standpunkt aus schienen die Menschen einem seltsamen Tanzvergnügen zu folgen, bei dem freilich die Musik fehlte. Stumm zogen sie ihre scheinbar festgeschriebenen Bahnen. Begegneten sie sich, begannen sie, hastig zu flüstern, um danach wieder in Schweigen zu verfallen.

Sie raunten sich Worte zu wie: »Fotokamera, Butter, Kaffee«, oder »Autoreifen, heute Abend Niehler Damm.«

Das merkwürdige Treiben war nichts anderes als ein reger Schwarzmarkthandel – der natürlich streng verboten war. Da die Anbieter und Abnehmer mit ständiger Entdeckung rechnen mussten, hatten sie ein System ersonnen, bei dem eine schnelle Flucht jederzeit möglich war. Sie murmelten die Waren vor sich hin, die sie verkaufen wollten oder suchten, und bei der nächsten flüchtigen Begegnung tauschten sie Preis und Treffpunkt aus, falls Interesse bestand. Stürmte Polizei oder Zoll den Platz, stoben sie in alle Richtungen auseinander, ohne dass man ihrer habhaft werden konnte.

Pawel spuckte den Zahnstocher in den Brunnen. »Amateure«, knurrte er verächtlich.

Seit seiner Flucht aus Frankfurt hatte sich etwas in ihm verändert. Er fühlte sich betrogen. Wochenlang war er allein durch Deutschland gezogen, hatte in Scheunen und unter freiem Himmel übernachtet, gebettelt und gestohlen, um zu überleben. Das Geld, das Esther ihm gegeben hatte, war längst aufgebraucht.

Pawel hatte geglaubt, im Frankfurter Baumweg ein Zuhause gefunden zu haben, aber dann hatte Esther ihn eiskalt abserviert und aus der Stadt gejagt wie einen räudigen Hund. Zum Teufel mit ihren überkommenen Moralvorstellungen! War das der Dank dafür, dass er sie vor dem Gefängnis bewahrt hatte? Schließlich war er es gewesen, der aus ihrer harmlosen kleinen Bande eine Truppe geformt hatte, die den Nazis das Fürchten lehrte.

Die Gewissensbisse, die ihn nach dem Mord an den beiden Polizisten gequält hatten, regten sich nur noch leise. Die Tat hatte ihn abgestumpft. Die Liquidierungen von Theissen und Bolkow waren nur der Anfang gewesen. Die winzigen Nadelstiche befriedigten ihn nicht mehr, er wollte mehr. Gerüchte machten die Runde, dass eine jüdische Untergrundgruppe die Brotlieferungen für die Inhaftierten des SS-Kriegsgefangenenlagers Auerbach-Bernreuth mit Arsen vergiftet hatte. Tausende Lagerinsassen waren schwer erkrankt, die Zahl der Toten kannte niemand genau. Die Tat lag schon über ein Jahr zurück, aber sie entflammte Pawels Fantasie.

Ein solcher Anschlag wäre genau nach meinem Geschmack, dachte er.

Tagelang hatte er sich in der Nähe des Wasserwerks herumgetrieben und sogar versucht, dort eine Anstellung zu bekommen. In seinen finsteren Träumen vergiftete er das Trinkwasser oder verseuchte die Brunnen der Stadt mit Tierkadavern. Voller Zorn kickte er einen Stein über das Kopfsteinpflaster. Was ihm fehlte, war eine ausreichende Menge Gift, und die bekam er nicht ohne entsprechende Bezahlung.

Die Patronenhülse mit der Karte des Verstecks beim Reschensee trug er an einem Lederriemen um den Hals. Der Schatz war greifbar nahe und blieb doch unerreichbar. Ohne Hilfe konnte er die Kisten mit den gefälschten Pfundnoten nicht bergen, und so war er zur Untätigkeit verdammt. Es war zum Verrücktwerden.

Vier Wochen lang hatte er sich als Knecht auf einem Bauernhof in Nordhessen verdingt. Ende September hatte er die Schufterei endgültig sattgehabt und sich seinen kümmerlichen Lohn ausbezahlen lassen. Pawel hasste das Landleben, es zog ihn in die Großstadt. Er brauchte neue Papiere und die gab es nur auf dem Schwarzmarkt. In der Provinz tauschte man höchstens Kartoffeln gegen Schuhe, dafür gab es allerdings auch so gut wie keine Polizeikontrollen.

Nach Frankfurt traute er sich nicht zurück, zu viele Leute kannten dort sein Gesicht, und so war seine Wahl auf Köln gefallen. Ihm fehlte ohnehin das Geld, um sich weiter in den Süden oder Norden durchzuschlagen. In seiner Not war er sogar auf einem offenen Kohlenwaggon gereist.

Nicht lange nachdem er in Köln angekommen war, hatte er eine Frau kennengelernt, die auf dem Schwarzmarkt Schmuck anbot, um ihn gegen Lebensmittelgutscheine, Butter und Brot einzutauschen. Sie machte dies wohl zum ersten Mal, denn sie zitterte vor Angst, verhaftet zu werden, und benahm sich so auffällig, dass jeder Dummkopf bemerkt hätte, was sie vorhatte. Pawel hatte sie davor bewahrt, an einen Polizeispitzel zu geraten.

Luise war zehn Jahre älter als er und sah recht hübsch aus. Sie war einen Kopf kleiner als Pawel, hatte ein herzförmiges Gesicht und große dunkelbraune Augen, die stets ein bisschen erschrocken in die Welt blickten. Er spendierte ihr einen Muckefuck und eine Zigarette und ließ sie geduldig ihr Herz ausschütten. Ihr Mann war nicht aus russischer Gefangenschaft heimgekehrt, niemand wusste, ob er überhaupt noch lebte. Luise bewohnte eine winzige Hinterhofwohnung und fühlte sich sehr, sehr einsam. Sie besaß weder Esthers Temperament noch ihre Leidenschaft, aber sie gab ihm, was er im Augenblick am meisten brauchte: Halt und ein Stück Geborgenheit. Außerdem hatte er ein Dach über dem Kopf und schlief in einem warmen Bett, was in diesen Zeiten auch nicht zu verachten war. Im Gegenzug besorgte Pawel alles, was Luise zum Leben brauchte. Allmählich machten sich die ersten Boten des nahenden Winters bemerkbar und es fehlte ihnen an Heizmaterial. Mit anderen Worten: Pawel musste Kohlen organisieren.

Überall in der Stadt klebten Plakate aus den letzten Kriegstagen, die den *Kohlenklau* zeigten – die Karikatur eines Diebes, der sich mit einem prall gefüllten Sack auf dem Rücken davonschlich.

Seit der Predigt von Kardinal Frings, in welcher der Kirchenmann den Diebstahl von überlebenswichtigen Dingen in Zeiten der Not für entschuldbar erklärt hatte, klauten die Kölner alles, was nicht niet- und nagelfest war. Sie nannten es *fringsen*. Der Kardinal hatte sich mit seiner Aussage erhebliche Probleme mit der britischen Besatzungsbehörde eingehandelt, blieb jedoch standfest, so wie er es auch den Nazis gegenüber schon gewesen war. Der Regional Commissioner William Asbury kritisierte, Frings' Worte könnten von der Bevölkerung als Aufforderung verstanden werden, das Recht in die eigenen Hände zu nehmen. Er verlangte eine Richtigstellung. Asburys Befürchtungen bewahrheiteten sich, selbst die Kohlenlaster einheimischer Händler wurden überfallen.

Pawel hatte herausgefunden, dass die Züge, die aus dem Braunkohlerevier im Ruhrgebiet kamen, den Niehler Damm mit niedriger Geschwindigkeit passieren mussten. Es kam vor, dass dort über Nacht Waggons ohne Lokomotive standen. Nachdem mehrere Kohlenzüge bis auf das letzte Brikett ausgeraubt worden waren, patrouillierten bewaffnete Zollbeamte auf dem Damm. Die Sache war also nicht ungefährlich. Er durfte sich auf keinen Fall erwischen lassen, denn bei einer Ausweiskontrolle war er geliefert, schließlich wurde er wegen Mordes gesucht.

Bis zum Einbruch der Dunkelheit trieb er sich in der Altstadt herum, dann kehrte er in Luises Hinterhofwohnung zurück. Sie bettelte ein bisschen, er solle nicht mehr fortgehen, wagte aber nicht, ihn zu verärgern. Pawel mochte Luise, doch ihre Anhänglichkeit ging ihm auf die Nerven. Sie hatte panische Angst davor, er könnte sie für eine jüngere Frau verlassen, und tat alles, um ihn zu halten. Auf ihr Drängen hin gab er nur kurzsilbige Antworten und verwies auf den kalten Ofen. Sie brauchten Kohlen, wenn sie den Winter überstehen wollten. Er schulterte einen großen Rucksack und machte sich auf den Weg zum Niehler Damm.

Als er auf die Straße hinaustrat, fiel feiner Nieselregen. Pawel drückte sich die Mütze in die Stirn und marschierte los. Auf dem Damm angekommen, stellte er enttäuscht fest, dass die Abstellgleise leer waren. Die Behörden hatten dazugelernt. Nun musste er auf einen Zug aus Richtung Nordwesten warten, und er war nicht der Einzige, der dies im Sinn hatte. Entlang des Bahndamms kauerten an die hundert Menschen in der Dunkelheit, drückten sich in Erdmulden oder versteckten sich hinter Büschen und in Ruinen zerbombter Gebäude. Viele von ihnen waren Kinder, Pawel wusste aus Erfahrung, dass man gerade sie nicht unterschätzen durfte. Sie waren flink und lernten schnell alle Tricks, um an die heiß begehrte Ladung zu gelangen.

Er suchte sich einen trockenen Platz in einer baufälligen Wellblechhütte, deren dem Bahndamm zugewandte Seite offen war. Von hier aus konnte er die Strecke gut überblicken und war selbst vor neugierigen Blicken und dem Regen geschützt. Er wärmte sich mit Schnaps aus einem Flachmann und wartete. Dreimal liefen Zollbeamte so dicht an der Hütte vorbei, dass er sie hätte berühren können.

Tauchten die Patrouillen auf, verbreiteten sich geflüsterte Warnungen unter den Wartenden. Lautlos und unsichtbar zogen sich die Kohlendiebe von den Gleisen zurück, um kurz darauf wieder auf der Lauer zu liegen.

Nach einer Stunde kam Unruhe in die Menge. In der Ferne erklang das Stampfen einer Dampflok. Die im Dreieck angeordneten Scheinwerfer wurden schnell größer und erhellten die

Bahnstrecke. Der Lokführer verringerte die Geschwindigkeit, bis der Zug mit etwa zwanzig Kilometern in der Stunde über den Damm rollte. Überall war Scharren, Trampeln und Keuchen zu hören. Pawel verließ sein Versteck und suchte nach einem möglichst guten Platz, um leicht Beute zu machen.

Die Strategien der Diebe hätten unterschiedlicher nicht sein können. Die Jüngeren schafften es, eine Zeit lang das Tempo des Zugs zu halten, und kletterten unter Lebensgefahr auf die offenen Schüttgutwaggons. Sie füllten Taschen und Rucksäcke und warfen so viel Briketts wie möglich hinunter, um sie später aufzusammeln. Diese Methode funktionierte allerdings nur am hellen Tag gut, nachts konnte es passieren, dass sie die Kohle nicht wiederfanden. Außerdem liefen sie Gefahr, nicht rechtzeitig vom Zug abspringen zu können, bevor der Lokführer die Geschwindigkeit erhöhte. Nicht wenige Kinder waren im Hungerwinter 1946 bei diesen gefahrvollen Diebeszügen auf den offenen Waggons erfroren.

Pawel, der stets pragmatisch dachte, entschied sich für eine andere Strategie. Er folgte drei Männern, die sich mit langen Holzlatten bewaffnet hatten und versuchten, die Türriegel der geschlossenen Waggons aufzuhebeln. Einer von ihnen stolperte, schlug auf den Schotter und schürfte sich Hände und Gesicht auf. Die anderen beiden schafften es, einen Riegel zu öffnen. Die Schiebetür glitt zur Seite und Briketts prasselten auf den Bahndamm herab. Sofort stürzten sich Dutzende auf den Fang, bewehrt mit Taschen- oder Karbidlampen, Säcken, Wannen und allerlei Behältnissen.

Pawel erkämpfte sich einen Platz, fiel auf die Knie und stopfte hastig Briketts in seinen Rucksack. Er hatte kaum damit begonnen, da stieß ihn ein riesenhafter Kerl zur Seite. Er trug dunkle Kleidung, ein schwarzer Bart umrahmte ein Gesicht mit pockennarbigen Wangen. Seine Augen leuchteten tiefblau im Licht einer Grubenlampe, die an seinem Gürtel schaukelte. Mit seinen schaufelgroßen Händen füllte er einen Jutesack und zog bereits den nächsten aus seinem Mantel.

Plötzlich schrie er vor Schmerz auf und fiel vornüber auf den Schotter. Pawel hörte ein Zischen und duckte sich gerade rechtzeitig, um dem Geschoss zu entgehen. Ein Kohlenstück traf den neben ihm arbeitenden Jungen am Kopf. Er verdrehte die Augen, kippte zur Seite und rührte sich nicht mehr.

Ein starker Scheinwerfer tauchte den Bahndamm in gleißendes Licht. Pawel ließ sich platt auf den Boden fallen, kniff die Augen zusammen und beobachtete den Zug. Auf den Kipploren standen Wachmänner, die die Bahn angeheuert hatte, und bewarfen die Diebe mit Kohlen. Sie waren offenbar geübte Werfer, denn rings um Pawel riefen Diebe einander Warnungen zu oder schrien schmerzerfüllt auf, wenn sie getroffen wurden. Die mutigsten Jungen hoben einige der Briketts auf und feuerten wütend zurück. Sie standen den Bahnbeamten in ihrer Treffsicherheit in nichts nach. Es entwickelte sich eine regelrechte Schlacht um die Kohle, die dadurch erschwert wurde, dass der Zug – wenn auch langsam – in Bewegung blieb.

In Pawels Rücken wurden Stimmen laut, Hundegebell antwortete ihnen, die Strahlen mehrerer Taschenlampen kreuzten sich zitternd. Es wurde höchste Zeit zu verschwinden.

»Stehen bleiben!«, rief jemand. »Keiner rührt sich vom Fleck … Wir lassen die Hunde los … Es wird scharf geschossen.«

Der Riese, der neben Pawel zu Boden gegangen war, stöhnte leise. Später fragte Pawel sich oft, warum er ihm geholfen hatte, und erklärte es mit einem Reflex, der aus der Zeit seiner Lagerhaft stammen musste. Die Häftlinge hatten sich unterstützt, so gut sie es vermochten, denn isoliert zu sein, hatte den sicheren Tod bedeutet.

Er rüttelte den Riesen an der Schulter. Blut sickerte aus einer Platzwunde über dem Auge, doch er kam allmählich zu Bewusstsein.

»Wir müssen abhauen, schnell«, raunte Pawel.

Er löschte die Lampe am Gürtel des Mannes und zerrte ihn den Bahndamm hinab. Zu zweit tauchten sie in die Dunkelheit ein und torkelten wie betrunken auf die Wellblechhütte zu, die inmitten der Industrieruinen im Niehler Hafen stand, auf halber Strecke zwischen den Gleisen und dem Rhein.

Atemlos lauschte Pawel in die Nacht. Das Hundegebell entfernte sich von ihnen, offenbar waren die meisten Diebe vom Fluss weg in Richtung Innenstadt geflohen. Eine letzte Patrouille hastete vorbei, dann war es still.

»Junge, Junge, die haben ganz schön aufgerüstet«, sagte Pawel. »Ich schätze, das war's mit der leichten Beute auf dem Niehler Damm.«

Der Riese grub seine Finger in den Stoff von Pawels Jacke. »Danke. Das war knapp.«

Er drückte ein Taschentuch auf die Platzwunde und bleckte die Zähne zu einem fürchterlichen Grinsen.

»Du bist ganz schön fix. Wie heißt du?«, fragte er.

»Pawel. Und du?«

»Ich bin Kalle.«

Sie schüttelten sich die Hände. Pawel blickte zum Bahndamm hinüber. »Alles ist ruhig. Zeit, ein paar Kohlen einzusammeln.«

Sie wagten sich aus ihrem Versteck. Kalle zündete die Karbidlampe an und blendete sie mit einem Blech ab. Nach kurzer Suche fanden sie Pawels Rucksack. Kalle schulterte zwei Säcke, vollgepackt mit Kohlen, dann stapften sie los.

»Das müssen wir begießen«, sagte Kalle.

»Habe nichts dagegen.«

Im Schutz der Nacht schleppte Pawel den Rucksack in Luises Wohnung. Ihre Augen leuchteten dankbar, als er die Kohlen neben dem eisernen Ofen abstellte.

»Ich muss noch mal weg«, brummte er.

»Bleib doch«, bettelte Luise. Stolz präsentierte sie eine Flasche Cognac. »Ich habe meine Ohrringe eingetauscht … nur für dich.«

»Ich habe jemanden kennengelernt.«

Ihre Augen schimmerten feucht, ihre schmale Gestalt sackte zusammen und schien zu schrumpfen.

»Nicht, was du denkst.« Er erzählte ihr von Kalle. »Ich gehe ein Bier mit ihm trinken. Vielleicht lerne ich ein paar Leute kennen, das kann nie schaden – ist gut fürs Geschäft.«

Bevor sie etwas erwidern konnte, verließ er die Wohnung und half Kalle, die Kohlensäcke in einem Schuppen in der Nähe einer Gießerei zu verstecken. Dann folgte er seinem neuen Freund gut gelaunt in eine Altstadtkneipe.

Bisher war es ihm nicht gelungen, in Köln Verbindungen zu knüpfen, der ungeschlachte Kalle könnte vielleicht sein Türöffner sein. Zwei Dutzend Männer hielten sich in der Kneipe auf und tranken ihr Bier, das einzige Vergnügen, das ihnen in diesen harten Zeiten blieb. Kalle stellte ihn seinen Freunden vor und spendierte ihm ein Herrengedeck – Kölsch und Korn.

»Ich hab dich hier noch nie gesehen«, sagte er.

»Ich bin neu in der Stadt«, antwortete Pawel.

»Was treibst du so?«

Pawel lehnte sich mit dem Rücken an den Tresen und kippte den Schnaps. »Dies und das, ich versuche, mich über Wasser zu halten, wie die meisten.«

»Wie wäre es mit ehrlicher Arbeit?«, fragte ihn einer von Kalles Freunden.

Pawel war ziemlich sicher, wie er die Typen zu nehmen hatte. Er grinste breit. »Bin doch nicht blöd.«

Die Umstehenden brachen in schallendes Gelächter aus. Kalle schlug ihm auf die Schulter und bestellte eine neue Runde. Er vertrug eine Menge. Pawel achtete darauf, dass der Riese ihn nicht unter den Tisch trank.

Kalle begann, von den heißen Zeiten zu erzählen, die offenbar gar nicht so lange zurücklagen. Er erzählte von fetten Diebeszügen und Schiebereien und von einer legendären Bande um eine Anführerin namens Ruth.

»He, Jupp, erinnerst du dich noch an Ruths Zaubertrick?«

Der Angesprochene lachte.

»Wir haben mal einen ganzen Kesselwagen mit Benzin verschwinden lassen«, erklärte Kalle. »Niemand ist so gerissen und geldgierig wie Ruth. Und die schwarze Hannah stand ihr in nichts nach. In Köln waren so viele gefälschte Interzonenpässe und Lebensmittelkarten in Umlauf, dass Brot und Butter knapp wurden.«

Pawel entspannte sich, das Eis schmolz, er hatte es geschafft, das Vertrauen der Männer zu gewinnen. Neugierig lauschte er ihren Geschichten.

»Und habt ihr auch Pässe gefälscht?«, fragte er leise.

Kalle winkte dem Wirt mit seinem leeren Glas.

»Ich nicht, aber Ruths Freundin Hannah. Das Mädchen konnte einfach alles nachmachen. Zu schade, dass sie uns damals in der Gießerei hochgenommen haben.« Er ballte eine seiner riesigen Fäuste. »Wenn ich das Schwein erwische, das uns verpfiffen hat, dann gnade ihm der Allmächtige.«

»Was ist denn aus dieser Ruth geworden?«

Kalle zuckte mit den Schultern. »Seit sie ihre Strafe abgesessen hat, hab ich nichts mehr von ihr gehört.«

»Und die andere, wie hieß sie gleich?«

»Hannah? Die ist wieder in der Stadt. Sag mal, brauchst du etwas Bestimmtes?«

Pawel dachte fieberhaft nach. Bot sich ihm hier die unverhoffte Chance, an eine neue Identität zu kommen?

»Kann sein. Wo finde ich diese Hannah denn?«

Kalle musterte ihn abschätzend. »Haste was ausgefressen?«

»Ach wie gut, dass niemand weiß, dass ich Rumpelstilzchen heiß«, sagte Pawel.

Kalle lachte dröhnend. »Na wie 'n Spitzel siehste nicht aus. Frag mal im *Klävbotz* nach ihr.«

Pawel prostete ihm zu und zwang sich, ein weiteres Kölsch zu trinken.

»Erzähl mir mehr über Hannah und Ruth«, sagte er.

Kalle wischte sich den Bierschaum von den Lippen. »Die Mädchen haben viel durchgemacht. Sie haben sich in einer der Tötungsanstalten kennengelernt.«

»Dort sind sie lebend wieder rausgekommen?« Pawel pfiff durch die Zähne. »Da müssen sie es ja faustdick hinter den Ohren haben.«

»Das kannst du laut sagen«, antwortete Kalle. »Hannah hat nach dem Krieg den Amerikanern geholfen, ein paar der Mordärzte hinter Gitter zu bringen. Nach dem Mörder ihres Geliebten sucht sie immer noch – Heyrich heißt der, glaub ich. Der war bei der SS und ist nach dem Krieg untergetaucht.«

Die beiden Frauen hatten Pawels Interesse geweckt. Möglicherweise waren sie und der etwas einfältige, aber bärenstarke Kalle die Truppe, die er brauchte, um die Kisten mit den gefälschten Pfundnoten zu bergen. Und ein neuer Pass sprang dabei vielleicht auch noch heraus.

23

»Wie schaffst du es bei diesen Hungerrationen, so rund zu werden?« Leni schüttelte missbilligend den Kopf. »Mädchen, du wirst immer dicker.«

Hannah stellte einen Stapel schmutzige Teller auf der Spüle in der Küche des *Klävbotz* ab und füllte den Wasserkessel. Auf dem gerundeten Edelstahl schimmerte ihr verzerrtes Spiegelbild. Wieder einmal war sie totenbleich. Ihr war fast jeden Morgen übel und die Begleiterscheinungen der Schwangerschaft machten ihr von Tag zu Tag mehr zu schaffen. Die Arbeit in der Gastwirtschaft war zudem sehr anstrengend. Selbst im Vollbesitz ihrer Kräfte wäre sie jeden Abend erschöpft auf ihr Bett in der Dachkammer gefallen. Ihr Zustand machte alles noch viel beschwerlicher.

Die Anstellung als Küchenhilfe hatte Hannah zunächst nur als vorübergehende Notlösung angesehen. Bommi, der Wirt, hatte sich als Geizhals erwiesen, der meistens schlecht gelaunt war und an allem etwas auszusetzen hatte. Sie war sicher gewesen, dass sie Ruth schnell finden würde, alles Weitere würde sich schon ergeben. Inzwischen waren drei Monate vergangen, ohne dass sie eine Spur ihrer Freundin gefunden hatte. Auch Kalle wusste keinen Rat.

Hannah versuchte, ihre Schwangerschaft zu verheimlichen, so gut es ging. Sie trug weite Kleider, Schürzen und Arbeitskittel, doch die Wölbung ihres Bauches ließ sich kaum länger verbergen. Zudem quälten sie heftige Gewissensbisse, weil sie keinen Arzt aufsuchte.

Leni reichte ihr die Liste mit den Einkäufen.

»Lauf mal rüber zum Wochenmarkt. Beeil dich, bevor das Wenige, was es gibt, ausverkauft ist.«

Hannah stützte die Hände in die Hüften und dehnte ihre verspannten Rückenmuskeln.

Leni blickte sie prüfend an.

»Alles in Ordnung?«

»Ja, mach dir keine Sorgen.«

»Mädchen, ich könnte beinahe schwören, dass du in anderen Umständen bist.«

»Ach was.«

Hannah schnappte sich die beiden großen Flechtkörbe, steckte den Einkaufszettel ein und verließ rasch die Küche. Leni war nicht auf den Kopf gefallen, sie würde ihr nicht mehr lange etwas vormachen können.

Nach einem warmen und sonnigen September brachte der Oktober Regen und ungewöhnliche Kälte. Hannah lief durch die Trümmerwüste der Altstadt und fragte sich, wie sie die Körbe voll beladen zum *Klävbotz* zurückschleppen sollte. Seit dem Morgengrauen hatte sie starke Rückenschmerzen, außerdem quälte sie ein trockener Husten. Die Dachkammer war ungeheizt. Der einzige Schutz gegen die Kälte, die durch die Pfannen und Sparren drang, waren kratzige Pferdedecken. Jeden Abend erhitzte sie auf der gusseisernen Platte des Küchenherds einen Ziegelstein, wickelte ihn in ein Tuch und wärmte ihr Bett damit.

In der Nähe des Doms legte sie eine kurze Pause ein. Trotz der morgendlichen Kälte brach ihr der Schweiß aus. Was war nur los mit ihr?

Langsam ging sie an den Bretterzäunen entlang, die einsturzgefährdete Häuser von der Straße abtrennten. Zettel mit Suchmeldungen und Hilferufen flatterten im Wind. Nach Kriegsende war sie jeden Tag hierhergekommen und hatte voller Hoffnung auf eine Nachricht von Hans gewartet, ohne zu wissen, dass er bereits tot gewesen war. Aus der alten Gewohnheit heraus überflog sie die Flut der Botschaften.

Paul, melde dich bei Otto, Wiesenstraße 13 … oder: *Wer hat Ilse Wernig gesehen?* Eine ausführliche Beschreibung folgte. Hannahs Blick fiel auf eine ungelenke Handschrift, die ihr vertraut vorkam.

Hannah, wo bist du? Bin rege…ig … pl… Joschi.

Der Regen hatte einen Teil der Buchstaben verwischt. Sie starrte ungläubig auf den ausgefransten Zettel. Joschi! Konnte das wahr sein? Ihr Herz trommelte aufgeregt gegen ihre Rippen. Nein, das war unmöglich, der Schreiber musste eine andere Hannah meinen. Joschi war tot, Lubeck hatte ihn damals vor dem Stollen im Weinberg erschossen.

Wieder las sie die Zeilen und versuchte, die fehlenden Buchstaben sinngemäß zu ergänzen, aber die Lücken waren zu groß. Die Namensgleichheiten konnten allerdings kein Zufall sein. War es möglich, dass Joschi überlebt hatte? Die Szene, die sich im Weinberg abgespielt hatte, kam ihr in den Sinn: die ausgehungerten Gestalten, die aus dem Stollen flüchteten, Elisabeths Brief an Eva Braun und Lubeck, der die Pistole auf Joschi richtete und abdrückte.

Immerhin hatte sie auch Fritz Brunner zunächst für tot gehalten. Wenn er überlebt hatte, warum nicht auch Joschi?

Ein Scharren und Poltern von herabfallenden Steinen riss sie aus ihren Gedanken. Sie fuhr erschrocken herum, aber es war nur eine Katze gewesen, die in den Trümmern auf Mäusejagd ging und eine kleine Lawine losgetreten hatte.

Nicht weit von hier war Hannah bei ihrem ersten Besuch in Köln von der Bande des Köters überfallen worden. War die Nachricht von Joschi eine Falle? Sie dachte an die Gewehrkugel und die Hakenkreuzbinde. Feinde, die ihr nach dem Leben trachteten, hatte sie sich genug gemacht. Hannah ersann eine List und kramte in ihren Taschen nach dem Bleistiftstummel, mit dem sie gewöhnlich Lenis Einkaufsliste abhakte. Sie riss ein Stück des Zettels ab und schrieb: *Bist du's wirklich, Joschi? Dann sag mir, wie heißt die schwarz-weiße Königin? Gruß, Hannah.*

Sie befestigte den Streifen an Joschis Nachricht. Wenn er der war, für den er sich ausgab, würde er die Frage leicht beantworten können.

Aufgewühlt und mit neuer Hoffnung im Herzen lief sie weiter. Auf dem Wochenmarkt kaufte sie Kartoffeln und frisches Wintergemüse ein. Die Händler boten keine große Auswahl an und die astronomischen Preise konnte kaum jemand bezahlen, der nicht in einer der Währungen beglich, die unter dem Ladentisch gehandelt wurden: Zigaretten, Alkohol und echter Bohnenkaffee.

Auf dem Weg zurück ins *Klävbotz* begann es zu regnen. Frierend schleppte sie die schweren Körbe und kam erschöpft in der Küche an. Dort setzte sie sich neben den Holzofen, um ein wenig auszuruhen, und merkte kaum, dass sie einschlief.

»Hannah! Kind, wach auf!«

Mühsam hob sie die bleischweren Lider. Sie fühlten sich verklebt und entzündet an, ihre Glieder schmerzten und das Schlucken tat weh.

»Mädchen, du gefällst mir gar nicht.«

Leni blickte besorgt auf sie herab, Hannah bemühte sich aufzustehen. Kaum stand sie auf den Füßen, da drehte sich die Küche. Sie spürte eine kühle Hand auf ihrer Stirn.

»Du hast Fieber«, sagte Leni.

Hannah winkte ab, was den Schwindel noch verstärkte. »Ach was, das ist halb so wild.«

Die Worte klangen seltsam fremd in ihren Ohren und schienen von weit her zu kommen. Hannah griff nach der Schürze, die am Haken neben dem Herd hing. Sie verfehlte den Stoffriemen, taumelte und stieß mit dem Handrücken gegen die heiße Herdplatte.

»Autsch!«, war alles, was sie herausbrachte. Winzige Blitze zuckten in der Dunkelheit, die an den Rändern ihres Blickfelds heranraste, dann brach urplötzlich die Nacht herein.

Hannah blinzelte und kniff vor Schmerz die Lider zusammen. Grelle Speere aus Licht stachen in ihre Augen. Über ihr schwankten die Balken der Dachkammer, als wäre das Haus mitsamt der Kneipe in stürmische See geraten.

Jemand forderte sie auf, den Mund weit zu öffnen, und drückte mit einem Holzspatel auf ihre Zunge. Sie würgte und hustete, dann ließ der Druck nach.

»Sie hat eine eitrige Mandelentzündung. Ich schreibe Ihnen Penizillin auf. Können Sie das besorgen?«

»Ich laufe rasch in die Apotheke, bevor ich in die Gaststube muss.« Das war Lenis Stimme.

»Sie braucht vor allem viel Ruhe. In ihrem Zustand ist die Erkrankung nicht ungefährlich.«

Hannah schloss die Augen. Sie hatte das Gefühl, einen brennenden Ball zu schlucken. Von welchem Zustand redete der Unbekannte? Stimmte etwas nicht mit dem Kind? Furcht breitete sich in ihr aus und vermischte sich mit den Fieberschüben. Dann schlief sie wieder ein.

Als sie erwachte, war es dunkel. Ihre Kehle brannte wie Feuer, sie fror und schwitzte zugleich. Die Tür zu Lenis Wohnküche stand offen, warme Luft strömte in die Dachkammer. Hannah hörte, wie die Etagentür geöffnet wurde. Kurz darauf tauchte Lenis von der kalten Oktoberluft gerötetes Gesicht über ihr auf. Hannah wollte sich aufsetzen, aber die Köchin drückte sie sanft zurück auf das Kissen.

»Du wirst schön liegen bleiben.«

Hannah hustete und spürte, dass ihr keine Wahl blieb. Sie fühlte sich schwach und hilflos wie ein Neugeborenes. Leni ging in die Küche und kehrte mit einem Wasserglas zurück, voll mit einer milchigen Flüssigkeit. Sie schob ihre Hand unter Hannahs Nacken und war nicht eher zufrieden, bis sie den letzten Tropfen der bitteren Medizin geschluckt hatte.

»Mädchen, was machst du nur für Sachen? Warum hast du denn nichts gesagt?«

»Was denn gesagt? Bommi ist sicher stinksauer, weil ich nicht arbeiten kann.«

Leni schüttelte den Kopf. »Du dummes Kind, er ist wütend, weil du dich quälst, ohne ein Sterbenswort zu verraten.«

»Reden wir von demselben Bommi?«, krächzte Hannah. »Dem Bommi, der schon mies gelaunt auf die Welt gekommen ist?«

»Er mag ein Geizhals sein, aber kein Unmensch.« Leni zwinkerte. »Und er mag Kinder.«

»Du … weißt es?«

»Der Arzt musste dich schließlich untersuchen. Dass du ein Kind erwartest, ist ja nun nicht mehr zu übersehen.« Sie schüttelte den Kopf. »Und ich dachte, du gehst heimlich an die Vorräte. Ich hätte sehen müssen, was mit dir los ist. Wie konnte ich so blind sein?«

Hannah hustete. »Genauso blind, wie ich es war.«

»Was willst du damit sagen? Ach, ich verstehe. Der Vater …«

»… weiß nichts von dem Kind. Und er wird es auch nicht erfahren.«

Sie berichtete in knappen Worten von ihrer Affäre mit Harry, von seiner Eifersucht und seiner besitzergreifenden Art.

»*Jetzt* verstehe ich«, sagte Leni. »Was hast du denn nun vor? Wie willst du alleine mit dem Kind überleben?«

Hannah erzählte von Hans' Großeltern und von Ruth. »Ich dachte, wenn ich sie finde, wird alles wie früher. Ruth findet immer einen Weg und sie versteht es zu überleben, glaub mir. Sie ist die beste Freundin, die man sich wünschen kann, sie wird mich niemals im Stich lassen. Vielleicht kann ich auch auf dem Hof der Simoneks arbeiten.«

Die wenigen Sätze hatten sie mehr angestrengt, als sie zugeben wollte. Erschöpft sank sie auf das Kissen.

»Zuerst musst du gesund werden. Der Doktor schätzt übrigens, dass du im fünften oder sechsten Monat bist.«

Hannah lächelte. »Ja, das könnte passen.«

»Gleich kommt Bommi«, sagte die Köchin, »er hilft uns beim Umziehen.«

»Umziehen?«

»Wir werden Platz in der Wohnküche schaffen und dein Bett dort aufstellen.« Sie stemmte die Hände in die Hüften und sah sich prüfend um. »Du bleibst mir keine weitere Nacht in der zugigen Kammer.«

»Weiß Bommi, dass ich schwanger bin?«

»Ja.«

»Aber …«

»Kein Aber. Ich will nichts hören.«

Leni zog Hannahs alten Lederkoffer neben dem Schrank hervor. Eins der Schlösser sprang auf, der Inhalt purzelte auf den Dielenboden. Leni bückte sich und hob zwei vergilbte Fotografien auf. Sie waren alles, was Hannah nach dem Brand im Hangar geblieben war, weil sie sie ständig bei sich trug.

»Ist das der Vater?«

Hannah schüttelte matt den Kopf. »Ich wünschte, er wäre es. Hans ist tot.«

Leni betrachtete das zweite Bild. »Und der hier? Verwandtschaft von dir?«

Hannah reckte den Hals. Leni hielt ein Foto von Heyrich in der Hand, es stammte von einem Fahndungsaufruf des CIC.

»Nein, das ist SS-Oberscharführer Rolf Heyrich. Er hat Hans auf dem Gewissen. Wenn ich ihn in die Finger kriege, dann …«

Leni runzelte die Stirn. »Der war hier«, sagte sie.

Gegen die Proteste der Köchin setzte sich Hannah im Bett auf.

»Wann?«, fragte sie.

»Das weiß ich nicht mehr genau. Vor drei Wochen, glaube ich, habe ich ihn zum letzten Mal im Gastraum gesehen. Er hat eine Zeit lang hier zu Abend gegessen, meistens in Gesellschaft eines zweiten Mannes.«

Hannah hustete trocken und wischte sich den Schweiß von der Stirn. Heyrich war hier gewesen, ohne dass sie es bemerkt hatte! Die Spur, die nach Köln führte, war also doch kein Hirngespinst. Hatte sich ihr Vater geirrt oder war Heyrich in Köln aufgehalten worden?

»Ich muss sofort die Polizei informieren. Sie müssen ihn festnehmen. Endlich habe ich das Schwein.«

Leni steckte das Foto in die Kittelschürze und drückte Hannah auf das Bett zurück. »Du gehst nirgendwo hin, Fräulein. *Ich* kümmere mich darum.«

»Versprichst du es? Er darf nicht entkommen.«

»Das wird er nicht. Aber jetzt musst du schlafen, damit du zu Kräften kommst. Denk an das Kind.«

Hannah hörte schwere Schritte auf der Treppe. Der Wirt streckte den Kopf in die Kammer und grinste.

»So was. Und sagt kein Wort, das sture Ding.«

Zu ihrer Überraschung blieb der miesepetrige Bommi eine halbe Stunde an ihrem Bett sitzen. Sie erfuhr, dass er verheiratet gewesen war. Frau und Tochter waren beim selben Bombenangriff ums Leben gekommen, den Hannah im Keller des Hauses unweit des Bahnhofs erlebt hatte. Sie dachte an die furchtbaren Stunden zurück und erinnerte sich an eine Frau und ein kleines Mädchen. Beide waren an jenem Tag im Luftschutzkeller umgekommen. Ob die beiden Bommis Familie gewesen waren?

Er versicherte ihr mehr als einmal, dass er sie unterstützen würde, so gut er konnte, dass man schließlich zusammenhalten müsse und er sich auf das Kind freue.

Leni baute sich drohend hinter ihm auf und bestand darauf, dass er ihre Patientin in Ruhe ließ. Gemeinsam schoben sie das Bett in die Wohnküche hinüber, wo es warm und trocken war.

Wenig später schlief Hannah ein. In ihren Fieberträumen

tauchten Bilder der Vergangenheit auf: Joschi, Lubeck und Hans. So oft sie versuchte, ihre Freunde vor der Gestapo und Heyrich zu retten, so oft misslang es ihr. In der Sekunde vor ihrem Tod verwandelten sich ihre Gesichter in das winzige Antlitz eines Neugeborenen. Dann tauchte Harry aus dem Nichts auf. Er trug die rote Robe der Richter des Volksgerichtshofs und sprach das Todesurteil über ein kleines Mädchen namens Malisha.

24

Bis Hannah sich kräftig genug fühlte, um aufzustehen, vergingen fast drei Wochen. Der November brachte eine erste Kältewelle. Selbst in der für ihr mildes Klima bekannten Stadt am Rhein fiel Schnee. Alles deutete auf einen harten Winter hin, der dem vorherigen in nichts nachstand. Die Kölner gingen fleißig *fringsen* und klauten Kohlen, was das Zeug hielt. Die Schwarzmärkte blühten. Viele gaben für einen Laib Brot und ein Pfund Butter ihre gesamte Habe, und so mancher Schwarzmarkthändler wurde binnen weniger Wochen steinreich. Die Bauern in der Umgebung der Stadt horteten von der Filmkamera bis zum Motorradreifen alles, was sie gebrauchen konnten. Stahlhelme funktionierte man zu Küchensieben um, aus Eicheln kochten die Leute eine Art Ersatzkaffee und brieten in Ermangelung von Fett mit Kaffeesatz. Trotzdem hungerten viele.

Das Papiergeld verlor täglich an Wert, ein Pfund Butter kostete dreihundertzwanzig Reichsmark. Die Hälfte behielt man, mit dem Rest wurde gehandelt. Zigaretten waren die neue stabile Währung. Für ein halbes Pfund Butter bekam man fünfzig Stück, die man für andere, lebenswichtige Sachen eintauschte.

Nachdem es ihr besser ging, half Hannah in der Küche, so gut sie konnte. Sie gehörte zu den Frauen, bei denen eine Schwangerschaft weniger auffiel als bei den meisten, aber sie war nun im siebten Monat und die Beschwerden nahmen zu.

Am Ende der ersten Dezemberwoche sagte Leni streng: »Genug!« Fortan sprang Hannah nur noch ein, wenn die Köchin es ausnahmsweise erlaubte.

Kalle kam regelmäßig ins *Klävbotz*, aber auch er brachte keine Neuigkeiten. Ruth schien wie vom Erdboden verschluckt, niemand wusste, wo sie steckte.

Die Tage wurden kürzer, die Nächte lang und kalt. Hannah begann, sich zu langweilen, und sehnte sich nach dem offenen Himmel, auch wenn er voller grauer Wolken hing. Dauerregen setzte ein und verwandelte die löchrigen Straßen an vielen Stellen in zähen Morast.

Seit der überstandenen Mandelentzündung quälte sie ein trockener Husten, der nicht mehr verging. Obwohl der Arzt sie beruhigte, sorgte sie sich um ihr ungeborenes Kind, dessen Bewegungen sie nun immer öfter spürte.

Nachts lag sie wach und sann über einen Namen nach. Sie beschloss, das Kind Hans zu nennen, falls es ein Junge werden sollte, und Malisha, falls es ein Mädchen wurde.

Eine Woche vor Weihnachten grassierte eine Grippewelle in der Stadt. Auch Leni wurde krank und musste tagelang das Bett hüten, bevor sie mit der ihr eigenen Zähigkeit wieder aufstand. Bommi steckte sich an und die Kneipe blieb über die Feiertage geschlossen.

An einem trüben Nachmittag nach Weihnachten stahl Hannah sich aus dem Haus und machte sich auf den Weg zum Dom.

Nicht die Kirche war ihr Ziel, sondern der Bretterzaun, an dem die Zettel und Suchmeldungen klebten. Lange suchte sie vergeblich nach Joschis Antwort, fand sie aber schließlich doch.

»Cleo lässt dich grüßen. Ihr Herrchen kommt jeden Dienstagabend zum Dom, um zu beten«, stand auf einem Zettel, den Joschi gut geschützt vor Wind und Wetter mit Reißbrettstiften befestigt hatte.

Ihr Herz machte einen Sprung. Cleo war der Name von Joschis schwarz-weißer Katze, die er in Frankfurt besessen und seine Königin genannt hatte. Nur sie beide wussten davon, darum hatte Hannah ihn danach gefragt. Also lebte er tatsächlich. Hannah lachte glücklich und fing eine Schneeflocke mit der Zunge auf. Was für Augen er machen würde, wenn er erfuhr, dass sie ein Kind erwartete!

Während sie zum *Klävbotz* zurückging, zogen Erinnerungen und Bilder der Kindheit an ihr vorüber. Ihre Mutter hatte sich 1937 einer Widerstandsgruppe angeschlossen. Eines Tages hatte sie einen halb toten Mann aus dem Main gerettet. Hätte Malisha ihn nicht zufällig entdeckt, wäre er ertrunken. Dieser Mann war Joschi gewesen. Die Schläger der Gestapo hatten ihn verhört und gefoltert und in den Fluss geworfen, nachdem sie ihn für tot hielten. Joschis Wunden heilten, doch zurück blieben ausgeschlagene Zähne und Narben an Körper und Seele. Seit den Verhören sprach er nicht mehr. Hannah hatte nur ein einziges Mal seine Stimme gehört, als er seine vermeintlich letzten Worte an sie gerichtet hatte.

Seit dem Tag, an dem Malisha Joschi aus dem Main gerettet hatte, wich er nicht mehr von ihrer Seite und schloss sie und Hannah, die damals zwölf Jahre alt gewesen war, in sein Herz. Joschi wurde ihr bester Freund und stummer Beschützer. Mit den Narben im Gesicht und dem spärlichen grauen Haar sah er zum Fürchten aus, besaß aber ein überaus sanftes Wesen. Er hatte als Türsteher in dem Nachtklub gearbeitet, in dem Malisha zeitweise ihr Geld als Kellnerin verdient hatte. Joschi war einschüchternd groß, noch kräftiger als Kalle, aber Hannah hatte nie erlebt, dass er jemanden ernstlich verletzt hatte. Sie würde ihn wiedersehen und nur das zählte!

Das *Klävbotz* hatte wieder geöffnet. Bommi stand mit roter Nase und dickem Wollschal um den Hals hinter dem Zapfhahn, aus der Küche drang das Klappern von Töpfen und Pfannen. Hannah stieß die Schwenktür auf. Leni schniefte und hustete.

»Warte, ich helfe dir«, sagte Hannah.

Gemeinsam bereiteten sie das Essen vor. Leni stand vor der Tür zum Gastraum und spähte durch eine der runden Glasscheiben.

»Was gibt es da zu sehen?«

»Das ist er«, antwortete Leni. »Das ist der Kerl, mit dem sich dieser Heyrich getroffen hat.«

Hannah trocknete ihre Hände an einem Geschirrtuch ab und spähte durch die Scheibe.

»Siehst du den Mann dort am Tresen? Brauner Hut, alter Wehrmachtsmantel.«

»Ja. Lass mich die Gäste bedienen«, sagte Hannah.

»Bommi will, dass du in der Küche bleibst.«

»Bommi kann mich mal.«

Sie nahm zwei Teller mit einer dünnen Kartoffelsuppe, in der ein paar Fleischbrocken schwammen, und balancierte sie geschickt durch die Schwenktür. Während sie das Essen servierte, spitzte Hannah die Ohren. Der Mann in dem alten Armeemantel, von dem die Rangzeichen entfernt worden waren, stand dicht hinter ihr am Tresen und sprach leise mit einem weiteren Gast. Das Gespräch drehte sich um Ausweispapiere und Persilscheine. Als Hannah zur Küche zurückging, sah sie, dass ein Kuvert den Besitzer wechselte. Kaum war sie außer Sicht, drückte sie die Nase an die Glasscheibe der Schwenktür. Der Mann, der den Umschlag eingesteckt hatte, schob seinen Hut in den Nacken und trank sein Kölsch aus. Dann zahlte er und verließ den Gastraum. Hannah lief in die Küche, legte die Schürze ab und schlüpfte in ihren Wintermantel.

»Halt! Wo willst du hin, Fräulein Bloch?«

Lenis Stimme hielt sie fest. Sie klang so streng, dass Hannah sich in ihre Zeit in Brunners Haushalt zurückversetzt fühlte.

»Ich muss wissen, wohin er geht. Vielleicht führt er mich zu Heyrich.«

Die Köchin legte ihre Hand auf Hannahs Arm.

»Kind, lass endlich die Vergangenheit ruhen. Was soll denn dabei herauskommen? Um Brunner zu stellen, hast du dein Leben aufs Spiel gesetzt. Und was hat es gebracht? Es wird nur noch mehr Unglück geben.«

Entschlossen wand sich Hannah aus Lenis Griff.

»Sollen denn alle Heyrichs und Brunners dieser Welt ungestraft davonkommen? Schau dich doch um. Sie leben unter uns, als hätte es keine Gaskammern gegeben, keine Konzentrationslager und keine Anstalten, in denen sie alle totgespritzt haben, die nicht ihrem Wahn von der arischen Rasse entsprachen.«

»Denk an dein Kind, Hannah. Die Leute, mit denen du dich anlegst, sind gefährlich. Du weißt selbst am besten, dass sie keine Skrupel kennen, wenn es darum geht, ihre Haut zu retten.«

»Du hast gesagt, du kümmerst dich um Heyrich, aber du hast nichts getan, um ihn zu finden«, erwiderte Hannah. »Ich will wissen, wohin der Mann geht, es ist die Spur, nach der ich seit zwei Jahren suche.«

Leni schüttelte den Kopf und sah sie mit besorgter Miene an. »So kenne ich dich gar nicht, Mädchen. Glaub mir, dein Wunsch nach Rache wird dich auffressen, wenn du nicht aufpasst.«

Hannah wandte sich ab und öffnete die Hintertür. »Ich verspreche dir, ich werde vorsichtig sein, aber ich darf ihn nicht aus den Augen verlieren.«

Sie trat hinaus auf einen Innenhof und schlich durch den Torweg auf die Straße, die zum Dom führte. Einen Herzschlag lang glaubte sie, den Mann verpasst zu haben, doch dann sah sie ihn. Er ging in die entgegengesetzte Richtung und bog in diesem Augenblick in eine Quergasse ein. Sie wartete kurz, dann lief sie ihm im Schutz der hereinbrechenden Dunkelheit nach.

Der Weg des Unbekannten führte durch verwinkelte Altstadtgassen, vorbei an Schutthalden, die sich turmhoch auf beiden Seiten in den Nachthimmel erhoben. Nach zehn Minuten verschwand der Mann im Eingang eines mehrstöckigen Hauses, das als einziges in dieser Straße das Bombardement der Alliierten unzerstört überstanden hatte.

Hannah überlegte, ob sie ihm folgen sollte, als sie ein leises Tappen hörte. Zunächst glaubte sie, das Echo ihrer eigenen Schritte hätte sie genarrt, doch dann wurde ihr klar, dass sie nicht allein war. Angst kroch in ihr Herz. Hatte der Köter auf eine Gelegenheit gewartet, sich an ihr zu rächen, und sie in eine Falle gelockt? Sie dachte an Lenis Warnung. Vielleicht würde ihre zwanghafte Suche nach Heyrich sie wirklich irgendwann ins Verderben führen. Ohne auf die Gefahr zu achten, war sie überhastet in die Nacht hinausgelaufen. Außer ihren schwachen Händen besaß sie nichts, womit sie sich verteidigen konnte.

Sie lief bis zu dem Hauseingang und drückte sich in den Schatten einer Litfaßsäule. Das leise Echo eiliger Schritte hallte von den Häuserwänden wider. Nein, sie täuschte sich nicht, jemand folgte ihr und blieb stehen, wenn sie anhielt. Sie lauschte und tastete sich in der dunklen Gasse vorwärts. Die regennassen Spitzen eines Vorgartenzauns glitzerten im schwachen Licht, das aus einem Fenster auf das Pflaster fiel. Mehrere der eisernen Stangen waren verbogen, eine davon steckte lose in dem rissigen Beton. Hannah bewegte den Zaunpfahl ein paarmal hin und her, um ihn zu lockern, und zog ihn dann heraus. Nun besaß sie eine primitive Waffe, deren Wucht jeder

Unvorsichtige zu spüren bekommen würde, der sich ihr zu nähern wagte.

Der Unterhaltung im *Klävbotz* hatte sie entnommen, dass der Mann in dem Wehrmachtsmantel augenscheinlich falsche Papiere verkaufte. Möglicherweise hatte er sich mit Heyrich getroffen, um ihm eine neue Identität zu verschaffen. Hannah überdachte fieberhaft ihre Möglichkeiten. Es wäre sicherer, zu warten, bis er erneut in der Kneipe auftauchte. Wenn er jedoch nicht mehr wiederkam, verlor sie ihre einzige Spur zu Heyrich. Nein, sie musste herausfinden, wer der Mann war.

Hannah verließ ihr Versteck und stieß mit ihrem unsichtbaren Verfolger zusammen. Entschlossen packte sie den Zaunpfahl und stieß ihn vor die Brust.

»Warum schleichst du mir nach?«, fragte sie drohend.

Der Kerl hob abwehrend die Hände.

»He, ich tue dir nichts. Ich suche Hannah Bloch. Na, ich schätze, ich habe sie wohl gefunden.« Er deutete auf den Eisenpfahl. »Mir wurde schon zugetragen, dass du dich zu wehren weißt.«

Hannah betrachtete ihn argwöhnisch. Sie schätzte ihn auf Mitte zwanzig, zwei, drei Jahre älter als sie selbst es war. Er hatte ein schmales Gesicht und dunkelbraunes, gelocktes Haar. In seiner Aussprache schwang ein schwacher Dialekt mit, den sie als polnisch oder ungarisch deutete.

»Was willst du von mir?«

Er grinste schief. Seine regelmäßigen Zähne leuchteten weiß in der Dunkelheit. »Kalle schickt mich«, sagte er. »Du weißt schon, der Kerl, der aussieht, als könne er gewaltige Ohrfeigen austeilen. Er sagte, ich soll mich an dich wenden, wenn ich neue Papiere brauche.«

»Und darum schleichst du mir hinterher?«

»Ich habe im *Klävbotz* auf eine Gelegenheit gewartet, dich anzusprechen, aber dann sah ich dich im Torweg stehen. Ich bin dir gefolgt, weil ich dachte, hier draußen wären wir ungestört. Es muss ja nicht gleich jeder in Köln wissen, dass ich mit meinem Namen nicht mehr zufrieden bin.«

»Hast du was ausgefressen?«

»Sagen wir mal so: Wir haben die gleichen Feinde, du und ich. Die Nazis sind hinter mir her, weil ich ihnen ein paarmal auf die Füße getreten bin. Besser, sie erwischen mich nicht.«

Hannah ließ die Eisenstange sinken.

»Ich fälsche keine Pässe mehr.«

»Schade. Kalle meint, du bist die Beste.«

»Das war ich mal. Ist lange her.«

»Ich heiße übrigens Pawel. Sag mal, was wolltest du denn von dem Mann?«

»Das geht dich nichts an.«

»Mag sein, aber vielleicht kann ich dir helfen. Eine Hand wäscht die andere.«

»Ich glaube nicht, dass ich Hilfe von Leuten will, die durch dunkle Gassen schleichen und sich vor dem Tageslicht verbergen.«

Pawel lachte. »So wie du, was?«

Sie hob drohend den Zaunpfahl. »Pass bloß auf, du …«

»Du warst in Hadamar, nicht wahr?«, sagte er.

»Das geht dich noch viel weniger an.« Hannah stieß ihn erneut mit der Eisenstange vor die Brust. Ihm blieb nichts anderes übrig, als zurückzuweichen. »Und ich mag's nicht, wenn man mir hinterherschnüffelt.«

Pawel schob den Ärmel seiner Jacke hoch. »Ich war in Sachsenhausen«, sagte er.

Hannah sah die eintätowierte Häftlingsnummer auf dem Unterarm.

»Wir stehen auf derselben Seite«, beteuerte er.

»Auf meiner Seite stehe nur ich.«

Er schüttelte den Kopf. »Es sind zu viele, um sie alleine zu bekämpfen. Besser, wir tun uns zusammen. Lass uns das nicht auf der Straße besprechen. Ich habe ein Zimmer hier in der Nähe gemietet. Dort ist es warm und trocken.«

»Warum sollte ich mit dir gehen?«

»Ich kann dir helfen, SS-Oberscharführer Rolf Heyrich zu finden.«

»Woher weißt du, dass ich ihn suche?«

»Von Kalle.«

»Der große Ochse sollte besser nicht so viel quatschen.«

»Gib mir die Schuld. Ich hab ihn über dich ausgequetscht.«

»Warum?«

»Na wegen den Pässen, die du gefälscht hast. Glaub mir, ich habe eine Scheißwut auf die Nazis, genau wie du. Die meisten laufen frei herum und niemand schert sich darum. Ich weiß, wie wir es ihnen heimzahlen können, auch Heyrich.«

Hannah zögerte. Leni würde ihr eine schallende Ohrfeige verpassen, wenn sie erfuhr, dass sie alle Warnungen in den Wind schlug und mitten in der Nacht einem Fremden folgte. Aber die Aussicht, auf einen Gleichgesinnten gestoßen zu sein, der ihr bei der Suche nach Hans' Mörder half, ließ sie alle Vorsicht vergessen. Noch vor wenigen Minuten hatte sie fast die gleichen Worte benutzt wie dieser Pawel. Er war sicherlich kein Sympathisant der Nazis, sonst hätte er wohl kaum eine Häftlingstätowierung getragen. Auch der Köter konnte ihn nicht geschickt haben, sonst hätte er ihr längst in der dunklen Gasse den Schädel eingeschlagen. Also ging sie mit ihm.

Nicht weit von der Kreuzung entfernt stiegen sie in den Keller eines Hauses hinab, von dem nur noch das Erdgeschoss stand. Das Zimmer war spartanisch eingerichtet, sauber und aufgeräumt. In einer Ecke stand ein alter Kanonenofen. Pawel legte zwei Scheite Brennholz hinein, zerknüllte eine alte Zeitung und zündete sie an. Hannah setzte sich in einen Korbsessel, an dem die Armlehnen fehlten.

Pawel bot ihr Cognac an, aber sie lehnte ab. Dann begann er zu erzählen: von Sachsenhausen, seiner Schwester Milena und Theissen, dem Versprechen, das er seinem Vater gegeben hatte, und seinem Verlangen nach Rache. Bald war Hannah sicher, dass sie einen Seelengefährten gefunden hatte. Sie berichtete von ihrem Flug nach London, von Brunner, Lubeck und vom Tod ihrer Mutter, von Joschi und Hans. Sie hingen eine Weile ihren Gedanken nach, plötzlich sprang Pawel auf und lief erregt hin und her.

»Hast du mal daran gedacht, dass wir auf eine Anlaufstelle für SS-Leute gestoßen sind, die das Land verlassen wollen? Wenn wir es klug anstellen, können wir sie alle hochgehen lassen, und diesen Heyrich noch dazu.« Er ballte die Fäuste. »Wir kriegen sie. Alle! Sie werden ihrer Strafe nicht entgehen.«

»Wie wär's, wenn du mir erstmal verrätst, was du über Heyrich weißt«, sagte Hannah, »und wie du mir helfen kannst, ihn zu finden?«

Pawel blieb stehen. »Indem ich mich mit dem Mann treffe, der sich mit ihm im *Klävbotz* verabredet hatte. Wir nehmen ihn in die Zange und quetschen aus ihm heraus, wohin Heyrich geflohen ist.«

Hannahs Misstrauen verstärkte sich. Der Kerl hatte den Mund ziemlich voll genommen und sie mit einem Versprechen angelockt, das er nicht halten konnte. Das gefiel ihr ganz und gar nicht.

»Du hast also überhaupt keine Ahnung, wo Heyrich sich aufhält«, sagte sie.

Pawel trat an das Kellerfenster und blickte in die Dunkelheit hinaus. »Noch nicht, aber bald. Der Typ weiß, wo er ist. Für so was habe ich einen Riecher. Gib mir ein bisschen Zeit, ich krieg's schon aus ihm heraus.«

»Das schaffe ich auch ohne dich.«

Pawel blickte sie abschätzend an. »In deinem Zustand? Überlass das lieber mir.«

Hannah schwankte zwischen Argwohn und Hochstimmung. Hier war jemand, der wie sie empfand und dachte. Jemand, der ein ähnliches Schicksal erlitten hatte. Dennoch sah sie etwas in seinen Augen, das ihr Angst einjagte. »Für alles, was man erstrebt, muss man einen Preis zahlen«, hatte Malisha stets gesagt.

Doch wahrscheinlich sah sie nur Gespenster. Die Sorge um ihr ungeborenes Kind machte sie überängstlich. Sie war Heyrich noch nie so dicht auf den Fersen gewesen, und sie würde erst Frieden finden, wenn sie ihn zur Strecke gebracht hatte. Pawel war möglicherweise der Schlüssel dazu.

25

27. Dezember 1947

Harald Lenz stand am Fenster seines Büros im Oberlandesgericht in Frankfurt, rauchte eine Zigarette und blickte gedankenverloren auf das nasse Kopfsteinpflaster hinab. Aus dem aschgrauen Himmel fiel seit Tagen ununterbrochen kalter Regen, in den sich vereinzelt Schneeflocken mischten.

Wenn wir einen zweiten Hungerwinter bekommen, gibt es einen Aufstand, dachte er. Die Versorgungslage hatte sich in den vergangenen zwölf Monaten kaum gebessert. Die Amerikaner verteilten inzwischen Carepakete, um die ärgste Not zu lindern.

Wie es wohl Hannah und dem ungeborenen Kind erging? Seinem Kind! Lenz' Stimmung sank und wurde noch dunkler als der Winterhimmel. Es war nicht zu fassen, dass sie es wagte, ihn daran zu hindern, seine Verantwortung als Vater wahrzunehmen. Nein, das würde er nicht zulassen! Er würde dieses Kind nach seinen Vorstellungen erziehen und niemand durfte ihn daran hindern, auch seine Mutter nicht. Das Recht war auf seiner Seite und er besaß die Mittel, um es durchzusetzen. Wenn Hannah uneinsichtig blieb, würde ihm nichts anderes übrig bleiben, als ihr das Kind wegzunehmen. Doch dazu musste er sie erst einmal finden.

Er streifte die Zigarettenasche ab und fragte sich, ob es ein Fehler gewesen war, Hein das Wiesel auf Hannah anzusetzen. Immerhin galt der Kerl als unzuverlässig und wechselte ständig die Seiten. Seit ihrer Übereinkunft vor fünf Monaten hatte er nichts von ihm gehört.

Lenz schlenderte zum Schreibtisch und schob Fallakten und Ordner hin und her, bis er auf den Pappumschlag mit den Einträgen über Richter stieß. Rasch blätterte er darin. Ob er sich davongeschlichen hatte? Dagegen sprach, dass Richter ständig pleite war und deshalb jeden noch so schlecht bezahlten Auftrag annahm. Bis jetzt hatte Lenz ihm nur eine geringe Anzahlung gewährt, den Löwenanteil seines *Finderlohns* würde er erst erhalten, wenn er Hannah gefunden hatte. Oder war Richter untergetaucht, weil er fürchtete, er, Lenz, könne im Falle eines Misserfolgs dafür sorgen, dass er wieder ins Gefängnis musste?

Das Telefon klingelte. Lenz nahm ab und meldete sich.

»Ein Herr Richter wünscht Sie zu sprechen«, sagte Gisela. »Er behauptet, Informationen für Sie zu besitzen. Er sagt, es sei dringend.«

In ihrem Tonfall hörte Lenz deutliche Abneigung. Es würde ihr wahrscheinlich großes Vergnügen bereiten, das Wiesel hinauszuwerfen. Aber Richter kam wie gerufen.

»Das geht in Ordnung. Er soll reinkommen«, sagte er.

Die Tür zum Vorzimmer öffnete sich, Hein quetschte sich ungefragt an Gisela vorbei.

»Tach auch.«

Er nahm eine speckige Kappe von seinem stacheligen Blondschopf, zog den Kopf zwischen die Schultern und deutete eine kriecherische Verbeugung an. Gisela schloss angewidert die Tür hinter ihm.

»Ich habe lange nichts von Ihnen gehört«, sagte Lenz.

Richter zerknautschte die Kappe zwischen den Fingern.

»War nicht so leicht, Hannah zu finden«, sagte er.

»Aber nun haben Sie Erfolg gehabt?«

Er nickte eifrig, schielte zu der Cognac-Karaffe auf dem Beistelltisch und leckte sich die Lippen.

Lenz folgte seinem Blick. »Kann ich Ihnen etwas anbieten?«

»Gerne. Zu gütig.«

Lenz schenkte Branntwein in zwei Schwenkgläser und reichte Richter eins davon mit ausgestrecktem Arm. Auch ihm war der Kerl zuwider, stets hatte er in seiner Nähe das Gefühl, sich mit einer üblen Krankheit anzustecken.

»Ich höre.«

»Sie lebt in Köln und arbeitet als Küchenhilfe in einem Gasthaus in der Nähe des Doms. Und sie ist schwanger.«

»Der Name der Kneipe?«

»Klävbotz.«

»Schreiben Sie die Adresse auf.«

Richter malte ungelenk Buchstaben auf einen Zettel. »Der Wirt heißt Robert Hornickel, alle nennen ihn Bommi.« Er trank den Cognac in einem Zug aus und schmatzte ungehobelt.

Lenz verzog das Gesicht. »Weiter«, drängte er.

»Hannah wohnt im selben Haus bei der Köchin. Die kennen sich von früher. Leni hat bei Brunner gekocht.« Er grinste schief. »Das ist 'ne üble Matrone. Hab sie anno '43 wegen Wehrkraftzersetzung angezeigt.«

»Mit wem hat Hannah sonst noch Umgang?«, fragte Lenz.

»Na, vor allem mit den Typen, die nach dem Krieg in der Bande von Ruth Obermayer waren – Gesindel, wenn Sie mich fragen. Ich kenn ein paar von denen flüchtig – und einen, der heißt Kalle. Ein Riese mit schwarzem Bart und Pockennarben im Gesicht.« Richter rieb sich das Kinn. »Dem möcht ich nicht im Dunkeln begegnen. Und dann ist da der Jude.«

»Was für ein Jude?«

»Ein junger Bursche. Er nennt sich Jakob Demsky, aber er ist gar kein Jude, tut nur so. In Wirklichkeit heißt er Pawel Kowna und kommt aus Warschau. Hab gehört, er hat in Sachsenhausen eingesessen. Irgendwas stimmt mit dem nicht, sag ich Ihnen. Hat 'ne große Klappe und hetzt die Leute auf. Wenn Se mich fragen, den hätt man damals auch vergasen sollen.«

Lenz stellte sein Glas ab. »Ich frage Sie aber nicht. Und den letzten Satz habe ich nicht gehört.«

Richter streckte den Arm aus. »Haben Sie nich was vergessen?«

Lenz schloss die unterste Schublade des Schreibtischs auf und entnahm ihr ein Kuvert.

»Hier. Was wir vereinbart hatten.«

Richter zählte das Geld und steckte es ein. Er tippte sich an die Stirn.

»Stets zu Diensten. Sie wissen ja, wo Sie mich finden.«

»Ich melde mich, wenn ich Sie brauche.«

Lenz wartete, bis Richter gegangen war. Er griff zum Telefon und beauftragte Gisela, nach Akteneinträgen und möglichen Ermittlungen gegen einen Pawel Kowna zu suchen. Sie wurde schnell fündig. Kowna wurde wegen mehrfachen Mordes gesucht und benutzte neben seinem eigenen auch den Namen Jakob Demsky. In feiner Gesellschaft bewegte sich Hannah wieder einmal!

Dieses törichte Mädchen war zu denselben zwielichtigen Gestalten zurückgekehrt, mit denen es sich nach dem Krieg herumgetrieben hatte. In ihrer Unbedarftheit hatte Hannah ihm von Ruth und ihrer Schieberbande erzählt. Warum war er nicht gleich darauf gekommen, dass sie nach Köln gegangen war? Nun, er hatte geglaubt, das alles sei längst Vergangenheit und Hannah hätte ihre Jugendsünden bereut. Wie sehr er sich doch in ihr getäuscht hatte.

Auf keinen Fall konnte er zulassen, dass sein Kind in diesem asozialen Umfeld aufwuchs. Er zündete sich eine Zigarette an, rauchte und dachte nach. Was sollte er bloß unternehmen? Hannah würde sicher behaupten, das Kind stamme nicht von ihm. Das Problem war, dass er seine Vaterschaft nicht beweisen konnte.

Er vertiefte sich noch einmal in die Krankenakten der Anstalten Herborn und Hadamar. Dabei fiel ihm der Meldebogen des T4-Gutachters Joachim Lubeck auf, dessen Akte er sich inzwischen ebenfalls besorgt hatte. Lubeck war vor dem Krieg ein ehrgeiziger junger Psychiater gewesen, der von Dr. Werner Heyde, dem Obergutachter der Aktion T4, zur Mitarbeit herangezogen worden war. Wie alle Ärzte hatte Lubeck freiwillig an T4 teilgenommen. Heyde hatte ihn zu Fritz Brunner abkommandiert, der das Anstaltswesen in Hessen-Nassau leitete. Hier hatte sich Lubeck durch die schnelle Bearbeitung der Meldebogen hervorgetan und war zu Brunners Intimus aufgestiegen. Das alles war ihm mittlerweile vertraut, brachte ihn aber nicht weiter. Er suchte etwas anderes, etwas, das er bei der ersten Durchsicht flüchtig bemerkt, dann jedoch außer Acht gelassen hatte.

Er blätterte zurück, bis er auf den Namen Werner Heyde stieß. Nachdenklich tippte er mit dem Finger gegen die Unterlippe. Da fiel ihm der Zusammenhang ein. Richtig, vor ein paar Tagen hatte er eine Anfrage erhalten, in der der Name Heyde aufgetaucht war.

Nach kurzer Suche fand er den Vorgang. Der Rektor der Universität Kiel hatte angefragt, ob ein Dr. Fritz Sawade, der als Sportmediziner an der Sportschule Flensburg-Mürwik beschäftigt war, möglicherweise mit Werner Heyde, dem Leiter der medizinischen T4-Zentrale, identisch sei. Ein Lichtbild war beigeheftet. Lenz setzte sich kerzengerade auf, als er las, dass Sawade nervenärztliche Gutachten für das Oberversicherungsamt von Schleswig-Holstein erstellte. Er wusste noch nicht genau, wie er diesen Heyde benutzen konnte, aber allmählich begann sich in seinem Kopf ein Plan zu formen.

Lenz beantragte Akteneinsicht bei den Amerikanern und wartete ungeduldig auf den Rückruf, der ihn eine Stunde später erreichte. Nun klärte sich auch, warum die Anfrage ausgerechnet an die Staatsanwaltschaft Frankfurt gerichtet worden war.

Heyde war am 28. Mai 1945 von den Briten verhaftet und im Lager Fårhus in Dänemark interniert worden. Im Februar 1947 wurde er an die deutschen Behörden überstellt, da das Landgericht Frankfurt am Main Haftbefehl erlassen hatte. Im April '47 saß Heyde im Nürnberger Kriegsverbrechergefängnis ein und wartete auf seinen Prozess. Zu einer Aussage kam es jedoch nicht, weil ihm die Flucht gelang. Am 25. Juli war er während eines Transports von einem amerikanischen Militärlaster gesprungen und untergetaucht.

Und nun kam diese Anfrage aus Kiel. Er verglich die Fotografie mit dem Lichtbild der Fahndungsakte und sah den Verdacht des Rektors bestätigt. Sawade war kein anderer als Werner Heyde.

Er lächelte zufrieden. Niemand wusste also bisher, dass Heyde unter falschem Namen in Flensburg lebte, und dabei sollte es bleiben. Er setzte ein Antwortschreiben an den Rektor auf und verneinte die Übereinstimmung Sawades mit Heyde. Lenz mochte die Nazis nicht, ihr nationalistisches Geschrei war ihm immer zuwider gewesen. Wie Hannah war er der Ansicht, dass Leute wie Brunner hinter Gitter gehörten. Im Fall Heyde würde er allerdings eine Ausnahme machen müssen, auch wenn es seinen Prinzipien widersprach. Blut ist dicker als Wasser, dachte er.

Lenz bat Generalstaatsanwalt Quabbe um Urlaub und informierte Gisela, dass er über Silvester verreisen würde. Am 28. Dezember mietete er sich in einem kleinen Hotel in Flensburg ein und suchte am darauffolgenden Tag Dr. Sawade auf.

Lenz hatte den Termin unter seinem richtigen Namen vereinbart, aber den Staatsanwalt unterschlagen, um Heyde nicht zu warnen. Stattdessen gab er sich als Mitarbeiter des Landessozialgerichts in Schleswig aus.

Bestens vorbereitet, betrat er Heydes Büro in der Sportschule. Heyde war ein Mann von fünfundvierzig Jahren, sein dunkles, nach hinten gekämmtes Haar lichtete sich allmählich, seine gepflegte Erscheinung und der feste Händedruck ließen ihn vertrauenswürdig und integer wirken.

Lenz wunderte sich, dass dieser ruhige und beinahe sanftmütig wirkende Mensch an der Ermordung Tausender Menschen beteiligt gewesen sein sollte.

»Herr Lenz, was kann ich für Sie tun? Wie ich höre, haben wir gemeinsame Bekannte. Nehmen Sie doch Platz.«

Lenz setzte sich auf einen der Ledersessel, die um einen Nierentisch platziert waren.

»Ich soll Sie von Hans Glatzel grüßen«, sagte Lenz, »und von Professor Reinwein.«

Heyde zog missmutig die Augenbrauen zusammen. »Soso«, sagte er.

»Kommen wir gleich zur Sache. Ich bin Staatsanwalt Harald Lenz vom Landgericht Frankfurt und Sie sind Werner Heyde, Mitorganisator der Aktion T4.«

»Ich … kann Ihnen nicht ganz folgen. Mein Name ist …«

»… Werner Heyde.«

Lenz entnahm seiner Aktentasche die Fahndungsakte und das Schreiben Reinweins und schob die beiden Fotos nebeneinander.

»Ich bin nicht hier, um Sie zu verhaften.«

»Sondern?«

»Ich brauche ein psychiatrisches Gutachten.«

»Wie kommen Sie darauf, dass ich Ihnen behilflich sein kann?«

Lenz klärte Heyde über die in Frankfurt eingegangene Anfrage auf. »Ich habe die Anfrage von Professor Reinwein negativ beantwortet, *Dr. Sawade*.«

Heyde nickte. »Ich verstehe.«

»Sehr gut. Ich werde Ihnen den Sachverhalt schildern, die fachliche Ausführung überlasse ich Ihnen.«

Zwei Stunden später verließ er Heydes Büro, kehrte zum Hotel zurück und verbrachte Neujahr an der See. Am 2. Januar suchte er Werner Heyde alias Fritz Sawade in dessen Reihenhaus im Stadtteil Westliche Höhe auf. Kurz darauf reiste er wieder ab. In seiner Aktentasche befand sich ein psychiatrisches Gutachten über *Bloch, Hannah, geboren am 7. März 1925*.

Zurück in Frankfurt, ließ er dem Wiesel ausrichten, dass er ihn sprechen wolle. Richter erschien umgehend in Lenz' Büro.

»Fahren Sie nach Köln«, befahl Lenz, »ich will sofort unterrichtet werden, wenn Hannah ihr Kind zur Welt bringt.«

Hein grinste breit. »Es wird mir ein Vergnügen sein.«

26

Pawel Kowna saß auf einem Schutthügel, der ihn vor neugierigen Blicken schützte, und behielt das Haus unweit des Doms im Auge, in dem der vermeintliche Passfälscher in der Nacht verschwunden war, als er Hannah gefolgt war. Geduld war eine Stärke, die sich auszahlte.

Seit vier Wochen trieb er sich in der Nähe des Hauses herum. Die Jahreswende war vorübergegangen, ohne dass der Unbekannte noch einmal im *Klävbotz* aufgetaucht war. Vermutlich hatte er seine Geschäfte dort erledigt.

Pawel dachte an Hannah, mit der er sich inzwischen beinahe jeden Tag getroffen hatte. Er spürte, dass sie die Frau war, die ihn Esther vergessen lassen könnte. Sie sprachen über ihre Erfahrungen und Erlebnisse und entdeckten dabei immer neue Gemeinsamkeiten. Hannah war sanfter und stiller als die impulsive und wankelmütige Esther. Sie besaß eine innere Stärke und Ruhe, die ihn faszinierte. Sie hatte ihm vom Alltag in den Tötungsanstalten erzählt. Pawel vermutete, dass Hannahs Gleichmut daher rührte, dass sie jeden Tag mit dem Tod hatte rechnen müssen. Dass sie den Horror der Anstalten überlebt hatte, machte sie stark. Sie war sich bewusst, dass nichts, was kommen mochte, schlimmer sein konnte. Er grübelte seitdem darüber nach, warum er ganz anders empfand.

Obwohl auch in ihr der Zorn darüber kochte, dass so viele Nazis ungestraft davonkamen, konnte sie ihn kontrollieren. Hannah sprühte auf eine schwer zu beschreibende Weise vor Leben, er hegte keinen Zweifel daran, dass sie genauso leidenschaftlich war wie Esther. Doch statt ihren Gefühlen freien Lauf zu lassen, schien Hannah eine Sache zunächst von allen Seiten zu betrachten.

Beeindruckt hatte er erfahren, dass sie für den CIC gearbeitet hatte. Sie hatte einen völlig anderen Weg beschritten, um der Täter habhaft zu werden als er.

Hannah hatte bewiesen, dass sie nicht nur Mut, sondern auch ein empfindliches Gerechtigkeitsgefühl besaß. Vorerst wollte er sie nicht in seine Pläne einweihen, denn er war durch seine Erfahrungen mit Esther gewarnt. Zuerst musste er Hannah besser kennenlernen und herausfinden, wie weit sie zu gehen bereit war, um Vergeltung zu üben. Er war sicher, dass das unstillbare Verlangen nach Bestrafung der Verbrecher auch in ihr loderte. Vielleicht war es nötig, die eine oder andere ethische Schranke bei ihr niederzureißen, um sie in einen Racheengel zu verwandeln, der ihm ebenbürtig war. Auch sie empfand jenes unerträgliche Schuldgefühl des Überlebens, allerdings war es bei ihr nicht so ausgeprägt wie bei ihm.

Dass ihre Freundin Ruth wie vom Erdboden verschwunden war, passte dagegen gar nicht in seine Pläne. Nach Kalles Aussage besaß sie mehr Organisationstalent als Hannah und hatte keine Skrupel, sich zu bereichern. Nun, zur Not musste es eben ohne sie gehen.

Gestern Nacht, als er sich mit Hannah getroffen hatte, war ihm spontan die Idee gekommen, wie er das Geld verdienen könnte, das er für sein Vorhaben brauchte. Er kannte im DP-Camp in Zeilsheim eine Menge Verzweifelte, die für ein Visum oder einen falschen Pass ihr letztes Hemd hergeben würden. Möglicherweise hatte der Mann, der Heyrich neue Papiere besorgt hatte, eine Quelle aufgetan, aus der er mehr als nur einen Pass schöpfen konnte. Pawel hatte einen Riecher für solche Gelegenheiten entwickelt und er suchte nach einem Weg, um an dem Geschäft mitzuverdienen. Für die Bergung der Kisten brauchte er nicht nur eine Mannschaft, sondern auch die nötige Ausrüstung, und die bekam man nur gegen Bares.

Er war so tief in seine Gedanken versunken, dass er den Mann in dem grauen Wehrmachtsmantel beinahe übersehen hätte, der auf den Hauseingang zueilte. Pawel kletterte von seinem Aussichtspunkt herunter und schlich ihm nach.

Zu seinem Bedauern war es ihm bisher nicht gelungen, eine Pistole aufzutreiben. Kalle hatte durchblicken lassen, dass er ihm eine Waffe besorgen könnte, aber noch besaß Pawel keinen Pfennig, um sie zu bezahlen.

Auf dem Heumarkt hatte er eine Stange Zigaretten gegen einen SS-Dolch getauscht. Das höllisch scharfe Messer steckte in einer schwarz lackierten hölzernen Scheide mit polierten Stahlbeschlägen. Pawel fand es amüsant, ausgerechnet eine solche Waffe gegen Schweine wie Theissen oder Bolkow einzusetzen. Es barg eine gewisse Ironie, die ihn zum Lachen reizte. Er hatte den Dolch im Futter seiner Jacke befestigt und konnte ihn so jederzeit blitzschnell ziehen.

Pawel wartete, bis der Mann das Haus betreten hatte und schlüpfte lautlos hinter ihm in den dämmrigen Flur, in dem es nach Kohlsuppe und Mäusedreck roch. Über sich hörte er Schritte im Treppenhaus. Er schlich nach oben und verharrte auf dem Treppenabsatz. Der Mann schloss eine Etagentür auf. Pawel zog den Dolch und hetzte die letzten Stufen empor. Von den eiligen Schritten aufgeschreckt, drehte der Mann sich um, aber es war bereits zu spät. Pawel stieß ihn durch die offene Wohnungstür und schlug sie hinter sich zu.

Der Mann wich mit vor Schreck geweiteten Augen vor ihm zurück und starrte angsterfüllt auf den SS-Dolch. »Was wollen Sie von mir? Ich habe geliefert, was Sie verlangt haben. Vikar Kollweit war mit meiner Arbeit stets zufrieden.«

Pawel hielt ihm den Dolch an die Kehle. »Dann will ich hoffen, dass ich mit dir genauso zufrieden bin.« Er drehte ihm den Arm auf den Rücken und trieb ihn in eine kleine Küche. »Setz dich da hin.«

Er schnitt eine Gardinenkordel ab und fesselte den Mann an einen Küchenstuhl, dann setzte er sich rittlings auf einen zweiten Stuhl und zündete sich eine Zigarette an.

»Also, lass mal hören.«

»Ich … ich besitze nichts von Wert, ich …«

»Ich will kein Geld. Ich will wissen, wer du bist und was du im *Klävbotz* machst.«

Der Mann erbleichte.

Pawel spielte mit dem Dolch. »Und versuch nicht, mich reinzulegen.«

Ob er den Kerl umbringen musste? Mehr als einmal hatte er jemandem eine Kugel in den Kopf gejagt. Man drückte ab und die Sache war erledigt. Trotzdem verfolgten ihn die Erinnerungen daran. Vor allem der Mord an den beiden Polizisten machte ihm zu schaffen, obwohl er das nie zugegeben hätte. Nicht einmal sich selbst wollte er das eingestehen.

Der Dolch dagegen war eine archaische Waffe, die beim Akt des Tötens unmittelbaren Körperkontakt erforderte. Er fragte sich, was er dabei empfinden würde, wenn er dem Mann die Kehle durchschnitt oder ihm den Dolch in die Brust rammte. Er besaß keine Erfahrung mit Stichwaffen. Mit welcher Kraft musste er zustoßen, wie tief schneiden? Würden die Bilder, die ihn nachts heimsuchten, noch schrecklicher werden?

Die Stimme des Mannes holte ihn aus seinen morbiden Gedanken.

»Mein Name ist Walter Menzel.«

»Und du verkaufst Pässe«, stellte Pawel fest.

»Manchmal.«

»Wie läuft das ab?«

»Ich arbeite auf dem Passamt.«

Pawel horchte auf. Da hatte er ja einen Volltreffer gelandet. »Die Passabteilung wird von den Briten geleitet, oder nicht?«, fragte er.

»Ja, von Major Jackson. Inzwischen stellen sie auch Deutsche ein. Die Verwaltung soll bald ganz von uns übernommen werden.«

»Wie kommst du an die Pässe?«

»Wenn jemand einen neuen Pass verlangt, wird zuerst überprüft, ob er derjenige ist, der er zu sein vorgibt. Er braucht entweder Unterlagen, die seine Identität beweisen, oder Zeugen, die seine Behauptung eidesstattlich bestätigen. Dann stellt er einen Antrag, der von einer zweiten Abteilung bearbeitet wird. Dort wird überprüft, ob der Antragsteller auf der Fahndungsliste gesuchter Kriegsverbrecher steht oder ob ein Haftbefehl gegen ihn vorliegt. Wenn er sauber ist, kommt der Antrag zu mir. Jackson händigt mir einen Blankopass aus, den ich ausfülle und abstempele. Das ist alles.«

Pawel grinste. »Erklär mir deinen Trick, wie du die Kontrollen umgehst.«

Menzel schwitzte. »Vor einem Jahr hat mich ein Kamerad aus Kriegstagen angesprochen, weil er einen Pass brauchte. Er hatte gehört, dass ich auf dem Amt arbeite.«

»Warst du bei der SS?«

»Ich nicht, aber er. Ich war ihm einen Gefallen schuldig, also habe ich ihm geholfen. Ich nehme also einen Stapel Passanträge, sagen wir dreißig Stück, dazu schreibe ich einen weiteren Antrag und fälsche die Unterschrift des Bearbeiters. Damit gehe ich zu Jackson, der einunddreißig Blankopässe aus seinem Tresor holt. Dann brauche ich den überzähligen Pass nur noch auszufüllen und abzustempeln.«

»So einfach geht das?«, fragte Pawel verblüfft.

Menzel nickte. »Die Blankopässe zählt niemand nach. Ich hab das zuerst nur ein einziges Mal gemacht, dann dachte ich, ich könnte mir etwas dazuverdienen, und hab drei weitere Pässe ausgestellt. Die sind ja alle echt, nur die Namen sind falsch. Eines Tages kam ein Vikar zu mir ins Amt und verlangte, dass ich einen Pass für ihn ausstelle.«

»Was für ein Vikar?«

»Er heißt Kollweit und ist ein Mitarbeiter von Kardinal Frings.«

»Woher wusste er von der Sache?«

»Er war im selben Sondereinsatzkommando wie mein Kamerad, und der Idiot hat alles ausgeplaudert. Wäre ich auf seine Forderungen nicht eingegangen, hätte mich Kollweit auffliegen lassen. Er schlug das *Klävbotz* als Treffpunkt vor. Wenn einer seiner Kunden einen Pass braucht, benachrichtigt er mich.«

»In der Kneipe kassierst du also ab«, sagte Pawel.

»Ja. Kollweit steckt die Hälfte ein.«

»Ihr sollt alles miteinander teilen«, sagte Pawel grinsend. »Was fängt ein katholischer Geistlicher denn mit einem falschen Pass an?«

Menzel zögerte. Er starrte auf den SS-Dolch.

Pawel verstand. »Ach, so ist das«, sagte er. »Die Kirche besorgt ehemaligen Nazis neue Identitäten und schafft sie außer Landes.«

»Die machen das im großen Stil«, bekräftigte Menzel. »Dahinter steckt ein Netzwerk. Wenn sie einen Pass brauchen, muss ich einen besorgen, sonst liefern sie mich ans Messer. Die Sache zieht größere Kreise als mir lieb ist. Ich wollte das alles nicht, aber jetzt lassen sie mir keine Wahl mehr. Sie wissen doch, wie das ist. Kaum einer hat in diesen Tagen genug zu beißen. Als kleiner Beamter verdient man so gut wie nichts.«

Pawel sah sich in der Wohnung um. Verglichen mit den Rattenlöchern, in denen die meisten Deutschen hausten, war sie geradezu luxuriös eingerichtet.

»Wie erfährst du, für wen du einen Pass besorgen sollst?«

»Kollweit bestellt mich in die St.-Petrus-Kirche in der Südstadt. Manchmal gibt der Pfarrer mir einen Umschlag mit Namen und Lichtbild, ab und zu ist der Vikar selbst da.«

»Du wirst mir Pässe besorgen«, sagte Pawel, »eine Menge Pässe.«

»Das kann ich nicht. Wenn ich es übertreibe, falle ich irgendwann auf«, jammerte Menzel.

»Dann arbeitest du eben nur noch für mich.«

»Die lassen mich hochgehen!«

»Das werden sie nicht wagen. Oder glaubst du, die Kirche will sich nachsagen lassen, den Fluchthelfer für Nazis zu spielen?«

»Sie kennen die Leute nicht, die hinter den *Heilenden Händen* stecken. Die bringen mich um, wenn ich rede.«

Pawel schnitt einen langen Span aus der Rückenlehne des Küchenstuhls.

»Das nennt man Berufsrisiko. Du kannst dir aussuchen, wer dich abmurkst.«

Menzel zerrte verzweifelt an seinen Fesseln.

»Ich kann ab und zu einen Blankopass abzweigen, aber nicht mehr. Wenn im Tresor zwanzig Ausweise fehlen, fällt das sofort auf.«

Das sah Pawel ein. Er dachte nach ... Es musste einen anderen Weg geben. Ihm kam eine Idee.

»Kannst du mir abgelaufene Pässe besorgen?«

Menzel sah ihn verständnislos an. »Was wollen Sie denn damit?«

»Das geht dich nichts an.«

»Ich könnte ... Vielleicht ... Lassen Sie mich überlegen ... Ja, das wäre machbar. Die liegen im Keller des Passamts haufenweise herum.«

Pawel unterdrückte ein Grinsen.

»Wunderbar, das ist genau das, was ich suche. Wir sind im Geschäft. Beschaff mir so viele abgelaufene Pässe wie möglich.« Er stand auf und schnitt die Gardinenschnur durch. »Versuch nicht, mich reinzulegen. Hast du das kapiert?«

Menzel nickte eifrig, offenbar heilfroh, mit einem blauen Auge aus der Sache herauszukommen.

»Sag mal, hast du einen Pass für einen Kerl namens Rolf Heyrich ausgestellt?«, fragte Pawel.

Menzel rieb sich die Handgelenke und nickte. »SS-Oberscharführer Rolf Heyrich. Den hat Kollweit vor ein paar Wochen zu mir geschickt. Er nennt sich jetzt Paul Schneller.«

»Wo ist Heyrich jetzt?«

»In irgendeinem Kloster in Süddeutschland und morgen in einem anderen. Was weiß ich? Die Kirche hilft den Nazis, das Land zu verlassen, aber die genaue Route kenne ich nicht.«

Pawel steckte den Dolch ein. Das waren gute Nachrichten.

»In drei Tagen komme ich zurück und gebe dir ein Passfoto für meinen neuen Ausweis. Außerdem beschaffst du mir alle abgelaufenen Pässe, die du kriegen kannst. Sonst bekommst du eine Menge Ärger.«

27

»Sie schützen die Täter und missachten die Opfer!« Pawel lief erregt in der Küche des *Klävbotz* auf und ab. »Sogar die Kirchen unterstützen die Mörder!«

Hannah saß auf einem Hocker neben dem Ofen. Ihr Rücken schmerzte. Sie rechnete jeden Tag mit der Niederkunft und fühlte sich wie ein Walross auf zwei Beinen. Am Dreikönigstag hatte sie schon einmal geglaubt, es wäre so weit. Leni hatte nach der Hebamme geschickt, doch die Aufregung hatte sich als falscher Alarm erwiesen. Heute war der 8. Februar. Fast auf den Tag genau vor fünf Jahren hatte sie in Brunners Küche mit Leni vor dem Volksempfänger gesessen und die Meldung von der Kapitulation der deutschen 6. Armee in Stalingrad gehört. Damals war Hein in ihre Unterhaltung geplatzt und hatte gedroht, sie wegen Wehrkraftzersetzung anzuzeigen. Leni war ihm über den Mund gefahren, aber zugleich in Panik verfallen. Dem Wiesel war alles zuzutrauen.

»Du erzählst mir nichts Neues, Pawel«, sagte sie. »Ich habe für den CIC gearbeitet. Ich kenne die Fluchtrouten und die geheimen Hilfsorganisationen der Nazis.«

Pawel griff nach der aktuellen Ausgabe der Rheinischen Zeitung. »Sogar die Presse berichtet darüber.«

Cornelia von Gessnitz, die treibende Kraft hinter der Stiftung *Heilende Hände* und bestens vernetzt in Adels- und Kirchenkreisen, hatte führende Politiker, ja selbst den Papst angeschrieben und um Spenden für die in der Festung Landsberg einsitzenden Kriegsverbrecher gebeten. Mit dem Geld sollten Anwälte bezahlt werden, die Gnadengesuche einreichten und Haftverschonung erwirkten, indem sie verurteilte NS-Täter verhandlungsunfähig erklären ließen.

Hannah dehnte ihre verkrampften Rückenmuskeln und stand auf. Pawels Bericht über Walter Menzel und den Vikar Kollweit weckte ihre Lebensgeister. Endlich hatte sie eine konkrete Spur von Heyrich. Sie fasste einen tollkühnen Plan.

»Wo finde ich die St.-Petrus-Kirche?«, fragte sie.

»Keinen Kilometer südlich von hier, in der Nähe des Volksgartens«, entgegnete Pawel.

Leni unterbrach ihre Arbeit und schnappte hörbar nach Luft.

»Du willst doch wohl nicht in deinem Zustand dorthin?«

»Und ob ich das will.«

»Das werde ich nicht zulassen. Es ist schlimm genug, dass du die Vergangenheit nicht ruhen lassen kannst, aber dein Kind hat es nicht verdient, wegen der alten Geschichte in Gefahr gebracht zu werden.«

»Diese ›alte Geschichte‹ hat Millionen Menschen das Leben gekostet«, fuhr Hannah auf. »Einer von ihnen war Hans Simonek. Sein Mörder spaziert frei herum und ich soll friedlich neben dem Ofen dösen? Verlangst du das wirklich von mir?«

Leni schwang drohend einen Kochlöffel. »Du setzt dich auf deinen Hosenboden und bringst dein Kind zur Welt. Wozu haben wir dich die ganze Zeit durchgefüttert?«

»Ach, so ist das?« Hannah kniff verbittert die Lippen zusammen. »Niemand braucht mich durchzufüttern. Ich komme allein klar.«

»Stürz dich doch ins Unglück, du …«

»Ich kann gehen«, fiel Pawel der Köchin ins Wort.

Hannah schüttelte den Kopf. »Sie werden dir über Heyrich keine Auskunft geben. Mir schon.«

»Und wie willst du das anstellen?«

»Vertrau mir.«

Leni knallte einen Topf auf den gusseisernen Herd, dass es schepperte. »Deine fixe Idee von der Suche nach diesem Heyrich wird nicht nur dich, sondern auch dein ungeborenes Kind umbringen. Komm endlich zur Vernunft, Hannah.«

Pawel streifte seine Jacke über. »Siehst du nicht, dass sie unbelehrbar ist? Ich gehe besser mit ihr.«

»Pawel wird auf mich aufpassen. Ich verspreche dir, vorsichtig zu sein.«

Hannah umarmte die Köchin, Leni blieb steif wie ein Stock. Pawel trat auf den Hinterhof hinaus. Ein eisiger Wind fegte feine Schneeflocken in die warme Küche.

Leni hielt Hannah zurück. »Dieser Pawel gefällt mir nicht«, sagte sie leise. »Wie bist du nur an den geraten?«

»Ich kann dir wohl gar nichts mehr recht machen, was?«, brauste Hannah auf. »Was hast du gegen ihn?«

Leni rieb sich frierend die nackten Unterarme. »Ich weiß nicht … Er trägt etwas in sich, das mir Angst macht.«

»Er hat viel durchgemacht. Sie haben seine Familie in Sachsenhausen umgebracht, er selbst war jahrelang im Konzentrationslager. Das verändert die Menschen, so wie mich die Zeit in Hadamar geformt hat.«

»Ich bekomme eine Gänsehaut, wenn ich ihm in die Augen sehe. Glaub mir, ich täusche mich selten in einem Menschen. Sei vorsichtig, Hannah. Sonst wirst du eines Tages keine Freunde mehr haben.«

»Wie meinst du das?«

»Er macht dich ganz verrückt mit seinem Gerede von Vergeltung, merkst du das nicht? Du hast dich verändert, seit er sich hier herumtreibt.« Die Köchin wandte sich ihren Töpfen und Kasserollen zu. »Aber ich bin ja nur ein ängstliches altes Weib.«

Hannah schlang ihre Arme um die beleibte Köchin. »Ich kann auf mich aufpassen, das weißt du doch.«

Leni seufzte. »Geh schon. Du setzt deinen Dickkopf ja ohnehin durch.«

Hannah zog einen warmen Wintermantel an und stülpte eine Wollmütze über ihr Haar. Der Februar zeigte sein grimmiges Gesicht aus Eis und Schnee. Er war so kalt wie das Schicksal, das Heyrich ereilen sollte, wenn es nach Hannah ging.

Die St.-Petrus-Kirche war ein schmuckloser Kasten aus roten Backsteinen mit einem gedrungenen Glockenturm.

»Soll ich nicht besser mitkommen?«, fragte Pawel.

»Nein, mein Plan funktioniert nur, wenn ich alleine gehe. Warte hier. Wenn ich in einer halben Stunde nicht wieder da bin, gehst du zur Polizei.«

»Das … kann ich nicht. Die suchen mich.«

»Dann soll Bommi oder Leni gehen, versprichst du das?«

Pawel nickte. »Du kannst dich auf mich verlassen.«

Hannah drückte die schwere Holztür auf und betrat das Kirchenschiff. Durch die Fenster fiel graues Zwielicht auf den schwarz-weiß gefliesten Boden. Die Kirche war leer, nur in einer

Bank nahe dem rechten Seitenschiff saß ein Besucher im Gebet versunken. Vor dem Altar steckte der Küster Kerzen in einen großen Kandelaber. Er bemerkte Hannahs Schritte, wandte sich um und musterte sie misstrauisch.

»Kann ich Ihnen helfen?«, fragte er.

»Ich möchte den Pfarrer sprechen.«

»Wozu?«

»Ich bin auf der Suche nach einem Verwandten, und ich glaube, er weiß, wo ich ihn finden kann.«

Der Küster zündete die Kerzen an. »Ist nicht da. Wurde zu einem Sterbefall gerufen.«

»Vielleicht kann ich Ihnen helfen.«

In der Tür zur Sakristei stand ein hagerer Mann mit Stirnglatze und Adlernase. Er trug einen schwarzen Anzug und ein schwarzes Hemd mit Kollar.

»Kommen Sie doch herein.«

Er machte eine einladende Geste und bat sie in die Sakristei. Hannah folgte ihm.

»Ich bin Vikar Kollweit«, stellte er sich vor. »Was führt Sie zu uns?«

Sie zog das Fahndungsfoto von Heyrich aus der Manteltasche. »Ich bin auf der Suche nach meinem Onkel Rolf Heyrich. Man hat mir zugetragen, dass er hier war und dass Sie ihm … Nun, Sie wissen schon, geholfen haben.« Sie strich über ihren Bauch. »Außer mir ist er der Einzige meiner Familie, der den Krieg überlebt hat. Ich brauche seine Hilfe.«

Kollweit nahm das Foto in seine knochigen Finger und betrachtete es.

»Wer hat Ihnen gesagt, dass er sich hier aufgehalten haben soll?«

»Ich arbeite im *Klävbotz* in der Nähe des Doms. Dort hört man dies und das. Zwei Männer unterhielten sich über meinen Onkel und dass er öfter hierherkommt.«

»Sehr bedauerlich.« Er gab ihr das Foto zurück. »Tut mir leid, ich kann Ihnen nicht helfen, Fräulein Bloch. Sie haben den beschwerlichen Weg umsonst auf sich genommen.«

»Woher wissen Sie, wer ich bin?«

»Wir beobachten schon lange Ihre Bestrebungen, uns zu schaden; und wir sind sehr wohl darüber informiert, dass Sie aus persönlicher Rache unbescholtene Menschen verfolgen. Sie sollten unsere wohltätige Organisation nicht für Ihre niederträchtigen Zwecke missbrauchen. Ich gebe Ihnen einen guten Rat: Bringen Sie Ihr Judenbalg in Sicherheit, solange Sie es können. Verlassen Sie die Stadt.«

Hannah erbleichte. »Wie können Sie es wagen? Ich werde ...«

»Ich kann«, fiel Kollweit ihr ins Wort und musterte sie mit kalten Augen. »Sie haben aufrechte, gottesfürchtige Männer in große Bedrängnis gebracht. Ich werde nicht zulassen, dass Sie politisch Verfolgte, denen man treue Pflichterfüllung als Verbrechen auslegt, weiterhin in Schwierigkeiten bringen.«

»Diese ach so gottesfürchtigen Männer sind Massenmörder, gewissenlose Erfüllungsgehilfen eines menschenverachtenden, verbrecherischen Wahns.«

Kollweit wischte ihren Einwand mit einer herrischen Geste beiseite.

»Wir leisten hier einen karitativen Kraftakt der Nächstenliebe. Selbst wenn sich der eine oder andere Verfehlungen aufgeladen hat, so sollten wir nicht Gleiches mit Gleichem vergelten. Die Rache ist mein, spricht der Herr. Zu viele standhafte Kämpfer gegen den antichristlichen Bolschewismus sind von Leuten Ihres Schlages in Landsberg an den Galgen gebracht worden.«

»Dort gehören sie auch hin. Sie reden von Gnade für die Täter und vergessen das Leid der Opfer, die Qualen der ermordeten Juden, das Elend russischer Kriegsgefangener und die Tausenden abgeschlachteten Frauen und Kinder in Minsk und Riga.

Wo ist Ihr Mitleid für die Getöteten, die man mit einem Federstrich für unwertes Leben erklärt und ins Gas geschickt hat?«

»Schweigen Sie. Sie haben nicht das Recht, das Handeln der Mutter Kirche zu tadeln. Hinaus mit Ihnen.«

»Erst will ich wissen, wo Rolf Heyrich ist.«

Kollweit lachte. »Sind Sie denn wirklich so naiv zu glauben, ich würde Ihnen das verraten?«

»Wie Sie wollen. Ich werde wohl meine Kontakte zum CIC nutzen müssen. Die Amerikaner werden dieses Rattennest ausheben.«

»Machen Sie sich nicht lächerlich. Kein Mensch erinnert sich dort an Sie oder wird Sie unterstützen, nachdem Ihr verknallter Lieutenant das Land verlassen hat. Uns dagegen steht die Macht der heiligen römisch-katholischen Kirche zur Seite. Gehen Sie!«

Hannah schwankte. Die Sakristei begann, sich um sie zu drehen, Kollweit verschwamm zu einem fahlen Schatten. Die Dunkelheit raste heran. Sie kämpfte gegen die drohende Ohnmacht, die sie nur noch sehr selten überraschte. Diesmal war sie übermächtig stark und nicht aufzuhalten. Sie tastete nach Halt.

»Ich werde niemals aufhören, den Nationalsozialismus zu bekämpfen«, sagte sie.

»Dann sind Sie eine noch größere Närrin, als ich dachte. Er ist die einzige Herrschaftsform, die das internationale Judentum und die gottlosen Ideen des Kommunismus in ihre Schranken weist. Wir haben bereits wieder die meisten wichtigen Posten besetzt. Bald werden wir die Alliierten aus Deutschland hinausfegen und die Russen hinter die Wolga zurückwerfen.«

Hannah schüttelte den Kopf und wandte sich zum Gehen. »Sie sind krank.«

»Sie haben bereits in Frankfurt eine Warnung erhalten und ignoriert, Fräulein Bloch. Ich will barmherzig sein und gebe Ihnen eine letzte Chance. Doch wenn Sie uns noch einmal in die Quere kommen, werden Sie es bereuen.«

»Das Kind in meinem Leib wird in keinem Unrechtsstaat aufwachsen, dafür werde ich sorgen. Ich … und die Millionen, die ihr gequält habt und die trotzdem überlebt haben.«

In Kollweits Mundwinkel zuckte ein Nerv. »Ich bedaure zutiefst, dass man es versäumt hat, dich und den Rest deiner jüdischen Brut ins Gas zu schicken. Geh zurück nach Hadamar, wo du hingehörst. Und nimm dein ungeborenes unwertes Kind mit.«

Hannah schwankte, als hätte der Vikar sie geschlagen. Die Todesangst, die sie in den Tötungsanstalten niemals losgelassen hatte und die erst mit Ende des Krieges verschwunden war, kehrte mit voller Wucht zurück und lähmte sie.

Das Kind, dachte sie. Es darf meine Furcht nicht spüren.

Sie wandte sich um und irrte durch den Mittelgang der Kirche. Nach der Hälfte des Wegs stolperte sie und klammerte sich an eine Bank. Der einsame Besucher, den sie beim Eintreten bemerkt hatte, saß noch auf seinem Platz. Er hob den Kopf und grinste sie frech an. Es war Hein das Wiesel. Hannah schrie mit erstickter Stimme auf und floh aus der Kirche.

Als sie ins Freie trat, fielen dichte Flocken aus dem bleigrauen Himmel wie die Asche aus dem Kamin des Krematoriums der Tötungsanstalt in Hadamar. Sie drehte sich im Kreis und rief nach Pawel, doch der antwortete nicht.

»Pawel, hilf mir!«

Flüchtig suchte sie den kleinen Park ab. Die Straßen waren leer. Geplagt von der Kälte und dem eisigen Wind, hatten sich die Kölner in ihre notdürftigen Behausungen zurückgezogen.

»Pawel! Wo bist du?«

Hannah wandte sich nach Norden, zog die Wollmütze tief über die Ohren und stapfte durch den frisch gefallenen Schnee. Sie dachte an die Nacht zurück, in der sie versucht hatte, Elisabeth zu retten. Auch damals hatte sie sich durch einen Schneesturm gekämpft, doch heute besaß sie nicht einmal festes Schuhwerk. Nach wenigen Schritten spürte sie, dass der Schneematsch durch die dünnen Sohlen drang und ihre Zehen in Eisblöcke verwandelte.

Unvermittelt setzten die Wehen ein. Hannah krümmte sich zusammen und schrie auf. Niemand hatte sie darauf vorbereitet, wie stark die Schmerzen einer Geburt sein konnten.

Sie dachte an Joschi, der versprochen hatte, jeden Dienstag vor dem Dom auf sie zu warten. Die Mandelentzündung hatte sie drei Wochen ans Bett gefesselt. Danach war sie viermal am Treffpunkt gewesen, doch Joschi war nicht gekommen. Ob er heute dort war? Oder hatte er aufgegeben, sie zu finden? Bis zum Dom war es ohnehin viel zu weit. Sie fühlte sich kaum in der Lage, drei Schritte zu gehen.

»Pawel!«

Der Wind riss ihr seinen Namen aus dem Mund und trug ihn fort. Sie schleppte sich weiter, den Rhein entlang, der träge und teilnahmslos nach Norden floss. Eine neue Schmerzwelle raste durch ihren Bauch und raubte ihr den Atem. Hannah blieb stehen und wischte sich den Schnee aus den Augen. Aus einer Seitengasse lösten sich mehrere Schatten.

Sie waren zu dritt. Der Dicke mit den roten Pausbacken erinnerte sie an Koschka, einen Jungen, der sie als Kind vor vielen Jahren durch die Straßen Frankfurts gejagt hatte. Dem Blonden mit dem kurz geschorenen Haar und den auf die Fingerknöchel tätowierten SS-Runen war sie schon einmal begegnet, er gehörte zu Voss' Bande. Der dritte im Bunde war Hein das Wiesel. Er hielt sich im Hintergrund und glotzte sie mit stechenden Augen an.

»Macht sie fertig!«, sagte er.

Diesmal würden sie weder Joschi noch Kalle retten. Sie konnte nichts tun, um sich und das ungeborene Kind zu schützen. Dem ersten Schlag wich sie aus, der zweite traf sie über dem linken Ohr und nahm ihr die Besinnung. Die Dunkelheit hüllte sie in eine nachtschwarze Decke.

28

Boston, 7. Februar 1948

»Sie wollen wirklich zu den Krauts zurück?«

Major Foleys Froschaugen quollen beinahe aus den Höhlen. Er klappte den Deckel seiner Zigarrenkiste auf, die stets gut gefüllt auf seinem Schreibtisch stand, knipste das Ende einer Havanna ab und riss ein Streichholz an.

»Bedienen Sie sich, Lieutenant. Vielleicht hilft der Tabak einer guten Zigarre Ihnen, Ihr Ansinnen zu überdenken.«

»Nein danke, Sir. Ich war noch nie so klar. Sie haben mich durchaus richtig verstanden.«

Scott Young bemühte sich, ruhig und überzeugend zu wirken, obwohl seine Nerven zum Zerreißen gespannt waren.

Dieses Gespräch könnte eines der wichtigsten in meinem Leben sein, dachte er.

Dass er Major Foley zugeteilt worden war, hatte sich als großes Glück erwiesen. Von dem beleibten Bostoner Dickschädel hing ab, ob er eine Chance erhielt, seinen Fehler zu korrigieren.

Foley legte den Kopf in den Nacken und blies genüsslich eine Qualmwolke in die Luft. »Das Counter Intelligence Corps sucht händeringend gute Leute in Europa«, sagte er. »Die nehmen Sie natürlich mit Handkuss zurück.«

Scott schöpfte Hoffnung. Er hatte sich die Sache gut überlegt, aber Foley musste er zuvor überzeugen. Und genau hier lag das Problem. Der Major würde ihm ein Loch in den Bauch fragen, um seine Beweggründe zu erfahren, warum er unbedingt nach Deutschland zurückwollte. Er verspürte jedoch nicht die geringste Lust, sie ihm zu verraten.

Als hätte der Major seine Gedanken gelesen, sagte er: »Sie haben hier einen guten Job erwischt, Young. Ich frage mich, warum Sie das ruhige Boston gegen die Trümmerwüste in Germany eintauschen wollen. Und – offen gesagt – ich verliere Sie ungern.«

»Dann kann ich davon ausgehen, dass Sie mein Versetzungsgesuch unterstützen und weiterleiten?«

Foley kippte seinen Stuhl nach vorne.

»Unterstützen? Sind Sie verrückt? Sie sind einer meiner besten Leute. Allerdings ... Wenn ich daran denke, dass Sie in den vergangenen Wochen wie ein Gespenst über die Flure geschlichen sind ... Was ist eigentlich los mit Ihnen? Nach zwei Jahren Kriegseinsatz und der frustrierenden Jagd auf Nazis müssten Sie ihren Schreibtischjob doch mit Klauen und Zähnen verteidigen. Sie haben ein Mädchen hier und Ihre Familie und sind außerdem der beste Shortstop im Baseballteam unserer Abteilung. Was kann ein Mann sich mehr wünschen? Stattdessen laufen Sie herum wie ein geprügelter Hund.«

»Mein Entschluss hat nichts mit meiner Arbeit in Boston zu tun. Ich habe mich hier stets wohlgefühlt.«

»Mmh. Das müssen Sie mir genauer erklären.«

Scott biss sich auf die Unterlippe. Foley würde ihn nicht ziehen lassen, wenn er nicht den Grund für seinen Entschluss kannte. Mit Susan hatte er gegen Ende des Sommers Schluss gemacht. Sollte er das als Anlass vorschieben? Nein, Foley konnte er nichts vormachen. Der alte Fuchs entlarvte jede Lüge. Es war besser, ihm die Wahrheit zu sagen.

Der Major kniff listig die Augen zusammen. »Ich weiß, was mit Ihnen los ist, Young. Sie sehen aus wie ein Kerl, der Liebeskummer hat. Gewaltigen Liebeskummer.«

»Sir?«

Foley beugte sich vor und schlug Scotts Personalakte auf. »Da war doch was in Deutschland. Jetzt erinnere ich mich.« Er blätterte die Seiten um und tippte auf eine Stelle. »Die siamesischen Zwillinge, wusste ich's doch. Sie waren in Frankfurt dauernd mit einem Mädchen zusammen, einer Jüdin, nicht wahr? Ah, hier steht's. Hannah Bloch. Sie hat Ihnen geholfen, das Personal dieser scheußlichen Tötungsanstalten hinter Schloss und Riegel zu bringen. Hab mir doch gedacht, dass da was lief.« Er stieß grinsend eine weitere Rauchwolke aus. »Den alten Foley können Sie nicht an der Nase herumführen.«

»Ja, Sir. Es stimmt, ich will wegen Hannah nach Deutschland zurück. Es war ein Fehler, ohne sie in die Staaten zurückzukehren, und ich hoffe, ihn korrigieren zu können.«

Der Major klappte die Akte zu und seufzte. »Und *wenn* Sie Erfolg haben? Kriege ich Sie dann wieder?«

Scott lächelte. »Ja, Sir. Ich habe in Deutschland etwas nachzuholen. Wenn ich das erledigt habe, werde ich wiederkommen.«

»Einverstanden. Ich halte Ihren Stuhl warm. Hauen Sie schon ab, Lieutenant.«

Schneller hatte Scott Foleys Büro noch nie verlassen.

Nach einem Zwischenstopp auf dem Stützpunkt Bluie West Eight in Grönland landete zwei Tage später eine Douglas C-74 der US-Army auf dem Frankfurter Flughafen, an Bord CIC-Sonderagent Scott Young. Ein Sergeant holte ihn mit einem Jeep ab und brachte ihn zum I.G.-Farben-Haus in der Sperrzone. Erinnerungen an die gemeinsame Zeit mit Hannah wurden wach.

Wenn seine Kameraden ernst und mit feierlicher Miene von der großen Liebe gesprochen hatten, hatte Scott stets gelacht und sie mit beißendem Spott überschüttet. Er war eben Pragmatiker. Natürlich gab es Menschen, für die er Liebe und Zuneigung empfand, aber wegen einer Frau den Kopf zu verlieren, das würde ihm im Traum nicht einfallen. Der Kopf war zum Denken da, das Herz für die Gefühle. Der Verstand bestimmte nun mal, wo es langging, nach diesem Grundsatz hatte er gelebt. Dann war er Hannah begegnet.

Nach ihrer Trennung hatte er in Boston schnell wieder Fuß gefasst. Seine Eltern hatten ihn mit offenen Armen empfangen, froh und erleichtert, dass er den Krieg ohne eine Schramme überstanden hatte. Unter Foley hatte er einen geruhsamen Schreibtischjob ergattert und wenige Wochen nach seiner Ankunft hatte er Susan kennengelernt. Bald gingen sie regelmäßig aus und Susan begann, von Heirat zu sprechen.

Eines Nachts war Scott schweißgebadet hochgeschreckt und sich bewusst geworden, dass er sich und Susan belog. Hannah drängte sich jede Nacht in seine Träume. Er hatte sie ignoriert und darauf gewartet, dass die Erinnerung irgendwann verblassen würde, aber das geschah nicht. Im Gegenteil, seine Sehnsucht nach ihr wurde stärker; vor allem, wenn er mit Susan zusammen war. Mit ihrer weiblichen Intuition hatte sie gespürt, dass etwas nicht stimmte, und geargwöhnt, Scott habe eine andere. Ja, die hatte er, doch die Frau, die er liebte, lebte Tausende Meilen entfernt von ihm.

Ende September war der Tag gekommen, an dem er Susan und sich selbst nicht länger etwas vormachen konnte. Inzwischen wusste er, dass ihm passiert war, worüber er sich so gerne lustig gemacht hatte. Scott war ernsthaft verliebt, und er war kein Mann, der lange untätig blieb. Nachdem ihm klar geworden war, dass er ohne Hannah nicht glücklich werden würde, setzte er alles auf eine Karte. Er gab Susan den Laufpass und bat Foley um seine Versetzung. Und nun war er auf dem Weg zu seinem früheren Vorgesetzten im I.G.-Farben-Haus in Frankfurt.

Nachdem er Hände geschüttelt und Neuigkeiten ausgetauscht hatte, saß er in seinem alten Büro und grübelte darüber nach, wie er Hannah aufspüren könnte. Ob sie überhaupt noch in Frankfurt lebte? Andernfalls bestand kaum Aussicht, sie zu finden.

»Damn«, murmelte er.

Erst jetzt wurde ihm richtig klar, welch schwierige Aufgabe er sich da gestellt hatte. Hannah zu finden, war nur der erste

Teil des Problems, das er lösen musste. Wie sie reagieren würde, wenn er nach fast einem Jahr vor ihr stehen und stotternd erklären würde, dass er ohne sie nicht leben wollte, stand in den Sternen.

Scott klärte seine dienstlichen Angelegenheiten und bezog ein Zimmer im Hauptquartier der US-Army. Den nächsten Morgen verschlief er, vom Jetlag geplagt, und am Nachmittag machte er sich auf die Suche nach Hannah.

Eine Woche später wusste er, dass sie die Stadt längst verlassen hatte. Vom Pächter der Fliegerklause im Flughafen erfuhr er, wie Hannah sich den Respekt der Frachterpiloten erkämpft hatte. Er erzählte von ihrer geschäftlichen Beziehung zu Max Pohl und der Brandkatastrophe im Hangar. Scott hakte eine lange Liste von Leuten ab, die Hannah gekannt hatten, doch niemand konnte ihm sagen, wohin sie gegangen war. Es hieß, sie habe eine Affäre gehabt, die in einem hässlichen, öffentlichen Streit zerbrochen war. Niemand konnte ihm sagen, wer der Mann gewesen war.

Scott kehrte niedergeschlagen ins Hauptquartier zurück. Er hatte alles auf eine Karte gesetzt und verloren. Die freien Tage, die er sich erbeten hatte, waren vorübergegangen, ohne dass er eine Spur von Hannah entdeckt hatte.

Wie war er nur auf den verrückten Gedanken gekommen, Hals über Kopf alles hinter sich zu lassen, um einem Phantom nachzujagen? Er kannte die Antwort: Er liebte Hannah. Sie war die einzige Frau, mit der er zusammen sein wollte. Und wenn es sein musste, würde er bis ans Ende der Welt fahren, um sie wiederzufinden.

29

Vertraute Gesichter tauchten vor Hannahs Augen auf, Malisha beugte sich über sie, legte ihr einen herrlich kalten Lappen auf die glühende Stirn und lächelte.

»Alles wird gut«, sagte sie tröstend.

Sie spürte den Frühlingswind im Haar und fuhr wieder mit dem geliehenen Fahrrad von Brunners Anwesen zur Kirche in den Weinbergen, um Claudius zu treffen. Sie kam nie an, denn Joschi trug sie plötzlich auf seinen starken Armen. So wie er sie schon einmal getragen hatte, damals, als er sie auf den Rücksitz des schwarzen Packards gelegt hatte, mit dem sie nach England fliehen wollten.

Dann war Hans da. Sie liebten sich unter einem Himmel, der sich wie eine unendlich große blaue Kuppel über ihnen wölbte. Seltsamerweise hörte sie dabei die Stimme von Ruth, die dauernd dazwischenredete.

»Schätzchen, was stellst du nur für Sachen an? Keinen Augenblick kann man dich alleine lassen … Bloch, du machst uns alle weich.«

Zwischen den zusammenhanglosen Bildern versank sie in tiefer Bewusstlosigkeit. Vereinzelt blitzten Gedankenfetzen auf, die Leid und Tod mit sich führten – der kleine Ralfi, leichenblass und leblos im Keller der Herborner Anstalt; Schulze, der Gestaposchläger, wie er Leppin, den Passfälscher, folterte, und Lubeck, der mit einer Pistole auf Joschi zielte und abdrückte. Nie gelang es Hannah, einen ihrer Freunde zu retten.

Die Augenblicke der Träume währten nur Sekunden, bevor die Dunkelheit Hannah wieder zu sich herabzog wie eine schwarze Woge, die sie mit Schmerz und Fieber übergoss.

Dazwischen hörte sie unwirkliche Fetzen aus Kindergeschrei und fremden Stimmen. Dann endlich fiel sie in einen traumlosen Schlaf.

Hannah blinzelte und schlug die Augen auf. Grelles Licht stach schmerzhaft in ihren Augen. Sie kniff die Lider zusammen, doch auch das half kaum. Ein Urinstinkt hatte sie aufgeweckt und mahnte sie zu trinken. Sie hatte entsetzlichen Durst, Mund und Kehle waren wund und rau wie Sandpapier. Das Schlucken tat weh.

Jemand schob eine Hand unter ihren Hinterkopf. Hannah spürte, wie kühles Wasser ihre Lippen benetzte und schluckte gierig.

»Langsam«, mahnte eine Stimme, »vorsichtig.«

Hannah verschluckte sich und hustete. Der Hustenreiz löste eine Schmerzexplosion aus, die durch ihren ganzen Körper raste. Selbst, als sie an Diphtherie erkrankt gewesen war und mit dem Tod gerungen hatte, war ihr nicht so elend zumute gewesen.

Sie hob den Kopf und verlangte nach mehr Wasser. Diesmal trank sie in kleinen Schlucken und fiel erschöpft auf das Kissen zurück. Fast augenblicklich schlief sie wieder ein.

Als sie erneut erwachte, fühlte sie sich besser und begann, aufmerksam ihre Umgebung zu betrachten. Sie lag in einem Krankenhausbett, über ihr brannte eine Lampe, deren Licht nun nicht mehr in den Augen schmerzte. Es gab einen fahrbaren Nachttisch mit einem ausklappbaren Tablett, ein Fenster mit Blick auf eine verschneite Landschaft, einen Tisch und zwei Besucherstühle. Auf einem der Stühle saß ein riesenhafter, ungeschlachter Mann, den Kopf an die Wand gelehnt. Er drohte, von dem für ihn viel zu kleinen Stuhl zu rutschen, da er eingeschlafen war und mit offenem Mund leise schnarchte. Er sah zum Fürchten aus, denn seine Wangen waren von Narben übersät.

Hannah schloss die Augen und öffnete sie wieder, bis sie sicher war, dass sie nicht träumte.

»Joschi!«

Ihre Stimme klang fremd und brüchig. Sie setzte noch einmal an.

»Joschi!«

Er rührte sich, blickte sie verschlafen an und zeigte sein furchtbares Zahnlückenlächeln. In seinen Augenwinkeln bildeten sich Krähenfüße, an die sie sich nicht erinnern konnte. Er hatte mehr Falten als früher, war aber ansonsten derselbe. Hannah lächelte zurück, obwohl sie das Gefühl hatte, ihre ausgetrockneten Lippen würden dabei zerreißen.

»Ich glaubte, du wärst tot«, sagte sie.

Joschi schüttelte den Kopf, stand auf und setzte sich auf das Bett, das unter seinem Gewicht knarrte. Er umarmte sie so vorsichtig, als streichele er ein Neugeborenes.

Hannah befreite sich aus seiner Umarmung, stützte sich im Bett auf und horchte auf ihren pochenden Herzschlag. Erst jetzt wurde ihr bewusst, dass ihr angeschwollener Bauch verschwunden war. Die Erinnerung kehrte zurück: Kollweit, Hein und die Schläger des Köters, die ihr aufgelauert hatten. Mit den schrecklichen Bildern kam die Angst.

»Das Kind«, rief sie voller Panik, »mein Kind!«

Bevor Joschi sie beruhigen konnte, flog die Tür auf und ein roter Lockenkopf schneite ins Zimmer.

»Keine Sekunde kann man dich aus den Augen lassen, Schätzchen. Dich aus dem ärgsten Schlamassel zu retten, wird allmählich zur Gewohnheit.«

Ruth grinste von einem Ohr zum anderen und ließ ihre Sommersprossen tanzen. Hannahs Kiefer klappte herunter. Sie starrte ihre Freundin mit offenem Mund an.

»Da bleibt dir die Spucke weg, was? Hast du etwa geglaubt, du kannst ein Balg in die Welt setzen und die alte Ruth, den überlebenden Teil der berüchtigten Obermayer-Zwillinge, nicht zur Feier einladen?«

Sie zog eine Flasche französischen Champagner aus ihrer Lederjacke und stellte sie auf den Nachttisch.

»Nicht mal Gläser hat's hier. Mieser Zimmerservice ist das.«

»Ruth!«, rief Hannah mit erstickter Stimme.

Sie streckte die Arme nach ihrer Freundin aus und drückte sie an sich.

»Na na, Bloch. Immer Haltung! Was sollen denn die Leute denken?« Sie wischte eine Träne aus ihrem Augenwinkel. »Bringt mich das vermaledeite Ding noch zum Heulen. Ich hab immer gesagt, du machst uns alle weich.«

Hannah blickte sich um. Sie konnte es nicht fassen. Ihre Freunde waren da. Joschi, Leni, die nun das Zimmer betrat, und sogar Ruth. Jetzt endlich musste ihre Pechsträhne ein Ende haben.

Ruth runzelte die Stirn. »Sie haben dich ganz schön zugerichtet.«

Joschi nickte und klatschte die Faust in die linke Handfläche.

»Stimmt«, sagte Ruth. »Hätte Joschi sich nicht aus einer bösen Ahnung heraus auf die Suche nach dir gemacht und wäre dabei im *Klävbotz* gelandet, wäre die Sache schiefgegangen.«

Hannah konnte ihre Ungeduld nicht mehr bezwingen. »Und das Kind?«, fragte sie.

Leni strahlte. »Du hast ein Mädchen zur Welt gebracht, Hannah. Ein wunderhübsches kleines Mädchen. Kannst du dich an gar nichts erinnern? Die Ärzte waren in ziemlicher Sorge.«

Nein, sie konnte sich nicht erinnern. Außer den albtraumhaf ten Bilderfetzen, in die sich Szenen der Vergangenheit mischten, herrschte Dunkelheit.

»Ich geh mal zur Säuglingsstation«, sagte Leni augenzwinkernd.

Joschi stellte seinen Stuhl neben das Bett und wiegte ein unsichtbares Kind in seinen Armen. Hannah lachte. »Wir sind wieder eine Familie«, sagte sie.

Joschi nickte begeistert.

Ruth öffnete gekonnt die Champagnerflasche. »In Ermangelung von Gläsern müssen wir wohl aus der Flasche trinken. Na denn Prost!« Sie trank einen Schluck und reichte die Flasche an Joschi weiter. »Du besitzt ein ausgesprochenes Talent, dich in Schwierigkeiten zu bringen, Kleines. Warum musst du nur dauernd in braunen Nestern herumstochern?«

»Ich habe eine Spur von Heyrich gefunden.«

Ruth verdrehte die Augen. »Erinnerst du dich an die Razzia in der Gießerei? Du wolltest unbedingt diesem Lubeck eine Falle stellen und was kam dabei heraus? Sie haben uns hochgenommen, alle Mann. Acht Monate Klingelpütz sind nicht gerade ein Spaß gewesen. Vergiss endlich die Vergangenheit. Nazis wird es immer geben.«

»Das sagst du? Ruth, sie haben deine Schwester auf dem Gewissen!«

Ruth zog ärgerlich die Augenbrauen zusammen. »Ich will nicht den Rest meines Lebens damit verbringen, den einen oder anderen Mitläufer zur Strecke zu bringen. Das war sehr leichtsinnig von dir, Hannah. Diese Typen sind gefährlich. Sie haben bereits wieder verflucht gut funktionierende Netzwerke aufgebaut. Ich leg mich mit denen nicht mehr an, sag ich dir. Dafür liebe ich das Leben zu sehr.«

»Ich bin nicht allein zu Kollweit gegangen«, sagte Hannah, »Pawel hat mich begleitet.«

»Das muss der Kerl sein, dem sie vor der Kirche die Schnauze poliert haben. Ich schätze, er bekam keine Gelegenheit mehr, dir beizustehen. Er hat's überlebt, aber er sieht nicht viel besser aus als du.«

»Wie kommt es, dass ihr alle hier seid? Es ist ein Wunder«, sagte Hannah.

Ruth lachte. »Für Wunder bin ich nicht zuständig. Ich hatte schlicht und ergreifend Heimweh. Eine Woche, nachdem mein

Urlaub im Knast zu Ende war, lernte ich Frederic kennen. Er stammt aus Belgien und ist nach dem Krieg in der Eifel hängen geblieben. Wir haben ein paar Dinger gedreht, aber irgendwann wurde uns der Boden unter den Füßen zu heiß. Also bin ich mit ihm nach Lüttich gegangen.«

Sie seufzte. »Frederic ist süß, aber anstrengend. Als wir vorgestern eine Ladung Zigaretten nach Aachen geschmuggelt haben, traf ich Kalle. Er erzählte mir, dass du wieder im Lande bist, also dachte ich, ich versuch's noch mal in Köln.«

Ruth grinste. »Wir könnten die alten Zeiten aufleben lassen, was meinst du?« Sie deutete auf Joschi. »Mit deinem stummen Beschützer haben wir eine prima Verstärkung. Kalle ist übrigens auch mit von der Partie, so wie ein paar andere von der alten Bande.« Sie runzelte die Stirn. »Da gibt's außerdem einige Typen, mit denen ich eine Rechnung offen habe. Meine Rücklagen sind weg. Samt und sonders geklaut bis auf den letzten Pfennig.«

Hannah sank erschöpft auf das Kissen zurück. »Wie lange liege ich eigentlich schon hier?«

Joschi zählte an den Fingern ab. Sie riss erschrocken die Augen auf. »Fünf Tage?«

»Ich schätze, du bleibst erst mal 'ne Weile hier, bis du dich erholt hast. Kannst von Glück sagen, dass Joschi dazwischengegangen ist. Ein Schlag mit dem Kantholz auf die Birne ist keine Kleinigkeit. Kein Wunder, dass du nichts mehr davon weißt.«

Die Zimmertür wurde geöffnet. Leni trat in Begleitung eines Arztes ein. Hannah hatte die Köchin noch nie so zornig gesehen.

»Wo ist meine Tochter?«, fragte Hannah.

»Ich fürchte, es gibt da ein Problem, Fräulein Bloch«, entgegnete der Arzt.

»Ist sie krank?«

»Nein, es geht ihr gut. Das ist leider alles, was ich Ihnen sagen darf.«

»Was soll das heißen?«, fragte Ruth.

»Vor einer Stunde sind zwei Mitarbeiter des Jugendamts bei mir vorstellig geworden. Ich fürchte, sie haben Ihr Kind mitgenommen.«

»Was? Warum?«

Der Arzt zog ein Schreiben aus der Tasche seines Kittels.

»Sie legten dieses Gutachten vor, außerdem eine gerichtliche Verfügung, das Kind unter staatliche Vormundschaft zu stellen.«

Ruth riss ihm das Papier aus der Hand, faltete es auseinander und überflog die Zeilen.

»Das ist ein Schreiben vom Landgericht Frankfurt.« Sie las weiter und schüttelte den Kopf. »Ich war wohl naiv zu glauben, diese Zeiten wären endgültig vorbei. Ein Doktor Sawade spricht dir die seelische Reife ab, dich um deine Tochter angemessen kümmern zu können. Er erklärt dich für labil und leichtsinnig, mit einem starken Hang zur Verwahrlosung. Mit anderen Worten: Du bist *nicht abrichtbar*, Bloch.«

Hannah fand keine Worte, nicht einmal mehr Zorn auf Harry. Es konnte keinen Zweifel geben, dass er hinter der Sache steckte. Sawade hatte die gleichen Worte benutzt, mit denen der T4-Gutachter Lubeck Hannah 1939 für die Zwangssterilisierung vorgemerkt hatte.

Sie weinte um ihr Kind, das sie nun niemals kennenlernen würde.

TEIL 3

DAS SCHWARZE HERZ

30

Gegen Mittag des 10. März stoppte ein schwarz-rotes Daimler-Coupé vor dem Oberlandesgericht in Frankfurt. Zwei elegant gekleidete junge Frauen stiegen aus. Ruth Obermayer trug eine eng anliegende cremefarbene Hose und eine braune Lederjacke. Eine modische Sonnenbrille schützte ihre Augen gegen die tief stehende Sonne, die das nahe Ende des Winters versprach. Hannah hakte sich bei ihrer Freundin unter und bereitete sich auf ihre Begegnung mit Harald Lenz vor. Auch sie war nach der neuesten Mode gekleidet und trug einen beigefarbenen Kaschmirmantel und ein Kopftuch mit Leopardenmuster.

»Kleider machen Leute«, hatte Ruth gesagt und dafür gesorgt, dass sie auftreten würden, als verfügten sie über Geld und Beziehungen. Dazu hatte sie kurzerhand auch den eleganten Wagen *organisiert.* »Wir wollen den Scheißkerl doch beeindrucken, nicht wahr?«

Hannah schaute zum Fenster von Harrys Büro hinauf. Sie dachte an ihr Kind, das ohne Mutter aufwachsen sollte.

Ruth folgte ihrem Blick. »Vielleicht hätten wir Joschi und Kalle mitnehmen sollen«, sagte sie stirnrunzelnd.

»Was können die beiden Riesenbabys denn ausrichten? Die Wahrheit aus ihm herausprügeln? Man sollte meinen, ich hätte genug Scherereien.«

Hannah hustete und schlug den Kragen ihres Mantels hoch. Die Verletzungen des Überfalls waren folgenlos verheilt, doch den hartnäckigen Husten, den sie sich vor Weihnachten eingefangen hatte, war sie noch immer nicht losgeworden.

Die Idee, Harry unter Druck zu setzen, damit er den Aufenthaltsort des Kindes preisgab, stammte nicht von Ruth, sondern von Pawel. Ein paar Tage nachdem er erfahren hatte, dass

Harry ihr das Kind weggenommen hatte, kam er mit einem fertig ausgearbeiteten Plan zu ihr. Joschi und Ruth hatten grimmig zugestimmt, aber Hannah hatte ihnen klargemacht, dass dies der falsche Weg war. Sie wusste, dass Harry krankhaft eifersüchtig und besitzergreifend war, aber sie wollte nicht glauben, dass er so weit gehen würde, ihr die gemeinsame Tochter vorzuenthalten. Zuerst musste sie mit ihm reden, ganz gleich, wie schwer es ihr fiel. Verprügeln konnten sie ihn immer noch. Außerdem würde sie, in dem sie Gewalt anwendete, das psychiatrische Gutachten des Dr. Sawade bestätigen.

Pawel hatte sich gefügt, aber sie spürte, dass er sich nur mühsam zurückhielt. Manchmal jagte er ihr Angst ein. Es gab Momente, da vermochte er sein Verlangen nach Vergeltung kaum im Zaum zu halten. Einerseits empfand sie genauso und wusste, dass sie sich jederzeit an seiner Schulter ausweinen konnte. Doch sie fragte sich in letzter Zeit oft, ob er nicht eines Tages zu weit gehen würde.

Ruth drückte Hannahs Hand. »Auf in den Kampf.«

Als sie vor der Tür zu Harrys Vorzimmer stand, hämmerte ihr Herz wie verrückt gegen ihre Rippen. Sie wusste, dass dies ihre einzige Chance war. Sie musste ihm ein Angebot machen, das er nicht abschlagen konnte. Nur besaß sie nichts, was ihn interessierte. Es sei denn, sie erklärte sich bereit, ihn zu heiraten. Seine einzige Schwachstelle war seine Eitelkeit und sein Streben nach Statussymbolen. Er ließ sich allzu leicht von der Macht des Geldes beeinflussen. Daher rührte Ruths Vorschlag, den Anschein zu erwecken, als könnten sie sich einen guten Gegenanwalt leisten.

Sie atmete tief durch und klopfte.

»Herein!«

Gisela Wollner blickte überrascht auf, als sie eintraten.

»Hannah! Was in aller Welt tun Sie denn hier? Sie wollen doch wohl nicht …«

»Ihn um Verzeihung bitten und zu ihm zurückkehren?«, beendete Hannah den Satz. »Keine Sorge. Es gibt etwas, das ich unbedingt klären muss. Ist er da?«

»Ja.« Sie kam um ihren Schreibtisch herum. »Ich werde Sie anmelden.«

»Nicht nötig, wir kennen den Weg«, blaffte Ruth.

Hannah hielt sie zurück. »Du wartest hier, ich rede allein mit ihm.«

Bevor Ruth Gelegenheit bekam, ihr zu widersprechen, war sie durch die Tür in sein Büro geschlüpft.

Harry telefonierte. Er konnte seine Verblüffung nicht ganz verbergen, unterbrach sein Telefonat jedoch nicht. Stattdessen lehnte er sich in seinem Sessel zurück und ließ sie schmoren.

Lass dich nicht aus dem Konzept bringen, dachte sie. Genau das beabsichtigt er damit.

Schließlich legte er auf, kam mit ausgestreckten Armen auf sie zu und versuchte tatsächlich, ihr einen Begrüßungskuss auf die Wange zu hauchen. Sie zwang sich, eine flüchtige Berührung zuzulassen, mehr jedoch nicht. Falls er ihre Ablehnung spürte, so ließ er sich nichts anmerken.

»Hannah. Ich freue mich, dich zu sehen. Wie schön, dass du den Weg hierher gefunden hast. Warte, ich sage Gisela Bescheid, sie soll uns Kaffee bringen.«

Sie kämpfte verzweifelt um ihre Beherrschung. Gut, er spielte also den Unschuldsengel. Glaubte er wirklich, mit dieser Masche durchzukommen?

All die wohlüberlegten Formulierungen, all die Worte, die sie sich zurechtgelegt hatte, verschwanden in diesem Moment wie Nebel, den die Morgensonne auflöste.

»Ich möchte nichts trinken. Ich will mein Kind«, stieß sie hervor.

Harry versenkte die Hände in den Hosentaschen und lehnte sich gegen die Schreibtischkante.

»Ach ja, das Kind ... Ich hörte davon. Eine dumme Geschichte. Du hast aber auch ein Pech mit diesen Gutachterärzten. Und ausgerechnet das Frankfurter Landgericht ... Du bist ja dort nicht unbekannt. Weißt du, ich kenne den Richter, der das Kind unter staatliche Obhut gestellt hat. Der ist leider sehr streng.«

»Du hast kein Recht, mir meine Tochter wegzunehmen.«

»Tja, Hannah, das stimmt sogar. Ich bin zwar der Vater, doch das kann ich nicht beweisen. Und damit fällt das Sorgerecht auch nicht mir zu. Das ist wirklich ärgerlich, aber da kann man nichts machen.«

»Wo ist sie?«

Harry zuckte mit den Schultern und zündete sich eine Zigarette an. »Woher soll ich das wissen? Ich habe mit der Sache nichts zu tun. Es ist deine eigene Schuld, dass du *unser* Kind verloren hast. Dein Lebenswandel und dein Umgang, diese lästige alte Epilepsiegeschichte ... Irgendwie kann ich den Richter verstehen. Es fiel ihm sicher nicht leicht, doch er konnte zum Kindeswohl nicht anders handeln.«

»Ich glaube dir kein Wort.«

Er zog an seiner Zigarette und blies den Rauch gedankenverloren an die Decke. »Ich könnte dir natürlich helfen. Wir werden einen Nachforschungsantrag stellen. Aber es ist klar, dass du dazu dein Leben ändern musst. Du brauchst ein solides Umfeld, ein Heim und einen Ehemann, der sich um dich kümmert. In einem halben Jahr, schätze ich, könnten wir ein neues Gutachten beantragen. Ich bin überzeugt, dass sich dann vieles anders darstellen wird. Wenn du mich offiziell als Vater angibst, kann ich das Sorgerecht beantragen und die Kleine kommt zu uns.«

Hannahs Gedanken rasten. Harry benutzte das Kind als Geisel, um sie zu zwingen, ihn zu heiraten.

»Wir könnten eine glückliche kleine Familie sein«, fuhr er fort, »und die Vergangenheit schnell vergessen.«

»Du willst es also auf die harte Tour austragen?«, fauchte sie.

»Aber nein.« Er drückte die Zigarette aus und kam näher. »Wir waren doch so glücklich. Und wir könnten es wieder sein. Stell dir vor – du, ich und das Kind. Wie wunderbar wird das sein.«

Hannah wich entsetzt vor ihm zurück. »Niemals!«

»Unsere Tochter muss in einem stabilen Umfeld aufwachsen«, sagte er. »Ich will doch nur das Beste für sie – und für dich. Sie braucht ihren Vater, verstehst du das denn nicht?«

Er streckte die Arme nach ihr aus. »Warum gibst du uns keine Chance, Hannah? Lass mich dir beweisen, dass ich es ernst meine. Es tut mir leid, was ich gesagt habe – Worte, die ich im Zorn ausgesprochen und nicht so gemeint habe.« Harry lächelte, als hätte er einen gelungenen Streich ausgeheckt. »Ich habe ein Flugzeug gekauft, eine Fieseler F2 Tiger. Die Maschine kann dir gehören, Hannah.«

Sie wich vor ihm zurück. »Ich lasse mich nicht von dir kaufen und ich werde dich niemals heiraten. Niemals! Wann kapierst du das endlich?«, schrie sie wutentbrannt.

»Ich sehe, du hast dich noch immer nicht im Griff«, entgegnete er stirnrunzelnd. »Das ist sehr bedauerlich. Denn in diesem Fall wirst du dein Kind nie in den Armen halten. Wir alle müssen Kompromisse schließen. Überleg es dir.«

»Damit kommst du nicht durch.«

»Das muss ich auch nicht«, sagte er lächelnd, »es sei denn, du zwingst mich dazu.«

»Das wirst du bereuen. Schon sehr bald.«

Harry setzte sich hinter den Schreibtisch und schaukelte in seinem Ledersessel vor und zurück.

»Falls du vorhast, mich von deinen asozialen Freunden verprügeln zu lassen, so lass dir gesagt sein, dass sie mich totschlagen können, es würde nichts ändern. Ich weiß nicht, wo das Kind ist. Die Unterbringung in einer Pflegefamilie ist Sache des Jugendamts. Unter gewissen Umständen kann ich allerdings auf dem Rechtsweg Auskünfte über den Verbleib unserer Tochter einholen.« Er lächelte und legte die Fingerspitzen aneinander. »Was du dazu beitragen musst, ist dir ja nun bekannt.«

»Niemals!«

Sie riss die Tür auf und verließ fluchtartig das Büro. Ruth saß auf der Schreibtischkante der Sekretärin und wärmte ihre Finger an einer Tasse Kaffee.

»Soll ich ihm eine reinhauen?«, fragte sie beiläufig.

»Nein. Willst du alles noch schlimmer machen? Lass uns gehen, ich ersticke hier drin.«

Sie stürmte aus dem Vorzimmer und lief so schnell durch die Flure, dass Ruth ihr kaum folgen konnte.

»Was hat er gesagt?«, rief sie.

Hannah trat ins Freie und sog die kalte Luft in ihre Lungen. Stotternd berichtete sie, was vorgefallen war.

»Dein Harry ist ein ausgewachsenes Scheusal«, bestätigte Ruth, »aber er hält leider alle Trümpfe in der Hand. Wir müssen wohl nach meinen Regeln spielen.« Sie schnippte mit den Fingern. »Ehe ich es vergesse, seine Tippse hat gesagt, sie will dich heute Abend gegen sechs in einem Café am Römer treffen.« Sie nannte die Adresse. »Sie sagt, du weißt, wo das ist.«

»Hat sie gesagt, was sie will?«

»Nein, aber es wird sicher interessant werden, ich hab da ein gutes Gefühl.«

Um Punkt sechs betrat Gisela Wollner das Café. Sie trug ein Kopftuch und eine Sonnenbrille, blickte sich um und entdeckte Ruth und Hannah.

»Mit der Verkleidung fallen Sie auf wie ein Pinguin auf einer Hühnerfarm«, ätzte Ruth.

»Harry darf auf keinen Fall erfahren, dass ich mich mit Ihnen treffe«, antwortete Gisela.

Ein Kellner näherte sich dem Tisch, sie bestellten Kaffee, Ruth dazu einen Cognac.

»Nehmen Sie bitte Platz«, bat Hannah.

»Sie wissen, ich habe Sie schon einmal vor ihm gewarnt.«

»Ich hab's nicht vergessen. Ihr Rat kam nur leider zu spät.«

Gisela öffnete ihre Handtasche und holte mehrere maschinenbeschriebene Seiten hervor.

»Vielleicht kann ich Ihnen trotzdem helfen. Doch zuvor müssen Sie mir versprechen, mich aus der Sache herauszuhalten. Wenn er erfährt, dass ich Ihnen diese Informationen gegeben habe, wird er sich furchtbar an mir rächen.«

Ruth schwenkte ihren Cognac im Glas. »Euer Harry muss ja wirklich ein schlimmer Finger sein.«

Gisela nickte. »Unterschätzen Sie ihn nicht. Er hat aus Verlustangst und Eifersucht schon mehr als eine Existenz zerstört.« Sie schob die Papiere über den Tisch. »Sie haben das nicht von mir, ist das klar?«

»Völlig klar«, bestätigte Ruth.

Hannah faltete die Blätter auseinander und überflog die Zeilen. »Was ist das?«

»Eine Anfrage eines Professors aus Flensburg an die Staatsanwaltschaft Frankfurt. Es geht darin um einen Gutachterarzt namens Fritz Sawade. Ich nehme an, der Name sagt Ihnen etwas?«

»Allerdings«, bestätigte Hannah.

»Der Professor erkundigte sich, ob Sawade identisch sei mit Werner Heyde, einem der leitenden Ärzte der Aktion T4. Harry hat ihm geantwortet und den Verdacht zerstreut, obwohl er Heyde hätte erkennen müssen. Schließlich steht er auf der Fahndungsliste der Alliierten.« Sie legte die Liste auf den Tisch. »Vergleichen Sie das Foto mit der Anfrage des Professors.«

Hannah erbleichte vor Zorn. »Das ist Heyde! Daran gibt es gar keinen Zweifel. Harry hat das Gutachten gekauft, sein Schweigen war der Preis dafür.«

Gisela nickte. »Ich fand das Schreiben zufällig in seiner Ablage, eigentlich suchte ich nach ganz anderen Dokumenten.

Er hat mir den Brief nicht offiziell diktiert, weil er keine Mitwisser gebrauchen konnte. Das beweist, dass er sich auf einen Kuhhandel mit Heyde eingelassen hat.«

»Damit können wir den sauberen Harry unter Druck setzen«, sagte Ruth.

»Er wird behaupten, Heyde auf dem Foto nicht erkannt zu haben«, antwortete Gisela. »Solange wir ihm keinen Vorsatz nachweisen können, hat er sich nicht strafbar gemacht. Heyde müsste gegen ihn aussagen und erklären, dass Harry ihn um ein Gefälligkeitsgutachten gebeten hat.«

»Ich soll gemeinsame Sache mit einem der Hauptverantwortlichen für die Krankenmorde machen, um meine Tochter im Arm halten zu können?«, fragte Hannah entsetzt. »Das … das kann ich nicht.«

»Wie Sie ihn dazu bringen, ist Ihre Sache. Ganz gleich, was Sie jetzt vorhaben, halten Sie mich heraus. Wenn bekannt wird, dass ich vertrauliche Unterlagen aus dem Oberlandesgericht entwendet habe, bin ich erledigt.«

»Wir werden uns einen Anwalt besorgen«, sagte Ruth.

»Wovon denn?«, fragte Hannah. »Ich bin chronisch pleite.«

»Nicht mehr lange. Wenn das kein Anlass ist, wieder ins Geschäft einzusteigen! Wir machen einen Haufen Kohle, nehmen uns den besten Winkeladvokaten, den wir kriegen können, und dann rechnen wir mit dem sauberen Harry ab.«

»Nein, Ruth. Ich will dich in die Sache nicht mit hineinziehen«, entgegnete Hannah. »Du und Joschi, ihr habt mir zum zweiten Mal die Haut gerettet. Ich kann diese Schuld niemals abtragen.«

Ruth trank ihren Cognac aus. »Aller guten Dinge sind drei. Ich kann mich an drei Mädchen in der Anstalt Herborn erinnern, die sich geschworen hatten, alles miteinander zu teilen. Zwei von ihnen leben noch und sitzen an diesem Tisch. Ich weiß, dass du das Gleiche für mich tun würdest.«

»Also gut. Um der alten Zeiten willen.«

»Du wirst deine Tochter in den Armen halten, Hannah. Das verspreche ich dir.«

31

24. August 1948

Scott stürzte sich in die Arbeit, um sich abzulenken, doch seine Gedanken schweiften ständig ab und drehten sich um Hannah. Schließlich warf er den Bleistift hin, lehnte sich zurück und fächelte sich mit einem Aktendeckel Luft zu. Der altersschwache Ventilator bemühte sich redlich, dennoch war es drückend schwül im I.G.-Farben-Haus, Frankfurt stöhnte unter der Sommerhitze.

Scott drehte seinen Stuhl herum, bis der lauwarme Luftstrom ihm ein bisschen Abkühlung verschaffte, und starrte auf den wirbelnden Lüfter. Seit einem halben Jahr suchte er nach Hannah. Er hatte sogar Hans Simoneks Großeltern ausfindig gemacht und war ins Oberbergische Land gefahren. Aber auch das hatte ihn nicht weitergebracht, die alten Leute hatten Hannah nicht mehr gesehen, seit sie nach Kriegsende den Hof verlassen hatte.

Ruth Obermayer war vor einem Jahr aus der Haft entlassen worden und seitdem von der Bildfläche verschwunden. Unbestätigten Gerüchten zufolge trieb sie sich in Belgien herum. Scott war mit seinem Latein am Ende. Die Situation war völlig verfahren und er trug selbst die Schuld daran. Ohne Hannah wollte er nicht in die Staaten zurückkehren, doch finden konnte er sie auch nicht.

Captain Millers Stimme holte ihn aus seinen Grübeleien. »Alles okay, Lieutenant?«

Er blickte abwesend auf. »Wie? Ja, alles bestens. Warum fragen Sie?«

»Junge, Sie starren da ein riesiges Loch in die Luft«, sagte Miller lachend. »Passen Sie auf, dass Sie nicht hineinfallen.«

»Sorry, ich war in Gedanken …«

»… bei dem Mädchen, das Sie suchen.«

Scott lächelte gequält. »Ich schätze, ich kann es nicht verheimlichen, was?«

Miller reichte ihm einen Brief. »Hier, vielleicht lenkt Sie das ab. Kam heute für Sie an.«

Scott nahm den Umschlag entgegen. »Danke.«

Der Captain verließ kopfschüttelnd das Büro. Scott drehte den Brief in den Händen. Sein Herz schlug schneller, seine Hoffnung wurde jedoch herb enttäuscht. Der Brief stammte nicht von Hannah. Er war von einem Claudius Brendel aufgegeben worden, abgestempelt in Sonthofen.

Brendel? Er war plötzlich hellwach. Der Name kam ihm bekannt vor. War das nicht der Priester, der Lubeck getötet hatte? Scott suchte in dem Durcheinander auf seinem Schreibtisch nach einem Brieföffner, schlitzte den Umschlag auf und entfaltete ein einzelnes Blatt Papier.

Sehr geehrter Lieutenant Young,

ich hoffe, Sie erinnern sich an mich und den Fall Lubeck. Sie waren 1945 so freundlich, mir in der Untersuchung

der Ereignisse im Dorf Hagenstein zur Seite zu stehen. Ich wende mich daher vertrauensvoll in einer heiklen Angelegenheit an Sie. Mir sind Kenntnisse über Fluchtrouten zahlreicher NS-Kriegsverbrecher zuteilgeworden. Beinahe jeden Monat kommen im Kloster St. Markus in Sonthofen, in welches ich mich zurückgezogen habe, Personen an, die sich während der NS-Diktatur schwerer Verbrechen schuldig gemacht haben. St. Markus ist jedoch nur eine Zwischenstation auf einer Fluchtroute, die über Südtirol nach Rom führt. Wir müssen verhindern, dass weitere Täter entkommen, höchste Eile ist geboten. Ich bitte Sie dringend um Unterstützung.
Sie werden verstehen, dass ich mich mit diesem Schreiben in große Gefahr begebe. Nehmen Sie unter keinen Umständen offiziell mit mir Kontakt auf. Am Waldrand oberhalb des Klostergeländes steht eine Kapelle, in der ich jeden Abend gegen 17 Uhr bete. Dort sind wir ungestört. Ich warte täglich auf Ihr Kommen und verbleibe hochachtungsvoll

Ihr Claudius Brendel

P.S.
Grüßen Sie Hannah von mir.

Scott ließ den Brief sinken. Nun erinnerte er sich wieder an den stillen Pfarrer, der Hannah das Leben gerettet hatte. Brendel hatte die Nazis mutig bekämpft und sich geweigert, die Hakenkreuzflagge auf dem Kirchturm seiner Pfarrei zu dulden. Ein Schlägertrupp der SA hatte ihn deswegen verprügelt und seine Kirche verwüstet. Bald darauf war er verhaftet und wegen Verstoßes gegen das Reichskriegsflaggengesetz zu mehreren Monaten Gefängnis verurteilt worden. Nach seiner Entlassung hatte er sich über das gegen ihn verhängte Kanzelverbot hinweggesetzt und gemeinsam mit dem Limburger Bischof Hilfrich den vorläufigen Stopp der Euthanasiemorde erwirkt. Kurz darauf war er wegen einer verbotenen Predigt erneut festgenommen und im Pfarrerblock des Konzentrationslagers Dachau interniert worden. Dass Brendel ihn nun um Hilfe bat, konnte nur bedeuten, dass er seine Tatkraft wiedererlangt hatte. Dass dieselben Verbrecher, die er damals bekämpft hatte, nun mithilfe der Kirche ins Ausland flohen, musste ihn zutiefst erschüttern. Scott beschloss, sofort nach Sonthofen zu reisen. Er schöpfte zudem neue Hoffnung. Vielleicht wusste Brendel, wo Hannah steckte.

Am nächsten Morgen fuhr Scott in einem olivgrünen Ford Deluxe der US-Army nach Süden. Nach einem Zwischenstopp in Stuttgart erreichte er am 26. August die Kleinstadt im Allgäu. Er buchte in einem Gasthaus ein Zimmer, aß eine Kleinigkeit und ließ sich den Weg zum St.-Markus-Kloster beschreiben, wo er kurz vor 17 Uhr eintraf.

Die Abtei umfasste neben einer Kirche und zahlreichen Gebäuden einen Kräutergarten, Wiesen mit Obstbäumen und Felder, auf denen Hopfen angebaut wurde.

Scott durchquerte das gepflegte Klostergelände. Am südlichen Ende überspannte eine uralte Steinbogenbrücke die Iller, am anderen Ufer führte ein Fußweg hinauf zu einer Kapelle aus Bruchsteinen und Fachwerk.

Er stieg die ausgewaschenen Steinstufen empor, öffnete eine verwitterte Holztür und wartete, bis sich seine Augen an das Dämmerlicht gewöhnt hatten. Vor dem Altar kniete, ins Gebet versunken, ein Mönch in dem schwarzen Habit der Benediktinermönche. Scott ging auf ihn zu und erschrak. Die gebückte Gestalt mit dem frühzeitig ergrauten Haar hatte kaum noch Ähnlichkeit mit dem aufrechten Pfarrer, der den Nazis die Stirn geboten hatte, als sie seine Kirche schändeten. Die Lagerhaft hatte Brendel schwer gezeichnet, doch dass er einen Menschen getötet hatte – wenn auch in Notwehr – hatte ihn offenbar noch härter getroffen. Brendel war ein alter Mann von nicht einmal vierzig Jahren.

Scott setzte sich in eine der Bänke.

»Es scheint, die Vergangenheit lässt uns beide nicht los«, sagte er.

Brendel bekreuzigte sich, stand auf und reichte ihm die Hand. »Ich wünschte, es gäbe einen fröhlicheren Anlass für unser Wiedersehen. Herzlich willkommen in St. Markus. Ich freue mich, dass Sie gekommen sind, Lieutenant. Sehe ich so miserabel aus?«

»Nun, ich …«

»Nein, sagen Sie nichts, Mr. Young. Was ich getan habe, hat mich gezeichnet. Reden wir lieber über den Grund Ihres Besuchs.«

Scott betrachtete die verblassten Fresken. Es war angenehm kühl und still in der Kapelle. Er war nie besonders gläubig gewesen, doch er hatte das Gefühl, dass dieser Ort von Gott erfüllt war.

»Ich verstehe, warum Sie hierherkommen, um zu beten«, sagte er. »Das ist ein wunderbar friedlicher Platz.«

»Ein Ort der Ruhe und Kontemplation, aber darum habe ich Sie nicht hergebeten«, erklärte Brendel, »sondern weil wir hier sicher sind. Ich irre in einem Labyrinth umher und weiß nicht mehr, wem ich trauen kann. Es ist besser, wenn uns niemand zusammen sieht.«

»Dann hockt die Spinne, die wir suchen, im Netz dieses Klos ters?«

Brendel seufzte. »Es gibt viele Spinnen und viele Netze. Und noch mehr Wege, Deutschland zu verlassen.«

»Heißt es nicht, alle Wege führen nach Rom?«

»In diesem Fall stimmt das sogar. Die Route führt über die Alpen nach Südtirol und von dort weiter über den Vatikan nach

Südamerika. Wahrscheinlich sind so Hunderte Nazis auf der Rattenlinie entkommen.«

Scott nickte. »Wir wissen davon, kennen aber keine Einzelheiten. Und Sie glauben, das ändern zu können?«

»Zumindest habe ich Kenntnis von einigen Stationen und Kontaktpersonen«, sagte Brendel. »Sehen Sie, ein Kloster ist ein Ort der Abgeschiedenheit und der Zwiesprache mit Gott. Darum bin ich hier: um mich mit Gott auszusöhnen und Buße zu tun. Wir beherbergen in St. Markus regelmäßig Gäste, die uns aus dem gleichen Grund aufsuchen. Sie bleiben mehrere Tage oder sogar Wochen, um innere Einkehr zu halten, und verlassen uns wieder. Es hat einige Zeit gedauert, bis mir klar wurde, dass manche von ihnen einen ganz anderen Zweck verfolgen. Sie werden verstehen, wie entsetzt ich war, als ich unverhofft einem alten Bekannten begegnete, der mir in Dachau übel mitgespielt hat. Er grinste mir frech ins Gesicht und forderte mich auf, ihm eine gute Reise zu wünschen.«

»Wie funktioniert das System?«, fragte Scott.

»Sie nennen es die Klosterroute«, antwortete Brendel. »Im ganzen Land existieren Anlaufstellen für Kriegsverbrecher, die von den Kirchen eingerichtet wurden. Dort finden sie Hilfe: Pfarrer, Mitarbeiter der Diözesen, Sympathisanten, alte Kameraden, die sich zu Burschenschaften zusammengeschlossen haben – es gibt viele, die sich mit der Niederlage der Nazis nicht abfinden wollen. Die Eintrittspforten zu dieser Route sind kleine Klöster wie St. Markus.

Die Gesuchten – SS-Angehörige oder ehemalige Gestapoleute – tauchen eine Weile unter, bevor man sie ins nächste Kloster schickt. Dort harren sie wiederum eine Weile aus und wandern weiter Richtung Süden, bis sich ihre Spur verwischt. Ich habe gehört, dass es entlang der Alpenpässe eine Menge Bauern gibt, bei denen die Flüchtigen unterschlüpfen. Überall finden sich Ortskundige, die für gutes Geld den Bergführer spielen.

Der Dreh- und Angelpunkt ist Bischof Alois Hudal aus Graz. Sehen Sie sich das an, es ist ein Skandal, der stillschweigend toleriert wird.«

Brendel zog ein Schreiben aus seinem Mönchshabit und reichte es Scott. Es war ein Merkblatt für Auswanderer mit wichtigen Hinweisen zu Unterstützungsangeboten der Amtskirchen.

»In Rom betreibt man Fluchthilfe im großen Stil«, fuhr Brendel fort. »Dort verstecken sich Dutzende SS-Angehörige und warten auf eine Schiffspassage nach Argentinien oder Bolivien.«

»Woher stammen die Pässe?«

»Der Vatikan stellt Visa aus und beglaubigt falsche Identitäten. Mit diesen Empfehlungsschreiben erhalten die Gesuchten vom italienischen Roten Kreuz Ausweispapiere.«

»Ist Hudal der Kopf der Bande?«, fragte Scott. Sein Zorn auf die korrupte Priesterkaste wuchs.

»Er ist Rektor des deutschen Priesterkollegs Santa Maria dell'Anima in Rom. Köpfe gibt es viele, Hudal ist nur einer davon, Krunoslav Draganović ein anderer.«

»Von Draganović habe ich gehört«, sagte Scott. »Er war während des Krieges unter dem faschistischen Ustascha-Regime für Deportationen von Juden und Serben verantwortlich.«

»Man weiß kaum noch, wer Freund oder Feind ist. Was ich über die Fluchthilfeorganisation aus dem Vatikan in Erfahrung bringen konnte, hat mich erschüttert.«

»Sie können mir vertrauen«, sagte Scott.

»Davon bin ich überzeugt«, antwortete Brendel. »Sie sind Hannahs Freund und damit auch der meine. Das Mädchen hat ein gutes Herz und eine gute Menschenkenntnis.«

Scott lächelte. »Aus dem Mädchen ist eine attraktive junge Frau geworden. Nebenbei, Sie wissen nicht, wo ich sie finden kann?«

Brendel blickte ihn überrascht an. »Ich hörte, Sie und Hannah wären ein Paar.«

»Ja, das waren wir.«

Er berichtete über ihren Streit und seine erfolglose Suche nach ihr.

»Sie müssen Hannah verstehen, sie hat viel durchgemacht«, sagte Brendel. »Zu sehen, wie die Täter entkommen, ist schwer zu ertragen. Es wundert mich nicht, dass sie verbittert ist.«

»Warum verkriechen Sie sich in diesem Kloster?«, fragte Scott. »Sie waren ein Mann der Tat, haben den Nazis Widerstand geleistet und vielen Menschen das Leben gerettet.«

»Ich habe ein Leben genommen und muss dafür Buße tun.«

»Sie haben Lubeck in Notwehr getötet. Hätten Sie nicht gehandelt, wären Sie *und* Hannah tot.«

»Gott spricht: Du sollst nicht töten.«

»Jedenfalls haben Sie Ihren Mut wiedergefunden, etwas gegen diese Brut zu unternehmen.«

Brendels Hände zitterten. »Ich fürchte, ich muss Sie enttäuschen, Lieutenant. Vergessen Sie nicht, dass ich in Dachau inhaftiert war. Die Zeit dort hat Wunden auf meiner Seele hinterlassen, die nie mehr heilen werden.«

»Gott wird sich etwas dabei gedacht haben, als er Sie überleben ließ. Haben Sie es mal so betrachtet?«

»Das versuche ich die ganze Zeit. Er verrät mir nur leider nicht, wie ich Herr über meine Angst werden soll.«

»Und dennoch haben Sie einen Plan.«

»Vielleicht. Ende November kam ein Mann in St. Markus an, der bis Mitte März blieb und von einem Tag auf den anderen wieder verschwand. Bei seinem Anblick wurde mir klar, dass ich etwas unternehmen muss. Ich hatte diesem schamlosen Treiben schon viel zu lange tatenlos zugesehen.«

»Wer war dieser Mann?«

»Sein Name ist Robert Krüger. Er war leitender Kriminalbeamter in der Gestapozentrale in Frankfurt. Er hat mich mehrfach verhört, wenn Sie verstehen, wovon ich rede.«

»Durchaus.«

»Sie wissen, dass Hannahs Mutter in der Gestapozentrale in Frankfurt inhaftiert war?«

»Ja.«

»Malisha war ein wunderbarer Mensch, hilfsbereit, gütig und klug. Und sie war eine gute Freundin. Sie verstehen sicher, dass ich nicht tatenlos zusehen kann, wie der Mann, der sie ermorden ließ, straffrei davonkommt.«

»Hat er Sie erkannt?«, fragte Scott.

»Natürlich. Aber das hat ihn nicht gestört, er war sich der Unterstützung unseres Priors sicher. Allerdings hat er sich in einem Punkt getäuscht. Pater Ansgar mag alt und einfältig sein, aber er ist auch ein frommer Christ. Ihm ist nie in den Sinn gekommen, dass die Flüchtlinge, die hier ankommen, nicht vor den kommunistischen Horden der Bolschewiken fliehen, wie sie behaupten, sondern dass es sich um ehemalige SS-Offiziere, Gestaposchläger und KZ-Kommandanten handelt. Es war nicht ganz leicht, ihn von der Wahrheit zu überzeugen, doch es ist mir gelungen. Pater Ansgar hat mir seine Unterstützung zugesagt. Er wollte sofort etwas unternehmen, aber ich konnte ihn dazu bringen, abzuwarten, bis ich mit Ihnen gesprochen habe.«

»Wissen Sie, wer Krüger den Tipp gab, sich an Ihren Prior zu wenden?«

Brendel lächelte. »Oh ja, das weiß ich nur zu gut: Gräfin Cornelia von Gessnitz, Witwe des berüchtigten Richters Horst Gessnitz, der Hunderte Unschuldige am Volksgerichtshof zum Tod verurteilte.«

Scott nickte. »Die Dame ist mir bekannt und hat einen zweifelhaften Ruf. Sie nennt sich selbst *die barmherzige Schwester der Landsberger.*«

»Bei ihr laufen alle Fäden zusammen. Zu ihrem Netzwerk gehören einflussreiche Kirchenmänner. Sie unterhält beste Kontakte zum Generalvikar des Weihbischofs Neuhäusler. Krüger ist längst über alle Berge, aber noch ist es nicht zu spät, weitere Fluchten zu verhindern.«

»Was haben Sie also vor?«, fragte Scott.

»Karl Morgenschweis, der Anstaltspfarrer des Kriegsverbrechergefängnisses Landsberg, hat beim Generalvikar um Unterstützung angefragt. Ich kann mir nicht vorstellen, dass Morgenschweis so überarbeitet ist, dass er einen Assistenten braucht. Offenbar suchen die Inhaftierten nach einem Weg, Informationen zu schmuggeln und brauchen dafür einen Gewährsmann, auf dessen Gesinnung sie sich verlassen können.«

Scott erkannte sofort, worauf der Pfarrer hinauswollte. »Dieser Hilfsgeistliche könnte für uns von großem Nutzen sein. Wenn wir nur wüssten, wer dafür bestimmt wird.«

Brendel schwieg. Nach einer Weile sagte er mit brüchiger Stimme. »Ich wurde dafür ausgewählt. Aus diesem Grund habe ich Sie angeschrieben.«

»Ich verstehe.«

Brendel schüttelte den Kopf. »Nein, ich fürchte, dem ist nicht so. Sie denken, ich biete mich dem CIC als Spitzel an, nicht wahr?«

»So etwas in der Art ging mir tatsächlich durch den Kopf«, antwortete Scott.

»Wer diese braunen Seilschaften infiltriert, muss damit rechnen, dass er beseitigt wird, wenn man ihn enttarnt. Er sollte meiner Meinung nach eine militärische Ausbildung und Erfahrungen in Geheimdienstaktionen besitzen. Mit anderen Worten, wir brauchen einen Agenten des CIC. Wir brauchen Sie.«

Scott verarbeitete das Gehörte. Es war klar, dass Brendel eine Höllenangst vor den Nazis hatte. Einige von ihnen ans Messer liefern zu können und sich damit gleichzeitig der unmittelbaren Lebensgefahr auszusetzen, musste ihn in einen unlösbaren Konflikt stürzen. Dies war wirklich kein Job für einen Priester, schon gar nicht für einen ehemaligen Häftling des Pfarrerblocks in Dachau.

»Sie wollen also, dass ich mich in einen Priester verwandle«, sagte er.

»Weder die Gräfin von Gessnitz noch der Generalvikar kennen mich persönlich«, fuhr Brendel fort. »Vikar Albrecht Herrmann ist der Dreh- und Angelpunkt. Ich glaube nicht, dass Neuhäusler weiß, dass sein engster Mitarbeiter einer der wichtigsten Fluchthelfer für NS-Verbrecher ist, schließlich war der Bischof selbst in Dachau interniert. Sie brauchen Führer, die die Flüchtlinge über die Berge nach Südtirol bringen. Dort sind sie relativ sicher. Tirol ist seit dem Abzug der Briten eine Art Niemandsland, in dem alles möglich ist. Ich wurde bereits zweimal gefragt, ob ich Leute über den Reschenpass begleiten kann, aber ich habe mich jedes Mal gedrückt. Noch mal gelingt mir das vermutlich nicht, ohne Misstrauen zu erregen.«

»Demnach besitzen Sie Ortskenntnisse?«, fragte Scott.

»Die besten. Als Kind verbrachte ich jeden Sommer bei meinen Großeltern. Sie bewirtschafteten einen Bauernhof am Fuß des Passes.«

Scott rieb sich das Kinn. »Morgenschweis wird doch sofort merken, dass ich kein Priester bin.«

»Ich werde Ihnen alles Nötige beibringen. Sie müssen eine Weile hier im Kloster bleiben. Ihre Anwesenheit zu erklären, dürfte uns nicht schwerfallen.«

»Dann habe ich wohl keine Wahl?«

»Wenn Cornelia von Gessnitz Sie beauftragt, einen flüchtigen Angehörigen der SS über die Berge zu führen, lernen Sie alle Stationen der Route kennen – jeden Stopp, jeden Helfer und die Orte, an denen sich die Verbrecher verstecken. Ich habe gehört, das Ziel sei ein Franziskanerkloster in Bozen. Von dort aus geht es weiter nach Rom.«

Scott dachte nach. Es konnte keine bessere Gelegenheit geben, die Rattenlinie in allen Details aufzudecken und dichtzumachen.

»Haben Sie denn eine passende Kutte für mich?«, fragte er.

»Daran soll es nicht scheitern«, antwortete Brendel lächelnd.

»Ich muss meine Vorgesetzten in Frankfurt informieren. Wir sollten mit den Behörden in Österreich und Italien zusammenarbeiten, um jederzeit eingreifen zu können.«

Brendel schüttelte den Kopf. »Das würde ich an Ihrer Stelle nicht tun.«

»Warum nicht?«

»Wissen Sie, wem Sie trauen können?«

Scott schwieg betroffen. Erst jetzt wurde ihm das Ausmaß der Gefahr bewusst, in die er sich begeben würde. Einige Abteilungen des CIC arbeiteten mit Leuten wie Draganović zusammen, um russische Überläufer in Sicherheit zu bringen. Deren Informationen waren für die amerikanischen Geheimdienste Gold wert. Im Gegenzug holte man für Draganović ehemalige Ustascha-Faschisten aus der amerikanischen Besatzungszone heraus. In Südtirol herrschte ein einziges großes Durcheinander. Er würde nie sicher sein können, wer Freund und wer Feind war. Wahrlich keine leichte Aufgabe, schon gar nicht für einen Dorfpfarrer.

»Okay, machen wir einen Priester aus mir«, sagte er.

32

»Nein, nein und noch mal nein! Das ist was für Anfänger. Kleine Fische, die den Aufwand nicht lohnen.«

Ruth Obermayer ließ sich in den abgewetzten Drehsessel fallen und platzierte ihre brandneuen Lederstiefel auf dem verrosteten Kommandostand des alten Rheindampfers, den sie nach ihrer Schwester *Thea* getauft hatte. Sie zündete sich eine Zigarette an und nahm einen kräftigen Schluck aus der Cognacflasche, die neben dem Sessel auf dem Deck stand.

Ruths rote Lockenmähne verschwamm vor Pawels Augen. Er sah Esther vor sich, wie sie leidenschaftlich mit ihm über Wege diskutierte, Vergeltung zu üben. Esther, die einen Teekessel nach ihm warf und drohte, sich die Pulsadern aufzuschlitzen, falls er sie verlassen sollte. Esther, die in seinen Armen lag und sich ihm mit allen Sinnen hingab, unbefangen, voller Liebe und Gier nach Leben. Seine Freundin, Gefährtin und Geliebte war tot. Gestern hatte ihn ein Brief von Jaron erreicht. Ein Unbekannter hatte Esther vor dem Haus im Baumweg erschossen und ihr ein Hakenkreuz in die Stirn geritzt.

Pawel fühlte sich leer und kalt, als wäre er mit ihr zusammen gestorben. In der Nacht hatte er sich bis zur Besinnungslosigkeit betrunken, um den Schmerz zu betäuben. Am Morgen war er erwacht und hatte nichts mehr empfunden. Etwas war in ihm zerbrochen. Vielleicht würde er irgendwann Theissen und Bolkow, die Demütigungen und die quälende Überlebensschuld vergessen können, die Wunde, die Esthers Tod schlug, würde nie wieder heilen. Pawel wünschte sich, er wäre an ihrer Stelle gestorben.

Was jetzt noch zu tun blieb, würde ihn unweigerlich selbst zerstören, aber es musste getan werden: Rache nehmen, eine

Vergeltung, die furchtbarer war als alles, was er sich in seinen dunkelsten Träumen ausgemalt hatte. All sein Streben, all sein Denken und Fühlen konzentrierten sich nur noch auf dieses eine Ziel.

Pawel zwang sich, Ruths Ausführungen zu folgen und beobachtete Hannahs Reaktionen. Die beiden Frauen hätten unterschiedlicher nicht sein können. Hannahs Haar war so schwarz wie ein Rabenflügel, sie hatte sanfte, klare Augen und hörte aufmerksam zu. Stets dachte sie gründlich nach, bevor sie handelte. Sie war sensibel und besaß einen empfindlichen Gerechtigkeitssinn.

Die rothaarige Ruth dagegen war die geborene Anführerin. Mit ihrer großen Klappe und dem selbstbewussten Auftreten brachte sie sogar gestandene Kerle wie Kalle dazu, sich ihr unterzuordnen. Pawel hatte allerdings schnell herausgefunden, dass unter ihrer aufgesetzten Kaltschnäuzigkeit der gleiche Schmerz wühlte, der auch ihn und Hannah quälte. Der Schmerz war der Kitt, der sie zusammenhielt. Während er in ihm hell loderte und Ruth ihn mit Alkohol und selbstmörderischen Abenteuern bekämpfte, schwelte er in Hannah wie eine Glut, die es noch zu entfachen galt. Wenn es ihm gelang, die Wunden, die die Nazis jedem von ihnen zugefügt hatten, in Wut und Entschlossenheit zu verwandeln, würde er die Rachepläne umsetzen können, die ihn nun Tag und Nacht verfolgten. Es war ein gutes Gefühl, wieder Mitglied einer verschworenen Gemeinschaft zu sein, aber er wollte mehr, er strebte das Kommando an. Das Scheitern der *Sikarier* durfte sich nicht wiederholen.

Ihm gefielen Ruths Gerissenheit und die kühnen Ideen, die sie erst vortrug, wenn sie perfekt ausgearbeitet waren. Es gab nichts, was sie nicht binnen kurzer Zeit organisieren konnte, vom echten Bohnenkaffee bis zum Schützenpanzer. Vor allem war sie von dem Übel befreit, das Hannah hemmte: Ruth plagte kein Gewissen. Was sie antrieb, war die Gier nach einem Leben, das aus Tagen und Nächten endloser Freudenfeuer bestand. Er dachte an die Kisten in dem Versteck am Reschensee. Ruths Gier könnte sich als sehr nützlich erweisen, allerdings wusste er nicht, wie er ihr das Kommando streitig machen und sich gleichzeitig ihrer Loyalität versichern sollte.

Die beiden Frauen hatten sich in einer der Tötungsanstalten kennengelernt und dank ihrer Gewitztheit und bedingungsloser Freundschaft überlebt. Pawel musste zugeben, dass zwischen Ruth und Hannah kein Blatt Papier passte. Die Geschichten über sie waren in Kölner Untergrundkreisen legendär. Dies war einer der Gründe, warum sie innerhalb von nur einer Woche eine schlagkräftige Truppe um sich geschart hatten. Ruth hatte jeden einzelnen Bewerber sorgfältig ausgewählt. Ihre Menschenkenntnis stellte zugleich ein Problem dar. Es war offensichtlich, dass sie ihn nicht leiden konnte und ihm misstraute. Ohne Hannahs Fürsprache hätte sie ihn schon längst ohne großes Aufheben davongejagt.

Während sie ihre Pläne erläuterte, ließ Pawel seine Blicke über die Anwesenden schweifen. Der harte Kern der Bande war auf dem schrottreifen Dampfer versammelt, der ihnen im zerstörten Niehler Hafen als Hauptquartier diente. Im wahrsten Sinne des Wortes ragten vor allem Kalle, der ihn mit Ruth bekannt gemacht hatte, und ein stummer Riese namens Joschi heraus. Ihn betrachtete Pawel als größtes Problem. Der hässliche Hüne war keineswegs dumm, besaß ein Herz aus Gold und wich Hannah aus irgendeinem Grund nicht von der Seite. Außerdem schien er großen Einfluss auf sie zu besitzen. Pawel wahrte respektvollen Abstand zu ihm. Joschi hatte allein mit Kollweits Nazischlägern aufgeräumt und das zeugte von seiner Gefährlichkeit.

Ruth legte eine Pause ein und trank einen Schluck aus der Flasche. Pawel nutzte die Gelegenheit für einen Einwurf.

»Kleine Fische? In den DP-Camps warten Tausende auf ihre

Ausreise. Sie brauchen Pässe und Visa. Wenn Hannah so gut Dokumente fälschen kann, wie sie behauptet, können wir eine Menge Geld verdienen.«

»Wie viele abgelaufene Pässe kann Menzel besorgen?«, hakte Ruth nach.

»Jede Menge.«

Sie knallte die Cognacflasche auf das Deck. »Vergiss es. Wir bohren richtig dicke Bretter.«

Pawel war klug genug, sich zurückzuhalten. Ruth hatte ihre eigenen Ideen und würde sie in die Tat umsetzen – mit oder ohne ihn. Außerdem war er gespannt, was sie ausgeheckt hatte.

Was hatten sie den Kölnern in den vergangenen Wochen nicht alles angedreht? Mit Melasse gestreckte Vollmilch hatte sich als genauso gewinnbringend erwiesen wie Hannahs Idee mit den selbst gedrehten Zigaretten, bei denen sie die Hälfte des Tabaks durch Sägespäne ersetzt hatten.

Ruth stand auf und stolzierte umher. »Der nächste Winter wird genauso beschissen kalt wie der letzte. Ich frage euch, was brauchen die Leute, um ihre Ärsche zu wärmen?« Sie wartete die Antwort nicht ab. »Richtig: Kohlen.«

Pawel erinnerte sich an sein Abenteuer auf dem Niehler Damm, bei dem er Kalle kennengelernt hatte.

»Die besorgen sich die Kölner ja schon selbst«, sagte er. »Sie fallen über jeden Zug her, der Briketts transportiert.«

Ruth baute sich breitbeinig vor Pawel auf und verschränkte die Arme vor dem Körper.

»Und was kommt dabei heraus? Peanuts, wie die Amis sagen. Ich sage, wir ersparen den Leuten das Risiko, geschnappt zu werden, und ziehen den größten Kohlenhandel auf, den Köln je gesehen hat. Weil wir die offiziellen Händler unterbieten können – da die Kohle uns ja nichts kostet – werden wir uns die Taschen vollstopfen. Sie werden uns die Tür einrennen, sage ich euch.«

»Nun spann uns nicht auf die Folter, Ruth«, sagte Hannah. »Du hast doch einen Plan, oder nicht?«

»Wenn du auf den Niehler Damm anspielst«, warf Kalle ein, »ist deine Idee ein Rohrkrepierer. Die Waggons werden inzwischen scharf bewacht und auf den durchfahrenden Zügen sind selbst die Heizer bewaffnet.«

Ruth fuhr herum. »Hab ich gesagt, ich geb mich mit ein paar Säcken zufrieden? Ihr habt recht, auf dem Damm klauen so viele Leute Kohlen, dass sie sich dabei auf die Füße treten. Nein, wir machen etwas anderes. Etwas Großes.«

Sie breitete eine Landkarte auf dem Tisch aus.

»Unser wichtigster Mann bei diesem Unternehmen ist Frederic.«

»Ich dachte, den hättest du abserviert?«, fragte Kalle.

Ruth grinste. »Er frisst mir trotzdem aus der Hand und er hat nichts gegen ein paar Zusatzeinkünfte einzuwenden. Er bekommt einen vollen Anteil.«

Pawel unterdrückte ein Stöhnen. »Je mehr Leute an der Sache beteiligt sind, desto geringer fällt unser Gewinn aus.«

»Wir brauchen ihn. Er arbeitet beim Zoll«, fuhr Ruth unbeirrt fort, »und der belgische Staat zahlt nicht besonders gut, das könnt ihr mir glauben. Frederic hat gute Kontakte zu seinen deutschen Kollegen. Er weiß, wann die Züge durch das Ruhrgebiet über Köln in die Eifel fahren. Von dort transportieren sie die Kohle nach Belgien und Holland. Uns interessieren die Züge mit den leichten Wangenwaggons amerikanischer Bauart, die in den kleinen Bahnhöfen der Nordeifel neu zusammen gestellt werden. Das Gewicht spielt bei meinem Plan nämlich eine wichtige Rolle. Hannah und ich werden uns ein bisschen in der Eifel herumtreiben und die Gegend auskundschaften.«

»Willst du etwa einen ganzen Zug klauen?«, fragte Kalle.

»Ein oder zwei Waggons reichen uns.«

»Und wie sollen wir das anstellen?«, fragte Pawel.

Ruth lächelte geheimnisvoll. »Zu diesem Zweck fahren wir ja in diese gottverlassene Gegend. Wir brauchen ein Versteck, das groß genug und sicher ist.«

Am 3. September stiegen Hannah und Ruth in Kall in der Eifel aus dem Zug. Frederic hatte einen Wagen organisiert, den sie bei einem Tankwart abholten, der eine absurd überhöhte Miete forderte. Der klapprige alte Borgward sprang erst nach Androhung von Gewalt an.

»Für den Preis hätten wir den Schrotthaufen kaufen können«, maulte Hannah. »Warum haben wir deinen Daimler nicht genommen?«

»Erstens war die Karre geliehen und zweitens will ich nicht, dass sich jemand an zwei aufgedonnerte Frauen erinnert, die in einem Luxuscoupé durch die Eifel fahren. Wir würden auffallen wie zwei Papageien auf einem Eisberg.«

»Warum wolltest du Pawel nicht mitnehmen?«, fragte Hannah.

»Weil er sich ein bisschen zu sehr aufgedrängt hat.«

»Du kannst ihn nicht leiden.«

Ruth lenkte den Borgward vom Hof. Die Federn quietschten wie die letzten Atemzüge eines Lungenkranken. »Da könntest du recht haben«, sagte sie.

»Was habt ihr bloß alle gegen ihn? Joschi mag ihn auch nicht.«

»Mit dem Typ stimmt etwas nicht. Sei vorsichtig, Hannah.«

»Er hat ’ne Menge durchgemacht. Was er braucht, ist kein Misstrauen, sondern Freundschaft und das Gefühl einer Gemeinschaft. Weißt du eigentlich, dass seine ganze Familie in Sachsenhausen getötet wurde?«

»Schätzchen, auch wir haben furchtbare Dinge in den Anstalten erlebt. Auch wir haben eine Scheißwut auf die Nazis, aber wir empfinden deshalb keinen so höllischen Hass auf die Welt wie Pawel.«

»Er hat allen Grund, die Deutschen zu hassen.«

»Er will dich ins Bett kriegen, das ist alles.«

»Er hat sich meinetwegen verprügeln lassen, vergiss das nicht.« Hannah drehte sich überrascht um. »Sag bloß, du bist eifersüchtig?«

Ruth lachte. »Nein, Schätzchen, ganz bestimmt nicht. Aber ich hab einen Riecher für Kerle, die Ärger machen. Und ich sag dir, der ist nicht ganz koscher. Er wird Streit und Zwietracht säen, verlass dich drauf.«

»Wenn deine berühmte Menschenkenntnis hier mal nicht versagt«, erwiderte Hannah trotzig.

»Es fängt schon an, merkst du das nicht? Womit lockt er dich? Lass mich raten, er hat eine Spur, die zu Heyrich führt.«

»Woher weißt du das?«

Ruth lächelte und tippte sich an die Nase. »Das ist eben mein phänomenaler Riecher.«

»Ich ... ich weiß nicht, ob ich noch die Kraft habe, Heyrich zu verfolgen«, gestand Hannah. »Vielleicht sollte ich mit der Vergangenheit abschließen, so wie Scott es mir geraten hat. Ich hätte mit ihm gehen sollen, weit fort von Deutschland.«

»Und dein Kind? Das kann nicht dein Ernst sein, Hannah.«

»Hast du vergessen, was bei der Anfrage beim Oberlandesgericht herausgekommen ist?«

Ruths Miene verfinsterte sich. »Nein, hab ich nicht.«

Hannah schloss die Augen, sie fühlte sich alt und müde. Auf den Rat von Gisela Wollner hin hatte sie das psychiatrische Gutachten mit der Begründung angefochten, dass es sich bei dem vermeintlichen Dr. Sawade aus Flensburg in Wirklichkeit um den T4-Funktionär Werner Heyde handelte. Passiert war nichts. Der zuständige Richter besaß eine einschlägige Vergangenheit. Als Vorsitzender eines Sondergerichts war er 1944 für Dutzende Todesurteile verantwortlich gewesen. Hannah hatte ihre Beziehungen genutzt und sich an die amerikanische Militärverwaltung gewendet. Mit einem Achselzucken hatte man die NS-Vergangenheit des Richters zur Kenntnis genommen. Es fehle an Personal in der Verwaltung und der Justiz, hieß es. Man könne nicht auf ihn verzichten.

»Geld regiert die Welt«, sagte Ruth. »Wenn wir genug davon haben, besorgen wir uns einen guten Anwalt. Vielleicht können wir auch jemanden beim Jugendamt bestechen, der weiß, wo sie die Kleine hingebracht haben.«

Hannah blickte gedankenverloren aus dem Seitenfenster. Die einförmige, raue Landschaft der Nordeifel machte sie schwermütig. Die Prügel von Kollweits Schlägern hatten keine Spuren hinterlassen, aber die Leere, die sie beim Gedanken an ihre Tochter empfand, ließ sich nicht füllen. Vielleicht würde sie ihr Kind irgendwann in die Arme schließen, doch die Wochen vergingen viel zu schnell. Niemand konnte ihr die verlorene Zeit ohne die kleine Malisha zurückgeben.

In einem Gasthof mieteten sie ein Zimmer und begannen, die Gegend zu erkunden. Sie inspizierten die Bahnhöfe der Nordeifel, überprüften die Fahrpläne, die Frederic Ruth zugesteckt hatte, und fuhren die Eifelbahnstrecke ab, um einen Schlachtplan zu entwerfen. Am dritten Tag stießen sie auf einen Verladebahnhof, der aus zwei Gleisen, einem Stellwerk und einer Wartehalle bestand, in die es hineinregnete. Vier Kilometer nördlich des Bahnhofs fanden sie endlich, wonach Ruth suchte. Von der eingleisigen Hauptstrecke zweigte ein Schienenstrang ab, der offensichtlich nicht mehr benutzt wurde. Auf dem Schotter wuchsen Unkraut und Disteln, die Schienen waren verrostet. Ruth folgte der Trasse über unwegsame Feldwege und stellte den Borgward in einem Waldstück ab.

»Zeit für eine kleine Wanderung«, sagte sie.

Bald darauf war ihnen klar, dass sie einen Volltreffer gelandet hatten. Die stillgelegte Nebenstrecke durchtunnelte einen Bergrücken und führte in einen Talkessel, der auf drei Seiten von senkrecht aufragenden Felswänden begrenzt wurde. Es gab mehrere baufällige Schuppen und ein Verwaltungsgebäude, Förderbänder und Maschinen.

»Perfekt!«, sagte Ruth. »Mal schauen, was wir über die Anlage herausfinden können.«

Zurück in dem kleinen Ort Ahlscheid, verwickelten sie den Wirt des Gasthofs in ein Gespräch über die Schönheiten der Eifel. Vorsichtig lenkten sie die Unterhaltung auf die alte Bahnstrecke. Kurz darauf wussten sie, dass die Gleise zu einer Tonzeche führten, die in den ersten Kriegstagen aufgegeben worden war. Beim Abendessen begannen sie, einen Plan zu schmieden.

»Selbst wenn wir einen Waggon abkoppeln können, wie sollen wir ihn bis zur Zeche schaffen?«, überlegte Hannah. »Abgesehen davon, dass wir die Kohle abtransportieren müssen.«

»Gottfried hat alles, was wir brauchen.«

»Wer ist denn das nun wieder? Habe ich was verpasst?«

»Gottfried der Schieber. Er handelt mit allem, was du dir vorstellen kannst. Den Briten hat er vom ausrangierten Jeep bis zur Uniform alles abgenommen, was sie loswerden wollten. Nun verkauft er das Zeug in Einzelteilen an Stahlwerke und Gießereien, die Kochtöpfe daraus machen. Er wird uns eine Motordraisine besorgen – klein, handlich und ungemein leistungsstark. Das Ding kann man auf der Ladefläche eines Lasters transportieren. Vier Mann genügen, um es auf die Gleise zu setzen. Damit schaffen wir den Waggon zum Gelände der Tonzeche. Dann installieren wir Förderbänder, mit denen wir die Kohlen auf Lastwagen verladen.«

»Kalle und Joschi werden ganz schön ins Schwitzen kommen«, bemerkte Hannah. »Wenn wir nur so viele Leute hätten wie der Köter.«

Ruths Miene verdüsterte sich. »Voss ist ein Stachel in meinem Fleisch. Er hat sich nicht nur unser ehemaliges Gebiet unter den Nagel gerissen, nachdem er uns an die Briten verpfiffen hat, sondern auch seinen Boss um die Ecke gebracht. Seitdem tritt er auf, als gehöre ihm die ganze Stadt.«

»Ich wüsste, wie wir ihm eins auswischen können«, sagte Hannah.

Ruth steckte sich eine Zigarette an. »Lass hören.«

»Warum überlassen wir die Arbeit nicht ihm?«

»Wie meinst du das?«

»Pass auf, wir machen Folgendes …«

Hannahs Plan ging auf. In der Nacht auf den 9. September lagen sie auf dem Blechdach eines Schuppens und überwachten den Verladebahnhof.

»Glaubst du wirklich, sie gehen uns auf den Leim?«, flüsterte Ruth.

»Ich bin mir sicher.«

Hannah stellte ihren Feldstecher scharf und beobachtete die Gleise. Natriumdampflampen tauchten einen Güterzug mit fünf Kohlenwaggons, der auf einem Nebengleis stand, in gelbes Licht. Ein schattenhaftes Flackern huschte durch ihr Blickfeld, nicht mehr als ein Reflex auf der Linse.

»Da rührt sich was.« Sie lächelte. »Hab ich's nicht gesagt? Dieser verlockenden Wurst kann der Köter nicht widerstehen.«

Zwei schwarz gekleidete, von der Nacht kaum zu unterscheidende Gestalten machten sich an der Kupplung des letzten Waggons zu schaffen. Mit einem leisen Quietschen löste sich die Verriegelung. Einer der Männer winkte hektisch, dann rollte ein unförmiges Fahrzeug auf den Zug zu. Die Glatze des Köters glänzte im fahlen Licht einer Bogenlampe.

»Der Chef legt selbst Hand an«, sagte Ruth leise.

Der Dieselmotor der Draisine brummte, langsam setzte sich der Waggon in Bewegung und entfernte sich vom Rest des Zuges.

Hannah lachte leise in die Dunkelheit hinein. »Es läuft wie am Schnürchen.«

»Mein Gott, sind die dämlich«, sagte Ruth. »Wir liegen hier bequem wie auf dem Kanapee und schauen zu, wie sie sich für uns die Finger schmutzig machen.«

Nachdem sie die Gegend ausspioniert hatten und nach Köln zurückgekehrt waren, hatte Pawel das Gerücht gestreut, Ruths Bande habe ein großes Ding in der Mache. Sie sorgten dafür, dass sich herumsprach, Pawel habe sich im Streit von Hannah getrennt. Anschließend verkaufte er ihren Plan, einen ganzen Eisenbahnwaggon voll Briketts zu stehlen, an einen Kontaktmann des Köters. Voss schluckte die Geschichte, Pawel wolle sich dafür rächen, dass Hannah ihm einen Tritt verpasst hatte, nur allzu gern.

Bereits am nächsten Tag kaufte Voss bei Gottfried dem Schieber eine Motordraisine, die seine Leute schwitzend und fluchend von einem Pritschenlaster geladen hatten und die nun allmählich in der Nacht verschwand. Pawels Ansehen bei Ruth stieg enorm, nachdem er ohne zu zögern das Risiko eingegangen war, von Voss enttarnt und massakriert zu werden. Hannah triumphierte, noch bevor der Coup gelungen war.

»Er hat zwei Wachen auf dem Bahnsteig zurückgelassen«, sagte Ruth.

»Pawel hat ihnen gesteckt, dass es regelmäßige Patrouillen gibt. Und wir werden dafür sorgen, dass eine zur rechten Zeit auftaucht. Bereit für Teil zwei des Plans?«, fragte Hannah grinsend.

Sie steckte ihr Fernglas ein, dann kletterten sie lautlos vom Dach des Schuppens. Ruth startete ein bauchiges Puch-Motorrad. Hannah stieg in den Beiwagen, dann brausten sie querfeldein zu einer bewaldeten Anhöhe oberhalb des Tunnels. Kaum hatte Ruth gestoppt, rief Hannah: »Da kommen sie!«

Sie hob den Feldstecher an die Augen. Die Lichter der Draisine schwebten wie übergroße Glühwürmchen in der Dunkelheit. Schimpfend trieb der Köter seine Mannschaft an. Auf der schwach befahrenen Bahnstrecke war es unwahrscheinlich, dass ein Zug um Mitternacht in den kleinen Bahnhof einlief, aber nicht ganz auszuschließen.

Mit einem Bolzenschneider schnitten sie die Drahtseile der Weiche durch und legten sie mit einer Brechstange um. Der Motor der Draisine heulte auf, das kleine Gefährt schaffte es kaum, den tonnenschweren Kohlenwaggon in Bewegung zu versetzen. Wenige Minuten später verschwand der sonderbare Zug in dem von Büschen verborgenen Tunnelportal.

Ruth trat den Kickstarter durch. Sie fuhren durch den Wald, näherten sich bis auf hundert Meter der Tongrube und schlichen zum Rand der Senke.

»Die Armen müssen ganz schön schuften«, flüsterte Hannah.

Die Grube war hell erleuchtet, Dieselaggregate tuckerten, Männer mit Schaufeln liefen hektisch durcheinander. Drei Laster standen bereit, um die kostbare Fracht in Sicherheit zu bringen. Eine gewundene Schotterpiste führte an einer der Steilwände hinauf zu einer Straße, die seit der Schließung der Zeche nicht mehr benutzt wurde.

Hannah zog eine goldene Repetieruhr – ein Andenken an Hans – aus der Jackentasche und ließ den Deckel aufschnappen.

»Unseren Freunden auf dem Bahnhof dürfte in diesem Augenblick ein höllischer Schreck in die Glieder fahren«, sagte sie.

Kaum hatte sie die Worte ausgesprochen, als ein Wagen die Zufahrt herunterraste. Hannah stellte ihr Fernglas scharf.

Die beiden Kerle, die auf dem Bahnhof Wache gestanden hatten, sprangen aus dem Wagen und gestikulierten wild.

Ruth grinste. »Das hast du dir fein ausgedacht, Schätzchen. Ich hätte es nicht besser ausbaldowern können.«

Ruth hatte Frederic unter dem Einfluss einiger Zärtlichkeiten überreden können, ihr deutsche Zolluniformen zu besorgen. Der Zollgrenzschutz unterstand dem britischen Frontier

Control Service und damit der Militärregierung. Die Grenzer trugen Uniformen aus der Vorkriegszeit, von denen man die nationalsozialistischen Symbole entfernt hatte. Joschi, Kalle und Pawel waren darin wie geplant auf dem Bahnhof Streife gelaufen. Die beiden Wachen, die der Köter vorsichtshalber zurückgelassen hatte, waren in Panik geraten und zur Tongrube gerast, um ihren Boss zu warnen. Voss glaubte nun, die gesamte Gegend sei wegen des gestohlenen Waggons in Aufruhr. An einen Abtransport der Kohlen war nicht mehr zu denken.

»Wenn sie wieder in ihrem Quartier in Köln sind, sorgen wir dafür, dass sie sich nicht mehr heraustrauen«, erklärte Hannah. »Frederic wird dem deutschen Zoll einen kleinen Tipp geben. Jeder wird wissen, dass der Köter hinter dem Kohlenklau steckt. Voss wird der Polizei eine Menge zu erklären haben.«

Ruth lachte. »Und in der Zwischenzeit räumen wir in aller Ruhe ab.«

Auf der Talsohle entstand hektische Betriebsamkeit. Der Köter brüllte Befehle, deren Echos bis zu Hannah und Ruth heraufdrangen. Kurz darauf erloschen die Scheinwerfer, die Lastwagen fuhren die Serpentinen hinauf und verschmolzen mit der Nacht.

»Denen geht der Arsch auf Grundeis«, sagte Ruth grinsend. »Komm, lass uns zum Treffpunkt fahren.«

Pawel und Kalle warteten an der Einmündung der Schotterpiste, die zur Zeche führte. Ruth hatte drei Pritschenlaster mit Abdeckplanen organisiert, die nun zum Einsatz kamen. Joschi krempelte die Ärmel hoch. Sie brauchten zwei Nächte, um den Waggon zu leeren und die Kohlen zum Niehler Hafen zu schaffen, wo sie im Bauch der *Thea* verschwanden.

In den folgenden Tagen entstand ein schwunghafter Handel auf dem alten Ausflugsdampfer. Die Kölner standen Schlange und schleppten die heiß begehrten Briketts in Kartoffelsäcken und Eimern nach Hause und bezahlten einen Spottpreis dafür.

Ruth lehnte sich zufrieden in ihrem Sessel auf der Brücke zurück und zündete sich eine Zigarre an.

»Wie viel bleibt uns nach Abzug aller Unkosten?«, fragte Hannah.

»Mehr als genug, Schätzchen.« Ruth blies genießerisch eine Qualmwolke in die Luft. »Und das Beste kommt erst noch, nämlich die Genugtuung, dem Köter gezeigt zu haben, wer in der Kölner Unterwelt die Nummer eins ist.«

»Wie meinst du das?«

Joschi machte ein finsteres Gesicht und unterstrich seinen Ärger mit energischen Gesten. Hannah musste sich konzentrieren, um seine Taubstummensprache zu entziffern.

»Sie hat dem Köter unsere Visitenkarte hinterlassen«, sagte Pawel.

»Wovon redet ihr eigentlich?«, fuhr Hannah auf.

Ruth grinste und rauchte. Pawel faltete einen zerknitterten Zettel auseinander und warf ihn auf den Tisch.

»Der Typ, dem ich den Plan angedreht habe, hat mir die Nachricht mit einem schönen Gruß des Köters zurückgegeben. Sie klebte an der Wand des leeren Kohlenwaggons.«

Hannah schnappte sich den Zettel.

»Exzellente Arbeit. Bloch und Obermayer danken euch für die großzügige Unterstützung«, las sie laut vor.

»Er soll ja schließlich wissen, wer ihn übers Ohr gehauen hat«, sagte Ruth. »Ohne die Pointe wäre die Sache schließlich nur halb so lustig.«

Hannah zerknüllte den Zettel und warf ihn in den Kanonenofen, in dem die geklauten Kohlen glühten.

»Das war ein Fehler, Ruth.«

Pawel nickte. »Das befürchte ich auch. Voss wird das nicht auf sich sitzen lassen. Das riecht nach Bandenkrieg.«

33

Scott ließ sich von Claudius Brendel zum Priester *ausbilden*. Er lernte, eine Messe zu halten, Segen zu spenden und die wichtigsten lateinischen Begriffe. Nach zehn Tagen unterzog ihn der Prior des Klosters St. Markus einer Prüfung. Der alte Mann schüttelte den Kopf und bekreuzigte sich.

»Sie können einen Laien täuschen, aber nicht den Anstaltspfarrer von Landsberg«, stimmte Brendel ihm seufzend zu.

»Wir haben ein noch größeres Problem«, sagte Pater Ansgar. »Der Generalvikar hat mich über Claudius ausgefragt. Dahinter steckt die Gräfin Gessnitz von den *Heilenden Händen*. Sie wollen sichergehen, dass sie einen Helfer der richtigen Gesinnung auswählen. Vikar Herrmann hat angekündigt, ihm persönlich auf den Zahn zu fühlen. Wenn Claudius' Vergangenheit im Widerstand ans Licht kommt, platzt unser klug durchdachter Plan. Dann nützt es auch nichts, wenn Sie seine Identität annehmen.«

Scott konnte den Befürchtungen des Priors nur beipflichten. Ein früherer Häftling im Dachauer Pfarrerblock wie Claudius Brendel war als Fluchthelfer für SS-Angehörige wenig glaubhaft.

»Wie viel Zeit bleibt uns, um eine Lösung zu finden?«, fragte er.

»Herrmann hat sich für den 15. September angekündigt«, erklärte der Prior.

»Ich fahre nach Frankfurt«, antwortete Scott. »Ich muss meinem Vorgesetzten ohnehin Bericht erstatten. Rufen Sie den Bischof an und sagen Sie ihm, Claudius sei ernsthaft erkrankt. Bieten Sie ihm einen Ersatz an. Wir haben beim CIC Spezialisten für erfundene Identitäten, deren Lebenslauf jeder Überprüfung standhält. Aber dazu brauchen wir Zeit. Uns bleiben fünf Tage. Ich komme so schnell wie möglich zurück.«

Scott kam am 11. September in Frankfurt an und instruierte Captain Miller, der seine Leute in den Archiven nach einer brauchbaren Biografie forschen ließ. Er nutzte die Zeit für einen letzten Versuch, Hannah zu finden. Wieder besuchte er die Fliegerklause im Flughafen und sprach mit allen, die sie gekannt hatten. Niemand wusste etwas Neues zu berichten. Enttäuscht gab er vorerst auf.

Am folgenden Tag, einem der ersten kalten Herbsttage, lenkte er seinen Jeep durch die Kontrollen der Sperrzone und suchte Miller im I.G.-Farben-Haus auf.

»Sie heißen ab sofort Walter Ritter«, erklärte der Captain. »Vor dem Krieg arbeitete ein Georg Ritter in der amerikanischen Botschaft in Berlin als Dolmetscher. Er trat 1935 in die NSDAP ein und galt als linientreuer Parteisoldat. Ritter war mit einer Amerikanerin verheiratet, die sich 1940 scheiden ließ und mit ihren beiden Kindern in die USA ging. Er war überzeugter Katholik und pflegte enge Kontakte zur Kirche. In den letzten Kriegstagen verliert sich seine Spur. Entweder ist er untergetaucht oder ums Leben gekommen. Genau das, was wir brauchen.«

»Ich soll mich als sein Sohn ausgeben?«, fragte Scott.

»Right. Das erklärt Ihren Akzent. Offiziell haben Sie sich mit Ihrer Familie in den Staaten überworfen und sind nach Deutschland zurückgekommen, um nach Ihrem vermissten Vater zu suchen. Die Auseinandersetzung mit der Vergangenheit hat Sie dazu gebracht, in ein Priesterseminar einzutreten. Sie befinden sich also gewissermaßen in der Ausbildung, was die Lücken in Ihrem Wissen und die fehlenden Lateinkenntnisse glaubhaft macht. Da Sie für Ihren Vater nichts mehr tun können, hegen Sie den Wunsch, wenigstens seinen in Landsberg einsitzenden Gesinnungsgenossen beizustehen.«

Scott nickte. »Das könnte funktionieren. Gute Arbeit.«

»Die Details der Geschichte zu überprüfen, dürfte für die Fluchthelfer schwierig sein, sie werden unweigerlich auf den echten Georg Ritter stoßen.« Der Captain reichte ihm einen Pappordner. »Hier, das ist Ihre Biografie. Lernen Sie sie auswendig.«

Scott verabschiedete sich. Millers Stimme hielt ihn an der Tür zurück.

»Fast hätte ich es vergessen. Wie hieß noch gleich die junge Dame, nach der Sie so verzweifelt suchen?«

Scotts Herz machte einen Sprung. »Hannah Bloch.«

Miller schob die Papiere auf seinem Schreibtisch hin und her und pickte einen Zettel aus dem Durcheinander.

»Ah, da ist es ja. Eine Frau dieses Namens rief vor einigen Wochen hier an. Sie sagte, sie hätte nach dem Krieg mit einem Lieutenant Scott Young zusammengearbeitet.«

»Hat sie gesagt, was sie wollte?«, fragte Scott gespannt.

»Yes. Sie erkundigte sich nach einem Richter am Landgericht Frankfurt. Wie sich herausstellte, ist er für zahlreiche Todesurteile in Schnellgerichtsverfahren verantwortlich.«

»Sie jagt also immer noch den Nazis hinterher?«

»No. Diesmal ging es um ein psychiatrisches Gutachten und eine Vormundschaftssache. Ich dachte, das könnte Sie interessieren.«

»Hat sie eine Adresse oder Telefonnummer hinterlassen?«

»Nein, leider nicht. Sie rief aus Köln an, das ist alles, was ich Ihnen sagen kann.«

»Danke.«

Scott verschwand blitzartig aus Millers Büro.

»Young!«, donnerte die Stimme des Captains über den Korridor. Scott kehrte um.

»Ja, Sir?«

»Sie fahren wie geplant nach Sonthofen und nicht nach Köln, ist das klar? Ihre Frauengeschichten können Sie in Ordnung bringen, wenn Sie den Auftrag ausgeführt haben.«

Scott biss sich auf die Unterlippe. »Völlig klar, Sir.«

Gegen Mittag des 15. September traf er in Sonthofen ein. Er kam gerade rechtzeitig, um dem Generalvikar in der Klosterkapelle seine Geschichte vorzutragen. Albrecht Herrmann erwies sich als ambivalenter Charakter, den Scott nicht durchschaute. Der Mann mit dem schütteren weißen Haar und der Hornbrille redete sich über die in seinen Augen grausame Siegerjustiz der Amerikaner und Briten in Rage. Er bedauerte den Tod von Scotts angeblichem Vater und erklärte die Bolschewiken zur größten Gefahr für jeden gottesfürchtigen Deutschen. Dass er sich mit aller Kraft für die in Landsberg inhaftierten Kriegsverbrecher einsetzte, verwirrte Scott. Herrmann hatte während der Naziherrschaft aktiven Widerstand geleistet und war deshalb 1941 verhaftet worden. Vier Jahre lang hatte er zunächst im KZ Sachsenhausen, später dann in Dachau ausharren müssen, bevor man ihn im April 1945 mit anderen Häftlingen nach Südtirol transportierte, wo ihn die Amerikaner schließlich befreit hatten. Scott hätte ihn zu gerne nach seinen Beweggründen gefragt, befürchtete aber, sich zu verraten.

»Ich bin sicher, dass Sie gute Arbeit leisten werden«, verabschiedete sich Herrmann. »Als Seelsorger sind Sie ein wichtiges Verbindungsglied zwischen den Häftlingen und dem Personal. Ihr gutes Englisch wird sehr nützlich sein, jedoch sollten Sie die Amerikaner darüber im Unklaren lassen. Reden Sie nicht viel und spitzen Sie umso mehr die Ohren. Sie werden erkennen, dass man in Landsberg aufrechte Männer einsperrt und hinrichtet, die nur ihren Befehlen gefolgt sind. Eine kleine Clique größenwahnsinniger Machthaber hat sie getäuscht und nun sollen sie für deren Untaten büßen. Ich hörte, Sie verfügen über hervorragende Ortskenntnisse des Reschenpasses?«

»In meiner Kindheit habe ich die Sommer dort verbracht – bevor meine Mutter mit uns in die USA ging. Es waren glückliche Zeiten in einer intakten Familie. Man könnte sagen, ich bin in den Bergen aufgewachsen«, beeilte sich Scott zu versichern.

»Gut, gut. Ich werde Sie der Gräfin empfehlen. Karl Morgenschweis erwartet Sie in Landsberg. Wenn Sie sich bewähren, werden wir Sie bald mit neuen Aufgaben betrauen.«

»Ich danke Ihnen für Ihr Vertrauen.«

»Ich wünsche Ihnen viel Erfolg.«

Noch lange nachdem Herrmann gegangen war, blieb Scott in der Kapelle und versuchte zu ergründen, welche Motive diesen Mann beherrschten. Brendel riss ihn aus seinen Gedanken.

»Ein schwer durchschaubarer Mensch, nicht wahr?«, sagte er.

»Ich kann nicht begreifen, warum er sich für dieselben Verbrecher einsetzt, die ihn ins KZ gebracht haben«, antwortete Scott.

»In der Tat ein Rätsel«, bestätigte Brendel. »Albrecht Herrmann ist Mitglied des Komitees für kirchliche Gefangenenhilfe, Weihbischof Neuhäusler führt den Vorsitz. Wissen Sie, wer sein Rechtsberater bei den *Heilenden Händen* ist? Rudolf Aschenauer, Strafverteidiger in den Nürnberger Kriegsverbrecherprozessen. Der arbeitete für das Reichspropagandaamt in München, galt als vorbildlicher Nationalsozialist, wurde aber trotzdem als minderbelastet eingestuft. Er hat Einspruch gegen diese Einschätzung eingelegt und wurde vollständig entlastet.«

»Etwas läuft gewaltig schief in diesem Land«, sagte Scott. »Ob wir jemals mit dieser Brut aufräumen werden?«

»Ich weiß es nicht«, antwortete Brendel, »aber wir müssen es versuchen.«

Nachdem Scott noch einmal zwei Tage lang seine Rolle geprobt hatte, kam er am 17. September im Gefängnis Landsberg an. Der Ort besaß große Symbolkraft, denn hier hatte Hitler 1924 seine Haftstrafe abgesessen. Im Dritten Reich war die Festung Wallfahrtsort des alljährlichen Adolf-Hitler-Marsches gewesen und nun saßen im *War Criminal Prison No. 1* verurteilte NS-Täter ihre Strafe ab.

Scott betrat das mit Efeu bewachsene Eingangsgebäude, das von zwei Rundtürmen mit kupfernen Dächern flankiert wurde, und meldete sich an. Ein Sergeant führte ihn zum Büro von Captain Lloyd A. Wilson. Miller hatte den Gefängnisdirektor bereits telefonisch eingeweiht.

»Kann ich Ihnen etwas anbieten? Einen Scotch vielleicht?«, fragte er.

»Sure, danke.«

Der Captain goss Whisky in zwei Gläser und reichte ihm eins.

»Was erhoffen Sie sich von dieser Aktion?«, fragte Miller frei heraus.

Scott berichtete von seiner Unterredung mit Herrmann. »Wenn ich das Vertrauen der Gefangenen gewinnen kann, steht mir der Eintritt in den inneren Zirkel der geheimen Fluchthilfeorganisation offen. Wir wissen, dass die *Heilenden Hände* großen und kleinen Nazis die Flucht ins Ausland ermöglichen, aber nicht, wie das Netzwerk genau funktioniert. Wer sind die Hintermänner? Über welche Stationen führt die Rattenlinie nach Rom?«

Wilson blieb skeptisch. »Erwarten Sie nicht zu viel«, sagte er kopfschüttelnd.

»Sagt Ihnen der Name Krunoslav Draganović etwas?«

»Allerdings«, antwortete der Captain, »und ich rate Ihnen, die Finger von ihm zu lassen. Der Kroate ist ein Aal, der immer wieder die Seiten wechselt. Meistens ist er für die Deutschen tätig … und ab und zu auch für uns.«

»Draganović arbeitet für den CIC?«

»Sagen wir mal so, wir bedienen uns seiner Hilfe.«

»Wie könnte ein Faschist und Verbrecher uns dienlich sein?«

»Eine Menge Überläufer aus dem Osten sitzen hier in Europa fest. Sie können nicht nach Russland zurück, weil Stalin sie sofort nach Sibirien deportieren lassen würde. Viele von ihnen besitzen Informationen, auf die unsere Geheimdienste angewiesen sind. Draganović verschafft ihnen sicheres Geleit und übergibt sie uns. Dafür sehen wir über seine anderen Aktivitäten großzügig hinweg.«

»Sie behaupten ernsthaft, dass wir mit den Nazis gemeinsame Sache machen, nachdem unsere Jungs die Köpfe für ein freies Europa hingehalten haben?«

»Ich sage nicht, dass es mir gefällt, aber so läuft das Spiel nun mal«, antwortete Wilson. »Die Deutschen besaßen gegen Ende des Krieges eine hochentwickelte Waffen- und Raketentechnik. Es ist besser, wenn ihre Ingenieure für uns arbeiten als für die Russen.«

Scott schwieg betroffen. Wilson stellte sein Glas ab.

»Und was Ihre Absicht betrifft, sich das Vertrauen der Krauts zu erschleichen … Nun, Sie sollten auf keinen Fall den Fehler begehen, diese Männer zu unterschätzen. Das sind keine Taschendiebe oder Kleinganoven, die Sie mit dem Versprechen von Vergünstigungen um den Finger wickeln können.« Er winkte Scott heran. »Kommen Sie her zu mir.«

Scott trat neben den Gefängnisdirektor ans Fenster.

»Sehen Sie das Relief dort über dem Eingang der Anstaltskirche? Es zeigt reuige und bußfertige Seelen. Aber die werden sie hier nicht finden. Es mag den einen oder anderen geben, der ein gewisses Maß an Reue empfindet. Die meisten von ihnen sind nichts weiter als eiskalte Massenmörder.«

Scotts Blick wanderte von dem Relief weiter zu den Gestalten, die unten im Hof umhergingen, in Gruppen zusammenstanden oder rauchten. Von hier oben sahen sie aus wie unbedeutende kleine Schattenfiguren, die sich kaum vom Grau der Mauern hervorhoben. Dass jeder von ihnen für den Tod Hunderter oder sogar Tausender Menschen verantwortlich sein sollte, war schwer zu begreifen. Alles wirkte so friedlich.

»Wer sind die Männer in den roten Jacken?«, fragte er.

»Hat man Sie nicht darüber aufgeklärt?«

»Nein.«

»Das sind unsere Todeskandidaten«, erklärte Wilson. »Sie sind im ersten Stock untergebracht. Vierundzwanzig Stunden vor der Exekution werden sie in die Todeszellen im Keller gebracht. Im Juli wurde ein vorläufiger Hinrichtungsstopp verhängt, aber ich schätze, dass es bald wieder losgeht. Es sei denn, unsere lästige Mutter Courage funkt uns erneut dazwischen.«

»Sie sprechen von der Gräfin von Gessnitz?«, fragte Scott.

Wilson nickte. »Der alte Drachen geht hier ein und aus, bestens vertraut mit Morgenschweis, dem Anstaltspfarrer, den Sie unterstützen sollen. Na, Sie werden sie schon kennenlernen.«

»Genau das ist mein Ziel«, sagte Scott. »Zu welchem Vorgehen raten Sie mir?«

Wilson zuckte mit den Schultern. »Spielen Sie Ihre Rolle, so gut Sie können. Meine Unterstützung haben Sie. Wenn Sie Lust auf Albträume haben, unterhalten Sie sich mit Emil Mahl, der war Krematoriumskapo in Dachau. Er erzählt immer gern von seiner Arbeit an den Öfen.« Wilson überlegte eine Sekunde. »Mmh, vielleicht sollten Sie zuerst mit Bohle sprechen.«

»Wer ist das?«

»Gauleiter Ernst Wilhelm Bohle, einer der wenigen Geständigen. Er bekannte sich in den Nürnberger Prozessen schuldig. Wir müssen ihn hier in den Vorzimmern beschäftigen und ständig beaufsichtigen, weil seine Kameraden in ihm einen Verräter sehen. Er fürchtet jeden Tag um sein Leben.«

»Ich dachte, die halten alle zusammen wie Pech und Schwefel?«

Wilson blickte ihn erstaunt an. »Von wegen ewiger Treue und Kameradschaft, meinen Sie?« Er lachte. »Sie werden sich wundern. Die Nazis lügen, dass sich die Balken biegen, wenn sie damit ihren Hals retten können. Schuld haben nur die anderen, sie selbst sind verführt und betrogen worden oder hielten sich brav an ihre Befehle. Sie sehen sich als Opfer, und ich glaube manchmal wirklich, dass sie davon überzeugt sind. Uns halten sie für Verbrecher, für die Sieger, die Rache nehmen, anstatt Recht zu sprechen.« Wilson schüttelte den Kopf. »Nein, die hacken sich gegenseitig die Augen aus, wenn es für sie von Vorteil ist.«

Er ging zu seinem Schreibtisch und schrieb etwas auf einen Zettel, den er Scott reichte.

»Unter dieser Telefonnummer erreichen Sie Werner Hess, einen evangelischen Pfarrer aus Frankfurt, der kurzzeitig in Landsberg interniert war. Er kann Ihnen eine Menge über die Gefangenen erzählen.«

»Danke.«

Scott verabschiedete sich und suchte den katholischen Anstaltsgeistlichen auf. Seine Sorge, dass der Pfarrer ihm als Erstes auf den Zahn fühlen würde, erwies sich als unbegründet. Morgenschweis war ein Mann, der sich am liebsten selbst predigen hörte. Er steigerte sich in ein Verteidigungsplädoyer hinein, bei dem Scott der einzige Zuhörer war, und hetzte gegen die Siegerjustiz der Amerikaner. Er hielt die Inhaftierten samt und sonders für unschuldig und sprach von einem Justizskandal.

»Die Amerikaner wollen nicht einsehen, dass diese Männer keine Kriminellen sind, sondern Soldaten, die Treue und Pflichterfüllung ins Gefängnis oder gar an den Galgen gebracht haben. Doch sie halten stand, ebenso wie die katholische Kirche der roten Flut des Bolschewismus standhält.«

Scotts Aufgaben erwähnte Morgenschweis nur am Rande. Er sollte die allgemeine Seelsorge übernehmen und sich Gesprächen mit den Gefangenen widmen. Er pries viele von ihnen als hervorragende Christenmenschen, die mit Hingabe an der heiligen Messe teilnahmen.

Scott bezog ein Zimmer im Verwaltungsgebäude und nahm am gemeinsamen Abendessen der Inhaftierten teil. Er fühlte sich wie ein Schaf unter Wölfen. Nachdem er eine Woche in

Landsberg verbracht hatte, war ihm klar, dass die Gefangenen besser versorgt wurden als in jedem anderen deutschen Gefängnis. Wer sich dafür interessierte, konnte an einem der zahlreichen Bildungsangebote teilnehmen, die wissenschaftlicher, technischer oder literarischer Natur waren. Es fanden Sport- und Schaukämpfe statt, ja sogar Fußballspiele. Es gab Abende mit Kammermusik und Dichtung im großen Schulsaal. Geboten wurden Streichquartette von Mozart, gespielt von Lagerärzten, die wegen grausamer Medizinversuche an KZ-Häftlingen zu lebenslanger Haft verurteilt worden waren. Scott drehte sich der Magen um.

Er führte lange Gespräche mit Rudolf Boeckh, der sich zum Gefangenensprecher aufgeschwungen hatte. Boeckh hatte als Chefarzt der Diakonieanstalten gearbeitet und sich in Landsberg mit Karl Brandt angefreundet, Hitlers Begleitarzt und Hauptverantwortlicher der Aktion T4. Er hielt Brandt, der am 2. Juni hingerichtet worden war, für einen *seltenen Idealisten.* Der Psychiater Boeckh hatte schon 1937 in einem Vortrag der NSDAP-Ortsgruppe Neuendettelsau alle unheilbar Kranken zur Last erklärt.

Gegen Ende der ersten Woche erreichte Scott den evangelischen Pfarrer Werner Hess. Er weihte ihn in seinen Plan ein und fragte ihn über verschiedene Gefangene aus. Hess bestätigte die unheilvolle Atmosphäre in Landsberg, eine Mischung aus bigottem Nationalismus und einer psychotischen Übersteigerung von Schuldlosigkeit und Entrüstung.

»Sie bekommen es mit verschiedenen Gruppen zu tun«, erklärte er. »SS, Nationalisten, Deutschheiden. Und alle sind sich spinnefeind.«

Er beschrieb die unterschiedlichen Charaktere, vom derbkumpelhaften Sepp Dietrich, dem Kommandanten der Leibstandarte SS Adolf Hitler, bis zum intelligenten und ernsten Christen Oskar Schröder, einem ehemaligen Generaloberstaatsarzt. Scott sprach mit allen und fühlte sich bald, als müsste er im tiefsten Kreis der Hölle den Kummerkasten der Dämonen spielen.

Einer dieser Dämonen war Hans Eisele. Aus einem Grund, den Scott nicht kannte, verlangte er nach ihm und verschmähte bald den Beistand von Morgenschweis.

Eisele war der Sohn eines Kirchenmalers, bezeichnete sich selbst als überzeugten Christen und verfügte über eine gute Bildung. Doch damit endeten seine vermeintlich positiven Eigenschaften. Er hatte in Freiburg Medizin studiert und war 1940 in die SS eingetreten. In den Konzentrationslagern Mauthausen und Buchenwald hatte er abscheuliche Experimente an Häftlingen durchgeführt. Er war 1945 im Dachau-Prozess zum Tod verurteilt, jedoch später zu einer lebenslangen Freiheitsstrafe begnadigt worden. Im Buchenwald-Hauptprozess hatte er dann erneut die Todesstrafe erhalten. Vier der acht Militärrichter reichten danach ein Gesuch ein, das Urteil wegen fragwürdiger Beweislage in eine Haftstrafe abzumildern. Eisele bekam zehn Jahre und saß die Zeit in Landsberg ab.

Scott hasste die Begegnungen mit dem KZ-Arzt. Eisele verwickelte ihn in Diskussionen über Religion und Glauben, die stets darin mündeten, dass er seine Unschuld betonte. Er hatte begonnen, eine umfangreiche Verteidigungsschrift mit dem Titel *Audiatur et altera pars* zu verfassen, und bestand darauf, Scotts Meinung zu den einzelnen Passagen zu hören. Scott spielte zähneknirschend die Rolle des jungen Pfarrers, der die jüdische Weltverschwörung für den Tod seines Vaters verantwortlich macht. Die Scheinheiligkeit Eiseles widerte ihn an.

In den vierzehn Tagen, die er in Landsberg zubrachte, kam er indessen keinen Schritt weiter. Er hegte den Verdacht, dass Morgenschweis entlastendes Material aus dem Gefängnis schmuggelte und der Gräfin von Gessnitz zukommen ließ, aber beweisen konnte er es nicht. Die *barmherzige Schwester der Landsberger* ging in der Festung ein und aus, ohne dass Scott eine Gelegenheit erhielt, sich ihr zu empfehlen. Am Abend des 2. Oktober änderte sich alles. Wilson rief Scott in sein Büro.

»Morgenschweis ist nach München gefahren. Sie müssen die Messe halten«, sagte er.

»Was? Ich?«

»Sie sind der Anstaltsgeistliche.«

»Ich habe keine Ahnung, wie man das macht«, verteidigte sich Scott.

»Brendel hat Sie doch instruiert, oder nicht?«

»Schon, aber das ist Wochen her und …«

»Rufen Sie ihn an und frischen Sie Ihre Kenntnisse auf. Oder wollen Sie lieber auffliegen?«

»Nein. Ich beginne mich ohnehin zu fragen, ob meine Arbeit hier einen Sinn macht. Während ich den Seelentröster spiele, tauchen draußen diejenigen unter, die wir nicht erwischt haben. Und die Gräfin habe ich bisher nur von Weitem gesehen.«

»Sie bekommen Ihre Chance. Morgenschweis ist nicht ohne Grund nach München gefahren, er trifft sich mit Cornelia von Gessnitz. Der Exekutionsstopp ist aufgehoben worden, die *Heilenden Hände* werden nun alles Menschenmögliche unternehmen, um weitere Hinrichtungen zu verhindern.«

Scott seufzte. »Also gut, ich warte noch.«

Am späten Abend telefonierte er mit Brendel und schrieb sich einen Spickzettel mit den Sätzen, die er auf Latein hersagen musste.

»Ich bin nicht begeistert davon«, sagte der Pfarrer. »Dass Sie eine Messe halten, geht zu weit. Schließlich sind Sie kein geweihter Priester.«

»Die Gefangenen von Landsberg sind auch keine guten Christenmenschen.«

»Wenn Pater Ansgar davon erfährt …«

»Das wird er nicht. Es sei denn, Sie verraten es ihm.«

Brendel schwieg. Scott verabschiedete sich, bevor er ihm die Sache ausreden konnte.

Am nächsten Morgen hielt er eine Messe, die er schwitzend und stotternd hinter sich brachte. Eisele saß in der ersten Bank der Anstaltskapelle und lächelte die ganze Zeit. Beim gemeinsamen Abendessen setzte sich der ehemalige KZ-Arzt neben Scott.

»Sie sind ein bemerkenswerter junger Mann«, sagte er. »Darf ich Sie um etwas bitten?«

»Gerne. Was haben Sie auf dem Herzen?«

»Nehmen Sie mir die Beichte ab.«

Scott wurde eiskalt. »Ich denke, dass Pfarrer Morgenschweis der bessere Ansprechpartner ist.«

Eisele lächelte. »Aber nein. Sie machen das hervorragend.«

Nach dem Essen rief Scott wiederum Brendel an.

»Sie dürfen keine Sakramente spenden«, erregte der sich.

»Dieses Gespräch unter vier Augen in der intimen Atmosphäre des Beichtstuhls könnte von entscheidender Bedeutung sein. Sagen Sie mir, was ich tun muss.«

»Ich …«

»Bitte. Wir dürfen jetzt nicht aufgeben.«

Brendel gab nach und erklärte ihm, was er wissen musste. Eine Stunde später saß Scott im Beichtstuhl der Kapelle und wartete auf Eisele. Diesmal war die Sache einfacher zu bewerkstelligen. Er las die liturgischen Formeln von einem Zettel ab, den Eisele nicht sehen konnte.

»Ego te absolvo«, schloss er die Beichte ab.

Der KZ-Arzt hatte nichts als Belanglosigkeiten zum Besten zu geben. Scott fragte sich, was er überhaupt bezweckte.

»Sie müssen mir eine Buße auferlegen«, sagte Eisele.

Scott biss sich auf die Unterlippe und befahl ihm, vier Vaterunser zu beten. Es war das einzige Gebet, das ihm einfiel.

»Ich danke Ihnen, Herr Pfarrer.«

Stoff raschelte. War alles umsonst gewesen? Warum hegte Eisele eine solche Zuneigung zu ihm?

»Da wäre noch eine Kleinigkeit«, hörte er die Stimme des ehemaligen KZ-Arztes.

»Ja?«

»Unsere *barmherzige Schwester* hat einen Auftrag für Sie.«

Scott spitzte die Ohren. Damit konnte nur die Gräfin gemeint sein.

»Sie bittet Sie, zu ihr nach München zu kommen.«

»Worum geht es?«, fragte er.

»Das wird Sie Ihnen persönlich sagen. Sie dürfen sich geehrt fühlen.«

Eisele steckte einen zusammengerollten Zettel durch das Gitter.

»Übrigens«, raunte er, »es heißt ego te absolv*o*.«

Die Tür des Beichtstuhls quietschte leise, Schritte entfernten sich. Scott faltete den Zettel auseinander. Auf ihm waren eine Adresse und ein Zeitpunkt des Treffens vermerkt, dazu einige Anmerkungen zu dem Auftrag, mit dem man ihn betrauen wollte. Ebenso der Name des Mannes, dem er zur Flucht verhelfen sollte, und der war ihm nur allzu bekannt.

34

»Ich bezahle Sie nicht fürs Faulenzen. Sie sollen mein Kind finden!«

Hannah lief im Büro des windigen Anwalts auf und ab und hielt mühsam die Tränen zurück. Sie war versucht zu glauben, dass sich die ganze Welt gegen sie verschworen hatte. Vielleicht sollte sie Joschi und Kalle bitten, das Problem auf ihre Art zu lösen. Doch wenn Harry die Wahrheit gesagt hatte und wirklich nicht wusste, wohin man das Kind gebracht hatte, würde sie sich nur noch mehr Schwierigkeiten einhandeln.

»Beruhige dich. Elmar tut, was er kann«, sagte Ruth.

»Und was ist dabei herausgekommen? Gar nichts!«

Vor einer Woche hatte Ruth sie in das muffige Hinterhofbüro von Elmar Bär geschleppt, einem Rechtsanwalt, von dem sie behauptete, er hätte selbst Goebbels erfolgreich verteidigt, wenn der sich nicht vorher umgebracht hätte.

Hannah mochte ihn nicht. Bär war fett und rosig wie ein Ferkel, schwitzte ständig und erzeugte mit seinen schief stehenden Zähnen beim Reden schmatzende Geräusche. Hätte Ruth ihn nicht empfohlen, Hannah hätte auf dem Absatz kehrtgemacht. Das mit staubigen Aktenschränken und Papierstapeln vollgestopfte Zimmer im Süden Kölns sah aus, als hätte eine Fliegerbombe eingeschlagen.

Bär sollte einen Weg finden, das Gutachten von Dr. Sawade alias Werner Heyde zu entkräften und ihr das alleinige Sorgerecht zuzusprechen. Dafür kassierte er einen unverschämt hohen Vorschuss und versprach, in der Sache tätig zu werden. Passiert war seitdem nichts.

»Was ist mit dem Gegengutachten?«, fragte Ruth den Anwalt.

»Ach ja, das.«

Bär hatte einen Psychiater besorgt, der ein Gutachten über Hannah erstellt hatte, das dem von Heyde in allen Punkten widersprach. Dafür hatte der Arzt einen großen Teil von Hannahs Ersparnissen eingesteckt. Der Richter am Landgericht Frankfurt hatte das Gutachten jedoch nicht akzeptiert und den Einspruch ohne Angabe von Gründen abgewiesen.

»Nun, der Richter hat eigene Nachforschungen angestellt«, zischelte Bär. »Sie können sich ja denken, was dabei herausgekommen ist, Fräulein Bloch. Das Umfeld, in dem Sie sich bewegen, ist nicht gerade geeignet, um ein Kind aufzuziehen.«

»He, wir sind ehrbare Geschäftsleute!«, rief Ruth.

Bär lachte glucksend. »Tatsächlich? Wie viele Steuern zahlt man denn für einen geklauten Güterwaggon?«

Ruth machte ein unschuldiges Gesicht.

»Niemand weiß davon«, sagte Hannah.

»Niemand?« Der Anwalt schüttelte den Kopf und versetzte damit sein Doppelkinn in Schwingungen. »Die halbe Stadt redet von nichts anderem. Voss wird euch an die Wand nageln, wenn er euch in die Finger bekommt.«

Ruth grinste. »Hat nicht Kardinal Frings höchstpersönlich die Erlaubnis zum Diebstahl in Notzeiten gegeben?«

Bär wurde ernst. »Das Hauptproblem ist Richter Hoffmann. Der Name ist Ihnen bekannt, Frau Bloch?«

»Nein, sollte er das?«

»Sie müssten ihn eigentlich kennen, aber vielleicht waren Sie damals noch zu jung, um davon Kenntnis zu haben. Hoffmann hat Ihnen schon 1939 einen Hang zur Verwahrlosung und querulantem Verhalten bescheinigt. Soll ich aus der Akte zitieren?«

Hannah wurde blass. »Er ist derselbe Schweinehund, der mich damals meiner Mutter weggenommen und unter staatliche Fürsorge gestellt hat?«

»Korrekt«, antwortete Bär. »Er ist wieder im Amt und bekleidet denselben Posten. Beschweren Sie sich bei den Amerikanern, wenn Sie wollen.«

Hannah schwieg betroffen. Es war sinnlos, das hatte sie bereits getan.

»Und was soll ich Ihrer Meinung nach tun?«, fragte sie.

»Heiraten Sie Lenz«, sagte der Anwalt.

»Ist das der einzige Rat, den Sie mir geben können? Habe ich dafür mein Geld zum Fenster rausgeworfen?«

»Ich habe die Gesetze nicht gemacht. Dies ist nun mal eine Welt, in der die Männer das Kommando führen. Frauen haben es in gerichtlichen Auseinandersetzungen schwer, und Sie aufgrund Ihrer Vergangenheit und Ihres Lebenswandels ganz besonders.«

Bär lehnte sich zurück, der Stuhl unter ihm knarrte bedenklich. Er schwitzte trotz der kühlen Herbstluft und tupfte sich die Stirn mit einem schmuddeligen Taschentuch.

»Ich habe mich ein bisschen umgehört, Fräulein Bloch«, sagte er. »Sie haben mit den Amerikanern zusammengearbeitet und Kriegsverbrecher gejagt. Damit haben Sie sich in Frankfurt ziemlich unbeliebt gemacht und sich mit Leuten angelegt, die man besser nicht verärgert.«

»Was hat das mit Heydes Gutachten zu tun?«

»Ich behaupte nicht, dass Staatsanwalt Lenz ein Nazi ist. Immerhin hat er mit Fritz Bauer zusammengearbeitet und so manchen der braunen Bande hinter Gitter gebracht. Er zieht eher eine opportunistische Lebensphilosophie vor und lebt nach dem Motto: Der Zweck heiligt die Mittel. Wenn es ihm einen Vorteil verschafft, macht er mit dem Teufel Geschäfte. Suchen Sie nach Beweisen, dass Heydes Gutachten der Preis für sein Schweigen ist, und setzen Sie ihn damit unter Druck. Möglicherweise hat er einen gewissen Einfluss auf Richter Hoffmann, den Sie dann für sich nutzen könnten. Ansonsten … Vergessen Sie das Ganze.«

»Niemals! Ich lasse mein Kind nicht im Stich.«

Bär hob abwehrend die Hände. »Ich habe getan, was ich konnte und bin raus aus der Sache.«

Ruth richtete sich auf. »Soll das heißen, du ziehst den Schwanz ein? Das wäre das erste Mal.«

Bär zog die Schreibtischschublade auf und entnahm ihr ein rotes Tuch.

»Es ist auch das erste Mal, dass ich ein solches Geschenk erhalten habe.«

Er faltete das Tuch auseinander. Es war eine Hakenkreuzarmbinde. Eine Gewehrpatrone rollte über den Schreibtisch.

»Ich nehme an, Sie wissen, was das bedeutet?«

Hannah starrte auf die Patrone und nickte.

»Ich bin Anwalt, aber nicht lebensmüde.«

»He! Das kannst du nicht machen!«, rief Ruth.

»Lass ihn, Ruth. Es hat keinen Zweck.«

Sie drängte ihre Freundin aus dem Büro. Auf der Straße brach sie in Tränen aus.

»Sie sind überall. Sie nehmen sich, was sie haben wollen, und trampeln auf allen herum, die sich ihnen in den Weg stellen. Pawel hat recht, das sind keine Menschen.«

Ruths Miene verdüsterte sich. »Pawel wird irgendwann etwas tun, was er bereuen wird. Der Kerl wird mir immer unheimlicher. Ich habe versucht herauszufinden, was er treibt, wenn er nicht gerade bei uns herumhängt.«

»Du hast ihm nachspioniert?«

»Sagen wir mal so, ich weiß gerne, welche Typen ich in meiner Bande habe. Das könnte sich als überlebenswichtig erweisen. Man munkelt, Pawel wäre überstürzt aus Frankfurt abgehauen, weil er irgendeine blutige Sauerei angezettelt hat. Ich wüsste gerne, was an den Gerüchten dran ist.«

»Frag ihn einfach.«

»Hab ich. Er behauptet, die Nazis wollen ihm etwas anhängen, weil er einem von ihnen einen Denkzettel verpasst hat.«

»Na also. Recht hat er. Wenn es nach mir ginge, müsste man die Schweine …«

»… in ein Lager stecken? An die Wand stellen?«, fragte Ruth.

»Träumst du nicht manchmal davon, die Mörder deiner Schwester zur Verantwortung zu ziehen?«

Ruth schüttelte den Kopf. »Nein. Ich vermisse Thea jeden Tag, glaub mir. Und ich wünsche mir, dass die Sadisten, die uns in Herborn und Hadamar gequält haben, ihre verdiente Strafe erhalten. Aber am Anfang muss ein gerechter Prozess stehen, in dem die Wahrheit ans Licht kommt. Eine Menge T4-Ärzte sind verurteilt worden, ebenso das Pflegepersonal der Tötungsanstalten. Das muss uns genügen.«

»Das sagst ausgerechnet du?«

»Ich bin eine Schieberin, eine Diebin von mir aus und kein besonders wertvolles Mitglied dieser Gesellschaft. Aber ich halte nichts von Selbstjustiz. Ich will keine Mörderin sein.«

Hannah schwieg. Nach einer Weile fragte sie: »Hasst du sie nicht? Die Wahlmanns und Hubers, die uns jeden Tag mit dem Tod bedroht haben?«

»Nein. Und das solltest du auch nicht. Vergiss sie, sonst wird dich dein Hass auffressen, genauso wie er Pawel frisst.«

»Für dich zählt also nur das Geld? Ein Schrank voll modischer Klamotten, ein schicker Sportwagen?«

»Hältst du mich für gierig?«

»Ich weiß nicht. Manchmal schon.«

Ruth lächelte. »Ich habe mir einfach abgewöhnt, nach hinten zu schauen, dafür liebe ich das Leben zu sehr. Uns erwartet noch eine Menge Spaß, glaub mir. Lass nicht zu, dass die Vergangenheit deine Zukunft bestimmt.«

»Ich soll mein Kind im Stich lassen?«

»Nein. Wir werden uns deinen Harry vorknöpfen. Ich kenne einen Privatdetektiv, der …«

»… genauso erfolgreich sein wird wie Bär?«

Ruth zuckte mit den Schultern. »Elmar hängt genauso am Leben wie ich. Er hat keine Lust, sich für einen Auftrag abmurksen zu lassen.«

»Das ist es ja, was ich dir begreiflich machen will«, sagte Hannah. »Wir müssen diese braune Bande mit Stumpf und Stiel ausrotten, sonst hört ihr Terror niemals auf.«

»Der Krieg ist aus und ich fange bestimmt keinen neuen an.«

»Ich bin der Kowalski begegnet«, sagte Hannah.

»General Kowalski? Die Oberschwester aus Herborn? Ich dachte, sie wäre bei einem Luftangriff ums Leben gekommen.«

»Sie lebt unbehelligt in Frankfurt und arbeitet für Moor. Erinnerst du dich an ihn? Thea nannte ihn Dr. Schnipp-Schnapp, weil er die Zwangssterilisationen vornahm.«

Ruth pfiff durch die Zähne. »Das wusste ich nicht.«

»Vielleicht hast du recht, Ruth. Ich sollte das Leben genießen, solange ich jung bin. Was habe ich denn beim CIC erreicht? Max Pohl ist tot, mit Scott habe ich mich zerstritten und mein Kind haben sie mir weggenommen. Manchmal fühle ich mich so furchtbar müde.«

Ruth umarmte sie. »Wir werden die kleine Malisha finden, das verspreche ich dir.«

»Selbst wenn uns das gelingt, sie werden sie mir niemals freiwillig geben.«

»Wir engagieren einen besseren Anwalt, einen, der …«

»Ruth! Hast du es noch immer nicht begriffen? Die kleinen und großen Nazis haben mächtige Verbündete, die sie schützen: Richter, Bischöfe, Ärzte, Gutachter, Polizisten und Anwälte. Wir sind nicht stark genug, um es mit allen aufzunehmen.«

»Du willst aufgeben?«, fragte Ruth.

»Ich … ich weiß es nicht. Vielleicht hat es Malisha dort, wo sie jetzt ist, besser, als sie es bei mir haben könnte.«

Ruth packte Hannah bei den Schultern und schüttelte sie.

»Na na, Haltung, Bloch. Das will ich nicht gehört haben. Du kämpfst nicht allein. Wenn der Rechtsstaat uns im Stich lässt, finden wir eben einen anderen Weg.«

»Und wie? Sollen Joschi und Kalle Harry so lange verprügeln, bis er redet? Mein ganzes Geld ist für Bär und diesen Armleuchter von Psychiater draufgegangen.«

»Lass uns neues verdienen.« Ruth lachte. »Ab sofort nehmen wir keine Rücksicht mehr, auf niemanden.«

Hannah kniff misstrauisch die Augen zusammen. »Was heckst du wieder aus?«

»Dank uns haben die Leute Kohlen, um im Winter zu heizen. Was sie jetzt brauchen, ist Kaffee.«

»Kaffee?«

»Keinen Muckefuck, sondern echten Bohnenkaffee, einen ganzen Lastwagen voll.«

»Wo willst du denn so viel Kaffee herzaubern?«

Ruth lächelte geheimnisvoll »Wart's ab.«

In dieser Nacht träumte Hannah von all den Freunden, die sie verloren hatte; von Malisha und von Hans, von Max und Elisabeth und dem Kind, dem sie niemals eine Mutter sein durfte. Sie umarmten einander und feierten das Wiedersehen. Auch Pawel war da. Er übergab ihr eine kunstvoll verzierte Schachtel und lächelte geheimnisvoll.

»Was ist das?«, fragte Hannah.

»Ein Geschenk«, antwortete er.

Hannah zog die Schleife auseinander und nahm den Deckel ab.

In der Schachtel lag ein Herz. Es war schwarz, mit hässlichen Narben übersät und hart wie ein Stein.

»Du musst es essen«, sagte Pawel. »Es ist deins. Es wird dich heilen.«

»Ja, es ist deins!«, riefen ihre Freunde.

Das Herz begann zu pochen. Es wurde lauter und stärker und schlug bald so gewaltig wie die Bomben, die auf Köln geregnet hatten, als Hannah in dem engen Luftschutzkeller um ihr Leben bangte.

35

Die Eifel und Belgien, Oktober 1948

»Seht euch das an! Das müssen Hunderte sein!« Ruth schüttelte ungläubig den Kopf.

Hannah streifte ihren Rucksack ab und ließ sich keuchend auf einen Baumstumpf sinken. Von der Anhöhe aus hatten sie einen guten Blick auf die Gleise vor dem Gemmenicher Tunnel. Die Bahnstrecke führte auf deutscher Seite in den Bergrücken hinein und unterquerte den Vaalserberg auf einer Länge von achthundertsiebzig Metern. Die Staatsgrenze schnitt die Tunnelröhre in zwei ungleiche Hälften. Das Portal am anderen Ende lag bereits auf belgischem Territorium.

Entlang des Bahndamms kauerten Männer, Frauen und Kinder, beladen mit Säcken, Taschen und allen nur erdenklichen Behältnissen, die sich zum Tragen und Transportieren eigneten. Einige hatten sogar Leiterwagen dabei. Sie alle warteten auf den 9-Uhr-Zug, der in wenigen Minuten den Tunnel passieren würde.

Hannahs Schultern schmerzten, sie dehnte die verspannten Muskeln und streckte sich. Dabei ist der Rucksack noch leer, dachte sie.

Am frühen Morgen waren sie zu dritt aufgebrochen und in einem klapprigen Hanomag-Laster nach Aachen gefahren. Südlich der Stadtgrenze hatten sie den Wagen bei einem Bauern abgestellt, der versprach, ihnen eine größere Menge Kaffee abzunehmen, und waren dann zu Fuß losgezogen.

Ruth nahm einen Flachmann aus ihrer Jackentasche, trank einen Schluck und reichte ihn an Joschi weiter. Hannah lehnte ab.

»Wie könnt ihr am frühen Morgen dieses Zeug in euch hineinschütten?«, fragte sie.

Joschi grinste, Ruth zuckte mit den Schultern. Sie war aufgekratzt und schien vor Energie zu platzen. Unermüdlich redete sie von neuen Plänen und einer goldenen Zukunft.

Dem bärenstarken Joschi machten die Strapazen nichts aus, aber Hannah war es nicht mehr gewohnt, weite Strecken zu laufen. Sie zog einen der derben Wanderschuhe aus und betrachtete missmutig eine Blase an ihrer Ferse. Im Krieg bin ich von Frankfurt bis Köln gewandert, ohne mich zu beklagen, erinnerte sie sich bekümmert.

»Das ist viel zu viel Konkurrenz«, jammerte Ruth. »Wie sollen wir da einen Schnitt machen?«

»Kaffee gibt's eben nie genug«, sagte Hannah. »Erklär mir lieber, warum wir zu Fuß bis nach Eupen laufen müssen.«

Joschi gestikulierte und imitierte einen militärischen Gruß.

»Richtig«, sagte Ruth. »Die Grenzübergänge werden streng bewacht, da kommst du nur mit einem Panzer durch. Außerdem will ich mir selbst ein Bild machen, bevor wir groß ins Kaffeegeschäft einsteigen.«

Hannah zog ihren Schuh an und schnürte ihn zu.

»Und wieso gehen wir nicht querfeldein über die grüne Grenze? Wir könnten ein gutes Stück Weg abkürzen.«

»Über das Hohe Venn willst du? Das halte ich für keine gute Idee.«

Joschi simulierte eine Explosion.

»Minen?«, fragte Hannah.

»Möglich. Niemand weiß, was dort oben alles im Boden liegt. Wir sollten die Finger von der Route lassen. Das Venn ist kaum besiedelt, da gibt's ausgedehnte Moorlandschaften. Wenn du dir in dem unwegsamen Gelände ein Bein brichst, kann es Tage dauern, bis dich jemand findet.«

Hannah stand auf und schulterte ihren Rucksack. »Warum muss es denn unbedingt Eupen sein? Bis dorthin sind es zu Fuß vier Stunden.«

»Pass auf, ich erklär's dir noch mal. Der Kaffee kommt mit Lastwagen aus Antwerpen. Wenn er aufgeladen wird, kostet die Tonne fünfeinhalb Franc. Je näher die Laster der Grenze kommen, desto wertvoller wird automatisch die Fracht, denn das belgische Grenzgebiet ist Zollregion. Also kaufen die Belgier den Kaffee möglichst weit im Inland auf und transportieren ihn zur Grenze, wo sie ihn an die Deutschen weiterverkaufen. Wenn wir das Zeug in Aachen und Köln an den Mann bringen, schlagen wir noch mal kräftig drauf. Die Leute werden sich darum reißen, weil die Kaffeesteuer bei uns so hoch ist, nämlich zehn Mark das Kilo. Unverzollter belgischer Kaffee ist zu Schwarzmarktpreisen immer noch billiger als der offiziell verkaufte deutsche. Darum ist der Schmuggel so attraktiv. Alle machen gute Geschäfte. In der Eifel soll es Dörfer geben, deren Einwohner vom Kaffeeschmuggel leben. Den Klingelpütz nennen sie inzwischen den *Eifeler Hof*, weil sie so viele Schmuggler aus der Eifel eingebuchtet haben.«

Joschi formte mit Daumen und Zeigefingern einen Kreis und legte die Hand vor die Augen.

Hannah verstand. »Und der Zoll schaut in die Röhre.«

»Die Zöllner werden mies bezahlt«, sagte Ruth, »darum sehen

sie sich nach anderen Einnahmequellen um. Mein guter Frederic verdient nicht schlecht an dem Verkauf von Dienstplänen und Patrouillenrouten.«

In die Menge längsseits des Bahndamms kam Bewegung. Aus dem Berg näherte sich ein bedrohlich klingendes Stampfen und Fauchen. Eine riesige schwarze Dampflok schoss aus dem Tunnelportal und zog eine Rauchfahne hinter sich her.

Obwohl die Strecke zweigleisig befahren wird, ist der Tunnel ein Nadelöhr«, erklärte Ruth. Sie musste schreien, damit die anderen sie bei dem Höllenlärm verstanden. »Wenn dir die Zöllner auf den Fersen sind und du musst da durch, wird's verdammt eng, wenn ein Zug kommt und du auf der falschen Seite stehst. Die Leute pressen sich eng an die Tunnelwand, und so manchen Schmuggler hat's da drin erwischt.«

Der letzte Waggon passierte das Portal, der Zug entfernte sich mit rasender Geschwindigkeit. Hunderte kleine und große Gestalten, Alte, Junge, Frauen, Männer und Kinder, rannten nun auf das schwarze Maul des Tunnels zu. Hannah, Ruth und Joschi schlitterten den Hang hinab und schlossen sich ihnen an.

»Wir hätten Pawel mitnehmen sollen«, sagte Hannah. »Vier Leute können mehr schleppen als drei.«

»Er ist in Köln besser aufgehoben. Außerdem haben wir Joschi. Er kann mehr tragen als wir beide zusammen.«

»Pawel kann dir auch gar nichts recht machen. Gib ihm eine Chance!«

Ruth blieb stehen und drehte sich um. »Fängst du schon wieder damit an? Hat er dich endlich ins Bett gelockt?«

»Nein, hat er nicht. Bist du nun beruhigt?«

Hannah sprang auf den Schotter hinab und stapfte wütend über die Schwellen. Sie spürte, dass Pawel sie attraktiv fand, und Ruth war sich dessen ebenfalls bewusst. Bisher hatte sie seine Annäherungsversuche ignoriert. Hannah mochte ihn. Pawel sah gut aus, besaß eine überschäumende Fantasie und die Energie, seine Träume in die Tat umzusetzen. Außerdem quälte ihn ein ähnliches Schicksal. Trotzdem wollte sie keine Affäre mit ihm beginnen, und sie fragte sich in letzter Zeit, warum sie sich dagegen sperrte. War es die schmerzhafte Erfahrung, die sie mit Harry gemacht hatte? Fürchtete sie eine erneute Schwangerschaft? Oder war es am Ende Ruths Abneigung gegen ihn?

»Ich schreibe dir nicht vor, mit wem du ins Bett steigst«, rief Ruth ihr nach, »schließlich gönne ich mir auch das eine oder andere Vergnügen. Aber Pawel gefällt mir nicht. Sei vorsichtig.«

»Jaja. Du musst es ja wissen.«

Hannah lief gereizt in den Tunnel hinein. Dunkelheit umfing sie, das Getrampel zahlloser Füße und die hellen Echos der Kinderstimmen hallten von den rauchgeschwärzten Wänden wider. Sie ertappte sich dabei, wie sie die Tunnelröhre nach einem Notausgang absuchte. Ruth hatte nicht übertrieben. Der Abstand zwischen dem Gleisbett und den Wänden betrug nur einen knappen Meter. Kam ein Zug, blieb kaum Platz, um sich in Sicherheit zu bringen. Erleichtert trat sie auf der belgischen Seite ins Freie. Nach zweihundert Metern blieb Ruth stehen und blickte sich um.

»Weißt du überhaupt, wo's langgeht?«, fragte Hannah.

Joschi deutete auf einen Feldweg. Der matschige Boden war von Hunderten Fußspuren zertrampelt.

Ruth wich der zerwühlten Erde aus und lief unbeirrt weiter. Sie folgten dem Weg eine Stunde durch dichten Laubwald. In der Nacht hatte es geregnet, der Morgen war kalt und frisch. Der Winter kündigte sich an. Vor drei Nächten war die Temperatur zum ersten Mal unter den Gefrierpunkt gefallen. Der erste Frost hatte das Blattwerk gelb und braun verfärbt.

Zwei Kilometer südlich des Eisenbahntunnels lichtete sich der Wald. Vor ihnen lag eine freie Hochfläche. Vereinzelte Büsche und krüppelige Bäume boten wenig Schutz. Drahtzäune begrenzten Weideflächen und zerschnitten die raue Landschaft in unregelmäßige Quadrate. Hannah rückte ihren Rucksack zurecht und lief mit gesenktem Kopf weiter. Joschi hielt sie zurück.

Ruth hielt die Nase in den Wind und schnüffelte wie ein Terrier, der Beute wittert. Sie kniff die Augen zusammen und beobachtete den Waldrand. Hannahs Atem kondensierte stoßweise in der Morgenluft. Jetzt sah sie es auch. Wie vorhin am Bahndamm lauerten die Schmuggler nun hinter Felsen, Büschen und baufälligen Viehunterständen.

»Worauf warten die alle?«, fragte Hannah leise.

»Die Zöllner gehen Streife«, antwortete Ruth. »Keiner traut sich raus, sie warten alle auf den Idioten, der es als Erster versucht.«

Sie zog einen Zettel aus der Hosentasche und studierte ihn.

»Aber wir wissen etwas, was die anderen nicht wissen: Wir kennen die Dienstpläne. Die nächste Patrouille kommt erst gegen Mittag hier vorbei. Das verschafft uns einen Vorteil. Los geht's!«

Sie kletterte über einen Drahtzaun und betrat die Wiese. Der Waldrand auf der anderen Seite war etwa dreihundert Meter entfernt. Hannah sah aus dem Augenwinkel, wie mehrere Jungen, die hinter einer Dornenhecke kauerten, Ruth bedeuteten, in Deckung zu gehen.

Wachsam folgte sie ihrer Freundin. Joschi blickte sich misstrauisch nach allen Seiten um und bemühte sich, sie mit seinem massigen Körper zu schützen.

Ruth stapfte pfeifend über die Wiese. Sie hatte etwa ein Drittel des Wegs zurückgelegt, als ein warnender Ruf aus dem Wald auf der anderen Seite über das Feld schallte. Hannah war sofort klar, dass es sich um belgische Zöllner handeln musste. Ruth duckte sich und hetzte fluchend auf eine Baumgruppe zu.

Schüsse peitschten über die Wiese. Hannah schlug Haken wie ein Hase und rannte auf eine Blechwanne zu, die dem Vieh als Tränke diente. Sie hörte, dass Joschi dicht hinter ihr war.

Eine zweite Gewehrsalve zerriss die Stille. Hannah fühlte sich an die Tieffliegerangriffe während des Krieges erinnert. Instinktiv ließ sie sich platt auf den Boden fallen und landete mit dem Gesicht in einer Pfütze. In der Viehtränke tauchten wie durch Geisterhand mehrere Löcher auf.

»Einen schönen Gruß an Frederic!«, brüllte sie wütend.

Joschi grunzte zur Bestätigung. Hannah kroch unter die Viehtränke und hob vorsichtig den Kopf. Ruth hockte hinter einem Gehölz. Offenbar war sie unverletzt.

Links von Hannah entstand hektische Bewegung. Etwa fünfzig Schmuggler nutzten die Ablenkung, die Ruth ihnen verschafft hatte, und rannten weiter südlich über das Feld auf den Wald zu. Wieder hallten die Warnungen der Zöllner über die Wiese.

»Arrêtez! Arrêtez!«

Hannah sah mehrere verwischte schwarze Schatten, die über das Feld hetzten. Die Zöllner ließen ihre Hunde los. Wütendes Geschrei antwortete dem Gebell der Schäferhunde, die Schmuggler waren gut vorbereitet. Sie schwangen Latten und Stöcke, in denen lange Nägel steckten, und droschen damit auf die Tiere ein. Ein erbarmungsloses Gefecht begann, das die Schmuggler gewannen. Die Zöllner pfiffen die Hunde zurück. Einer von ihnen blutete aus Wunden an Ohren und Schnauze. Triumphierend trug er eine Holzlatte im Maul.

Ruth blickte sich um, sie hatte Hannah entdeckt und gab ihr zu verstehen, dass sie weiterlaufen solle, weil die Zöllner sich in diesem Moment auf die andere Schmugglergruppe konzentrierten. Sie verließ ihre Deckung und rannte auf den Wald zu. Hannah folgte ihr im Zickzack, blieb am Stacheldraht eines Weidezauns hängen und stürzte. Joschi hob sie hoch, als wöge sie nicht mehr als eine Puppe und trug sie in die Sicherheit des Unterholzes. Dort stellte er sie vorsichtig auf die Füße.

»Und du misstraust Pawel? Die Dienstpläne von Frederic

sind das Papier nicht wert, auf das er sie gekritzelt hat!«, rief Hannah wütend.

»Beruhige dich. Vielleicht ist er aufgeflogen oder sie haben ihre Routine geändert.«

»Wir sind fast draufgegangen! Ich habe Hadamar und den Krieg nicht überlebt, um mich wegen eines Pfunds Bohnenkaffee abknallen zu lassen.«

Ruth ließ sich ausgepumpt auf einen Baumstumpf fallen.

»Ist ja gut, ist ja gut. Du hast recht.« Sie grinste. »Habt ihr gesehen, wie sie die Köter verdroschen haben? Junge, Junge, beim nächsten Mal müssen wir uns bewaffnen.«

»Es gibt kein nächstes Mal«, sagte Hannah. »Nicht um diesen Preis.«

»Natürlich müssen wir die Sache anders aufziehen«, beharrte Ruth.

Joschi schüttelte den Kopf und gestikulierte. Auch er hielt das Schmugglerleben für zu gefährlich. Hannah zitterte vor Anstrengung und Angst. Sie zog Ruth hoch und umarmte sie.

»Warum riskierst du jedes Mal deinen Hals für ein paar Mark? Ich habe zu viele Freunde verloren. Ich will dich nicht auch noch beweinen müssen.«

Ruth hielt sie auf Armeslänge von sich. »Haltung, Bloch. Schätzchen, glaubst du denn, ich will bis an mein Lebensende Kaffee schmuggeln und Kohlen klauen? Nein, ich will das ganz große Ding!«

»Was treibt dich bloß dazu?«

»Ich will ein angenehmes und schönes Leben. Das haben wir uns verdient. Irgendwann kommt die Chance dazu, und dann will ich bereit sein, auch wenn ich vorher tausendmal danebengegriffen habe. Lass uns Spaß haben und leben. Wer weiß, was morgen ist? Komm jetzt, die Zöllner streifen durch den Wald.«

Joschi drängte ebenfalls zum Aufbruch. Sie waren von nun an vorsichtiger und bekamen keinen der Beamten mehr zu Gesicht.

Drei Stunden später erreichten sie auf schlecht befestigten Wegen die Stadtgrenze von Eupen. Immerhin erwies sich ein anderer Tipp Frederics als Volltreffer. Bei einem Bauern, der als Zwischenhändler am Schmuggel verdiente, kauften sie so viel Kaffeebohnen, wie sie tragen konnten. Mit den prall gefüllten Rucksäcken – jeder wog an die fünfzehn Kilo – machten sie sich auf den Rückweg. Joschi schleppte kalt lächelnd das Doppelte, außerdem den Proviant. Gegen Mittag rasteten sie in einer Scheune.

Ruth breitete eine Karte auf einem Strohballen aus, Joschi verteilte Fleischwurst und frisches Brot. Hannahs Magen knurrte, ihr lief das Wasser im Mund zusammen. Seit dem frühen Morgen war sie nun ohne Pause auf den Beinen. Ihre Füße schmerzten, die Schultern waren von den Trageriemen des schweren Rucksacks wund gescheuert. Eine Rast hatten sie sich mehr als verdient.

»Ich schlage vor, dass wir den Gemmenicher Tunnel umgehen«, sagte Ruth. »Wir müssen dazu allerdings den Bergrücken überqueren.«

Hannah stöhnte. Vor ihnen lag ohnehin ein Marsch von etwa drei Stunden, ein weiterer Umweg würde mindestens eine weitere in Anspruch nehmen.

Ruth wischte ihren stummen Einwand zur Seite. »Aus diesem Grund treiben sich dort oben weniger Schmuggler herum und damit auch keine Zöllner.«

Sie ruhten sich bis 1 Uhr aus und machten sich dann auf den Weg. Gegen Nachmittag setzte feiner Nieselregen ein, der im Lauf der Zeit zunahm und ihre Kleidung durchnässte. Ruth ließ ihren Flachmann kreisen, der Cognac wärmte alle ein wenig.

Als sie den Wald oberhalb des Eisenbahntunnels erreichten, verdüsterten grauschwarze Regenwolken den Himmel, als bräche bereits die Dämmerung herein. Sie kämpften sich einen rutschigen, mit nassem Laub bedeckten Hang hinauf und passierten den Bergrücken. Auf der anderen Seite lichtete sich der Wald und machte einer weiten Ebene Platz. In regelmäßigen Abständen ragten konisch geformte Betonklötze aus dem Erdreich. Reste von Stacheldrahtverhau blockierten das Weiterkommen.

»Panzersperren!«, keuchte Ruth. »Das ist die Höckerlinie.«

»Der reinste Irrgarten«, antwortete Hannah. »Wie sollen wir da durchkommen?«

»Das wird ein Kinderspiel. Sieh doch, jemand war so nett und hat für uns den Stacheldraht zerschnitten.«

Ruth durchquerte einen Graben und lief unbekümmert zwischen den Betonsperren hindurch. Sie bewegte sich wie ein Springer auf einem Schachbrett. Hannah folgte ihr missmutig, sie wollte endlich den schweren Rucksack loswerden. Da hörte sie ein Krächzen hinter sich.

»Halt!«, rief eine heisere Stimme.

Hannah drehte sich um. Sie glotzte Joschi mit heruntergeklapptem Kiefer an. Seit die Gestapo ihn mehr tot als lebendig in den Main geworfen hatte, war Joschi stumm geblieben. Sie hatte ihn nur ein einziges Mal sprechen hören, vor vielen Jahren vor dem Stollen im Weinberg. Damals hatte sie geglaubt, er läge im Sterben. Er stand am Rand der Panzersperren und deutete aufgeregt auf einen Punkt hinter Hannahs Schulter. Sie drehte sich um und starrte auf das verwitterte Schild. Minen!

»Ruth, bleib stehen!«

»Mir langt's. Ich will endlich das Zeug abliefern.« Sie ging unbeirrt weiter.

»Der Grenzstreifen ist vermint!«, schrie Hannah.

Ruth blieb wie angewurzelt stehen. Hannah sah sich um. Am Bahndamm und in der Grenzregion hatte es von Schmugglern gewimmelt, hier dagegen herrschte Grabesruhe. Sie waren allein. Wussten die anderen von den Minen? Hatte das Räumkommando vergessen, das Schild zu entfernen oder waren sie alle nur einen Schritt vom Tod entfernt?

Joschi stand am Rand des Sperrstreifens, sie selbst war etwa fünf Meter weit in die Zone eingedrungen, während Ruth fast die andere Seite erreicht hatte. Ihr war nichts passiert. Sie drehte sich um und grinste, doch diesmal wirkte ihr ätzender Humor aufgesetzt.

Am Waldrand auf der deutschen Seite tauchten sechs Männer auf. Sie trugen keine Uniformen, also handelte es sich nicht um Zöllner. Einer von ihnen trat einen Schritt vor und winkte.

»Wo der Stacheldraht entfernt wurde, ist es sicher, kommt rüber!«, rief er.

Ruth zögerte und setzte dann vorsichtig einen Fuß vor den anderen. Hannah folgte ihr mit einem flauen Gefühl im Bauch, Joschi bildete die Nachhut. Alle drei erreichten unbeschadet die deutsche Seite.

»Seid ihr Schmuggler?«, fragte Ruth.

»Sehen wir so aus?«

»Nein, wie Chorknaben, die zur Sonntagsandacht gehen«, antwortete Ruth.

Hannah musterte die Männer stumm. Die Visagen gefielen ihr nicht. Einem von ihnen, einem dicken Kerl mit roten Pausbacken, glaubte sie schon einmal begegnet zu sein, aber ihr fiel nicht mehr ein, wo.

»Ich würde sagen, wir sind Händler«, meinte ein Kerl in einem alten Wehrmachtsmantel.

»Und womit handelt ihr?«, fragte Hannah.

Der Mann, der sie zuerst angesprochen hatte, zog eine Mauserpistole aus einem Holster unter seiner Jacke und richtete sie auf Ruth.

»Mit Kaffee. Legt die Rucksäcke ab. Schön langsam, keine hektischen Bewegungen.«

Joschi knirschte mit den Zähnen, Hannah schossen vor Wut die Tränen in die Augen. Die Strapazen waren umsonst gewesen. Sie streiften die Rucksäcke ab und warfen sie auf den Boden.

»Händler, wie? Was zahlt ihr denn so?«, fragte Ruth.

Der Mann wedelte mit der Pistole, auch die anderen hatten inzwischen Waffen gezogen.

»Wir lassen euch am Leben. Ist das nicht ein großartiges Geschäft?«

Die Männer hoben die Rucksäcke auf. Wachsam zogen sie sich in den Wald zurück und verschwanden mit ihrer Beute im dichten Buschwerk.

»Verdammt! Ich lass mich nicht beklauen!«

Ruth packte einen Holzprügel und drosch wütend auf die Betonsperren ein.

»Das war eine der Rabatzbanden«, sagte Hannah.

Sie konnte nicht glauben, dass die ganze Schinderei ihnen nichts gebracht hatte außer schmerzenden Füßen und wund gescheuerten Schultern.

»Darum hat außer uns niemand den Weg über den Vaalserberg genommen. Weil alle wissen, dass sie hier oben in eine Falle laufen. Die Kerle brauchen nur zu warten, bis ein paar Dummköpfe über die Grenze kommen, dann nehmen sie ihnen den Kaffee ab.«

Ruth stöhnte. »Warum bin *ich* bloß nicht auf die Idee gekommen?«

Hannah bog sich vor Lachen.

»Was gibt's da zu feixen?«, knurrte Ruth finster.

»Wir laufen uns die Füße platt und die stecken die Sore einfach ein. Mensch, sind wir blöd.«

»Hör auf zu lachen!«

Hannah hörte nicht auf. Joschi fiel in ihr Gelächter ein.

»Dein Gesicht! Ruth, wenn du dein dämliches Gesicht hättest sehen können, als sie uns den Kaffee abgenommen haben.«

Ruth begann zu kichern, schließlich lachten sie, bis ihnen die Tränen über die Wangen liefen.

»Was für eine Pleite«, sagte Hannah.

Ruth begann bereits, neue Pläne zu schmieden. »Beim nächsten Mal organisieren wir das richtig. Wir brauchen einen Wagen – einen umgebauten Amischlitten oder einen Panzerspähwagen. Ich weiß auch schon, wer uns den besorgen wird. Damit rumpeln wir einfach über die Grenze.«

Hannah hörte auf zu lachen. »Sei froh, dass wir noch leben. Wenn der Kerl mich erkannt hätte, wäre es uns schlecht ergangen. Der Dicke in der Lederjacke, der mit roten Wangen, weißt du, wer das ist? Es ist mir gerade wieder eingefallen.«

Ruth schüttelte den Kopf. »Du wirst es mir gleich verraten, Schätzchen.«

»Er war dabei, als ich Scott vor dem Lynchmob gerettet habe. Er gehört zur Bande des Köters.«

»Da haben wir ja richtig Glück gehabt, dass er dich nicht erkannt hat«, sagte Ruth.

Hannah nickte. »Es ist ja auch eine ganze Weile her. Jetzt weiß ich wenigstens, warum die Leute vom Kaffeekrieg reden. Hier herrscht tatsächlich Krieg.«

36

Pawel Kowna streifte durch die Straßen Kölns und suchte jemanden, an dem er seine Frustration abreagieren konnte. Seit er sich Ruth und Hannah angeschlossen hatte, klimperte zwar beständig Geld in seinen Taschen – inzwischen leistete er sich sogar einen eigenen Wagen, einen marineblauen Pontiac Streamliner – doch seinem eigentlichen Ziel war er keinen Schritt näher gekommen.

Seit Stunden nutzte er seine neu gewonnenen Kontakte, um die Schläger zu finden, die Hannah und ihn verprügelt hatten. Zumindest von einem der Männer hatte er eine genaue Beschreibung. Er hatte weißblondes, kurz geschorenes Haar und maß fast einen Meter neunzig. Auf den Fingerknöcheln seiner rechten Hand hatte er sich leichtsinnigerweise die SS-Runen eintätowieren lassen. Joschi hatte ihm die Nase gebrochen, die nun angeblich so schief wie ein verbogener Wetterhahn zwischen seinen Augen saß. Damit musste er zwangsläufig auffallen. Trotzdem hatte er nicht die geringste Spur von ihm aufnehmen können.

Pawel hatte sich auf dem Schwarzmarkt eine Pistole besorgt – eine handliche belgische FN Baby Browning. Klein und leicht genug, um sie unauffällig am Körper tragen zu können, dennoch absolut tödlich. Vor allem die französische Résistance hatte die Waffe gerne benutzt. In seinen Tagträumereien malte er sich aus, wie Hannah auf die Nachricht reagierte, dass er dem blonden Schläger eine Kugel in den Kopf gejagt hatte, um die Schmerzen, die man ihr zugefügt hatte, zu rächen. Gewiss würde sie dann erkennen, dass er in der Lage war, sie ebenso gut zu beschützen wie der stumme Idiot.

Sein Misserfolg hing vor allem damit zusammen, dass er sich in der Kölner Unterwelt nur sehr vorsichtig bewegen konnte. Auch das hatte er Ruth und ihrer überheblichen Nachricht an den Köter zu verdanken. Wütend kickte er einen Stein über das Pflaster. Ruth, Ruth, ständig stand ihm die verfluchte Ruth im Weg!

Wenn er die Totschläger des Köters nicht aus ihren Verstecken locken konnte, kam er ja vielleicht irgendwie an Harry Lenz heran. Wenn er dem arroganten Kerl einen nächtlichen Besuch abstattete und ihn dazu *überredete*, den Aufenthaltsort des Kindes preiszugeben, war ihm Hannahs Dank sicher. Dann könnte er sie dazu bringen, auf Ruth einzuwirken. Anschließend würde er mit seinem Plan herausrücken, den Schatz zu heben, der in einem Stollen in der Nähe des Reschensees auf ihn wartete. Wenn er sein Wissen zu früh preisgab, würde Ruth das Kommando über das Unternehmen an sich reißen. Noch brauchte er ihr Organisationstalent, um die Kisten mit den Pfundnoten zu bergen, aber wenn es ums Verteilen der Beute ging, würde die clevere Ruth sich wundern.

Pawel schätzte das Risiko ab, sich in Frankfurt sehen zu lassen. Die Polizei suchte nach ihm, aber inzwischen war ein ganzes Jahr ins Land gegangen. Wahrscheinlich hatten sie Wichtigeres zu tun, als an jeder Straßenecke nach Pawel Kowna alias Jakob Demsky zu fahnden. Außerdem hatte ihm Menzel einen echten Pass auf den Namen Levi Stein besorgt, was ihm eine gewisse Sicherheit verschaffte.

Vor ein paar Nächten hatte Hannah sich in Pawels Armen ausgeweint und ihm die ganze Geschichte erzählt. Daher kannte er auch den Namen von Lenz' Sekretärin. Genau wie Hannah war Gisela Wollner ein Opfer seiner Launen, warum also nicht bei ihr beginnen?

Ruth, Hannah und der hässliche Joschi waren nach Aachen aufgebrochen und würden nicht vor dem späten Abend in Köln eintreffen. Ruth hatte es geschickt verstanden, ihn von der Aktion *Kaffeefahrt* auszuschließen – was auch der Grund für seinen Zorn war. Er beschloss, den Tag besser zu nutzen, als Säcke mit Kaffee durch den Wald zu schleppen.

In dem rauchgrauen Anzug und dem Trenchcoat, den er sich zugelegt hatte, würde ihn niemand mehr mit dem abgerissenen Flüchtling in Verbindung bringen, der er gewesen war, als er Frankfurt erreicht hatte. Kleider machten eben Leute.

Die Idee, Gisela Wollner für seine Zwecke einzuspannen, gefiel ihm. Wenn er es schaffte, den Aufenthaltsort des Kindes in Erfahrung zu bringen, spielte ihm das einen Trumpf in die Hand, der alle anderen ausstach. Einen bekannten Schlager pfeifend, überquerte er den Heumarkt, stieg in seinen schicken Wagen und fuhr nach Frankfurt.

Gegen Mittag stellte er den Pontiac in Sichtweite des Oberlandesgerichts ab, schlenderte mit einer Zeitung unter dem Arm zum Platz vor dem Gebäude und setzte sich auf eine Bank. Während sich der Himmel in Köln regnerisch und grau gezeigt hatte, schien am Main die Sonne. Pawel breitete die Frankfurter Rundschau aus und tat, als studiere er sie aufmerksam. Ab und zu warf er einen Blick auf seine Armbanduhr und gab sich ganz den Anschein, er vertreibe sich die Zeit, während er auf jemanden wartete. Tatsächlich behielt er den Haupteingang im Auge. Er hatte Hannah eine Beschreibung von Lenz entlockt und er besaß ein gutes Gedächtnis.

Pawel harrte zwei Stunden aus und ignorierte seinen knurrenden Magen. Gegen 4 Uhr nachmittags wurde seine Ausdauer belohnt. Ein Mann und eine Frau verließen das Gericht durch den Haupteingang. Das Paar blieb stehen und begann eine angeregte Unterhaltung.

Pawel schätzte die Frau auf Anfang dreißig. Sie war klein, zierlich und besaß eine fiebrige Schönheit. Auf eine entfernte, ältere Art ähnelte sie Hannah. Der Mann dagegen war athletisch gebaut und hatte hellblondes Haar. Er trug einen blauen Anzug, Krawatte und ein weißes Hemd. Sein Auftreten und die abgehackten Gesten zeugten von Durchsetzungskraft und einem starken Willen. Das musste Harald Lenz sein.

Pawel faltete seine Zeitung zusammen und fing an umherzuschlendern, als hätte er die Lust zu warten verloren. Schnell hatte er sich dem Paar auf Hörweite genähert und spitzte die Ohren.

Die dunkelhaarige Frau redete den Mann mit Harry an. Pawel unterdrückte ein triumphierendes Lächeln und schnappte ein paar Brocken der Unterhaltung auf. Lenz plante offenbar, morgen zu verreisen, und gab seiner Sekretärin Anweisungen, was sie während seiner Abwesenheit erledigen sollte. Kurz darauf trennten sie sich, Lenz ging dicht an ihm vorbei. Neugierig studierte Pawel dessen Züge. Er hatte ein ebenmäßiges Gesicht mit gerader Nase und markantem Kinn, seine Augen leuchteten in einem intensiven Blau – ein Mann, der Frauen leicht für sich gewinnen konnte. Zudem bekleidete er ein hohes Amt, besaß Macht und Geld. Wenn er ihm folgte, bekam er möglicherweise die Gelegenheit, aus ihm herauszuprügeln, was er wissen wollte. Doch er zögerte, sich mit Lenz eine unmittelbare Auseinandersetzung zu liefern. Es war denkbar, wenn nicht gar wahrscheinlich, dass er den Kürzeren ziehen würde. Er spürte das Gewicht der Browning in seiner Manteltasche, beherrschte sich jedoch. Wenn die Sache schiefging, würde Lenz ihm die gesamte Frankfurter Polizei auf den Hals hetzen. Und die würde schnell herausfinden, wer er wirklich war: Pawel Kowna, ein gesuchter Mörder.

Er entschied, dass seine Chancen, etwas in Erfahrung zu bringen, bei Gisela Wollner größer waren, und folgte ihr in sicherem Abstand. Sie lief an seinem Pontiac vorbei und auf eine der wenigen Straßenbahnhaltestellen zu. Dort setzte sie sich auf eine Bank und zündete sich eine Zigarette an. Pawel schlenderte unauffällig näher und setzte sich neben sie. Er legte den Kopf in den Nacken und atmete tief durch.

»Schönes Wetter in Frankfurt«, sagte er. »Es wird wohl nicht mehr lange so bleiben. In Köln ist es schon fast Winter.«

Gisela Wollner zog an ihrer Zigarette und ignorierte ihn. Offenbar hatte sie keine Lust, sich zu unterhalten.

»Ich soll Ihnen schöne Grüße von Hannah ausrichten«, fuhr Pawel fort. »Sie sucht noch immer nach ihrer Tochter.«

Nun hatte er ihre Aufmerksamkeit geweckt.

»Wer sind Sie?«, fragte sie.

»Ein guter Freund von Hannah.«

Sie rückte von ihm fort und beäugte ihn misstrauisch.

»Was wollen Sie? Hat Hannah Sie geschickt?«

»Nein. Sie weiß nicht, dass ich hier bin. Ich möchte ihr helfen, das Kind zu finden.«

»Der Tipp mit Heyde war alles, was ich riskieren will. Mehr kann ich nicht tun.«

Pawel schenkte ihr ein strahlendes Lächeln.

»Haben Sie Hunger? Bei einem guten Essen bespricht sich vieles leichter. Sie sind natürlich eingeladen. Mein Wagen steht nicht weit von hier. Ich fahre Sie, wohin Sie wollen.«

Die Straßenbahn näherte sich. Gisela Wollner trat die Kippe aus und stand auf.

»Lassen Sie mich in Ruhe.«

»Geben Sie mir eine Chance. Wenn Sie mir nicht helfen wollen, tun Sie es für Hannah. Sie werden es nicht bereuen.«

Die Bahn hielt, die Türen glitten auseinander. Lenz' Sekretärin hatte es plötzlich eilig. Bevor er reagieren konnte, war sie eingestiegen, der Triebwagen fuhr an.

Mit einer solchen Abfuhr hatte Pawel nicht gerechnet. Enttäuscht nahm er sich in einem Hotel am Römer ein Zimmer, plünderte die Minibar, rauchte und ersann einen neuen Plan. Die Sache kratzte an seiner Eitelkeit.

Am nächsten Tag, dem 7. Oktober, kaufte er in einem Eisenwarenladen ein Brecheisen und in einem weiteren Geschäft eine Taschenlampe sowie eine Tasche aus Segeltuch. Dann wartete er in seinem Pontiac vor dem Landgericht auf Lenz. Gegen 17 Uhr verließ der Anwalt das Gebäude, diesmal war er allein. Pawel beobachtete, wie er zu einem roten Cabriolet ging und einstieg. Pawel folgte ihm in den Ortsteil Bockenheim im Nordwesten Frankfurts. Dort parkte Lenz in der Einfahrt einer Jugendstilvilla.

Pawel fuhr langsam weiter und betrachtete mit einem Anflug von Neid die herrliche Wohngegend. Die Bomben der Alliierten hatten das noble Viertel fast völlig verschont. Er suchte sich einen Platz, von dem er die Villa ungestört beobachten konnte, und wartete geduldig. Zwei Stunden später verließ Lenz das Haus, verstaute einen Koffer in seinem Cabriolet und fuhr los, ganz wie Pawel vermutet hatte. Nun brauchte er nur noch zu warten, bis es dunkel wurde.

Gegen 21 Uhr holte er die Segeltuchtasche aus dem Kofferraum und machte sich auf den Weg. Im Schutz der Nacht kletterte Pawel über den von wuchtigen Steinpfeilern gestützten Eisenzaun und schlich durch den Garten zum Haus. In weniger als einer Minute hatte er ein Fenster im Erdgeschoss aufgehebelt und sich Zutritt verschafft. Mit klopfendem Herzen wanderte er durch die stillen, dunklen Zimmer. Dies war also der goldene Käfig, in dem Lenz Hannah hatte einsperren wollen. Nun, er konnte sich durchaus ein schäbigeres Gefängnis vorstellen. Seine Achtung für diese eigensinnige Frau, die gegen alle Widerstände konsequent ihren Weg ging, wuchs. Der Verlockung dieses Reichtums zu widerstehen, konnte ihr nicht leichtgefallen sein.

Er betrat Lenz' Arbeitszimmer im Obergeschoss. Gründlich durchsuchte er Schränke und Schubladen. Wenn Gisela Wollners Verdacht sich als zutreffend erwies, scheute sich Lenz nicht, auch mit untergetauchten Nazis Geschäfte zu machen; nicht aus Überzeugung, sondern aus rein finanziellem Kalkül. Pawel hoffte, dass Lenz Listen und Konten führte, es mussten Belege über Zahlungen existieren.

In einem kunstvoll gearbeiteten Sekretär fand er schließlich, wonach er gesucht hatte. Fein säuberlich hatte Lenz über Zahlungseingänge und dafür erbrachte Leistungen Buch geführt. Pawel stieß auf Listen mit Klarnamen und den dazugehörigen falschen Identitäten und Adressen, unter denen KZ-Kommandanten, SS-Offiziere und Schreibtischtäter des Reichssicherheitshauptamts unbehelligt in Deutschland lebten. Das war also das Geheimnis von Lenz' Wohlstand. Eine Villa in Bockenheim, ein Sportflugzeug als Geschenk für Hannah – Pawel hatte sich die ganze Zeit gefragt, wie ein einfacher Staatsanwalt das alles finanzierte.

Kurz darauf stieß er auf die Kopie der Akte Fritz Brunner. Ein medizinisches Gutachten bescheinigte ihm aufgrund eines erlittenen Herzinfarkts Verhandlungsunfähigkeit. Der ehemalige Leiter des Anstaltswesens von Hessen-Nassau lebte als freier Mann in einem kleinen Ort im Taunus. Pawel hatte den Schlüssel gefunden, der ihm Hannahs Herz aufschließen würde. Er musste sich die intime Feindschaft zwischen ihr und Brunner zunutze machen. Alles, was er brauchte, war etwas Zeit und gute Vorbereitung.

Da er unbedingt vermeiden wollte, dass Lenz den Einbruch mit seinen illegalen Geschäften in Verbindung brachte, kopierte er zunächst die Listen. Er brauchte eine Stunde, um alle Adressen und Namen zu notieren. Danach legte er die Unterlagen zurück und durchstreifte das Haus nach Beute, auf die es ein herkömmlicher Einbrecher abgesehen hätte. Er richtete ein entsprechendes Chaos an, steckte eine größere Menge Bargeld ein und stopfte mehrere Kunstgegenstände, die ihm wertvoll erschienen, in die Segeltuchtasche. Dann verließ er die Villa auf dem Weg, den er gekommen war, und fuhr zu seinem Hotel zurück.

Am nächsten Morgen fuhr er nach Köln zurück und dachte darüber nach, wie er einige Tage Abwesenheit glaubhaft erklären könnte. Dazu machte er sich auf die Suche nach Kalle. Doch bevor er ihn in seine dunklen Absichten verwickeln konnte, lief ihm jemand über den Weg, der seinen Durst nach Vergeltung stillen sollte, bevor Brunner an der Reihe war: ein blonder Schläger mit gebrochener Nase und SS-Runen auf den Fingerknöcheln.

37

Gräfin Cornelia von Gessnitz war eine hagere Frau von fünfundfünfzig Jahren mit schmalen Lippen, leicht schräg stehenden Augen und einer Nickelbrille. Scott mochte sie vom ersten Augenblick an nicht.

Die Gräfin hatte ihn zu einem Treffen in ihr Landhaus in der Nähe des Starnberger Sees gebeten. Die Zusammenkunft verlief in unterkühlter Atmosphäre. Cornelia von Gessnitz war bestens über die Haftbedingungen in Landsberg informiert. Sie brachte das Gespräch rasch auf die zum Tode verurteilten Rotjacken und fragte Scott geschickt aus. Dabei gewährte sie ihm tiefere Einblicke in ihre eigenen Ansichten, als ihr wahrscheinlich bewusst war. Ebenso wie Morgenschweis redete sie sich in Rage über die ihrer Meinung nach schändlichen Fehlurteile der Siegerjustiz. Scott hatte die Gesinnungsprüfung, der ihn Eisele unterzogen hatte, offenbar bestanden. Die Gräfin schien gar nicht auf den Gedanken zu kommen, es mit einem Spitzel der Amerikaner zu tun zu haben. Wie sich zeigte, hatte sie Scotts falsche Biografie genau überprüft und kannte jedes Detail, das Captain Millers Leute ausgearbeitet hatten. Er war erleichtert, dass er den Job übernommen hatte. Brendel als ehemaliger Häftling des Pfarrerblocks im KZ Dachau wäre sofort aufgeflogen.

Nach einer Stunde war die Audienz beendet. Die Gräfin empfahl Scott den Nonnen in einem Kloster am Ostufer des Ammersees. Er verbrachte die Nacht im dortigen Gästehaus und bemühte sich, nicht aufzufallen. Am Abend sollte ein Treffen mit Lucius D. Clay stattfinden, dem Militärgouverneur der amerikanischen Besatzungszone. Cornelia von Gessnitz hatte Clay, der sich auf einer Inspektionsreise befand, zum Essen eingeladen.

Gegen 19 Uhr betrat Scott einen großen Raum im Erdgeschoss des Klosters. Die weiß verputzten Wände bildeten einen wunderbaren Kontrast zu den vom Alter geschwärzten Deckenbalken und der kunstvollen Wandvertäfelung. In der Mitte des Raums stand ein Tisch, den wohl zehn Männer nur mit Mühe hätten vom Fleck bewegen können. Die Gräfin war bereits anwesend und kontrollierte mit verkniffenem Mund jedes Detail der Tischdekoration. Sie begrüßte Scott mit einem knappen Nicken.

»Ihre Aufgabe ist Ihnen klar?«, fragte sie, ohne ihn anzusehen.

»Ich soll für Sie übersetzen.«

»Das ist einer der Gründe, warum man Sie ausgewählt hat. An dieser Stelle möchte ich Ihnen übrigens mein Beileid für den Verlust aussprechen, den Sie erlitten haben. Mit dem Tod eines geliebten Menschen kommt man besser zurecht als mit der Ungewissheit. Wenn Sie wollen, kann ich Ihnen bei den Nachforschungen zum Verbleib Ihres Vaters behilflich sein.«

»Danke, das ist sehr freundlich von Ihnen.«

»Wirklich, ein herber Verlust. Georg Ritter war ein aufrechter, stolzer Mann. Ein überzeugter Nationalsozialist dazu. Der Umgang mit ihm war eine Freude. Aber davon will ja niemand mehr etwas wissen.«

»Sie kannten ihn persönlich?« Scotts Nacken prickelte alarmiert.

»Flüchtig. Sie dürfen stolz sein, seine hervorragende Arbeit heute Abend fortzusetzen.«

Scott verneigte sich leicht. »Ich fühle mich geehrt.«

»Das sollten Sie ganz gewiss. Sie müssen wissen, Generalvikar Herrmann und ich leisten schier Übermenschliches, um den Opfern der Siegerjustiz beizustehen und Unrechtsurteile zu verhindern. Und Sie dürfen teilnehmen an dieser wichtigen Arbeit. Wenn wir erreichen, dass die Amerikaner die Strafverfolgungen unwesentlicher Vergehen einstellen, kommt das vielen ehrenwerten Bürgern zugute. Sie könnten ansonsten in Schwierigkeiten geraten.«

Scott verzichtete auf die Nachfrage, wer damit gemeint war. Er begann, sich zu fühlen wie einer der Märtyrer, deren Geschichten er als Kind gehört hatte – als wäre er in eine Grube voller Schlangen gefallen. Ich denke schon wie ein Priester, dachte er amüsiert.

Schritte und Stimmengewirr aus dem Korridor rissen ihn aus seinen Gedanken. Generalvikar Herrmann betrat den Raum. Er begrüßte die Gräfin und wandte sich an Scott.

»Wie steht es in Landsberg?«

»Nun, deswegen kommen wir heute zusammen, nicht wahr?«, antwortete Scott diplomatisch. Bevor Herrmann weiter in ihn dringen konnte, erschien der Befehlshaber der amerikanischen Landstreitkräfte in Europa. Lucius Dubignon Clay war ein hochgewachsener, schlanker Mann von fünfzig Jahren mit scharf geschnittenen Gesichtszügen und dunkelbraunem, aus der Stirn gekämmtem Haar und wachen, aufmerksamen Augen. Scott kam es vor, als könne Clay mit seinen Blicken mühelos die Gedanken der Anwesenden lesen. Vom ersten Moment an empfand er Respekt und Hochachtung vor diesem Mann, der als Oberbefehlshaber eine gewaltige Aufgabe zu bewältigen hatte. Scott war ihm bisher nie persönlich begegnet und Clay war nicht eingeweiht. Er hatte keine Möglichkeit gesehen, ihn vorher zu informieren, und hoffte, dass sich der General ebenso täuschen ließ wie der Vikar und die Gräfin. Wenn Clay das Spiel durchschaute, würde er Scott möglicherweise auffliegen lassen, ohne es zu wollen.

Cornelia von Gessnitz stellte die Anwesenden einander vor. Eine Nonne brachte lautlos ein Tablett mit Getränken und schwebte wieder davon.

Die Gräfin bot Clay einen Aperitif an. Die nächste halbe Stunde verflog mit harmlosem Geplauder, dann setzte allgemeines Stühlerücken ein und das Essen wurde serviert.

Es gab Fleischbrühe, danach tischten die Nonnen einen vorzüglichen Wildschweinbraten mit Rotkohl und Semmelknödeln auf. Scott hatte seit Jahren nicht mehr so gut gegessen. Ihm fiel auf, dass die knochige Gräfin nur wenige Bissen aß. Als der Nachtisch abgeräumt wurde, lehnte sich Clay entspannt zurück. Der Vikar und der General rauchten Zigarren.

Geschickt lenkte die Gräfin das Gespräch allmählich auf die in Landsberg inhaftierten Männer, denen die Todesstrafe drohte. Clays Miene verdüsterte sich, er ahnte wohl, worauf das Tischgespräch hinauslaufen würde.

Von Gessnitz redete eine Stunde lang auf ihn ein und schloss mit den Worten: »Ich kenne jeden einzelnen der Rotjacken im Landsberger Gefängnis. Niemand kann mehr von Schuld und Verbrechen reden, der in ihre Seelen geschaut hat.«

Scott drehte sich der Magen um. Er dachte an Eisele, durch dessen Empfehlung er in den Kreis der Verurteilten Einlass gefunden hatte. Der Mann war ein Massenmörder ohne Gewissen, der Häftlinge auf kaum vorstellbare Weise gequält hatte, indem er experimentelle Operationen ohne jegliche Betäubung durchgeführt hatte.

Abwechselnd studierte er die Mienen von Herrmann und der Gräfin und versuchte zu ergründen, warum sie sich für Männer einsetzten, die sich nachweislich abscheulichster Verbrechen schuldig gemacht hatten. Wie konnte der Vertraute des Weihbischofs das mit seinen eigenen Lebenserfahrungen vereinbaren? Herrmann war selbst eine Zeit lang interniert gewesen, die Gräfin hatte sich während der Naziherrschaft mutig für KZ-Häftlinge eingesetzt. Warum wechselten sie nun die Seiten und traten für die Täter ein?

Cornelia von Gessnitz kam auf den Malmedy-Prozess zu sprechen, in dem dreiundsiebzig Angehörige des Panzerregiments der 1. SS-Division Leibstandarte Adolf Hitler beschuldigt worden waren, 1944 nahe der belgischen Stadt gefangene amerikanische Soldaten erschossen zu haben.

»Der bayerische Landesbischof Meiser hat eklatante Vorwürfe zu den Voruntersuchungen des Prozesses erhoben«, klagte die Gräfin. »Es hat Folterungen und Scheinhinrichtungen gegeben, mit denen Geständnisse erpresst werden sollten.«

Clay schüttelte ungeduldig den Kopf. »Die Exekutionen in Landsberg sind deshalb im Mai ausgesetzt worden. Sie wissen, dass die Vorfälle von einer unabhängigen Kommission untersucht wurden. Die Anschuldigungen haben sich als haltlos oder zumindest stark übertrieben herausgestellt. Selbst der amerikanische Heeresminister hat sich mit den angeblichen Fehlurteilen befasst. Es hat diese Scheinhinrichtungen nie gegeben. Der Anstaltsgeistliche Morgenschweis hat da eine Legende in die Welt gesetzt, die sich hartnäckig hält.«

Scott übersetzte Clays entschiedene Antwort.

»Eine Legende? Wohl eher Tatsachen«, entgegnete die Gräfin. »Nehmen Sie nur einen Mann wie Otto Ohlendorf. Er soll für die Anweisungen der verbrecherischen Bande in Berlin mit seinem Leben bezahlen.«

Clays Miene verhärtete sich. »Für Ohlendorf gibt es kein Pardon. Seine Liquidierungskommandos haben in der Sowjetunion über neunzigtausend Juden ermordet.«

»Man kann ihn nicht für die Mordtaten seiner Untergebenen verantwortlich machen«, beharrte von Gessnitz. »Für Heydrich war er ein Querkopf, den er mit dem Ostkommando gefügig machen wollte. Hitler hat die Judenmassaker persönlich befohlen, Ohlendorf hat sie absichtlich nachlässig ausgeführt.«

Scott übersetzte und musste den Blick abwenden, als er Clays schockiertes Gesicht sah.

Die Unterhaltung nahm nicht den Verlauf, den die Gräfin wohl im Sinn gehabt hatte. Herrmann schaltete sich ein und bemühte sich, die Wogen zu glätten.

»Nicht alle, die in Landsberg rote Jacken tragen, sind schuldig. Die Kirche ist der Meinung, dass sie durch die ständige Todesangst genügend bestraft sind und ein milderes Urteil verdienen. Sie sind nahe daran, den Verstand zu verlieren, weil nun doch noch der Henker kommt. Selbst der Papst ist dieser Ansicht. Wir haben ihn um Unterstützung gebeten, er wird sich in den nächsten Tagen mit Ihnen in Verbindung setzen. Möge der Allmächtige Sie milde stimmen.«

»Ich gebe zu, in einigen Fällen scheint die Vollstreckung der Todesstrafe ungerechtfertigt«, antwortete Clay. »Um sie zu prüfen, wurden die Hinrichtungen ja ausgesetzt. Ich versichere Ihnen, dass die Prozesse mit größter Sorgfalt und Fairness geführt wurden und die nun verbleibenden Urteile gerecht sind.«

»Das alles hat ja auch eine politische Dimension«, mahnte der Generalvikar. »Wenn die Amerikaner beabsichtigen, Deutschland in ein Bollwerk gegen den Bolschewismus zu verwandeln, sollten sie vielleicht von weiteren Todesurteilen absehen.«

Clay schüttelte den Kopf. »Die Politik darf nicht über dem Recht stehen.«

»Machen Sie sich endgültig frei von Rachegedanken, General Clay«, sagte die Gräfin. »Die Siegerjustiz muss ein Ende haben.«

Clay hatte offenbar genug. Er schob seinen Stuhl zurück und stand auf. Er umfasste die Lehne mit beiden Händen und sagte mit großem Ernst: »Gott ist mein Zeuge, dass ich keine Spur von Rache oder Hass empfinde. Ich habe keinen Fall in meiner Amtszeit gründlicher behandelt als die Urteile von Landsberg. Und nun entschuldigen Sie mich bitte.«

Clay verließ den Raum. Herrmann und Cornelia von Gessnitz saßen mit finsteren Gesichtern an der leeren Tafel.

»Es ist nicht so gelaufen, wie wir uns das vorgestellt haben«, sagte der Generalvikar.

»Sprechen Sie noch einmal beim Papst vor. Ich gebe nicht auf«, entgegnete die Gräfin. An Scott gewandt, sagte sie: »Kommen wir nun zu Ihrem Auftrag – der wichtiger denn je ist. Sollten Sie ihn zu unserer Zufriedenheit erfüllen, werden weitere folgen.«

Scott trank einen Schluck Rotwein. Endlich wurde es spannend.

»Und was genau wird meine Aufgabe sein?«

»Sie werden die Ehre haben, unschuldig Verfolgte vor der Willkürjustiz der Amerikaner zu bewahren. Mir wurde berichtet, dass Sie die Gegend um den Reschenpass gut kennen?«

Scott nickte. »Wie meine Westentasche.«

»Gut. Machen Sie sich bereit. In diesem Kloster wartet ein braver Mann darauf, dass Sie ihn in die Freiheit führen. Sein Name ist Rolf Heyrich.«

38

Ruth trampelte in ihren verdreckten Stiefeln über das Deck des alten Ausflugsdampfers. Sie schäumte vor Wut.

»Ich schwöre euch, das ist das letzte Mal, dass Voss mir in die Quere gekommen ist.«

»Er muss gewusst haben, dass ihr Kaffee aus Belgien holt«, sagte Kalle.

»Unser Plan war, durch den Gemmenicher Tunnel nach Deutschland zurückzukehren«, entgegnete Hannah. »Woher hätten seine Leute wissen sollen, dass wir den Umweg über den Vaalserberg nehmen?«

»Mir fällt da ein gewisser Pawel Kowna ein«, sagte Ruth.

»Fängst du schon wieder an? Man könnte meinen, du wärst eifersüchtig auf ihn«, sagte Hannah.

»Eifersüchtig? Ich? Schätzchen, ich bin Geschäftsfrau. Mit Gefühlsduseleien halte ich mich nicht auf.«

»Pawel hat seinen eigenen Kopf, das stimmt«, gab Kalle zu, »aber er würde uns niemals an den Köter verraten. Du hättest ihn mitnehmen sollen, anstatt ihn auszuschließen.«

»Probt ihr etwa den Aufstand? Ich hatte meine Gründe«, knurrte Ruth. »Auf jeden Fall bin ich es leid, dass Voss uns dauernd in die Suppe spuckt.«

Hannah ließ sich in einen Sessel fallen. Sie streifte stöhnend die schweren Wanderschuhe von den Füßen.

»Was willst du gegen ihn unternehmen?«, fragte Kalle.

Ruth biss die Spitze von einer Zigarre ab und riss ein Streichholz an.

»Wir werden ein so großes Ding drehen, dass jeder in Köln weiß, wer die Nummer eins ist. Und ich werde dafür sorgen, dass der Köter dabei in die Röhre schaut.«

Kalle schüttelte den Kopf. »Dieser Kleinkrieg nützt weder Voss noch uns.«

»Man sagt zwar, Konkurrenz belebt das Geschäft, aber wir müssen das jetzt endlich mal klarstellen«, entgegnete Ruth.

Kalle zuckte resigniert mit den Schultern.

»Du bist also dabei?«

»Einer muss ja auf dich aufpassen«, antwortete Kalle.

»Was ist mit dir, Hannah?«

»Mir bleibt nichts anderes übrig. Ohne das nötige Kleingeld werde ich mein Kind niemals wiedersehen.«

»Gut, dann hätten wir das geklärt.«

Joschi machte ein finsteres Gesicht. Er mischte sich mit abgehackten Gesten in die Diskussion ein.

»Was sagt er?«, fragte Ruth.

»Er denkt, was ich denke«, antwortete Hannah. »Wir haben zu viel riskiert. Irgendwann geht einer von uns drauf. Das ist keine Beute der Welt wert.«

»Das wird nicht passieren, denn ich habe einen Plan, der gar nicht schiefgehen kann«, sagte Ruth. »Wir müssen nur ein bisschen aufrüsten.«

Was Ruth unter *aufrüsten* verstand, begriff Hannah drei Tage später. Es war der 9. Oktober. Es dämmerte bereits, als sie auf dem weitläufigen Areal in den zerstörten Rheinhafenanlagen ankamen, auf dem Gottfried der Schieber seinen regen Handel betrieb. Ob es zehntausend Stahlhelme sein sollten oder eine Ladung Schmierseife – Gottfried konnte einfach alles besorgen.

Ruth begrüßte ihn mit einer innigen Umarmung. Der Schieber war von kleiner Statur und kugelrund, neben Joschi wirkte er wie ein Ball auf Beinen. Er deutete vor Hannah eine Verbeugung an, die ihm wegen seines enormen Bauches nicht leichtfiel, und ließ sich zu einem Handkuss herab.

»Lass die Faxen. Hast du das Ding besorgt?«, fragte Ruth.

»Hab ich's nicht versprochen? Und was ich verspreche, halte ich auch. Wenn die Damen mir bitte folgen wollen.«

Er geleitete sie durch ein Labyrinth von Regalen, Schrottcontainern und baufälligen Lagerbaracken und blieb vor einer Reihe skurriler Fahrzeuge stehen.

»Bitte sehr. Kaffeepanzer frisch aus Belgien. Fünf Stück. Wie viele braucht ihr gleich?«

»Einer reicht uns«, antwortete Ruth zufrieden.

Hannah betrachtete das sonderbare Vehikel genauer. Die Konstruktion sah aus wie eine Mischung aus Jeep und grüner Minna. Über groben Stollenreifen thronte eine unförmige Karosserie. Die Scheinwerfer auf den Kotflügeln waren durch Gitter geschützt. An einem Scharnier oberhalb der Frontscheibe hatte man zum Schutz vor Gewehrfeuer ein dickes Stahlblech montiert, in das zwei kleine Sichtfenster geschnitten waren, durch die Fahrer und Beifahrer die Straße beobachten konnten. Die Türen hatte man ebenfalls mit Stahlplatten verstärkt und Platz für Sichtluken gelassen.

»Bitte sehr«, sagte Gottfried, »Panzerspähwagen der Marke Blendy. Sie wurden in Frankreich umgerüstet und von belgischen Truppenteilen benutzt. Die Reifen haben übrigens separate Luftkammern. Die Kiste ist sogar immun gegen Krähenfüße.«

»Wie bist du an die Wagen herangekommen?«, fragte Ruth neugierig.

»ZVG«, antwortete der Schieber.

»Hätte ich mir denken können«, sagte Ruth zu Hannah. »Die ZVG ist die zentrale Verwertungsgesellschaft in Wiesbaden. Die haben alles, von Waffen und Munition bis zu Lokomotiven.«

Sie zog ein Bündel Geldscheine aus der Innentasche ihrer Lederjacke und zählte sie in Gottfrieds ausgestreckte Hand. Er steckte das Geld ein und grinste.

»Viel Vergnügen mit dem Schlitten.«

Ruth schlug Hannah auf die Schulter. »Du fährst. Wer eine Ju 52 fliegen kann, kommt auch mit einem Panzerwagen zurecht.«

Sie quetschten sich zu dritt in das abgedunkelte Fahrerhaus und klappten die Bleche vor den Luken hoch. Joschi zog den Kopf zwischen die Schultern und schaffte es kaum, die Tür zu schließen.

»Wie soll ich denn in dieser engen Kiste lenken?«, beschwerte sich Hannah. »Ich komme kaum an den Schaltknüppel.«

»Lass mich das machen«, sagte Ruth. »Du lenkst, ich schalte.«

Hannah steuerte den klobigen Wagen nach Südwesten Richtung Aachen. »Darum hast du gewartet, bis es dunkel wurde«, sagte sie.

»Genau. Es muss ja nicht jeder sehen, dass wir mit einem Kaffeepanzer durch die Gegend fahren.«

»Weihst du uns nun endlich in deinen famosen Plan ein?«

Ruth steckte sich drei Zigaretten zwischen die Lippen, zündete sie an und reichte zwei davon weiter.

»Gut informiert zu sein, ist die halbe Miete in unserem Gewerbe. Ich weiß aus sicherer Quelle, dass der Köter eine große Ladung Kaffee erwartet, ein richtig dickes Ding läuft da. Und ich weiß auch, wo sie das Zeug verladen.«

»Lass mich raten. Frederic hat seine Finger im Spiel. Wie hoch ist sein Anteil?«

Ruth lachte. »Er bekommt zwanzig Prozent. Weiter konnte ich ihn nicht runterhandeln. Wir fahren über die grüne Grenze nach Holland und von dort nach Belgien. Westlich von Gemmenich steht ein kleines Chalet. Dort übernehmen Voss' Leute den Kaffee. Wir warten, bis sie unterwegs sind und nehmen ihnen die Ladung ab. Dann geht's zurück über die Route des Trois Bornes nach Deutschland. Frederic sorgt für freie Fahrt an der Grenze. Das Ganze ist ein Kinderspiel. In zwei Stunden sind wir gemachte Leute.«

»Warum müssen wir auf dem Hinweg querfeldein fahren?«, fragte Hannah.

»Frederics Schicht beginnt erst um Mitternacht. Vorher können wir den Grenzübergang nicht passieren.«

»Dann fahren wir eben die gleiche Strecke zurück.«

»Geht nicht. Frederic besteht noch heute Nacht auf seinem Anteil. Ich hab's ihm versprochen.«

»Wer kauft uns den Kaffee ab?«, fragte Hannah.

»Kaffeeröstereien in Köln und Aachen. Die haben einen enormen Bedarf. Ich hab uns natürlich angekündigt.«

Der Blendy rumpelte durch ein Schlagloch.

»Hoffentlich bleiben wir nicht stecken. In den vergangenen Tagen hat es wie aus Eimern geregnet«, sagte Hannah.

»Entspann dich, es kann gar nichts schiefgehen.«

Hannah schwieg. Dieses Versprechen gab Ruth nicht zum ersten Mal. Sie dachte an die Pleite auf dem Vaalserberg. Wäre die Höckerlinie vermint gewesen, wären sie jetzt alle tot.

»Trotzdem, ich hab ein mieses Gefühl bei der Sache«, sagte sie.

»Hör schon auf zu unken. Es wird ein Mordsspaß. Endlich können wir dem Köter zeigen, wer der Chef in Köln ist.«

Ruth faltete eine Landkarte in dem engen Fahrerhaus auseinander, Joschi knipste eine Taschenlampe an. Hannah stoppte an einer stockfinsteren Kreuzung, an der sich drei Feldwege trafen.

»Da lang«, sagte Ruth.

Hannah kurbelte an dem unförmigen Lenkrad und steuerte den Panzerspähwagen tiefer in den nächtlichen Wald hinein. Ruth sah laufend auf die Uhr. Sie mahnte zur Eile. Es fing an, Bindfäden zu regnen.

Eine halbe Stunde später hatten sie die holländische Grenze überquert und näherten sich dem Chalet von Norden her. Sie versteckten den auffälligen Panzerwagen im Wald und schlichen zu einer Gruppe von Gebäuden, die sich um einen Innenhof scharten. Ruth stellte ihren Feldstecher scharf.

»Da, schau.«

Hannah übernahm das Fernglas. Der Hof war hell erleuchtet. Zwei Männer luden Säcke mit der Aufschrift *Product of Brazil* in einen Krankenwagen.

»Ich schätze, der Bauer, dem das Chalet gehört, macht einen guten Schnitt«, sagte Ruth leise. »Los jetzt. Wir müssen zum Wagen zurück.«

In einem Bogen umfuhren sie das Hofgut und erreichten auf schlammigen Wegen die Hauptstraße. Joschi öffnete die Beifahrertür und streute Krähenfüße auf den Asphalt.

»Das sollte sie aufhalten«, meinte Ruth.

Sie stellten den Blendy in der Einmündung eines Wirtschaftswegs ab und warteten. Keine zehn Minuten später näherten sich die Leute des Köters.

»Den Kaffee mit einem Krankenwagen zu transportieren, ist keine schlechte Idee«, sagte Hannah.

Ruth schüttelte den Kopf. »Den Trick kennen die Zöllner längst.«

Der Wagen raste über die regennasse Chaussee heran und geriet plötzlich ins Schleudern. Mit einem lauten Knall platzte ein Vorderreifen. Krachend landete der Transporter im Straßengraben.

Hannah steuerte den Blendy aus dem Versteck heraus und stoppte neben dem Krankenwagen. Ruth und Joschi sprangen aus dem Fahrerhaus. Die beiden Schmuggler kletterten benommen aus dem Wrack und starrten überrascht in die Mündung von Ruths Pistole.

»Pfoten hoch. Wenn ihr brav seid, geschieht euch nichts.«

Hannah behielt die Straße im Auge. Alles war ruhig und dunkel. Joschi kletterte in den Graben, öffnete die Heckklappe des Krankenwagens und begann, die Kaffeesäcke in den Laderaum des Panzerwagens umzuladen. Er brauchte zehn Minuten, dann nickte er Ruth schnaufend zu.

»Bestellt dem Köter einen schönen Gruß von Hannah Bloch und Ruth Obermayer! Wir geben ihm den guten Rat, uns nicht mehr in die Quere zu kommen. Wir sind die Nummer eins, merkt euch das!«

»Das kostet euch die hübschen Köpfe!«, rief einer der beiden Männer, ein dürrer Kerl mit hüpfendem Adamsapfel.

»Versucht doch, sie euch zu holen. Alles, was ihr bekommt, sind blutige Nasen!«

Hannah öffnete die Fahrertür. »Es reicht. Voss wird auch ohne deine Sticheleien stinksauer sein. Ich habe keine Lust auf einen Bandenkrieg.«

Joschi gestikulierte seine Zustimmung. Er zog Ruth, die farbenreiche Verwünschungen für Voss erfand, in das Fahrerhaus und schlug die Tür zu. Hannah gab Gas, der Panzerspähwagen verschmolz mit der Nacht.

Ruth studierte die zerknitterte Landkarte.

»Da vorne musst du rechts.«

»Bist du sicher? Das sieht wie ein Trampelpfad aus.«

»Eine Abkürzung, Schätzchen. Glaub mir, Frederic kennt die Gegend genau. Er hat die Route auf der Karte eingezeichnet.«

Die groben Stollenreifen rumpelten über Feldsteine und durch tiefe Schlaglöcher. Joschi knallte mit dem Schädel gegen das Dach des Fahrerhauses, dass es gongte.

Kurz darauf erreichten sie die Straße, die zum Grenzübergang in der Nähe des Dreiländerecks führte. Durch die schmale Sichtluke konnte Hannah kaum etwas sehen, der heftige Regen erschwerte die Orientierung zusätzlich. Ein Schlagbaum kam in Sicht, Hannah verringerte das Tempo.

»Was nun?«

Sie schob das seitliche Blech auf, streckte den Kopf aus der Luke und spähte angestrengt in die Dunkelheit hinaus.

Ruth sah auf ihre Armbanduhr. »Es ist kurz nach Mitternacht. Frederic hat gerade die Nachtschicht übernommen. Dreimal Lichthupe ist das vereinbarte Zeichen, dann lässt er uns durch.«

Hannah zog am Lichthebel. Die Scheinwerfer flammten kurz auf. Einmal, zweimal, dreimal. Nichts rührte sich.

»Noch mal!«, sagte Ruth.

Hannah wiederholte das Erkennungszeichen. Im Grenzerhäuschen öffnete sich eine Tür. Eine in einen Regenmantel gehüllte Gestalt mit Uniformmütze trat heraus. Sie postierte sich neben dem Schlagbaum und winkte.

»Fahr los.« Ruth trommelte nervös auf dem Armaturenbrett.

Der Mann im Regenmantel hielt eine Maschinenpistole in den Händen, die tief in die Stirn gezogene Mütze verdeckte sein Gesicht.

»Mir gefällt das nicht«, murmelte Hannah.

Joschi brummte zustimmend.

»Macht euch nicht in die Hose. Frederic hat alles im Griff«, sagte Ruth.

Die Gestalt winkte wieder, diesmal ungeduldiger.

»Warum kurbelt er den Schlagbaum nicht hoch?«, fragte Hannah.

Bevor Ruth antworten konnte, flog die Tür des Wachhauses auf. Jemand rannte auf die Straße, wedelte mit den Armen und brüllte: »C'est un piège! C'est un piège!«

»Was schreit denn der?«, rief Hannah.

Die stämmige Gestalt in dem Regenmantel hob den Kopf. Aus der offenen Tür des Grenzerhäuschens fiel Lichtschein auf sein Gesicht.

»Das ist Voss!«, rief Hannah.

»Frederic!«

Ruth sah hilflos zu, wie der Köter das Feuer eröffnete. Mit einem Stoß aus der Maschinenpistole mähte er den Belgier nieder.

»Nein!«, schrie Ruth. »Das ist eine Falle, verdammt!«

Weitere bewaffnete Männer stürmten aus der Bretterbude. Hannah stemmte instinktiv den Fuß auf das Gaspedal, denn zum Wenden blieb ihr keine Zeit. Der Blendy schoss auf den Schlagbaum zu und durchbrach ihn. Eine Salve aus Voss' Maschinenpistole schlug in die Karosserie ein und prallte wirkungslos von den Panzerplatten ab. Hannah duckte sich hinter das Lenkrad. Eine Kugel zischte durch die Frontsichtluke und blieb in der Rückwand des Fahrerhauses stecken – dort, wo noch vor einer Sekunde ihr Kopf gewesen war.

»Das war der Köter. Der verfluchte Hund hat Frederic umgebracht.«

»Ich hab dich gewarnt, Ruth!«, sagte Hannah. »Es musste irgendwann so kommen.«

»Halt an! Halt sofort an! Ich zeig's diesem Schwein!«, schrie Ruth.

Hannah fuhr unbeirrt weiter. »Voss hat ein Maschinengewehr! Ich bin doch nicht lebensmüde.«

Joschi öffnete für eine Sekunde die Beifahrertür und schaute nach hinten. Er rüttelte Ruth an der Schulter und deutete mit dem Daumen hinter sich.

»Ich schätze, wir werden verfolgt«, sagte Hannah.

Ruth schniefte und wischte trotzig die Tränen fort. »Dafür wird das Schwein bezahlen, das schwöre ich bei meiner toten Schwester. Wir müssen von der Straße runter. Im Gelände sind wir ihnen mit dem Blendy überlegen.«

Hannah riss das Steuer herum und raste auf einen Waldweg. Nach kurzer Fahrt hatten sie die Verfolger abgehängt.

»Wo sind wir?«, fragte Ruth.

»Ich habe nicht die geringste Ahnung.«

Sie erreichten eine befestigte Landstraße. Hannah entschied instinktiv, nach rechts abzubiegen. Bald darauf wurde ihr klar, dass sie im Kreis gefahren waren.

»Habt ihr die Straßenschilder gesehen? Wir sind immer noch in Belgien«, sagte sie.

Im Rückspiegel tauchten Lichter auf, die sich rasch näherten.

»Verdammt, sie sind wieder dran!«, rief Ruth wütend.

Zur Bestätigung schlug eine knatternde Salve in das Heck des Wagens ein. Es war nur eine Frage der Zeit, bis einer der Reifen getroffen wurde. Einer Salve aus einer automatischen Waffe würden auch die zusätzlichen Luftkammern nicht standhalten. Der Panzerwagen rumpelte über einen Bahnübergang.

»Halt an!«, rief Ruth. »Setz ein Stück zurück und fahr auf die Gleise.«

Joschi stöhnte auf.

»Das ist Selbstmord«, antwortete Hannah.

»Der Blendy hält das aus und der Köter kann uns nicht folgen.«

»Und wenn ein Zug kommt? Sieh dir die Hänge neben den Gleisen an. Da ist nirgendwo Platz zum Ausweichen.«

»Wir haben keine Zeit zum Diskutieren, sie haben uns gleich!«

Hannah fluchte und lenkte den Panzerwagen auf die Gleise. Rumpelnd folgten sie der Bahnlinie. Das Gelände rechts und links der Schienen stieg an und formte sich allmählich zu einem Hohlweg. Vor ihnen tauchte das Westportal des Gemmenicher Tunnels auf. Hannah nahm den Fuß vom Gas.

»Wir sitzen in der Tinte! Ich kann nicht wenden.«

Ruth starrte durch die Sichtluke.

»Wir brauchen höchstens zwei Minuten, um den Tunnel zu durchqueren.«

»Wenn ein Zug kommt, sind wir erledigt.« Hannahs schweißnasse Hände rutschten vom Lenkrad ab.

»Hast du eine bessere Idee?«, fragte Ruth.

»Durch den Tunnel zu fahren, ist Wahnsinn.«

»Wir haben schon öfter alles auf eine Karte gesetzt. Fahr zu.«

Hannah zögerte, dann trat sie das Gaspedal bis zum Bodenblech durch. Der Panzerwagen rumpelte über das Schotterbett und gewann an Geschwindigkeit. Das Portal raste auf sie zu und verschluckte sie wie das Maul eines Ungeheuers. Joschi schnappte nach Luft und wimmerte.

Das ist das Ende, dachte Hannah. Ich habe die Verfolgung der Nazis und die Tötungsanstalten überlebt, um wegen ein paar Pfund Kaffee in einem Eisenbahntunnel zu sterben. Ihr Herz raste wie verrückt. Sie wischte sich den Schweiß aus den Augen und hielt den Fuß auf dem Gaspedal. Weit vor ihr tauchte ein Licht in der Dunkelheit auf, das sich schnell in drei einzelne Punkte aufteilte. Ein Wettrennen auf Leben und Tod begann.

»Wenn wir das überleben, halte ich meine große Klappe, das schwöre ich.« Ruth war aschfahl.

Hannah stierte hypnotisiert auf die rasend schnell näher kommenden Lichter. Eine Sekunde lang dachte sie daran, das Steuer herumzureißen und auf das Nebengleis auszuweichen, aber sie konnte nicht erkennen, auf welchem Gleis der Zug heranraste. Ihre Chancen standen fünfzig zu fünfzig. Ein Spurwechsel würde den Tod bedeuten oder das Leben.

Die roh behauenen Tunnelwände flogen vorbei, der Motor des Panzerwagens dröhnte und röhrte, die Reifen holperten über Bahnschwellen. Endlich schossen sie aus dem Tunnel hinaus wie ein Korken aus einer Sektflasche. Hannah kurbelte mit schmerzenden Armen am Lenkrad und schaffte es, den Blendy von den Gleisen zu steuern. Der schwere Wagen rutschte schräg das Schotterbett hinab, stieß mit der rechten Seite gegen die Böschung und blockierte zur Hälfte den Bahndamm.

Die heranbrausende Dampflok gab ein warnendes Pfeifen von sich. Zwar hatte der Lokführer das Hindernis wohl gesehen, aber für eine Vollbremsung war es zu spät.

»Raus! Alle raus aus dem Wagen!«, schrie Hannah.

Sie riss die Fahrertür auf und sprang auf den Boden. Joschi hämmerte die Beifahrertür gegen die Böschung, konnte sie jedoch nur einen Spalt öffnen. Ruth rutschte über die Sitzbank und zog ihn aus dem Wagen. Sekundenbruchteile, bevor die fauchende Dampflokomotive den Blendy erfasste, hechtete Hannah vom Bahndamm in die Dunkelheit hinaus. Der Fahrtwind des Zuges wirbelte sie herum und schleuderte sie auf den Schotter. Mit einem ohrenbetäubenden Donnern krachte die Lok auf den Panzerwagen, schob ihn vor sich her wie ein Spielzeugauto und zerquetschte ihn am Tunnelportal.

Hannah schüttelte benommen den Kopf. Sie spürte eine Hand an ihrer Schulter und blickte in Joschis bleiches Gesicht.

»Wo ist Ruth?«, krächzte sie.

»Ich bin hier, Schätzchen. Unkraut vergeht nicht.«

Hannah stand auf und wankte den Bahndamm entlang. Von dem Blendy war nur ein Klumpen verbeulter Schrott übrig. Die kostbare Fracht war verloren. Die Säcke lagen aufgeplatzt auf dem Schotter, der Boden ringsum war mit Kaffeebohnen bedeckt. Sie stolperte, fiel auf die Knie und zitterte unkontrolliert.

»Diesmal sind wir zu weit gegangen«, stieß sie hervor. »Nie wieder Kaffeeschmuggel.«

Ruth kroch den Bahndamm herauf und ließ sich platt auf den Boden fallen. »Sie haben Frederic ermordet. Ich werd's diesem Scheißkerl zeigen. Verlass dich drauf.«

Hannah schüttelte müde den Kopf. »Nein, Ruth. Es ist genug.«

Joschi nickte zustimmend.

»Wir müssen weitermachen«, sagte Ruth. »Ich habe mein letztes Geld in den Panzerspähwagen gesteckt.«

»Dann lassen wir uns etwas anderes einfallen. Vom Schmuggel habe ich die Nase voll.«

39

Zwei Tage hatte Pawel Kowna beobachtet, wer Brunners Haus wann betrat oder verließ, bis ihm klar war, wo er den Hebel ansetzen musste. Der Hebel hieß Anneliese. Sie hatte blonde Locken, war von der Natur mit üppigen Kurven ausgestattet worden und befand sich zu seiner Überraschung nicht in festen Händen. Dieser Umstand machte es für ihn zu einem Kinderspiel, das romantisch veranlagte Dienstmädchen um den Finger zu wickeln.

Anneliese fuhr regelmäßig mit dem Fahrrad nach Braunfels und kaufte Lebensmittel für die Brunners ein. Pawel richtete es so ein, dass er in einem für Anneliese ungünstigen Moment die Straße vor dem Lebensmittelladen überquerte. Sie konnte ihm nicht mehr ausweichen und fuhr ihn über den Haufen. Äpfel rollten über die Straße, ein Glas mit eingelegten Gurken zerbrach und auf dem Asphalt lag ein jammernder, aber überaus gut aussehender junger Mann mit zerrissener Hose.

Nachdem Anneliese sich tausendmal entschuldigt hatte und um Wiedergutmachung bemüht war, traf man sich im örtlichen Café auf dem Burgberg. Nach zwei Stunden wusste Pawel alles über Brunner. Der frühere Landesrat war zum zweiten Mal verheiratet und betrieb eine Import-Export-Firma, die auf den Namen seiner Frau eingetragen war. Ein ärztliches Gutachten bescheinigte ihm dauerhafte Verhandlungsunfähigkeit und schützte ihn damit vor Strafverfolgung. Ausgerechnet Fritz Brunner, der während seiner Amtszeit ein noch härteres Vorgehen gegen lebensunwertes Leben gefordert hatte, verdankte der Rücksicht der Sieger auf seine angeblich angeschlagene Gesundheit einen sorgenfreien Lebensabend. Das Herz schien ihm jedenfalls keine Probleme zu bereiten, denn Pawel hatte ihn bei der Gartenarbeit beobachtet. Brunner ließ dabei keine Anzeichen einer ernsthaften Erkrankung oder körperlichen Einschränkung erkennen.

Anneliese tratschte über die Eheprobleme der Brunners und verriet Pawel bereitwillig ihre Arbeitszeiten. Den entscheidenden Hinweis erhielt er gegen Ende des Rendezvous. Den kommenden Samstag würde Brunner alleine in seinem Landhaus im Taunus verbringen. Seine Ehefrau würde am Freitagabend ins Allgäu fahren, um Verwandte zu besuchen. Anneliese hatte frei. Heute war Mittwoch, ihm blieben drei Tage für die Vorbereitung seines Racheplans.

Pawel hauchte seiner blonden Eroberung einen Kuss auf die Wange und kehrte nach Köln zurück. Dort erfuhr er von der

Beinahe-Katastrophe, in der der Kaffeeraubzug geendet hatte. Dass Ruth pleite war, passte in seine Pläne, denn nun hielt er alle Trümpfe in der Hand und musste sie nur noch in der richtigen Reihenfolge ausspielen.

Am Freitagmorgen, dem 15. Oktober, rollte sein blauer Pontiac auf den Hof von Gottfried dem Schieber. Kurz darauf verließ er das Gelände im zerbombten Rheinhafen in einem Jeep mit amerikanischen Hoheitszeichen. Auf dem Rücksitz lagen zwei Uniformen der Militärpolizei. Eine davon in Pawels Größe, die kleinere war für Hannah bestimmt.

Am späten Samstagnachmittag stellte er den geliehenen Jeep vor dem Hauptquartier der Bloch-Obermayer-Bande im Niehler Hafen ab. Aus dem Steuerraum des alten Ausflugsdampfers drangen die aufgeregten Stimmen von Kalle und Ruth. Pawel lehnte sich gegen die rostige Reling und lauschte. Sie diskutierten lautstark über neue Pläne, um die Kaffeepleite zu verwinden. Er entnahm Ruths Worten, dass sie sich mit Hannah gestritten hatte. Als er alles mitgehört hatte, was er wissen musste, kletterte er die Leiter hinauf zum Sonnendeck. Hannah lag in einem Liegestuhl und machte ein finsteres Gesicht. Pawel setzte sich ungefragt in den Stuhl neben ihr, schloss die Augen und gab vor, die ungewöhnlich warme Oktobersonne zu genießen. Innerlich bebte er vor Anspannung. Hannah beachtete ihn nicht und schwieg beharrlich.

»Was habt ihr jetzt vor?«, fragte er nach einer Weile.

Sie zuckte mit den Schultern. »Ich weiß es nicht. Durch den Verkauf der Kohlen kommt gerade genug Geld rein, um eine Zeit lang über die Runden zu kommen. Von Ruths Extratouren habe ich jedenfalls erst mal die Nase voll.«

»Mmh.« Das waren gute Neuigkeiten, die er nutzen musste. »Vielleicht wäre es an der Zeit, dass du dich wieder deinen eigenen Plänen widmest«, sagte er.

Hannah setzte sich auf und seufzte. »Ich weiß gar nicht mehr, was ich überhaupt will … oder was ich hier mache.«

»Du willst dein Kind finden, oder nicht?«

Sie zog die Beine an und schlang die Arme um die Knie. »Es kommt mir vor, als würde ich gegen Windmühlen kämpfen. Alles erscheint mir so sinnlos.«

»Hab Geduld. Am Ende wird die Gerechtigkeit siegen.«

»Glaubst du wirklich daran? Das sind doch nur leere Worte. Was habe ich denn erreicht? Sieh, was aus mir geworden ist: eine Schmugglerin und Diebin, eine verkrachte Existenz, die nicht weiß, wie sie den Winter überstehen soll.«

»Es ist nie zu spät, sich ein neues Ziel zu stecken ... oder ein altes wiederzuentdecken«, sagte Pawel.

Sie zog ärgerlich die Brauen zusammen. »Wo bist du überhaupt gewesen? Du hast dich seit Tagen nicht blicken lassen.«

»Ruth wollte nicht, dass ich euch in die Quere komme, also habe ich mich dünngemacht.«

Hannah winkte ab. »Ach, Ruth. Die denkt nur an ihren nächsten Fischzug. Voss hat ihren Liebhaber erschossen – Frederic, den Belgier, erinnerst du dich? Sie hat Rache geschworen, aber weder Joschi noch Kalle haben Lust auf einen ausgewachsenen Bandenkrieg. Und ich auch nicht.« Sie schob ihre Bluse ein Stückchen hoch. »Da schau. Ich hab mir eine Waffe besorgt. Der Köter ist stinksauer, weil wir ihm eine Wagenladung Kaffee geklaut haben. Wenn er uns erwischt, bringt er uns um.«

»Vielleicht wird es Zeit, neue Wege zu gehen«, sagte Pawel. »Ich könnte dir helfen, eines deiner Ziele zu erreichen.«

Sie kippte den Liegestuhl nach vorn. »Wovon redest du?«

»Von Vergeltung. Von Bestrafung.«

»Heyrich hat sich längst abgesetzt.«

»Aber Brunner nicht. Ich weiß, wo er ist.« Er berichtete, was er herausgefunden hatte. »Einer der schlimmsten Schreibtischtäter lebt mitten unter uns. Fritz Brunner ist für Tausende Krankenmorde verantwortlich und wird nicht weiter behelligt, obwohl du seine Auslieferung von England nach Deutschland ermöglicht hast. Streng genommen ist er sogar der Auftraggeber des Mordes an Ruths Schwester Thea.«

»Was hast du vor?«

Nun galt es, vorsichtig zu sein und die richtigen Worte zu wählen. Pawel wusste nicht genau, ob sie bereit war, die Gerechtigkeit in die eigenen Hände zu nehmen. Er wollte sie nicht verlieren, wie er Esther verloren hatte.

»Ich will dir ein Geschenk machen.«

»Was für ein Geschenk?«

Offenbar hatte er ihre Neugier geweckt. Sie richtete sich auf und sah ihm in die Augen. »Hast du etwa vor, ihm eine Abreibung zu verpassen?«

»Würde dir das Spaß machen?«

Sie strich sich das Haar zurück und schüttelte den Kopf. »Glaubst du wirklich, es würde mich glücklich machen, Brunner eine Tracht Prügel zu verpassen?«

»Vielleicht. Es kommt auf den Zweck an.«

»Vergiss es.«

»Und wenn wir ihn dazu bringen, ein Geständnis abzulegen?«

Er konnte förmlich sehen, wie es hinter ihrer Stirn zu arbeiten begann. Er wusste, dass sie Lubeck damals in eine ähnliche Falle gelockt hatte. Der Trick hätte funktioniert, hätte der Köter ihr nicht dazwischengefunkt.

»Brunner wurde für verhandlungsunfähig erklärt«, gab sie zu bedenken. »Selbst wenn er herausposaunt, dass er Lubeck zum Mord an Elisabeth angestiftet hat, kann ihn niemand vor Gericht stellen.«

»Du irrst dich«, entgegnete Pawel. »Das Gutachten besagt, dass sein Zustand die Strapazen eines langen und aufwendigen Indizienprozesses nicht erlaubt. Angeblich hat Brunner einen Herzinfarkt erlitten und die Aufregung könnte einen zweiten auslösen. Wenn er aber gesteht, wird er in einer kurzen Verhandlung für schuldig befunden. Dazu braucht er nicht einmal im Gerichtssaal zu erscheinen. Das wäre eine völlig neue Ausgangslage.«

»Woher weißt du denn, was in dem Gutachten steht?«

Pawel dachte an die Nacht, in der er in Lenz' Haus eingestiegen war. »Ich habe mich ein bisschen umgehört, du weißt, ich kenne eine Menge Leute.« Er stand auf und zog an ihrer Hand. »Komm. Ich habe dir etwas mitgebracht.«

Er führte sie zur Reling. Auf der Mole unter ihnen stand der amerikanische Militärjeep. Während Pawel seinen Plan erläuterte, spürte er, dass etwas in Hannah erwachte: Ein dunkler und hungriger Teil ihrer Seele, der mit Rache gefüttert werden wollte. Ein schwarzes Herz, das zu pochen begann. Je stärker es schlug, desto dumpfer wurde der Schmerz, der seit Esthers Tod in Pawel wühlte. Ihre gemeinsame Rache war die Medizin, die sie schlucken mussten, damit die Krankheit, an der sie litten, heilte.

Brunners Landhaus im Taunus stand am Ende einer Sackgasse unterhalb eines ausgedehnten Waldgebiets. Pawel stellte den Jeep unmittelbar vor dem Haupteingang ab.

»Hier hast du dich in den vergangenen Tagen also herumgetrieben«, sagte Hannah.

»Ich habe die Gegend ausgekundschaftet. Das Jagdhaus hat einem hochrangigen SS-Offizier im Reichssicherheitshauptamt gehört. Brunner hat es dessen Witwe für einen Spottpreis abgekauft.«

»Wir hätten Joschi mitnehmen sollen.«

Seit sie im Gemmenicher Tunnel dem Tod ins Auge geblickt hatte, war Hannah vorsichtig geworden. Sie hatte sich von Ruths Tollkühnheit anstecken lassen und zu spät bemerkt, dass sie eine Grenze überschritten hatte. Das durfte ihr nicht noch einmal passieren.

»Wir brauchen Joschi nicht. Mit Brunner werden wir alleine fertig«, sagte Pawel. »Bist du bereit für deine Rolle?«

Sie sah sich aufmerksam um. Das Jagdhaus lag im Dunkeln, die Nachbarhäuser wurden von dichtem Buschwerk verdeckt.

Pawel bemerkte ihren unsicheren Blick. »Keine Angst. Auch wenn uns jemand beobachten sollte, wird er nicht eingreifen. Oder glaubst du, ein Deutscher legt sich mit der amerikanischen Militärpolizei an? Siehst du die Lücke dort zwischen den Bäumen? Dort führt ein Wirtschaftsweg in den Wald hinein, der mit dem Jeep passierbar ist. Ich habe eine passende Stelle für die Vorstellung ausgesucht.«

Hannah biss sich auf die Unterlippe. Die Aussicht, Brunner einen Strich durch die Rechnung zu machen und ihn doch noch zur Verantwortung zu ziehen, erregte sie und weckte Gefühle in ihr, die sie lange verdrängt hatte: die Hilflosigkeit und Ohnmacht angesichts des Mordes an Lissy, die ständige Todesangst in den Anstalten und die bittere Erkenntnis, dass sie nichts wert war – lebensunwertes Leben in den Augen der Nazis. Die unzähligen Morde, die Verbrechen und die verlorenen Freunde. All das war auch Brunners Schuld. Sie dachte an ihre Zeit in seinem Haus zurück, an die eiskalte Entschlossenheit in seinem Gesicht, als ihm klar wurde, dass sie von der Affäre mit seiner Sekretärin wusste. Brunner hatte mit einem Zucken seines Mundwinkels über Leben und Tod entscheiden können. Ja, sie wollte, dass er endlich bestraft wurde. Sie wollte, dass er Angst hatte. Angst vor ihr.

Was würde sie empfinden, wenn sie ihm in wenigen Augenblicken gegenüberstand? Hass? Oder würde die alte Furcht sie lähmen? Würde die Vergeltung ihr den Frieden bringen, den sie ersehnte und den Pawel ihr versprach? Und wenn Brunner das Geständnis widerrief? Hatte dies alles überhaupt Sinn?

Pawel riss sie aus ihren düsteren Gedanken.

»Komm jetzt. Es ist Zeit.«

Er stieg aus dem Jeep, es gab kein Zurück mehr. Sie tastete nach dem Türgriff, ihre Hände waren schweißnass. Ihr Herz schlug heftig und hart, ein versteinertes, schwarzes Herz. Mit jedem Schlag kehrten die Bilder zurück: die sommersprossige Thea, der kleine Ralfi, tot und kalt unter dem Laken im Keller der Anstalt in Herborn, General Kowalski und die Puppe, die labile Elisabeth, die innerhalb von Minuten große Pläne schmieden und kurz darauf in tatenloser Verzweiflung versinken konnte.

Sie erinnerte sich daran, wie sie Lissys Kleiderschrank durchwühlt hatten und sie auf ihr Drängen all die schönen Kleider anprobieren musste, weil sie zu einem ersten Rendezvous gehen wollte ... und schließlich Hans, der halb nackt auf dem Fensterbrett des Krankensaals der Anstalt in Hadamar saß und vom Sprung in den Tod redete. Menschen wie Fritz Brunner trugen die Schuld daran, dass sie tot waren. Er hatte Hannah all ihrer Freunde beraubt und niemals dafür bezahlt. Nur Ruth und Joschi waren übrig ... und Pawel, dem sie sich so nahe und doch so fern fühlte und dessen Wesen sie nie richtig fassen konnte.

Ihr blieb keine Zeit mehr, über Recht und Unrecht nachzudenken. Plötzlich stand sie in einer Uniform der amerikanischen Militärpolizei neben Pawel, ohne Erinnerung daran, wie sie den Weg zur Tür zurückgelegt hatte.

Pawel drückte auf den Klingelknopf. Licht flammte hinter den dicken Butzenglasscheiben auf, ein verwaschener Schatten näherte sich. Während des Flugs nach England hatte sie einer direkten Begegnung mit Brunner ausweichen müssen. Diesmal würde sie ihm in die Augen sehen und das änderte alles. Pawel drückte ihre Hand so fest, dass es schmerzte. Er schien zu wissen, welcher Sturm in ihr tobte. Immer schien er zu wissen, was sie fühlte.

Doch nicht Fritz Brunner öffnete, sondern die Frau, der Hannah damals in seinem Haus in Schierbach begegnet war. Deutlich sah sie die Szene vor sich: Die blonde Sekretärin lag mit dem Oberkörper auf dem Schreibtisch, die Bluse nachlässig aufgeknöpft. Brunner stand hinter ihr, die Hose herabgelassen, schnaufte und stöhnte und stieß in sie hinein.

Sie erkannte Hannah sofort, trotz der Militäruniform und des Helms. Als hätte sie mit einer Verhaftung gerechnet, drehte sie sich auf dem Absatz um, floh ins Haus und rief Brunner eine Warnung zu.

Pawel lief ihr nach. Hannah stolperte betäubt hinter ihm her wie die unbeteiligte Zuschauerin eines bizarren Films. Alles lief in Sekundenschnelle aus dem Ruder. Pawel hatte behauptet, Brunner sei allein im Haus, und nun gab es eine Zeugin.

Sie trafen ihn in seinem Arbeitszimmer an. In einem offenen Kamin brannte ein Feuer und erzeugte flackernde Schatten auf seinem Gesicht. Graue Strähnen durchzogen das dunkle, pomadige Haar. Die hellen Augen blickten so klar und kalt wie an dem Tag, als er Lissy hatte ermorden lassen. Die schwarze SS-Uniform hatte er gegen ein grünes Hemd, eine halblange Lodenhose und karierte Kniestrümpfe getauscht.

Die Frau stellte sich schützend vor ihn. »Was wollen Sie von uns? Mein Mann ist krank. Er darf sich nicht aufregen.«

Pawel spielte seine Rolle mit kalter Perfektion. Er dachte sogar daran, einen amerikanischen Akzent nachzuahmen. »Mister Brunner, ich muss Sie auffordern, uns zu begleiten zu eine Verhör.«

»Ich habe ein Attest und bin vernehmungsunfähig.«

»Machen Sie keine Schwierigkeiten. Wir sind befugt, Sie mitzunehmen«, hörte Hannah sich sagen.

Der Augenblick war da. Ihre Blicke begegneten sich. Sie starrten sich schweigend an; eine Minute oder länger, Hannah konnte es hinterher nicht sagen. Niemand sprach ein Wort, die Sekunden dehnten sich zur Ewigkeit. Zu ihrer Überraschung wurde ihr bewusst, dass sie keine Angst mehr vor ihm hatte. Ihre Rollen hatten sich ins Gegenteil verkehrt, der mächtige, große Brunner war machtlos. Hannah triumphierte stumm.

»Und wenn ... ich mich weigere?«, fragte er langsam.

Weder Pawel noch Hannah antworteten. Ihr Schweigen beantwortete seine Frage besser als Worte es gekonnt hätten.

»Es würde nichts ändern«, sagte Pawel schließlich.

Brunner nickte, er hatte verstanden. Der Mann, der ihr so viel Leid angetan hatte, war bleich und gefasst und schien zu wissen, was ihn erwartete. Und auch Hannah begriff es. Pawel hatte nicht vor, ihm eine Abreibung zu verpassen, er wollte mehr. Plötzlich war es nicht Brunner, der ihr Angst einjagte, sondern die Wahl, vor die Pawel sie stellen würde. Spielte er nur den Richter und wollte ihr die Rolle des Henkers zukommen lassen oder würde er ihn eigenhändig erschießen? Brunners Tod war das Geschenk, das er ihr versprochen hatte; ein grässliches, abstoßendes Präsent, das sie entsetzt ablehnte.

»Es wird Zeit«, sagte Pawel.

Brunner nickte. »Warte hier auf mich, Gerda«, sagte er. »Wenn ich in einer Stunde nicht zurück bin, ruf die Polizei an.«

Sie klammerte sich an ihn. »Lass mich nicht allein.«

»Tu, was ich dir sage!«

Er befreite sich von ihr und ließ Hannah den Vortritt, Pawel bildete den Abschluss. Zu dritt verließen sie das Haus und gingen zum Jeep. Pawel befahl Brunner, auf dem Rücksitz Platz zu nehmen. Hannah setzte sich auf den Beifahrersitz und beobachtete den ehemals mächtigen Landesrat, der wusste, dass ihn seine Verbrechen eingeholt hatten. Sie war von ihrer Erkenntnis so schockiert, dass sie nichts unternahm. Eine Stimme in ihrem Kopf warnte sie vor dem Unrecht, dass sie begehen wollten, eine zweite Stimme schrie noch lauter und zählte die Namen von Brunners Opfern auf. Hannah focht einen furchtbaren inneren Kampf aus, der sie lähmte. Pawel fuhr los.

Nach kurzer Fahrt knirschte lockerer Kies unter den Reifen, der Jeep wurde langsamer und blieb schließlich stehen. Der

Wald lichtete sich und machte einer flachen Senke Platz. Pawel stieg aus und klappte die Lehne des Fahrersitzes nach vorn.

»Aussteigen!«

Brunner zwängte sich aus dem Wagen. Hannah stieg ebenfalls aus und blickte sich um. Das Wasser eines Fischteichs glitzerte ölig im Licht des Vollmonds, leise schwappten kleine Wellen ans Ufer. Der Himmel war sternenklar, man hätte ohne künstliches Licht eine Zeitung lesen können.

Er macht das nicht zum ersten Mal, dachte Hannah. Ort und Zeitpunkt waren perfekt gewählt, um einen Menschen verschwinden zu lassen. Ein Windstoß fuhr durch die Bäume, trockenes Laub raschelte. Dann war es wieder totenstill.

Pawel stieß Brunner den Pistolenlauf zwischen die Schulterblätter und trieb ihn zum Teich hinab. Hannah blieb vor der Motorhaube des Jeeps stehen. Ein Dunstschleier schob sich vor den knochenbleichen Mond und verwandelte die Szene in ein albtraumhaftes Gemälde. Hannah hörte, sah, roch und schmeckte, aber ihre Beine gehorchten ihr nicht mehr.

Pawels Stimme füllte ihren Kopf aus. »Friedrich Brunner. Sie sind angeklagt des Massenmords an Unschuldigen, Wehrlosen, Kranken und Kindern. Haben Sie etwas zu Ihrer Verteidigung vorzubringen?«

Der ehemalige Landesrat stand mit dem Rücken zum Wasser unmittelbar am Ufer. So hart und unbarmherzig, wie Hannah ihn erlebt hatte, war er auch jetzt.

»Ich habe mir nur vorzuwerfen, dass ich nicht so radikal gegen das ganze Geschmeiß vorgegangen bin, wie ich es hätte tun sollen. Denn dann wären all die jüdischen Schwachköpfe längst ins Gas gegangen und ich stünde nicht hier und müsste mir dein feiges Geschwätz anhören.«

Warum hat er keine Angst? Warum fällt er nicht auf die Knie und bettelt um sein Leben? Jeder würde das im Angesicht des Todes tun. Er weiß, was er getan hat, dachte Hannah. Er weiß, dass er sich schuldig gemacht hat, und er ist fest davon überzeugt, dass sein Handeln trotzdem richtig war. Er würde es jederzeit wieder tun, wenn er könnte. Wäre Brunner bewaffnet und nicht Pawel, er würde keine Sekunde zögern und abdrücken. Es würde ihn nicht mehr kümmern, als schlüge er eine Fliege tot. Das ist der Unterschied zwischen uns, dachte sie. Selbst jetzt, wo ich den Mord an Elisabeth sühnen könnte, bin ich dazu nicht in der Lage. Weil ich keine Mörderin bin. Weil ich ein Gewissen habe. Brunner hat keins.

»Das Urteil wird sofort vollstreckt«, sagte Pawel. »Hannah, komm her.«

Sie rührte sich nicht.

»Hannah?«

Ihre Füße setzten sich in Bewegung, als gehörten sie nicht zu ihr und besäßen einen eigenen Willen. Jedes noch so winzige Detail brannte sich in ihr Gedächtnis ein: die silbernen Reflexionen auf dem Wasser, die Kiesel unter ihren Sohlen, Pawels ausdrucksloses Gesicht, Brunner, der lauernd mit eingezogenem Stiernacken auf eine Chance wartete zu entkommen.

»Hinknien!«, befahl Pawel.

Langsam beugte Brunner ein Knie, dann das zweite.

»Stell dich hinter ihn«, sagte Pawel.

Traumwandlerisch tappte Hannah vorwärts. Sie nahm die Mauser aus dem Holster, die sie sich zum Schutz vor dem Köter besorgt hatte, umfasste sie mit beiden Händen und drückte Brunner die Mündung gegen den Hinterkopf.

»Fickst du sie?«, fragte Brunner.

Pawel antwortete nicht.

»Schade, dass du ihre Mutter nicht gekannt hast«, fuhr Brunner scheinbar gelassen fort. »Malisha Bloch hätte längst abgedrückt. Ihr zwei wärt ein furchterregendes Paar gewesen. Ein Jammer, dass die Gestapo sie in die Mangel genommen hat.«

»Erschieß ihn endlich!«, schrie Pawel.

»Das musst du schon selber machen«, sagte Brunner. »Dazu fehlt ihr der Mut. Als es hart wurde, hat sie sich unter den Rockschoß eines Priesterleins gerettet. Stimmt's, Judenmädchen?«

Hannah zitterte und starrte auf Brunners Hinterkopf. Es war richtig, ihn zu erschießen ... und es war falsch. An ihren Augenrändern zog die alte Dunkelheit heran. Ihr wurde schwindelig, sie schwankte, ließ die Waffe sinken und trat zur Seite.

Pawel sah sie an. In seinen Augen lag eine Kälte, die sie frösteln ließ. Er schoss Brunner in den Kopf. Ohne einen Laut kippte der zur Seite.

»Beim ersten Mal fällt es jedem schwer«, sagte Pawel. »Das unterscheidet uns von ihnen. Du wirst noch oft Gelegenheit haben, es besser zu machen.«

Hannah starrte auf den Toten. In Brunners Stirn klaffte ein Loch. Zwei Jahre lang hatte sie diesen Mann und viele andere gejagt, um sie vor Gericht zu stellen. Obwohl sie erfolgreich gewesen war, hatte sie mehr als einmal tatenlos zusehen müssen, wie die Mörder davonkamen. Trotzdem war der Weg, den sie mit Scott gemeinsam gegangen war, der richtige gewesen. Was sie mit Brunner gemacht hatten, war keine Vergeltung, es war Mord. Er mochte sich noch so vieler Verbrechen schuldig gemacht haben, am Ende hatte Pawel einen Wehrlosen erschossen. Und sie hatte es nicht verhindert.

Pawel schien ihr Entsetzen nicht zu bemerken oder er ignorierte es. Er trat Brunner in die Seite, um zu prüfen, ob er wirklich tot war.

»Hilf mir. Wir müssen die Leiche loswerden.«

Er schlug die Plane über der Ladefläche des Jeeps zurück. Sie schleppten einen Betonblock und ein Seil zu dem Toten. Pawel band den Block an Brunners Füße, dann warfen sie ihn ins Wasser. Hannah handelte automatisch, ohne eigenen Antrieb. Mitgefangen, mitgehangen. Ihr blieb keine Wahl.

»Der taucht nicht mehr auf«, sagte Pawel. »Ich habe mich erkundigt, der Fischteich wird nicht mehr zur Zucht benutzt. Hier kommt so gut wie nie jemand vorbei.«

Sie gingen zum Jeep zurück.

»Was hast du gefühlt, als du ihn erschossen hast?«, fragte Hannah.

»Du musst es ausprobieren, dann weißt du es. All die furchtbaren Bilder, die Angst und die Demütigungen, die Schmerzen und quälenden Erinnerungen verblassen. Die Scham, überlebt zu haben, während die Menschen, die du geliebt hast, sterben mussten, heilt. Es ist, als würde sich eine Wunde schließen. Nur eine Narbe bleibt zurück, die nicht mehr wehtut. Und auch die verschwindet irgendwann. Endlich zu handeln, ist die beste Medizin, die ich kenne, um die Krankheit zu heilen, an der wir leiden.«

Hannah wusste, wovon er sprach. Darum fühlte sie sich ihm so nah. Und dennoch hatte sie nicht schießen können. Vielleicht hätte sie es tun sollen. Ob die bittere Medizin auch bei ihr wirken würde? Würde dann nicht auch die Erinnerung an Malisha und Hans verblassen?

»Mach dir keine Sorgen«, sagte Pawel, »niemand wird je davon erfahren.«

»Die blonde Frau«, entgegnete Hannah, »Brunners Frau …«

»Ach die.« Er winkte ab. »Sie wird den Mund halten.«

»Sie war damals Brunners Sekretärin, als ich mein Pflichtjahr in seinem Haushalt absolvieren musste.«

»Na und?«

»Sie hat mich erkannt. Sie weiß, wer ich bin, und sie kennt meinen Namen.«

Pawel schwieg. Hannah sah in seinen Augen, dass er soeben ein weiteres Todesurteil gefällt hatte.

40

Am Morgen des 19. Oktober 1948 stand Scott Young auf dem Bahnsteig des Sonthofener Bahnhofs und hielt Ausschau nach dem Mann, dem er zur Flucht verhelfen sollte. Den Priestertalar hatte er gegen Zivilkleidung getauscht. Er trug feste Wanderschuhe, eine Hose mit aufgesetzten Taschen und unter der gesteppten Jacke einen warmen Pullover. In dem Rucksack, der neben ihm auf dem Boden stand, befand sich Verpflegung für zwei Tage und sein Colt M1911, die Dienstwaffe der amerikanischen Militärpolizei. Dazu eine detaillierte Karte, auf der die Stationen und Namen der Ansprechpartner vermerkt waren, bei denen er unterwegs Unterstützung finden würde.

Scott hatte mit dem Gedanken gespielt, SS-Oberscharführer Rolf Heyrich noch auf dem Bahnsteig zu verhaften, aber er hatte zu viel Energie in die Aufdeckung der Rattenlinie gesteckt. Zuvor wollte er wissen, wie sie im Detail funktionierte und wer in das Netzwerk der *Heilenden Hände* verstrickt war. Das wichtigste Drehkreuz der Route kannte er bereits: das Franziskanerkloster in Bozen. Dort würde er auf Pater Franz Pobitzer treffen, der Heyrich in Empfang nehmen und die Weiterreise nach Rom organisieren würde. Wenn Scott den SS-Oberscharführer jetzt hochgehen ließ, fehlten ihm die Beweise gegen Pobitzer, Bischof Hudal und andere Fluchthelfer. Zuerst musste er ihn sicher über die Berge nach Südtirol bringen. Die Carabinieri in Bozen waren über ihr Kommen informiert. Dort würde Heyrichs Flucht unweigerlich enden. Ein Auslieferungsantrag der deutschen Staatsanwaltschaft, die eng mit den Amerikanern und Briten zusammenarbeitete, lag bereits vor. Scott plante, seinen Gefangenen persönlich in Frankfurt abzuliefern.

SS-Oberscharführer Rolf Heyrich war kein prominenter

Nazi wie Eichmann oder Martin Bormann, sondern ein Emporkömmling, der es in dem kleinen Ort Hagenstein zum Bürgermeister und Ortsgruppenleiter gebracht hatte. Als glühender Nationalsozialist hatte er mit einer Bande aus Speichelleckern ein Terrorregime aus Denunziation, Gewalt und Angst aufgebaut und sich damit gerühmt, das Dorf Hagenstein 1942 *judenfrei* erklären zu können. Ein halbes Jahr später war er in die SS eingetreten und nach Polen abkommandiert worden, wo er im Konzentrationslager Sobibor als Adjutant des Lagerkommandanten Franz Reichleitner Dutzende Menschenleben auf dem Gewissen hatte. Im Frühjahr 1945 machte er in der Nähe seines Heimatorts als Chef einer Sondereinheit der Feldpolizei Jagd auf Deserteure. Wenige Tage vor Kriegsende war es zu der verhängnisvollen Begegnung mit vier jungen Soldaten gekommen, die die Sinnlosigkeit des Krieges erkannt hatten und untergetaucht waren. Einer von ihnen war Hans Simonek gewesen, Hannahs erste große Liebe.

Nachdem Heyrich die Deserteure gestellt hatte, zögerte er nicht, sie umgehend standrechtlich erschießen zu lassen. Eine Laune des Schicksals versetzte Scott nun unverhofft in die Lage, Hannahs Wunsch erfüllen zu können, Heyrich seiner gerechten Strafe zuzuführen. Scott hoffte, dass eine Verhaftung und Anklage genug Wirbel verursachen würden, Hannah nach Frankfurt zu locken, weil sie dem Prozess sicher würde beiwohnen wollen. Allerdings befürchtete er, dass Heyrich ungeschoren davonkam, denn die Erschießung der vier Deserteure hatte dem Kriegsrecht entsprochen. Blieb nur zu hoffen, dass es der Staatsanwaltschaft gelang, Beweise für seine Verbrechen im Konzentrationslager Sobibor zu finden.

»Pater Ritter?«

Scott blinzelte überrascht. Er hatte den dunkelhaarigen Mann nicht bemerkt, der sich ihm genähert hatte und nun vor ihm stand.

»Ja?«

Der Fremde streckte die Hand aus. »Ich suche einen Bergführer. Sie wurden mir empfohlen.«

Scott wurde sich bewusst, dass er ihn wohl schon länger angestarrt hatte, ohne ihn wahrzunehmen.

»Sie sind ...«

»... ein namenloser Wanderer zwischen den Welten«, fiel Heyrich ihm lächelnd ins Wort, »nicht mehr.«

Scott erinnerte sich an die Gespräche mit Eisele in Landsberg und suchte in Heyrichs Gesicht nach Anzeichen, die ihn als Sadisten und Rassisten brandmarkten, doch er entdeckte nur die Züge eines normalen, fast unscheinbaren, freundlichen Mannes. Rolf Heyrich war sechsundvierzig Jahre alt, durchschnittlich groß und schlank. Seine Ohren standen leicht vom Kopf ab, das dunkle Haar lichtete sich an Schläfen und Stirn. Er hatte warme braune Augen und ausgeprägte Brauen, eine kurze, gerade Nase und volle Lippen. Neben dem linken Nasenflügel störte ein Leberfleck die Symmetrie. So gründlich Scott forschte, er fand nichts, was Heyrich von einem herkömmlichen, harmlosen Handelsvertreter unterschied. Das Fehlen jedes Hinweises auf die Vergangenheit dieses Mannes irritierte ihn.

»Stimmt etwas nicht?«

Scott riss sich zusammen. »Nein, nein. Es ist nur ...«, er suchte nach einer Ausrede für sein Starren, »... Sie erinnern mich an jemanden, das ist alles.«

»Oh.« Heyrich lächelte einnehmend. »Ich hoffe, Sie verbinden gute Erinnerungen mit ihm. Wie lange werden wir für unsere Reise brauchen?«

»Drei bis vier Tage.«

Heyrich blickte den Bahnsteig entlang. »Unser Zug dürfte wohl bald kommen.«

Scott nickte. Die Situation kam ihm surreal vor. Heyrich besaß eine entwaffnende Art, gute Manieren und ein zurückhaltendes, fast schüchternes Auftreten. Was habe ich erwartet?, dachte er. Ein hässliches Monster, dem man seine eiskalte Grausamkeit von Weitem ansieht? Wenn jeder Teufel Hörner besäße, würde man sie leicht erkennen. Er wusste aus Erfahrung, dass das Zerrbild des geifernden, schreienden Nazis in Uniform und blankgeputzten Stiefeln eine Legende war. Natürlich hatte es diese Abziehbild-Nazis gegeben, aber den meisten Verbrechern sah man ihre Vergangenheit nicht an.

Sie fuhren mit dem Zug von Sonthofen über Altstädten nach Oberstdorf. Heyrich erwies sich als schweigsamer Mitreisender. Er redete kaum und reagierte auf Scotts Fragen ausweichend, jedoch immer lächelnd. Es war diese entwaffnende Freundlichkeit, die Scott fassungslos machte. Wie konnte sich hinter diesem höflichen, zurückhaltenden Mann ein Wesen verstecken, das Menschen wie Ungeziefer behandelt hatte?

Nach zwanzig Minuten stiegen sie in Oberstdorf aus dem Zug. Die Gräfin von Gessnitz hatte Scott den Namen eines Kontaktmannes genannt, der sie über die Berge nach Österreich bringen würde. Jonas Schickl bewirtschaftete einen Hof in einem Bergbauerndorf südlich von Oberstdorf. Scott hatte die Karten studiert und sich den Weg dorthin eingeprägt, doch die Realität war komplexer als Wegmarkierungen auf einem Zettel.

»Alles in Ordnung?«, fragte Heyrich.

»Keine Sorge«, antwortete Scott. »Ich bringe Sie sicher über die Berge.«

»Man versicherte mir, dass Sie mit der Gegend vertraut sind.«

»Meine Ortskenntnisse beschränken sich auf den Reschenpass. Als Kind habe ich jeden Sommer in Reschen verbracht. Viele Wege führen dorthin und die Route über Oberstdorf ist mir nicht besonders geläufig. Aber seien Sie unbesorgt, ich wurde gut instruiert.« Scott lächelte und bemühte sich, vertrauensvoll zu wirken. »Das gehört zu unserem Reiseservice.«

Er warf einen Blick auf seine Notizen und orientierte sich an den Wegweisern. Zu seiner Erleichterung entdeckte er ein Hinweisschild, das ihm weiterhalf.

Sie durchquerten die Stadt und marschierten durch ein Tal nach Süden. Am Fuß der Berge begegneten sie einem Bauern, der sie auf seinem Fuhrwerk mitnahm.

Das Bergdorf bestand aus einem Dutzend Häusern, die sich um einen zentralen Marktplatz gruppierten. Eine unbefestigte Straße, kaum mehr als ein steiler Pfad, führte zu einem höher gelegenen Holzhaus.

»Wir sind fast da. Das ist unsere erste Station«, sagte Scott.

Er versuchte, sich seine Unsicherheit nicht anmerken zu lassen, und erging sich in belanglosen Plaudereien. Heyrich antwortete höflich, aber einsilbig. Entweder hatte er kein Interesse an einer Unterhaltung oder er ahnte, dass er in eine Falle gelockt wurde. Immerhin befand er sich seit über drei Jahren auf der Flucht. Die ständige Angst vor Enttarnung musste ihn vorsichtig und misstrauisch gemacht haben.

Scott klopfte an die Tür des Bauernhauses. Ein vierschrötiger Mann mit grauem Bart und Stirnglatze öffnete. Er trug ein kariertes Hemd und die obligatorische Lederhosentracht und blickte ihn aus den hellsten Augen an, die Scott je gesehen hatte. Der Bauer kam ihm auf eine seltsame Weise alterslos vor. Er hätte vierzig oder ebenso gut achtzig sein können.

»Herr Schickl?«, fragte er. »Wir sind …«

Der Bauer schnitt ihm das Wort ab. »Ihr wollt über die Berge?«

»Die Gräfin schickt uns. Wir …«

»Tausend Schilling. Die Hälfte sofort, der Rest ist fällig, wenn wir die Grenze überquert haben.«

Scott zählte ihm das Geld ab. Cornelia von Gessnitz hatte ihn mit Barmitteln ausgestattet. Schickl warf einen skeptischen Blick in den Himmel, der sich in den letzten beiden Stunden mit dunklen Wolken zugezogen hatte, dann schlug er ihnen die Tür vor der Nase zu.

»Nicht sehr umgänglich, dieses Bergvölkchen, was?«, sagte Heyrich.

»Die Kontaktleute wechseln aus Sicherheitsgründen«, log Scott. »Ich hatte noch nie mit Schickl zu tun. Hauptsache, er kennt den Weg.«

Die Tür wurde wieder geöffnet. Der Bauer trug nun einen Hut und schnallte sich einen Rucksack um. Ohne ein weiteres Wort marschierte er auf einen Pfad zu, der über eine Alm steil bergan zu einem Kiefernwäldchen führte.

Nach einer Viertelstunde brach Scott der Schweiß aus, seine Beine zitterten vor Anstrengung. Schickl schritt scheinbar mühelos voran, auch Heyrich zeigte keine Spur von Ermüdung. Scott fiel zurück. Heyrich indessen fand seine Beredsamkeit und begann, sich angeregt mit dem Bauer über *alte Zeiten* zu unterhalten.

In sein eigenes Keuchen und Schnaufen mischten sich Wortfetzen: »... müssen zusammenhalten ... alte Kameraden lässt man nicht im Stich ... in Stuben hilft man dir weiter ... frag nach dem Höllinger Sepp im Schwarzen Adler ... ja, einer von uns ... und der dahinten? ... ist sauber, den hat Herrmann empfohlen ... hab ich hier noch nie gesehen.«

Sie passierten die Baumgrenze, gelangten allmählich in das Hochgebirge und rasteten auf der Passhöhe. Besorgt studierte Schickl den Himmel.

»Wir müssen uns beeilen, das Wetter schlägt um.«

Weiter ging der Marsch abwärts. Regen setzte ein. Nach zwei Stunden erreichten sie auf österreichischer Seite ein Dorf. Schickl brachte sie zu einem Gasthaus und begrüßte den Wirt wie einen alten Freund. Nein, wie einen Kameraden, verbesserte sich Scott.

Das Essen war üppig und gut. Sepp Höllinger, der Besitzer des Gasthofs, entsprach im Gegensatz zu Heyrich tatsächlich der Schablone des grobschlächtigen SS-Offiziers. Er trug eine Augenklappe und plärrte mit dröhnender Stimme abgehackte Sätze.

»Wollt über die Berge, Kameraden, wie? Hockt euch erst mal hin. Nur keine Sorge. Hier gibt's keine Walschen oder Judenpack. Nur anständige Deutsche, was?«

Bald floss das Bier in Strömen. Schickl und Höllinger begannen, mit ihren Kriegsabenteuern zu prahlen. Wie Heyrich waren sie bei der SS gewesen und stolz darauf. Sie fingen an, über ein Viertes Reich zu fabulieren. Scott lehnte den Hinterkopf an die Wand und schloss die Augen. Er war erschöpft, außerdem machte er sich Sorgen wegen seines Akzents und hielt meistens den Mund. Als sie gegen Mitternacht anfingen, Soldatenlieder zu grölen, zog er sich, vom Spott der betrunkenen Nazis verfolgt, auf sein Zimmer zurück.

Er lag noch lange wach und lauschte dem Lärm aus dem Schankraum. Es schien niemanden zu stören, dass Schickl bei jeder neuen Runde »Sieg Heil!« schrie.

Scott dachte an Hannah. Wo mochte sie sein? Ob es ihr gut ging? Er wünschte sich, er könnte bei ihr sein und ihren Träumen von der Freiheit des Fliegens und dem grenzenlosen blauen Himmel lauschen. Sie fehlte ihm. Ihre Abwesenheit tat weh wie der Phantomschmerz eines amputierten Gliedes.

Schlaflos wälzte er sich herum. Während seiner Arbeit beim CIC hatte er nach einer Antwort auf die Frage gesucht, wie es möglich gewesen war, dass die Nazis Menschen wie Ungeziefer vergasten, und wie sie solch unvorstellbar grausame Verbrechen hatten begehen können. Er war durch Deutschland gereist, um es herauszufinden. Doch wohin er auch gekommen war, Nazis hatte er keine getroffen. Niemand wollte schuld sein, es waren stets *die da oben*, die Himmlers und Görings, die verantwortlich waren. Eine so kleine Clique konnte allerdings unmöglich ein ganzes Volk kontrollieren ohne Tausende Helfer – Schnüffler und Gestapobeamte, Parteisoldaten und Spitzel, Kapos und Denunzianten. Wo waren die Sympathisanten jetzt? Auf seiner Reise hatte Scott keinen von ihnen getroffen. Diejenigen, die er verhört hatte, leugneten ihre Mitschuld. Man hatte ja nur seine Pflicht erfüllt, unter Zwang gehandelt und nicht anders gekonnt. In manchen Fällen mochte dies zutreffen, meistens dienten Pflichterfüllung und Diensteid als Entschuldigung.

Aus dem Gastraum drang das Horst-Wessel-Lied herauf. Scotts Gedanken kreisten um die eine ungelöste Frage: Warum sind Menschen böse?

Die Frage beschwor die Erinnerungen an seinen Absturz über Köln in den letzten Kriegstagen herauf. In seinen Fallschirm verheddert, war er vor einer aufgebrachten Menge geflohen, die in ihm keinen Menschen, sondern nur den Feind gesehen hatten, den es mit allen Mitteln zu bekämpfen galt. Hätte Hannah damals nicht eingegriffen, die Kölner hätten ihn totgeprügelt und sich im Recht geglaubt. Vor seinen Augen tauchten die von Hass und Wut verzerrten Fratzen auf; eine mit Keulen und Knüppeln bewaffnete Horde stumpfsinniger Neandertaler, die den Fremden jagten, der in ihr Gebiet eingedrungen war. Was hatte diese Leute, die wahrscheinlich im normalen Alltagsleben liebende Ehemänner und fürsorgliche Väter waren, dazu veranlasst, in mörderischer Absicht über ihn herzufallen, in nationalistischer Hingabe und ohne jedes Mitgefühl?

Auf einmal sah Scott die Antwort deutlich vor sich. Sie war so einfach und zugleich so erschütternd, dass er sich wohl die ganze Zeit geweigert hatte, sie zu akzeptieren: Das Böse steckte in jedem Menschen, auch in ihm. Es kam auf die äußeren Umstände an, ob es ausbrach oder nicht. Demagogen wie Hitler hatten die Bestie aus ihrem Käfig befreit, die vor Jahrtausenden blindwütig alles und jeden niedergemetzelt hatte, um das Überleben des eigenen Stammes zu sichern. Um ein Zusammenleben in größeren, sesshaften Gruppen möglich zu machen, waren die Menschen gezwungen gewesen, zu lernen, ihre dunklen Triebe zu kontrollieren und eine Moral zu entwickeln, die für alle bindend war. Die Nazis befreiten das eigene Volk von der Bürde der moralischen Anstrengung. Sie lehrten ihre Anhänger, dass sie sich ihrer dunklen Triebe nicht mehr zu schämen brauchten, und machten aus eiskaltem Massenmord eine erforderliche Pflicht, die nicht mehr den Beschränkungen des Gewissens unterlag. Jede noch so grausame Tat rechtfertigten sie mit der Notwendigkeit, die eigene, überlegene germanische Volksgemeinschaft schützen zu müssen. Sie lieferten den Tätern eine Entschuldigung und rissen damit alle Schranken ein, Böses zu tun. Hatte nicht Himmler selbst bei seiner Ansprache vor SS-Obergruppenführern in Posen 1943 betont, dass die Einsatzkommandos der SS auch beim Anblick von fünfhundert oder tausend daliegenden Leichen anständig geblieben waren? Während die Menschheit sich redlich bemühte, ihr dunkles archaisches Erbe zu unterdrücken, hatten es die Nazis befreit und zur ersten Bürgerpflicht erhoben. Nur so war der millionenfache Mord von Abertausenden willfährigen Helfern zu begreifen.

Viele glaubten tatsächlich auch heute noch, das Richtige getan zu haben. Hier waren sie, die verschwundenen kleinen Nazis: unter ihresgleichen, wo man sich nicht zu verstecken brauchte und seinem Hass auf alle, die anders waren, freien Lauf lassen konnte. Die Denunzianten, die Starrköpfigen, die Verführten und Verführer. Sie saßen einträchtig beisammen und heckten neue Pläne aus, um ihrem Wahn vom Erstarken des Nationalsozialismus neue Nahrung zu geben. Scott dachte an den Tag zurück, an dem er sich mit Hannah gestritten hatte. Sie hatte recht behalten: Der Faschismus war eine Seuche, die man niemals würde ausrotten können. Sie schlief wie die Pest, die man besiegt zu haben glaubte. Doch kam jemand mit dem Erreger in Berührung, steckte er sich an, wenn er empfänglich dafür war. Die Menschen, die in diesen Tagen geboren wurden, mussten vorsichtig sein. Wachsam gegenüber dem braunen Bazillus, der nur darauf wartete, sich wieder zu verbreiten.

Scott hörte schwere, unregelmäßige Schritte auf der Treppe, Heyrich kam herauf. Der Mörder von Hans Simonek würde seine Strafe erhalten, er durfte ihm nicht entwischen. Das war er Hannah schuldig. Mit dem festen Vorsatz, sich seinem Teil der Verantwortung zu stellen, darauf zu achten, dass die braune Hydra nie wieder ihre Häupter erhob, glitt Scott in den Schlaf.

41

Pawel hatte Hannah zur *Thea* gebracht und war in den Taunus zurückgefahren, um die lästige Zeugin zu beseitigen. Er verheimlichte sein Vorhaben vor Hannah, denn er wusste, dass sie seinen Plan missbilligen würde. Während der Fahrt zurück nach Köln hatte sie kein einziges Wort geredet und schreckte bei jeder Berührung vor ihm zurück, als könne sie sich mit einer üblen Krankheit anstecken.

Unter dem Vorwand, Brunners Frau einige Fragen stellen zu müssen, hatte er sich eine Stunde später Zutritt zum Haus verschafft und sie erschossen. Nie zuvor hatte Pawel eine Frau getötet. Überrascht stellte er fest, dass der Tod der Nazischlampe ihn kaltließ. Das Töten war zu einer alltäglichen Notwendigkeit geworden.

In der Garage hatte er einen Benzinkanister gefunden und das Haus angezündet, um alle Spuren zu verwischen.

Gegen halb zwei in der Nacht kam er endlich am Niehler Hafen an. Pawel machte sich Sorgen, weil die erhoffte heilende Wirkung auf Hannah ausblieb, ihre Reaktion ähnelte der von Esther und das konnte er nicht verstehen. Er tröstete sich damit, dass sie Zeit brauchte, um das Erlebte zu verarbeiten, schließlich war es ihm mit Mitschke nicht anders ergangen.

Er betrat den Kommandoraum der *Thea* im richtigen Augenblick. Ruth war angetrunken, Hannah saß in einem Sessel und bedachte ihn mit einem seltsamen Blick – einer Mischung aus Abscheu, Entsetzen, Triumph und Befriedigung. Es war nicht zu übersehen, dass sie einen inneren Konflikt austrug, der sie zu zerreißen drohte. Erleichtert atmete Pawel auf. Der Hass, den er gesät hatte, ging auf. Er glaubte, in Hannahs Mienenspiel Genugtuung über Brunners Tod zu lesen. Die Einsicht, das Richtige getan zu haben, setzte sich allmählich durch. Nun würde alles gut werden.

Ruth trank Cognac aus der Flasche. Kalle hatte ihm berichtet, dass ihr kaltschnäuziger Zynismus seit dem Tod ihres Liebhabers einer tiefen Verbitterung gewichen war, die sie im Alkohol ertränkte. Sie war reizbar geworden und neigte zu Paranoia. Noch brauchte er sie, aber wenn sie ihren Zweck erfüllt hatte, hatte er keine Verwendung mehr für sie, ebenso wenig wie für den stummen Idioten. Nichts und niemand würde dann mehr zwischen ihm und Hannah stehen. Keiner, dessen Einflüsterungen Hannah erliegen könnte. Die gemeinsame Vergeltung würde sie einen und heilen.

Joschi lehnte mit vor der Brust verschränkten Armen an dem alten Steuerpult. Seine undurchdringliche Miene ließ keinen Schluss auf die Gedanken zu, die hinter seiner Stirn toben mochten. Die Stimmung schien gereizt, es lag Streit in der Luft. Hatte Hannah den Mord an Brunner gebeichtet und damit alles zunichtegemacht? Pawel zwang sich, gelassen und entspannt zu wirken, fühlte sich aber wie eine Sprungfeder, die bei der kleinsten Berührung losschnellen konnte.

»Ist etwas passiert?«, fragte er unschuldig. »Ihr macht Gesichter, als wäre jemand gestorben.«

Hannah zuckte beim letzten Wort unmerklich zusammen.

»Kalle ist verhaftet worden«, sagte Ruth.

Pawel hob erstaunt die Augenbraue. »Was wirft man ihm vor?«

»Mord. Jemand hat den blonden Kerl mit den SS-Runen auf den Fingerknöcheln aus der Bande des Köters kaltgemacht.«

Pawel zündete sich eine Zigarette an. »Tatsächlich? Nun, um den ist es sicherlich nicht schade.«

»Der Köter hat der Polizei angeblich Beweise geliefert, dass Kalle der Täter ist.«

»Und ist er es?«

»Tu nicht so scheinheilig«, fauchte Ruth. »Kalle hatte gar keinen Grund, ihm die Lichter auszublasen. Du allerdings …«

»Welchen Grund sollte ich denn haben?«

»Wie wär's denn damit: Vielleicht wolltest du bei Hannah Eindruck schinden, weil du sie nicht so leicht ins Bett kriegst wie die anderen naiven Dinger, die du flachgelegt hast?«

»Ich habe keine Ahnung, wovon du redest.«

»Wirklich nicht? Dann will ich dein Gedächtnis ein bisschen auffrischen. Wie war das doch gleich in Frankfurt …?«

»Hört auf!«, rief Hannah. »Ich hab dich gewarnt, Ruth. Du hast den Köter einmal zu viel herausgefordert und jetzt schlägt er zurück. Zuerst hat er sich Frederic geholt und nun Kalle.«

Pawel atmete erleichtert aus. Es lief besser, als er erwartet hatte.

Ruth starrte ihn böse an. »Warum tragt ihr eigentlich amerikanische Uniformen? Hier läuft doch etwas, von dem ich nichts weiß.«

»Pawel hat Brunner gefunden«, sagte Hannah.

Sie war bleich, ihre dunklen Augen glänzten fiebrig. Warum konnte sie nicht den Mund halten? Sie würde alles verderben. Doch dann wurde ihm alles klar: Sie musste darüber reden. Nachdem er Mitschke erschlagen hatte, war es ihm genauso ergangen. Erst als er sich Esther anvertraut hatte, waren der ungeheure Druck, die Schuldgefühle und die Angst vor Entdeckung gewichen.

»Was habt ihr getan?«, fragte Ruth lauernd.

»Wir ... haben ihn für seine Taten zur Rechenschaft gezogen«, antwortete Hannah.

Ruth knallte die Cognacflasche auf den Boden und sprang auf.

»Erzähl mir jetzt bloß nicht, dass ihr das Schwein umgelegt habt.«

Hannah kaute nervös auf ihrer Unterlippe. »Er hat es mehr als verdient. Ohne ihn und seine verfluchte Nazibande würde meine Mutter noch leben. Und deine Schwester Thea auch, vergiss das nicht.«

Ruth wischte sich über den Mund. »Wer weiß davon?«

»Niemand. Außer uns«, erklärte Pawel schnell.

»Brunners Frau hat mich erkannt«, sagte Hannah. »Vermutlich weiß sie, wer ich bin, und kennt meinen Namen.«

Halt den Mund, halt bitte den Mund, dachte Pawel.

»Ihr habt sie ja nicht alle!«, schrie Ruth.

»Sie wird niemandem etwas verraten«, mischte sich Pawel ein.

Ruth stierte ihn aus glasigen Augen an. »Hast du sie etwa auch umgebracht?«

»Ich habe ihr klargemacht, was sie zu erwarten hat, wenn sie zur Polizei geht. Da sie nicht lebensmüde ist, wird sie schweigen.«

Ruth fuhr sich durch die feuerroten Locken. »Schätzchen, was hast du angestellt?« Sie fuhr herum und zeigte auf Pawel. »Ich hab dir gesagt, dass der da nichts als Ärger macht.«

Hannah stand auf und lief unruhig auf und ab. »Ich bin Brunner bis nach England gefolgt. Ich habe ihn gefasst und dafür gesorgt, dass er nach Deutschland ausgeliefert wird, damit man ihm den Prozess macht. Und was ist passiert? Ihr wisst es alle. Nichts! Sie haben ihn laufen lassen. Ihn und seinesgleichen. Sie sind überall, mitten unter uns. Sie bestimmen über unser Leben, so wie sie es damals getan haben. Denk an den Richter des Amtsgerichts Frankfurt, Ruth. Sie haben mir mein Kind genommen, genauso wie sie mir meine Mutter und meinen Geliebten genommen haben. Wenn wir nicht endlich dafür sorgen, dass sie niemandem mehr Leid zufügen können, werden sie weitermachen. Ihr habt alle unter den Nazis gelitten. Wie könnt ihr dastehen und zusehen, wie sie für ihre Verbrechen nicht bestraft werden?«

Pawel schwieg zufrieden. Die Saat ging auf. Endlich. Er hatte sich nicht in Hannah getäuscht. Sie war die Gefährtin, die er gesucht hatte.

Ruth schien ihr gar nicht zuzuhören. »Die hetzt uns die Bullen auf den Hals«, sagte sie kopfschüttelnd. »Wir müssen untertauchen.«

Joschi schüttelte den Kopf und rieb Daumen und Zeigefinger aneinander.

Hannah nickte. »Das sehe ich genauso.«

»Was meint er?«, fragte Pawel.

»Wir sind pleite«, sagte Ruth. »Seit dem misslungenen Kaffeeschmuggel klebt uns das Pech an den Hacken. Die Leute rennen dem Köter die Türen ein, weil er die Kohlen inzwischen billiger verkauft als wir. Weiß der Teufel, wie er das macht. Wenn uns nicht schnell etwas einfällt, hungern wir.«

Das war der Moment, auf den Pawel gewartet hatte. Er musste die Chance nutzen, um seinen größten Trumpf auszuspielen.

»Wenn's weiter nichts ist.«

»Was soll das heißen?«, fragte Hannah.

»Ich habe einen Plan. Wenn ihr macht, was ich sage, werden wir alle im Geld schwimmen.« Er sah Ruth an. »Keine gefälschten Pässe mehr, keine kleinen Fische, sondern das ganz große Ding. Das wolltest du doch immer, oder nicht?«

Ruth ließ sich in ihren Sessel fallen und griff nach der Cognacflasche. »Also gut, lass hören.«

Pawel erzählte von Theissen und der Aktion Bernhard. Er verschwieg, dass er ihn umgebracht hatte, und erfand aus dem Stehgreif eine plausible Geschichte, in der der sterbende Hauptscharführer ihm die Karte vom Reschensee anvertraut hatte, um sein Gewissen zu erleichtern.

Ruth schien schlagartig nüchtern zu werden und hörte fasziniert zu. Pawel sah die Gier in ihren Augen, als er das Lederband mit der Patronenhülse abnahm und die Karte entrollte.

»Von der Aktion Bernhard hab ich gehört«, sagte sie. »Millionen falsche Pfundnoten, die die Nazis im Toplitzsee versenkt haben. Aber was hat ein Stollen in der Gegend des Reschensees damit zu tun?«

Pawel erklärte, dass SS-Sturmbannführer Schwend ein Drittel der gefälschten Banknoten für sich beansprucht und in Sicherheit gebracht hatte.

»Was macht dich so sicher, dass er sich nicht längst mit dem Geld aus dem Staub gemacht hat?«

»Schwend hat sich 1946 nach Peru abgesetzt. Er hatte gar keine Zeit, die ganze Beute, die er zusammengerafft hatte, außer Landes zu bringen.«

»Das überzeugt mich nicht«, sagte Ruth. »Ich jage keinem Phantom hinterher. Geschichten über Nazischätze in den Alpen gibt es viele.«

»Aber nur wir besitzen eine Karte«, antwortete Pawel. »Wenn wir nicht nachschauen, schnappt sich irgendwann ein anderer das Zeug.«

»Und warum hast du dir das Geld nicht längst unter den Nagel gerissen?«

»Ich brauche Hilfe bei der Bergung, das schaffe ich nicht allein.«

Ruth nickte. »Das leuchtet ein.«

»Warum hast du uns nicht längst davon erzählt?«, fragte Hannah. »Wir hätten uns den dämlichen Kaffeeschmuggel sparen können.«

Pawel blickte Ruth an. »Ich war nicht sicher, ob ich allen Anwesenden trauen kann.«

Ruth starrte zurück. »Ein weiser Entschluss«, sagte sie eisig.

»Jetzt ist nicht der richtige Zeitpunkt zum Streiten«, mischte sich Hannah ein. »Wenn das Geld wirklich dort liegt, ist der Schatz groß genug für uns alle.«

»Also gut. Schauen wir nach, ob er noch da ist«, sagte Ruth.

Joschi gestikulierte.

»Genau«, sagte Hannah. »Wir haben noch nicht über die Anteile gesprochen.«

»Für mich die Hälfte, den Rest teilt ihr euch«, sagte Pawel.

»Ohne mich. Jeder bekommt einen vollen Anteil!«, rief Ruth.

Nun redeten alle durcheinander. Sie einigten sich auf ein Drittel für Pawel. Falls einer von ihnen im Lauf der Bergung mehr als die anderen leisten sollte, würden sie neu verhandeln. Gegen halb drei in der Nacht trennten sie sich. Pawel passte Hannah auf dem Oberdeck ab. Der wolkenlose Himmel glänzte matt wie schwarzer Samt und hing voller Sterne. Der Mond ergoss silbriges Licht über den still dahinfließenden Rhein.

Hannah wandte den Blick ab und wollte an ihm vorbeilaufen.

»Ruth versteht es nicht«, sagte er. »Die wenigsten Menschen verstehen, was in dir und mir vorgeht.«

»Woher willst du wissen, was ich empfinde?«, fragte sie.

»Ich kann es fühlen.«

»Und wenn schon. Was ändert das?«

Er berührte sie sanft an der Schulter.

»Alles. Du bist nicht allein.«

Sie drängte sich an ihm vorbei.

»Beim ersten Mal fällt es allen schwer. Das war bei mir auch so. Doch was wir getan haben, musste getan werden. Weil wir die Einzigen sind, die den Mut dazu haben. Und weil wir wissen, dass es richtig ist.«

Hannah blieb stehen.

»Ist es das denn? Du hast Brunner erschossen wie einen Hund, den man von seinen Schmerzen erlöst.«

»Er war nicht mehr als ein Hund, ein tollwütiger Kläffer, der andere mit seinem Wahn angesteckt hat. Er hat den Tod verdient.«

Sie ging zur Reling und blickte auf den schwarzen Strom hinab. »Ich weiß«, sagte sie. »Das macht es ja so schwer.«

»Du irrst dich«, sagte Pawel. »Nicht Brunner habe ich von seinen Leiden erlöst, sondern dich. Vergeltung ist der einzige Weg, Erlösung zu finden. Glaub mir, ich weiß, wovon ich spreche.«

Sie antwortete nicht.

»Sagtest du nicht, Heyrich wäre in einem Kloster im Süddeutschen untergetaucht?«

»Willst du ihn töten, wie du Brunner erschossen hast? Heyrich ist längst über die Alpen, vielleicht schon in Argentinien oder Bolivien.«

»Und wenn nicht? Wir holen uns den Schatz und jagen ihm nach. Wir finden ihn, ganz gleich, wo er sich versteckt.«

Sie wandte sich ab. »Ich weiß nicht mehr, was ich tun soll. Lass mich alleine.«

»Ich schlafe heute Nacht an Bord«, sagte Pawel. »Du weißt ja, wo du mich findest. Ich bin immer für dich da.«

Ohne eine Antwort abzuwarten, ging er dicht an ihr vorbei und streifte sie am Arm. Er stieg in den Bauch des Dampfers hinab. Sie lebten und schliefen häufig zu fünft in der *Thea* – Hannah, Ruth, Joschi, Kalle und Pawel. Er ließ die Tür seiner Kabine unverschlossen, legte sich auf seine Koje und wartete. Doch Hannah kam nicht.

42

Die nächsten Tage waren mit den Vorbereitungen für die geplante Schatzsuche ausgefüllt. Joschi organisierte einen Ford-Pritschenlaster, Pawel und Hannah sorgten für Schaufeln, Hacken und eine Kletterausrüstung. Ruth präsentierte zwei Kisten mit Sprengstoff, die sie bei Gottfried dem Schieber gegen eine entsprechende Menge Kohlen eingetauscht hatte.

»Man muss auf alles vorbereitet sein«, sagte sie.

Sie besaßen nun fast kein Bargeld mehr.

Da sie Österreich durchqueren mussten, um zum Reschensee in Südtirol zu gelangen, brauchten sie die nötigen Papiere und Genehmigungen. Am 1. Mai 1948 hatten die Briten die Kontrolle über die Grenzsperrzone zwischen Deutschland und Österreich den örtlichen Behörden übertragen. Pawel besorgte von Walter Menzel Blankoformulare und Hannah fälschte vier Einreisebewilligungsscheine.

Am 19. Oktober verließen sie Köln und fuhren nach Süden. Da die Reisebeschränkungen zwischen der britischen und der amerikanischen Besatzungszone inzwischen aufgehoben worden waren, mussten sie keine Interzonenpässe mehr vorweisen.

Nach etwa der Hälfte der Strecke übernachteten sie in einem Gasthaus unweit von Stuttgart. Hannah wälzte sich schlaflos hin und her. Kurz nach Mitternacht hörte sie, wie jemand an die Zimmertür klopfte.

»Ich bin's, Pawel. Mach auf, Hannah.«

Sie antwortete nicht und wartete, bis er aufgab. Sie wusste einfach nicht, was sie tun sollte. Manchmal erschien es ihr, als kenne er ihre tiefsten Gedanken und Empfindungen. Dennoch hatte sie ihn bislang abgewiesen. Was würde sie tun, wenn sie das Geld tatsächlich bargen? Sollte sie mit ihm gehen und Hans' Mörder nachjagen? War seine Bestrafung es wert, ihr junges Leben damit zu vergeuden? Und was kam danach? Pawel war nicht wie Hans oder Scott, dennoch mochte sie ihn. Aber sie liebte ihn nicht. War sie zu naiv und romantisch, um sich das zu nehmen, was sie bekommen konnte? Trauerte sie nur dem nach, was ihr nicht vergönnt gewesen war?

In den vergangenen Tagen hatte sie oft an Scott gedacht. Ob er glücklich war in den USA? Vermisste er sie oder hatte er sie längst vergessen? Sie könnte es ihm nicht verdenken, denn schließlich war sie es gewesen, die ihn fortgestoßen hatte. Vielleicht war es besser, das Leben so pragmatisch zu sehen wie Ruth. *Nimm dir, was du kriegen kannst, lebe und denke nicht an morgen.* Scott war weit fort, aber Pawel war da, wenn sie ihn brauchte. Er war ein Freund, jemand, der in ihrer Seele lesen konnte, weil er das Gleiche durchgemacht hatte wie sie, ein Arzt, der ihr die Medizin verschrieb, die ihren Schmerz betäubte und sie heilen konnte. Aber reichte das allein? Was sie gegenüber Scott und sogar Harry empfunden hatte, unterschied sich deutlich von ihrer Zuneigung zu Pawel. Sie wusste es einfach nicht.

Hannah glitt in einen unruhigen Schlummer hinüber. All die Menschen, die sie hatte zurücklassen müssen, nutzten ihre

Träume als Bühne. Blasse Schatten kehrten aus dem Totenreich zurück und flüsterten ihr rätselhafte Warnungen zu. Seltsamerweise waren auch Joschi und Ruth unter ihnen, obwohl sie lebten.

Der letzte Traum vor dem Morgengrauen endete in Blut und Tränen. Im hellen Tageslicht verblasste er rasch. Hannah erinnerte sich trotzdem daran, dass Pawel darin die Hauptrolle gespielt hatte. Der Traum hinterließ einen düsteren Schatten auf ihrer Seele, der sich hartnäckig hielt.

»Du siehst ziemlich käsig aus«, sagte Ruth während des Frühstücks. »Alles in Ordnung?«

Hannah nickte fahrig.

»Du bist doch nicht wieder …«

»Nein. Mach dir keine Sorgen.«

»Mach bloß nicht schlapp, wir werden jede Hand brauchen.«

Joschi knurrte unwillig.

»Schon gut, wir passen auf dein Täubchen auf«, murrte Ruth.

Die Stimmung blieb den ganzen Tag über gereizt. Sie tankten den Laster voll und fuhren weiter zur österreichischen Grenze, die sie am späten Nachmittag erreichten. Die Grenzkontrollen waren nachlässig, die Zöllner akzeptierten die gefälschten Einreisebewilligungsscheine und winkten sie durch.

Sie durchquerten Österreich und näherten sich dem Reschenpass. Währenddessen diskutierten sie verschiedene Strategien, um die Grenze nach Südtirol passieren zu können. Ruths Idee, den Ford abzustellen und die Werkzeuge und Sprengstoffkisten über Schmugglerpfade nach Süden zu schleppen, wurde verworfen.

Bald darauf stellte Joschi den Lastwagen in sicherer Entfernung des Grenzübergangs ab. Eine Weile beobachteten sie irritiert das Geschehen. Immer wieder tauchten größere Gruppen auf, die beinahe ungehindert nach Südtirol weiterziehen durften.

»Wer sind all die Leute?«, fragte Hannah.

»Wartet hier.«

Pawel stieg aus dem Wagen und näherte sich einer Anzahl von etwa zwanzig Männern, Frauen und Kindern. Sie zogen Koffer und Kisten auf Leiterwagen hinter sich oder schleppten große Rucksäcke.

Hannah sah, dass Pawel Zigaretten verteilte und so mit den Menschen ins Gespräch kam.

»Ein Talent hat er immerhin«, nörgelte Ruth. »Er kann die Leute bequatschen, bis ihnen schwindelig wird.«

Pawel kehrte zurück.

»Es sind jüdische Flüchtlinge«, erklärte er. »Die Bricha hilft ihnen, nach Südtirol weiterzureisen.«

»Wer ist das, die Bricha?«, fragte Hannah.

»Das ist die Untergrundbewegung, die Juden bei der Einreise nach Palästina hilft.«

»Und was nützt uns das?«, fragte Ruth.

Pawel winkte ein Dutzend der Auswanderer heran.

»Ich habe Ihnen versprochen, dass wir sie ein Stück auf dem Laster mitnehmen.«

»Bist du verrückt? Auf der Ladefläche liegt Dynamit!«, sagte Ruth.

»Hast du eine bessere Idee? Sie haben Papiere, die ihnen die Weiterreise ermöglichen. Wir rutschen einfach mit durch. Wir geben uns als Mannschaft aus, die den Auftrag hat, Nazibunker in den Bergen zu sprengen.«

Der Plan war gut, Ruth wurde überstimmt. Joschi half den Flüchtlingen auf die Ladefläche. Niemand hinderte sie daran, nach Südtirol einzureisen. Ein paar Kilometer hinter der Grenze zogen die Juden ihrer Wege.

Gegen Abend erreichten sie Graun am Ufer des Reschensees und mieteten sich in einem Gasthof ein. Nach dem Essen breitete Joschi eine Karte der Gegend auf dem Tisch aus. Pawel verglich sie mit Theissens Hinweisen.

»Diese Berge haben mehr Löcher als ein Schweizer Käse«, stöhnte Ruth.

Hannah pflichtete ihr bei. Nun erkannte sie, warum Theissen eine Karte mit Wegbeschreibungen angefertigt hatte. Mussolinis nutzlose Grenzbefestigungen und Panzersperren aus Beton zogen sich über die gesamte Höhenlandschaft. Es gab Dutzende unterirdische Bunkeranlagen und Stollen, die nur teilweise von den Deutschen fertiggestellt worden waren. Einige hatte man gesprengt oder zugemauert, andere befanden sich noch in dem Baustadium, in dem sie aufgegeben worden waren. Ohne die Karte hätten sie jahrelang nach dem richtigen Stollen suchen müssen.

»In den Bunkern und Höhlen herumzukriechen, könnte lebensgefährlich sein«, sagte Ruth.

Joschi suchte Hannahs Aufmerksamkeit.

»Was ist?«, fragte sie leise.

Ruth folgte seinem Blick. »Siehst du die beiden dort hinten?«

An einem Tisch in der Nähe des Tresens saßen zwei Männer, die einander ähnelten wie Brüder. Beide hatten hellblondes Haar und die gleichen kantigen Gesichter.

»Was ist mit denen?«

»Sie beobachten uns. Das gefällt Joschi nicht und mir auch nicht.«

Sie faltete die Karte zusammen. »Hier gibt es zu viele Ohren und Augen. Lasst uns auf eins der Zimmer gehen.«

Eine Stunde später hatten sie das Gebiet eingegrenzt, in dem sie ihre Suche beginnen wollten.

»Ich geh was trinken«, sagte Ruth. »Wer kommt mit?«

Niemand hatte Lust, den Abend in den karg eingerichteten Fremdenzimmern zu verbringen. Sie gingen nach unten in den Schankraum und setzten sich auf die Barhocker am Tresen. Ruth bestellte eine Runde Bier.

»Sie sind noch da«, sagte Hannah.

Die beiden blonden Männer saßen nun an einem Tisch und spielten Karten. Der Wirt stellte die Getränke auf den Tresen.

»Bleiben Sie länger?«, fragte er.

Hannah schüttelte den Kopf. »Wir sind auf der Durchreise. Es geht weiter nach Italien.«

Der Wirt spülte Gläser und musterte sie interessiert. »Auf dem Weg in die Heimat, nehme ich an?«

»Sie sind ja ziemlich neugierig«, mischte sich Ruth ein.

»War nur eine Frage, 'ne Menge Juden kommen hier durch. Die meisten stammen aus dem Osten. Alle wollen nach Palästina, aber die Briten lassen kaum jemanden ins Land.«

Hannah dachte an Pawels Vorschlag, Heyrich zu verfolgen. Sie suchte in ihrem Brustbeutel nach dem Foto von ihm und wiederholte den Trick, den sie auch in Köln benutzt hatte.

»Ich bin auf der Suche nach meinem Onkel. Vielleicht ist er ja hier gewesen.« Sie schob das Bild über den Tresen.

Der Wirt trocknete sich die Hände an einem Geschirrtuch ab und betrachtete das Bild.

»Ja, der war hier«, sagte er, »hatte einen gesegneten Appetit. Das ist noch keine sechs Stunden her. Wenn Sie Glück haben, holen Sie ihn ein.«

»Hat er gesagt, wohin er will?«

»Ich hab gehört, wie er sich mit seinem Begleiter unterhalten hat. Die beiden wollten wohl nach Bozen.«

»Sind Sie sicher, dass es der Mann auf dem Foto war?«

»Bin ich. Der war hier.«

»Und der andere?«

»Mmh, ich hab mich über seinen amerikanischen Akzent gewundert. Den hört man in dieser Gegend nicht oft.«

Hannahs Nervenenden begannen zu vibrieren. Konnte es sein, dass er von Scott sprach? Nein, das war unmöglich. Scott war in Boston, ein ganzer Ozean trennte sie. Und überhaupt ... Warum sollte er Heyrich begleiten?

Weil er eine Spur aufgenommen hat und wissen will, wie die Rattenlinie funktioniert, dachte sie aufgeregt. Sie hatten darüber diskutiert, damals in Frankfurt. All das schien ihr eine Ewigkeit her zu sein.

»Können Sie den Amerikaner beschreiben?«, fragte Hannah.

Ihr Herz trommelte einen aufgeregten Wirbel gegen ihre Rippen.

»Er war etwa einen Meter achtzig groß, schlank, schmales Gesicht, dunkelblondes Haar, und er rauchte Chesterfield-Zigaretten, daran erinnere ich mich gut.«

Er war es. Scott war in Europa!

Joschi machte eine Handbewegung, mit der er Ungewissheit ausdrücken wollte. Hannah hatte ihm von Scott erzählt, von ihrer Liebe und dem Streit.

Ja, es war unwahrscheinlich, aber nicht unmöglich. Wenn Scott wieder für den CIC arbeitete, war er vielleicht nach Deutschland zurückgekehrt. Vielleicht ... vielleicht ... war auch alles nur ein Hirngespinst, eine irrationale Hoffnung, der sie sich hingab. Sie wünschte sich, nicht mit ihm gestritten zu haben. Wäre sie doch mit ihm nach Amerika gegangen, dann wäre alles anders gekommen.

Sie warf Pawel einen Blick zu, aber er bemerkte ihre Erregung nicht. Stattdessen beobachtete er die beiden blonden Männer, die Offiziersskat droschen. Sie war froh, ihm widerstanden zu haben, schon einmal war sie auf den falschen Mann hereingefallen. Alles, was sie wollte, war Scott, das war ihr jetzt klar. Sie hatte einen langen Weg zurückgelegt, um sich dessen sicher zu sein. Schenkte das Schicksal ihnen unerwartet eine zweite Chance und führte sie wieder zusammen?

Hannah sah sich nach Ruth um. Ihre alte Freundin stierte in ihr Glas. Sie trank bereits das vierte Bier. Obwohl sie es niemals zugeben würde, hatte Frederics Tod sie schwer getroffen. Seit jener Nacht trank sie oft bis zur Besinnungslosigkeit.

Pawel belauerte weiter die beiden Einheimischen. Sie hatten ihre Karten eingepackt und verließen das Lokal.

»Was ist?«, fragte Hannah.

»Weiß nicht. Die werden uns Ärger machen. Kommst du heute Nacht in mein Zimmer?«

Hannah trank ihr Bier aus und sagte: »Nein, Pawel, das werde ich nicht. Nicht heute Nacht und auch nicht morgen.«

43

Scott erwachte nach einem unruhigen, von Albträumen geplagten Schlaf im ersten Morgenlicht. Er stieg aus dem ungewohnten Bett und dehnte die von der anstrengenden Bergtour schmerzenden Muskeln. Vom Hof hinter dem Haus drangen Stimmen herauf. Er öffnete das Fenster und sog die frische Bergluft in seine Lungen.

Schickl bewegte mit kräftigen Bewegungen einen Pumpenschwängel, während Heyrich den Kopf unter den eiskalten Wasserstrahl steckte. Eines musste man den Elitesoldaten der SS lassen: Sie waren verflucht zäh.

Scott dachte an Heyrichs freundliches und zurückhaltendes Auftreten. Ob dieses Benehmen wirklich seinem wahren Wesen entsprach? Wohl kaum. Eher hatte er sich dieses Verhalten als Tarnung zugelegt. Die Geschichten aus Kriegstagen, die er mit Schickl und Höllinger am Abend zuvor ausgetauscht hatte, ergaben ein ganz anderes Bild, nämlich das eines Sadisten, dem nichts mehr Lust bereitete, als mit größtmöglicher Brutalität über andere Menschen zu herrschen. Er mochte keiner der Haupttäter gewesen sein, doch ein für die Nazis überaus nützliches, gewissenloses Individuum, das jede noch so schmutzige Arbeit erledigt hatte, um in der Parteihierarchie aufzusteigen. Hinter seiner aufgesetzten Freundlichkeit verbarg sich die Kaltblütigkeit eines Reptils.

Scott wusch sich in dem kleinen Bad am Ende des Korridors. Auf dem Rückweg blieb er vor Heyrichs Zimmertür stehen. Sie war unverschlossen, er schien sich sicher zu fühlen. Wen hätte er auch fürchten sollen? Keiner der anderen Gäste hatte sich an dem Sieg-Heil-Gegröle und den Naziliedern gestört. Einige hatten sogar mitgesungen.

Scott schlüpfte in das Zimmer und durchsuchte Heyrichs Gepäck, denn er wollte auf alles vorbereitet sein. Eine Schusswaffe fand er nicht, allerdings einen mit Runen verzierten SS-Dolch. Er stopfte die Sachen in den Rucksack zurück, kleidete sich an und ging hinunter. Heyrich und Schickl betraten kurz darauf die Gaststube. Sie begrüßten den Wirt mit einem zackigen »Morgen, Kamerad!« und zeigten keine Spur eines Katers.

»Wie steht's, Herr Pfarrer?«, rief der Bauer. »Wollen Sie uns nicht ein Morgengebet sprechen?«

Scott kramte in den flüchtigen Erinnerungen an seine *Ausbildung* nach einem Gebet und rasselte es herunter.

»Noch bin ich Diakon, kein Priester«, erklärte er entschuldigend und bemerkte beunruhigt die Blicke, die Heyrich und Schickl wechselten.

Nach einem ausgiebigen Frühstück verabschiedete sich der Bauer. Höllinger gab Scott Ratschläge für die Weiterreise und organisierte einen Fahrer, der sie mit einem Milchlaster zum Gebiet des Reschenpasses brachte. So also funktionierte die Rattenlinie. Scott sah ein, dass sein Vorhaben, die Helfer der einzelnen Stationen auffliegen zu lassen, scheitern musste. Zwar könnte er Schickl und den Wirt wegen Fluchthilfe verhaften lassen, aber das würde nichts ändern. Wahrscheinlich gab es unzählige Bauern, Gastwirte und Gemeindebeamte in den Bergdörfern, die Sympathien für die Nazis hegten und ihnen Schutz und Unterschlupf gewährten.

In einem Dorf endete die Fahrt. Scott orientierte sich nun an den Wegbeschreibungen, die ihm Claudius Brendel eingeschärft hatte. Auf einem alten Schmugglerpfad ging es bergan über saftig grüne Almen und Wiesen, vorbei an kristallklaren, blau und violett schimmernden Seen und durch lichten Nadelwald.

Die herrlich anmutende Natur stand in krassem Gegensatz zu Scotts düsteren Gedanken. Seit sie den Gasthof verlassen hatten, war Heyrich wieder in Schweigen verfallen und überließ Scott die Führung. Bald passierten sie die Baumgrenze und erreichten die Passhöhe.

Die von Mussolini in Auftrag gegebenen Panzersperren und Verteidigungsanlagen durchbrachen in regelmäßigen Abständen das satte Grün der Vegetation. Ungezählte Tunnel, Stollen und unterirdische Bergwerksanlagen durchbohrten die Landschaft. In der Nähe von Reschen hatte man im großen Stil Molybdän abgebaut, ein für die Kriegswirtschaft unentbehrliches Element.

Im Tal unterhalb des Passes glitzerten drei Bergseen in der Nachmittagssonne: der Reschensee, der Mittersee und der Haidersee. Vor dem Krieg hatte man mit dem Bau einer Staumauer begonnen, um die Gewässer zu einem einzigen, großen Stausee zu vereinen, doch mit der Errichtung der deutschen Verwaltung 1943 waren die Arbeiten zum Stillstand gekommen. Auf einer Anhöhe blieben sie stehen und genossen die unglaubliche Aussicht.

»Dort liegt das gelobte Land«, sagte Heyrich.

Scott gab vor, austreten zu müssen. Er studierte heimlich den Zettel mit den Orientierungspunkten und die Liste mit den Kontakten, die ihm die Gräfin gegeben hatte. Dann kehrte er zu Heyrich zurück.

»Ich nehme an, Reschen ist unsere nächste Station?«, fragte der Oberscharführer neugierig.

»Wir müssen zu Pater Bruno Rizoli nach Graun.«

»Sie kennen ihn?«

»Nein.«

Heyrich sah ihn abschätzend an. »Wie kommt es, dass Sie weder Schickl noch Höllinger kannten und auch diesen Pater nicht kennen, wenn Sie schon so oft über den Reschenpass nach Südtirol gekommen sind?«

»Wir wechseln aus Sicherheitsgründen häufig die Routen, ebenso unsere Kontaktmänner. Es ist besser, keine engen Beziehungen aufzubauen. Wer nichts weiß, kann nichts verraten. Kommt Ihnen das nicht bekannt vor?«

Heyrich schien sich mit der Antwort zufriedenzugeben, doch Scotts Misstrauen wuchs.

Am späten Vormittag des 20. Oktober erreichten sie Graun und suchten Rizoli auf. Der hagere Pater mit der Geiernase empfing sie im Pfarrhaus und zeigte sich als Geizhals und glühender Antisemit. Außer einem Becher verdünnten Rotwein bot er ihnen nichts an. Stattdessen fühlte er Scott auf den Zahn und fragte ihn nach Verbindungsleuten der Gräfin von Gessnitz und Generalvikar Albrecht Herrmann aus. Scott war erleichtert, als Rizoli sie endlich zum Bürgermeister schickte. Offenbar hatte er die Prüfung bestanden.

Ambros Gruber knallte die Hacken zusammen, schnellte den Arm hoch und krakeelte »Heil Hitler!«, nachdem Heyrich sich als SS-Oberscharführer vorgestellt hatte. Zum ersten Mal benutzte er seinen richtigen Namen. Nun, da sie die Grenze nach Italien überquert hatten, schien er eine Tarnung nicht mehr für notwendig zu halten. Die offene Unterstützung, die ihnen überall zuteilwurde, gab ihm recht.

Gruber schüttelte ihnen die Hände und schwatzte über die guten alten Zeiten. Nebenbei schimpfte er auf die Italiener und die Juden und offenbarte sich als ehemaliger Untersturmführer. Scott erfuhr, dass es in Südtirol von Altnazis nur so wimmelte. Mehrere SS-Einheiten hatten sich nach der Kapitulation Deutschlands am 8. Mai 1945 in der Alpenregion aufgehalten. Die Alliierten sahen sich außerstande, das unwegsame Gelände vollständig zu besetzen. Viele Mitglieder der Waffen-SS waren nach Kriegsende in den Bergen geblieben, weil sie in Deutschland die Strafverfolgung der Siegermächte fürchteten, und hatten sich neue Existenzen aufgebaut.

Gruber stellte Heyrich umgehend eine Identitätskarte auf den Namen Josef Hofer aus, einen in Tirol häufig anzutreffenden Namen.

»Mit der Karte gehen Sie in Rom zur Santa Maria dell'Anima, dem deutschen Priesterkolleg«, erklärte Gruber. »Am oberen Ende der Spanischen Treppe befindet sich auf der rechten Seite eine Bibliothek mit der Deutschen Nationalstiftung. Fragen Sie dort nach Hans Mahler, das ist Bischof Hudals Sekretär. Er wird Ihnen ein Empfehlungsschreiben ausstellen. Damit bekommen Sie einen Rotkreuzpass, mit dem Sie die nötigen Ausreisepapiere und Visa nach Argentinien beantragen können.«

Keine Stunde später verließen sie die Gemeindeverwaltung. Ihr nächstes Ziel war das Franziskanerkloster in Bozen, wo Pater Franz Pobitzer sie erwartete. Gruber hatte zugesagt, ihr Kommen telefonisch anzukündigen. Er gab ihnen den Rat mit auf den Weg, die Carabinieri-Station des Ortes zu umgehen.

Heyrich massierte seinen Bauch. »Lassen Sie uns einen Happen essen gehen«, sagte er. »Wir haben einen anstrengenden Marsch vor uns. Wie wär's mit dem Wirtshaus da vorn?«

»Sie haben doch gehört, was Gruber uns geraten hat«, antwortete Scott.

Heyrich fühlte sich offenbar sicher. »Unter den vielen Fremden, die hier durchreisen, fallen wir gar nicht auf. Der wässrige Wein des Paters hat mich hungrig gemacht. Ich brauche dringend etwas zwischen die Zähne.«

Scott gab sich geschlagen, auch ihm knurrte der Magen. Der Gasthof erwies sich als gute Wahl. Heyrich war nach einer üppigen Mahlzeit gut aufgelegt und erkundigte sich bei dem leutseligen Wirt nach dem nächsten Autobus Richtung Bozen. Zu ihrer Bestürzung erfuhren sie, dass die Straße durch einen Erdrutsch blockiert war.

»Von St. Valentin auf der Haide fährt morgen früh ein Bus ab«, erklärte der Wirt. »Das liegt südlich von hier.«

»Wie kommen wir dort hin?«, fragte Scott.

»Entweder Sie laufen um den See herum oder Sie kürzen über die Berge ab. Ich werde Ihnen den Weg beschreiben.«

Am späten Nachmittag hatten sie Graun hinter sich gelassen und liefen schweigend nebeneinander her. Der Charakter der Landschaft änderte sich, der Wald wich zurück, der Pfad wurde schmal und steil. Schroffe Felswände türmten sich zu ihrer Linken auf, rechts fiel eine Klamm ins Bodenlose.

Bald darauf überquerten sie eine Holzbrücke, unter der donnernd ein Gebirgsbach in die Tiefe rauschte. Heyrich ging bis zur Mitte des Stegs, legte die Hände auf das morsche Geländer und blieb stehen.

»Nun fragen Sie schon«, sagte er.

»Fragen? Was denn?«

»Sie wollen wissen, warum Menschen böse sind. Sie bemühen sich, den Nationalsozialismus zu verstehen, aber es gelingt Ihnen nicht. Ich werde es Ihnen erklären: Was Ihnen böse erscheint, sehen wir als Notwendigkeit an, das Überleben des eigenen Volkskörpers zu sichern. Es ist eine Frage der Perspektive.«

Scott spannte alarmiert die Muskeln an. Er erstickte beinahe an den Worten, die er schon so oft von Morgenschweis, dem Vikar und der Gräfin Gessnitz gehört hatte und die er nun wiederholte, um seine Rolle glaubhaft weiterzuspielen.

»Ich bin nach Deutschland gekommen, um mehr über meinen Vater zu erfahren und den Idealen, denen er gefolgt ist.«

»Geben Sie es zu«, fuhr Heyrich unbeirrt fort, »Sie halten mich für einen gewissenlosen Lumpen, für einen Massenmörder und Verbrecher.«

»Jesus verurteilte die Sünderin nicht«, antwortete Scott, sich an eine Bibelstelle erinnernd. »Wie wir alle werden Sie sich eines Tages vor dem höchsten Richter verantworten müssen. Er allein kann in Ihr Herz sehen und entscheiden, ob Sie sich schuldig gemacht haben.«

Heyrich lehnte sich über das Geländer und blickte in die Tiefe.

»Für eine große Sache müssen Opfer gebracht werden. Der Nationalsozialismus ist die größte Idee, die die Menschheit jemals hervorgebracht hat. Um sie durchzusetzen, sind gewaltige Umwälzungen nötig.«

»Ich sagte schon, ich richte nicht über Sie«, wiederholte Scott. »Meine Aufgabe ist es, Menschen in Not zu helfen. Hautfarbe, Religion oder Gesinnung interessieren mich nicht.«

Heyrich stützte die Hände auf das Geländer und betrachtete fasziniert das Naturschauspiel des Wasserfalls, der in schäumenden Kaskaden über die Felsen stürzte. Die Gischt erzeugte einen schillernden Regenbogen.

»Hören Sie mit dem albernen Versteckspiel auf. Sie sind genauso wenig ein Geistlicher wie ich. Selbst der plumpe Schickl hat Ihr jämmerliches Schauspiel sofort durchblickt. Sie sind ja nicht einmal in der Lage, ein Morgengebet fehlerfrei zu sprechen.«

»Seit wann wissen Sie es?«, fragte Scott.

»Die Mär vom Diplomatensohn mit dem amerikanischen Akzent, der in die Fußstapfen seines Vaters treten will, hat Ihnen nicht mal die naive Gräfin abgenommen. Es war schnell klar, dass die Amerikaner uns eine Laus in den Pelz setzen wollten.«

»Warum haben Sie sich trotzdem meiner Führung anvertraut?«

Heyrich war nun ganz nahe.

»Ich habe das Spiel mitgespielt, um zu erfahren, was Sie vorhaben. Ich wollte wissen, wer Sie sind und was Sie antreibt.« Er zog Scotts Dienstausweis aus der Innentasche seiner Jacke und hielt ihn mit zwei Fingern hoch. »Ein Ausweis verrät einen Namen, aber nicht, wer der Mann dahinter ist, Mr. Young. Ich frage mich, ob Sie vielleicht persönliche Motive haben – obwohl ich mich nicht erinnern kann, Ihnen jemals begegnet zu sein. Hegen Sie einen Groll gegen mich, Lieutenant? Oder hat Sie gar jemand beauftragt, mich zu finden?«

»Und wenn es so wäre?«

»Es würde keinen Unterschied machen. Wie gesagt, ich bin einfach leidenschaftlich neugierig.«

»Also wussten Sie von Anfang an, wer Sie über die Berge bringt?«

»Natürlich. Sie begehen einen großen Fehler, wenn Sie uns unterschätzen.« Er steckte Scotts Dienstausweis ein.

»Unterschätzen? Immerhin haben wir den Krieg gewonnen. Die Nazis werden nie wieder ihre braunen Köpfe erheben. Wir werden die Rattenlinie dichtmachen, verlassen Sie sich darauf. Wo auch immer Verbrecher wie Sie sich verstecken, wir werden sie finden.«

Heyrich lachte. »Sie haben ja überhaupt keine Ahnung. Kommen Sie her, ich zeige Ihnen, warum Sie sich irren.«

Wachsam und auf alles gefasst, machte Scott einen Schritt auf ihn zu.

»Nun kommen Sie schon, ich beiße nicht.« Heyrich beugte sich über das Geländer. Tief unter ihm brodelte der Sturzbach. »Wenn Sie dort hinunterfallen, sind Sie nichts weiter als ein unbedeutender kleiner Fleck«, sagte er. »Sie treiben eine Weile hilflos in den Fluten und gehen am Ende unter. Stellen Sie sich vor, das sinnlos wirbelnde Wasser besäße Arme, die Sie nach unten ziehen; die Arme minderwertiger Rassen, von Juden, Schwarzen und Asiaten, dem ganzen Gesindel eben. Es ist das Chaos, das Sie verschluckt. Die Nationalsozialisten hingegen schwimmen obenauf, ganz gleich, was geschieht, denn sie lenken den Strom. Sie sind der Rahm auf der sauer gewordenen Milch der Völker und sie bestimmen, wer untergehen muss: alle, die sich als unwürdig erweisen. Die Natur will, dass die Starken überleben. Die Nationalsozialisten sind stark. Sie repräsentieren die Ordnung, die Krone der Schöpfung, der sich die Welt unterwerfen muss. Dass wir herrschen können, gibt uns das Recht dazu, denn wir dulden keine Schwächlinge in unseren Reihen. Wir haben keine Skrupel. Wir tun, was getan werden muss, und darum werden wir am Ende siegen und eine neue Welt hervorbringen. Eine Welt voller Reinheit, die der arischen Rasse gehört.«

»Ihr Albtraum einer sinnentleerten Herrschaft über Millionen gleichgeschaltete, seelenlose Befehlsempfänger wird niemals Wirklichkeit werden«, entgegnete Scott.

»Und warum nicht? Wer sollte uns aufhalten?«

»Jeder, der ein Gewissen hat. Die Welt hat die Nazis einmal besiegt und sie wird es wieder tun. Ich bin hier, um es Ihnen zu beweisen.«

Heyrich lachte. »Fast tun Sie mir leid, Sie armer Irrer.«

In einer fließenden Bewegung zuckte sein Arm vor. So schnell, dass Scott den Dolch in seiner Hand nur als Glänzen in der aufsteigenden Gischt des Wildbaches aufblitzen sah. Das Gerede von der natürlichen Überlegenheit der Nazis hatte dem Zweck gedient, ihn abzulenken, und er war darauf reingefallen. Er spürte einen brennenden Schmerz in der linken Seite. Heyrich zog den Dolch zurück, die Klinge war rot von Blut.

»Wir werden triumphieren, weil die Vorsehung uns ausgewählt hat, um zu herrschen!«

Er legte sein ganzes Gewicht in den nächsten Stoß, aber diesmal gelang es Scott, ihm auszuweichen. Das Messer zerschlitzte seinen Jackenärmel und ritzte die Haut. Er schlug Heyrichs Arm zur Seite, doch der drahtige Mann zeigte sich als erfahrener Kämpfer. Scott spürte, dass er Blut verlor. Sehr viel Blut. Wenn er die Auseinandersetzung überleben wollte, musste er schnell siegen.

Er tastete nach dem Reißverschluss seiner Jacke, um an den Colt in der Innentasche zu gelangen, doch Heyrich ließ ihm keine Zeit, die Waffe zu ziehen. Scott blockte den erneuten Angriff mit dem Arm ab und schlug zurück. Heyrich hatte seine Deckung vernachlässigt und musste einen empfindlichen Treffer einstecken. Er schüttelte benommen den Kopf und spuckte roten Speichel aus.

Scott packte den rechten Arm seines Gegners mit beiden Händen und schlug dessen Handgelenk auf das Brückengeländer. Heyrich wehrte sich verbissen, musste aber den Dolch fallen lassen. Er befreite seinen Arm aus der Umklammerung und deckte Scott mit wütenden Schlägen ein. Scott strauchelte, fiel und zog Heyrich mit zu Boden. Ein zähes Ringen begann.

Sein Überlebenswille verlieh Scott Kraft, doch die tiefe Stichwunde und der rasche Blutverlust schwächten ihn zusehends, unerbittlich gewann Heyrich die Oberhand. Er schwang sich rittlings auf ihn und drückte ihm die Kehle zu. Schwarze Flecken tanzten vor Scotts Augen. Er schaffte es, sich aus dem Würgegriff zu befreien, zog den Kopf auf die Brust und stieß mit der Stirn zu. Heyrichs Nase brach mit einem Knacken, er brüllte vor Schmerz und Wut auf und lockerte seinen Griff.

Wieder versuchte Scott, an seine Waffe zu gelangen. Heyrich kam torkelnd auf die Füße und trat wie von Sinnen auf ihn ein. Scott rollte sich herum, um sich vor dem erbarmungslosen Angriff zu schützen, und prallte mit der Schulter gegen das morsche Brückengeländer. Teile der uralten Konstruktion gaben nach und stürzten in die Tiefe. Heyrich fiel auf die Knie, packte Scott mit beiden Händen und stieß ihn mit einem wütenden Schrei über den Rand der Brücke. Scott klammerte sich an einen von Moos und Gischt glitschigen Balken und baumelte an einer Hand über dem Abgrund. Unter ihm rauschte donnernd der Wildbach zu Tal.

»Fahr zur Hölle!«

Heyrich holte zum entscheidenden Schlag aus und trat zu. Sein Stiefel traf Scott an der Schläfe. Das Donnern des Wasserfalls verstummte, der Himmel schmolz zu einem winzigen Punkt zusammen, dann wurde es schwarz. Scott fiel ins Bodenlose.

44

»Hier wimmelt es ja nur so von Bunkern, Stollen und Höhlen!«, rief Ruth.

Hannah erklomm keuchend den Berggrat und sah auf den ersten Blick, was ihre Freundin meinte. Der Morgen war klar und kalt, in den Tälern schwamm Nebel wie Milch in riesigen Schüsseln. Die aufgehende Sonne überzog die Linie der Panzersperren mit goldenem Licht. Aus dem dunklen Grün des Tannenwaldes ragten bedrohlich wirkende Betonbauten mit schmalen horizontalen Schlitzen.

Pawel studierte die Nadel seines Kompasses. »Wir sind zu weit nördlich«, sagte er. »Der in der Karte eingezeichnete Stollen liegt weiter südlich.«

»Wir hätten den Laster nehmen sollen«, sagte Hannah.

»Den können wir immer noch holen. Vielleicht brauchen wir ihn auch gar nicht. Papiergeld wiegt weniger als es wert ist«, sagte Pawel. »Der Bunker kann höchstens vierhundert Meter entfernt sein.«

»Er hat recht«, stimmte ihm Ruth zu. »Der Ford ist zu auffällig.«

Pawel schulterte Hacken und Schaufel, Joschi schleppte einen Rucksack mit den Dynamitstangen, Ruth trug die Zünder. Sie schlitterten den mit Geröll und Felsen übersäten Hang hinab und tauchten in dichten Kiefernwald ein.

»Wo warst du eigentlich heute Morgen so lange?«, fragte Hannah.

Ruth dehnte ihre verspannten Rückenmuskeln. »Ich musste telefonieren.«

»Darf man erfahren, wen du angerufen hast?«

»Ich versuche, Kalle zu helfen.«

Sie stapfte weiter und wollte offenbar nicht darüber reden. Hannah folgte ihr mit säuerlicher Miene.

Früher hatte Ruth keine Geheimnisse vor mir, dachte sie. Wir haben alles geteilt. Sie grübelte darüber nach, wann der Riss zwischen ihnen entstanden war, der ständig breiter und tiefer wurde. Wahrscheinlich ging es wieder mal um Pawel. Ob Ruth eifersüchtig war? Gerade jetzt, wo sie Frederic verloren hatte? Sie tat stets, als könnte ihr nichts und niemand etwas anhaben, aber Hannah wusste am besten, dass ihre Kaltschnäuzigkeit nur Fassade war.

Pawels Stimme riss sie aus ihren Gedanken.

»Dort! Seht doch! Das muss es sein. Eine freistehende Fichte mit zwei Spitzen am Fuß eines Steilhangs. Genau wie es Theissen beschrieben hat.«

Hastig kletterte er den mit Ginsterbüschen bewachsenen Geröllhang hinauf, fiel auf die Knie und begann, wie ein Hund, der einen Knochen ausgräbt, Steine hinter sich zu werfen. Joschi streifte seinen Rucksack ab und beteiligte sich eifrig an der Buddelei. Nach ein paar Minuten hatten sie den oberen Rand eines mit Ziegelsteinen vermauerten Portals freigelegt.

Hannah blickte den steilen Hang hinauf. Deutlich sah sie die oberirdischen Belüftungsanlagen eines Bunkers aus dem Erdreich ragen.

Joschi packte die Dynamitstangen aus.

»Wenn ihr den Eingang in die Luft jagt, gibt es eine Explosion, die man bis nach Reschen hört«, sagte Ruth stirnrunzelnd.

»Warum haben wir das Zeug denn mitgeschleppt?«, knurrte Pawel.

»Wir setzen es nur ein, wenn wir anders nicht weiterkommen. Keiner von uns hat Erfahrung mit Sprengstoff. Wir könnten mehr Schaden anrichten, als uns lieb sein kann, und den ganzen Hang in Bewegung versetzen.«

Die anderen stimmten Ruth widerwillig zu. Pawel und Joschi fingen an, mit den Hacken auf die Ziegelwand einzuschlagen.

Vermutlich war das Portal in aller Eile verschlossen worden, denn die Maurer hatten schlampige Arbeit geleistet. Nach einer Viertelstunde hatten sie ein Loch in die Mauer geschlagen, das groß genug war, um hindurchzukriechen. Joschi ließ ein Seil durch die Öffnung, Pawel befestigte es am Stamm der Fichte.

»Wer geht als Erster?«, fragte er.

»Immer dem großzügigen Spender nach«, sagte Ruth.

Einer nach dem anderen krochen sie mit den Füßen voran in das Loch und kletterten auf der Innenseite hinab. Joschi schaltete eine Taschenlampe an. Vor ihnen lag ein etwa zwei Meter breiter Gang mit betonierten Wänden, in dem er gerade aufrecht stehen konnte. Im Gänsemarsch wagten sie sich tiefer in den Berg hinein.

Die Betoneinfassungen hörten bald auf, roh behauener Fels trat zutage. Die niedrige Decke war mit Holzbalken abgestützt. Sie gelangten in einen kavernenartigen Raum, von dem vier Gänge abzweigten. Die ersten drei endeten blind, sie waren nie fertiggestellt worden. Am Ende des letzten Ganges führte eine Betontreppe nach unten. Auf einer tieferen Ebene erstreckte sich ein Labyrinth aus Schlaf- und Aufenthaltsräumen sowie Vorratskellern. Es gab einen medizinischen Versorgungsraum und Nischen mit Generatoren und Luftaustauschern.

»Seht euch das an!«

Ruth stieß eine Tür mit einem Gefahrenschild auf, das vor explosiven Stoffen warnte. Dahinter lag ein Waffenlager. Maschinenpistolen und Karabiner hingen ordentlich in Wandgestellen, Kisten mit Munition und Handgranaten standen auf dem Boden. Pawel pfiff durch die Zähne, seine Augen leuchteten.

»Sie waren für einen Angriff bestens gerüstet«, sagte Ruth, »aber sie sind nicht mehr dazu gekommen, die Waffen einzusetzen. Es gibt viele solcher Bunker in den Alpen, weil die Nazis die Produktion kriegsentscheidender Waffen hierher verlegen wollten. Genützt hat es ihnen nichts mehr.«

Eine weitere behelfsmäßige Treppe führte zu einer dritten Ebene. Die Bretterstufen knirschten unter Joschis Gewicht. Je tiefer sie hinabstiegen, desto feuchter und kälter wurde es. An den Felswänden liefen Rinnsale herab und vereinigten sich auf dem Boden zu einem kleinen Bach, der in die Tiefe floss. Der Gang, dem sie nun folgten, mündete in einer roh behauenen Höhle.

»Herzlich willkommen in Ali Babas Schatzkammer!«, flüsterte Hannah ehrfürchtig.

Der Strahl ihrer Taschenlampe riss Dutzende kleine und große Kisten mit dem aufgestempelten Reichsadler aus der Finsternis. Joschi hebelte mit einem Stemmeisen eine der schmalen, aufrecht an den Wänden lehnenden Holzkisten auf und leuchtete hinein.

»Hast du etwa das Bernsteinzimmer gefunden?« Ruth lachte verhalten. Auch sie war überwältigt angesichts des Reichtums, der sie erwartete.

Joschi schüttelte den Kopf. Hannah warf einen Blick ins Innere des Verschlags.

»Da sind alte Gemälde drin«, sagte sie atemlos, »eine ganze Menge.«

»Die hat Schwend in Sicherheit gebracht, um sie später an Sammler zu verkaufen. Jetzt sitzt er in Peru fest und trauert seinen Schätzen nach.«

Pawel brach einen Behälter von der Größe einer Munitionskiste auf und stieß einen erstickten Schrei aus. Alle drängten sich um seinen Fund. Allein in dieser Kiste mussten Hunderttausende, wenn nicht Millionen täuschend echter Pfundnoten liegen.

Plötzlich redeten und schrien alle durcheinander. Sie waren am Ziel. Sie waren reich. Dieser Schatz war größer, als sie sich erträumt hatten. Ruth schnappte sich das Stemmeisen und hebelte weitere Kisten auf. Ihre Augen leuchteten. Schwend hatte nicht nur gefälschte Banknoten und Devisen in Sicherheit gebracht, sondern auch Dutzende Goldbarren.

Ruth und Hannah fielen sich um den Hals, lachten und weinten zugleich. Pawel grölte, bis er heiser war, Joschi glotzte ungläubig auf all den Reichtum.

Dann wurde er ernst, zupfte Ruth am Ärmel und deutete auf eine der Stützen. Sie untersuchte den Holzbalken genauer und fand Joschis Befürchtung bestätigt.

»Wir sollten so schnell wie möglich die Kisten hier herausschaffen. Die Streben sind völlig morsch. Seltsam, so alt ist die Anlage doch gar nicht.«

»Aber sie wurde in aller Eile gebaut. Wahrscheinlich haben sie minderwertiges Holz verwendet. Es ist feucht hier drin, das setzt den Balken zu«, meinte Pawel. »Wir müssen uns beeilen, bevor die Decke einstürzt.«

»Wir brauchen mehrere Tage, um das alles wegzuschaffen«, sagte Hannah.

»Wir nehmen nur mit, was wir tragen können«, antwortete Ruth, »zuerst das Papiergeld und später das Gold. Hol den Laster und fahr ihn an den Stolleneingang heran. Wir schaffen inzwischen so viel wie möglich von dem Zeug nach oben.«

Hannah lief die Stollen entlang und hetzte die Treppen hinauf zur obersten Ebene. Die Stimmen der anderen wurden leiser, bald war nur noch das Echo ihrer Schritte zu hören. Das Schatzfieber hatte sie gepackt. Sie malte sich aus, was sie mit ihrem Anteil alles würde anstellen können. Sie könnte sich ein eigenes Flugzeug kaufen, über den Atlantik fliegen und Scott überraschen. Ein ganzes Heer an Anwälten und Gutachtern würde sie aufstellen, um ihr Kind zu finden und sich Recht zu verschaffen. Sie könnte ... ja, beinahe alles tun, was sie wollte. Erst jetzt begriff sie wirklich, welche Macht ihr nun zur Verfügung stand.

Aufgeregt zwängte sie sich durch das Loch in der Ziegelmauer und rutschte den Geröllhang hinab. Ein Gespinst aus grauen Schleierwolken spannte sich über den eben noch so frischen, blauen Morgenhimmel. Das Wetter drohte umzuschlagen, was in den Bergen keine Seltenheit war.

Am Fuß des Abhangs blieb sie stehen, klopfte sich den Staub von der Hose und atmete die kalte Luft ein. Nach dem schimmeligen Mief des Bunkers schmeckte sie frisch und klar.

Hannah dachte an das Leuchten in Pawels Augen, als er die Waffen entdeckt hatte, und ein Schatten senkte sich auf die goldene Zukunft, die nun zum Greifen nah war. Pawel würde noch mehr Menschen töten. Mochten die großen und kleinen Täter auch Schuld auf sich geladen haben, sie zu ermorden, würde dem Unrecht, das sie begangen hatten, nur neues hinzufügen. Ruth hatte es die ganze Zeit gespürt und versucht, ihr klarzumachen. Aber sie hatte es nicht hören wollen, hatte die Augen vor Pawels grenzenlosem Hass verschlossen. Er durfte diese Waffen niemals in die Hände bekommen. Wenn sie das Geld in Sicherheit gebracht hatten, mussten sie den Bunkereingang sprengen.

Hannah lief in den Wald hinein. Der Lastwagen stand etwa einen Kilometer nördlich der Bunkeranlage. Sie sprang über Wurzeln und Feldsteine und rannte weiter, bis ihre Lungen brannten. Dennoch konnte sie der Vergangenheit nicht entkommen. Sie sah sich und Hans, wie sie die Munitionskisten mit dem Zahngold der in Hadamar ermordeten Menschen die Treppe hinauf zum Hof schleppten, wo Lubeck wartete. Ein schreckliches Déjà-vu überkam sie. Alles wiederholte sich, doch war sie diesmal nicht das Opfer, sondern die Täterin. Wegen dieses Goldes hatten viele Menschen sterben müssen … Hans, Lubeck und der alte Wetzel. Am Ende hatte es allen Unglück gebracht.

Atemlos erreichte sie die Lichtung, auf der der Laster stand. Die Motorhaube schimmerte hellblau zwischen den schlanken Stämmen der Fichten hindurch.

Hannah stolperte über eine Wurzel und fiel auf die Knie. In ihrem Kopf wirbelten Pläne, Zweifel und Chancen durcheinander. Sie wollte diesen Schatz nicht, zu viel Blut klebte daran. Wie damals würde der Reichtum allen Leid und Tod bringen. Aber wie sollte sie die anderen davon überzeugen, den Schatz im Stollen zu lassen? Ruth würde niemals auf ihren Anteil verzichten und Joschi war vielleicht der Einzige, der das Geld sinnvoll einsetzen würde.

»So allein im dunklen Wald? Pass auf, dass dich der böse Wolf nicht frisst.«

Hannah sah erschrocken auf. Vor ihr ragte einer der beiden blonden Kartenspieler aus der Gastwirtschaft auf. Bevor sie aufspringen konnte, drehte ihr jemand den Arm auf den Rücken und riss sie hoch.

»Was machen wir mit ihr?«, fragte er.

Der erste Mann schlug die Plane zurück und durchwühlte die Ladefläche. Er hielt ein Seil in der Hand.

»Wir fesseln sie und legen sie in den Laster.«

Sein Kamerad grunzte enttäuscht.

»Du kannst deinen Spaß später haben. Ich will erst wissen, wo die anderen sind.«

Der Mann hinter Hannah drängte sich eng an sie. »Verrat's uns, mein Täubchen.«

»Ihr habt den Bunker gefunden, stimmt's?«, fragte der Erste.

Sie nickte stumm. Es machte keinen Sinn zu leugnen. Sie fesselten und knebelten sie mit ihrem Halstuch und warfen sie auf die Ladefläche. Hannah hörte, wie sie sich in Richtung Süden entfernten. Verzweifelt zerrte sie an ihren Fesseln. Sie musste ihre Freunde warnen, sie waren alles, was ihr geblieben war.

45

Joschi spannte seine enormen Muskeln an und kippte eine Holzkiste um, die so groß und schwer war wie ein Bauernschrank. Sie blieb an einem Felsvorsprung hängen, Steine und Geröll prasselten von der Decke, eine morsche Stütze knirschte bedrohlich.

»Sei bloß vorsichtig«, sagte Ruth. »Wenn das Ding auf einen Balken kippt, stürzt der Stollen ein wie ein Kartenhaus.«

Neugierig blickte sie in die Öffnung, die die Kiste verdeckt hatte. Im Gestein gähnte ein schräg nach unten führender Gang.

»Ich werd verrückt, da geht's noch weiter!«

Ihre Augen glänzten fiebrig. Pawel beobachtete sie seit geraumer Zeit. Ruth wandelte wie in Trance umher, stemmte Bretterverschläge auf, zählte Goldbarren und wühlte in falschen Pfundnoten.

»Joschi, sieh mal nach, ob es da noch mehr zu holen gibt«, meinte er.

Angesteckt von Ruths Goldrausch, zog der Riese den Kopf ein und quetschte sich in den engen Tunnel. Das Licht seiner Taschenlampe huschte über die Felswände und erlosch, als er hinter einer Biegung verschwand.

»Jetzt bist du reich, Pawel«, sagte Ruth.

»Du wolltest das ganz große Ding«, antwortete er. »Hab ich dir zu viel versprochen?«

»Ich muss zugeben, diesmal hast du Wort gehalten.«

»Ich habe euch nie belogen.«

Ruth lachte spöttisch. »Das kannst du Hannah erzählen, aber nicht mir, Jungchen.« Sie hebelte das Schloss einer Schatulle auf, Schmuck und Juwelen fielen heraus. Spielerisch ließ sie ein mit Diamanten besetztes Collier durch die Finger gleiten.

»Wie fühlt es sich an?«, fragte Pawel.

»Gut, sehr gut. Ich nehme es als kleine Entschädigung für das Leid, das mir die Nazis angetan haben.«

»Gold ist nicht schwer genug, um ein Menschenleben aufzuwiegen.«

Sie sah ihn überrascht an. »An dir ist ja ein echter Philosoph verloren gegangen. Lass mal hören, was *du* mit dem Zeug vorhast.«

»Du weißt, was ich will: Ich habe einem Sterbenden ein Versprechen gegeben. Mit dem Gold kann ich es auf eine Weise erfüllen, die ich mir nicht habe träumen lassen.«

Ruth nickte. »Hannah hat mir davon erzählt. Wenn du meine Meinung hören willst: Mach dir ein schönes Leben und vergiss, was hinter dir liegt.«

»Die Deutschen haben meine Familie ermordet, mich gequält und gedemütigt. Dafür werden sie bezahlen.«

»Alle? Da hast du dir ja viel vorgenommen.«

»Ich werde so viele von ihnen in die Hölle schicken, wie ich kann, denn ich werde das Trinkwasser einer großen Stadt vergiften.«

»Du bist verrückt, Pawel. Wenn du das durchziehst, haben die Nazis gewonnen, denn dann bist du nicht besser als sie.« Sie machte einen drohenden Schritt auf ihn zu. »Du kannst von mir aus tun und lassen was du willst, Pawel. Meinetwegen lade den Fluch eines ganzen Volkes auf dich, aber lass Hannah dabei aus dem Spiel.«

»Dich quält die Eifersucht, Ruth. Dass ich mit ihr weggehen werde, sitzt wie ein Stachel in deinem Fleisch, nicht wahr?«

»Glaubst du wirklich, sie wäre so naiv und würde dir auf deinem sinnlosen Rachefeldzug folgen?«

»Sie ist der einzige Mensch, der deine Launen erträgt, und deshalb willst du sie nicht verlieren. Du warst die ganze Zeit gegen mich, weil du in mir einen Nebenbuhler um ihre Zuneigung siehst«, antwortete Pawel.

Ruth wischte sich die Hände an der Hose ab. »Nein, das ist nicht der Grund. Dein Hass wird dich zugrunde richten, und ich will nicht, dass du Hannah mit in den Abgrund reißt«

»Lass das meine Sorge sein. Was ist mit dir, Ruth? Was wirst du mit dem Geld anfangen?«, konterte er. »Quält dich nicht die Vorstellung, dass die Mörder deiner Schwester frei herumlaufen?«

»Ich habe Thea geliebt. Aber ich werde diesen Schatz bestimmt nicht dazu verschwenden, um ihn den Toten hinterherzuwerfen. Thea hätte das niemals gewollt. Sie war wie ich, vielleicht nicht ganz so verrückt, aber wir waren aus demselben Holz geschnitzt. In Hadamar habe ich gelernt, das Leben zu schätzen als das, was es ist: das größte Geschenk, das wir jemals bekommen. Meine Zukunft soll ein einziges endloses Fest sein, bis ich ins Gras beiße. *Das* bin ich Thea schuldig. Glaub mir, sie hätte mich verstanden.«

Pawel schüttelte den Kopf. »Du machst dir etwas vor. Dich treibt nur die Gier, sonst nichts. Ich dagegen will Gerechtigkeit.«

»Ist es gerecht, Leute in ein Waldstück zu locken und zu erschießen wie räudige Hunde?«

Pawel verzog die Lippen zu einem schiefen Lächeln. »Wer macht denn nur so böse Sachen?«

»Ich habe mit Jaron gesprochen«, sagte Ruth. »Heute Morgen im Gasthaus habe ich mit ihm telefoniert.«

Er spürte, wie in seinem Bauch die Wut explodierte.

»Das hättest du nicht tun sollen, Ruth.«

»Du wirst wegen mehrfachen Mordes gesucht. Du bist ein rachsüchtiges Monstrum, das blindwütig um sich schlägt. Ich gebe dir einen guten Rat, Pawel. Lass Hannah in Ruhe. Ich werde nicht zulassen, dass du sie mit deinem Hass vergiftest.«

»Er wird keine Gelegenheit mehr dazu bekommen.«

Sie fuhren aufgeschreckt herum. Im Eingang zur Höhle standen die beiden blonden Männer, die sie am Vorabend im Gasthaus beobachtet hatten. Sie waren mit Pistolen bewaffnet und bewegten sich mit der Umsicht kampferfahrener Soldaten.

»Wo ist Hannah? Was habt ihr mit ihr gemacht?«, rief Ruth.

»Immer mit der Ruhe. Ich mach's wie beim Essen. Das Beste hebe ich mir bis zum Schluss auf«, sagte einer der beiden. Er grinste und fasste sich in den Schritt.

»Wer seid ihr?«, fragte Pawel.

Sie sahen sich kurz an und lachten. »Geschäftspartner, könnte man sagen.« Der eine gab dem anderen einen Wink. »Durchsuch sie. Und dann schau nach, wo der hässliche Riese ist. Wenn du ihn gefunden hast, leg ihn um.«

Der Angesprochene entdeckte Pawels Baby Browning und die Luger, die Ruth in einem Schulterhalfter unter ihrer Jacke trug, und nahm sie ihnen ab. Dann ging er wachsam zwischen ihnen hindurch und trat in den Stollen, in dem Joschi verschwunden war.

»Wie habt ihr von dem Versteck erfahren?«, fragte Pawel.

»Wir haben es selbst angelegt, du Trottel.«

»Ihr gehört zu der Mannschaft, die Schwend beauftragt hat, seinen Anteil in Sicherheit zu bringen. Theissen hat euch in Sachsenhausen belauscht.«

»Jetzt wird mir einiges klar«, sagte der Blonde. »Theissen hat euch geschickt.« Er wedelte mit der Pistole. »Pfoten hoch! Alle beide.«

»Theissen brennt längst in der Hölle«, sagte Pawel. »Ich habe das Schwein umgebracht.«

»Ah, ihr seid auf eigene Rechnung hier? Nun, das spielt keine Rolle mehr. Ihr seid so oder so geliefert.«

»Es ist genug für alle da«, sagte Ruth.

Der Blonde blickte sie mit gespielter Überraschung an. »Und warum sollten wir mit euch teilen? Es reicht, dass wir Schwend regelmäßig bezahlen, damit er sich in Lima ein schönes Leben machen kann.«

Pawel suchte verzweifelt nach einem Ausweg. Solange der andere Mann mit Joschi beschäftigt war, standen die Chancen zwei zu eins. Mit unmerklichen, kleinen Schritten näherte er sich der großen Transportkiste, die schräg an dem Felsvorsprung lehnte.

»Und was machst du Großmaul, wenn Joschi deinem Kumpel den Hals umdreht?«, fragte er. »Meinst du nicht, er müsste längst wieder hier sein?«

»Quatsch nicht!«

Aus den Tiefen des Berges hallte ein Schuss herauf, der Blonde ging auf den Eingang des Stollens zu. Pawel warf Ruth einen auffordernden Blick zu. Sie verstand und täuschte einen Angriff vor. Der SS-Mann fuhr herum und hob seine Waffe. Pawel schnellte vor und warf sich gegen die Transportkiste. Sein Gegner erkannte die tödliche Gefahr, konnte aber nicht mehr ausweichen. Die Kiste begrub ihn unter sich und traf eine der Deckenstützen, die wie ein Streichholz einknickte. Gesteinsbrocken regneten von der Decke, in einer Kettenreaktion brachen weitere Balken und der hintere Teil der Kaverne verschwand in einer Staubwolke. Pawel hustete und würgte. Unter der Kiste ragte eine blutverschmierte Hand hervor, die noch im Tod die Pistole umklammerte.

Ruth wischte sich mit dem Jackenärmel über das Gesicht, richtete sich schwankend auf und spuckte aus.

»Hilf mir, den Durchgang freizuräumen«, sagte sie.

Pawel bückte sich nach der Waffe und hob sie auf.

»Hörst du schlecht? Joschi steckt in der Klemme.«

»Hast du den Schuss nicht gehört? Er braucht unsere Hilfe nicht mehr.«

»Was macht dich da so sicher?«

»Tut mir leid«, sagte Pawel. »Du weißt zu viel über mich. Außerdem hast du einen schlechten Einfluss auf Hannah. Ich kann leider nicht zulassen, dass du den Bunker lebend verlässt.«

Er schoss Ruth in die Brust. Sie taumelte, warf ihm einen letzten hasserfüllten Blick zu und brach in die Knie. Pawel drückte noch dreimal ab, bis er sicher war, dass sie tot war.

Er überzeugte sich, dass der Zugang zum hinteren Stollen verschüttet war. Weder der zweite SS-Mann noch Joschi konnten ihm jetzt noch gefährlich werden. Er drehte Ruths Leiche auf den Bauch, nahm ihr den Rucksack ab und stopfte so viele der gefälschten Pfundnoten hinein, wie es ging. Auch seinen eigenen Rucksack füllte er bis zum Rand mit Falschgeld. Die Goldbarren musste er zurücklassen, sie würden ihn mit ihrem Gewicht behindern. Er schwang die Trageriemen über die Schultern und machte sich auf den Weg zum Ausgang.

Am Fuß des zugemauerten Portals lag der Sprengstoff, den Joschi mitgebracht hatte. Pawel hatte ihm über die Schulter geschaut, als er Zündschnüre und Dynamitstangen überprüft hatte, und sich mit Gesten zeigen lassen, wie man sie zur Detonation brachte, ohne sich selbst in die Luft zu sprengen. Er war stets ein aufmerksamer Zuhörer gewesen und wissbegierig auf Neues. Man wusste nie, wann man es gebrauchen konnte. Nun profitierte er davon.

Hannah war irgendwo dort draußen, wahrscheinlich in der Nähe des Lastwagens. Sie würde sich kaum mit der Erklärung zufriedengeben, dass Schwends Helfer Ruth und Joschi erschossen hatten. Nein, sie würde sich mit eigenen Augen von ihrem Tod überzeugen wollen und das musste er unbedingt verhindern. Wenn er den Bunkereingang sprengte, konnte sie niemals die Wahrheit herausfinden.

Pawel konzentrierte sich und rief sich ins Gedächtnis, wie Joschi vorgegangen war. Er verband die Dynamitstangen mit den Zünddrähten und steckte sie in Spalten im Gestein dicht unter der Stollendecke. Dann zwirbelte er die einzelnen Drähte zu einer Zündschnur zusammen und befestigte das Ende an seinem Gürtel. Er warf die Rucksäcke durch das Loch in der

Mauer und kletterte nach draußen. Dort riss er ein Streichholz an und hielt es an die Schnur. Fasziniert beobachtete er, wie die winzige Flamme im Innern des Stollens verschwand, dann schlitterte er den Geröllhang hinab und suchte Schutz hinter einem Felsen.

Die Explosion war gewaltig und ließ den Waldboden erbeben. Nach einer Minute wagte Pawel sich aus seinem Versteck und kroch ein Stück bergan. Die Detonation hatte einen Erdrutsch ausgelöst, der Bunker lag nun unter Felsbrocken und Tonnen von Erde verborgen. Ohne schweres Gerät würde niemand den Eingang freilegen können.

Zufrieden schulterte er die beiden Rucksäcke mit den falschen Pfundnoten und lief zum Laster. Hannah lag gefesselt auf der Ladefläche. Sie starrte mit weit aufgerissenen Augen auf seine verdreckte Kleidung. Schnell befreite er sie von ihren Fesseln.

»Was ist passiert? Wo sind die anderen?«, keuchte sie.

»Tot. Sie sind alle tot«, sagte er.

46

Scott drehte und überschlug sich, trieb hilflos wie ein steuerloses Boot auf dem reißenden Fluss. Er ging in dem schäumenden Wasser unter und tauchte nach Atem ringend wieder auf, prallte gegen Felsen und streckte seine Hände verzweifelt nach überhängenden Ästen aus. In höchster Not griff er nach glitschigen Steinen und im Flussbett verklemmtem Treibholz und spürte, wie die eisige Kälte rasend schnell die Lebenskraft aus seinem geschundenen Körper sog. Die Strömung riss ihn mit urgewaltiger Kraft fort.

Längst vergessene Erinnerungen mischten sich in seinen verzweifelten Kampf ums Überleben. Er sah Freunde und Kameraden, die bei der Befreiung Deutschlands ihr Leben gelassen hatten. Zwischen den Bildern seines Lebens, die wie Wolken an einem Sturmhimmel dahinjagten, klafften dunkle Lücken der Vergessenheit. Dann war ihm, als läge er im warmen Sonnenlicht. Etwas hob ihn auf und trug ihn zum azurblauen Himmel hinauf. Hannah saß neben ihm auf dem Pilotensitz und steuerte ein Flugzeug in einen Tunnel aus gleißendem Licht. Er beugte sich zu ihr hinüber, um sie zu küssen, doch bevor ihre Lippen die seinen berührten, riss ihn eine unsichtbare Kraft fort und stürzte ihn zurück in Dunkelheit und Kälte. Der Tunnel schmolz zu einem winzigen Punkt am Himmel zusammen und Hannahs Stimme verlor sich in dem ohrenbetäubenden Donnern des Gebirgsflusses.

Scott schlug die Augen auf. In die puderartige Gischt verirrten sich harte, kalte Regentropfen. Die Wirklichkeit kehrte zurück – Heyrich, die Brücke und der tiefe Fall.

Unter Schmerzen richtete er sich auf und wunderte sich, dass er nicht mehr im Wasser trieb. Aus den Wolken fiel kräftiger Regen, dicht neben und unter ihm brach sich die reißende Strömung des Gebirgsbachs an den Felsen.

Langsam wurde ihm klar, dass er lebte. Mühevoll setzte er die Bruchstücke der vergangenen Nacht zusammen. Am frühen Abend war es zu dem verhängnisvollen Streit mit Heyrich gekommen. Etwa vierhundert Meter flussaufwärts zeugte das zerbrochene Brückengeländer von dem tiefen Fall, den er wie durch ein Wunder überlebt hatte.

Der Fluss hatte ihn fortgerissen, aber irgendwann musste es ihm gelungen sein, sich auf ein Felsplateau zu retten. Danach hatte er wohl mehrmals das Bewusstsein verloren und die Erinnerung an die Minuten nach dem Fall verloren. Offenbar hatte er die Nacht halb schlafend, halb wachend auf dem Plateau verbracht.

Scott zog die durchnässte Jacke und den Wollpullover aus. Sein Körper schmerzte vom Nacken bis zu den Zehenspitzen und war mit Blutergüssen und Schürfwunden übersät. Die Armwunde blutete nicht mehr, zum Glück hatte Heyrich keine Arterie getroffen. Der Schnitt unter dem linken Rippenbogen machte ihm größere Sorgen. Der rasiermesserscharfe SS-Dolch war glatt durch das Fleisch gedrungen. Der Stich konnte nicht besonders tief sein, sonst wäre er tödlich gewesen, möglicherweise hatte eine Rippe die Waffe abgelenkt. Die Wundränder waren glatt, geschwollen und tiefrot verfärbt, etwas Blut sickerte aus dem Schnitt. Zwar war er wieder bei klarem Verstand, doch nun quälten ihn Hunger und Durst.

Die Sonne versteckte sich hinter den Wolken. Scott schätzte, dass es später Vormittag war. Das Wetter hatte sich verschlechtert, die Temperatur war nahe an den Gefrierpunkt gesunken, was in den Bergen in dieser Jahreszeit häufig vorkam.

Er zog Pullover und Jacke wieder an, obwohl er in den nassen Sachen fror. Vom Pass herab fauchte ein feuchtkalter Wind durch die Schlucht und trieb mit Schnee vermischten Regen vor sich her. Im Nordwesten hing der Himmel voll dunkler Wolken, die weitere Niederschläge ankündigten. Wie ein schwarzer Gazeschleier ging dort oben ein Unwetter nieder. Ferner Donner rollte durch die Schlucht und brach sich an den Felswänden.

Scott prüfte seine Muskeln und Gelenke. Trotz der Schmerzen konnte er Arme und Beine benutzen, nichts schien gebrochen oder verstaucht zu sein. Vorsichtig erkundete er das abschüssige Plateau und wagte sich an den überhängenden Rand. Es kam ihm vor, als wäre der Wasserpegel während der Nacht gestiegen. Wenn der Fluss durch die starken Regenfälle weiter anschwoll, würde er bald nasse Füße bekommen.

Das Felsplateau ragte wie ein Tisch in den Fluss hinein, der an dieser Stelle eine Biegung machte, weshalb die Strömung hier langsamer war als weiter oben bei der Brücke. Vermutlich war dies der Grund, warum er es geschafft hatte, sich zu retten. Unter ihm rauschte der Fluss zu Tal, hinter ihm ragten steile Felswände auf, die er selbst unverletzt ohne Ausrüstung nicht hätte erklimmen können. Und doch musste er es versuchen, es gab keinen anderen Weg, um sich aus dieser Falle zu befreien.

Mehrere kleine Wasserfälle stürzten an den Felsen herab in die Tiefe. Scott schöpfte mit der hohlen Hand Wasser und trank, um den brennenden Durst zu lindern. Seine Lage war ernst. Den Rucksack mit Proviant, Kleidung und Ausrüstung hatte er in dem tosenden Fluss verloren. Er wusste nicht, wie gefährlich die Stichwunde war, und er konnte sich nicht vor der Kälte schützen.

Er trat an den unteren Rand des Felsplateaus. Selbst bei warmem Sommerwetter und niedrigem Wasserstand wäre es unmöglich gewesen, dem Flusslauf schwimmend ins Tal zu folgen. Bei der herrschenden Strömung glich ein solches Vorhaben Selbstmord.

Er legte den Kopf in den Nacken und inspizierte die beinahe senkrecht aufragenden Felswände. Sie waren etwa fünfzehn Meter hoch. Er war kein geübter Kletterer, glaubte aber, eine Chance zu erkennen, an ihnen emporklettern zu können. Der Weg, der über die Klamm führte, setzte sich auf der anderen Seite der Brücke fort und lief oberhalb der Steilwand entlang, als hätte ein Riese mit seinem Meißel eine Kerbe in den Berg geschlagen. Ein Fehltritt würde den sicheren Tod bedeuten, doch ihm blieb keine Wahl. Mit jeder Stunde, die er länger zögerte, verlor er mehr Kraft und Überlebenswillen.

Mit vor Kälte tauben Fingern und Zehen begann er den Aufstieg. Er tastete nach Ritzen und Spalten im Stein und suchte nach Halt. Unendlich langsam kam er voran. Bald zitterte er vor Anstrengung und spürte, wie die Wunde in seiner Seite wieder stärker zu bluten anfing. Selbst unter besseren Bedingungen wäre seine Verzweiflungstat ein todbringendes Unterfangen gewesen.

Scott fand eine Position, in der er sich mit den Schuhspitzen abstützen und so die Arme entlasten konnte. Er presste die Wange an den kalten Stein und richtete seinen Blick starr nach oben. Wenn er nach unten schaute, bestand die Gefahr, dass ihm schwindelig wurde und er den Halt verlor.

Verbissen kletterte er Hand über Hand himmelwärts. Pullover und Hose waren inzwischen rot vom Blut. Wenn ihn jetzt die Kraft verließ, würde er sterben. Umkehren konnte er nicht, zu weit war er gekommen, weiter, als er gehofft hatte. Der Felsgrat über ihm war höchstens noch einen Meter entfernt. Dicht über seiner rechten Hand wuchs ein knorriger Baum aus der Wand. Wie er zwischen den Felsen genügend Erde und Nährstoffe fand, war ein Rätsel. Scott prüfte die Festigkeit des dünnen Stammes und hangelte sich daran nach oben. Plötzlich griff er ins Leere und ertastete flachen, erdigen Grund. Er quetschte die Zehenspitzen in eine Felsspalte und stemmte sich mit letzter Kraft hoch. Es gelang ihm, den Oberkörper bis zum Gürtel über den Rand des Abgrunds zu schieben, und kurz darauf lag er zu Tode erschöpft auf dem Weg, der nach St. Valentin führte.

Scott drehte sich auf den Rücken und blickte den dahinjagenden Wolken nach. Er erinnerte sich an das Spiel, das Hannah so gerne gespielt hatte. Gemeinsam hatten sie am blauen Frühlingshimmel nach Bildern und Formen gesucht. Sie liebte es, wenn sich die Welt auf den Kopf stellte. Hannah entdeckte Geschichten in den sich ständig verändernden Wolkenformationen, in denen es um Liebe und Sehnsucht ging. Scott hoffte, dass ihre gemeinsame Geschichte noch nicht zu Ende war, nein, dass sie erst begann. Sie würden dieses Spiel wieder spielen und ihre Träume Wirklichkeit werden lassen.

Er presste den blutdurchtränkten Pullover mit dem linken Ellenbogen auf die Messerwunde und versuchte, sich an die Karte zu erinnern. Er glaubte, dass der Weg zurück über die Brücke und den Pass länger war als die Strecke, die bergabwärts vor ihm lag. Daher folgte er dem Weg nach Süden und lief etwa eine Stunde lang. Es begann zu schneien, bald bedeckte eine dicke Schneeschicht den Boden. Scott gelangte an eine Gabelung, der Pfad teilte sich. Vergeblich suchte er nach Wegweisern. Ihm wurde klar, dass er einen tödlichen Fehler begangen hatte. Er hatte sich verirrt.

47

»Tot?« Hannahs Herz krampfte sich zusammen. »Nein … nicht Joschi … und Ruth.«

»Die Männer, die uns in der Wirtschaft beobachtet haben, waren dieselben, die Schwend geholfen haben, seinen Anteil der Aktion Bernhard beiseitezuschaffen. Sie schicken ihm regelmäßig Devisen und Falschgeld nach Peru und bewachen den Bunker.«

Eine eisige Klammer legte sich um ihre Brust. Hannah hatte das Gefühl, langsam zu versteinern. Ihre einzigen Freunde waren tot und niemand würde sie jemals ersetzen können.

Pawel zog an ihrem Arm. »Komm. Wir haben keine Zeit zum Trauern.«

Hannah reagierte kaum. Sie weinte und fragte sich verwundert, aus welcher Quelle die Tränen flossen, denn ein Stein konnte nicht weinen.

»Reiß dich zusammen. Wir müssen hier weg.«

Sie hob den Kopf und sah Pawels Gesicht durch einen Tränenschleier. »Wozu denn noch?«

»Hast du vergessen, dass wir ein Ziel haben? Brunner war erst der Anfang, oder willst du, dass Ruth und Joschi umsonst gestorben sind?«

Nein, das wollte sie nicht. Aber der Schmerz über den Verlust wühlte wie ein heißes Messer in ihrem Bauch. Jede Bewegung kostete sie enorme Kraft. Sie blickte auf ihre Hände hinab und wunderte sich, dass sie normal aussahen – lebendig und von Adern durchzogen, durch die Blut zirkulierte. Sollten sie nicht grau sein wie die Felsen, auf denen sie kniete?

Pawel zog sie hoch. »Komm endlich.«

»Was … was … ist … passiert?«

»Sie sind uns gefolgt. Einer von ihnen hat dich gefesselt.« Pawel runzelte besorgt die Stirn. »Erinnerst du dich nicht daran?«

Sie nickte schwach. Ja, sie erinnerte sich. Sie erinnerte sich an den Gutachterarzt Lubeck, an die Oberschwester Kowalski, an die Hakenkreuzbinde und die Gewehrpatrone, an den Richter des Jugendamts und an die blonden Männer, die sie überfallen und ihre Freunde ermordet hatten. Würde es jemals aufhören? Sie wünschte sich, Scott wäre hier.

»Sie tauchten im Stollen auf und bedrohten uns«, sagte Pawel, »Erst haben sie Joschi erschossen, dann Ruth. Ich konnte im letzten Moment entkommen, bevor sie den Bunker gesprengt haben.« Er öffnete einen der beiden Rucksäcke. »Ich habe einen Teil der Pfundnoten gerettet, schau! Wir haben genug, um uns abzusetzen und neue Pläne zu schmieden.« Er blickte sich gehetzt um. »Wahrscheinlich waren die beiden nicht allein. Wenn ihre Kameraden sie vermissen, werden sie nach ihnen suchen und unsere Spur aufnehmen.«

Hannah nickte betäubt. Sie rieb sich die schmerzenden Handgelenke. Nach ein paar unsicheren Schritten kam ihr Kreislauf in Gang, der durch die Fesseln beeinträchtigt worden war. Aber mochte auch ihr Körper wieder funktionieren, er war nicht mehr als eine Maschine, die ohne ihr Zutun lebte und atmete. Ihr Verstand weigerte sich, Ruths und Joschis Tod zu akzeptieren oder die Möglichkeit in Betracht zu ziehen, dass das Leben weiterging, weil es weitergehen musste.

Sie merkte kaum, dass Pawel ihr einen der Rucksäcke umschnallte. Er war leicht, das Papiergeld wog fast nichts. Es waren die Erinnerungen, die Bilder und die grauenhafte Vorstellung der Leere, die ihre toten Freunde hinterließen, die ihr das Gefühl gaben, die Last eines ganzen Lebens zu schultern.

Sie liefen eine Weile durch dichten Kiefernwald, erklommen Felsgrate und folgten einem kaum sichtbaren Pfad, vorbei an schwindelerregenden Abgründen und senkrecht aufragenden Felswänden. Ab und zu blieb Pawel stehen und studierte die Karte. Hannah folgte ihm wie ein Lasttier ohne eigenen Willen. Sie dachte an den seltsamen Traum, in dem sich all ihre Freunde um sie versammelt hatten und in dem Pawel ihr ein Geschenk überreicht: ein knotiges schwarzes Herz aus Stein.

Das Wetter verschlechterte sich, am Himmel türmten sich asphaltgraue Wolkengebirge auf, aus denen es heftig zu regnen anfing. Bald mischten sich Schneeflocken in den eiskalten Regen, stürmischer Wind setzte ein. Hannah spürte die Eisnadeln nicht, die er ihr ins Gesicht schleuderte. Ihre Seele war taub geworden, es kümmerte sie nicht mehr, was mit ihrem Körper geschah. Pawel sah sich nicht nach ihr um, er lief weiter, immer weiter. Hannah war es gleich, wohin sie gingen.

Sie überquerten eine tiefe Schlucht. Ein tosender Wildbach grub sich sein Bett in die Berge, wie er es seit Jahrtausenden tat. Ein wackeliger, hölzerner Steg führte hinüber. Auf der anderen Seite verengte sich der Pfad und wirkte aus der Ferne wie eine Kerbe, die man in die Felsen geschlagen hatte.

Hannah setzte stumpf einen Fuß vor den anderen und nahm teilnahmslos wahr, wie sich in einem Winkel ihres Verstandes, der sich unablässig mit dem Tod ihrer Freunde beschäftigte, Zweifel zu Fragen formten. Sie konnte nicht sagen, ob es die Weigerung war, das Unvorstellbare zu akzeptieren, doch allmählich löste sich die Starre, in der sie gefangen war, und wich einer quälenden Ungewissheit.

In ihre Trauer schlich sich das Gefühl, blind gewesen zu sein und zum ersten Mal sehen zu können. Sie blieb stehen und spürte, dass ihr versteinertes, schwarzes Herz noch schlug. Mit jedem Pochen kam sie der Wahrheit näher. Sie zitterte vor Kälte, der Regen troff von ihrem Haar und suchte sich auf eisigen Pfaden einen Weg unter ihre Kleidung. Pawel ging weiter, ohne sich umzusehen. Hannah setzte den Rucksack ab.

»Wie konntest du ihnen eigentlich entkommen?«, fragte sie.

Er blieb stehen und drehte sich um. »Erinnerst du dich an die große Kiste? Eine der morschen Stützen ist zusammengebrochen, ein Teil der Decke stürzte ein und begrub alle unter sich. In dem Durcheinander konnte ich fliehen.«

»Trotzdem hattest du Zeit, das Geld in die Rucksäcke zu stopfen?«

»Das … hatte ich schon vorher gemacht. Warum fragst du? Glaubst du mir etwa nicht?«

Hannah wischte sich Schneeflocken aus den Brauen und kniff die Augen zusammen. Neben einer seltsam geformten Felsformation nahm sie eine Bewegung wahr, die nicht natürlichen Ursprungs zu sein schien. Pawel folgte ihrem Blick und sah es nun ebenfalls. Eine menschliche Gestalt tauchte über dem Felsgrat auf, erst der Kopf, dann Oberkörper und Beine. Hatten Joschi und Ruth überlebt und einen zweiten Ausgang aus dem Bunker gefunden? Doch dann erkannte sie enttäuscht, dass es ein Fremder war.

Er winkte ihnen zu. »Hallo!«

»Warte hier. Ich geh nachsehen, was der Kerl will.«

Pawel stapfte durch den frisch gefallenen Schnee auf den Mann zu, der ebenfalls einen Rucksack und wetterfeste Kleidung trug. Das Heulen des Sturmwinds übertönte die Unterhaltung. Hannah sah, dass Pawel nach Süden deutete, wo der Pfad bergab führte. Der Fremde tippte mit zwei Fingern an seine Schläfe, als wolle er sich bedanken, wandte Pawel den Rücken zu und ging ins Tal hinab. Pawel wartete, bis sich der Mann einige Schritte von ihm entfernt hatte, dann zog er die Pistole aus seiner Jacke und schoss ihm in den Rücken. Der Fremde fiel kopfüber in den Schnee und rührte sich nicht mehr. Pawel steckte die Waffe ein und kehrte zurück.

Hannah sah ihn entsetzt an. »Du ... hast ... ihn getötet!«

»Er wollte sich uns anschließen, das konnte ich nicht zulassen.«

»Er hat dich doch nur um Hilfe gebeten.«

»Ich habe dir erklärt, dass man nach den beiden Männern aus Graun suchen wird. Wir können uns keine Zeugen leisten. Komm, wir müssen weiter.«

Hannah rührte sich nicht vom Fleck. Sie konnte nicht glauben, was Pawel getan hatte. Er hatte Brunner erschossen, aber der war ein Verbrecher gewesen, ein Massenmörder, der den Tod verdient hatte. Dieser Mann hatte niemandem etwas getan.

Als Pawel bemerkte, dass sie ihm nicht folgte, kehrte er um.

»Manchmal muss man Dinge tun, die man nicht will«, sagte er, »Was wir tun, dient einem höheren Ziel.«

»Was soll das für ein Ziel sein?«, fragte sie. »Das Versprechen einzulösen, das du deinem Vater gegeben hast?«

»Er wollte, dass ich Vergeltung übe.«

»Das hast du längst getan, der Tod deiner Schwester ist gesühnt, reicht das nicht? Glaubst du denn wirklich, dein Vater hätte gewollt, dass du … dass du dich in ein Monstrum verwandelst und jeden umbringst, der dir und deinen wahnsinnigen Plänen im Weg steht?«

»Auge um Auge, Zahn um Zahn.«

In diesem Augenblick erkannte Hannah, dass ihre Freunde sie zu Recht vor Pawel gewarnt hatten – Ruth und auch Leni.

»Wann wirst du aufhören? Wenn die ganze Welt blind geworden ist?«

»Wenn unsere Wunden verheilt sind.«

Sie schüttelte den Kopf. »Das wird niemals geschehen. Was du tust, reißt sie immer wieder auf. Hast du Brunners Frau auch getötet?«

Er antwortete nicht.

»Sag mir die Wahrheit. Du hast sie umgebracht, weil sie mich erkannt hat.«

»Sie wusste, wer du bist. Ich konnte sie nicht leben lassen. Oder wäre es dir lieber gewesen, sie hätte der Polizei deinen Namen verraten?«

Die Erkenntnis war bitter und schmerzte, aber Hannah konnte es nicht länger leugnen. Ruth war niemals auf Pawel eifersüchtig gewesen, sondern hatte von Anfang an sein wahres Wesen erkannt. Wie hatte sie nur so blind sein können? Er kannte nur noch seine eigenen, blutigen Ziele. Vielleicht hatte sie in ihm den Menschen gesehen, der er einmal gewesen war, bevor die Nazis seine Seele zerstört hatten. Sie hatten ihn zu ihresgleichen gemacht, zu einer seelenlosen Maschine, deren einzige Aufgabe es war, zu töten. Pawel war Opfer und Täter zugleich. Von beidem würde er sich nie mehr befreien können. Aber wenn sie ihm weiter folgte, würde er sie mit in den Abgrund reißen. Frieden würde sie an seiner Seite niemals finden. Eine furchtbare Erkenntnis durchzuckte sie.

»*Du* hast Ruth erschossen. Sie war deinen Plänen im Weg. *Du* hast sie ermordet, weil sie *meine* Freundin war und weil sie dich durchschaut hat.«

Er rückte seinen Rucksack zurecht. »Du redest ja irre. Komm jetzt. Wenn wir einen Ort erreichen, wärmen wir uns in einem Gasthaus auf.«

Nun endlich sah sie ihn, wie er war. Pawel hatte den Mantel aus Lügen und Manipulation abgelegt. Er war so voller Hass, dass er nicht mehr zwischen Gut und Böse unterscheiden konnte. Ein Menschenleben bedeutete ihm nichts mehr, so wie ihm sein eigenes Leben nichts mehr gab, weil sein Herz von all der Gewalt, den Verbrechen und dem Leid versteinert war. Er hatte behauptet, dass ihm das Töten leicht fiel, weil er die Notwendigkeit erkannt hatte, das Recht in die eigene Hand zu nehmen. Aber das war nicht die Wahrheit. Es fiel ihm leicht, weil er abgestumpft war. Er war eins mit den Verbrechern, die er mit seinem Hass verfolgte.

Hannah dachte an die Weggefährten, die sie verloren hatte. Erst Scott, dann Max Pohl, Ruth und Joschi, sogar ihr eigenes Kind. Es waren nicht die Nazis, die sie einsam gemacht hatten, sondern der Hass. Er hat mich hierhergebracht, an die Seite eines Mannes, der nichts weiter als ein Mörder ist. Hass war der Weg, den Pawel beschritt, und sie war ihm gefolgt, ungeachtet der Opfer, die er verlangte.

»Sag mir die Wahrheit.«

»Warum sollte ich lügen?«, fragte Pawel.

»Weil du nicht mehr zwischen Wahrheit und Lüge unterscheiden kannst. Du hast mir erzählt, dass du im KZ das Lügen gelernt hast, um zu überleben. Aber nun ist die Lüge für dich zur Wahrheit geworden.«

»Ja, *ich* habe Ruth erschossen!«, schrie er wutentbrannt. »Begreif doch endlich, dass sie uns im Weg stand. Sie hätte alles zunichtegemacht, woran ich glaube, wofür ich lebe. Wir beide, Hannah, sind für einander geschaffen.«

»Nein, das sind wir nicht.«

All die Jahre des Zorns und der Angst entluden sich in diesem Augenblick. Die Mörder hatten sich aus dem Staub gemacht und waren unerreichbar für Hannah. Aber Pawel war hier, ihn konnte sie für seine Taten verantwortlich machen. Er würde immer weitermachen, wenn sie es nicht beendete.

Mit einem wütenden Schrei stürzte sie sich auf ihn. Sie riss ihn von den Füßen, landete auf ihm und deckte ihn mit einem Hagel von Schlägen ein. Pawel wehrte sich nach Kräften und schlug zurück. Er traf sie am Kinn und fegte sie zur Seite. Sie trat nach ihm, verfehlte ihn jedoch. Pawel gewann die Oberhand. Sie verbissen sich ineinander und rollten in einer Umklammerung aus Hass und Wut den Hang hinab auf den Abgrund zu. Hannah rammte Pawel ihr Knie zwischen die Beine. Er stöhnte auf und löste sich von ihr. Sie suchte in dem lockeren Geröll nach Halt und konnte ihren rasenden Sturz bremsen. Pawel stürzte mit einem wütenden Schrei auf den Lippen in die Tiefe.

»Pawel!«

Sie kroch auf den Rand des Abgrunds zu. Was hatte sie getan? Nun hatte er sie doch noch zu seiner Komplizin gemacht, auch wenn es ihn das Leben gekostet hatte. Hannah erreichte die Felskante und blickte in die schwindelerregende Tiefe. Pawel lebte. Er klammerte sich an die Wurzel eines verkrüppelten Baumes und suchte verzweifelt mit den Füßen Halt. Hannah streckte den Arm aus.

»Gib mir deine Hand.«

»Lieber sterbe ich.«

Sie legte sich flach auf den Boden. »Nimm meine Hand. Du kannst dich nicht mehr lange halten.«

»Lass mich fallen. Das ist es doch, was du willst!«

»Nein, ich will nicht, dass du stirbst. Ich habe zu viele Freunde verloren.«

»Ich bin nicht *dein Freund*!«

Sie streckte sich und erwischte seinen Jackenärmel. Pawel rutschte an dem glitschigen Holz ab und tastete instinktiv nach ihrer Hand. Der Schulterriemen löste sich, der Rucksack glitt über seinen Arm und verschwand in der bodenlosen Tiefe.

»Mein Geld!«, schrie er.

Es gelang ihr, ihn beharrlich nach oben über den Rand des Abgrunds zu ziehen. Schließlich lagen sie nebeneinander auf dem Geröllfeld.

»Warum hast du das getan?«, keuchte er.

»Weil ich dir vergebe. Es ist der einzige Weg, um Frieden zu finden. Ein beschwerlicher, furchtbarer und schmerzlicher Weg, aber es gibt keinen anderen, den ich gehen kann. Ich will nicht, dass noch mehr Menschen sterben. Lass deinen sinnlosen Hass los, Pawel. Noch hast du Zeit umzukehren.«

»Ich habe meinem Vater ein Versprechen gegeben und ich werde es einlösen.«

»Du hast den Mörder deiner Schwester gerichtet und deinen Schwur erfüllt. Lass es gut sein, Pawel. Der Schmerz wird vergehen, die Zeit wird deine Wunden heilen. Aber mit jedem Mord, den du auf dich lädst, reißt du sie wieder auf.«

Er stand auf und stolperte den Hang hinauf. Hannah folgte ihm.

»Bleib, wo du bist«, rief er. »Ich dachte, du wärst anders, aber du bist genauso wie Esther und Ruth und all die anderen Feiglinge. Ich kann dich nicht gebrauchen. Du hast in meinen Plänen keinen Platz mehr.«

Er nahm ihren Rucksack auf und schnallte ihn um.

»He, das ist mein Anteil!«

Pawel zog eine Pistole. »Versuch nicht, mir zu folgen. Ich schwöre dir, ich schieße, wenn du mich aufhalten willst.«

»Dann schieß doch! Glaubst du wirklich, du findest Erlösung, wenn du die ganze Welt auf dem Gewissen hast?«

Er streckte den Arm aus und zielte auf sie. Das Gesicht vom Hass verzerrt, krümmte sich sein Zeigefinger um den Abzug.

Ein Schuss hallte von den Felswänden wider. Hannah zuckte zusammen, aber sie spürte keinen Schmerz. Pawel dagegen ließ mit einem überraschten Ausdruck die Waffe fallen. Er brach in die Knie und kippte vornüber in den Schnee. Zwischen seinen Schulterblättern rann ein dünner Blutfaden herab. Eine riesenhafte Gestalt kam durch das Schneetreiben auf Hannah zu. Es war Joschi.

48

»Joschi!«

Malishas alter Freund, der Hannah ihr ganzes Leben lang beschützt hatte, drückte sie an sich und wiegte sie wie ein kleines Kind, so wie er es immer getan hatte.

»Du lebst!«, schluchzte sie.

Joschi grinste und hielt zwei Finger hoch. Hannah verstand.

»Ein Bunker hat immer zwei Ausgänge, meinst du?«

Joschi nickte und deutete auf Pawels Leiche.

»Ich weiß es schon«, sagte Hannah. »Er hat den Mord an Ruth gestanden.«

Joschi gestikulierte. *Er hätte auch dich getötet.*

»Ich weiß nicht, ob er mehr Opfer oder Täter war«, sagte Hannah. »Die Nazis haben ihn zu dem gemacht, was er am Ende war.«

Joschi löste sich von ihr und untersuchte die Leiche des Fremden, den Pawel erschossen hatte. Er drehte den Toten auf den Rücken, der mit blicklosen Augen in den aschgrauen Himmel starrte.

Hannah gefror innerlich und konnte kaum glauben, was sie sah. »Das ist Rolf Heyrich«, sagte sie.

Ihr kam ein schrecklicher Gedanke.

»Der Wirt sagte doch, dass Heyrich nicht alleine unterwegs war.«

Sie beugte sich über den Toten, durchsuchte seine Taschen und stieß auf einen Ausweis des CIC, der auf den Namen Scott Young ausgestellt worden war.

»Nein, nicht auch Scott!«

Joschi versuchte, sie zu beruhigen. Er half ihr auf und machte ihr klar, dass sich Scott und Heyrich während des Sturms möglicherweise aus den Augen verloren hatten.

»Wir müssen ihn suchen«, sagte sie entschlossen.

Sie folgten Heyrichs Fußspuren, die der Neuschnee bald verwischte. Der Weg, den er gekommen sein musste, beschrieb einen Bogen und führte nach Nordwesten. Joschi mahnte Hannah wiederholt, umzukehren und im nächsten Dorf Hilfe zu holen, doch die Angst, Scott zu verlieren, ließ sie alle Gefahr vergessen und mobilisierte ihre letzten Kraftreserven.

Sie suchten zwei Stunden nach einer Spur von ihm. Joschi weigerte sich, aus Sorge um Hannah noch einen Schritt weiterzugehen. Bevor er sie zur Umkehr bewegen konnte, entdeckten sie in einer Felsnische, die Schutz vor dem Sturmwind bot, einen Schatten. Zunächst hielten sie ihn für einen Reisighaufen, den der Wind dort hineingeweht hatte. Als sie näher kamen, wurde ihnen klar, dass dort ein Mensch lag.

Hannah kletterte den mit spärlichen Büschen bewachsenen Hang hinauf. Als sie die Nische in den Felsen erreichte, begann sie, nach all dem Leid und Tod wieder an Wunder zu glauben. Sie hatte Scott gefunden und er lebte.

49

Scott öffnete die Augen und wunderte sich über die Stille, die ihn umgab. Das Fauchen des eiskalten Windes war verstummt. Allmählich lösten sich Einzelheiten aus dem Dunkel: das helle Sonnenlicht, das durch einen Spalt zwischen den orangefarbenen Vorhängen fiel, der Duft der frischen Blumen in der Vase auf dem Tisch vor dem Fenster, die wohlige Wärme im Zimmer und die leisen Geräusche, die durch die geschlossene Tür hereindrangen.

Vorsichtig bewegte er Arme und Beine. Seine linke Schulter war dick bandagiert, unter dem Rippenbogen schien sich ein Päckchen zu befinden, das dort nicht hingehörte, aber er spürte keinen Schmerz.

Nun, da seine Sinne allmählich erwachten, vernahm er ein leises, regelmäßiges Atmen. Er drehte den Kopf zur Seite und sah Hannah. Sie saß schlafend in einem Sessel neben dem Bett – so nahe, dass er sie mit den Fingerspitzen berühren konnte, was er auch versuchte. Die Bewegung verursachte einen scharfen Schmerz in seiner Schulter, der ihn zusammenzucken ließ. Hannah regte sich und schlug die Augen auf.

»Du bist wach«, sagte sie und lächelte.

»Wo bin ich?«

»In einem Krankenhaus in Meran.« Sie beugte sich über ihn und drückte ihm einen Kuss auf die Wange. »Alles wird gut.«

»Das sagst ausgerechnet du? Ich dachte, daran glaubst du nicht mehr.«

»Diesmal schon.«

Die Tür wurde geöffnet, ein riesenhafter Mann trat ein und verzog die Lippen zu einem schiefen Grinsen. Er nahm seine Schiebermütze ab und warf Hannah einen fragenden Blick zu.

»Er ist gerade aufgewacht. Es geht ihm gut, er wird schon wieder frech«, sagte sie.

»Ich kann nicht glauben, was ich sehe«, sagte Scott. »Wie komme ich hierher? Wieso bist du hier?«

»Du wirst alles erfahren, nur Geduld. Jetzt musst du aber schlafen, damit du wieder zu Kräften kommst.«

Scott wehrte sich gegen die Schwäche, die ihn überfiel, aber dann schlief er doch ein.

Sechs Tage später gingen Hannah und Scott in dem kleinen Park des Krankenhauses spazieren. Die Zypressen entlang der Passer bewegten sich sanft in einem warmen Südwind, der von der Adria heraufwehte.

»Ich habe mit der Polizei in Graun telefoniert«, sagte Scott. »Sie schicken einen Suchtrupp zum Bunker, um Ruths Leiche zu bergen. Joschi ist unterwegs dorthin, um ihnen den Ausgang zu zeigen, durch den er fliehen konnte.«

Hannah hakte sich bei Scott unter. »Ruths Schwester Thea wurde achtlos in einem Massengrab verscharrt. Ich will, dass wenigstens Ruth ein würdevolles Grab erhält. Ich kann es mir leisten.«

»Du sprichst von den falschen Pfundnoten?« Scott lächelte.

»Pfundnoten? Ich habe keine Ahnung, wovon du redest«, sagte sie spöttisch.

»An deiner Stelle würde ich nicht versuchen, damit zu bezahlen. Sie sind wertlos.«

»Wie kommst du denn darauf?«

»Nach Bekanntwerden der Aktion Bernhard beschloss die britische Regierung, alle alten Pfundnoten nach und nach einzuziehen und neue Banknoten mit einer speziellen Kennung auszugeben. So konnte verhindert werden, dass der Plan der Nazis, die britische Währung zu destabilisieren, Erfolg gehabt hätte.«

Hannah schwieg eine Weile. Dann sagte sie: »Ich bin eigentlich ganz froh darüber, aber nachdem Ruth ihr Leben deswegen verloren hat, soll sie wenigstens ein ordentliches Begräbnis haben.«

»Dafür werden wir sorgen.« Er legte seinen Arm um ihre Schulter. »Heyrich ist also tot«, sagte er.

»Ja. Pawel hat ihn erschossen. Er wusste nicht, wen er vor sich hatte.«

»Sagtest du nicht, du hättest nichts gegen eine Reise nach Boston, wenn du deine Aufgabe erledigt hast?«, fragte Scott. »Übrigens habe ich gehört, dass in den Staaten gute Piloten gesucht werden. Natürlich auch Pilotinnen, das versteht sich von selbst.«

Sie setzten sich auf eine Bank am Ufer des Flusses. Hannah lehnte ihren Kopf an Scotts Schulter.

»Habe ich das tatsächlich versprochen?«, fragte sie.

»Sure, ich kann mich genau erinnern.«

»Dann werde ich mein Versprechen wohl halten müssen. Aber es gibt etwas, das du noch nicht weißt.«

»Sag mir nicht, du willst wieder Jagd auf Nazis machen.«

Hannah wurde ernst. »Nein. Mein Verlangen nach Vergeltung hat mich alle meine Freunde gekostet und mich beinahe umgebracht. Du hattest recht, ich muss nach vorne sehen. Und genau deshalb kann ich nicht mit dir gehen. Noch nicht.«

Scott seufzte. »Damit wären wir wieder am Anfang der Geschichte.«

»Es ist so … Ich weiß nicht, ob du mich noch heiraten willst, wenn du die ganze Wahrheit kennst.«

Scott seufzte. »Captain Miller hat mich informiert, dass man Brunners Leiche gefunden hat. Ich denke, dass ich das geradebiegen kann. Niemand bringt dich mit seinem Tod in Verbindung. Damn, ich will das alles nur noch hinter mir lassen und nie wieder von Nazis, Konzentrationslagern und Tötungsanstalten hören.«

»Ich habe ihn nicht erschossen, es war Pawel. Aber darum geht es nicht. Ich …«

Scott glitt von der Bank und ging vor Hannah in die Knie.

»Wir können die Vergangenheit nicht ändern, nur vergessen. Jetzt gibt es nur noch uns beide. Hannah Bloch, willst du meine Frau werden?«

»Aber … Scott, ich habe ein Kind mit einem anderen Mann.«

Sie erzählte ihm von Harry Lenz und der kleinen Malisha.

»Alright, dann werden wir deine Tochter finden und mit in die Staaten nehmen.«

Hannah sah ihn erstaunt an, neue Hoffnung keimte in ihr auf.

»Du würdest sie als unser Kind akzeptieren?

»Sure. Sag schon, willst du nun meine Frau werden?«

Sie zögerte keine Sekunde. »Ja«, sagte sie, »das will ich.«

Am 1. Dezember 1948 durchsuchte der amerikanische Geheimdienst CIC in Zusammenarbeit mit Generalstaatsanwalt Georg Quabbe das Haus von Harald Lenz in Frankfurt-Bockenheim. Sie fanden Namenslisten, Kontoführungsbücher mit Zahlungseingängen und Korrespondenz zwischen Lenz und gesuchten NS-Verbrechern. Gisela Wollner erklärte sich bereit, vor Gericht auszusagen. Die Affäre Heyde/Sawade war nicht mehr zu stoppen und führte wenig später zur Verhaftung des Mitorganisators der Aktion T4.

Zwischen den Namenslisten befand sich ein Notizbuch, in dem Lenz die Adresse eines Kinderheims notiert hatte. Scott und Hannah engagierten einen Rechtsanwalt, der versprach, sich der Sache anzunehmen und Heydes Gutachten für ungültig erklären zu lassen.

Der 20. März 1949 war ein warmer Frühlingstag. Zu Hannahs Überraschung war die kleine Kirche im Süden Frankfurts bis auf den letzten Platz besetzt. Scott beäugte etwas misstrauisch die schrägen Gesellen, die sich in die Bänke drückten. Unter ihnen waren viele von Hannahs und Ruths früheren Weggefährten aus Köln, darunter auch Kalle, dessen Unschuld sich erwiesen hatte.

Joschi spielte seinen Part als Trauzeuge mit großem Ernst, er war sich der Würde des Augenblicks bewusst. Hannah war überglücklich, dass Claudius Brendel zugesagt hatte, die Trauung vorzunehmen. Auf sein sanftes Drängen hin war sie bereit gewesen, zum christlichen Glauben zu konvertieren. Als das frisch vermählte Paar ins helle Sonnenlicht trat und durch das Ehrenspalier von Scotts ehemaligen Kriegskameraden ging, hob Hannah den Kopf und blickte in den blauen Himmel, der sich wie eine gläserne Kuppel unendlich weit über ihr wölbte. Sie suchte in den zerzupften weißen Federwolken nach Bildern und Gesichtern, und einen Moment lang war es ihr, als könne sie Ruth dort oben entdecken, die auf sie herabschaute.

»Ich hab's immer gesagt, Schätzchen«, schien sie zu rufen. »Bloch, du machst uns alle weich.«

Hannah schloss die Augen und dachte an ihre Tochter, die sie bald in die Arme schließen würde. Die Hochzeitsreise würde sie an die Nordsee führen und von dort ging es nach Boston. Ein neues Leben begann, ein Leben, von dem sie immer geträumt hatte.

ENDE

NACHWORT DES AUTORS

Wenn Ihnen der Titel dieses Romans ins Auge fällt, werden Sie im ersten Moment vielleicht denken, dass es mit meiner Rechtschreibung nicht weit her ist. Das mag auf die ein oder andere komplizierte Grammatikregel zutreffen, allerdings wäre es mehr als peinlich, würde ich ein einfaches Wort wie »ungerecht« falsch buchstabieren. Nein, Sie haben richtig gelesen, ich habe dieses Buch »Die Ungerächten« genannt – mit einem »ä« wohlgemerkt – und das ist kein Fehler, sondern durchaus beabsichtigt.

Als ich nach einem griffigen Titel suchte, wollte ich unbedingt, dass er sich so ähnlich anhört wie der erste Band »Die Unwerten«. Ich begann also, mit der Silbe Un- herumzuspielen und ziemlich schnell kam ich auf »Die Ungerechten«. Das war schon mal nicht schlecht, aber nicht wirklich zielführend, denn schließlich geht es in der Geschichte weniger um die Täter als vielmehr um die Opfer. Also verfiel ich auf die Idee, »Die Ungerechten« mit »ä« zu schreiben, und schon bestand ein enger Bezug zum Thema des Romans, nämlich dem Verlangen nach Rache. Es ist ein Wortspiel, das neugierig machen soll und zum Nachdenken anregt. (Und außerdem ist es ein Eyecatcher, das kann nie schaden.)

Eigentlich hätte Hannahs Geschichte bereits im ersten Band nach ihrer Flucht aus der Tötungsanstalt Hadamar zu Ende sein können, denn das Hauptthema – die Euthanasieverbrechen der Nazis – war damit abgeschlossen. Mir erschien ein solcher Schluss allerdings zu plötzlich. Die Figuren im Roman lebten ja weiter und in meiner Fantasie entstanden zahlreiche neue Abenteuer, die Hannah und ihre Freunde bestehen sollten. Aus diesem Grund stellen bereits die letzten hundert Seiten von »Die Unwerten« eine Art Überleitung dar, die von den Verbrechen der Aktion T4 wegführt hin zu der mangelnden Aufarbeitung der Vergangenheit und der Frage nach der Schuld der Täter.

Die Recherchen zum ersten Teil der Romanserie hatten mir gezeigt, wie interessant und schillernd die Nachkriegsjahre waren. Ich begann, mich intensiver mit der Zeit von 1945 bis in die Fünfzigerjahre hinein zu beschäftigen. Dabei stand eine Frage im Vordergrund, und sie sollte das zentrale Thema des zweiten Teils werden: Wie gingen die Opfer mit dem Erlebten um?

Die meisten Überlebenden der Euthanasieanstalten dürften tiefe Traumata davongetragen haben, ebenso wie die überlebenden Häftlinge der Konzentrationslager. Die Verfolgung der Täter lief nur schleppend an. Die führenden Köpfe des Dritten Reichs hatten sich ihrer Verantwortung entzogen oder warteten auf ihren Prozess. Aber was war mit all den kleinen Nazis geschehen? Wo waren die Mitläufer und willigen Rädchen im Getriebe des Terrors geblieben? Viele von ihnen zogen ihre Uniformen aus, warfen ihr Parteiabzeichen weg und lebten weiter wie bisher. Die Siegermächte mussten rasch erkennen, dass sie mit der Entnazifizierung des deutschen Volkes überfordert waren. Viele Täter gingen ihnen ins Netz, aber noch mehr schlüpften durch die Maschen. Szenen wie die Begegnung von Hannah mit der Oberschwester Kowalski, die sie in der Zwischenanstalt Herborn gequält hatte, wird es wohl häufig gegeben haben. Was mögen die Opfer dabei empfunden haben, mit anzusehen, wie die Täter unbehelligt davonkamen?

So viele unterschiedliche Menschen es gibt, so verschieden werden ihre Reaktionen gewesen sein. Ich stieß auf eine Fülle von Begebenheiten, die meine Fantasie anregten.

Einer der Gründe, warum Verwaltungsbeamte, Richter und Ärzte, die sich in Nazideutschland kleiner und großer Verbrechen schuldig gemacht hatten, nach dem Krieg kein Berufsverbot erhielten, liegt auf der Hand. Scott Young erwähnt es Hannah gegenüber zu Beginn des Romans. Man brauchte sie ganz einfach, um Deutschland wiederaufzubauen. Zwar bemühte man sich in den Spruchkammerverfahren, auch die weniger bekannten Nazis aufzuspüren, aber die gut gemeinte Idee hatte ihre Tücken. Die Schuldigen stellten sich gegenseitig die sogenannten Persilscheine aus, das heißt, sie wuschen sich im wahrsten Sinne des Wortes rein. (Die Bezeichnung Persilschein spielt tatsächlich auf das Waschmittel an.)

»Hilfst du mir, so helfe ich dir«, war das Motto jener Zeit. Das nächste sich daraus ergebende Problem war das zunehmende Denunziantentum. Alte Rechnungen wurden beglichen. Nicht wenige Opfer beschlossen daher, die Gerechtigkeit in die eigene Hand zu nehmen.

Ein weiterer Grund für die mangelnde Strafverfolgung war die fehlende Bereitschaft vieler Deutscher, sich der eigenen Vergangenheit zu stellen. Man verdrängte die Jahre der Hitler-Diktatur, wo man konnte. Jedermann war heilfroh, den Krieg lebend überstanden zu haben, und wollte nach vorn schauen. Nicht umsonst entstanden in den frühen Fünfzigerjahren zuckersüße Unterhaltungsfilme wie »Schwarzwaldmädl« oder »Grün ist die Heide«. Die Leute sehnten sich nach einer heilen Welt. Alles sollte bunt und leicht sein.

Da ich nun im zweiten Teil von Hannahs Geschichte zeigen wollte, wie unterschiedlich die Opfer mit der fehlenden Bestrafung ihrer Peiniger umgingen, brauchte ich neue Figuren. Eine davon ist Pawel Kowna.

Die Szenen des ersten Kapitels gehen auf ein historisches Ereignis zurück. Nach der Räumung der deutschen Konzentrationslager in Polen und Ostdeutschland schickte man die Häftlinge auf den berüchtigten Todesmärschen nach Westen. Am 13. April 1945 kam es in einer Scheune bei Isenschnibbe zu einem Massaker. Eintausendsechzehn KZ-Häftlinge wurden teils erschossen, teils bei lebendigem Leib verbrannt. Ich stellte dieses schreckliche Ereignis an den Anfang des Romans, um die Figur des Pawel Kowna einzuführen und um zu verdeutlichen, warum er nach und nach den Boden unter den Füßen verliert und nur noch von seinem Verlangen nach Rache angetrieben wird. Auch die Szene, in der er seinem Vater das Versprechen gibt, die Täter zur Verantwortung zu ziehen, hat ein historisches Vorbild.

Bemerkenswert ist in diesem Zusammenhang, dass die Überlebenden der Konzentrationslager nicht nur nach Gerechtigkeit verlangten oder sie das Verlangen nach Vergeltung antrieb, sondern dass sie auch von Schuldgefühlen heimgesucht wurden. Man nennt dies das »Überlebensschuld-Syndrom«. Viele Häftlinge hatten ihre Familien, Angehörige und Freunde verloren und sahen sich mit der Tatsache konfrontiert, dass sie als Einzige überlebt hatten. Warum gerade sie?

Ebenso hat es die Entführung und Liquidierung von ehemaligen SS-Angehörigen gegeben. Mitglieder der Jüdischen Brigade, die die Engländer während des Krieges ins Leben gerufen hatten, spürten NS-Verbrecher auf, die unbehelligt unter falschem Namen ein neues Leben begonnen hatten. Sie besaßen englische Uniformen und fuhren englische Jeeps, mit denen sie in Nacht- und Nebelaktionen die Beschuldigten an der Haustür abholten, in einem Schnellgericht aburteilten und – meist in abgelegenen Waldstücken – erschossen. Die Engländer hatten Kenntnis davon, unternahmen allerdings wenig dagegen. Ob diese Art von Selbstjustiz angesichts der furchtbaren Verbrechen der Nazis zu rechtfertigen ist, bleibt eine schwierige Frage. Nach den Buchstaben des Gesetzes handelt es sich um Mord. Ein gewisses Verständnis für dieses Vorgehen drängt sich angesichts der unvorstellbaren Grausamkeiten des Naziterrors und der nachlässigen Verfolgung der Täter allerdings auf.

Eine Inspiration für den fiktiven Pawel Kowna war Abba Kovner. Er plante tatsächlich, die Wasserversorgung einer deutschen Großstadt zu vergiften, um Tausende Deutsche zu töten. Man kam ihm nur durch Zufall auf die Spur. Hier enden aber die Gemeinsamkeiten zwischen dem fiktiven Pawel Kowna und Abba Kovner. Denn im Gegensatz zu Pawel im Roman machte sich Kovner als Gründer der Fluchthilfeorganisation Bricha für Juden aus Osteuropa verdient und wurde 1970 mit dem Israel-Preis geehrt.

Was Hannah betrifft, so durfte im zweiten Teil endlich ihre Leidenschaft für das Fliegen eine Rolle spielen. Und mir verschaffte es die Gelegenheit, einen Flug mit der Tante Ju über den Ärmelkanal einzubauen – ein Kapitel, das mich sehr viel Mühe gekostet hat, denn ich hatte vom Fliegen keine Ahnung. Zum Glück gibt es jede Menge nette Menschen, die auf meine manchmal ungewöhnlichen Fragen sehr bereitwillig und gerne antworten. Dies gilt übrigens auch für die Szenen, in denen Hannah und Ruths Bande einen Eisenbahnwaggon stehlen. Hier bin ich meinem Freund Manfred Krüger zu Dank verpflichtet. Er klärte mich über Streckenführungen in der Eifel auf, außerdem verriet er mir, wie man von Hand eine Weiche umlegt.

Ob es die »Spinne«, die geheimnisvolle Fluchthilfeorganisation der Nazis, gegeben hat, ist umstritten. Angeblich wurde sie um die Jahresende 1948/49 im österreichischen Internierungslager für ehemalige Nationalsozialisten in Glasenbach gegründet. Niemand kann sagen, ob es sich dabei um einen Einzeltäter oder um ein Netzwerk gehandelt hat. Die historischen Belege sind dünn bis fast nicht vorhanden. Die »Spinne« bleibt somit eine Legende. Ich habe mir erlaubt, Hannahs Vater in ihrem Umfeld zu platzieren, um die offene Frage um seine Existenz aus »Die Unwerten« zu klären.

Die Affäre Heyde/Sawade hat es wirklich gegeben, allerdings flog Heydes Tarnung erst später auf, als im Roman beschrieben.

Ich wollte die Geschehnisse aber unbedingt als Beispiel dafür verwenden, wie es NS-Verbrechern gelungen ist, zum Teil jahrelang unerkannt in Deutschland zu leben und zu arbeiten.

Werner Heyde, der Hauptgutachter der Aktion T4, war als psychiatrischer Gutachter in Sozialgerichtsverfahren tätig, und zwar mit Wissen leitender Beamter und Politiker. Wegen eines Rechtsstreits, der mit Heydes Vergangenheit nichts zu tun hatte, flog seine falsche Identität auf. Nach einer aussichtslosen Flucht stellte er sich am 12. November 1959 den Behörden und beging 1964 in Haft Selbstmord.

Nicht nur Politik und Justiz sahen oftmals gnädig über ihnen bekannte NS-Verbrecher hinweg, die Nazis erhielten vor allem Hilfe von einer Institution, von der man es eigentlich nicht erwarten würde, der katholischen Kirche.

Es ist ein für die Kirche bitteres Thema, das lange verschwiegen wurde und auch heute noch kaum bekannt ist. Die sogenannte Rattenlinie, eine Fluchtroute für Kriegsverbrecher, die über die Alpen nach Südtirol und von dort in den Vatikan in Rom und über Genua nach Südamerika oder den Nahen Osten führte, war vor allem das Werk führender Kirchenfunktionäre. Die im Roman beschriebene Klosterroute funktionierte hervorragend, um die Spuren der Täter zu verwischen. Die in der Handlung beschriebene Hilfsorganisation *Heilende Hände* ist rein fiktiv, aber es gab ähnliche Institutionen, die in engem Kontakt zur Kirche standen. So zum Beispiel die *Stille Hilfe* um die Prinzessin Helene von Isenburg und den Münchener Weihbischof Johannes Neuhäusler. Sie setzten sich für die Begnadigung der in der Festung Landsberg inhaftierten Funktionäre des NS-Staates ein. Es ist heute schwer verständlich, warum die Amtskirchen sich in vielen Fällen stärker für die Täter als für die Opfer einsetzten. Das Komitee für kirchliche Gefangenenhilfe, dessen Vorsitz Weihbischof Neuhäusler führte, wurde erst 1949 gegründet. Wie bei der Affäre Heyde/Sawade habe ich hier die reale geschichtliche Zeitlinie verlassen, um verschiedene Ereignisse und Details in den Roman einbauen zu können.

Die Zusammenkunft der Gräfin von Gessnitz mit Lucius D. Clay, dem Militärgouverneur der amerikanischen Besatzungszone, hat so nie stattgefunden. Aber es gab ein ähnliches Treffen, das als Vorbild diente. Es fand 1950 in Homburg statt. Die Gespräche zwischen Prinzessin Helene von Isenburg und John Jay McCloy – von 1949 bis 1952 amerikanischer Hochkommissar in Deutschland – sind dokumentiert. Wer tiefer in die Materie einsteigen möchte, dem empfehle ich die Bücher von Ernst Klee »Persilscheine und falsche Pässe« sowie »Was sie taten – Was sie wurden«.

Es gibt im Roman eine Szene, in der Scott Young endlich die Antwort auf die Frage zu finden glaubt, die ihn seit Kriegsende umtreibt. Es wurde unendlich viel darüber geschrieben, wie die furchtbaren Verbrechen der Nazis möglich waren. Ich lege Scott hier eine Erkenntnis in den Mund, die ich sinngemäß der Biografie von Hoimar von Ditfurth, »Innenansichten eines Artgenossen«, entnommen habe. Es ist die für mich persönlich bisher schlüssigste Erklärung, wie es möglich war, dass sich so viele Menschen verführen und zu den abscheulichsten Verbrechen anstiften ließen.

Es sollte in diesem zweiten Teil jedoch nicht nur um Vergeltung und die Suche nach Nazitätern gehen. Ich wollte zeigen, dass das Leben nach Kriegsende weiterging, und ein lebendiges Bild von Deutschland in den Jahren 1947 und 48 zeichnen. Bei meinen Recherchen stieß ich auf den sogenannten Kaffeekrieg, der in der Eifel tobte. Mir war sofort klar, dass ich hier ein Betätigungsfeld für Hannahs Freundin Ruth gefunden hatte. Ich fand faszinierende Berichte von Zeitzeugen, aus denen sich abenteuerliche Szenen machen ließen. Im Gegensatz zu Pawel, der die Rache zu seinem Lebensinhalt macht, und Hannah, die nach Gerechtigkeit sucht, geht Ruth mit ihren Erlebnissen auf andere Weise um. Ihrem Charakter aus Teil eins entsprechend, will sie einfach leben und Spaß haben. Da die Schwarzmarktgeschäfte von Hannah und Ruth in »Die Unwerten« etwas zu kurz kamen (das hatte einfach damit zu tun, dass das Buch ohnehin schon zu lang war und ich gezwungen war zu kürzen), wollte ich, dass Ruth sich in der Fortsetzung austoben darf, bevor ihre Gier ihr zum Verhängnis wird. Mir hat es großen Spaß gemacht, die Kapitel über den Kaffeekrieg zu schreiben, bot mir dies doch Gelegenheit, zu zeigen, wie wild und abenteuerlich die Nachkriegsjahre waren.

Wie schon für den ersten Band »Die Unwerten« gilt auch hier: Alle im Roman auftretenden Personen entspringen – soweit nicht in der Liste der Charaktere anders vermerkt – meiner Fantasie. Ähnlichkeiten mit lebenden oder verstorbenen Personen wären rein zufällig.

Wo es möglich war, habe ich mich eng an geografische Begebenheiten gehalten, lediglich die Szenen, die in der Nähe des Reschensees spielen, musste ich ab und zu etwas anpassen.

Ob die Abenteuer von Hannah weitergehen, kann ich noch nicht sagen, geplant ist es zumindest. Auf welche Weise und in welcher Zeit ein dritter Teil spielen wird, steht noch nicht fest. Lassen Sie sich überraschen.

Volker Dützer, Mai 2021

DANKSAGUNG

Ich bedanke mich ganz herzlich beim Team des Gmeiner-Verlags, insbesondere bei meinem Lektor Daniel Abt, der mir bei den historischen Details zur Seite stand und mir half, den schillernden Charakter des Pawel noch intensiver zu gestalten. Ferner gilt mein Dank allen Testlesern, darunter meine Mutter, deren farbige Erinnerungen an die Nachkriegszeit in Frankfurt am Main sehr wertvoll waren. Und zuletzt – wie immer an dieser Stelle – geht mein besonders herzlicher Dank an meine Agentin Anna Mechler von der Agentur Lesen & Hören in Berlin, die die Saga von Hannah Bloch auf den Weg gebracht hat.